aufbau taschenbuch
AUFBAU VERLAGSGRUPPE

Georg Brun, geboren 1958 in München, erhielt für seinen Roman »Das Vermächtnis der Juliane Hall« den Bayerischen Förderpreis für Literatur. Einen Namen hat er sich vor allem mit seinen historischen Romanen »Fackeln des Teufels« und »Das Vermächtnis der Katharer« gemacht. Er lebt in München. Im Aufbau Taschenbuch Verlag erschienen von ihm bereits »Der Engel der Kurie« (AtV 1350) und »Der Augsburger Täufer« (AtV 1425).

Paolo Scalieri entdeckt bereits als Kind sein Talent, anderer Menschen Willen zu beeinflussen. Wie sein Freund Michele Lungarotti ist er ein unter dem Pentagramm Geborener, und es bereitet ihm Lust, seine Mitmenschen nach Belieben zu manipulieren. Neben der Ausbildung an einer Klosterschule in Florenz lernt er die Geheimnisse der weißen und schwarzen Magie kennen, steigt bald zum geschätzten Berater der Fürsten und Kirchenoberhäupter von Florenz bis Sizilien auf und wird sogar ein enger Vertrauter des Heiligen Vaters in Rom.

Mit Michele, seinem Gefährten aus Jugendtagen, verbindet ihn die leidenschaftliche Liebe zur schönen Lavinia. Als er spürt, daß sie ihr Herz dem Freund geschenkt hat und sich ihm nur hingibt, weil sie seinem Willen nicht widerstehen kann, wächst Paolos Haß auf Michele, der die beiden Auserwählten für immer auseinanderbringt.

Eine geheimnisvolle Handschrift aus der vatikanischen Bibliothek soll Paolo schließlich den durch das Pentagramm prophezeiten Schlüssel zur absoluten Macht verleihen. Doch er ist nicht der einzige, der sich für dieses teuflische Buch interessiert.

Georg Brun

Der Magier

Roman

Aufbau Taschenbuch Verlag

ISBN-10: 3-7466-2244-1
ISBN-13: 978-3-7466-2244-6

1. Auflage 2006

Umschlaggestaltung Dagmar & Torsten Lemme, Berlin
unter Verwendung eines Gemäldes von Peter Paul Rubens
(1577 – 1640), Bridgeman Art Library
Druck und Binden GGP Media GmbH, Pößneck
Printed in Germany

www.aufbau-taschenbuch.de

Für Marlene, Irma und Schorsch –
meiner Tochter und meinen Eltern
herzlich zugeeignet.

»Keines verbleibt in derselben Gestalt,
und Veränderung liebend schafft die Natur stets
Neues aus anderen Formen, und in der Weite
der Welt geht nichts – das glaubt mir – verloren.«
Ovid, *Metamorphosen*

Sie standen auf dem Dach und blickten in die untergehende Sonne. Ein feuriges Rot tönte den Horizont, es schien, als segelten die Wolken tief über ein Meer von Lava. Am Ätna hatte Paolo vor Jahren den Strom glühenden Gesteins gesehen. Das Farbenspiel über den Hügeln faszinierte ihn wie damals die zäh rinnende Masse. Jetzt nahm er die ersten Blitze wahr. Das Gewitter rückte näher, die Sonne sank. Micheles Augen wanderten von dem Naturschauspiel zu Paolo und wieder zurück, blieben aber schließlich an Paolos Körper hängen. Die Farben wurden fahler, Paolos Konturen schärfer. Michele versuchte einen Blick des Freundes zu erhaschen, einen Blick aus diesen Augen, die so hellblau waren, als seien sie aus purem Glas, in dem sich lediglich ein blasser Himmel spiegelt. Endlich fing Paolo den Blick des Freundes auf und erwiderte ihn. In seinen Augen zeigte sich eine wissende Heiterkeit, es schien, als schaue Paolo gelassen in die Ferne. Trotzdem hielt er die Verbindung zu Michele. Dem stockte der Atem, so nah fühlte er sich dem Freund. Paolo kam aus der Ferne zurück, deutlich sah Michele, wie ein Glänzen die schwarzen Pupillen erhellte. Paolos Aquamarine senkten sich in Micheles hellbraune Augen. Tief ging dieser Blick, und das Schweigen, das zwischen ihnen lag, fühlte sich an wie ein beseelter Körper. Wie er mich ausfüllt mit seiner Gelassenheit, dachte Michele und trat einen Schritt zurück. Nun stand er am Rand des Daches und spürte die Kante der gemauerten Brüstung in seinen Kniekehlen. Es war eine niedrige Brüstung. Paolo kam näher. »Spring«, sagte er. Die Stimme wirkte düster, zugleich aber eindringlich und geheimnisvoll. Paolos Blick blieb fest. Er kam bis auf zwei Armlängen heran. Seine Lippen formten stumm ein Wort. Michele verstand es jetzt: »Spring«, sagte der Freund noch einmal. Ein Donner krachte. Michele ließ sich nach hinten fallen. Eine Sekunde später zerschellte er auf dem Steinboden der Gasse.

Erster Teil

* 1 *

Paolo schrie. Ein vor Qualen verzerrter Mund stieß den Schrei hervor. Alt und runzlig wirkte sein Gesicht. Blutverschmiert. Gequetscht von der Anstrengung der letzten Minuten. Ein kräftiger Schrei, trotz allem. Begleitet von einem Seufzer der Mutter. Es war vollbracht. Beatrice, die Hebamme, nahm den Säugling hoch und zeigte ihn der Gebärenden. Julietta Scalieri lächelte matt. Der Stammhalter wurde von Beatrice gewaschen, dann band sie ihn in lange Stoffstreifen ein, vom Unterarm hinunter zu den gestreckten Fingern und wieder über das Ärmchen hinauf. Für den Rumpf nahm sie breiteres Tuch. Sie umwickelte Brust und Bauch in lockeren Spiralen. Schließlich waren die Beine an der Reihe, mit schmalerem Tuch wiederum, und während sie umwickelt wurden, streckte Beatrice die zarten Gliedmaßen des Neugeborenen. Später würde Antonio Scalieri, Paolos Großvater und ein weitgereister Mann, bemerken, Paolo ähnle einer schlampig zurechtgemachten Kindermumie.

Julietta stöhnte. Eine letzte Wehe preßte die Nachgeburt heraus. Ein schleimiger Klumpen rötete das Leinen. Beatrice bedeckte den Säugling mit einem weichen Lammfell, steckte ihm den kleinen Finger in den Mund und nickte zufrieden, als Paolo zu saugen anfing. Sie befreite sich von dem gierigen Mündchen, drehte sich um, blickte auf den Mutterkuchen und erschrak. Hastig schlug sie das Kreuz vor ihrer Brust. Wo war ihr Kräuterbeutel? Griffbereit hing er neben dem Wasserzuber, falls es nötig gewesen wäre, die Scham mit Tollkirschpulver einzureiben, um dem Erstgeborenen den Weg zu bahnen. Tollkirsche nahm etwas von dem stechenden Schmerz, entspannte das geheime Fleisch, das, wenn äußerste Not es verlangte, durch lustvolles Streicheln noch gängiger gemacht werden konnte. Ja, dachte Beatrice, das war verbotene Kunst, einer Mutter zu ihrem ersten Kind zu verhelfen, doch scherte sich kein Pfarrer um die marternde Glut im Schoß einer geschlossenen Frau. Bei der Pein waren die Weiber stets allein, da half auch Maria nicht, die Schmerzensreiche. Besser, man hat Tollkirsche zur Hand und Fenchel und Gundelrebe. Manchmal ist auch Knoblauch vonnöten, zum Lösen der Krämpfe oder – Beatrice schlug erneut das Kreuz – zum Austreiben des Bocksbeinigen. Sie faßte in den ledernen Beutel, riß eine Knoblauchzehe heraus, zerbiß sie und spie auf den roten Fleck. Wie nun die weißliche Spucke mit den gelblichen Knoblauchsprenkeln auf dem Blutfleck zerlief, schauderte die Hebamme und mußte sich zwingen, nicht davonzulaufen. Es sah aus, als quelle Teufelssamen aus dem fünfzackigen Stern. Was für ein diabolisches Zeichen! Doch Beatrice überwand ihre Furcht, warf ein Tuch über den Mutterkuchen und wischte in einer knüllenden Bewegung alles von der Bettstatt. Zurück blieb ein unregelmäßiger ovaler Fleck. Später, als Julietta wieder bei Atem war und Paolo an der Mutterbrust ruhte, als die Hebamme gegangen und die Abenddämmerung hereingebrochen war, fraß hinter dem Haus in der winzigen Gasse, die den Wohnturm der Scalieri von Stall und Gesindehaus trennte, ein braungescheckter Hund die blutige Nachgeburt. Das Tier war räudig und alt, es starb zwei Tage später.

* 2 *

Julietta erholte sich rasch von den Anstrengungen. Wohlbehütet saß sie auf dem Dach des wuchtigen Turms der Scalieri im Halbschatten eines aufgespannten Zelttuches, neben sich die Wiege, stets den Säugling im Blick. Eine Magd las ihr jeden Wunsch von den Augen ab.

Endlich war ein Sohn geboren, so wie es sich Antonio, der

Patron, sehnlichst gewünscht hatte. Umberto, Antonios Erstgeborener, hatte fünf Töchter in die Welt gesetzt, dann war er auf einer Überfahrt nach Sardinien in ein Unwetter gekommen. Von der Schaluppe fehlte seitdem jede Spur. Giuseppe, der Zweitgeborene, trug in Rom stolz den gekauften Bischofsornat. Enea, Antonios Dritter, schien sich jahrelang für alles, nur nicht für Frauen zu interessieren, und Abramo, der Nachzügler, war ein zarter Jüngling mit durchscheinender Haut und litt an einer unerklärlichen Schwäche. Antonio wollte schon verzweifeln, als Enea unerwartet Julietta nach Hause brachte, eine Schönheit mit gesegnetem Leib, denn auf die Vermählung folgten kaum elf Monate bis zur Entbindung. »Möge Gott den kleinen Wurm Paolo segnen«, sprach Antonio mehrmals am Tag, »damit die Scalieri wieder gedeihen und mächtig bleiben in der Stadt.« Und allen im Haus schärfte er ein, um nichts besorgter zu sein als um das Wohl der jungen Mutter und ihres Sprößlings, denn hier wachse die Zukunft der Familie heran.

»Mit ihm gibt es einen neuen Anfang«, hatte Antonio frohgemut gegenüber Julietta bemerkt. »Er wird weiterführen, was ich mit Giuseppe beginnen wollte.«

»Aber Giuseppe ist doch schon Bischof«, hatte Julietta geantwortet und dabei ihren Schwiegervater fragend angesehen.

Leider allzusehr, hatte Antonio gedacht und still gelächelt. Wenn er etwas weltlicher handeln würde, hätte er mir wenigstens schon Bälger beschert. Doch das wollte er seiner Schwiegertochter jetzt nicht erklären. Er streichelte Julietta den Hinterkopf und verließ das Dach. Sie war zu unerfahren und stellte zu kindliche Fragen. Er würde sie nicht mit der Zukunft der Familie belasten. Wie er überhaupt niemanden im Haus hatte, der ihm bei den Geschäften zur Hand gehen konnte. Mit viel Glück mochte Abramo einmal heranwachsen, aber das würde dauern. Enea hatte weder Sinn für die Politik noch für das Geschäft. Und Giuseppe, der Stärkste und Begabteste, hatte sich längst tief in die dunklen Geheimnisse der Kurie eingelebt und die familiären Anliegen darüber vergessen. Nein, dachte Antonio, es war eine Unsitte der Päpste, Titularbischöfe zu ernennen, deren Bistümer nur auf einer Urkunde existierten, die ihnen für teures Geld ihren Rang verbriefte. Dafür hatte er seinem Sohn die vielen *scudi* nicht verschafft, daß er, kaum hielt er den Krummstab in der Hand, den väterlichen Handel vergaß und sich in den Machenschaften des Vatikans verlor. Antonio ballte die Hand zur Faust. Neuerdings erhielt er kaum noch Antwort auf seine Briefe. Dabei wurden die Zeiten immer schlimmer, schwand die Macht der Scalieri in der Stadt, kamen nicht nur die Moratti, sondern sogar die Lungarotti und die Zappi auf eine gefährliche Art und Weise zu Einfluß und Ansehen. Dringend hätte es der Einflußnahme des Bischofs bedurft, um diesen Entwicklungen Einhalt zu gebieten. Ich werde selbst in Rom nach dem Rechten sehen müssen, damit mein Sohn wenigstens teilweise seinen Familienpflichten nachkommt, dachte er bei sich. Julietta ahnte nichts von den Gedanken, die ihren Schwiegervater bewegten. Sie genoß den angenehm kühlen Windhauch auf dem Dach des hohen Turms und ließ sich von der Magd umsorgen. Wenn ihr Blick wieder auf dem eingewickelten Kind ruhte, fühlte sie sich angezogen von dem winzigen Geschöpf und nahm ihren Sohn aus der Wiege. Dann sang sie ihm Lieder aus ihrer Heimat im Süden vor, Lieder in einer Sprache, die anders klang als die tuszische *lingua volgare*, zugleich weicher und kehliger. Sprachlos lauschte die Magd den Klängen voll Sehnsucht und Wärme, und es schien, als richte sich die Aufmerksamkeit des Säuglings auf die vollen Lippen der Mutter. In dem noch runzligen Gesicht leuchteten die hellen Augen wie Aquamarine in der Sonne. Julietta versank darin, aber die Magd schreckte vor diesem Neugeborenengesicht zurück, und wenn sie darüber nachgedacht hätte, wäre ihr bewußt geworden: Sie fürchtete dieses glasige Schauen.

* 3 *

Dreizehn Tage später wurde auch Jacopo Lungarotti ein Sohn geboren, mindestens so heiß ersehnt wie Paolo von seinem Großvater. Und nicht von ungefähr wurde der lang erwartete Sproß auf den Namen Michele getauft. Welchen Teufel er besiegen sollte, würde sich später erweisen, aber das Ziel zeichnete sich bereits ab.

Allzu lange hatte eine gewisse Familie in der Stadt den Ton angegeben, es war an der Zeit, dies zu ändern. Jacopo und sein jüngerer Bruder Alberto hatten mit Fleiß, Beharrlichkeit und manchem heimlichen Tun die Geschäfte ihres Vaters ausgebaut.

Ihr Handel, den sie vornehmlich vom Hafen von Pisa aus betrieben, blühte so sehr auf, daß es ihnen möglich geworden war, eigene Bankgeschäfte zu tätigen und in engen Kontakt mit den Medici zu treten. Zusammen mit diesen Verbündeten müßte es unaufhaltsam aufwärtsgehen, eines Tages würde ihnen die führende Rolle in ihrer Stadt dann von alleine zufallen. Und nun hatte Jacopo einen Sohn, der einstehen konnte, für die Fortsetzung seines Lebenswerks, einen, der die Herrschaft der Lungarotti absichern und festigen konnte. Jacopo küßte seine Frau Felicita, kaum war er ins Schlafgemach gerufen worden, aus dem, der schweren Holztür zum Trotz, einen Tag und eine Nacht lang das Stöhnen und Schreien der Gebärenden gedrungen war. Am Fußende des Bettes stand Beatrice mit bleichem Gesicht. Ihre großen schwarzen Augen sahen wie dunkle Höhlen aus, und an ihrer Schläfe pulsierte eine feine Ader. Wer eine Erstgebärende über zwanzig Stunden begleiten mußte, durfte erschöpft sein, und so nahm Jacopo weiter keine Notiz von der Hebamme. Sonst hätte er in ihren Augen vielleicht jenen Schimmer entdeckt, der weniger der Erschöpfung als vielmehr einem unbestimmten Entsetzen zuzuschreiben war. Der Mutterkuchen, den Felicita unter Schmerzen nachgebar, hatte einen ebensolchen fünfzackigen Stern auf das

Laken geblutet, wie ihn Beatrice dreizehn Tage zuvor bei Paolo Scalieris Geburt gesehen hatte.

Am Abend saß Beatrice in ihrer Hütte außerhalb der Stadtmauer, rührte in dem Kessel über dem niedrigen Feuer und erzählte ihrer Tochter von den seltsamen Zeichen, die bei den reichen Familien der Stadt zu entdecken waren.

»Die Welt steckt voller Geheimnisse«, bemerkte sie abschließend und vermied es, der neunjährigen Lavinia in die Augen zu sehen. Doch Lavinia wäre zu Unrecht die Tochter einer Hebamme und Heilerin gewesen, hätte sie sich mit solch einer Bemerkung abspeisen lassen.

»Du meinst, Mama«, fragte sie, »die fünfzackigen Sterne haben eine Bedeutung?«

»Sie lassen sich deuten«, antwortete Beatrice. Ihr Ton schien unwillig, jedoch schwang eine Spur von Stolz in ihrer Stimme mit. Ja, ihre Tochter war wißbegierig, und das war die wichtigste Voraussetzung für eine angehende weise Frau. »Die Stadt hat den Kreis der Sonne längst verlassen«, fuhr Beatrice fort. »Sie schreitet auf ihren Niedergang zu. Nicht nur, daß sich der Handel in die großen Städte verlagert hat. Im Schatten von Pisa und Lucca, halb vergessen von unseren mächtigen Herren zu Florenz und stets bedroht vom streitbaren Siena, wird es immer schwieriger für unsere Händler, sich zu behaupten. Außerdem streifen zu viele Ritter und Räuber durch die Täler und über die Hügel, gierig nach Brot und Wein. Niemand wird ihrer Herr. Die großen Familien haben mehr mit ihren Feindschaften zu tun als mit der Sicherung von Stadt und Wegen, bauen ihre Türme immer höher, um dem Nachbarn zu trutzen, und vergessen ihre Pflichten der Gemeinschaft gegenüber.«

»Und die fünfzackigen Sterne«, fragte Lavinia erneut.

»Das Pentalpha ist ein altes magisches Zeichen, das die fünf Elemente verkörpert: Licht und Luft, Feuer, Wasser und Wind. Steht es auf zwei Spitzen und zeigt eine Spitze nach oben, ist es ein gewichtiges Zeichen der weißen Magie.

Weist eine Spitze nach unten, hat der Bocksbeinige seine Finger im Spiel.«

»Der Pfarrer hat gesagt, der Fünfstern zeigt die fünf Wunden Christi.«

»Wenige Symbole, meine Tochter, haben so viele Bedeutungen wie das fünffache Alpha, das Zeichen von Anfang über Anfang zu Anfang. Wir werden noch viel über die Zeichen sprechen, wenn ich dich in die verbotenen Künste einweihe. Denn alles in der Welt läßt sich durch Zeichen erklären.«

»Woher weißt du darüber Bescheid?« fragte Lavinia und wußte, sie würde nun wieder eine Geschichte über ihren Großvater hören. Sie liebte diese Geschichten. Ohne sagen zu können, warum, spürte sie in diesen Erzählungen eine große Bedeutung.

»Mein Vater«, begann Beatrice, und ihre Augen schimmerten, während sie im Kessel rührte, »kannte die Welt. Aber mehr noch kannte er die Bücher.«

Lavinia schmiegte sich an den Rücken ihrer Mutter. Sie schloß die Augen und lauschte der vertrauten Stimme, die sie in die ferne Welt ihres Großvaters führte. Es war wie ein Spaziergang zurück zu den Wurzeln ihrer Familie, als sich in der Verbindung des Gelehrten mit einer weisen Frau besonderes geheimes Wissen anhäufte, das die Mutter nun nach und nach an sie weitergab. Manchmal wollte Lavinia nicht warten, bis die rechte Zeit gekommen war. Ungeduldig wünschte sie sich, Sonne und Mond möchten rascher ihre Bahnen ziehen, damit sie älter werde. Sie war unheimlich neugierig auf immer weitere Zirkel des Wissens. Es fanden sich nicht viele Menschen, die im Besitz dieses kostbaren Gutes waren, und jene, die darüber verfügten, taten gut daran, es zu verstecken. Auch ihre Mutter wandte nur einen geringen Teil wirklich an, gab Geburtshilfe und trat ab und zu als Wundheilerin auf, stets darauf bedacht, den Badern nicht in die Quere zu kommen, die eifersüchtig ihre Geschäfte bewachten.

»Über den fünffachen Anfang hat er in einem geheimen Buch gelesen«, erzählte Beatrice, »das tief verschlossen im Palast des Laterans zu finden ist. Mit dem Tod von Martin V. wurde das Buch weggesperrt, und dein Großvater war einer der letzten, der es zu Zeiten des Colonna-Papstes lesen durfte.«

Seither ist es verschollen, ergänzte Lavinia in Gedanken. Wie oft hatte ihre Mutter schon von diesem geheimnisvollen Buch, das ihr vollkommen einzigartig schien, und davon erzählt, daß Großvater einer der wenigen Nichtpriester war, der es jemals hatte lesen dürfen. Während ihre Mutter über die vielen verschiedenen Bedeutungen des Pentagramms sprach, wünschte sie sich, eines Tages selbst in diesem Buch lesen zu können.

* 4 *

Die Stadt lag auf einem Hügel, gut beschirmt von einer Mauer, über deren hohen Kranz hinweg die Türme der großen Familien aufragten. Schon von weitem sah man die Turmzacken ihren Schattenriß in den blauen Himmel zeichnen, und wer immer auf seinem Weg vom Arno herauf das erste Mal hier ankam, zeigte sich beeindruckt. Noch spürte man die selbstbewußte Kraft, die dem Gemeinwesen einst eigen gewesen war. Wer durch das untere Doppeltor hineinritt, mochte zu Recht von den wuchtigen Pfeilern eingeschüchtert werden. Aber in Wahrheit lag die Macht schon seit mehr als zehn Dekaden bei den neuen Herren aus Florenz, die in Tuszien Stadt um Stadt gekauft oder erobert hatten. Immer breiter machten sich die Medici nicht nur in ihrer Stadt, sondern in der gesamten Region. Hatte schon Piero de' Medici, den sie *pater patriae* genannt hatten, vor fast hundert Jahren sein Regiment in Florenz durch ein Geflecht von Beziehungen und seinen unvorstellbaren Reichtum gesichert, ging sein Nachfahre Lorenzo de' Medici, den sie überall in Italien nur »den Prächtigen« nannten, daran, einen Großteil Tusziens unter seine Kontrolle zu bringen. *Il Magnifico* vermochte es seit Jahren, Florenz und Tuszien zu beherrschen, ohne ein Amt zu bekleiden, weil er stets dafür sorgte, nur unbedingte Gefolgsleute in die wichtigen Ämter wählen zu lassen. Und auch wenn es immer wieder Menschen gab, die gegen diese umfassende Macht der Familie mit den drei *palle* im Wappen murrten und manchmal sogar von Tyrannei sprachen, konnte auch hier in der Stadt niemand ohne die Medici erfolgreich sein. Ganz gleich, ob die Scalieri oder die Lungarotti, die Moratti oder die Zappi: Wer immer Geld verdienen und Macht ausüben wollte in den Hügeln Tusziens, dem mußte Lorenzo de' Medici gewogen sein.

Der hagere Mann, der langsam durch das Tor trat und den Wachen ein selbstbewußtes Nicken gönnte, machte sich darüber kaum Gedanken. Kurz vor den Stadtmauern hatte er die Kapuze seines schwarzen Skapuliers zurückgeschlagen und war mit einem stolzen Gesichtsausdruck auf den Einlaß zugegangen. Kaum im inneren Torhof angekommen, stellte er mit dem Anflug eines Lächelns fest, daß ihn die Wachen nicht angesprochen hatten. Streng und in sich gekehrt wirkte er auf jeden Betrachter. Viele Blicke hielten sich an seinem kantigen Schädel auf, der Haarpracht und der blanken Tonsur wegen, die größer schien als bei den meisten Mönchen. Der kurzgeschorene Haarkranz, schlohweiß und strahlend, versah ihn vor allem gegen das Sonnenlicht mit einem engelsgleichen Schein, der Respekt verlangte und jede Ansprache verbot. Raul Barca wußte dies geschickt einzusetzen, besonders bei Torwachen, Brückenposten oder Zolleintreibern. Das Habit des Benediktiners tat ein übriges, so daß er beinahe alle Hürden, die einen freien Kaufmann manchmal zur Verzweiflung oder in den Ruin treiben konnten, spielerisch hinter sich ließ. Bei seinen Missionen war dies hilfreich, denn er wollte möglichst unerkannt kommen und gehen. Wer Raul Barca um Hilfe bat, verlangte Heimlichkeit. Raul richtete sich danach.

Kaum in der Stadt, stieg er die Straße hinauf, die zum Platz vor der Kirche führte, und als er in den Schatten der zusammenrückenden Häuser trat, streifte er mit einer bedächtigen Handbewegung die Kapuze wieder über seinen Kopf. Tief ins Gesicht zog er den groben Stoff und beobachtete das Treiben auf der Straße. Seine Augen wanderten an den Steinfassaden der Häuser entlang und erfaßten jeden Fußgänger, jeden Lastesel, jedes Reitpferd. Seinem Blick entging nichts. Er bemerkte die Rillen in den Pflastersteinen, die von den schmalen Fuhrwerken stammten, welche jahrzehntelang diesen Weg in die Stadt herein oder, vom Marktplatz kommend, ins Land hinaus genommen hatten. Wieder und wieder, mit kratzenden, quietschenden und schleifenden Geräuschen waren die Karren in der Mitte der engen Straße gefahren und hatten die Geschichte von Handel und Wandel in den Boden gekerbt. Raul nahm diese Rillen als weiteren Beweis für den Reichtum der Stadt, der ihm zu Ohren gekommen war, und dieser Anblick beruhigte ihn. Sein Auftraggeber würde zahlen können.

Je näher er der Kirche kam, desto langsamer schritt er voran. Ein unbefangener Beobachter mochte dies darauf zurückführen, daß sich die Straße gegen das Gotteshaus hin ein wenig aufbäumte, was jeden weiteren Schritt beschwerlicher machte als den vorherigen. In Wahrheit aber saugte Raul jede Einzelheit um sich herum auf, als wolle er sich das Bild der Stadt auf Ewigkeit einverleiben. So sah er die schmalen Gassen von der Straße abzweigen, sah, wie Dreck und Unrat sich in den Klüften zwischen den Türmen sammelten, und nahm auch das eine oder andere Schwein wahr, das sich mit gesenktem Rüssel durch den Morast wühlte. Sogar eine fette Ratte entging ihm nicht, als sie über einen halbverfaulten Salatkopf sprang: ein schwarzbrauner Schatten mit langem gelblichem Schwanz. Kein gutes Zeichen. Wo Ratten am hellichten Tag zu sehen waren, gab es ihrer zu viele. Das brachte nicht nur unruhige Nächte, sondern auch Krankheiten mit sich. Nicht wenige vermuteten sogar, die

Pest, diese Geißel der Menschheit, hänge auf teuflische Weise mit den Ratten zusammen. Raul legte bei dieser Beobachtung jedoch Wert auf einen ganz anderen Aspekt, weniger naheliegend vielleicht für die braven Bürger der Stadt, aber bedeutungsvoll für ihn, denn wo es viele Ratten gab, wurde es schwer, nachts lautlos zu schleichen. Die schwarzen Teufelsbiester weckten so manchen unruhigen Schläfer mit ihrem Geraschel und Gefiepe, und wie schrill eine Ratte kreischen konnte, wenn man aus Versehen auf sie trat, hatte Raul vor einigen Jahren in Pamplona erlebt. Das panische Pfeifen des Biestes hatte einen Wachtposten alarmiert, dessen gellende Warnschreie mehrere Soldaten aufmerksam machten. Binnen weniger Minuten war das Viertel in Aufruhr gewesen, und nur mit Mühe war es Raul gelungen, unbemerkt wieder in den Schlafsaal seiner Herberge zu schlüpfen. Am nächsten Tag herrschte große Unruhe an den Stadttoren. Stundenlang wurde jeder, der Pamplona verlassen wollte, angerufen und nach dem »Woher« und »Wohin« befragt, und wer keine befriedigende Antwort geben konnte, wurde einer genauen Durchsuchung unterzogen. Da hätte auch kein Engelsschein geholfen, und so hatte sich Raul einen ganzen Tag im Keller der Herberge versteckt gehalten, ehe er anderntags mit einer Händlerkarawane unauffällig aus der Stadt schlüpfen konnte.

Verdammte Ratten, dachte er und schaute nach vorn, auf das steinerne Portal der schlanken Kirche. Bedächtig stieg er die zwölf Stufen von der Straße zum kleinen Vorplatz hinauf, auf dem sich die Kirchgänger sammelten. Oben angelangt, widmete er sich jedoch nicht der Betrachtung der vier Evangelisten zu beiden Seiten des Portals, sondern blickte auf die Straße und beobachtete das rege Hin und Her. Es war Markttag. Keine hundert Schritt weiter oben am Hang öffneten sich die Häuser zu einem ovalen Platz voller Karren und sich dicht drängender Menschen. Das geschäftige Treiben nahm Raul als ein weiteres Zeichen des Wohlstands. Er wandte sich zur schmalen Gasse, die neben der Kirche, den Markt umgehend, tiefer in die Stadt führte. Er wußte, wo er nach seinem Auftraggeber zu suchen hatte.

* 5 *

Beatrice, die Hebamme, die Woche für Woche sowohl bei den Scalieri als auch den Lungarotti nach dem Rechten sah, verfolgte mit geschärfter Wahrnehmung die Vorgänge in der Stadt und schnürte nach und nach ihr Bündel, damit sie ihre Hütte jederzeit verlassen konnte. Auf Fragen ihrer Tochter, die sich über das Verhalten der Mutter wunderte, antwortete sie ausweichend. Doch Lavinia war nicht entgangen, daß die Mutter eine Mandragora in ihrem Korb versteckt hatte.

»Wann hast du die Alraune geholt und wie?« fragte sie, wohl wissend, wie aufwendig es war, diese Wurzel ohne Gefahr für den Menschen aus der Erde zu ziehen.

»Stöberst du etwa in meinem Korb?«

»Ich stöbere nicht. Das Wurzelmännchen lag offen da, ehe du es unter anderen Kräutern vergrubst. Wie hast du es ausgegraben?«

»Ganz so, wie es die Sitte verlangt zum Schutze des Menschen«, versuchte Beatrice das Gespräch zu beenden.

»Hast du einen Kreis um sie gezogen, dann noch einen und noch einen?«

»Ja, das habe ich«, erwiderte die Mutter, und der Ton ihrer Stimme war leicht gereizt.

»Hattest du einen hungrigen Hund bei dir?«

»Luigis Köter ist dauernd hungrig«, bejahte Beatrice ausweichend.

»Hast du auch die Schnur um die Alraune und den Hund gelegt?«

»Ja, mein Kind«, entgegnete die Hebamme und gab ihren Widerstand auf. »Ich habe alles getan, damit sich die Alraune nicht an mir oder meinen Kindern rächt. Die Kreise, den

Hund, die Schnur, die Wurst – und du wirst lachen: der Köter lebt noch.«

Lavinia atmete hörbar auf. Sie mochte Luigis Hund.

»Und warum hast du dir eine Mandragora besorgt?«

»Vielleicht«, antwortete Beatrice und senkte ihre Stimme zu einem Flüstern, »brauche ich sie, um einen Dämon auszutreiben.«

»Was für einen Dämon?«

Beatrice stöhnte. Wenn sie gedacht hatte, ihre Tochter würde zu einem Punkt gelangen, an dem sie mit weiteren Fragen innehielte, sah sie sich getäuscht. Lavinia war von einem unstillbaren Wissensdurst getrieben, und wenn sie erst den Eindruck gewonnen hatte, einem Geheimnis auf der Spur zu sein, gab sie nicht auf. Und so erzählte Beatrice erneut von den beiden fünfzackigen Sternen im Hause der Scalieri und der Lungarotti und ihrer Ahnung, Böses liege in der Luft.

»Vor wenigen Tagen«, fuhr Beatrice fort, »keiner weiß das genau zu sagen, ist ein Mönch in die Stadt gelangt. Zumindest heißt es, daß er ein Mönch sei. Ich für mein Teil ...« Sie schien ihren eigenen Worten nachzulauschen. Lavinia sah die Mutter mit großen Augen an.

»Er ist kein Mönch. Er ist gefährlich.«

»Ja, mein Kind. Cicero hat mir zugeflüstert, ein Magier sei in der Stadt.«

»Cicero, der Bettler?«

»Ja. Wer, wenn nicht er, weiß Bescheid über die Geheimnisse der Stadt.«

»Müssen wir fort?«

»Wahrscheinlich.«

»Ich habe Angst«, erwiderte Lavinia. »Müssen wir dann wieder fliehen wie vor vielen Jahren, als ich ein kleines Mädchen war? Werden wir wieder rechtlos sein?«

»Möglich ist alles, meine Liebe. Aber du mußt keine Angst haben, ich bin bei dir und werde dich beschützen.«

»Wirklich? Und wenn sie dich fassen, die Schergen, weil du eine Heilerin bist?«

»Wir werden rechtzeitig weggehen, bevor uns jemand faßt«, beruhigte Beatrice ihre Tochter. Lavinia nickte und machte sich daran, ihren Reisesack aus altem Leder zu pakken. Mit gutem Grund, wie sich fünf Tage später zeigen sollte. Cicero – ein pockennarbiger Krüppel, der sich auf zwei hölzernen Krücken erstaunlich behende fortbewegte – stand früh am Morgen vor der Hütte und rief halblaut:

»Wacht auf, ihr müßt gehen.«

Beatrice erhob sich leise von ihrem Lager, um Lavinia nicht zu wecken. Mit zwei Schritten war sie am Eingang der Hütte und schob das Laken zur Seite, das die Tür verhängte.

»Was ist geschehen?«

»Antonio Scalieri ist tot. Es heißt, er wurde vergiftet.«

»Was? Wie und von wem?«

»Das weiß ich nicht. Aber ich habe Gerüchte gehört von falschem Safran in der Stadt. Manche sprechen von bösem Zauber.«

»Der Magier?« fragte Beatrice, und in ihrer Stimme lag ein leichtes Zittern.

Cicero zuckte mit den Achseln. »Der Verdacht wird auf dich fallen. Du hast dich in den letzten Wochen bei den Scalieri aufgehalten. Du kennst dich mit Kräutern aus und verfügst über geheimes Wissen.«

»Ich habe nur den kleinen Paolo versorgt. Das war meine Aufgabe, für die mich Antonio Scalieri selbst berufen hat. Niemals habe ich jemandem Schaden zugefügt. Die Stadt kennt mich und schätzt meine Arbeit.«

»Du wirst so geschätzt, wie eine Frau deiner Art geschätzt wird: nah an den unehrlichen Berufen, immer von Argwohn begleitet, stets der Gefahr ausgesetzt, von einem Bürger der Zauberei beschuldigt zu werden, und sei es von einem *medicus*, der auf deine Heilerfolge eifersüchtig ist. – Wem fiele es leichter als dir, einem Patrizier Schierling in den Wein zu mischen oder den wertvollen Safran zu verzaubern? Du kennst die Gifte. Selbst wenn man dich nicht direkt verdächtigt: Du wärst die erste, die man der wirkungsvollen Beihilfe bezichtigen würde.«

Beatrice wußte, daß der Verdacht auf sie fallen würde. Überall in Tuszien dachte man in diesen Tagen als erstes an die Kräuterweiber und Heilerinnen, wenn es um Vergiftungen ging. Entweder, so glaubte man, mischten die seltsamen Frauen das Gift einfach den Kräutern bei, oder sie griffen mit teuflischen Beschwörungen zum Schadenszauber. Gar zu einfach schien der Weg, diese Hexen für ungeklärte Vorfälle verantwortlich zu machen, da sie außerhalb der städtischen Gemeinschaft und nicht selten in sonderbarem Ruf standen.

»Ja, mich werden sie verdächtigen«, flüsterte Beatrice und schlüpfte hinter das Laken. Sie spürte, wie ihr die Tränen in die Augen schossen, und wollte auf keinen Fall, daß Cicero ihre Traurigkeit bemerkte. Wieder einmal hieß es Abschied nehmen und die Flucht ergreifen, wie vor acht Jahren. Hals über Kopf hatte sie damals Cremona verlassen, weil sie ein Adliger bezichtigte, am Tod seiner Frau schuld zu sein, die im Kindbett gestorben war. Dabei hatte er sich nur für die Zurückweisung rächen wollen, die er von Beatrice erfahren hatte, und weil sie seinen lüsternen Nachstellungen nicht gefügig war. Im letzten Moment war sie damals mit ihrer einjährigen Tochter entkommen und hatte nach langer Irrfahrt hier eine neue Bleibe gefunden. Vorbei. Wenn ihr das Leben lieb war, mußte sie nun weiterziehen. Sie weckte Lavinia, zog den härenen Mantel an und warf sich ihr Bündel um.

Als sie nach einer Viertelstunde mit ihrer Tochter aus der Hütte trat, war der Bettler verschwunden.

* 6 *

Wenige Tage später verließ ein hagerer Benediktiner die Stadt, ohne von einer Torwache wahrgenommen zu werden. Langsam schritt er die Straße nach Siena entlang und schob die Kapuze vom Kopf – die Sonne stand schon halbhoch am Himmel. Hätte ihm jemand nachgeblickt, er hätte einen hellen Strahlenkranz über dem schwarzen Skapulier gesehen und sich gewundert, wie ein Heiliger in diese Gegend gelangen mochte, die doch mehr und mehr in Vergessenheit geriet. Raul Barca lächelte in sich hinein. Er wußte, daß ihm niemand nachblickte, denn der, der allein Interesse daran gehabt haben könnte, würde sich hüten, mit ihm in Verbindung gebracht zu werden. Der Auftrag war ausgeführt und gut entlohnt worden. Langsam schob Raul eine Hand unter sein Skapulier und berührte die aus Silber gefertigte Dose, die in einer Innentasche steckte. Sie war bis an den Rand gefüllt. Mit der Hand auf der Dose wuchs seine Vorfreude auf die Ewige Stadt. Er besaß ein kleines Vermögen. In Rom würde er ein großes daraus machen.

Schon als kleiner Junge hatte er von Rom geträumt. Wenn es eine Mitte der Welt gab, dann lag sie dort. Ob immer noch oder schon wieder, vermochte er nicht zu entscheiden, aber eines war klar: Heute lag das Zentrum der Welt in Rom. Und zu nichts anderem strebte er, vermutlich deshalb, weil es ihm nicht in die Wiege gelegt worden war, am großen Geschehen der Welt teilzuhaben. Gar nichts war ihm in die Wiege gelegt worden. Vielmehr hatte ihn seine Mutter, kaum war sie vom Kindbett genesen, in einer Kiste auf die Schwelle eines Klosters gelegt. Die Benediktiner gaben ihn in die Obhut einer Amme, der Tochter einer Pfarrfrau, die das Pfarrhaus einer großen Gemeinde pflegte – und den Pfarrer gleich mit. Der wiederum ließ seine Gunst keineswegs einem Weib allein zuteil werden, sondern wußte in mehr als nur geistlicher Hinsicht Trost für die Frauen ringsum. Raul schmunzelte, als er an Don Leon dachte. Der Herr würde dem Pfarrer verzeihen, denn der war so schön geschaffen, daß sich jede Art der Schöpfung daran erfreute, nicht nur die jungen Frauen und einsamen Witwen. Und Don Leon wußte sein schlechtes Gewissen zu beruhigen: Er nahm Findelkinder auf, nicht wenige an der Zahl. Mehr als eines, so ging über die vielen Jahre hin die Vermutung, dürfte ein leibliches Kind von ihm gewesen sein. Doch niemand konnte Genaueres sagen, und da der Pfarrer allen Kindern mit der gleichen Liebe und Hingabe begegnete, blieb die Beantwortung dieser Frage müßig. Raul hatte sich lange als zweitrangig empfunden. Aber war nicht Jesus Christus in ihnen allen verkörpert? Und war nicht, wenn zwei oder mehr von ihnen beieinandersaßen, der Herr unter ihnen? Raul glaubte daran. Er war also keineswegs weniger wert als die anderen. Schließlich hielt er sich sogar für wertvoller. Das fing mit den Leistungen in Latein an, setzte sich über die Kenntnisse des Neuen Testaments fort und hörte nicht auf bei seinen Fähigkeiten, Rechenaufgaben zu lösen. Wenn er aber, dachte er immer öfter, um so viel gescheiter war als seine Findelgeschwister, mußte es mit seiner Herkunft eine besondere Bewandtnis haben. Eines Tages hatte er Don Leon im Beisein mehrerer Kinder darauf angesprochen. Der Pfarrer war von diesem Tag an verstummt. Er zog sich von seinen Findelkindern zurück, sprach mit ihnen kaum noch ein Wort. Einzig an seinen Segenssprüchen erkannten die Unglücklichen, daß er sie noch nicht vergessen hatte. Doch Segenssprüche reichten Raul nicht. Er hatte die Nähe Don Leons gesucht und daran gearbeitet, die Mauer, die jener um sich herum aufgebaut hatte, niederzureißen. Eines Tages, er war kaum älter als elf Jahre, traf er sich mit seinem Ziehvater in der Taufkapelle. Sie schauten sich in die Augen. »Bin ich dein Sohn«, fragte Raul. »Ja«, antwortete dieser nach langem Schweigen und vermied jeden weiteren Blickkontakt. Raul weinte. Warum, fragte er sich, mußte der Pfarrer lügen? Raul war langsam aus der Taufkapelle hinausgeschlichen. Nie wieder hatte er diesen Punkt mit seinem Vater erörtert. Nach und nach wurde Don

Leon wieder zugänglicher, und einige Monate später verhielt er sich seinen Findelkindern gegenüber wie früher. Nur in der Begegnung mit Raul lag ein Hauch von Beklommenheit, die von beiden Seiten ausging. Die Befangenheit versuchte Don Leon mit Erzählen zu überspielen, sprach mit wachsender Begeisterung von Rom, steigerte sich in einen wahren Rausch aus Bildern, wenn er die Ewige Stadt beschrieb, und malte dabei einen Ort, der in der Phantasie des Elf- oder Zwölfjährigen leuchtender war als jedes Jerusalem. Wer vor zweihundert Jahren noch das Kreuz genommen und gen Palästina aufgebrochen war, der müßte heute, so dachte der Knabe Raul, gen Rom ziehen. Nur auf dem Kapitol würde einem die Welt zu Füßen liegen.

Jetzt, zwanzig Jahre später, war er auf dem Weg, und er wußte, er wurde von einem der mächtigsten Männer der Stadt erwartet.

* 7 *

Enea war verzweifelt. Der unerwartete Tod seines Vaters stellte ihn vor erhebliche Probleme. Nicht nur, daß er in der Führung der Geschäfte keine rechte Übung hatte, schlug ihm aufs Gemüt, mehr noch bekümmerte ihn der Verdacht eines gewaltsamen Todes des Patriarchen. Die ersten Tage danach hatte er in einem Zustand getrübten Bewußtseins verlebt, wie in einem bösen Traum, von dem er dachte, er müsse nun endlich enden. Ich brauche nur aufzuwachen, dann ist der Spuk vorüber, und das Leben geht wieder seinen heiteren Gang, hoffte er manchmal. Vergebens. Wie hatte er über viele Jahre hinweg den Umstand genossen, Kind einer reichen Händlerfamilie zu sein. Als Drittgeborener war er frei gewesen von jeder Verantwortung. Der Älteste, Umberto, wuchs in die Rolle des *pater familias*, der Zweitgeborene, Giuseppe, ließ als Titularbischof die Kirche zu ihrem Recht kommen. Für den dritten im Bunde blieb damit ein Leben außerhalb enger Pflichten, und so hatte Enea es auch unabhängig von Vaters Vorstellungen gestaltet. Dann war Umberto auf dem Meer geblieben, die Fessel der Familie war spürbar geworden. Doch der Patron hatte das Heft wenigstens noch selbst in der Hand gehabt. Das ließ Enea die eine oder andere Freiheit. Freiheit, wie schmeckst du süß, hat einmal man von dir gekostet, dachte Enea. Er verfiel gern ins Poetische. Manche nannten es gekünstelt und machten sich lustig über seine Marotte. Übelmeinende hielten ihn gar für einen Narren, aber Julietta hatte sich zuerst seiner Verse wegen in ihn verliebt, allein das zählte. Beim Gedanken an Julietta war er sofort zärtlich gestimmt. Immer noch konnte er sein Glück nicht fassen, daß sie ihm zuliebe Sizilien verlassen hatte. Und seit sie ihm auch noch einen Sohn geschenkt hatte, war er der Liebe übervoll. Was für ein unbeschwertes Leben hätten sie führen können, wenn nicht dieser verdammte Salbeisud gewesen wäre. Diese Grille des Vaters, den Salbeisud stets mit Safran zu färben. Wenn Enea es recht bedachte, hatte er das nie gemocht, weil es viel zu verschwenderisch war, wertvollen Safran in billigen Kräuteraufguß zu reiben. Doch der Vater war stolz darauf gewesen, sich den Sud »vergolden zu können«. Er trank viel von dem Tee und trank ihn gern, hauptsächlich der wohltuenden Wirkung wegen, weil er Blähungen linderte und das Wohlbefinden steigerte. Wenn viel Fleisch auf der Tafel gestanden hatte, war es nicht selten vorgekommen, daß Antonio zwei Krüge davon verlangt hatte. Immer behielt er sich vor, den Safran selbst in die Tasse zu reiben, als wolle er neben der Kontrolle über das wertvolle Gewürz eigenhändig die Lust am flüchtigen Gold verspüren. So auch an jenem Abend, als sie im Kontor saßen und einige Handelsangelegenheiten besprachen, und jetzt, während sich Enea erinnerte, wurde er der Unmengen Ziegenfleisch gewahr, die sie mittags zu sich genommen hatten, um den Pfeffersack aus Genua zu beeindrucken, mit dem sie ins Geschäft kommen wollten. Schon am Nachmittag hatte der Vater über Unwohlsein geklagt und sich übergeben müssen. Wie selbstverständlich hatte er zu seinem geliebten Hausmittel gegriffen und sich von der Köchin einen weiteren Krug Salbeisud auftragen lassen, den er sich Tasse für Tasse einfärbte.

»Wir müssen mit Giuseppe sprechen wegen unserer Lieferungen nach Rom. Ich mag nicht länger mitansehen, daß der Heilige Vater seine Fasane mit spanischem Safran würzt, wenn er unseren wohlfeil haben kann.«

Aus seinen Augen hatte Besorgnis gesprochen. Er betonte jedes Wort.

»Aber Giuseppe wird nicht so viel Einfluß haben, uns einen Auftrag zu verschaffen.«

»Ich habe die *Goldscudi*«, grummelte Antonio und griff sich ans Herz, »nicht in sein Amt gesteckt, damit er ohne Einfluß bleibt an der Kurie. Was ich vergolde, das will ich auch kosten.« Dabei krümelte er einige zusätzliche Fäden Safran in sein Getränk. »Wir können mehr nehmen von der Kurie als gewöhnlich, und wir müssen nicht einstehen für die höchste Qualität.« Er kniff das rechte Auge zu und atmete schwer.

»Würdest du den Safran für den Papst verfälschen?« fragte Enea entrüstet.

»Selbstverständlich nicht«, erwiderte der Patron und lächelte. Es war ein derart vielsagendes Lächeln, daß Enea dankbar war, kein Geschäftsmann zu sein, und er wünschte sich, dies möge so bleiben. Sollte doch später sein Bruder Abramo die Geschäfte leiten. Er würde sich im Hintergrund halten und ein bescheidenes Leben führen. Er blickte seinen Vater an: Der sah so aus, als ränge er um Atem.

»Du mußt«, keuchte Antonio, »allmählich beginnen, dich stärker für das Wohl unseres Handels zu begeistern ...« Er hielt inne und atmete tief ein. Seine geweiteten Augen waren gerötet. »Du mußt dein Streben auf unseren Erfolg ausrichten« ... wieder ein röchelnder Atemzug ... »du bist zum wichtigsten Trieb unseres Stammbaums geworden, und dank

Paolo …« Er griff sich an die Brust. In seinen Augen lag ein überraschter Ausdruck. Enea öffnete den Mund, um auf den Vorwurf seines Vaters zu antworten, aber die Art und Weise, wie dieser die Tasse an den Mund führte, ließ ihn auf eine Erwiderung verzichten. Antonios Hand zitterte. Er trank gierig wie ein Verdurstender. Seine Augen traten hervor, eine Ader an der Schläfe schwoll blau an. Die Hand an der Tasse verkrampfte sich. »Ich weiß nicht …«, stammelte er und versuchte, sich den Schweiß von der Stirn zu wischen. Seine Lippen nahmen eine leichte Blaufärbung an, als wäre er zu lange im kalten Badewasser geblieben. Aus den Mundwinkeln traten dünne Speichelfäden und zogen sich über das Kinn. Die Tasse barst, die Hand fing an zu bluten. Während der Atem röchelnd ging, klappte sein Kiefer hilflos auf und zu, kein Wort entkam mehr dem zitternden Mund. Alles an ihm war nun ein Kampf um Luft. Seine Hose begann sich dunkel zu verfärben. Antonio versuchte aufzustehen. Seine geröteten Augen schienen eine Frage zu stellen. Mühsam hob er den Körper an, doch dann kippte er seitlich weg und schlug hart auf dem Boden auf. Im selben Augenblick erbrach der Patron grünlichen Brei – Enea erinnerte sich, mittags hatte es Erbsen zum Ziegenfleisch gegeben. Die Füße fingen an zu zucken. Enea saß wie gelähmt, wie ein auf die Bank gefesselter Delinquent, welcher der Folterung seines Komplizen beiwohnen mußte als besondere Form der *territio verbalis*, der Vorankündigung des Grauens. Die ganze Gestalt des Vaters zitterte jetzt wie Espenlaub in böigem Wind. Dabei noch ein Röcheln und Japsen aus dem verzerrten Mund, als rülpse und furze der Teufel aus Antonios Rachen. Ja, so mußte Besessenheit aussehen, dachte Enea in panischer Angst und schlug das Kreuzzeichen. Er sprang auf und lief entsetzt auf den Flur. Draußen überschlug sich seine Stimme. Rasch waren zwei Handelsgehilfen zur Stelle. Sie rannten ins Kontor zurück. Der Patron lag mit blauem Gesicht und blutunterlaufenen Augen verkrümmt auf dem Boden. Arme und Beine schüttelte nur noch ein leichter

Tremor. Alle schlugen das Kreuzzeichen. Zehn Minuten später war Antonio Scalieri tot.

Verdammter Salbeisud, dachte Enea, wenn er sich an diese schreckliche Szene erinnerte, und gottverdammter Safran. Er verfluchte das Gewürz, dabei waren sie durch den Safranhandel reich geworden. Nirgends in Italien blühte der *crocus sativus* derart farbenprächtig wie auf den Hügeln rings um ihre Stadt. Wenn die Wiesen im Herbst ihr blauviolettes Kleid trugen, war das Auge betört von dem Anblick und der Aussicht auf beste Geschäfte. Safran für den Papst. Enea seufzte. Jetzt war er der Patron der Scalieri und mußte sich um Geschäfte kümmern, von denen er keinen Schimmer hatte. Gewiß würden die Konkurrenten das auszunutzen wissen, und Vaters Befürchtungen würden wahr werden: Die Scalieri verlören ihren Einfluß an andere. Enea trieb kein falscher Ehrgeiz, aber er spürte den Auftrag des Vaters auf sich lasten, die Stellung der Familie in der Stadt hochzuhalten. Dieser Aufgabe mußte er sich stellen. Ehre und Stolz der Familie, das hatte schon vor zweihundert Jahren die Sippen der Stadt ausgezeichnet. So sehr konnten sie sich in den Haaren liegen, daß sie lieber die fremden Florentiner Herren akzeptierten als die Vormacht einer Familie aus der eigenen Stadt. Ob er wollte oder nicht, Enea mußte dem Gesetz der Sippe gehorchen. Und die Gerüchte, eine der anderen großen Familien habe bei Antonios Tod ihre Hände im Spiel gehabt, machten seine Aufgabe nicht leichter. Neben all den Bemühungen, die Geschäfte in den Griff zu bekommen, hieß es festzustellen, ob hier ein Verbrechen geschehen war. Wenn ja, dann war ein Mörder zu suchen. Doch wie diese Schandtat aufdecken? Jede Familie war mit jeder anderen in der Stadt auf irgendeine Art verfeindet. Die einen hatten sich schon über Generationen hinweg befehdet, die anderen stritten über einen aktuellen Anlaß, die nächsten versuchten gerade, mühsam Frieden zu schließen, um für eine weitere Fehde den Rücken frei oder gar Verbündete zu haben. Manchmal wechselten die Bündnisse binnen weniger Monate. Dann verbrüderten sich erbitterte Feinde, um einen gemeinsamen Widersacher niederzuringen. Wenn es um Einfluß im Handel ging, konnte hinter einer üblen Tat jedes der ansässigen Handelshäuser stecken, genausogut aber ein Konkurrent aus Siena oder Florenz. Waren derzeit wirklich die Moratti die schlimmsten Gegner der Scalieri, weil sie vor einem Jahr eines der besten Krokusfelder an Antonio verloren hatten? Oder die Zappi? Aber im Grunde schien Antonios Tod den Lungarotti den größten Vorteil eingebracht zu haben. Wie man es drehte und wendete, immer ergaben sich Verdachtsmomente ebenso wie entlastende Aspekte, und schnell entstand in Eneas Kopf ein Knäuel aus Gedanken und Spekulationen, das er kaum entwirren konnte. Hoffnungslos. Enea setzte sich lieber zu Julietta auf das Dach des Turms, erfreute sich am Anblick seiner allmählich wieder zu Kräften kommenden Frau und an den ersten Lebensäußerungen seines Sohnes Paolo.

* 8 *

Das Pontifikat von Sixtus IV. ging ins fünfte Jahr, und über Tuszien lag ein schwüler Sommer. Paolo war ein aufgeweckter Knabe von etwas mehr als sieben Jahren, der mit seinen Streichen für manche Heiterkeit und mit seiner raschen Auffassungsgabe in der Lateinschule für manche Verblüffung bei Pater Coelestin sorgte. Für sein Alter war Paolo hoch gewachsen. Die Arme und Beine wiesen nichts mehr von den niedlichen Speckröllchen auf, die sein Kleinkinddasein geprägt hatten. Sein Körper war kräftig, der Kopf groß. Im leicht rundlichen Gesicht dominierten die klaren, hellen Augen, die andauernd in Bewegung schienen – so, wie der ganze Knabe stets in Bewegung war.

Er konnte ausdauernd und schnell laufen, war geübt, mit den acht- und neunjährigen Nachbarskindern mitzurennen und sich mit ihnen in allerlei kindlichen Mutproben zu messen, wobei er die älteren wiederholt zu verblüffen wußte. Paolo kannte weder Angst noch Rücksicht und wagte eine Unternehmung auch dann noch, wenn selbst die Neunjährigen abwinkten. Letzte Woche zum Beispiel war es Luigi Nola, dem Sohn eines Buchhalters der Scalieri, in den Sinn gekommen, man könne durch den schmalen Tunnel kriechen, der die Abwässer aus den Rinnsteinen der oberen Stadt unter dem doppelten Mauerring hindurch über den Bach ins Tal leitete. Durch diesen Tunnel wurde mancher Unrat entsorgt, und mehrmals im Jahr mußten die Stadtknechte mit Schaufeln und Besen anrücken, um diese Kloake der Stadt freizuräumen. Im Sommer lag der Tunnel trocken und füllte sich mit Unrat. Nach jedem Regenguß, der den Kanal wässerte und die Fäulnis in der dunklen Röhre beförderte, stank es erbärmlich aus dem unter einem heruntergekommenen Lagerhaus versteckten Schlund. Auf die Kinder übte das schwarze Loch eine seltsame Faszination aus, immer wieder lungerten sie um das Höllenmaul, wie sie es nannten, und rätselten, wie es wohl innen aussähe.

»Laß uns durchkriechen«, hatte Luigi vorgeschlagen, und alle hatten begeistert genickt. Doch als sie näher an die Öffnung herantraten, rümpften die ersten schon ihre Nasen. Vor zwei Tagen war ein kräftiges Gewitter über die Hügel gefegt und hatte mit einem sintflutartigen Platzregen binnen weniger Minuten die Rinnsteine der Stadt in Bäche verwandelt. Die Feuchtigkeit hing noch in der Kloake.

»Seid keine Feiglinge«, drängte Luigi, der offensichtlich ganz vernarrt in seine Idee war und nicht so rasch klein beigeben wollte. Natürlich war Paolo an der Spitze der Gruppe, als sie an den dunklen Unterweltrachen herantraten. Ein leichter Wind kam auf, der vom Tal her in den Tunnel hinein und den Kindern einen wahren Höllenbrodem entgegenblies. Jetzt hielt sich sogar Luigi die Nase zu. Paolo spuckte aus.

»Gut, ich tu' es«, sagte er, und seine Stimme klang tiefer,

als man es von einem Siebenjährigen erwarten würde. Schon kletterte er über die niedrige Steinmauer, die den Schlund von der Gasse abtrennte, und sprang die knapp drei Fuß hinab. Auf dem morastigen Untergrund rutschte er aus und schlug seitlich in den Dreck. Fabio und Filipo schrien auf, als unter Paolos Körper fiepend zwei Ratten hervorschossen und in dem Tunnel verschwanden. Luigi zog ein bedenkliches Gesicht.

»Ist gut«, sagte er, »du hast uns gezeigt, daß du es machst. Das genügt.«

»Ich mache weiter«, erwiderte Paolo, und in seinen Augen lag ein entschlossener Ausdruck.

»Paolo«, bat Luigi, dem der Gedanke, sein Freund werde gleich in dem düsteren Schlund verschwinden, nicht geheuer war, »Paolo, bleib da. Du stinkst jetzt schon. Was soll deine Mutter sagen?«

»Kommst du mit?«

Luigis Unterkiefer mahlte, als würde er ein zähes Stück Fleisch kauen. Er schwang ein Bein über die niedrige Mauer, war gerade dabei, das zweite nachzuziehen, als eine fette braune Ratte unter ihm durchhuschte. Luigi schluckte und wiegte verneinend den Kopf.

»Gut«, knirschte Paolo und rannte in die Dunkelheit hinein.

Im Tunnel konnte Paolo zunächst ohne Schwierigkeiten aufrecht gehen. Nach ersten Metern in Dämmerlicht schwärzte sich die Röhre ein, und allmählich wurde ihm unheimlich. Zunehmend sammelte sich mehr Unrat auf dem Boden an, so daß der Abstand zur Tunneldecke geringer wurde. Mit jedem Schritt sank Paolo in den Morast, versank manchmal bis zu den Knien im Dreck. Allerdings ließ mit jedem Schritt vorwärts der Gestank ein wenig nach, und als Paolo so weit in den Tunnel vorgedrungen war, daß er von dem Lichtschein am Eingang nichts mehr wahrnahm, hatte es aufgehört zu stinken. Dafür reichte der Unrat so hoch, daß Paolo kaum noch gebückt vorankam. Entweder drehte er um, oder er mußte kriechen. Hatte da eine Ratte sein Bein gestreift? In der Dunkelheit hörte er ein leises Fiepen. Er lauschte angestrengt und überlegte, woher er das Geräusch kannte. Richtig, das mußten Mäuse sein. Vor Mäusen hatte er keine Angst, im Gegenteil. Manchmal brachte die gestreifte Katze eine lebendige Maus, um damit zu spielen. Paolo nahm die Tiere und spielte seinerseits damit. Er fand es lustig, wie die zittrigen Körper sich in seine Hand duckten, um mit einem plötzlichen Sprung davonzusausen, worauf die Katze nur wartete. Mit einem zupackenden Sprung hatte sie den Nager wieder und biß ihm das Genick durch, ehe sie das kleine Tier fraß (übrigens regelmäßig nur zur Hälfte, denn die Katze im Hause Scalieri war gut im Futter). Neben Mäusefiepen und Rattenhuschen hörte Paolo ab und an ein leises Schmatzen und Gurgeln. Obwohl er das Geräusch unheimlich fand, jagte es ihm keine rechte Angst ein, und er verzichtete darauf, sich zu fragen, wie es entstand. Anders verhielt es sich mit jenem hohlen Winseln, das in unregelmäßigen Abständen ertönte. Klagelaute der Toten? Gab es Geister hier? Das Blut gefror ihm in den Adern, als ihn plötzlich ein Nebelkörper umhüllte. Paolo blieb stocksteif stehen. Nichts geschah. Allmählich tastete er mit seiner Hand an seinem Körper entlang hinauf Richtung Gesicht, prüfte, was er spürte, überlegte angestrengt – und atmete auf. Er war nur in eine riesige Spinnwebe gelaufen. Erleichtert kämpfte er sich weiter vor, und weil er nun schon so tief im Tunnel war, wollte er auf jeden Fall am anderen Ende herauskommen. Also bückte er sich und fing an zu krabbeln. Eklig schmierte der Morast durch die Zwischenräume seiner Finger. Jetzt stank es wieder. Paolo spürte Brechreiz am Gaumen aufsteigen. Immer drängender würgte es ihn, und immer rascher robbte er durch den Schlamm. Da sah er einen Lichtschimmer. Er hielt den Atem an und kämpfte sich ins Freie. Wenige Augenblicke später fiel er regelrecht aus dem Tunnel heraus, rollte über den Unrat seitlich aus der Kloake und landete auf einer trockenen

Wiese. Hinter ihm ragte trutzend die Stadtmauer in die Höhe, ein Bollwerk für die Ewigkeit. So schnell ihn seine Füße trugen, lief Paolo an der Mauer entlang zum unteren Stadttor und trug seinen übelriechenden Körper mit Stolz an den Torwachen vorbei, die verdutzt dreinschauten, als sie den dreckstarrenden Scalieri-Knaben erkannten. Hurtig sprang Paolo die Straße hinauf und unterhalb der Kirche hinüber in die Gasse, die zum alten Lagerhaus führte. Luigi und die anderen Freunde standen noch immer sichtlich beunruhigt und ratlos um den Schlund herum. Paolo stieß einen Jubelschrei aus. Seine Freunde drehten sich zu ihm um und starrten ihn an, als sei er ein Gespenst.

»Ich bin durch«, sagte er, und in seiner Stimme schwang der Triumph eines Caesaren mit.

Maria, die Hausmagd, schlug die Hände über dem Kopf zusammen, als sie den Knaben sah, und steckte ihn sofort in den Waschzuber. Keinesfalls sollte die Herrin ihren Sohn in diesem Zustand sehen, wer weiß, ob Julietta diesen Anblick ertrug. Die junge Frau hatte schon genug Sorgen, da sollte sie sich nicht auch noch um den Jungen kümmern müssen. Ihr Gemahl lag mit einem gräßlichen Fieber danieder, von dem man nicht wußte, woher es kam. Der *medicus* vermutete, es könnte die böse Luft sein, die sich unten in den Sümpfen der Maremma Jahr für Jahr ihre Menschenopfer holte, aber anders als bei einem üblichen Sumpffieber fehlte es an den bezeichnenden Temperaturschüben. Wen die *mal aria* packte, den schüttelte das Fieber meist drei Tage, um dann für mehrere Tage zu weichen und danach mit Wucht wiederzukommen, das Ganze wiederholte sich so oft, bis viele entkräftet starben. Enea aber glühte seit fünf Tagen ununterbrochen und wurde hohläugiger mit jeder Stunde. Längst waren im Haus die Gebetskerzen aufgestellt, und eine der Mägde kniete stets vor dem Hausaltar, um für die Genesung des Herrn zu beten. Was für ein Unheil lag über dem Haus der Scalieri, daß man nun auch um das Leben des jungen Patron bangen mußte? Welch ein Verhängnis drohte, würde Enea sterben? Schwer genug hatte die Familie unter dem Tod des alten Patrons zu leiden. Seit Antonio das Gift jener Hexe dahingerafft hatte, war es stetig mit dem Handelshaus bergab gegangen. Gott, mach, flehte die Magd, daß uns wenigstens der junge Herr erhalten bleibt. Mit diesem Stoßseufzer fing sie an, Paolo mit einem groben Stofflappen abzuwaschen. Mein Gott, wie der Junge stank!

* 9 *

Julietta stand auf dem Dach an der niedrigen Brüstung und blickte hinüber auf die Hügel. Am Horizont versteckte sich die Sonne hinter einigen Schleierwolken, und in dem frühabendlich milden Licht bekamen alle Dinge einen matten Glanz. Nie mochte sie die runden Hügel des Landes so wie zu dieser Stunde, in der sich der Abend auf Samtpfoten anschlich. Eine Andeutung von Dämmerung erfüllte bereits den Raum und vermittelte eine Ahnung von Nacht, mehr nicht. Aber diese Ahnung war gerade genug, um des Tages Härte zu brechen. Julietta erinnerte sich mancher Abendstunde an den Hängen des Ätna, Hand in Hand mit Enea. Zärtliche Augenblicke kamen ihr in den Sinn, in denen er nach Worten gesucht hatte, um ihr ein Gedicht darzubringen. Ach, wie zaudernd hatte er die Verse gesetzt, mit leiser Stimme in den Wind hineingehaucht, der am späten Nachmittag vom Berg zum Meer hinunter blies. Für seine zaghaften Versuche, die alten Dichter nachzuempfinden, hatte sie ihn von Anfang an geliebt. Dieses jungenhafte Suchen nach den richtigen Worten, dieses schüchterne Aussprechen, dieser fragende Blick, wenn ein Vers in die Luft geschrieben war, all das hatte sie schon damals an ihm gemocht. Das durfte nicht zu Ende sein. Wann, wenn nicht zu dieser Stunde, wäre die rechte Zeit, Gott um Gnade zu bitten für Enea Scalieri, den drittgeborenen Sproß, der zu nichts nutze schien außer zum Dichten und Lieben. Laß ihn mir, Herr, betete sie, um meiner Freude willen am Leben und an Dir, mein Gott und mein Vater, denn nie könnte ich sagen: »Der Herr hat gegeben, der Herr hat genommen, gesegnet sei der Name des Herrn«, nähmst Du ihn mir. Laß ihn mir, Herr, damit ich Dich weiter liebe, wie man einen Vater liebt, der alles vermag und nichts Böses gegen seine Kinder zuläßt. Laß ihn mir, Du Allbejaher, denn Dein ist die Kraft... so laß ihn mir, bitte, flehte sie und flüsterte nun ihre Worte über die niedrige Brüstung hinweg: »... und die Herrlichkeit, amen.«

Julietta verließ das Dach, schritt Stufe für Stufe die steile Wendeltreppe hinab und trat in die Schlafkammer ihres Mannes. Eingesunken in viele Federkissen lag er bleich im Kastenbett. Die Wangen waren eingefallen. Die Stirn, in den letzten Jahren durch zurückweichendes Haar hoch geworden, stand in Schweiß, den die Magd mit einem kühlen Lappen abtupfte. Wortlos nahm Julietta den Lappen, und die Magd verließ den Raum. Ein Schemel neben dem Bett bot einen Sitzplatz. Vorsichtig tastete Julietta unter den Federn nach der Hand ihres Mannes, fand Haut und Knochen und bewahrte dieses zerbrechliche Etwas in ihren Händen. Wie heiß fühlte sich der Geliebte an. Julietta erschrak. Am Puls spürte sie keine Bewegung mehr, höchstens etwas wie ein versickerndes Rinnsal in einer Sandkuhle. Wo einst ein kräftiges Pochen die Ader belebte mit genau abgezählten Schlägen, jagte nun ein flaches Flirren eine sengende Hitze in die Hände, denen alles Zupackende abhanden gekommen war. Unvermittelt schossen Julietta die Tränen in die Augen. Sie spürte, wie das Leben diesen Körper verließ. Und mit aller Macht drängten sich ihr Erinnerungen an früher auf, als sie ihrer Großmutter die Hände gehalten und schon Tage vor allen anderen gewußt hatte, daß diese starb. Auch bei Vater und Mutter hatte sie es erlebt, bei ihrer ältesten Schwester, die im Kindbett dahingegangen, und ihrem jüngsten Bruder, der siebenjährig vom Esel gefallen war. Danach hatte sie begonnen, die Berührung mit den Händen anderer Menschen zu meiden, weil sie befürchtete, durch ihren Kontakt übertrage sie etwas, das diese sterben ließ. Erst mit Enea war es ihr gelungen, diese Angst abzulegen. Enea hatte kräftige Hände, da hatte so viel Leben gepulst, daß sie wieder Zutrauen schöpfte in ihre eigenen. Jahrelang widerfuhr ihr nicht mehr dieses Gefühl fliehender Lebensenergie, bis sie es beinahe vergaß. Jetzt war es mit aller Deutlichkeit wieder da. Sie schluchzte. Ihre Tränen flossen unaufhaltsam. Unstillbar war ihre Traurigkeit, die sie weit fortriß in einen bewölkten Himmel hinein, so wie damals der Vater sie auf die Höhen des Ätnagipfels mit hinaufgenommen hatte, um sie zu lehren, daß der Mensch in die Wolken hineingehen konnte. Dann schoß ein scharfes Brennen in die Mitte ihres Leibes, und ihr Körper verkrampfte sich. Julietta spürte nicht mehr, mit welcher verzweifelten Kraft sie die Hand ihres Geliebten drückte, so daß dieser ein letztes Mal aufröchelte im Fieberwahn, aufwachte aus purgatorischen Träumen, die Augen aufriß und seine in Trauer zerfließende Frau betrachtete. Er sah seine Geliebte an in Erinnerung an ihre erste Begegnung. Sie war immer noch genauso schön. Nicht benennbar der Liebreiz des Gesichtes. Sanfter Wangenschwung. Seidig fallendes Haar, ein Blauglanz im Schwarz, der sich in der Pupille wiederfand. Die Iris ein neckisches Spiel zwischen Grau, Grün und Blau, ein Zeichen aus uralter Zeit. Die Lippen rot und weich, aufblühende Knospen, noch nicht geküßt. Ihr Anblick hatte ihm die Sprache verschlagen. Er war vorbeigegangen mit schlichtem Gruß und hatte sie nie wieder sehen wollen und doch sofort gewußt, daß er von nun an stets an sie denken würde. Sie hatte gelächelt. Witz in den Mundwinkeln, Schalk in den Augen. Die Tochter eines hohen Herrn.

Mit einem Blick wie beim ersten Mal schaute Enea nun auf seine Geliebte. Sie blickte auf. Ihre Augen trafen sich. Sie erkannten und verstanden einander.

Als später der *medicus* kam und den Tod feststellte, war Eneas linke Hand gebrochen.

* 10 *

Paolo duftete nach Lavendel, als er an das Totenbett seines Vaters gerufen wurde, und roch zwei Tage später immer noch fein, während er hinter dem Sarg herschlenderte, den vier Männer durch die Straßen trugen. Die halbe Stadt hatte sich dem Trauerzug angeschlossen. Vergessen waren an diesem Tag alle Feindseligkeiten, einträchtig vereinte die Familien das Bewußtsein über die Vergänglichkeit des Lebens. In dem langen Trauerzug hing jeder seinen Gedanken nach, und Michele Lungarotti, der vier Reihen hinter Paolo ging, fragte sich, ob Paolo wohl noch nach der Kloake roch. Er hatte von seiner Heldentat gehört. In Windeseile hatte sich die Kunde von diesem wagemutigen Vorstoß in die Unterwelt verbreitet, und von Gasse zu Gasse wuchs Paolos Ruhm. Michele hatte die Geschichte von mehreren Seiten erfahren. Jedesmal war sie bunter ausgeschmückt gewesen, und Michele war sich nicht sicher, was er glauben sollte. Gnomen, Monster und Hexen, daran hegte Michele keinen Zweifel, mochten sich gut und gern in diesem schauderhaften Tunnel aufhalten, und daß sie mit allerlei Täuschung versuchten, einen Knaben ins Verderben zu führen, verstand sich von selbst. Der Teufel buhlte um jede Seele, das bleute einem nicht nur das Kindermädchen ein, das predigte sogar der Pfarrer von der Kanzel. Paolo war auf jeden Fall ein Held, und Michele wollte diesen Helden, der vier Reihen vor ihm dem Sarg folgte, kennenlernen und herausfinden, ob er nach der Kloake roch. Dazu beschleunigte Michele seine Schritte und zwängte sich an seinen Eltern und seinem Onkel vorbei. Es war ein heißer Tag. Die Sonne stand im Zenith und heizte die Steinhäuser auf, die ihre Wärme an die Straßen und Gassen abgaben, so daß selbst ihre Schatten nicht mehr kühlten. Den Männern floß der Schweiß von den Schläfen in die Bärte, die Frauen wischten sich verstohlen unter den Schleiern über die Gesichter. Michele nahm die vier Reihen spielerisch, vielleicht unbemerkt, jedenfalls ungetadelt. Dann ging er neben Paolo. Paolo roch nach Lavendel.

»Bist du durch den Tunnel unter der Stadtmauer gekrochen?« fragte Michele.

»Klar«, antwortete Paolo, ohne den Kopf zu drehen.

»Wieso stinkst du nicht?«

»Weil Maria mich gewaschen hat.« Diese Frage hatte noch keiner gestellt. Paolo sah zur Seite und besah sich den Knirps, der es wagte, an seinem Heldenmut zu zweifeln. »Glaubst du mir nicht?«

»Stimmt das mit der glitschigen Wasserschlange?«

»Was für eine glitschige Wasserschlange?« fragte Paolo verwundert. Durch den Tod seines Vaters war er nicht mit den vielen Geschichten in Berührung gekommen, die sich mittlerweile um sein Abenteuer rankten.

»Und die handtellergroße Tarantel?« wollte Michele wissen.

Paolo schüttelte unwirsch den Kopf: »Mäuse gab's und Ratten und Dreck aus der Gosse. Irgendwo hat ein Gnom gewinselt, weit weg von mir. Gestunken hat's, und manchmal hab' ich in Scheiße gefaßt.«

Seine Stimme klang stolz. Er schaute Michele an. Die hellbraunen Augen gefielen ihm. Besonders gefiel ihm die Bewunderung, die er aus ihnen herauslesen konnte.

»Wie heißt du?«

»Michele Lungarotti.«

Sofort wußte Paolo, warum er Michele nicht kannte. Mit den Kindern der Lungarotti, der Zappi und der Moratti durfte er nicht spielen. Die sind böse, hatte sein Vater immer gesagt, und er solle sich von ihnen fernhalten. Er mußte das nicht begründen. Was der Vater sagte, war Gesetz. Doch der Vater war nicht mehr. Ein paar Minuten noch, dann würde der Sarg in dem Totenhäuschen verschwinden, eine zusätzliche Tafel die Gruft zieren und ein weiterer Name den Stammbaum der Vergangenheit schmücken. Die Gegenwart mußte ohne Enea Scalieri auskommen. Nun, so dachte Paolo, konnte er mit einem Lungarotti befreundet sein, und er streckte Michele die Hand hin. Dieser griff zu.

* 11 *

Ohne sich des Weges bewußt zu werden, den sie durch die Stadt nahm, schritt Julietta hinter dem Sarg her. Sie ließ sich einnehmen von den Erinnerungen an ihren Geliebten. Wehmut behauchte die alten Bilder wie warmer Atem das Spiegelglas, doch fehlte der Erinnerung der Schmerz. Versöhnlich und tröstend erlebte sie die vielen glücklichen Augenblicke mit Enea, während sie den Trägern folgte, die eine dunkel gebeizte Kiste auf ihren Schultern trugen. Nein, da drinnen lag er nicht, ihr Geliebter. Das Behältnis aus Holz mochte sterbliche Reste bergen, doch letztlich war der Sarg nur ein Symbol der Vergänglichkeit. Das konnte Julietta nicht mehr anrühren. Ihre Gefühle hatten durch den letzten Blick, den sie mit Enea gewechselt hatte, eine andere Ebene erreicht, eine Ebene, die den meisten Menschen verborgen blieb. Sie wußte: Enea war endlich zu Hause angelangt.

Julietta drehte sich, einer Eingebung folgend, um und sah, wie ein Junge, ungefähr in Paolos Alter, durch die Reihen der Trauergäste schlüpfte und sich Paolo näherte. Sein Gesicht strahlte eine engelsgleiche Schönheit aus, so zart war die olivfarbene Haut. Die Augen leuchteten in einem hellen Haselnußbraun. Die dunklen Brauen zeigten einen verwegenen Schwung. Die Haare hingen ihm in einer braunen Tolle in die Stirn. Eine gerade Nase stand ausgewogen über vollen, weichen Lippen. Ein rundes Kinn mit Grübchen setzte den Schlußpunkt unter ein perfektes Oval. Verwirrt wischte sich Julietta über die Augen. Ihr war, als sähe sie die beiden Knaben als Einheit, und ein Gefühl von Geborgenheit durchströmte sie, wie sie es nur in den glücklichsten Momenten mit Enea erlebt hatte.

Sie konnte sich gar nicht losreißen von der Betrachtung der beiden, stolperte an einer quer über die Straße laufenden Regenrinne und fiel der Länge nach hin. Der Zug hinter ihr stockte. Die Nachrückenden bemerkten die Behinderung zu spät und schoben sich in die vorderen Reihen der Trauernden hinein, so daß die Lungarotti und die Moratti auf die Zappi drängten und diese gegen die Scalieri stießen. Ein halb zorniger, halb ängstlicher Schrei erscholl, der die Nachdrängenden aber nicht aufhalten konnte. Bald bildete sich ein Knäuel von Menschen, die in ihrer Trauerkleidung übereinander taumelten, sich aneinanderklammerten und gegenseitig zu Boden rissen. Nun erschollen ringsum Rufe, die sich an den hohen Mauern der Geschlechtertürme brachen und den gesamten Trauerzug in Aufruhr versetzten. Verängstigt drängten weitere Trauergäste nach und stürzten über die vor ihnen am Boden Liegenden. Schreck und Verwirrung machten sich breit. Die ersten schlugen um sich und versuchten, sich aufzurappeln, wurden aber von den Nachdrängenden niedergedrückt. Einige versuchten umzudrehen und sich gegen die Folgenden zu stellen. Ein Durcheinander aus Rufen entstand, Schreie hallten durch die enge Häuserschlucht. Erst nach einiger Zeit entstand am Beginn des zweiten Drittels des Trauerzuges eine halbe Umkehrbewegung. Die Menschen wichen in die schmalen Seitengassen aus, endlich ließ der Druck von hinten nach, und das Ende des Trauermarsches kam zum Stillstand. Vorne am Stadttor wurde es ruhig um das am Boden liegende Menschenknäuel. Man hörte leises Schluchzen und Stöhnen, sah blutende Köpfe und vor Angst aufgerissene Augen. Taumelnd kamen viele wieder auf die Beine. Die eine oder andere Frau schluchzte, und Felicita Lungarotti schrie verzweifelt nach ihrem Sohn Michele. Doch der war wie vom Erdboden verschwunden.

Julietta, deren Sturz das Durcheinander ausgelöst hatte, war mit einem raschen Griff von Abramo Scalieri hochgezogen worden, und ehe sie richtig wußte, wie ihr geschah, hatte sie der Bruder ihres verstorbenen Mannes im Häuschen der Torwachen der Obhut eines Hauptmanns übergeben und die Sargträger aufgefordert weiterzugehen. Danach wollte er sich um seinen kleinen Neffen kümmern, konnte Paolo aber nicht finden. So gut es ging, half er nun den Niedergestürzten, mußte jedoch, als viele über die am Boden Liegenden hinwegtrampelten, seine Machtlosigkeit einsehen und warten, bis sich die Panik gelegt hatte.

Innerhalb weniger Minuten war der Spuk vorüber. Einige Menschen lagen blutend am Boden, viele lehnten an den Hausmauern und besahen sich das Durcheinander mit wirrem Blick. Die Wachen kamen herbeigeeilt und trugen die Wimmernden in das Wachhäuschen oder in die schmale Gasse neben dem Torraum. Ein Hauptmann rief nach einem Wundarzt, und bald kam ein Bader angerannt. Er besah sich die Verletzungen und schrie seinem Gehilfen Anordnungen zu, die dieser mit stoischer Ruhe entgegennahm. Nach und nach nahm die Versorgung der Verletzten Ordnung an. Aber Felicita Lungarotti irrte mit qualvollen Schreien zwischen den Helfern umher auf der Suche nach ihrem Sohn Michele.

Julietta gewann ihre Fassung zurück. Rasch begriff sie, was geschehen war. Zu ihrem eigenen Erstaunen erschrak sie weder über das Unglück, das den Trauerzug erfaßt, noch über den Umstand, daß Enea seine letzte Ruhestätte vermutlich ohne viel Beistand gefunden hatte. Kurz durchzuckte sie die Frage, wo sich Paolo aufhalte, aber ihre Gabe, die sie so oft erschrocken hatte, ließ sie sofort die Antwort finden: kein Todesengel hatte ihren Sohn gestreift. Während der Messe hatte sie seine Hand gehalten und in dieser kräftigen Kinderhand nichts anderes als ein pulsierendes Leben gespürt. Julietta sorgte sich nicht. Langsam ging sie zum Friedhof. In der Gruft wollte sie Enea ein letztes Lebewohl sagen und erhoffte sich zugleich einen Fingerzeig Gottes, wie es mit ihrem Leben weitergehen sollte. Denn es schien ihr keineswegs sicher, daß sie in der Stadt bleiben würde. Mit Abramo verband sie nichts, im Gegenteil: Sie spürte seine Gleichgültigkeit schon länger, und seit Enea todkrank im Bett gelegen hatte, gab er ihr zunehmend das Gefühl, eine Last zu sein. Bliebe sie im Haus der Scalieri, so würde Abramo ihr Vormund werden und könnte nach Belieben über sie verfügen, nicht nur über ihren Erbteil. Wäre sie nicht die Mutter des Erben in der nächsten Generation der Scalieri, hätte sie sogar fürchten müssen, von ihrem Schwager wie eine Magd behandelt zu werden. Noch hatte Abramo weder Frau noch Kind, noch würde er den Erbanspruch Paolos dulden und schützen, denn mehr als seine Brüder entwickelte der Jüngste Familiensinn und war darauf bedacht, die Stellung der Scalieri auszubauen. Doch sollte er erst eigene Erben in die Welt gesetzt haben, könnte sich das Blatt wenden. Julietta graute vor einer solchen Zukunft, sie spürte, wie die Sehnsucht nach ihrer Heimat wuchs. Ihre Familie würde sie mit Freuden aufnehmen, und auch Paolo wäre auf dem Landgut der Gagliardi in Bronte am Fuße des Ätna herzlich willkommen. Aber würde Abramo sie ziehen lassen? Vielleicht, dachte Julietta, muß ich mit Giuseppe darüber sprechen. Der Bischof könnte ein Interesse an Eneas Erbteil haben. Möglicherweise unterstützte er den Wegzug von Schwägerin und Neffe, wenn er dadurch bessergestellt wurde. Zu gut kannte sie seine Klagen, wie wenig Mittel er in Rom für das Geschacher um Posten und Einfluß zur Verfügung hatte.

Julietta näherte sich dem Friedhof. In der sengenden Sonne lag der einsame Platz zwischen weißen Mauern. An drei Seiten der Mauern standen die Totenhäuser, manche bescheiden, andere prunkvoll. Jede Familie hatte die Ruhestätten der Väter anders gestaltet, aber alle unternahmen sie den Versuch, den Verstorbenen ein gutes Andenken zu bewahren und die Bedeutung der Familie zur Schau zu stellen.

Nicht von ungefähr ragte die Gruft der Scalieri als verkleinertes Abbild eines Doms über die Friedhofsmauer hinaus und bildete für das Auge des Besuchers das Zentrum der Anlage. Reichtum und Streben nach Macht suchten schon immer in den Grabstätten ihren Ausdruck, dachte Julietta, als sie sich dem Friedhofstor näherte und ihr Blick auf die Totenstätte fiel. Wenige Menschen standen dort in gleißendem Licht. Julietta staunte: Über der Tuffsteinspitze des Campanile schwebte ein strahlender fünfzackiger Stern. Sie schlug das Kreuzzeichen vor der Brust, als ihr bewußt wurde, daß es ein Pentagramm war, das sie da sah. Für einen Moment drängte sich ihr das Bild des Juden Ephraim auf, mit dem sie in ihrer Jugend oft über ihre Gabe gesprochen und der ihr viel über das Pentagramm erzählt hatte. Gutes und Schlechtes finde sich im Pentalpha, kaum ein Zeichen könne so Unterschiedliches bedeuten. Julietta vermeinte, wieder die Stimme Ephraims zu hören. Er hatte das »R« auf unvergleichliche Weise gerollt. Was hatte er ihr nur sagen wollen? Da begann ein düsterer Nebel das glänzende Zeichen zu umhüllen. Julietta erschrak und fiel vornüber auf den harten Boden.

* 12 *

Die Sargträger waren ohne Begleitung auf den Friedhof gelangt und taten unter der Obhut des Pfarrers ihren Dienst an der Gruft der Scalieri. Mit singender Stimme schenkte der Priester Enea Scalieri die letzten irdischen Worte, als Paolo und Michele um die Ecke der Friedhofsmauer bogen. Michele hing an Paolos Hand und ließ sich willenlos mitziehen, während Paolo zielstrebig auf die Familiengruft zusteuerte und sah, wie der Sarg seines Vaters in die vorbereitete Öffnung geschoben wurde. Paolo schluckte, als der Priester weihevoll sang. Die Sargträger bekreuzigten sich. Paolo stand einfach nur still da. Er weinte nicht, obwohl er tief in sich spürte, daß er dies nun tun müßte. Aber es waren keine Tränen da.

Auch Michele weinte nicht. Er war noch viel zu verwirrt wegen des Durcheinanders vor wenigen Minuten vor dem Doppeltor der Stadt. Wie hatte das nur geschehen können? Wie war er aus der Stadt gelangt? Hatte Paolo ihn gerettet? Mit einem Ausdruck tiefer Bewunderung besah er sich den Helden, der es gewagt hatte, durch den morastigen Tunnel unter der Stadtmauer zu kriechen. Und jetzt trafen sich ihre Augen. Michele hielt die Luft an. In seiner Vorstellung mußten diese Augen einem großen Helden gehören. Michele wirbelten Dutzende Gedanken durch den Kopf, und Stolz kam in ihm auf, daß er in dieser schweren Stunde Paolos Begleiter sein durfte. Nun drückte er seinerseits die Hand des eben gewonnenen Freundes, ehe sie ihre Augen wieder den Begräbnishandlungen zuwandten. Der Pfarrer segnete die Grabplatte, bevor sie in das Loch gesetzt wurde und den Sarg vor den Blicken der wenigen verbarg, die der Zeremonie beiwohnten. Zwei der Träger paßten den Stein ein und klopften ihn mit Holzhämmern fest. Danach besprengte der Priester die Platte erneut mit geweihtem Wasser und versank in ein stilles Gebet. Schweigen senkte sich über die Gruft. Michele empfand eine Stille besonderer Art, anders als jene Stille, die manchmal im Wäldchen unten im Tal herrschte, wenn weit und breit niemand war. Für Michele war es eine unheimliche Stille. Zaghaft rückte er näher an Paolo heran und drückte seine Hand. Paolo erwiderte den Druck, wandte den Kopf und blickte Michele in die Augen. Wären sie an einem anderen Ort gewesen, Michele hätte in diesem Moment gejubelt vor Glück.

Der Pfarrer beendete sein Gebet, schlug ein letztes Mal das Kreuz über der Grabtafel und verließ die Gruft. Paolo und Michele warteten ab, bis die Sargträger gegangen waren. Paolo trat einen Schritt vor, kniete nieder, flüsterte einige unverständliche Worte, drehte sich wortlos um und ergriff wieder Micheles Hand. Sie traten in die Sonne hinaus und wurden von gleißender Helligkeit umfangen. Der Platz vor der Gruft war immer noch leer. Kein Vogel weit und breit, der hätte pfeifen können, kein Mensch, der weinte. Michele kniff geblendet die Augen zusammen, und ihm war, als sähe er Paolo vor sich in der Pose eines der Engel, die in der Stadtkirche in der Seitenkapelle zu bewundern waren. An diesem Bild konnte er sich gar nicht satt sehen, und als er auf einen Tumult vor dem Friedhofstor aufmerksam wurde, ärgerte er sich über die Störung. Rasch blickte er zu Paolo, der wie im Traum dahinschritt und nichts um sich her wahrzunehmen schien. Micheles Herz klopfte. Dann sah er wieder nach vorne. Aufgeregt bildeten die Sargträger einen Halbkreis. Der Priester hatte sich über etwas am Boden gebeugt, und in seinem Gesicht drückte sich eine tiefe Ratlosigkeit aus. Einer der Sargträger rannte auf das Stadttor zu, als sei der Teufel hinter ihm her. Langsam kam Michele näher an die Szene heran, Paolo wie schlafwandelnd an seiner Seite. Nun erkannte er am Boden eine menschliche Gestalt und wünschte, Paolo würde von alledem nichts sehen. Denn am Boden lag jene Frau, die als trauernde Witwe hinter dem Sarg hergeschritten war. Das konnte niemand anderes als Paolos Mutter sein. An ihrer Stirn zeigte sich ein roter Fleck. Michele atmete aufgeregt. Er spürte, wie seine Hand zitterte.

Paolo verschränkte die Arme vor der Brust, als friere ihn. Er zuckte mit keiner Wimper. Michele betrachtete die Szenerie fassungslos. Er selbst, dessen war er sich sicher, hätte geweint und möglicherweise geschrien und um sich geschlagen, wäre vielleicht sogar auf den Pfarrer losgestürzt, hätte seine Mutter hier vor ihm gelegen. Nichts von alledem bei Paolo. Der stand steif und starrte auf die Tote. Er hatte keine Tränen.

Von der Stadt strömten nun viele Menschen zum Friedhof. Vorneweg lief Abramo Scalieri, und als er begriff, daß seine Schwägerin tot am Boden lag, wurde sein Gesicht so weiß wie der Marmor von Carrara. Rasch umringten viele Menschen den vom Schicksal geschlagenen Scalieri und bekreuzigten sich.

»Unglaublich«, flüsterte der eine dem anderen zu.

»Strafe Gottes«, raunte jemand.

»So ist es«, hörte man eine verstohlene Antwort.

»Hexe, sizilianische!«

Einige murmelten zustimmend.

* 13 *

Abramo handelte unverzüglich und sandte nach seinem Bruder in Rom. Es ging um Ehre und Ansehen der Familie, da mußte der Bischof mit seiner Autorität helfen. Nur er konnte durch persönliches Abhalten von Juliettas Totenmesse verhindern, daß sich das Gerede weiterverbreitete, Eneas Gemahlin sei eine Hexe gewesen. Vor allem die Moratti und die Zappi schürten eifrig die Gerüchte, schließlich halfen sie, die lästigen Geschäftskonkurrenten aus dem Weg zu räumen. Wer wollte schon bei einer der Hexerei verdächtigen Familie Safran oder andere Spezereien kaufen? Abramo tat gut daran, die üblen Nachreden ernst zu nehmen.

Giuseppe erkannte die Brisanz der Situation und kam in einem Eilritt binnen vier Tagen, gerade noch rechtzeitig, denn viel länger hätte man Juliettas Leichnam nicht aufbewahren können. Auch so war die Aussegnung keine Angelegenheit für empfindliche Nasen. Der heiße Sommer ließ auch die tiefen Keller in der Stadt nicht unbehelligt. Bei aller Kühlung, die man in den Gewölben durch das Aufhängen nasser Tücher und das Verteilen von wassergefüllten Tonkrügen erzielte, hatte schon nach wenigen Tagen die Verwesung eingesetzt. Und obwohl der Sarg eigens aus jungem Kiefernholz gezimmert und mit Wachstuch ausgekleidet worden war, drang der süßliche Geruch durch die Ritzen des

Holzes und überlagerte den Duft des frischen Harzes. Dennoch war die Kirche übervoll, als Bischof Scalieri zum Altar trat und die Messe las, und selbstverständlich konnten die Zappi und die Moratti nicht fehlen. Es war lange her, daß ein Bischof in der Stadt eine Messe gelesen hatte, noch dazu einer aus der Ewigen Stadt, da wollten alle teilhaben. Und der römische Titularbischof Giuseppe Scalieri genoß es, der Messe ein feierliches Gepräge zu geben. Doppelt so viele Choräle als üblich wurden gesungen und Fürbitten ohne Ende gelesen, wobei die großen Familien eingeschlossen wurden. Erfüllt von Gottes Wohlgefallen schlossen sich alle dem Trauerzug an, der mit hinreichendem Abstand dem Sarg folgte. Diesmal gingen alle besonders langsam, und der Zug wollte kaum enden. Am Abend war in den verschiedenen Schänken der Stadt viel Gutes über die Familie des Bischofs zu hören, und das Gerücht, Julietta sei eine Hexe gewesen, verstummte.

»Auch wenn es uns gelungen ist, die schändlichen Mäuler zum Schweigen zu bringen«, bemerkte Abramo am nächsten Morgen zu Giuseppe, »ist die Stadt kein geeigneter Ort für Paolo.«

»Doch wo, wenn nicht im Kreis der Familie«, erwiderte Giuseppe, »soll er im Sinne unseres Vaters erzogen werden? Wo soll er lernen, wie die Geschäfte gehen, wo seine Bildung erhalten?«

»Wir müssen Paolo eine hervorragende Bildung verschaffen, das kann hier in der Stadt nicht geschehen.«

»Zuerst bedarf es der einfachen Bildung. Die Lateinschule der Benediktiner hat uns allen geholfen. Als ich später meine Studien aufnahm, empfand ich keinerlei Nachteil gegenüber Scholaren aus größeren Städten.«

»Die Lateinschule ist nicht mehr, was sie einst war. Paolo bedarf besonderer Führung, die kann er hier nicht erhalten. Außerdem«, sagte Abramo nach einem kurzen Zögern, »ertrage ich Eneas Sohn nicht um mich. Er ist so ... ich weiß nicht, wie ich es sagen soll – ich mag es nicht, wie er einen anschaut.«

»Dann gib ihn zu den Benediktinern.«

»Nein!« erwiderte Abramo heftig. »Er muß fort von hier, aber er benötigt eine hervorragende Betreuung. Und du«, dabei deutete er auf das silberne Kreuz, das vor der Brust des Bischofs baumelte, »du mußt dich dafür einsetzen, daß er bei einer herausragenden Familie aufgenommen wird.«

»Gut«, sagte Giuseppe, »dann werde ich ein Kloster für ihn aussuchen.«

»Nein«, rief Abramo erneut. »Er ist unser Erbe und Stammhalter. Du darfst ihn nicht zu einem Kleriker machen.«

Giuseppe senkte seinen massigen Kopf und hob die Hände. »Wer spricht denn davon, mein Bruder? Ich werde ihn in ein Kloster geben, dessen Schule auch Laien aufnimmt. Sei unbesorgt. In die beste Schule werde ich ihn geben, und du wirst dich meinem Entschluß fügen.«

»An welche Schule denkst du?« fragte Abramo und bemühte sich um einen ruhigen Tonfall.

Der Bischof strich sich über das Doppelkinn. Langsam legte er den Kopf in den Nacken, was zwar zu einer Strekkung des Kinns, aber gleichzeitig zu zwei kleinen Wülsten im Genick führte.

»Unser Stammhalter« – Giuseppe dehnte dieses Wort über Gebühr – »wird auf dieselbe Schule gehen wie Dante Alighieri.«

»Nämlich?«

»Santa Maria Novella.«

Florenz, dachte Abramo und stimmte nickend zu.

Giuseppe klopfte seinem Bruder auf die Schulter.

»Siehst du, wenn es sein muß, finde ich schon eine Lösung. Doch nun bring du die Geschäfte voran. Wenn wir wieder zu Einfluß gelangen wollen, muß sich etwas bewegen im Safranhandel. Unser Bruder, Gott sei seiner Seele gnädig, hatte zu viele Skrupel.«

»Kannst du uns den Weg bereiten für ein lohnendes Angebot?«

»Wenn ich zurück in Rom bin, werde ich es dich wissen lassen.«

Für die Reise nach Florenz zwei Tage später hatte Abramo den Wagen vom Landgut herbeiholen lassen, und so reiste der Bischof mit seinem Neffen über die holprigen Straßen. Sein Reitpferd trabte nebenher, damit er nach getaner Arbeit in Florenz rasch zurückgelangen konnte in die Ewige Stadt. Mehr als jemals zuvor hielt er seine Anwesenheit im Vatikan für notwendig, da das Gerücht umging, Sixtus würde in Kürze neue Pfründen verteilen. Wer mit seinem Vermögen hauszuhalten hatte und nicht jeden dem Heiligen Vater genehmen Preis entrichten konnte, der mußte auf andere Weise die Dankbarkeit des Pontifex Maximus erlangen, um kostengünstig eine zu erhalten. Allerdings, dachte Giuseppe, während der Wagen dem Arno entgegenschaukelte, wird das immer schwieriger bei einem Mann, der sogar Toten Ablaß gewährt, wenn die Summe stimmt. Aber vielleicht kann ich mit einem ordentlichen Safranhandel mein Ziel erreichen. Dabei huschte ein zufriedenes Lächeln über seine Lippen. Es waren fleischige Lippen, zu voll für einen, der allein Gott dienen sollte. Wer Giuseppe ansah, der erkannte rasch, daß er hier einen vor sich hatte, dem sinnlicher Genuß nicht fremd war. Kein Wunder also, daß er nun überlegte, wie sich die Geschäfte der Familie in Zukunft entwickeln sollten und wie er dazu seinen Aufenthalt in Florenz nutzen könnte.

»Ich werde«, sann Giuseppe, »mit dem Prächtigen Fühlung aufnehmen. Bei all den Verdiensten, welche die Medici sich um das Wohl ihrer Stadt erworben haben, wäre es für sie angebracht, über eine große Laufbahn im Schoße der heiligen Kirche nachzudenken.«

In der Tat, so spann er seinen Gedanken fort, ist die Zeit reif für einen Papst aus Florenz, wenn mit dem Piccolomini sogar die Sienesen schon einen Pontifex stellen durften. Von langer Hand vorbereitet, sollte es möglich sein, dieses Ziel zu erreichen. Ich muß Lorenzo glauben machen, daß er sich nichts sehnlicher wünscht als einen Medici in der Engelsburg. Dabei dachte er an das letzte rauschende Fest, das Sixtus auf dem Dach des alten Hadrianeums ausgerichtet hatte: unter Dutzenden Zeltplanen waren Diwane aufgereiht worden, vor denen auf kunstvoll verzierten Holzgestellen große Kupferschalen lagen, angefüllt mit allen Köstlichkeiten dieser Welt. Rundum bei den Zinnen brannten kleine Feuer, über denen Lämmer, Spanferkel oder Kapaune brieten, und an einigen schattigen Stellen waren die Weinfässer aufgestellt, aus denen die Mundschenke leicht harzigen Vino Nobile in bauchige Krüge zapften. In der Tat ein gelungenes Fest, erinnerte sich Giuseppe, man sollte darüber nachdenken, Castel Sant' Angelo zu einer angenehmeren Residenz auszubauen. Von diesen Plänen kehrten seine Gedanken zu seinem ursprünglichen Vorhaben zurück, und er überlegte, ob *Il Magnifico* schon einen Sohn hatte, der sich für eine kirchliche Laufbahn bestimmen ließ.

Am späten Nachmittag trafen sie in Florenz ein. Der Kutscher hielt auf dem Platz vor der neugestalteten Fassade Santa Maria Novellas. Giuseppe hatte keinen Blick übrig für die kunstvolle Verzierung aus weißem und grünem Marmor, sondern wies den Fuhrmann an, rasch auf das Tor des Dominikanerklosters zuzufahren. Dort angekommen, ließ er sich dem Abt melden, und sogleich wurden die beiden eingelassen. Sie folgten einem Novizen durch einen langen Gang, an dessen Ende der Prior mit geöffneten Armen stand. Der Bischof schluckte seine Enttäuschung herunter. Der Prior war ihm fremd. Würde er nun wegen der Aufnahme Paolos als Laie in Kloster und Schule trotzdem zu einem kostengünstigen Handel kommen? Mit Abt Francesco, den er von vielen Gesprächen im Lateran her kannte, wäre er rasch einig gewesen.

»Ehrwürdiger Vater«, grüßte Pater Ippolito, »auch wenn

Ihr auf das Vergnügen verzichten müßt, Euren Freund Francesco anzutreffen, seid doch herzlich willkommen in den Mauern von Santa Maria. Ich kenne Euch besser als Ihr mich, weil ich über einen Gewährsmann von Eurer Familie hervorragenden Safran vermittelt bekomme. Doch nun, da Ihr selbst bei mir zu Gast seid, könnten wir ohne Mittelsmann handeln. Aber zunächst mein Beileid zum Tod Eures Bruders.«

»Die Kunde ist schon nach Florenz gedrungen?«

»Ich bitte Euch«, entgegnete der Prior, »was in unseren Städten geschieht, weiß man hier fast noch schneller als vor Ort. Das ist eines der Geheimnisse der Macht. Wer nicht hören und sehen kann, der ist schlecht beraten. Uns in Florenz bleibt nichts verborgen.«

»Der Tod meines Bruders ist in der Tat ein Verlust; und dieser Knabe hier«, dabei deutete er auf Paolo, »ist durch Gottes Fügung binnen weniger Tage eine Vollwaise geworden. Es ist meine Aufgabe, ihm einen guten Platz zu verschaffen.«

»Und da dachtet Ihr an die Schule, aus der kein Geringerer als der göttliche Alighieri hervorging? Löblich. Tretet ein, und laßt uns die Causa verhandeln.«

Noch vor Einbruch der Dunkelheit konnte sich Giuseppe von seinem Neffen verabschieden, der von einem Novizen in den Schlafsaal geleitet wurde. Während Paolo von seiner einfachen Pritsche Besitz ergriff, trank der Bischof mit dem Prior herrlichen Vin Santo und besiegelte ein weiteres Geschäft.

* 14 *

Seiner Kenntnisse wegen, die er sich bei Pater Coelestin erworben hatte, wurde Paolo in die mittlere der drei Klassen eingeteilt, welche an Santa Maria Novella bestanden, und kam auf diese Weise mit den neun- bis elfjährigen Knaben zusammen. Dank seines hohen Wuchses schätzten ihn die anderen älter ein, als er war, und da sein Latein mit dem seiner Mitschüler Schritt halten konnte, kam in den ersten Wochen die Rede nicht auf sein Alter. Vielmehr wurde er von den älteren Jungen wie ihresgleichen aufgenommen, und er versuchte, sich nicht anmerken zu lassen, wie sehr er unter Heimweh und dem Tod der geliebten Mutter litt. Nur in der Nacht, wenn der Schlafsaal in tiefer Ruhe lag, gestattete er sich den Schmerz über den unsagbaren Verlust und ließ seinen Tränen freien Lauf. Tagsüber versteckte er seine Gefühle in einem stets zunehmenden Lerneifer.

Für Rechnen und Geometrie hatte Paolo innerhalb kurzer Zeit besonderes Interesse entwickelt. Ihm war, als verberge sich in der Mathematik ein geheimer Plan des Lebens, seine Neugier über die Art und Weise des Zahlenspiels wuchs von Monat zu Monat. Während die meisten seiner Mitschüler sich mit Addition und Subtraktion abmühten und bereits in der Multiplikation eine wahre Plage sahen, liebte Paolo schwierige Rechenaufgaben. Vollends lebte er auf, wenn es darum ging, die einfachen Zusammenhänge geometrischer Figuren zu ergründen. Als ihm Pater Battista erstmals den Goldenen Schnitt erklärte, war er hellauf begeistert. Er profitierte davon, daß in der mittleren Klasse je nach dem Alter der Schüler unterschiedliche Schwierigkeitsgrade in Latein und Mathematik gelehrt wurden. So kam es, daß er im Laufe von eineinhalb Jahren in Mathematik eine Ausbildung genoß, für welche die meisten der Schüler mehr als drei Jahre aufwenden mußten. Aber auch in Latein waren seine Fortschritte rascher als bei den anderen, so daß er bei seinen beiden Lehrern, Pater Tomasso und Pater Battista, zu hohem Ansehen gelangte.

Seit Tagen hing Regen über Florenz, und die Nässe kroch in die Mauern. Wegen der ungewöhnlichen Kälte legte der Küchenmeister den Knaben abends Limonen auf die Tische, damit sie sich den Saft ins Wasser drückten.

»He, Paolo«, rief Silvio, »was ist – traust du dich, eine Limone zu fressen?«

Paolo blickte Silvio verständnislos an, bis er die Herausforderung begriff. Silvio war der stärkste unter ihnen und beinahe elf Jahre alt, ein Bastard aus einer angesehenen Florentiner Familie, der in der mittleren Klasse unangefochten den Ton angab.

»Wetten, du traust dich nicht hineinzubeißen«, stichelte Silvio. »Pater Tomasso nach dem Mund reden ist das eine, eine Limone fressen das andere.«

Paolo hatte schon vor einigen Tagen bemerkt, daß Silvio ihn schräg anschaute, weil er sich bemühte, es dem Lehrer recht zu machen. Silvio dagegen zeichnete sich eher durch Flegeleien als durch ordentliche Leistungen aus. Er schien die Schule nicht ernst zu nehmen und ließ jeden wissen, wie sehr er sich darauf freue, mit zwölf Jahren eine ritterliche Ausbildung aufnehmen zu dürfen.

»Wetten«, erwiderte Paolo und fixierte Silvios Augen, »ich esse sie, bis nur noch das Weiße der Schale übrig ist.«

Silvio lachte, und mehrere Knaben stimmten in sein Lachen ein.

»Angeber«, fauchte er, packte eine Limone, schnitt sie mit dem Messer rasch in vier längliche Teile und reichte sie Paolo. »Friß!«

Paolo nahm das erste Viertel, biß hinein, schluckte das Fruchtfleisch und tat den nächsten Bissen. Er verzog keine Miene, und wenn er es getan hätte, dann höchstens, weil die Sauerzitrone zu trocken war und dadurch einen etwas zu bitteren Geschmack hatte. Zu Hause wurden seit über zweihundert Jahren an den Rändern der Safranfelder die Limonenbäume gepflegt, und Paolos Mutter hatte die Speisen viel und gern mit den sauren Früchten gewürzt. Immer wieder hatte Julietta, wenn sie von Sizilien erzählte, über die vielfältigen Arten der Zitronenverwendung berichtet, und die Mägde hatten eigens die Zubereitung eingelegter Limonen erlernen müssen, weil Julietta auf diese sizilianische Leckerei nicht hatte verzichten wollen. Mit nichts hatte Paolo seiner Mutter eine größere Freude machen können als mit dem genießerischen Verzehr von Limonen, und während die meisten sich von dem sauren Geschmack schüttelten, wenn sie nur einmal ins Fruchtfleisch bissen, konnte Paolo ungerührt ganze Früchte vertilgen. Das tat er nun im Speisesaal unter den staunenden Augen seiner Mitschüler. Als das letzte Viertel mit fein säuberlich abgeknabberter Schale auf dem Tisch lag, stand Silvio auf, kam drohend auf Paolo zu und knurrte:

»Die war bestimmt zu süß.« Er packte eine weitere Limone, hielt sie Paolo vor die Nase und befahl erneut: »Friß!«

Im Speisesaal war es nun so still wie im Schlafsaal nach Mitternacht. Alle Augen waren auf Paolo gerichtet. Er nahm die Limone, biß hinein, riß die Schale ab und aß die Frucht auf. Silvio zitterte vor Wut, griff nach der nächsten Limone und brüllte: »Friß!«

Die Stimmung im Saal war zum Zerreißen angespannt, alle hielten den Atem an. Paolo blickte Silvio fest in die Augen.

»Nein«, antwortete er schließlich.

Silvio erhob die Hand. »Du wagst es, mir zu widersprechen?«

»Ja.«

In dieses Ja hinein schlug Silvio zu, doch Paolo wich dem Schlag mit einer leichten Drehung des Kopfes geschickt aus und fixierte danach die Augen seines Gegners. Silvio hielt mitten in seinem zweiten Schlag inne. Ihre Augen fochten einen stummen Kampf, dann reichte Silvio Paolo die Hand und gratulierte: »Du hast die Wette gewonnen.«

Paolo hielt Silvios Hand fest. In diesem Moment spürte er etwas Eigenartiges. Der eben noch kräftige Händedruck des knapp drei Jahre Älteren wurde schlapp, ohne daß sich an der Art des Zugreifens selbst eine Änderung gezeigt hätte. Vielmehr fühlte sich die Berührung plötzlich so flauschig an, als befinde sich zwischen ihren Handflächen ein

Wollebausch. Es war, als fließe aus dem Älteren jede Menge Kraft heraus und als drehe sich das Stärkeverhältnis zwischen ihnen beiden um. Silvio schien Ähnliches zu spüren, denn sein Blick wurde von Sekunde zu Sekunde unsicherer, bis er die Augen senkte und zögerlich seine Hand zurückzog.

Einige der Knaben klopften mit den Handknöcheln auf die Tischplatte, als der Prior den Speisesaal betrat und sie mit einem herrischen Blick zum Schweigen brachte. Alle beugten sich tief über ihre Teller, doch immer wieder spürte Paolo, wie der eine oder andere zu ihm herüberschielte.

Von diesem Abend an vermied Silvio jede Begegnung mit Paolo, und sein Einfluß auf die Klasse nahm täglich ab. Zugleich schien es, als verliere er nach und nach seine Kräfte. Sein Gesicht wurde schmaler, täglich schimmerte seine Haut fahler. Eine Woche später wand er sich mit üblen Krämpfen im Bett und wurde von einem der Frater aus dem Schlafsaal getragen. Nach einer weiteren Woche reihten sich die Schüler von Santa Maria Novella in den Trauerzug hinter Silvios Sarg ein. Nur Paolo blieb der Beerdigung fern.

»Gütiger Vater«, flüsterte Paolo in das Holzgitter hinein, das ihn vom Kopf des Priesters trennte, »ich hab' dem Silvio weh getan und hab' Angst, daß er deswegen krank geworden und gestorben ist.«

»Erzähle, mein Sohn, was vorgefallen ist.«

Nachdem Paolo seinen Bericht beendet hatte, schwieg der Pater eine Weile, und Paolo malte sich bereits die schlimmsten Sündenstrafen aus, die ihn nun treffen mochten, denn mehr und mehr war er in den letzten Tagen zu der Überzeugung gelangt, an Silvios Krankheit und Tod schuld zu sein. Vor dem, was er mit seinen Händen spüren konnte, bekam er Angst, dabei versuchte er immer noch zu entschlüsseln, wie es ihm mit seinem Händedruck gelungen war, aus Silvio die Lebenskraft zu saugen und in seinen Körper herüberzuholen. Denn das mußte geschehen sein, dachte Paolo und erinnerte sich, daß er sich um so stärker gefühlt hatte, je schlaffer Silvios Hand geworden war, und genau deshalb hatte er ein schlechtes Gewissen.

»Te absolvo.« Die dunkle Stimme des Priesters erschreckte Paolo. »Die Sünde, daß du zwei Limonen aufgegessen hast, anstatt ihren Saft in das Wasser zu pressen, ist gering und keiner Buße würdig. Gehe hin und sündige hinfort nicht mehr.«

Am Abend nach dieser Absolution grübelte Paolo erstmals in seinem Leben über das Wesen Gottes. Wie konnte dieser zulassen, daß ein Priester keine Buße aussprach für das Vergehen, einem anderen Menschen die Lebenskraft aus der Hand zu saugen? War das der Gott, von dem die Pfarrer stets behaupteten, er nehme alles wahr, was hier auf Erden geschehe? Ein gütiger, aber auch ein strafender Vater? Warum, fragte sich Paolo, fühle ich keine Erleichterung von meinem Schmerz, wenn ich die Gebete spreche, welche mir unsere Patres beibringen? Wo ist Gott für mich und für die anderen? Rasch stellte er fest, daß diese Fragen zu schwierig waren, um von ihm beantwortet zu werden, und er versuchte weiterhin, sich einen übermächtigen Vater im Himmel vorzustellen. Doch ein kleiner Stachel des Zweifels blieb.

Vermutlich wäre sein Leben in Santa Maria Novella danach in ruhigen Bahnen verlaufen, wenn nicht der Tag jener schändlichen Messe gekommen wäre.

»Hast du schon gehört, was vorgefallen ist«, kam Bartolommeo am frühen Nachmittag aufgeregt in die Kammer neben dem Skriptorium, in dem Paolo in freien Stunden seine Studien fortsetzte. »Mörder sind auf die Medici losgegangen, den jüngeren soll's erwischt haben.«

»Was ist geschehen?«

»Im *Duomo*, nach dem Geläut, die Messe hatte gerade begonnen, sind vermummte Gestalten auf die beiden Medici eingestürmt. Mit Dolchen und Schwertern haben sie sich auf *Messer* Lorenzo und *Messer* Giuliano gestürzt. Blutüberströmt lag kurz darauf die Leiche des jüngeren Medici vor dem Altar, von vielen Dolchstichen übel zugerichtet. *Il Magnifico* konnte mit einem Sprung hinter den Altar entkommen. Freunde zerrten ihn in die Sakristei. Man sagt, einer habe die Wunde am Hals ausgesaugt, die Lorenzo de' Medici von einem Schwertstreich davongetragen hat, weil man Gift an der Schneide befürchtete.«

»Mitten in der Stadt, im *Duomo*, während der Messe! Gegen die Herren der Stadt! Was mag da noch passieren?«

»Laß uns zur Signoria laufen«, forderte Bartolommeo aufgeregt. »Alles ist in Aufruhr. Wachen umzingeln die Stadt. Man wird die Mörder fangen.«

Bei dieser Aufforderung brach das Wilde in Paolo durch. Er erinnerte sich seines Tunnelabenteuers und daß er zu Hause nie vor einer Herausforderung zurückgeschreckt war. Warum sich also nicht in das Gewühl einer im Mark erschütterten Stadt werfen, die in aufbrausender Wut nach den Mördern ihrer Herren suchte? Paolo rannte mit Bartolommeo aus dem Kloster. Schon auf der Piazza Santa Maria Novella standen Stadtwachen und Soldaten mit den drei *palle* und hielten Ausschau nach Verdächtigen. Überall bildeten sich Gruppen von Menschen, die aufeinander einredeten und wild gestikulierten. Bartolommeo, in einer Winkelgasse hinter San Simone aufgewachsen, ehe er vor zwei Jahren von seinem Vormund in die Obhut der Dominikaner gegeben worden war, wußte um alle Geheimnisse von Florenz, und so drängten sie sich in die Via del Sole, um schnellstens zur Piazza della Signoria zu gelangen. Auf dem Platz spielte sich seit hundert Jahren das öffentliche Leben der Stadt ab, dort liefen alle Gerüchte zusammen. Wollte man mittendrin sein, führte kein Weg dort vorbei. Je näher sie der Piazza kamen, desto mehr Menschen drängten durch die engen Straßen. Die meisten wollten in die gleiche Richtung wie Paolo und Bartolommeo, doch viele Wachleute und Medicisoldaten eilten zur Stadt hinaus, um die Mauerringe zu überwachen.

Manchmal schnappten die beiden Knaben Gesprächsfetzen auf, und es war unglaublich, was sie da vernahmen: Der Bischof Salviati von Pisa sei in den Anschlag verstrickt, ebenso wie die altehrwürdige Familie der Pazzi, von der manche behaupteten, sie habe alles geplant, ja, es hieß sogar, die Pazzi stünden mit der Kurie im Bunde. Und das Unfaßbare wurde laut, als Paolo und Bartolommeo auf den Platz traten und den Palast erblickten, denn da tuschelten die Leute, Papst Sixtus habe die Verschwörung angezettelt. Die beiden drückten sich in die Ecke eines Hauseingangs und verfolgten, was sich auf der Piazza abspielte. Sie mußten nicht lange warten. Schon brach an der Ecke der Via del Gondi ein kleiner Tumult aus. Mehrere Bewaffnete schleppten einen in feines Tuch gewandeten Patrizier herbei und führten ihn hinüber zum Palazzo della Signoria. Eine Traube von Menschen begleitete die Medicisoldaten, bis sie in den Palast traten. Einige Minuten schien es so, als kehre Ruhe ein, da öffnete sich schräg über dem Eingang ein Fenster. Ein Raunen ging durch die Menge. Der eben in den Palast geführte Patrizier wurde aus dem Fenster gestoßen. Er trug nur noch ein weites Leinenhemd, Hosen, Schuhe und Wams hatte man ihm ausgezogen. Beinahe zwei Minuten zappelte der Verschwörer an dem schlecht geknoteten Strick, der ihn langsam strangulierte. Unter dem Gejohle verwilderter Gassenjungen besudelte sich der Erstickende mit seinen Exkrementen.

Bartolommeo zog Paolo aus dem Hauseingang.

»Komm, laß uns näher herangehen, damit wir sehen, welcher der Pazzi da hängt.«

»Kennst du die Herren?«

»Die meisten«, antwortete Bartolommeo stolz. Endlich einmal konnte er seinem Freund etwas zeigen.

Sie zwängten sich durch die aufgebrachte Menschenmenge und näherten sich dem Stadtpalast, als eine Gruppe von Medicisoldaten einen weiteren Verschwörer zur Signoria schleppte. Hochrufe auf Lorenzo de' Medici ertönten. Unter dem Gejohle der Menge wurde der Patrizier in den Stadtpalast geschleift. »Bald wird auch er aus dem Fenster hängen«, hörte man die Menschen zischeln, und die Art und Weise, wie sie es taten, verriet, wie begierig sie darauf waren.

»Das da«, sagte Bartolommeo in das allgemeine Durcheinander hinein und deutete auf den am Fensterkreuz Baumelnden, »ist Francesco Pazzi. Den habe ich immer für einen Freund von Giuliano gehalten.«

Es dauerte nicht lange, da ging ein Aufschrei durch die Menge, denn wie von Geisterhand öffneten sich fünf weitere Fenster des Palazzo della Signoria. Aus dem Eckfenster stieß man zur allgemeinen Überraschung den Bischof von Pisa im vollen Ornat hinaus, und als die Menge ihn erkannte, erhob sich ringsum ein lautes Verfluchen des Heiligen Vaters. Fenster um Fenster folgten zwei weitere Pazzi sowie ein Salviati und ein Medicifeind, den Bartolommeo keiner Familie zuordnen konnte. Das Volk auf dem Platz klatschte Beifall, als alle Gehängten still an ihren Stricken hingen, und brachte Bravos auf die *palle* aus, was manche anstachelte, sich auf den Weg durch die Stadt zu machen, ob sich noch weitere Verschwörer fänden. Es vergingen nur wenige Minuten, dann kam ein johlender Trupp Bewaffneter vom *Duomo* auf die Piazza. Bei näherem Hinsehen entdeckte Paolo, daß die Medicigetreuen einen Toten über die Piazza schleiften. Als Bartolommeo einen Wachmann aus dem Palazzo kommen sah, in dem er einen Nachbarn von früher erkannte, stürzte er auf diesen zu und fragte neugierig, was im Palast vorgefallen sei.

»Ha, Barto«, sprach der Ältere und blähte seine Brust im Gefühl der Wichtigkeit, »ich kann jetzt nicht lang reden. Wir müssen im Palast der Pazzi aufräumen.«

»Erzähl was«, bat Bartolommeo, dem die Neugierde wie mit roter Farbe im Gesicht geschrieben stand.

»Die meinten, sie hätten Florenz erobert«, antwortete der Wachmann wichtig, »und hatten sich noch während des

Hochamts im *Duomo* hier im Palast versammelt. Doch der *Gonfaloniere* Petrucci hielt sie in einem Vorraum auf und sandte nach dem Palast von *Il Magnifico*, um zu hören, was geschehen ist. Und als von der Via Larga die sichere Kunde vom Tod Giulianos und dem Überleben Lorenzos kam, ließ er alle Verschwörer verhaften und im großen Beratungssaal an ihnen die gerechte Strafe vollziehen. – Hoch lebe *Il Magnifico*!« Mit diesem Schlachtruf verschwand der Wachmann in der Menge.

Mit Glück und Geschick gelangten Paolo und Bartolommeo unbeschadet durch die hin und her wogende Menge zurück nach Santa Maria Novella. Im Dominikanerkloster herrschte eine wohltuende Ruhe. Als sie in den Schlafraum gehen wollten, sahen sie den Prior mit einem fremden Mönch im Habit der Benediktiner hinter dem kleinen Kreuzgang verschwinden.

»Hast du gesehen, was der für silbrige Haare hat, wie ein Heiligenschein«, fragte Paolo. »Wollen wir ihn uns näher ansehen?«

Sie schlichen zum *Chiostro Verde*. Dort angelangt, sahen sie den Prior in einer Ecke mit dem Fremden flüstern, ehe sie den Vorraum zum Refektorium betraten und außer Sicht gerieten. Rasch liefen die beiden hinterher und erspähten gerade noch, wie der Benediktiner in eine der Gästezellen gelassen wurde, als der Prior sich umdrehte und auf sie zukam. Ein Ausweichen war nicht mehr möglich.

»Was habt ihr hier zu suchen?«

Bartolommeo bekam einen roten Kopf und schwieg.

»Wir haben so viel Neues gehört und gesehen«, antwortete Paolo und hielt dem fragenden Blick des Priors stand, »da wollten wir uns auf die Suche nach jemand machen, mit dem wir reden können.«

»Was habt ihr gesehen?«

»Tote an den Fenstern des Palazzo della Signoria. Sogar einen Bischof.«

»Was zum Teufel ...« – einen Augenblick hielt Pater Ippolito inne, als er bemerkte, daß er dabei war, kräftig zu fluchen – »… tut ihr an der Signoria?«

»Wir haben von dem Aufstand gehört.«

»Eine schlimme Sache«, brummte der Prior. »Geht jetzt in den Schlafsaal, und kümmert euch nicht um solche Dinge.«

* 15 *

An diesem Abend saß eine junge Frau auf einer Hafenmauer und schaute der untergehenden Sonne hinterher, als wäre es ein langer Abschied, den es zu nehmen galt – nicht nur für eine Nacht. Die roten Strahlen des in den Horizont eintauchenden Gestirns zauberten Sterne auf das glitzernde Meer, und für einen Moment vermeinte Lavinia ein zitterndes Pentagramm zu entdecken. Sie wußte um die Bedeutung dieses Zeichens, dessen Geheimnisse ihr Großvater vor vielen Jahren zu ergründen versucht hatte, und spätestens seit heute ahnte sie, daß der fünfzackige Stern ihrem Leben seinen Stempel aufdrücken würde. Mit wohlgesetzten Worten hatte ihre Lehrmeisterin Maria Filippa heute vormittag zu ihr über das Pentalpha und die Macht gesprochen, die es denjenigen verlieh, die unter seinem Zeichen geboren oder mit diesem Zeichen verwoben waren. Es schien, als schlösse Maria Filippa einen Kreis zwischen Lavinia, ihrer Mutter und ihrem Großvater, in dessen Mitte sich jene geheime Handschrift über den Anfang vom Anfang befand, die seit der Zeit von Papst Nikolaus V. weggeschlossen war. Während die Sonne immer weiter ins Meer hineintauchte und ihre Strahlkraft verlor, dankte Lavinia dem Schicksal, das sie zu der alten Heilerin geführt hatte. Endlich schien die Flucht aus Tuszien einen Sinn bekommen und mit der Verbindung von Beatrice, Maria Filippa und Lavinia ein Ende gefunden zu haben. Lavinia jedenfalls fühlte sich, seit sie von Maria Filippa in die Geheimnisse der Körperströme eingewiesen wurde, in einem neuen Zuhause angekommen. Allmählich legten sich die Ängste, die sie seit dem überstürzten Verlassen ihrer Hütte vor der Stadt begleitet hatten.

Während sich der Himmel von der untergehenden Sonne rötete, schoben sich die Bilder der Flucht vor Lavinias Horizont. Deutlich erinnerte sie sich der Angst, die sie die ersten Stunden in Atem gehalten hatte, als sie unterhalb der wuchtigen Stadtmauer entlanggeschlichen waren, um auf der anderen Seite der Stadt auf die Straße Richtung Meer zu gelangen. Durch die ersten Dörfer waren sie noch, ohne nach rechts oder links zu blicken, gehetzt, erst am späten Nachmittag hatten sie sich an einem Dorfbrunnen eine Rast gegönnt. Doch kaum hatten sie sich einen Becher mit Wasser gefüllt, war der Stallknecht des Gasthauses gekommen. Er fragte sie lauernd nach ihrem Reiseziel, und als Beatrice mit der Antwort zögerte, zischte er: »Du hast wohl etwas zu verbergen, du Hexe!« Da war es wieder, das gefährliche Wort. Mutter und Tochter zuckten zusammen und verließen das Dorf. Verängstigt schliefen sie die ersten Nächte im Freien, möglichst weit weg von Dörfern und Städten, bis es heftig zu regnen anfing und sie Schutz suchen mußten in einer Herberge. Im Schlafraum lagen sie dicht an dicht, es stank erbärmlich, an Schlafen war kaum zu denken, und so hörte Lavinia in dem Flüstern und Wispern, wie ein Fuhrmann einem anderen von einer Hexe erzählte, die in Verdacht stand, oben in den tuszischen Bergen einen reichen Kaufmann vergiftet zu haben. »Bei Nacht und Nebel hat sie sich davongestohlen«, berichtete er. »Es soll eine Belohnung geben für den, der sie findet und der Gerichtsbarkeit übergibt.« Wie sie aussehe, die Hexe, wollte der andere wissen. »Jung soll sie sein, mit kurzen Haaren, damit sie sich leichter als Jüngling verkleiden kann. Bindet sich die Brüste weg, heißt es. Und groß gewachsen soll sie sein. Also paß auf, wenn dir einer vor den Karren läuft – es könnt' eine Teufelsbuhlin sein.« Lavinia bekämpfte die aufsteigende Angst, weil man nach ihrer Mutter suchte, und beruhigte sich mit dem

Gedanken, daß weder die Beschreibung zutraf noch ein kleines Mädchen erwähnt wurde. Als sie das belauschte Gespräch aber am nächsten Tag ihrer Mutter erzählte, hatte diese trotz des anhaltenden Regens zum raschen Aufbruch gemahnt. Von da an hatten sie nicht nur die Herbergen, sondern auch die größeren Straßen gemieden und sich auf kleinen Saumpfaden durch Berge und Wälder geschlagen, bis sie nach knapp vier Wochen endlich in Genua angekommen waren. Hier, in der großen Handelsstadt am Meer, schien die Gefahr gebannt, daß ihre Mutter noch als Hexe und Mörderin bezichtigt wurde; endlich konnten sie den Schuldmakel abstreifen, den sie schon allein ihrer Flucht wegen trugen. Während Beatrice sich wieder als einfache Heilerin und Hebamme ihr Brot erwarb, konnte Lavinia bei Maria Filippa ihre eigene Gabe entwickeln und von der alten Frau lernen.

Als schließlich die Sonne im Meer versank, stand Lavinia auf und schritt voll Zuversicht in Richtung Stadt. Das Leben wird mich noch so manches Geheimnis entdecken lassen, dachte sie und freute sich darauf, mit ihrer Lehrerin beim Abendmahl erneut über die vielen Bedeutungen des Pentagramms zu philosophieren. Sie konnte noch nicht wissen, wie sehr ihr Leben unter dem Einfluß dieses Zeichens stehen würde.

* 16 *

Raul Barca legte sich auf die schmale Pritsche und atmete ruhig. Es war nicht einfach gewesen, in diesem Trubel unbehelligt quer durch die Stadt zu gelangen, doch dank seines Habits hatte ihn keiner der aufgebrachten Florentiner zu den Verschwörern aus dem *Duomo* gerechnet. Er schloß die Augen und versuchte, an nichts zu denken. Vergeblich. Die Bilder der letzten Stunden gewannen die Oberhand. Immer wieder hochaufragend die Kuppel, gekrönt von der vor nicht einmal zwanzig Jahren fertiggestellten Laterne. Brunelleschis Gewölbe, gebaut, um Gottvater zu verherrlichen, geschändet durch eine meuchlerische Tat. Doch der Herr sah zu und griff ein. Warum, rätselte Raul, ist mein Kurzschwert von Lorenzos Nacken abgerutscht. Weshalb hat das Gift nicht geholfen? Raul hatte wieder Francesco Pazzi vor Augen, als er mit einer letzten Umarmung das Signal gab für den Mordanschlag, wie einst der Verräter durch einen Bruderkuß den Häschern den Heiland wies. Doch während es Judas bei der Geste beließ, setzte Francesco selbst den Dolch ein, kaum hatte er mit der Umarmung erfühlt, daß Giuliano de' Medici unter dem Festkleid kein schützendes Koller trug. Schon der erste Stich saß. Wütend stach Pazzi weiter auf den niedersinkenden Medici ein, ebenso wie Bernardo Bandini wieder und wieder seinen Dolch in den erschlaffenden Körper stieß. Über allem die majestätische Kuppel. Duldete sie solch einen Frevel? Einen Mord während des Hochamtes? Beherzt war Raul nach vorne gesprungen und hatte mit einem wuchtigen Schlag auf Lorenzos Nacken gezielt. Er hatte den weitesten Weg, denn er mußte mehrere Schritte zurücklegen, ehe er sein Opfer erreichen konnte. Bernardo Bandini war über das Töten des jüngeren der Medicibrüder in einen Blutrausch gekommen, der ihn davon abhielt, den Plan zu vollenden. Bandini blieb bei Pazzi und hieb auf Giuliano ein, anstatt sich Lorenzo zuzuwenden.

In dem Plan, der in den verschwiegenen Gängen des Vatikans ausgeheckt worden war, hatten sie versucht, alle Möglichkeiten des Geschehens zu berücksichtigen, und doch war genau jener Fall, der eingetreten war, vergessen worden. Vermutlich hatte das Übel bei Giambattista Montesecco angefangen, der sich im letzten Augenblick geweigert hatte, während der feierlichen Messe im *Duomo* einen Mord zu begehen. Von da an war der ganze Plan ins Wanken geraten. Selbst die einfachsten Dinge mißlangen – wie dieser Hieb gegen den Hals von Lorenzo de' Medici. Wie durch ein Wunder duckte der sich, als Rauls Kurzschwert auf seinen Nakken niederfuhr. Trotzdem konnte Raul Blut am Hals des Medici sehen und setzte nach. Doch *Il Magnifico* hatte seinen Umhang abgeworfen, mit ihm quer durch die Luft geschlagen und ihn sich um den Arm gewickelt, so daß er Rauls nächsten Stoß parieren und zum Altar hatte fliehen können. Plötzlich waren drei Medicigetreue im Weg gewesen sowie das halbhohe Gitter, das den Altarraum vom übrigen Kirchenschiff trennte.

Wieder tauchte die Kuppel in seiner Erinnerung auf und ragte auf wie ein Sinnbild der Gerechtigkeit. Raul wischte sich müde über die Augen, um noch einmal zu sehen, wie Lorenzo zur Sakristei gehastet war, gestützt und gezerrt von zwei Freunden. Jetzt erst hatte sich Bandini nach *Il Magnifico* umgeschaut und dessen Flucht erkannt. Gemeinsam mit Raul setzte er ihm hinterher, doch die Tür zur Sakristei wurde zugeschlagen. Das Volk in der Kirche hatte inzwischen durchschaut, was in der ersten Reihe geschah, und war zu den Verschwörern nach vorne gedrängt. Sie mußten fliehen. Aus den Augenwinkeln heraus erkannte Raul, daß Giuliano de' Medici im Sterben lag, er zog Francesco Pazzi mit sich, und sie stürmten durch die Menge zum Ausgang. Draußen hatten sie sich getrennt. Raul nahm den Weg zum Arno, lief auf den Ponte Vecchio, hinüber nach Altrarno und am Ufer flußabwärts zum Ponte Santa Trinita. Er wandte sich zurück und sah über den Dächern der Stadt die Spitze der Kuppel mit ihrer Laterne und der goldenen Kugel. Für immer würde sich dieses Bild in sein Gedächtnis einbrennen.

Nein, dachte Raul, Giambattista Montesecco hatte recht: während einer Messe mordet man nicht, nicht einmal im Namen des Papstes. Zum Glück war seine Kappa frei von Blut. Unbehelligt erreichte er Santa Maria Novella. Pater Ippolito befand sich in seiner Zelle, begierig auf die Nachrichten aus dem *Duomo*. Als Raul von dem Fehlschlag berichtete, wurde der Prior blaß. Ein Glück, daß Ippolito ihm trotzdem

Unterschlupf gewährte. Raul atmete ruhig und schüttelte die Erinnerung ab. Er schlief ein.

Noch vor der Morgenandacht weckte ihn ein Klopfen an seiner Tür. Ippolito stand im dunklen Korridor und schlüpfte in die Zelle, kaum hatte Raul geöffnet.

»Die Medici haben schlimm Gericht halten lassen. Es ist allein der Großherzigkeit *Il Magnifico*s zuzuschreiben, daß nicht noch mehr Tote zu beklagen sind. Lorenzo hat seine Anhänger gebeten, Raffaele Riario in Ruhe zu lassen, obwohl die gesamte Stadt argwöhnt, daß er in den Anschlag verwickelt ist. Am Palazzo della Signoria hängen die Leichen von sechs wackeren Männern, die für die Freiheit der Stadt und ihrer Bürger gekämpft haben, darunter der Bischof von Pisa. In den Straßen und Gassen innerhalb der Mauern sollen über zwanzig Parteigänger der Pazzi erstochen und erschlagen worden sein.«

»So hat der Tyrann gewonnen«, antwortete Raul leise. »Es wird dauern, bis man einen erneuten Anschlag auf sein Leben wagen kann.«

»Was heißt hier, einen Anschlag wagen? Das gemeine Volk hat seine Liebe zu Lorenzo entdeckt, nachdem der eigentliche Liebling der Massen, Giuliano, so grausam zugerichtet worden ist.«

»Vielleicht hast du recht«, entgegnete Raul. »So war alles vergeblich.«

»Schlimmer noch«, antwortete der Prior. »Nun müssen sich die Medicigegner verstecken und um ihr Leben fürchten. – Du mußt das Kloster verlassen, und zwar so schnell wie möglich.«

»Wo soll ich hin? Es ist gefährlich, jetzt durch die Stadt zu schleichen.«

»Ich werde dir einen Weg zeigen, der dich ohne Gefahr jenseits der Mauern bringt.«

»Wann?«

»Sofort!«

Raul massierte sich mit den Spitzen der Zeigefinger die Nasenwurzel. Rasch spürte er die belebende Wirkung. Fieberhaft überdachte er seine Lage. Konnte er dem Prior trauen? Was, wenn dieser aufgrund der neuesten Entwicklungen das Lager gewechselt hatte? Führte ihn der Prior statt in die Freiheit in den Tod? Gab es eine andere Möglichkeit, oder blieb tatsächlich nur die Flucht aus dem Kloster? Mit jeder dieser Fragen wuchs in Raul die Gewißheit, daß Ippolito die Gefahr übertrieb. Ippolito, da war sich Raul nun schon fast sicher, führte Übles im Schilde. Aus den Augenwinkeln bemerkte Raul, wie der Prior von einem Fuß auf den anderen trat. Woher rührte Ippolitos Aufgeregtheit?

»Was erwartet mich vor den Toren der Stadt?«

»Verbündete Soldaten, die dich sicher weitergeleiten werden, Bruder.«

»Unter wessen Führung?«

Der Prior zögerte mit der Antwort – für Rauls Empfinden etwas zu lange. Ohne jede Vorwarnung traf Rauls Faust den Kehlkopf des Dominikaners. Ippolito wurde von der Wucht des Schlages gegen die Zellentür geschleudert. Raul setzte nach und hieb dem Zusammenbrechenden rechts und links in die Nieren. Ein leises Stöhnen, dann lag der Prior ohnmächtig am Boden. Raul stieg über ihn hinweg, zog hinter sich die Zellentür zu und schlich in Richtung des Großen Kreuzgangs, um Santa Maria Novella auf der Rückseite zu verlassen. Dank seiner schwarzen Kappa verschmolz sein Schatten mit dem dämmrigen Dunkel. Er gelangte unbemerkt zur Pforte, die von innen mit einem schweren Bronzeriegel gesichert war.

Der Riegel klemmte. Mit seiner ganzen Kraft stemmte sich Raul gegen den Rahmen und zog an der Tür, doch es war wie verhext: Je mehr er zerrte, desto unbeweglicher schien das Metall zu sitzen. »Mierda«, fluchte er leise und versuchte es erneut. Dann endlich kam ein wenig Bewegung in den Riegel, er rutschte nach hinten. Die Tür war freigegeben. Langsam schwang Raul sie auf. Er wollte gerade hindurchschlüpfen, als er vor der Pforte einen Medicisöldner bemerkte, der sich auf das Geräusch hin umdrehte und ihn mit großen Augen ansah. Blitzartig schlug Raul die Tür zu und schob den Riegel vor. Er lehnte sich gegen das schwere Holzblatt, atmete tief durch und schalt sich selbst einen Narren. Beherzt vorbeigehen hätte er sollen, und falls der Söldner wirklich etwas geargwöhnt hätte, wäre es angebracht gewesen, ihn mit einem gezielten Handkantenschlag außer Gefecht zu setzen. Jetzt war der Soldat alarmiert, und die Medicianhänger würden sich das Kloster näher ansehen. Er saß in der Falle, denn er kannte das Kloster zu wenig, um ohne Zeitverlust einen sicheren Unterschlupf zu finden. Vorsichtig schlich er zum Großen Kreuzgang zurück, wandte sich am Refektorium vorbei zum Grünen Kreuzgang und stieß mit einem Jungen zusammen. Ein Zucken, dann wurde aus dem Schreck kaltblütiges Handeln. Er preßte dem Jungen die Handfläche auf den Mund, noch ehe dieser einen Laut von sich geben konnte, und schleifte den schreckensstarren Knaben in den Kreuzgang. »Wenn dir dein Leben lieb ist«, flüsterte er ihm ins Ohr, »dann machst du keinen Mucks und kommst mit. Sonst ...« Dabei umfing er mit seiner linken Hand den schlanken Hals. In diesem Augenblick begann der Knabe um sein Leben zu strampeln. Raul fluchte und drückte die Kehle des Knaben zu, bis der Junge erschlaffte und zu Boden sank. Raul rannte zur vorderen Pforte. Jetzt nahm er auf nichts mehr Rücksicht. Notfalls würde er sich den Weg aus dem Kloster freischlagen. Doch niemand stellte sich ihm in den Weg, und als er den Vordereingang erreichte, war das Tor zwar geschlossen, jedoch nur mit einem leichtgängigen Riegel gesichert. Davor lag die Piazza menschenleer. Raul hetzte die Via del Fossi hinab zum Arno und wandte sich flußabwärts. Zehn Minuten später bat er eine Torwache, ihn aus der Stadt zu lassen.

»Wohin des Wegs so früh, Pater?«

»Nach Impruneta, mein Sohn«, antwortete Raul und schob

seine Kapuze zurück. »Eine kleine Wallfahrt für meine verstorbene Schwester.«

Der Torwächter blickte auf das silberstrahlende Haar des Benediktiners und winkte Raul Barca durch.

* 17 *

Im Schlafsaal hatten die beiden Jungen an diesem Abend die Köpfe zusammengesteckt und noch bis tief in die Nacht über die Ereignisse geflüstert, deren Zeugen sie geworden waren. Danach hatte sich Paolo gefragt, warum Gott einen Mord während der Messe zuließ. Mußte nicht ein allmächtiger Gott wenigstens den Ort, an dem er verehrt wurde, in der Stunde, in der ihm gehuldigt wurde, rein halten von jeder Sünde? Zumindest dürfte er doch, dachte Paolo und spürte, wie ein Zweifel an Gott in ihm aufkam, keinesfalls so ein Verbrechen erlauben. Schließlich fiel Paolo in einen unruhigen Schlaf, in dem ihn Traumbilder von an Fensterkreuzen baumelnden Leichen plagten. Das wütende Geschrei aufgebrachter Bürger mündete in ein wildes Gemetzel, und plötzlich fand er sich inmitten von quiekenden Schweinen, die von Schlachtern abgestochen wurden. Schweißnaß erwachte er und nahm einen Schatten an der Tür zum Dormitorium wahr.

»Bartolommeo?« flüsterte er.

Keine Antwort.

Paolo bemerkte die leere Pritsche an seiner Seite. Leise drehte er sich aus dem Bett, schlüpfte in die Schnabelschuhe und schlich zur Tür. Er ahnte, wohin sein Freund unterwegs war. Hatten sie nicht lange genug darüber gerätselt, was das für ein Benediktiner war, den Pater Ippolito gestern in einer Besucherzelle untergebracht hatte? Sicher wollte Bartolommeo dem fremden Pater mit dem eigenartigen Silberhaar nachspüren. Warum, dachte Paolo enttäuscht, hat er mich nicht geweckt und mitgenommen? Er wandte sich dem Kleinen Kreuzgang zu. Seine Augen versuchten, das Dunkel zu durchdringen, seine Ohren lauschten auf jedes Geräusch. Aber in Santa Maria Novella war es still. Oder zumindest fast still, denn Paolo vernahm Schritte. Es waren die Schritte eines Menschen, der sich bemühte, nicht gehört zu werden. Und dennoch klangen die Schritte schwer. Das sind keine Kinderschritte, dachte Paolo, das ist nicht Bartolommeo. Er drückte sich in die dunkelste Ecke des *Chiostro Verde*, lauschte noch angestrengter und spähte zugleich in das Dunkel. Zu sehen war nichts und zu hören kaum etwas, so behutsam setzte der Mann seine Füße auf. Plötzlich ein dumpfes Geräusch, wie wenn zwei streitende Kater lautlos gegeneinander anspringen. Ein scharfer Atemzug. Leises Stöhnen. Stille. Keine Schritte, kein Atmen. Schon glaubte Paolo an eine Sinnestäuschung, da vernahm er ein Schleifen, wie wenn ein schwerer Sack über den Steinboden gezogen würde. War da ein Flüstern? Unvermittelt hörte Paolo ein Scharren, ein leises Ächzen und ein schabendes Geräusch. Nun schwere Schritte, die sich rasch entfernten. Der Mann rannte zur Pforte. Schon lag ein leises Knarzen in der Luft, das vom Türriegel kommen mußte, und ehe Paolo seine Eindrücke weiter überdenken konnte, hörte er die Tür schlagen. Vorsichtig bewegte er sich auf die gegenüberliegende Ecke des Kreuzgangs zu und bog in den Korridor ein, der zur Pforte führte, als er den Schatten am Boden wahrnahm. Paolo sprang vor und bückte sich zu dem zusammengekrümmten Leib. Der Körper fühlte sich schlaff und leblos an. Mein Gott, dachte Paolo und erkannte Bartolommeo.

»Hilfe«, schrie er. Seine Stimme hallte unheimlich und zerstörte die Klosterstille.

Er tastete nach Bartolommeos Händen. Von fern hörte er Rufe und Schritte. Mein Gott, betete Paolo, laß ihn nicht tot sein. Da ertastete er eine Hand. Sie war warm. Paolo spürte Leben in ihr, und mit einemmal war er sicher, daß seinem Freund nichts Schlimmes geschehen werde. In diesem

Augenblick kam Pater Tomasso mit einer Öllampe in der Hand um die Ecke gelaufen.

»Wer schreit hier, was ist geschehen?«

Paolo deutete stumm auf seinen Freund. Der Mönch wurde blaß und bückte sich zu dem ohnmächtigen Knaben.

Über eine Woche lang drang nur ein heiseres Krächzen aus Bartolommeos geschundener Kehle. Der *medicus* verbot ihm das Sprechen. Im Kloster wurde seither über den seltsamen Überfall gerätselt, denn kurz nachdem Paolo Bartolommeo aufgefunden hatte, war auch der Prior entdeckt worden. Doch dieser hatte vorgegeben, sich an nichts erinnern zu können. Abt Francesco wiederum, der den Vorfall untersuchte, konnte sich keinen Reim auf Paolos Hinweis machen, der Prior habe einen fremden Benediktiner in eine der Besucherzellen geführt. Wozu sollte ein Benediktiner um Gastfreundschaft bei den Dominikanern ersuchen? Das ergab keinen Sinn, schließlich hatten diese ihre eigenen Klöster, vor allem die *badia fiorentina*, die erste Niederlassung von Mönchen in Florenz überhaupt. Auch Bartolommeo hatte sich darüber gewundert, und kaum konnte er wieder sprechen, berichtete er Paolo von seinem Verdacht.

»Als wir den Prior mit dem Fremden im Kreuzgang sahen, dachte ich mir gleich, wie seltsam, daß ein Benediktiner nicht in die *badia* geht.«

»Warum?« fragte Paolo.

»Patres gehen immer in die Klöster ihrer eigenen Gemeinschaft, weißt du das nicht?«

Paolo grinste.

»Ach du«, krächzte Bartolommeo. »Nimm mich nicht auf den Arm! Ist es dir also auch aufgefallen?«

»Nein«, antwortete Paolo wahrheitsgemäß. »Ich kenne mich bei euch mit den Klöstern nicht aus. Es hätte ja sein können, daß es in Florenz kein Benediktinerkloster gibt.«

»Jedenfalls geht ein Benediktiner nur zu uns, wenn irgend etwas mit ihm nicht stimmt.«

»Was soll denn nicht stimmen?«

»Ärger mit dem Abt zum Beispiel. – Oder wenn der Benediktiner gar keiner ist.«

»Du meinst, wenn sich einer nur als Mönch ausgibt.«

»Genau«, bekräftigte Bartolommeo. »Ein falscher Mönch.«

»Aber warum zieht einer eine Kutte an, wenn er gar kein Mönch ist?«

»Um sich zu verstecken.«

Paolo nickte. »Und du hattest einen Verdacht? Bist du deshalb losgeschlichen in der Nacht?«

»Ja. Ich wollte wissen, was das für ein Mönch ist.«

»Wieso hast du mich nicht geweckt?«

»Ich wollte es allein herausfinden und dir dann sagen.«

»Und was hast du herausgefunden?«

»Der hatte etwas zu verbergen.«

»Aber warum hat ihn der Prior ins Kloster gelassen?«

»Weißt du, was ich meine?« fragte Bartolommeo.

»Pater Ippolito steckte mit dem Fremden unter einer Decke. – Aber warum hat der Fremde unseren Prior niedergeschlagen?«

»Sie werden sich gestritten haben.«

Paolo dachte über die Worte seines Freundes nach. Dann mußte er lachen. Wie einfach doch alles war, wenn man es nur recht betrachtete.

»Warum lachst du?«

»Weil es«, erwiderte Paolo, »so einfach ist, das Rätsel zu lösen. Sicher kennst du die Antwort längst?«

»Welche?«

»Warum sich der Fremde verstecken mußte.«

Bartolommeo überlegte und zögerte dann mit der Antwort: »War der Benediktiner an dem Anschlag auf Lorenzo und Giuliano de' Medici beteiligt?«

»Und unser Prior hatte seine Finger im Spiel«, ergänzte Paolo zustimmend.

Mit der Zeit geriet der Zwischenfall in Vergessenheit. Nur Paolo und Bartolommeo, die zu niemandem etwas von ihrem Verdacht gesagt hatten, tuschelten ab und zu darüber, vor allem, wenn der Prior besonders strenge Anweisungen gab oder den Schülern harte Strafen auferlegte. Auch die Stadt beruhigte sich wieder, nachdem innerhalb kürzester Zeit mehr als sechzig Verdächtige niedergemetzelt worden waren. Lorenzo de' Medici war durch den Anschlag zum unumstrittenen Herrn von Florenz geworden, alle Begehrlichkeiten der anderen Patrizier schienen im Keim erstickt. *Il Magnifico* gehörte die Stadt, und obwohl er kein Amt bekleidete, war er nun mächtiger als sein Großvater. Als wenige Monate später der Papst ein Bündnis zum Krieg gegen die Stadt schmiedete, wurde klar, daß Sixtus selbst hinter der Verschwörung gesteckt hatte. Doch trotz des Kriegszustandes, in dem sich die Stadt nun befand, nahm das Leben einen unbeschwerten Gang, was vor allem damit zu tun haben mochte, daß das Königreich Neapel als Hauptverbündeter des Papstes weit entfernt lag und nur mäßige Anstrengungen unternahm, Florenz zu erobern.

In Paolo aber wirkte das Ereignis nach. Zum einen erlebte er täglich die Folgen des Anschlags auf das Leben seines Freundes, denn Bartolommeos Stimme erlangte nie wieder jene Klarheit zurück, die sie früher ausgezeichnet hatte. Zum anderen hatte er das Vertrauen verloren, in Santa Maria Novella sicher aufgehoben zu sein. Mehr und mehr setzte sich in seinem Gemüt ein Mißtrauen fest, das sich gegen alles richtete, was fremdartig war. Zugleich wollte er bestimmen, was um ihn herum geschah, und auch wenn er mit seinen mittlerweile zehn Jahren nicht in der Lage war, Rechenschaft über seine Beweggründe abzugeben, so spürte er doch tief in seiner Seele eine ängstliche Verunsicherung, der er mit seinen Mitteln zu begegnen suchte. Da er zwischenzeitlich zu den Älteren seiner Klasse gehörte und von seiner Körpergröße sogar den zwölfjährigen Schülern ebenbürtig war, fiel es ihm leicht, in die Rolle des Anführers zu schlüpfen.

Einige seiner Mitschüler, allen voran Bartolommeo, waren ihm freundschaftlich zugetan und folgten bereitwillig seinen Vorschlägen. Die anderen beugten sich zum Teil aus Bequemlichkeit, zum Teil aus Furcht. Niemand hatte vergessen, wie er Silvio die Stirn geboten hatte, und Paolo tat ein übriges, die Erinnerung wachzuhalten, indem er manchmal grinsend Limonen aß. Daneben zeigte er sich als wacher Geist. Ob Ciceros *De oratore* oder Augustinus' *De civitate dei*, er hatte kaum Mühe, das Latein zu verstehen, ja er fing allmählich sogar an, in der Sprache der Gelehrten zu denken und nicht mehr jeden Satz in das *volgare* seiner Heimat zu übersetzen. Ebenso viel Interesse zeigte Paolo für die Geometrie. Er verstand mehr von Euklid als alle seine Mitschüler zusammen. In den Zahlenverhältnissen zueinander vermutete er schnell ein innerstes Geheimnis des Daseins, und über die Harmonie, welche gelungene Zahlenverhältnisse einem Bauwerk verleihen konnten, sah er sich dank der Künste des Baumeisters Leon Battista Alberti und der Lehren vom Goldenen Schnitt in dieser Ansicht bestätigt. Später würde er mit Genuß in Albertis *De re aedificatoria* lesen, Schönheit sei »die Harmonie und Übereinstimmung aller Teile, so daß nichts hinzugetan oder hinweggenommen werden kann, ohne daß das Ganze Schaden leidet«. Seine Freude an der Geometrie veranlaßte seinen Lehrer Pater Battista, ihn über das allgemeine Maß hinaus mit den grundlegenden Gedanken eines Pythagoras und Archimedes vertraut zu machen und ihn tiefer in Euklids *Elemente* zu geleiten. Pater Tomasso wiederum, in seinem Ehrgeiz als Lehrer angestachelt, führte Paolo vorsichtig in die lateinische Dichtkunst ein und erfreute sich an den Fortschritten seines wißbegierigen Schülers.

Als Paolo ein halbes Jahr später in die obere der drei Schulklassen aufgenommen wurde, lernte er rasch, seine Talente auch bei seinen Mitschülern gewinnbringend einzusetzen. Während die Novizen mit zunehmendem Glaubenseifer das Lernen als Dienst an Gott und Vorbereitung auf ihr

Leben als Mönche begriffen, machte sich bei vielen weltlichen Schülern eine Florentiner Eigenart breit, die Bartolommeo – der Paolo in die obere Klasse begleiten durfte – als »Freude am Leben« bezeichnete. Diese Freude war bei jenen Schülern, denen bereits der Bart wuchs, besonders ausgeprägt und hing mit dem wachsenden Interesse für Frauen zusammen. Wenngleich Paolo sich in diese Art von Verlangen noch nicht einfühlen konnte, brachte ihm die Lebensfreude der älteren Schüler sogar Freundschaften ein, indem er bei den Aufgaben, die zu stellen die Patres Tomasso und Battista nicht müde wurden, den Älteren hilfreich zur Hand ging.

* 18 *

In der Stadt wütete ein gräßliches Fieber, schlimmer als jede andere Krankheit seit Menschengedenken, und raffte in beinahe jedem Haus jemand dahin. Meist traf es Kinder und Alte oder vom Kindbett geschwächte Frauen. Die Bader wußten keinen Rat mehr. Wer es bewerkstelligen konnte, floh aus der Stadt wie früher bei der großen Pest. Doch viele nahmen das Kainsmal der Krankheit mit sich und starben auf den Landgütern. Auch die Lungarotti wurden nicht verschont. Nach einem heftigen Kampf mit dem glühenden Fieber ergab sich Felicita in der Casa Lungarotti auf einem Hügel fern der Stadt ihrem Schicksal und hinterließ Jacopo vier Töchter und einen Sohn. Michele, wenige Tage zuvor elf Jahre alt geworden, war der Augapfel seines Vaters, und in die Trauer hinein, die der ältere der beiden Lungarottibrüder um seine Frau empfand, mischte sich die Furcht um seinen einzigen Sohn.

»Michele«, sagte er, ehe die erste Trauerwoche vergangen war, »ich möchte nicht, daß du in die Stadt zurückkehrst. Wer weiß, wie lange das Fieber wütet.«

»Aber wo soll ich dann hin, *Messer Jacopo*?«

»Nach Florenz. Vor wenigen Tagen erreichte mich eine Einladung an die Tafel von *Il Magnifico*. Unsere Handelsbeziehungen sind stetig gewachsen, jetzt will er mich näher kennenlernen. Du könntest mich begleiten. Lorenzo wird Rat wissen, wo ich dich ausbilden lassen kann.«

»Florenz«, antwortete Michele versonnen und neigte den Kopf.

Der Vater strich dem Sohn über die Wange. Er spürte, es würde ihm schwerfallen, sich von dem Knaben zu trennen, auf dessen Schultern seine und seines Bruders Alberto Hoffnungen ruhten. Alberto hatte keine Kinder. Womöglich kam es bald wieder zu Kämpfen zwischen den führenden Familien, da war es gut, Michele in Sicherheit zu wissen. Außerdem mochte die Nähe zum Haus der Medici für die Zukunft weiteren Gewinn versprechen, und davon, daß Michele im Umfeld Lorenzos eine gute Ausbildung erfahren würde, ging Jacopo Lungarotti selbstverständlich aus.

In Micheles Denken dagegen spielten die Medici keine Rolle. Vielmehr wurde die Erinnerung an Paolo lebendig. Ihm war, als wäre es gestern gewesen, daß er in diese Augen geblickt hatte, in denen man sich verlieren konnte. Die Aussicht, dem Freund nach vier Jahren der Trennung wieder nahe zu sein, versetzte ihn in freudige Stimmung, die er sofort für unziemlich, ja sündig hielt – betrauerte er doch den Tod seiner Mutter. Aber seine Schuldgefühle traten bald hinter die freudige Erwartung zurück, mit seinem Vater nach Florenz zu reiten. Außerdem trennte er sich jetzt, da die liebende Mutter nicht mehr war, einfacher, als der Vater dachte, von seiner Heimatstadt. Mit seinen Schwestern verband ihn wenig, und den Vater selber sah er selten. In der Lateinschule bei den Benediktinern hatte er zwar fleißig gelernt und sich das Lob der Patres verdient, aber keine Freunde gewonnen. Die derbe Art der Weltlichen mochte er nicht, und die Novizen gaben sich gegen die Weltlichen äußerst verschlossen. Mit den Gassenjungen wiederum, mit denen er früher manchen Spaß gehabt hatte, verkehrte er auf Wunsch seines Onkels nicht mehr. »Mit dem Gesindel macht sich kein Herr gemein«, war Albertos steter Spruch. Michele wußte, wie wenig Widerspruch sein leicht aufbrausender Onkel vertrug. Zurückgezogener als im väterlichen Haus würde er in Florenz kaum leben, und wenn er Paolo wiedersehen durfte, dann würde alles gut, hoffte er und wunderte sich ein wenig darüber, wie oft er in den zurückliegenden Jahren an Paolo gedacht hatte.

Eine am Horizont versinkende Sonne tauchte Tuszien in ein mildes Ocker. Michele wähnte sich in einem Märchen gefangen, als er neben seinem Vater auf Florenz zuritt und das Häusermeer erblickte, über dessen Dächern eine gewaltige Kuppel schwebte. Vor den Toren herrschte reges Leben, und es dauerte einige Zeit, ehe Michele mit seinem Vater nach Prüfung des Einladungsschreibens von *Il Magnifico* eingelassen wurde. Zeit genug für Michele, den Elefantenmann zu bestaunen, der von einer Gauklertruppe auf einem hölzernen Gerüst vor dem Stadttor zur Schau gestellt wurde. Noch nie in seinem Leben hatte Michele so ein Ungetüm von Mensch gesehen: der Kopf grobschlächtig und beinahe doppelt so groß wie bei einem normalen Menschen, die Arme und Beine dick wie die Rundsäulen in der Kirche, die Füße eine unförmige Masse, die Hände riesig und die Finger wulstig wie die Würste vom Metzger Beppe. Das Staunen über den Elefantenmann hielt an, bis sie an Santa Maria Novella vorbeikamen, deren Fassade Michele sofort entzückte; er verhielt den Schritt seines Pferdes und bestaunte die Harmonie aus weißem und grünem Marmor.

»Trödle nicht«, hörte er die ungehaltene Stimme seines Vaters, »wir müssen rasch zu Benvenuti ins Gasthaus, damit wir ordentliche Lager bekommen.«

»Ja, *Messer Jacopo*«, antwortete Michele und riß sich von dem beeindruckenden Anblick los. Warum ist er nur so in Eile, wo wir doch erst morgen bei *Il Magnifico* eingeladen sind, dachte Michele und schnalzte leise mit der Zunge.

Das Pferd nahm den Ton auf und trabte an, bis Michele zu seinem Vater aufgeschlossen hatte.

Während sie sich am nächsten Mittag Schritt für Schritt durch die Via Larga dem Palast der Medici näherten, wuchs mit der Bewunderung für das wuchtige Bauwerk die Achtung vor den Herren von Florenz; wer so einen Palast in die Stadt stellen konnte, mußte Macht besitzen, die sich in der schweren, abweisenden Rustika des unteren Geschosses ausdrückte, während in den beiden Stockwerken darüber, die ein jedes etwas niedriger als das vorangegangene und mit glatt behauenem Quaderwerk leicht zurückgesetzt waren, eine Leichtigkeit zum Ausdruck kam, die in der offenen Loggia unter dem Dach gipfelte. Wieder zeigte der Vater am Tor das Einladungsschreiben Lorenzo de' Medicis. Sie wurden eingelassen und gelangten in einen ersten Innenhof, in dessen Mitte eine bezaubernde Bronzefigur stand, zu der Michele, ohne nachzudenken, hinlief.

»Michele«, rief Jacopo Lungarotti erschrocken, doch der Junge hatte seine Hände schon auf den Sockel der Statue gelegt und bewunderte den lockigen Knaben, dessen zierlicher Arm ein mächtiges Schwert hielt. Zugleich erschauderte er beim Blick auf den abgeschlagenen Männerkopf, auf dem ein anmutig gebogenes Bein einen schmalen Fuß in leichter Sandale setzte.

»Laßt ihn ruhig«, sprach vom Durchlaß zum zweiten Innenhof her eine leicht gequetschte Stimme. »Ich mag es, wenn Kinder sich von Kunst begeistern lassen.«

Jacopo blickte den Mann an, der leicht vornübergebeugt in den Hof hereinschritt, und erkannte den Hausherrn. Rasch ging er *Il Magnifico* entgegen und verneigte sich drei Schritte vor ihm.

»*Magnifico Messere*, verzeiht den Fürwitz meines Sohnes Michele Lungarotti, und habt Dank für die Einladung, der ich mit Freuden gefolgt bin.«

»Seid willkommen, Jacopo Lungarotti.« Lorenzo de' Medici erwiderte die Verbeugung mit einem leichten Kopfnikken und ging zu Michele, der ratlos aufsah und nicht recht wußte, wie er sich nun verhalten sollte.

»Das ist der David von Donatello«, erklärte der Hausherr, »und wenn du möchtest, zeige ich dir im zweiten Innenhof noch Donatellos Judith, damit du siehst, unter welchen Prinzipien dieses Haus steht.«

»Ich verstehe nicht«, entgegnete Michele unsicher.

Lorenzo de' Medici lachte. »Das sind Bilder für unsere Republik; wir wollen keine Tyrannen in dieser Stadt, und das gilt besonders für meine Familie, von der man sagt, sie diene dem Gemeinwesen in besonderer Weise. Ein Medici, der die Republik mißachtet, muß von ihr nicht gefürchtet werden.«

Michele nickte, obgleich er Mühe hatte, das Gesagte zu verstehen, und ging an der Hand des Hausherrn in den zweiten Innenhof hinüber, um Donatellos Judith zu betrachten.

»Gefällt sie dir?«

»Ja, *Magnifico Messere*.«

«Leider haben wir keinen Bildhauer mehr wie Donatello«, bemerkte *Il Magnifico* und führte Michele zurück in den ersten Hof und von dort über eine breite Treppe hinauf zu einer Kapelle, deren Wände mit farbenprächtigen Gemälden verziert waren. Jacopo Lungarotti blieb nichts, als den beiden schweigend zu folgen und den Ausführungen Lorenzo de' Medicis zu lauschen, während sie von Raum zu Raum gingen. Die Wände hingen voll mit erlesensten Kunstwerken, keiner der großen Namen ihrer Zeit, der nicht mit einem Gemälde vertreten gewesen wäre, ob nun Masaccio oder Fra Angelico, Boticelli oder Filippo Lippi, alle hatten ihren Platz im Palast an der Via Larga.

Schließlich erreichten sie ein geräumiges Speisezimmer, in dem in Form eines Hufeisens Tische aufgestellt waren. Zwei Diener standen an der Tür und verneigten sich tief vor dem Hausherrn. *Il Magnifico* wandte sich zu Jacopo um: »Sie kommen mit mir an die Spitze der Tafel. Wer einen Sohn hat, der sich für Kunst begeistert, der soll mein Ehrengast sein.« Mit diesen Worten gab er Michele einen Klaps auf die Schulter und machte einem der Diener ein Zeichen mit den Augenbrauen, woraufhin Michele an einen Platz in der Mitte der Tafel geführt wurde. Der schlicht gehaltene Saal, die Wände in zartem Ocker gestrichen und ohne allen Bilderschmuck, füllte sich schnell mit Gästen. In der hinteren Ecke saßen vier Musiker und begannen leise Lieder zu spielen. An der Längswand standen zwei Diener neben einer Art Fenster, und bei näherem Hinsehen bemerkte Michele, daß sie an Seilen Speisen aus dem Stockwerk darunter heraufzogen. Rasch boten die Tische allerlei Köstlichkeiten aus Fluß und Garten, und bald erfüllte Schmatzen und Schwatzen den Raum. Als nach den Vorspeisen auf silbernen Platten geröstete Fische aufgetragen wurden, erstarben die Gespräche, denn ein in buntes Gewand gekleideter Narr sprang in den Raum und riß Witz an Witz, bis die ganze Tafel in Lachen ausbrach. Dann kamen die Fleischgerichte an die Reihe, gekrönt von am Spieß gebratenen Spanferkeln, die Rosmarinzweige im Maul trugen, und ein Bänkelsänger brachte in frechen Versen den Klatsch aus der Stadt zu Gehör. – Als sie am späten Nachmittag den Palazzo Medici verließen, fühlte sich Michele von Essen, Schauen und Hören ermattet und zugleich beglückt von den Worten *Il Magnificos*, er sei jederzeit willkommen, solange er seine Ausbildung bei den Dominikanern von Santa Maria Novella erfahre. Niemals hätte er gedacht, daß ein Mann von der Bedeutung eines Lorenzo de' Medici an seiner Tafel ein so freies Gespräch fördern würde, wie er es von diesen Gelehrten und Künstlern in den zurückliegenden Stunden erlebt hatte. Nein, dieser *Il Magnifico* war kein Gewaltherrscher über Stadt und Land, sondern wurde zurecht geliebt von den Menschen in und um Florenz und mit ebenso gutem Grund von seinen Feinden beneidet, weil er seinen Erfolg in Politik und Geschäft auf wundersam selbstverständliche Weise erzielte, nämlich mit der Gelassenheit eines freien Geistes. Schon jetzt spürte Michele die Anregung, die von Lorenzos Tafelrunde ausging, und er freute sich bereits auf seine nächste Teilnahme.

Am folgenden Morgen begleitete Jacopo Lungarotti seinen Sohn nach Santa Maria Novella und übergab ihn in die Obhut des Abtes Francesco. Während die Erwachsenen den Preis für den Schulaufenthalt aushandelten, führte ein Novize Michele in den Schlafraum und wies ihm eine Pritsche in der hinteren Ecke zu. Danach ging es durch einen dunklen Korridor, bis sie den Raum erreichten, in welchem die oberste der drei Klassen ihren Unterricht erhielt. Ein Dominikaner in weißem Gewand mit grauem Haarkranz rund um die Tonsur sprach über das Verhältnis von Zahlen, als Michele eintrat. Er erkannte den Jungen in der ersten Reihe sofort: Paolo Scalieri war groß geworden.

Nach dem Unterricht begrüßten sie sich herzlich, und es war Michele, als hätten sie sich erst vor wenigen Wochen voneinander verabschiedet. Kaum im Schlafsaal angekommen, staunte Michele, mit welcher Selbstverständlichkeit Paolo ihm die Pritsche neben sich zuwies. Es hatte nur weniger Worte und eines Blicks bedurft, dann hatte Paolos bisheriger Bettnachbar mit Michele die Schlafstatt getauscht. Michele war stolz auf Paolo, und an den Blicken der Klosterschüler, die sich in seinen Rücken bohrten, spürte er, daß ihn viele seiner neuen Mitschüler um diesen Platz beneideten. Paolos Gesicht strahlte eine Selbstgewißheit und Zielstrebigkeit aus, die Michele bisher bei keinem gleichaltrigen Knaben je wahrgenommen hatte, und unwillkürlich fielen ihm die Erzählungen seines Vaters über den unnachgiebigen Antonio Scalieri ein. Ja, Paolo schien aus demselben Holz geschnitzt wie sein Großvater, der jahrelang der heimliche Herrscher ihrer Heimatstadt war. In seinen Augen lag etwas unheimlich Zwingendes, und seine Stimme klang, obwohl noch eine Knabenstimme, dunkel und fest. Ohne sich über seine Gedanken Rechenschaft abzulegen, hielt Michele Paolo für eine willensstarke Person, und er sah nochmals den siebenjährigen Knaben vor sich, der auf dem Friedhof den Tod von Vater und Mutter so starr und selbstbeherrscht hingenommen hatte.

Michele sollte sich in seinem Freund nicht täuschen. Binnen weniger Wochen kamen sie sich wieder so nahe, wie sie es auf dem Begräbnis von Enea Scalieri schon einmal gewesen waren, und rasch bildeten sie gemeinsam mit Bartolommeo das die Klasse prägende Dreigestirn, in dem Paolo deutlich den Ton angab. Erstaunlicherweise zeigte sich über die Monate hinweg immer deutlicher, wie sehr sich Michele und Paolo ergänzten. Immer dann nämlich, wenn Paolo mit seiner manchmal schroffen Art jemand gegen sich aufbrachte, gelang es Michele mit einigen Worten mühelos, die Wogen zu glätten, und so verflog die Schulzeit harmonisch und nur allzu rasch.

* 19 *

Ausgelassen rannten sie zum Markt bei Santa Croce und suchten zielstrebig den Stand des alten *trippaio* auf, den Bartolommeo von klein auf kannte. Hier trafen sich die Schreiner, Schmiede und Schuster zu ihrer Mittagsmahlzeit, soweit ihnen nicht von der Frau oder den Kindern das Essen in die Werkstatt gebracht wurde. Aber auch mancher Händler oder Geldverleiher fand den Weg hierher, um schmackhafte Kaldaunen zu essen und einen Becher Rotwein zu trinken.

»*Un panino picante con salsa verde*«, bestellte Bartolommeo. Der Kuttelverkäufer riß ein kleines Brot in der Mitte auf und stopfte zart geschnittenes Gekröse vom vierten Ochsenmagen hinein, ehe er das Ganze mit einem Gemisch von Olivenöl, Petersilie und Knoblauch übergoß und kräftig salzte. Paolo zog dem dunklen und festen *lampredotto*, das Bartolommeo so sehr mochte, die milchig-weißen, zelligen Kutteln des zweiten Magens vor, die er angenehm zart und aromatisch fand, weshalb er *trippa con pomodoro* verlangte, die er mit einem Stück Brot in einem Blechnapf gereicht bekam. Michele dagegen schaute skeptisch in die dampfenden Kessel, die rechts und links des Karrens an schweren Haken über glühenden Kohlenpfannen hingen, ehe er sich dazu entschloß, *trippa* mit Butter und *parmigiano* zu versuchen.

»Möchten die jungen Herren«, fragte der *trippaio* Bartolommeo augenzwinkernd, »einen Becher Rotwein dazu?«

»Ja«, antwortete der. »Wir haben unsere Jahre in der Lateinschule der Dominikaner beendet und allen Grund zu feiern.«

»Oho«, schnalzte der *trippaio* mit der Zunge. »Dann geht es jetzt in die Welt hinaus. Welche Lehre wollt ihr aufnehmen?«

»Meine Freunde werden einen Vertrag bei den Medici erhalten und die Welt des Handels und der Banken erobern«, erwiderte Bartolommeo, und in seiner Stimme schwang eine Spur von Stolz. »Ich werde mein Glück bei den Apothekern versuchen.«

»Das Handwerk hat Zukunft«, brummte der Alte, goß ihnen drei Becher harzigen Rotweins ein und nahm die neun *quattrini* entgegen, die ihm Paolo in die Hand drückte. Ja, man aß wirklich billig bei dem *trippaio* vor Santa Croce, und wer sparsam mit seinem Geld umging, der konnte hier zwei Wochen für einen Florentiner Silbergulden satt werden.

»Ich bin erst einmal froh, aus dem Schlafsaal des Klosters herauszukommen«, sagte Bartolommeo. Es klang verschmitzt. Der *trippaio* schien zu verstehen, denn er hob tadelnd den Zeigefinger der rechten Hand, ehe er sich der nächsten Bestellung widmete. In der Tat erhoffte sich Bartolommeo von seinem neuen Leben manchen Nervenkitzel, denn nicht nur zeigte sich auf seiner Oberlippe bereits dunkler Flaum, er nahm auch die Veränderung an seinem Geschlecht wahr: Während Michele und Paolo, zwei Jahre jünger als er, noch unschuldige *piperlos* herumschlenkerten, wenn sie ihr Wasser abschlugen, hielt er einen wachen *cazzo* in der Hand. Bald schon, hoffte Bartolommeo, würde er herausfinden, was die Kerle damit meinten, wenn sie von »bettgerechten Weibern« sprachen. Trotzdem sah er mit gemischten Gefühlen in die Zukunft, denn anders als auf seine Freunde wartete auf ihn kein Platz mit mehreren *scudi* Lehrlingslohn. Ein Apotheker beim Ponte Vecchio hatte ihm zwar einen Kontrakt bei Unterkunft und Verpflegung angeboten, aber er zahlte mit einem Florentiner Silbergulden kaum den zwanzigsten Teil dessen, was Paolo und Michele erhielten. Zudem würde er die beiden Freunde vermissen, mit denen er in den zurückliegenden gut eineinhalb Jahren täglich zusammengewesen war und manches Abenteuer überstanden hatte.

»Was bist du so still«, fragte Paolo. »Am Ende vermißt du unser Dormitorium schon in der ersten Nacht!«

»Ach was«, winkte Bartolommeo ab und biß herzhaft in sein *panino*.

»Wirst du mich vergessen?« Paolos Stimme klang eindringlich.

»Niemals.«

»Das ist gut so. Denk daran, daß ich es war, der dich gefunden hat, als dir der falsche Benediktiner an die Gurgel ging.«

Michele blickte von Paolo zu Bartolommeo und zurück. Seltsam, dachte er, mit was für einem Nachdruck Paolo jene Nacht beschwört, über die ihm von beiden Freunden so viel erzählt worden war. Ihm kam in den Sinn, daß Paolo in den letzten Monaten häufiger und gezielter als früher versucht hatte, Freunde in seinen Bann zu ziehen.

Mit Beginn ihrer Lehre im Bankhaus der Medici erhielten Paolo und Michele ein kleines Zimmer im Palast. Sie teilten es sich mit drei weiteren Lehrlingen aus dem Handelskontor, von denen einer sich bereits im dritten Lehrjahr befand, während die anderen das erste Lehrjahr abgeschlossen hatten. In dem Zimmer standen zwei Betten gleicher Größe. Leo, mit fünfzehn Jahren der Älteste, hatte ein Bett für sich allein, und als die beiden Neuankömmlinge eintrafen, wies er ihnen Plätze im anderen Bett zu.

»Du meinst also«, bemerkte Paolo mit Ironie in der Stimme, »wir sollen zu viert in diesem Bett schlafen, während du das Vorrecht genießt, in jenem Bett allein zu sein?«

Die Ironie schien Leo entgangen zu sein, denn er antwortete ernsthaft mit ja.

»Könnte es sein, daß du manchmal irrst?«

Michele sah Paolo mit großen Augen an. Er kannte den Mut seines Freundes, aber er sah auch, daß Leo um einen Kopf größer und wesentlich kräftiger gebaut war. Paolos Bemerkung lief unweigerlich auf einen Streit hinaus, bei dem er nur den kürzeren ziehen konnte.

»Wie meinst du das?« fragte Leo.

»So, wie ich es gesagt habe«, entgegnete Paolo kühl und schaute Leo unverwandt in die Augen.

»Ihr schlaft da drüben und ich hier«, bekräftigte dieser und wollte sich abwenden, als Paolo seine Stimme erhob: »Dann irrst du doch.« Er legte seine Ledertasche auf das Bett, das Leo als sein eigen betrachtete.

»Du wirst nicht neben mir im Bett schlafen«, erwiderte Leo unwirsch und wollte nach Paolos Tasche greifen. Doch Paolo war schneller. Ehe Leo das Leder erreichen konnte, hatte Paolo die Tasche ein Stück weiter geschoben und seinerseits das Bündel gepackt, das auf dem Bett lag.

»Ganz recht«, antwortete Paolo und warf Leos Bündel auf das Nachbarbett. »Du wirst bei deinen beiden Freunden schlafen. Dieses Bett gehört nun mir und Michele.«

Da sprang Leo auf Paolo zu. Seine Faust schnellte nach vorne, doch Paolo duckte sich, wich nach rechts aus und schrie Leo scharf »Halt!« entgegen. Von der Wucht seines eigenen Schlages wurde Leo nach vorne geworfen, so daß er fast auf das andere Bett gefallen wäre. Im letzten Moment gewann er sein Gleichgewicht zurück und stand nun mit halb verdrehtem Oberkörper vor Paolo.

»Mit einem Stoß könnte ich dich in das Bett werfen«,

flüsterte Paolo und spielte mit der Faust seiner rechten Hand. »Aber nicht die Gewalt der Fäuste noch die Geschicklichkeit der Bewegungen sollen meine Leitschnüre sein, sondern allein mein Denken und Argumentieren«, fuhr Paolo mit derart geschraubten Worten fort, daß Leo seinen Ohren nicht traute. »Hör zu: Zwei Betten für fünf Lehrlinge teilt man am besten in zwei und drei. Du kennst die beiden anderen bereits ein Jahr, und sicher werden sie deine Wünsche erfüllen, wenn es um den rechten Platz auf dem Lager geht. Michele und ich kennen uns sechs Jahre und kommen gut miteinander aus. Daher ist es gerecht und im Sinne göttlicher Fügung, daß du mit den beiden anderen das eine Bett teilst, während ich Michele zu mir ins andere nehme.«

Immer leiser war seine Stimme bei diesen Erläuterungen geworden. Michele sah, wie zuerst Leos Faust und dann sein linker Mundwinkel zuckte. Jetzt fällt er über ihn her, dachte er, doch weit gefehlt: Leo ließ die Faust sinken und schüttelte den Kopf.

»Du bist ein kluges Kerlchen«, sagte er, und seine Stimme klang brüchig. Dann senkte er die Augen und schob sein Bündel an den Rand des anderen Bettes. Als die beiden jüngeren Lehrlinge kamen, fügten sie sich ohne Murren in die neue Verteilung von Bett und Macht.

»Dem hast du es aber gezeigt«, bewunderte Michele Paolo später, als sie zum alten *trippaio* bei Santa Croce hinüberschlenderten, um Bartolommeo zu treffen. »Und wie du gesprochen hast, wie ein Philosoph.«

»Cicero, mein Lieber«, erwiderte Paolo, »lesen wir nicht zum Spaß.«

Leo, der sich abends oft in der Stadt herumtrieb, war nicht nur ein geschickter Ballspieler, der auf der Piazza Santa Croce wohlgelitten war, sondern er konnte auch trickreich mit kleinen Lederbällen jonglieren. Mit seinen Ballkunststücken verdiente er sich manche *quattrini* auf dem Markt, und als Paolo und Michele ihn eines Tages zufällig bei seinen Späßen beobachteten, fragte ihn Paolo, ob er ihm das verwirrende Spiel mit den Bällen beibringen könne.

»Natürlich«, erwiderte Leo, als hätte es niemals Streit zwischen ihnen gegeben. »Das gibt mir Gelegenheit, dir deine Lektion zurückzuzahlen.«

Paolo nickte und machte eine wegwerfende Handbewegung, mit der die Angelegenheit abgetan war. Leo strich einige Geldstücke von den Umstehenden ein und faßte Paolo um die Schulter.

»Dann laß uns mal in die Ecke gehen und ein wenig üben.«

Michele beobachtete mißmutig, wie die beiden lachend an der Kirchenmauer übten. Paolo beachtete seinen Freund nicht weiter, sondern versuchte, sich ganz auf den Wurf des Balles zu konzentrieren.

»Du mußt lernen, wie sich der Ball bewegt«, sagte Leo. »Wirf ihn von deiner rechten in deine linke Hand. Wirf ihn immer so hoch, daß er oberhalb deiner Augen an deinem Gesicht vorbeifliegt. Wirf ihn so, daß du ihn mit der linken Hand ohne eine weitere Bewegung auffangen kannst. Übe diesen Wurf so lange, bis er dir stets auf die gleiche Weise gelingt. Erst dann wirf den Ball genauso von der linken in die rechte Hand.«

Wie einfach gesagt und wie schwer getan, dachte Paolo und übte unermüdlich, bis die Dunkelheit hereinbrach und Michele ihn mahnte, in den Palast zu kommen.

Der Tag im Kontor der Medici verlief nach einem festen Plan, wobei Paolo und Michele von den niedrigen Arbeiten wie Boden schrubben, Tintenfäßchen nachfüllen, Tische säubern oder Kontobücher umhertragen befreit waren und statt dessen eine konzentriertere Einweisung in die Buchführung und den Umgang mit Zahlungsanweisungen erhielten. Besonderen Raum nahmen die Berechnungen für die Verzinsung ein, wobei neben einfachen Geschäften rund um den Zinsfuß auch schwierige Kalkulationen über den Zufall Gegenstand ihrer Betrachtung waren. So mußten sie vor allem für die Geschäfte der Händler, die ihre Waren aus Kleinasien oder Ägypten bezogen, die Zinsen in Abhängigkeit von dem Risiko festsetzen, das im Seetransport lag. Dies gestaltete ein Darlehen im Herbst oder Frühjahr regelmäßig teurer als im Sommer, da dann die Gefahr verheerender Stürme geringer war. Weil sie sich anstellig zeigten, wurden Paolo und Michele bald die Bücher für kleinere Geschäfte zum selbständigen Bearbeiten übertragen, und um ihren Geist zu schärfen, ließ sie Lorenzo de' Medici alle zwei Wochen an seine Mittagstafel rufen, damit sie sich mit den Philosophen und Dichtern unterhielten, die im Palast der Medici verkehrten. Seit Jahren schon zog *Il Magnifico* in seinem Palazzo herausragende Gelehrte und Dichter zu einer Plato-Akademie zusammen, die sich inzwischen den Ruf erworben hatte, der geistige Mittelpunkt der christlichen Welt zu sein. Lorenzo hatte aus den festen Zusammenkünften vieler kluger Köpfe beinahe eine Universität geformt, weit kleiner wohl als jene von Bologna, aber mit größeren Geistern gesegnet. Von aller Welt beachtet, verfolgten die Mitglieder der Plato-Akademie mit Leidenschaft Lorenzos Ziel, aus Florenz ein neues Athen zu machen, und gerade die Offenheit ihrer Mittagsgespräche half, ihren Ruhm hinauszutragen in die Welt.

Für Paolo und Michele war die Teilnahme an diesen Gesprächen wie das Eintreten in eine unbekannte, bunte Welt, die tausenderlei Geheimnisse und Überraschungen für sie bereithielt. Dabei trafen sie manchmal auf die Söhne von Lorenzo, wobei der elfjährige Piero meist gelangweilt am Tisch saß, während der jüngere Giovanni mit staunenden Augen die *disputationes* verfolgte, ohne daß Paolo oder Michele hätten sagen können, ob und wieviel der Siebenjährige verstand. Doch daß es mit Giovanni eine besondere Bewandtnis hatte, war Paolo offenkundig, denn sein Onkel Giuseppe war kurz nach Beginn der Lehrzeit bei den Medici im Palast erschienen und hatte sich mit *Il Magnifico* über dessen zweitgeborenen Sohn unterhalten. Das Gespräch schien äußerst erfolgreich verlaufen zu sein, denn anschließend erschien Bischof Scalieri in bester Laune bei seinem Neffen und lud ihn ein, abends mit ihm zu tafeln.

»Du gehst einen guten Weg«, bemerkte Giuseppe, als sie sich mit einem kräftigen Rotwein zuprosteten. »Bereite dich in Lorenzos Kontor auf das Geschäftsleben vor und versuche so viel wie möglich zu lernen. Bald wird dich Abramo zu Hause brauchen.«

»Alle haben eine Lehrzeit von drei Jahren. Ich nicht?«

»Wie alt bist du?«

»In Kürze werde ich dreizehn.«

»Nun, so werden zwei Lehrjahre ausreichen. Wenn dir der erste Bart sprießt, gehst du Abramo zur Hand.«

»Ich weiß so wenig über mein Zuhause. Was soll ich dort?«

»Du bist der Erbe der Scalieri, mein Sohn, du wirst eines Tages die Geschäfte übernehmen. Möglich, daß du sie mit Abramos Söhnen teilst, wenn sie herangewachsen sind. Aber die Zukunft ist fern ... Glaube nicht, du seiest vergessen. Abramo läßt sich regelmäßig über deine Fortschritte berichten, und auch ich habe oft Kunde erhalten von Abt Francesco über deine Entwicklung. Du bist gelehrig und fleißig, ein würdiger Scalieri.«

»Habt Dank, ehrwürdiger Vater«, murmelte Paolo. »Doch sagt, welches Geschäft brachte Euch zu *Il Magnifico*?«

Der Bischof schmunzelte. Die Neugier seines Neffen gefiel ihm. Seine Bestrebungen, den Herrn von Florenz dafür zu begeistern, seinen zweitgeborenen Sohn für eine kirchliche Laufbahn vorzubereiten, trugen erste Früchte. Im geheimen hatte er sich mit Lorenzo de' Medici bereits darüber ausgetauscht, wie es gelingen könne, Giovanni rasch zum Kardinal zu machen, um ihm dereinst die Möglichkeit zu verschaffen, nach der Tiara zu greifen. Viel hing davon ab, wer der nächste Papst werden würde. Noch erfreute sich Sixtus zwar guter Gesundheit, aber man konnte nie früh genug beginnen, sich auf das Neue vorzubereiten. Und falls dann ein den Medici gewogener Mann aus dem Konklave hervorging ... wer weiß, dachte Giuseppe Scalieri und strich sich über das Kinn.

»Wir wollen unseren Safranhandel ausweiten«, log der Bischof und schob sich ein Stück Hammelfleisch in den Mund.

»Ehrwürdiger Vater«, entgegnete Paolo in deutlich vorwurfsvollem Tonfall und grinste.

»Ja?«

»Ihr seid so wenig wegen des Safranhandels in Florenz wie meinetwegen. Was ist es wirklich?«

Giuseppe schluckte und blickte Paolo in die Augen. »Gut«, erwiderte er nach einigem Nachdenken. »Es ist ein gewagter Plan, der weit in die Zukunft reicht, der mich zu Lorenzo führt. Allzubald wird es wieder Bewegung geben in der Kurie, und ich bin bestrebt, dies zu Gunsten der Medici zu beeinflussen. Das wird weder mein noch dein Schaden sein.«

»Es geht um Giovanni, stimmt's«, riet Paolo.

Verblüfft nickte der Bischof.

»Woher weißt du ...?«

»Giovanni hat eine besondere Kraft, ich habe es schon einige Male gespürt.«

»Du mußt darüber schweigen«, bat Giuseppe und senkte seine Stimme zum Flüstern. »Die Medici haben viele Feinde. Doch für uns wird es gut sein, wenn sie ihre Macht erweitern können. Im Augenblick kann ich mit dir noch nicht darüber sprechen, aber sei unbesorgt, du wirst mir in dieser Sache noch gute Dienste erweisen können.«

Paolo ergriff die vom Onkel hingestreckte Hand, spürte das pulsierende Leben und wußte, Giuseppe sprach die Wahrheit. Er mäßigte seine Neugierde, obwohl er ahnte, daß ihm ein großes Abenteuer bevorstand.

* 20 *

Paolo und Michele wuchsen in ihrer Lehrzeit im Handelshaus der Medici in jene Rolle hinein, die ihnen von ihren Familien zugedacht war. Sie wurden gute Kaufleute, die von Buchführung ebensoviel verstanden wie von Inhaberpapieren und Darlehensbriefen, die einen Blick für die Güte der Waren entwickelten und ein Gespür für das, was auf den Märkten der Städte und an den Höfen in Europa gern gekauft wurde. Sie bewiesen Geschick im Umgang mit Gewürzen und Verstand beim Taxieren von Stoffen, konnten außerdem die Möglichkeiten gut einschätzen, die der Metallhandel mit sich brachte, und besaßen ein gutes Näschen für Devotionalien. Sie hatten ihren vierzehnten Geburtstag kaum gefeiert, da gelangen ihnen schon erste Verhandlungen rund ums Geldverleihen, ein aus christlicher Sicht unschickliches, aber einträgliches Geschäft, und mehr als nur einmal sah Lorenzo de' Medici mit Wohlgefallen auf seine beiden Lehrjungen aus jener Stadt, die aufgrund der Streitereien ihrer Familien immer wieder von sich reden machte. Hier in Florenz spielten diese jedoch kaum eine Rolle: Paolo und Michele setzten wegen der Zwistigkeiten ihrer Familien nie ihre Freundschaft aufs Spiel. Wenn gehässige Post aus der Heimat kam, die geeignet hätte sein können, den einen gegen den anderen aufzubringen, straften sie die Absender mit Nichtachtung und versicherten sich ihrer Freundschaft, indem sie nachts eng zusammenrückten. Manchmal lag in diesem Aneinanderkuscheln eine scheue Zärtlichkeit, und dann fuhr Micheles Hand streichelnd über Paolos Kopf, so wie es vor Jahren seine Mutter bei ihm getan hatte, und wenn Paolo dieses Streicheln zart erwiderte, durchströmte Michele eine Woge von Glücksgefühlen.

Dagegen gab es ihm stets einen Stich, wenn er zusehen mußte, mit welcher Hingabe Paolo mit Leo an den Bällen arbeitete. Das war, als würde Paolo in eine andere Welt eintauchen, die für Michele unerreichbar war, denn zwar hatte er oft versucht, die Bälle zu werfen, dabei jedoch nur Hohn und Spott geerntet. Aus seiner Hand flogen die Bälle kreuz und quer, nur nicht so, wie sie sollten. Paolo dagegen zwang den Lederbällen seinen Willen mit einer Kunstfertigkeit auf, die längst auch Leo in Erstaunen versetzte. Mit drei und vier Bällen vermochte Paolo allerlei Figuren in die Luft zu schreiben, und wenn er fünf Bälle durch die Luft wirbelte, bildeten sie für das Auge des Zuschauers einen magischen Kreis. Ein paarmal hatte Paolo zwischenzeitlich seine Künste auf der Piazza Santa Croce zum besten gegeben und eine Begeisterung ausgelöst, die Michele mißmutig stimmte, weil sie ihn ausschloß. Er wollte lieber mit Paolo in die Welt der Gelehrten eintauchen und sich mit ihm über die Dinge austauschen, die sie bei den Zusammenkünften im Palazzo Medici gehört hatten.

Von keinem waren Michele und Paolo derart beeindruckt wie von dem auf den ersten Blick unscheinbaren Marsilio Ficino, einem kleinen Mann von weniger als fünf Fuß Größe. Ficino war neunundvierzig Jahre alt und hatte fast den gesamten Plato übersetzt. Darüber hinaus war er ein wandelndes Nachschlagewerk, wenn es um die griechische Philosophie ging. Er verehrte Plato, und es hieß, in seiner Villa in Careggi habe er vor einer Platobüste immer eine Kerze brennen. Um Paolo nah zu sein, studierte Michele auch gern mit ihm und Ficino das *Corpus Hermeticum*, das Ficino in jungen Jahren für Cosimo de' Medici übersetzt hatte. Er war mit der Übertragung einiger Bücher Platos betraut gewesen, als ein Manuskript der Sammlung von Hermes Trismegistus auftauchte. Da man Trismegistus für bedeutender hielt als Plato, war der Auftrag an Ficino kurzerhand uminterpretiert und der kleine Gelehrte auf eine vollkommen neue Fährte gesetzt worden, die ihn über die Philosophie hinaus in das Reich der geheimen Künste geführt hatte. Als Ficino von magischen Ringen erzählte, die in Beziehung zu den Gestirnen standen, hatte Paolo die Augen weit aufgerissen und gar nicht genug bekommen können von den Ausführungen des

Philosophen. Da wußte Michele, daß Paolo sich am liebsten mit Haut und Haar der Magie verschrieben hätte, und erstmals ahnte er die geheimen Kräfte, die in Paolo wirkten. An sich selbst dagegen entdeckte er ganz andere Begabungen, die ihm zwar auch rätselhaft, aber durchaus nicht geheimnisvoll oder gar beängstigend erschienen. Wann immer er in den Garten der Medici bei San Marco ging und dort den Bildhauern bei der Arbeit zusah, konnte er den Weg, den der Meißel nahm, vorausberechnen. Es war ihm, als sähe er die Skulptur bereits in dem Marmor, bevor der Künstler sie freigelegt hatte.

Erst vor wenigen Tagen hatte er den Garten wieder besucht und die Größe dieses den Künsten geweihten Ortes bestaunt, in dessen Mitte ein kleines Haus stand, das alle *Casino* nannten. Gesäumt von schlanken Zypressen führte ein gerader Weg auf einen Teich mit Springbrunnen vor dem *Casino* zu, und auf einem steinernen Podest stand die anmutige Statue eines Knaben, der sich einen Dorn aus dem Fuß zog. Die den Garten umgrenzenden Seitenmauern hatten ringsum Nischen. In den meisten standen Marmorbüsten, in einigen aber arbeiteten die jungen Künstler, die im Garten von Lorenzos Bildhauer Bertoldo di Giovanni ausgebildet wurden. In einer Nische stand Meister Bertoldo mit einem seiner Schüler, der sich ungeschickt mit einem grauen Granitblock abmühte. Wieder und wieder schüttelte Bertoldo den Kopf, und als er Michele sah, winkte er ihn heran.

»Was meinst du? Kommt aus diesem Stein noch ein Halbrelief mit dem Kopf eines Caesaren heraus oder nicht?«

Michele überlegte, ob der Meister die Frage nur gestellt hatte, um seinen offensichtlich unbegabten Schüler zu ärgern, aber noch ehe er sich darüber im klaren war, antwortete er schon: »Bei dieser Art von Schlägen gegen die Natur des Steins nicht. Der Meißel müßte nach links oben geführt werden, da wölbt sich der Stein gerade richtig für den Hinterkopf.«

»Gut! – Und warum siehst du Trottel das nicht?« Bertoldo wandte sich von seinem Schüler ab und Michele zu. Er hatte ein Funkeln in den Augen, das Michele überraschte.

»Sag, wer du bist«, bat der Meister mit plötzlich milder Stimme.

»Michele Lungarotti, ich gehe in die Lehre im Kontor *Il Magnificos*.«

»Du hast einen Blick für den Stein.«

Michele senkte die Augen.

»Du bist öfter hier im Garten, ich habe dich schon gesehen. Du magst die Bildhauerei?«

»Ja.«

»Komm mit!«

Ohne eine Antwort abzuwarten, schritt der für einen Bildhauer beinahe zierliche Bertoldo voran, und Michele folgte ihm wortlos. Der Meister ging leicht gebückt – neben seinem schlohweißen Haar das einzige Zeichen seines bereits fortgeschrittenen Alters. Es hieß von ihm, er habe einen unvergleichlichen Humor und eine unverwüstliche Lust am Kochen. Als sie in der Werkstatt anlangten, wies der Meister nach innen an einen langen Tisch, an dessen Ende in einer großen Schale Ton feucht gehalten wurde.

»Nimm eine Handvoll und gestalte einen Kopf!«

Verblüfft streckte Michele seine Hand nach dem Ton aus und nahm sich beinahe ehrfürchtig etwas von der kühlen Masse. Es fühlte sich gut an, weich und fest zugleich, ganz anders als die lehmige Erde in Vaters Weinberg, mit der er als kleiner Junge oft gespielt hatte. Er erinnerte sich an den Geruch der Erde und schloß die Augen, während seine Finger wie von alleine anfingen, den Tonklumpen zu formen. Als Michele das Bild von der ockerfarbenen Erde und dem knorrigen Weinstock wegwischte und seine Augen auf den Tonklumpen in seiner Hand richtete, hatte dieser bereits die Form eines Schädels, in welche seine Hände nun geschickt und wie von einem fremden Willen gelenkt die Konturen von Nase, Mund und Ohren kneteten, bis nach einiger Zeit ein ansehnlicher Kopf entstand, der Bertoldo nicht unähnlich sah.

»Wie lange übst du schon, mein Junge?« fragte der Meister erstaunt.

»Gar nicht«, antwortete Michele, selbst überrascht vom Geschick seiner Hände. Ihm war, als würde er erst jetzt aus einem Traum aufwachen, und mit einemmal besah er sich seine grauen Finger, als gehörten sie nicht zu ihm. »Niemals«, murmelte er und lächelte Bertoldo an.

»In der Tat, die Nase ist auch allzu ungeschickt, und die Ohren stehen scheußlich ab«, brummte der Meister. »Aber wenn du wieder einmal vorbeischauen möchtest, du kannst jederzeit einen Klumpen Ton haben.«

Damit beendete er das Gespräch und schlurfte in den hinteren Teil seiner Werkstatt.

Seither dachte Michele über diesen Vorfall nach, und er ertappte sich manchmal bei der Vorstellung, eine Skulptur geschaffen zu haben wie Donatellos David. Das fühlte sich erhaben an, und in Michele wuchs die Lust, wieder mit Ton zu kneten.

* 21 *

»Die Natur«, sagte Ficino eines Tages, als Paolo mit ihm allein in einem kleinen Raum voller Bücher saß, »die Natur ist überall mit ihrer Zaubermacht.«

»So glauben Sie, *Messer Ficino*, daß es Zauberkräfte gibt?«

»O ja, alles um uns her ist von magischen Kräften durchwirkt, das wußte schon Plotin, den zu bewundern ich nicht nachlasse.«

»Gibt es wirklich Möglichkeiten, diese Zauberkräfte nutzbar zu machen?«

»Nicht ohne weiteres«, antwortete Ficino zurückhaltend. »Aber Christus selbst hat Kranke geheilt und seine Priester in die Kunst eingewiesen, allein mit dem gläubigen Wort und heilkräftigen Kräutern dasselbe zu tun.«

»So muß man Priester werden, um ein Magier zu sein?« fragte Paolo erstaunt.

Ficino blieb die Antwort schuldig.

Doch Paolos Neugier ließ sich nicht durch Schweigen, sondern nur durch Antworten stillen, und da sich Ficino, der die drängende Neugier des Jünglings spürte, nicht erweichen ließ, mehr von seinem geheimen Wissen preiszugeben, stürzte sich Paolo auf alle Bücher und Schriften, deren er habhaft werden konnte. Bei jedem Werk hegte er die Hoffnung, auf eine Erklärung für das Erfühlen von Lebenskraft in seinen Händen zu stoßen. Doch weder in den Traktaten von Porphyrius und Lamblichus noch in den Aufsätzen eines Johannes Reuchlin oder Giovanni Pico della Mirandola stieß er auf eine zufriedenstellende Erklärung. Immerhin wußte Mirandola, welcher den Wert der »natürlichen Magie« betonte, davon zu berichten, daß die natürliche Magie natureigene Kräfte freisetze und nutzbar mache. Aber eine Beschreibung seiner Kräfte fand er nicht. Auch blieben die Werke, die er las, die Antwort auf die Frage nach der Existenz Gottes schuldig, die sich Paolo aber um so stärker stellte, je tiefer er in die Magie eindrang. Viele Verfasser gelehrter Traktate betonten die Gottgefälligkeit der weißen Magie, aber Paolo hatte sie rasch in Verdacht, dies zu tun, um keinen Anstoß bei der Kirche zu erregen. Gott wurde sozusagen vorausgesetzt, aber nie hinterfragt. Konnten die magischen Kräfte nicht auch anderen Ursprungs sein als von einem allmächtigen Gott? Vielleicht gab es nur gute und böse Geister, die miteinander ähnlich im Widerstreit lagen wie auf Erden der Kaiser und der Papst? Und was für Kräfte wirkten dann in ihm und schenkten ihm diese seltsamen Kräfte, die ihn vor vielen anderen Menschen auszeichneten? Fragen über Fragen, die Paolo nach immer weiteren Antworten suchen ließen, und schließlich stieß er auf Ausführungen zu den magischen und mystischen Traditionen des Judentums. Atemlos las er über die geheimnisvolle Macht, die in hebräischen Texten verborgen lag. Da versteckte sich eine wundersame Zahlenmagie hinter der biblischen Sprache, und wer den Worten ihren richtigen Zahlenwert zuordnen konnte, dem eröffneten sich tiefe Geheimnisse und möglicherweise auch zauberische Kräfte. Von diesem Tag an, an dem ihm die jüdische Zahlenmystik zum ersten Mal begegnete, war es Paolos größter Wunsch, einmal einen wahren Kenner der Kabbala zum Lehrmeister zu haben, und der Gedanke ließ ihn nicht mehr los.

»Hinter allem steckt ein Zahlenschlüssel«, erklärte Paolo daher abends auf der Piazza Santa Croce begeistert seinen Freunden Michele und Bartolommeo, während sie herzhaft in ihr *panino* bissen und auf die nackte Fassade von Santa Croce blickten.

»Du mit deiner Vorliebe für Zahlen«, erwiderte Bartolommeo, den solche Überlegungen wenig begeistern konnten; vielmehr hielt er mit bemerkenswerter Hartnäckigkeit Ausschau nach hübschen Mädchen und forderte Paolo auf, es ihm gleichzutun.

»Wenn ich eine für dich entdecke«, versprach Paolo, »zeig' ich sie dir. Aber jetzt sollst du mir noch zuhören. Denn es ist wirklich so: In den Zahlen findest du die Welt abgebildet. Da ist es nur natürlich, daß sich auch das Reich der Magie mit einem Zahlenschlüssel öffnen läßt.«

»Und was hat es mit dem Zahlenschlüssel auf sich?« wollte Michele wissen.

»Das werde ich herausfinden«, antwortete Paolo und wollte gerade noch etwas über die Kabbala erzählen, als er eine junge Frau entdeckte, die mit offenen Haaren über die Piazza lief. Er faßte Bartolommeo an der Schulter und zeigte mit den Fingern über den Platz. »Schau mal, die da drüben mit ihren strohblonden Haaren. Ist die nicht bettgerecht?«

Bartolommeo riß die Augen auf und nickte. »Kommt«, krächzte er aufgeregt, »der steigen wir nach.«

Michele zögerte, doch Paolo nickte ermunternd. Ein kurzer Blick, dann folgten sie Bartolommeo, der schon losgelaufen war.

Paolo konnte sich ein Schmunzeln nicht verkneifen. Es war so einfach, seine Freunde abzulenken. Aber als er um die Ecke bog und fünfzig Schritt weiter die blonde Frau sah, vergaß er die Kabbala und wünschte nichts dringender, als ihr Gesicht zu sehen. Die drei Freunde mußten sich beeilen, um sie am hinteren Ende des Palazzo Signoria einzuholen. Bartolommeo hielt sich nun zurück, Paolo dagegen beschleunigte seinen Lauf, bis er neben der Fremden einherging und sie unverhohlen von der Seite anblickte. Sie wandte den Kopf und verlangsamte ihren Schritt.

»Du bist mir nachgelaufen.«

In ihrer hellen Stimme klang Belustigung, und ein rauchiger Beiklang gab ihr den Anstrich von selbstbewußter Reife. Ihre Wangenknochen standen hoch und weit auseinander. Unter blonden Wimpern blitzten hellbraune Augen, die Iris begrenzt von einem schmalen blaugrünen Ring. Das Kinn, eine Spur zu kantig, um lieblich zu sein, reckte sie beim Sprechen leicht nach vorne.

»Du antwortest nicht?«

»Ich bin dir nachgelaufen, und nicht alleine.«

»Ich weiß.« Sie lachte. »Die beiden trauen sich aber nicht vor.«

Paolo stutzte. Sie hat uns also beobachtet, dachte er. Andererseits sind wir nicht gerade unauffällig zu Werke gegangen.

»Du bist sehr schön.« Paolo spürte einen Kloß in seinem Hals. Er wußte nicht, ob sie das hörte, und er wollte sich nicht verunsichern lassen. »Wir mußten dir nachlaufen«, sprach er deshalb weiter, »um zu sehen, ob dein Gesicht hält, was dein Rücken verspricht.«

»Und?«

»Deine Augen betören mich.«

»Ist das alles?«

»Dein Mund ist schief.«

Sie blickte erst verdutzt, dann lachte sie ein glockenhelles Lachen und blieb stehen.

* 22 *

Vor wenigen Tagen war sie in Florenz eingetroffen und hatte in einem einfachen Haus hinter Santa Croce bei Taddea Unterkunft gefunden, einer alten Hebamme, die viele Jahre zuvor bereits ihre Mutter beherbergt hatte. Sie bewohnte eine schmale Dachkammer, kaum größer als die Pritsche, ein grobes Gestell aus Holz, zwischen dessen Holmen Gurtzeug aus Flachs gespannt war. Darauf lag eine mit Stroh gestopfte Matratze. Am Fußende stand ein Holzschemel, und am Kopfende fand sich eine Truhe aus Kiefernholz, in die Lavinia ihren Beutel und die wenigen Habseligkeiten legen konnte, die sie bei sich trug. Die wichtigen Dinge fanden sich in der doppelt genähten Leinentasche, die sie sich umband. Es waren dies eine Bankanweisung auf das Haus der Medici und ein Reiseausweis der Herren von Genua, wo sie bis zum Tod ihrer Mutter gelebt hatte.

Als sie ihre Mutter beerdigt und betrauert hatte, zog es sie zurück in ihre Heimat. Da kam der Hilferuf von Lorenzo dem Prächtigen gerade zum rechten Zeitpunkt. Eine Weile hatte sie gerätselt, woher *Il Magnifico* ihren Namen kannte, und aus der Vergangenheit waren Erinnerungen heraufgezogen an üble Verleumdungen und gefährliche Nachstellungen. Doch schließlich hatte sie ihre Bedenken beiseite geschoben und war gen Florenz aufgebrochen. Viele Jahre waren verstrichen. Sie hatten das Unglück aus dem Gedächtnis der Menschen getilgt. Wer würde sich noch an einen Giftmord vor vierzehn Jahren erinnern? Und wenn, dann stünde ihre Mutter im Mittelpunkt des Interesses, Lavinia war viel zu jung gewesen, um als Verdächtige in Betracht zu kommen. Trotzdem hatte das Unbehagen ihren Reiseweg begleitet und sie davon abgehalten, ihre alte Heimatstadt aufzusuchen. Statt entlang der Küste zu wandern oder gar mit einem der leichten Segler in Sichtweite des Landes von Genua bis Pisa zu reisen, hatte sie den Umweg über die Emilia Romagna genommen und sich einige Wochen in Bologna aufgehalten, ehe sie den Apennin überquerte. Und obwohl ihr Geldbeutel mager bestückt war, machte sie von ihren Fähigkeiten unterwegs keinerlei Gebrauch und bot ihre Dienste nicht an, um keine Aufmerksamkeit zu erregen. Je näher sie Tuszien kam, desto mehr spürte sie die Angst von damals wieder, als sie in der Morgendämmerung Hals über Kopf ihre Hütte verlassen hatten.

So vieles ging ihr durch den Kopf, während sie an der Franziskanerkirche entlang auf die Piazza Santa Croce zulief. Sie war in Eile. Das milde Abendlicht kündigte die Dämmerung an, und sie mußte vor Sonnenuntergang zurück in ihrer Bleibe sein. In der großen, unübersichtlichen Stadt würde sie sich nach Einbruch der Dunkelheit leicht verlaufen, außerdem war mit den lebenslustigen Florentinern im Dunkeln nicht zu spaßen. Ihr genügten die Blicke, die sie bei Tage verfolgten, und manchmal erdreisteten sich die Burschen, sie anzusprechen. Taddea hatte sie insbesondere vor der Piazza Santa Croce gewarnt, wo sich junge Männer zuhauf herumtrieben, sei es, um dort Ball zu spielen, sei es, daß sie bei den Kuttelverkäufern standen, schmatzend Kaldaunen aßen und erdigen Rotwein tranken. Jedenfalls hatten sie stets Augen für eine junge Frau, die über die Piazza ging. So auch heute. Sie spürte die Blicke, die ihr folgten. Sie beschleunigte ihren Schritt, wobei sie sich dafür schalt, das weiße Leinenkleid angezogen und die Haare nicht unter einer Haube versteckt zu haben. Aber sie wollte hübsch aussehen, denn der Geselle in Tondos *pharmacia* gefiel ihr. Das offene Haar würde ein Zeichen sein. Schon bog sie um die Ecke hinauf zum Palazzo della Signoria, als sie ihre Verfolger wahrnahm. Es waren drei, und sie waren jung, wie jung, konnte sie nicht sagen, denn sie wollte sich nicht die Blöße geben, sich umzudrehen. Das faßten die Burschen stets falsch auf, diesen Fehler beging sie schon lange nicht mehr. Dumme Männer verachtete sie. Der Geselle in Tondos *pharmacia* schien nicht dumm zu sein, ihre Verfolger dagegen waren dreist. Lavinia spürte die Nähe, spürte ein Zögern und sah nun aus den Augenwinkeln, wie einer zu ihr aufschloß und sie offen anblickte. Ein Knabe, höchstens fünfzehn Jahre alt, hübsches Gesicht, bemerkenswerte Augen: ein klares, glasiges Hellblau. Sie mußte lächeln. Er ist eigentlich noch zu jung, um einem Rock hinterherzulaufen, wenngleich an der Schwelle zum Mann. Bald wird er erwachen.

Als er sie ansprach, war sie sehr verwundert. So hatte noch keiner zu ihr gesprochen. In seinen Augen standen Neugierde und Bewunderung. Das gefiel ihr, und sie spürte, wie er ihr, obwohl viel jünger als sie, beinahe ebenbürtig wurde. Ja, es war, als spräche hier einer zu ihr von gleich zu gleich. Und mit jedem Satz, den er sprach, wuchs ihre Überraschung noch, zum Schluß verschluckte sie sich fast. Dann lachte sie und blieb stehen. Nun waren auch die beiden anderen herangekommen. Lavinias Blick fiel auf den dritten im Bunde, einen hübschen Jüngling mit einem Engelsgesicht, der rasch den Kopf senkte, als sich ihre Augen trafen. Bemerkenswert, dachte Lavinia, was für ein Hellbraun. Laß ihn heranwachsen, er wird die Herzen aller Frauen brechen, aber der andere – und ihr Blick wanderte zu Paolo – wird sich die Frauen untertan machen.

»Nun habt ihr gesehen, was sich hinter dem Rücken versteckt. *Bona notte.*« Sie legte deutlichen Spott in ihre Worte, die sie einzig an Paolo gerichtet hatte, und ging auf die Piazza della Signoria zu. Während die beiden anderen stehenblieben, hielt Paolo mit ihr Schritt.

»Wie heißt du? Ich bin Paolo, ein Lehrling von Lorenzo de' Medici.«

»Du bist vor allem neugierig«, erwiderte Lavinia und versuchte, möglichst viel Abwehr in ihren Ton zu legen, denn in Wahrheit spürte sie bereits eine ungeheure Faszination von Paolo ausgehen. In seinen Augen sah sie jetzt eine Kraft, die weit über das hinausging, was ein Jüngling aufbieten konnte. Noch war es nur eine Ahnung, daß dieser Jüngling über besondere Fähigkeiten verfügte, aber das genügte, um sie selbst neugierig werden zu lassen. Und so fragte sie ihn beinahe wider ihren Willen: »Was lernst du bei *Il Magnifico*?«

»Den Handel lerne ich und das Bankwesen, aber ... wie soll ich das sagen? – Am meisten bei der Sache bin ich, wenn mir Ficino von den Zahlen erzählt und von der Magie.«

»Von der Magie?« Lavinia konnte ihr Erstaunen kaum verbergen. Der Jüngling steckte in der Tat voller Überraschungen. Da wollte sie mehr wissen: »Tut er das?«

»O ja, aber natürlich nur von der guten Magie, deren Zauber in der gesamten Natur wohnt und die sich in den Worten Gottes in der Bibel findet, als Zahlenschlüssel zu einer geheimen Welt.«

»Du bist ein kühner Junge, aber du solltest dir solche Dinge aus dem Kopf schlagen.«

»Warum?«

»Es ist ungewiß, ob sie recht katholisch sind«, antwortete sie eine Spur zu hart. Die Art und Weise, wie er über diesen Gelehrten und die Magie sprach, waren ihr unheimlich. Er strahlte etwas aus, was sie einschüchterte. Sie wollte das Gespräch beenden und forderte ihn abrupt auf: »Nun laß mich allein, ich habe Besorgungen zu machen.«

Er blieb zurück, aber sie fühlte seinen Blick in ihrem Rükken brennen. Was für Augen! Den ganzen Weg bis hinunter zum Palazzo di Parte Guelfa blieben ihre Gedanken an diesen durchdringenden Aquamarinen hängen. Immer wieder stellte sie sich die Frage, ob dieser Jüngling ihr nun ausnehmend gut gefiel oder ob er über geheime Kräfte verfügte. Sie fand keine Antwort. Doch er blieb ihr so gegenwärtig, daß sie sich noch einmal nach ihm umdrehte, ehe sie die *pharmacia* von Tondo betrat. Aber Paolo war ihr nicht gefolgt.

Der Geselle fand sich im hinteren Lagerraum und lächelte,

als er sie sah. In seinem Eifer, ihr die gewünschte Farbe zu reichen, lag mehr als nur Dienstfertigkeit, und in seinen Augen entdeckte sie jenes leichte Flackern, das ihr untrüglich verhieß, begehrt zu werden. Ein Gefühl wie nach dem Genuß von zwei Gläsern Tresterschnaps wärmte sie, ihr Herz pochte eine Spur heftiger. Dabei entging ihr keineswegs, daß sein Kehlkopf hüpfte, während er zu dem Tresen hinüberging, an dem er das Farbfäßchen verpacken wollte.

»Ist es genau so, wie ich es bestellt habe?«

»Du hast es uns nicht einfach gemacht«, erwiderte er und konnte ein leichtes Zittern nicht verbergen. Als er ihr in die Augen schaute, traf sie sein Hunger mit aller Gewalt. Ein Schauer rieselte ihren Rücken hinunter. Doch da schob sich die Erinnerung an Paolos Augen vor die Gefühle für den Apothekergesellen. Wie der aufschäumende Sud von in Wasser kochendem Getreide in sich zusammenfällt, wenn man den Topf vom Feuer nimmt, erstarb das Prickeln. Lavinia erschrak. Der Geselle gefiel ihr, und auch die Art, wie er sie anlächelte, nahm sie sehr für ihn ein, aber mit einemmal wußte sie um die Sinnlosigkeit jeder seiner Anstrengungen. Sie hätte ihr Haar besser unter der Haube versteckt, denn sie würde nun ihre *quattrini* auf den Tresen legen, das Farbfäßchen entgegennehmen und ohne ein weiteres freundliches Wort Tondos *pharmacia* verlassen.

»Bist du nicht zufrieden«, fragte der Geselle und zog ein dümmliches Gesicht.

»Doch«, antwortete sie kühl, »und ich werde gewiß wiederkommen, wenn ich neue Farbe benötige.«

Auf dem Rückweg mied sie die Piazza della Signoria und die Piazza Santa Croce, schlug sich durch etliche schmale Gassen und war mehrmals kurz davor, die Orientierung zu verlieren. Keineswegs nur deswegen, weil man sich in den Straßen von Florenz verlaufen konnte. Ihre Gedanken hingen bei der Begegnung mit Paolo, mehrfach fragte sie sich, wieso sie die Augen eines kaum Fünfzehnjährigen durcheinanderbrachten. Paolo. Ein nichtssagender Name. Viele hießen so. Seine Neugier auf die Magie schien ihr vertraut, denn sie selbst war viel zu wißbegierig, was die Geheimnisse des Daseins anbelangte. War es nicht immer noch ihr Traum, eines Tages in jenem geheimen Buch zu lesen, das ihren Großvater über den fünffachen Anfang belehrt hatte? Spätestens, seitdem sie auf Vermittlung ihrer Mutter bei Maria Filippa in die Lehre gegangen war, glaubte sie an die Kraft des Pentagramms und anderer magischer Zeichen. Die Mystik der Zahlen begegnete ihr immer wieder. Nein, daran lag es nicht, daß sie so tief von Paolo beeindruckt war. In seinen Augen schwelte ein verstecktes Feuer, beinahe so, als würde er etwas in sich tragen, das sie von sich selbst kannte. Wenn sie in seine Augen blickte, schien sie sich selbst zu begegnen, aber auf eine merkwürdig verschiedene Art.

»Ihr habt mich rufen lassen, *Magnifico Messere*«, trat Lavinia am anderen Morgen vor Lorenzo de' Medici, der hinter einem Pult stand, über einen Folianten gebeugt, und kaum zu ihr aufsah.

»Nenn mich nicht *Magnifico*«, sagte er matt. »Ich bin von Gicht geplagt. Hätte Gott gewollt, daß ich wahrhaft ein Großer bin, er hätte mir diese Geißel erspart. Dich habe ich rufen lassen, damit du die Schmerzen linderst.«

»Wie, *Messer Medici*, habt Ihr meinen Namen erfahren?«

»Wir pflegen gute Kontakte nach Genua. Meinem Faktor bleibt wenig verborgen. – Du sollst die beste Heilerin sein, die die Stadt jemals gesehen hat.«

»Die Leute neigen zur Übertreibung, mein Herr.«

»Du heilst mit deinen Händen, sagt man mir.« Lorenzo de' Medici überging Lavinias Bemerkung. »Stimmt das?«

»Manchmal kann ich helfen, manchmal nicht. Nichts ist gewiß. Immer steht Gott über allem. Doch ich bete zu seinem Sohn, daß er den Menschen Linderung verschaffe, und oftmals erhört er mein Gebet.«

»Das ist die Antwort nur zum Teil. Was hat es mit deinen Händen auf sich?«

»*Messere*, ich spüre an bestimmten Punkten den Kräften des Körpers nach und ertaste manchen Mangel, dem abzuhelfen dann mein Bemühen gilt. Immer versuche ich, auch die Ausgewogenheit der Körpersäfte herzustellen, denn die Lehre von den Säften kenne ich sehr wohl und weiß um die Bedeutung einer ausgewogenen Durchmischung der gelben und schwarzen Galle mit Blut und Schleim.«

»Nun denn«, erwiderte Lorenzo und betrachtete Lavinia mit einem vielsagenden Blick. »Willst du deine Therapie an meinem Körper versuchen?«

»Deshalb bin ich hier. Ein Medici ruft nicht vergeblich.«

Bei diesen Worten verbeugte sie sich. Lorenzo trat hinter seinem Pult hervor und reichte Lavinia die Hand.

»Du sollst dein Knie vor dem Altar beugen«, sagte er, und seine Stimme nahm einen warmen Ton an, »aber nicht vor mir. Ich bin froh, dich zu sehen.«

»Ihr seid sehr freundlich, *Messere*. – Wenn Ihr es wünscht, werde ich Euren Körper abtasten. Dazu muß ich Euch manchmal berühren. Es ist nicht unschicklich, wenngleich es sich nicht gebührt.«

»Wir werden allein sein«, antwortete Lorenzo knapp.

Il Magnifico saß auf einem Stuhl, während Lavinias linke Hand über seinem Kopf schwebte. Langsam tastete sie in einem Abstand von einer knappen Daumenbreite seinen Scheitel vom Nacken Richtung Stirn ab. Dabei hielt sie die rechte Hand weit von sich gestreckt. Ihre Augen blieben geschlossen. Manchmal murmelte sie unverständliche Worte. Nach einiger Zeit nahm sie ihre linke Hand von Lorenzos Kopf und ließ den rechten Arm sinken. Sie trat vor Lorenzo und blickte ihm fest in die Augen.

Sie spürte den Widerstand, den er ihr anfangs entgegensetzte, aber sie fühlte auch, wie seine Kraft allmählich erlahmte. Gleich würde er seinen Blick senken oder die Lider schließen.

»Schaut mich weiter an«, bat sie ihn, ehe er seinem Impuls folgen konnte. »Es ist kein Kräftemessen, glaubt mir. Ich will Eure Krankheit ergründen.«

»Es ist Gicht«, antwortete Lorenzo matt.

»Ich weiß. Aber Ihr solltet den Mut nicht verlieren. In Euch ist noch genug Leben für zehn Jahre.«

»Die Schmerzen plagen mich oft über Gebühr«, beklagte sich der mächtige Mann. »Kannst du helfen?«

Statt einer Antwort legte Lavinia ihre Hand auf Lorenzos Stirn, murmelte ein Ave-Maria und griff in ihren Beutel, den sie an einem breiten Band schräg über die Brust hängen hatte. Sie kramte daraus ein Fäßchen mit Farbe hervor, öffnete es und tunkte einen Pinsel ein. Dann setzte sie die Pinselspitze neben dem linken Nasenflügel auf und beschrieb auf der grobporigen Haut einen doppelten Halbkreis, erst rechts, dann links geöffnet. Obwohl die Farbe fast schwarz war, konnte man das Zeichen auf der Haut kaum erkennen. Nun tastete sie Lorenzos Handgelenke ab, streckte ihre Linke weit von sich, verharrte in dieser Pose eine Weile und malte mehrere Striche auf Lorenzos Unterarm, die rasch verblaßten. Sie schraubte das Fäßchen zu, wischte den Pinsel sauber, nahm aus einem kleinen Holzkasten einen Würfel von gepreßten Kräutern und reichte ihn dem Medici.

»Nehmt diese Kräuter. Das bringt Euren Körpersäften mehr Gleichgewicht. Außerdem solltet Ihr die nächsten zwei Tage in keinen Badezuber steigen«, bemerkte Lavinia. »In drei Tagen komme ich wieder, und Ihr erzählt mir, ob Ihr eine Veränderung wahrgenommen habt.«

In diesen drei Tagen blieb Lavinia in ihrer Kammer. Ihr ging der Junge mit den aquamarinblauen Augen nicht aus dem Kopf. Er kam ihr seltsam vertraut vor. Sein Blick hatte eine magische Kraft, und sein *volgare* war ihr nicht unbekannt. Er war kein Florentiner. Sie zwang sich, nicht länger darüber nachzudenken. Die Behandlung von Lorenzo de' Medici forderte ihre Aufmerksamkeit. Sie rief sich die Schwingungen ins Gedächtnis zurück, die sie an seinem gichtigen Körper erspürt hatte. Da gab es Verwirbelungen wie in einem dahinschießenden Bergbach, die ihr zeigten, wie sehr der Körper dieses mächtigen Mannes aus dem Gleichgewicht war. Sie überlegte, wie ihre erfühlten Befunde in Einklang zu bringen waren mit der Lehre der Körpersäfte, die sie stets heranzog bei der Beurteilung einer Krankheit. Wenn einer ihrer Kranken nach einer Erklärung für sein Leiden oder später für seine Genesung fragte, konnte sie ihn mit ihren Ausführungen über die Körpersäfte beruhigen. Das kannte man, das entsprach dem, was auch ein *medicus* zum besten gab. Die Art und Weise, wie sie eigentlich zu ihren Erkenntnissen gelangte, war dagegen weder leicht darzulegen, noch konnte man sie katholisch nennen. Sie erspürte Kraftwellen des Körpers mit den Fingerkuppen ihrer linken Hand, wie man den Herzschlag ertasten konnte, wenn man die Finger auf den Puls legte. Dabei mußte sie den Körper des Kranken kaum berühren. Sie empfand die Abstrahlungen so stark wie die Wärme eines glühenden Hufeisens. Abhängig davon, wie heftig sie die Verwirbelungen spürte, malte sie an bestimmten Stellen des Körpers Striche oder Halbkreise auf, die dazu führten, daß die erfühlte Kraft gleichmäßiger floß. Meistens linderte das die Beschwerden und brachte sie nach mehrmaligem Wiederholen dieses Vorgehens zum Abklingen. Maria Filippa hatte es »die Öffnung der Kraftlinien« genannt und ihr viel von einem Weisen aus Indien erzählt, von dem sie die Geheimnisse der Kraftzentren erfahren habe. Bei Lorenzo de' Medici waren, das hatte Lavinia rasch gespürt, etliche Kraftlinien geschlossen. Sie mußte sie öffnen, dann würde *Il Magnifico* von vielen Schmerzen befreit werden. Nur heilen konnte sie Lorenzo den Prächtigen nicht.

Als sie drei Tage später wieder vor ihm stand, trat er langsam hinter seinem Pult hervor und breitete die Arme aus.

»Du bist eine Heilerin!«

»Ihr spürt Linderung?«

»Fast ohne Beschwerden in den Knien kann ich die Treppen hinuntersteigen, und ich kann über zwei Stunden ohne Schmerzen schreiben.«

»Das ist besser, als von mir erhofft. Doch dürfen wir die Krankheit nicht unterschätzen. Eure Körpersäfte sind unausgegoren wie junger Wein und sehr empfindlich. Laßt mich Eure Kräfte fühlen.«

Wieder legte sie ihre linke Hand über Lorenzos Scheitel, streckte die Rechte weit von sich und schloß die Augen. Vom Kopf des Gichtgeplagten stieg ein wirbelnder Strom warmer Luft gegen Lavinias Fingerkuppen wie Dampf aus einem Kochkessel, und in den Fingern der rechten Hand regte es sich schaukelnd und kreisend. Still vor sich hin murmelnd stellte Lavinia Fragen, die wie von Geisterhand durch ein kaum sichtbares Auf und Ab ihrer Rechten bejaht oder durch ein sanftes Hin und Her verneint wurden. Mehr und mehr erfaßte sie den Körper des vor ihr Sitzenden und las darin wie ein gebildeter Mönch in alten Folianten. Diesmal ließ sie sich doppelt so viel Zeit, um *Il Magnificos* Leib zu ergründen, und sie hörte an der Art seines Atmens, wie seine Geduld ihrem Ende entgegenging.

»*Messer Medici*«, flüsterte sie, »es ist ein Geduldsspiel. Bei der Gicht am allermeisten. Diese Geißel des Menschen hat einen diabolisch langen Atem. Nur wer ihr mit gleicher Münze heimzahlt, wird die Gelegenheit erhalten, der Gicht zu trotzen. Habt noch einen Augenblick Geduld.«

Sofort entspannte sich Lorenzo, und Lavinia konnte an seinen Knien den Kraftwellen nachspüren. Dann nahm sie ihren Beutel hervor, holte das Tintenfläschchen, nahm den Pinsel und führte an mehreren Stellen Striche und Halbkreise aus.

»Diesmal brauchen wir keine Kräuter. Ich möchte Euch übermorgen erneut besuchen. Bleibt heute und morgen dem Waschzuber fern.«

»Kommst du, wenn du deine Arbeit an mir vollbracht hast, in den Kreis meiner Gelehrten und berichtest über die Art und Weise, wie du Menschen heilst?«

»Ich werde darüber nachdenken«, antwortete Lavinia, neigte den Kopf und verließ den Palazzo.

Drei Wochen später folgte sie der Einladung zu einem Mittagessen im Palazzo Medici. Ihr Herz klopfte, als sie durch eine Anzahl von Räumen ging, die alle mit erlesenen Kunstwerken ausgeschmückt waren. Wie werden sie mich aufnehmen? Wieviel hat Lorenzo von meiner Behandlung verraten? Hat er ihnen von meinem Abtasten der Kraftlinien und von den Zeichen mit dem Pinsel erzählt?

Sie verlangsamte ihren Schritt und vergewisserte sich mit einem kurzen Griff, daß die Haube korrekt saß. Sie trug ein weites Kleid aus dichtem Stoff, so schlicht und unaufdringlich, wie es sich ziemte. Dann war der Eingang zum Speisesaal erreicht. Langsam trat sie über die Schwelle.

»Da ist sie ja«, rief im selben Augenblick der Herr des Hauses von der oberen Seite der Tafel, die in Form eines Hufeisens aufgebaut war. »Tritt ein, du Linderin meiner Schmerzen.«

»Seid gegrüßt, *Magnifico Messere*«, erwiderte Lavinia, obwohl sie wußte, wie wenig Wert Lorenzo auf diese Anrede legte.

»Komm nach vorn«, bat Lorenzo, ohne sich weiter um ihren Gruß zu kümmern, »an meiner Seite ist noch ein Platz frei.«

Lavinia schritt an den Stuhlreihen entlang, die gut fünfzig Menschen Platz boten. Knapp zwei Drittel der Stühle waren leer, alle an den unteren Enden der Tafel. Offensichtlich plazierte sich, wer kam, stets dem Hausherrn zunächst. Lorenzo deutete mit einem freundlichen Lächeln auf den Stuhl neben sich. Sie neigte leicht den Kopf und setzte sich.

»Sie hat mich von den Schmerzen befreit«, sagte Lorenzo und erheischte dabei vor allem die Aufmerksamkeit eines hageren Mannes, dessen langer Hals seltsam anzusehen war. So faltig und beinahe schuppig, wie seine Haut war, mußte Lavinia an eine Eidechse denken, nur daß in diesem Hals ein knotiger Adamsapfel emsig auf und ab hüpfte, während der Gelehrte sie mit seinen grauen Augen musterte. Lavinia erwiderte seinen Blick mit ruhiger Gelassenheit.

»Giuseppe Pantani ist ein hervorragender *medicus*«, erläuterte Lorenzo de' Medici, als er den Blickwechsel bemerkte. »Ihr werdet später ausführlich Gelegenheit erhalten, Euch über die Heilkunst auszutauschen.«

»Ich weiß nicht, *Magnifico Messere*, ob meine Methode für einen gebildeten Austausch taugt«, wehrte Lavinia zögerlich ab.

»Nun ist's aber genug mit dem *Magnifico*«, tadelte Lorenzo mit gespielter Strenge. »Schau hier, zu meiner Linken, den Erzieher meiner Söhne, Agnolo Poliziano. Gerade einmal neunundzwanzig Jahre alt und schon ein Dichter vom Range eines Petrarca. Wenige Stühle weiter siehst du Marsilio Ficino, einen der größten Philosophen und dazu von seinem Vater als *medicus* ausgebildet. Neben ihm Christoforo Landino, der nicht nur mich, sondern auch meinen Vater Piero erzogen hat. Er ist der beste Kenner der Göttlichen Komödie. Die vielen anderen hier: Geschäftsleute, Abgesandte, durchreisende Gelehrte, alles Menschen, die das Gespräch mit mir suchen oder mit denen ich Angelegenheiten zu beraten habe. Sieh nur, wie sich der Saal füllt.«

In der Tat waren in den wenigen Minuten, die ihr Lorenzo gewidmet hatte, die Plätze von den unterschiedlichsten Menschen eingenommen worden, und zu ihrem großen Erstaunen entdeckte sie, schräg gegenüber am unteren Ende der Tafel: Paolo.

* 23 *

Paolo tauchte immer tiefer in die Welt der Magie ein. Jede freie Stunde verbrachte er in der Bibliothek der Medici oder im Gespräch mit Marsilio Ficino, der ihm vom lebendigen Kosmos erzählte.

»Weißt du«, bemerkte Ficino, »wie lächerlich es ist, den Kosmos unbelebt zu nennen, aber den niedrigsten Pflanzen und Tieren Leben zuzugestehen. Soll ein Wurm, der sich durch die Erde schiebt und bei Regen seinen armseligen Leib an die Oberfläche drängt, mehr Leben in sich haben als der allumfassende Kosmos, der das ganze Leben beinhaltet und in seinen Sphären die größten Geheimnisse für uns bereithält?«

Dem konnte Paolo nicht widersprechen. Mit Eifer las er über die verborgenen Geheimnisse in den Texten des Alten Testaments ebenso wie über die Kraft uralter Zaubersprüche. So lernte er manche Beschwörungsformel kennen, die insbesondere zur Austreibung des Bösen bestimmt war, denn in der Sammlung der Bücher des Marsilio Ficino fanden sich einige Werke über den Exorzismus, der, da er dem guten Glauben diente, als weiße Magie zu betrachten war. Daneben stieß er auf Aufzeichnungen über die verbotenen Künste, wie sie Zauberer und Hexen anwandten, um eine Frau in einen Mann oder einen Mann in eine Frau verliebt zu machen oder Hagelschlag herbeizuführen, Milch zu verderben oder gar Schweine sterben zu lassen.

Hinter allem, so fand er heraus, mußte ein großer Wille stehen, der Wille eines Magiers, der keinen Zweifel aufkommen ließ an seinem Tun. Wenn der Wille stark genug ist, so stand in einem Folianten geschrieben, vermag sich Blei in Gold oder Eisenerz in Silber zu verwandeln. Und wie schrieb Ovid in den Metamorphosen: *Keines verbleibt in derselben Gestalt, und Veränderung liebend schafft die Natur stets Neues aus anderen Formen, und in der Weite der Welt geht nichts – das glaubt mir – verloren.* So ist es, dachte Paolo und sah die Raupe des Schmetterlings vor sich, die sich verpuppte. Eines Tages erhob sich der erbärmliche Wurm als glänzendes Wesen der Lüfte. Mehr und mehr spürte er den Wunsch, seinen Willen nicht nur den Lederbällen aufzuzwingen, die seinen Händen längst anstandslos gehorchten, sondern in das Leben an sich gestaltend einzugreifen.

Manchmal erwachte er aus einem kühnen Traum, in dem er sich in die Lüfte geschwungen hatte und leicht und schwerelos über das Land geflogen war, vielfach bestaunt von den Menschen, begleitet von Klatschen und Bravorufen. Im Erwachen sann er dem Traum nach und spürte eine Kraft in sich wirken, die ihn beschwingte und ermutigte, sein Tagewerk frohen Sinnes anzugehen. Er liebte diesen Traum. Oft versuchte er beim Einschlafen, sich in einen Vogelflug hineinzudenken, damit der Schlaf den Flug aufnehme und in die Höhen führe, die wach nicht zu erreichen waren, und jedesmal übermannte ihn von neuem die Enttäuschung, wenn ihm dies nicht gelang.

Um so mehr wünschte er, sich die Welt untertan zu machen. Seine Wißbegier kannte keine Grenzen. Mit Feuereifer verschlang er ein Traktat über die geheimen Zauberkünste, und gerade der Hinweis, daß die *Nigromantia* als schwarze Kunst die verwerflichste, weil des Teufels, sei, brachte ihn in einen Zustand besonderer Erregung. Er wußte um das Verbotene seines Tuns und bedauerte, daß er darüber nicht mit Ficino sprechen konnte. Würde Ficino ihn bei der Lektüre des »Traktats aller verbotenen Künste« ertappen, das *studiolo* bliebe ihm fortan verschlossen. So las er in aller Hast, wie man sich den Teufel mit Rauchopfern und geheimen Worten dienstbar machte, wie man Tote zum Leben erwecken und zur Zukunft befragen konnte oder wie man es mit Hilfe von Fledermausblut erreichte, sich ein fliegendes Pferd herbeizuzaubern. Und da er mit Ficino oder den anderen Gelehrten an Lorenzos Tafel nicht über die verbotenen Künste sprechen konnte, flüsterte er nachts, wenn er sich ins Bett legte, Michele die Geheimnisse ins Ohr.

»Stell dir vor, was ich gelesen habe«, raunte Paolo, und Michele schmiegte sich eng an ihn, um jedes Wort zu verstehen. »Ein Mönch lag in schwerer Krankheit, als der Teufel kam und ihn fragte, ob er sich ihm ergeben wolle. Stimme er zu, dann lasse er ihm einen Stein, und wenn er diesen bei sich trage, so beherrsche er alle Künste. Doch der Mönch verneinte und antwortete, er wolle sich allein Gott ergeben. Der Teufel fuhr in die Hölle hinab, ließ aber den Stein zurück. Der Mönch hob den Stein auf, und von da ab war er in allen Künsten wohl bewandert. Doch als er starb, fiel er in ewige Verdammnis.«

»Man darf dem Teufel kein Gehör schenken«, flüsterte Michele und schlang seine Arme um Paolo. »Du solltest dieses verbotene Buch nicht lesen. Am Ende fängt dich Mephistopheles allein durch die Lektüre.«

Paolo spürte das Zittern in Micheles Körper und erwiderte die Umarmung, bis sie beide einschliefen.

Am frühen Morgen erwachte Paolo von einem seltsamen Erlebnis. Erschrocken hielt er den Atem an und dachte im ersten Moment, er habe im Traum das Wasser nicht halten können. Allmählich bildete er sich einen Reim auf die Sache. Schon in den letzten Wochen war ihm die Veränderung an seinem Geschlecht aufgefallen. Das flaumige dunkle Haar tat ein übriges, ihm klarzumachen, daß er im Begriff war, ein Mann zu werden. Aber obwohl er im Dormitorium zu Santa Maria Novella an manchem der Knaben die Veränderungen bemerkt und die Reifung auch bei Bartolommeo beobachtet hatte, erschrak er nun bei seinem eigenen Befund. Verschämt verrieb er den Samen auf der Haut seiner Schenkel und rückte von Michele ab, der sich im Schlaf eng an ihn geschmiegt hatte. Auf keinen Fall sollte der Freund etwas von der nächtlichen Selbstbefleckung wahrnehmen. Doch während er noch schamhaft versuchte, die Spuren seiner *ejaculatio nocturnis* zu verwischen, spürte er, wie sich sein *cazzo* erneut regte. Ein Kribbeln durchlief seinen Unterleib und zog sich in den Schritt hinein. Wie der Strudel im ablaufenden Wasser eines Brunnentrogs alles nach unten zieht, riß das zittrige Fieberbrennen sein ganzes Fühlen in den Schoß und ließ Paolo die Welt um sich her vergessen. Schon fand seine Hand von allein einen Rhythmus, schon beschleunigte sich der Schlag seines Herzens, schon jagte sein Atem, als ein Brummen und Knarren von Leos Bett her Paolo zurückholte.

»Verdammt«, knurrte der Geselle schlaftrunken, »schon wieder ins Kontor.«

»Ja«, antwortete Paolo, und seine Stimme sprang bei diesem einen Ton von unten nach oben und zurück.

»Ha, deine Stimme bricht«, sagte Leo, lachte und setzte sich auf.

»Da werde ich mir bald alleine meinen Platz unter den Gauklern erstreiten können«, erwiderte Paolo.

»Vielleicht gehst du ja mit mir auf Wanderschaft, und wir verdienen uns auf den Märkten gemeinsam ein kleines Zubrot.«

»Wanderschaft wäre schön«, antwortete Paolo und dachte dabei betrübt an seinen Onkel Giuseppe, der ihn in weniger als einem Jahr zurückbefehlen würde ins väterliche Kontor an die Seite Abramos.

»Na also«, sagte Leo fröhlich, »dann bleiben wir zusammen. So leicht macht uns keiner ein Kunststück vor.«

Dabei pfiff er vergnügt durch die Zähne und schlüpfte in seine Hosen. Paolo ließ sich von Leos guter Laune anstekken und trällerte die Verballhornung eines Kirchenliedes, so daß die drei anderen in der Kammer wach wurden und sich Augen und Ohren rieben.

Auf wundersame Weise gelang Paolo im Kontor an diesem Tag alles. Er brachte eine schwierige Buchführung zu einem vorzeigbaren Abschluß und konnte noch am Vormittag Verhandlungen mit dem Tuchhändler Baldassare Verdiccio aus Venedig, die im Vorfeld als beinahe aussichtslos eingestuft worden waren, bis zum entscheidenden Handschlag vorantreiben. Deshalb wurde er an diesem Tag außerhalb des üblichen Turnus und ohne Begleitung durch Michele in den Speisesaal geladen. Während des Mittagsmahls sollte *Il Magnifico* persönlich das Geschäft mit dem Venezianer besiegeln.

Freudig lief Paolo nach der erfolgreichen Verhandlung in seine Schlafkammer und kleidete sich in das eigens für die

Treffen mit *Il Magnifico* bereitliegende Gewand, ein blaues Hemd und eine goldseidene Pluderhose. An der Treppe traf er Baldassare Verdiccio und ging mit ihm hinauf in den Speisesaal, wo sie einen Platz ziemlich am Ende der Tafel erhielten. Lorenzo, dem von einem Kontordiener bereits mitgeteilt worden war, daß es mit Verdiccio zu einem Abschluß kommen könne, nickte ihm freundlich zu, und Paolo wußte, er würde sich eine Weile gedulden müssen, ehe der Hausherr das Wort an den venezianischen Handelsgast richtete. Solange mußte seine ganze Aufmerksamkeit Verdiccio gelten, und er durfte sich keinesfalls ablenken lassen von den Späßen des Bänkelsängers, der in frechen Versen den Klatsch aus der Stadt zu Gehör brachte. Aber um die Narreteien des Spaßmachers tat es Paolo weniger leid als um die gelehrten Gespräche, die spätestens mit dem auf flachen Schalen gereichten Käse ihren Anfang nahmen.

»Wie sind«, fragte Verdiccio, »die Gepflogenheiten an Lorenzos Tafel? Und wer sind alle diese Menschen?«

»*Il Magnifico* liebt es, sich bei Tisch gut zu unterhalten, *Messer Verdiccio*«, antwortete Paolo. »Meist kommt er mit vielen Plänen an die Tafel und verläßt sie erst, wenn er mit jedem seiner Gäste gesprochen hat. Und das sind Gesandte anderer Staaten ebenso wie Geschäftsleute und Gelehrte, die Sie hier sehen, *Messere*.«

»Sie kennen all diese Menschen?« fragte Verdiccio. In seiner Stimme lag Anerkennung.

Paolo bejahte und wollte nach weiteren Bekannten Ausschau halten, als sein Blick auf den Platz neben Lorenzo de' Medici fiel. Einen Augenblick war er sprachlos. Sie mußte seit seiner Ankunft dort sitzen: die Blonde von der Piazza Santa Croce. In diesem Moment blickte sie auf. Just als sich ihre Augen trafen, sprang der Palastnarr zwischen die Tische und riß einen Witz, der alle zum Lachen brachte.

»Geschieht dies öfter«, fragte Verdiccio, »daß ein Narr die Gesellschaft belustigt?«

»*Messer Medici* liebt Späße«, erwiderte Paolo. »Es lockert

die Stimmung. Jeden Tag sind so viele Menschen an der Tafel, die einander noch nicht kennen, da tut Erheiterung gut. Seht nur, schon neigen sich viele einander im Gespräch zu.«

Der Venezianer nickte. Gutgelaunt nahm er von den zarten Fischen, die ein Diener auf flacher Schale reichte.

Bald hatte *Il Magnifico* das Gespräch mit Verdiccio gesucht und den Venezianer zu sich gebeten, um mit ihm auf den Handel einzuschlagen.

»Paolo, stelle *Messer Verdiccio* die Papiere aus«, bat der Medici, »und komme danach, wenn du möchtest, zurück. Wir werden spannende Gespräche über die Heilkunst haben. Ficino erzählte mir, daß du dich für die Magie interessierst – warum also nicht auch für die Heilkunst?«

»Gern nehme ich Eure Einladung an, *Magnifico Messere*«, antwortete Paolo und fing einen vielsagenden Blick der schönen Fremden auf.

* 24 *

»Bist du nicht der Auffassung, der Körper müsse durch das rechte Mischungsverhältnis der Säfte ins Gleichgewicht kommen?« richtete Giuseppe Pantani eine scharfe Frage an die Heilerin, als Paolo den ziemlich leeren Speisesaal wieder betrat. Die Gesandten und Handelsleute hatten ihre Unterredungen mit dem Herrn von Florenz beendet und sich entfernt. Paolo wunderte sich immer wieder, warum die Herren nicht blieben, um an den gelehrten Gesprächen teilzuhaben. Lorenzo de' Medici schloß keinen seiner Mittagsgäste von den *disputationes* aus. Doch die meisten von ihnen hatten nur Sinn für Politik oder Geschäft.

»*Messer Pantani*«, erwiderte Lavinia, »ich bin kein *medicus* und maße mir nicht an, mit Euch einen gelehrten Disput über die Körpersäfte führen zu können. Das Gleichgewicht von Blut, Schleim, gelber und schwarzer Galle ist wesentlich, und es gibt die unterschiedlichsten Mischungen je nach dem Lebensalter, den Jahreszeiten und dem Charakter eines Menschen. Es ist schwer und verlangt gelehrten Verstand, für den einzelnen Menschen die ausgewogene Mischung zu bestimmen. Vieles muß man versuchen und dabei den Irrtum richtig einschätzen, damit man zu einem Ergebnis gelangt.«

»Das ist eine gültige Antwort«, warf Ficino ein, doch Pantani war nicht versöhnlich gestimmt.

»Du heilst, so hört man, mit deinen Händen. Wie kannst du Einfluß nehmen auf die Mischung der Körpersäfte allein mit deinen Händen?« fragte der *medicus* mit schneidender Stimme nach.

»Ich gebe dem Kranken Kräuter, die je nach ihrer Art die Mischung der Körpersäfte mehr zu gelber oder schwarzer Galle oder auch zu Schleim verstärken. Wenn mir zu viel Blut im Spiel scheint, setze ich Egel an.«

»Das ist nicht die Antwort, die ich hören möchte«, schnappte Pantani. »Was tust du mit deinen Händen?«

»Hältst du«, kam erneut Ficino zu Hilfe, »den Einfluß der Gestirne für wesentlich?«

»In vielfältiger Weise«, antwortete Lavinia, »wirken die Gestirne nach dem Willen Gottes auf uns ein. So soll die große Pest dadurch auf die Welt gekommen sein, daß Jupiter, Saturn und Mars im Wassermann standen. Doch ist dies eine Wissenschaft, auf die ich mich nicht verstehe. Was ich gelernt habe, ist der rechte Umgang mit Kräutern, und gern gebe ich Euch einen Einblick in die Kraft der Heilkräuter. Denn so ist es doch nach der rechten Lehre: Die Heilkräuter ersetzen bei Ausfall, leiten ab bei Überschuß, dämpfen bei Reizung und regen bei Lähmung an, damit die schwarze und gelbe Galle ins Gleichgewicht gelangen mit Blut und Schleim.«

Dabei blickte sie mit ihren hellbraunen Augen ihren Widersacher Pantani so gewinnend an, daß jeder weniger Streitsüchtige auf das Angebot eingegangen wäre. Nicht so der hagere *medicus*, dem es über Jahre hinweg mißlungen war, Lorenzos Gichtschmerzen zu lindern.

»Sprich mir nicht von Dingen, die ich bereits bei Hippokrates nachlesen kann«, raunzte Pantani, »sprich von deinen Händen.«

»Werter *medicus*«, mischte sich Lorenzo in das Gespräch ein, »dies ist kein Verhör. Wir sind hier, um unser Wissen zu erweitern und dem Geist den Platz zuzuweisen, der ihm gebührt. Dabei sollten wir offen sein für Neues und Ungewöhnliches. Laß Lavinia Vertrauen in unsere Schule gewinnen.«

»Pantani, du bist doch nur widerborstig, weil es dir nicht gelungen ist, unserem geliebten Lorenzo die Schmerzen zu vertreiben«, unternahm Ficino einen unglücklichen Versuch, den *medicus* freundlich zu stimmen.

»Ein jeder weiß, daß bei der Gicht die schlechten Säfte wegen unmäßigen Genusses in die Glieder hineinrauschen und sie zerstören wie Überschwemmungen Mühlen und Brücken. Wer die daraus folgenden Schmerzen vertreibt, kann dies nur mit zauberischen Dingen bewirken, denn gegen die Gicht ist kein wirksames Kraut gewachsen. Und weil kein Messer hilft, heilt nur der Tod, so wie es schon Lorenzos Väter erlebt haben«, giftete Pantani, stand auf und verließ grußlos den Raum.

»Ich fürchte«, bemerkte Ficino leise, »Ihr werdet einen neuen *medicus* nötig haben, Lorenzo. In Pantani steckte schon lange zu viel päpstliches Denken. Er hat unserem Ansinnen, eine neue Schule Platos zu gründen und die Offenheit des Denkens zuzulassen, stets skeptisch gegenübergestanden.«

»Seid nicht betrübt«, munterte *Il Magnifico* seine Gelehrten auf, »wir haben ein Silberstück verloren, aber ein Goldstück gewonnen. Nehmt Lavinia in eure Mitte auf und laßt sie erzählen, welcher Art ihre Heilkunst ist, denn dahinter werdet ihr mit etwas Geduld einen weiteren Baustein des Weltgebäudes, das ihr zu ergründen sucht, entdecken.«

»Ihr macht uns neugierig«, sagte Poliziano und sah Lavinia aufmunternd an.

»Es ist schwierig zu erklären«, begann Lavinia. Wie schön sie ist, dachte Paolo, der den Streit bisher stumm verfolgt und dabei fast ausschließlich Lavinia beobachtet hatte. Sie trug ihr Haar halb hochgesteckt unter einer schmucklosen Haube, was die Anmut ihres Halses betonte. Sie saß aufrecht auf ihrem Stuhl und strahlte eine ruhige Sicherheit aus, die auch durch die Angriffe Pantanis nicht zu erschüttern war. Ihre vollen Lippen zeigten eine zarte Röte versteckter Sinnlichkeit, und mit einemmal begann Paolo zu begreifen, was Männer an Frauen reizte. Während sie mit ihrer hellen, etwas rauhen Stimme über ihre Heilmethode zu sprechen anfing, durchzog ein zittriges Kribbeln seinen Unterleib.

»Im Körper finden sich verschiedene Punkte, an denen ich spüren kann, ob die Kraft frei fließt, die den Körper antreibt.«

»Von was für einer Kraft sprichst du?« fragte Ficino.

»Ich spüre an verschiedenen Stellen des Körpers die Ausströmung einer Kraft, die sich anfühlt wie die Kraft des Wassers, wenn man die Hand in seinen Strom hält.«

»Wie fühlst du diese Kraft?« wollte Christoforo Landino wissen, dessen Neugier allmählich angestachelt wurde. Paolo dagegen konnte sich vorstellen, wie sich das, was Lavinia beschrieb, anfühlen mochte, denn bei ihren Worten erinnerte er sich an das Gefühl, als er Silvio die Hand gegeben hatte und die Kraft aus Silvio herausgeströmt war.

»Wenn ich mit den Fingerspitzen meiner linken Hand über der betreffenden Körperstelle schwebe, durchströmt ein sanftes Fließen meine Arme, hinüber zur rechten Hand, die mit leichten Ausschlägen zittert, je nachdem, ob und wie sehr die Kraft gehemmt ist.«

»Die Kraft kann gehemmt sein?«

»Manchmal ist die Kraft, die ich spüre, gehemmt, und dann befindet sich der Körper in einem Ungleichgewicht, als ob die rechte Durchmischung der Säfte gestört wäre. Das kann bei dem Menschen zu einem Unwohlsein, aber auch zu einer Krankheit führen, und ich muß versuchen, eine gesunde Mischung herzustellen, indem ich die Säfte unterstütze und die Kraftstellen von Widerständen befreie.«

Marsilio Ficino bekam große Augen, und auf seinen Wangen zeigten sich rötliche Flecken, so aufgeregt war er über das, was er hörte.

»Wir sind uns einig«, bemerkte Landino, der einen Beweis für die Wirkkraft kosmischer Kräfte witterte, »daß der Stand der Gestirne Kräfte entfalten kann, was wir Gelehrte *sydeperum constitutiones* nennen. Diese Kraftlinien durchziehen die ganze Welt, wieso also nicht auch unsere Körper? Kannst du mir die Stellen nennen, aus denen du die Kraft fließen spürst?«

»Es gibt sieben besondere Punkte«, erwiderte Lavinia. »Zuoberst der Kopf, dem drei Bedeutungen zukommen, wobei eine Stelle doppelt erscheint: zum einen findet sich ein wesentlicher Kraftpunkt am Scheitel ...«

»Schon Galen sieht im Gehirn eines der drei Kardinalorgane«, merkte Ficino an.

»... zum anderen kann ich am Scheitel alle sieben Körperpunkte vorab ertasten, als ob es am Scheitel für jeden Teil des Körpers einen eigenen Merkpunkt gäbe.«

»Was eine Entsprechung von Mikrokosmos und Makrokosmos bedeuten würde«, warf Poliziano hastig ein.

»Der nächste Kraftpunkt findet sich an der Stirn, dann folgen Hals und Brust, Oberbauch, Unterbauch und Scham.«

»So mag die Brust dem Herzen und der Unterbauch der Leber zuzuordnen sein«, versuchte Ficino die Entsprechung zu den drei Kardinalorganen herzustellen. »Doch wofür stehen die anderen Stellen?«

»Sieben Punkte stimmen mit der Ordnung des Himmels überein. Vielleicht ist jeder Kraftpunkt einer der Himmelssphären oder einem Planeten zuzuordnen«, überlegte Poliziano laut, der von der Idee einer Übereinstimmung von Mikro- und Makrokosmos restlos begeistert war. »Da hätten wir dann, wie Ptolemäus uns lehrt, zuunterst die Erde und darüber den Mond, dann Merkur und Venus, schließlich die Sonne als wichtigster und größter Planet, gefolgt von Mars und Jupiter und auf der obersten Sphärenschale der große Saturn, und jeder Planet hätte eine Entsprechung in einem eigenen Kraftpunkt.«

Poliziano lächelte überlegen in die Runde. Daraufhin machte Ficino, der nicht zurückstehen wollte, ergänzende Ausführungen zu der Wirkweise der Sphärenschalen und zum belebten Kosmos. Paolo kannte sie schon, weshalb er seine Aufmerksamkeit ganz auf Lavinia richten konnte. Wie schön sie war! Und obwohl sie wißbegierig an den Lippen des Gelehrten hing, versenkte sie immer wieder ihren Blick in Paolos Augen und traf ihn im Innersten.

Wie die nächsten Stunden vergingen, konnte Paolo später nicht mehr genau sagen. Irgendwann verabschiedete sich Lorenzo und löste damit die Gelehrtentafel auf. Ficino zog sich in seine Villa nach Careggi zurück, Landino und Poliziano suchten ihre Gemächer auf. Unversehens stand Paolo allein mit Lavinia an der Treppe zum Innenhof. Er sah sie unverwandt an und fand zunächst keine Worte.

»Kannst du mir zeigen, wie sich die Kraft anfühlt«, fragte er mit belegter Stimme. »Ich glaube nämlich, daß auch ich Lebenskräfte erfühlen kann.«

Sie zögerte mit einer Antwort, nahm statt dessen die Haube von ihrem Kopf und löste ihr Haar, das nun seidig über ihre Schultern fiel. Ihm war, als würden ihre Augen dunkler, und sein Hals war wie zugeschnürt.

»Zuerst mußt du mir«, verlangte sie, »dein Geheimnis verraten.«

Sie nahm seine Hand und ging mit ihm hinunter in den Hof. Vor der Bronzefigur Davids blieb sie stehen, legte ihre Hände auf den abgeschlagenen Männerkopf unter dem zierlichen Fuß und sah Paolo aufmunternd an. Stockend begann er, von Silvio zu berichten. Es kostete ihn Mühe, seine Stimme in der Gewalt zu behalten, aber es gelang. Er erzählte mit wenigen Worten, und während er sprach, fand er die Geschichte einfältig. Er schämte sich. Hatte er wirklich geglaubt, in ihm stecke die Kraft, einem anderen Menschen Lebensenergie abzuziehen? Nun kam er sich lächerlich vor und verstummte. Lavinia aber betrachtete ihn mit großen Augen.

»Maria Filippa, meine Lehrerin, hat mir von Frauen berichtet, welche die Gabe hatten, mit ihren Händen die Lebenskraft zu erspüren. Offenbar hast auch du diese Gabe, aber du bist dir dessen noch nicht richtig bewußt.«

Paolo schwieg.

»Hat schon einmal jemand in deiner Familie diese Gabe besessen?«

»Ich weiß es nicht«, antwortete er, und bei diesen vier Worten brach seine Stimme so sehr, daß er vor Scham im Erdboden versinken wollte, so daß er nichts mehr über seine Mutter sagte, die ihm in diesem Augenblick in den Sinn kam, wobei er nicht hätte sagen können, warum. Doch Lavinia schien gar nicht darauf zu achten, sondern erwiderte ernst: »Ich werde dich auch in mein Geheimnis einführen.«

Wenig später saß Paolo auf einem niedrigen Schemel in Lavinias Dachkammer. Er hielt die Augen geschlossen und versuchte, ihren Anweisungen zu folgen, was schwerer war, als es zuerst den Anschein hatte.

»Nimm deine Kraft und lenke sie in deinen Schoß. Dein ganzes Denken liegt da. Du spürst die Wärme. Bleibe dort mit deinen Gedanken und spüre die Kraft in diesem Punkt.«

Er mußte sich Mühe geben, an nichts zu denken, denn als er sein Denken in seinen Schoß lenkte, überfielen ihn Bilder einer frisch erwachten Erregung. Doch dann floß in der Tat Wärme in seine Mitte, setzte sich fest und brannte sich ein. Er spürte einen kräftigen Hitzepunkt und hörte leisen Gesang. Von einer klaren Stimme wurde eine magische Weise vorgetragen. Das Lied drang durch und durch und erfüllte ihn mit wohligen Schauern. War das jener Sirenengesang, vor dem sich Odysseus durch das Festbinden am Schiffsmast geschützt hatte?

»Nun geht dein Denken eine knappe Spanne höher«, hörte er durch den Schleier des Gesangs Lavinias Stimme. Dann versank er in den Sphärenklängen, lenkte seine Gedanken über die Scham hinauf in den Unterbauch, wo sich ein neuer Hitzepunkt entwickelte. Allmählich ging er sich selbst verloren und bemerkte nicht, wie Lavinia seine Aufmerksamkeit über den Oberbauch und die Brust zum Hals lenkte und weiter in die Stirn. Erst als der einlullend-verwöhnende Gesang seine gesamte Kraft in den Scheitel schickte, holten ihn eindringliche Worte in die Gegenwart zurück. Ihm war, als brenne sein Scheitel, und er vermeinte, im Zentrum seines Schädels das gleißende Licht der Mittagssonne zu sehen, als ihn Lavinia ansprach: »Paolo, wach auf! Paolo, wach auf!«

Er öffnete die Augen und sah sie ganz nah vor sich, diese hellbraunen Augen mit dem blaugrünen Ring um die Iris.

»Nun sind deine Lebenskräfte gebündelt und deine Kraftlinien geöffnet. Nimm deine Hand und halte sie vorsichtig über deinen Kopf.«

Als er den Scheitel erreichte, riß es ihm beinahe die Hand nach oben weg, so kräftig blies ein Luftstrom aus der Mitte seines Schädels in den Himmel hinauf. Paolo konnte es nicht glauben. Wieder und wieder hielt er seine Hand in den warmen Luftstrom, der minutenlang mit einer Kraft blies, als steige der Schmiedlehrling wie ein Wilder in den Blasebalg. Dann sang Lavinia mit reiner Stimme das *Ave Regina Coelorum*, das eigentlich in der vorösterlichen Zeit zum Beschluß der Complet gesungen wird, und allmählich ließ der Luftstrom nach. Mit dem letzten verklingenden Ton wurde sein Scheitel ruhig.

»Nun hast du«, flüsterte Lavinia, »die geballte Kraft deines Lebens ertastet.«

Paolo fühlte in seinem Innersten eine Zufriedenheit, für die er keine Worte hatte, von der er aber wünschte, sie möge ihn nicht so schnell verlassen. Noch immer hallte Sirenengesang in seinem Kopf. Er schluckte. Ob sie noch einmal so für ihn singen würde, fragte er sich und wagte es nicht, Lavinia darum zu bitten. Ihre Nähe machte ihn befangen. Je mehr er aus dem Traumzustand erwachte, desto drängender spürte er Lavinias Körperlichkeit. Zuerst ahnte er das Begehren nur, das sich in ihm regte, doch von einem Augenblick auf den nächsten wußte er, daß er diese Frau besitzen mußte.

Zweiter Teil

* 1 *

Paolo schrie. Er fuhr hoch, starrte in die Dunkelheit und versuchte, sich zu besinnen, wo er war. Schlaftrunken tastete seine rechte Hand das Bett ab. Nichts. Er war allein. Langsam ließ er die Luft durch die Nase entweichen und entspannte sich. Nur ein böser Traum. Er war in Sicherheit. Allmählich kam die Erinnerung zurück. Er lag in einer Kammer in der Casa Venezia, von deren schmalem Fenster er am Tag zu Santa Maria in Aracoeli hinaufblicken konnte. Die steile Treppe, die zu der Kirche führte, war wie eine Leiter in den Himmel, und so hieß sie denn auch bei den Hiesigen Himmelsleiter. Einhundertvierundzwanzig Stufen, in der Zeit des päpstlichen Exils zu Avignon erbaut, verbanden das untere Rom mit der Sphäre des Himmels. Er war in Rom, und nun, da er sich dessen vergewissert hatte, war Paolo zwar immer noch schlaftrunken, aber wach.

Sofort nach dem Tod von Sixtus IV. hatte ihn *Il Magnifico* gebeten, mit einer bewaffneten Eskorte zu seinem Onkel Giuseppe nach Rom zu reiten.

»Wir müssen die Wirren der Sedisvakanz nutzen«, bemerkte Lorenzo de' Medici mit fester Stimme. »Überbringe deinem Onkel diesen Brief. Er soll versuchen, etwas für Giovanni zu erreichen. Vielleicht kann ein neuer Papst den Akt des französischen Königs, der meinen Sohn zum Erzbischof von Aix ernannt hat, anerkennen.«

»Gern werde ich tun, worum Ihr mich bittet, *Magnifico Messere*. Doch warum wählt Ihr gerade mich aus?«

»Du hast eine seltene Gabe. Du kannst Menschen für dich gewinnen, zum Teil ohne ein einziges Wort. Du bist älter als deine fünfzehn Lenze und fast so klug wie Poliziano in diesem Alter, in dessen Elternhaus dich übrigens dein Eilritt für die nächste Nacht führen wird. Ich vertraue auf dich und deinen Onkel. Sei ihm ein guter Gehilfe, und wenn ihr eure Aufgabe erfüllt habt, erstatte mir Bericht!«

Keine Stunde später eilte Paolo mit Antonio und Francesco, zwei Söldnern Lorenzos, der Ewigen Stadt entgegen.

War die Reise in der Sommerhitze durch Tuszien und Umbrien schon aufregend genug, geriet der Einritt in Rom zum Abenteuer, denn es herrschte Bürgerkrieg. In der gesetzlosen Zeit nach dem Tod des Papstes gingen die Anhänger der Orsini und der Colonna mit aller Gewalt aufeinander los, und mitten in diesen Wirren erreichte Paolo die Ewige Stadt. Das Stadttor war von verwegen aussehenden Lanzenträgern bewacht und von verkrüppelten Bettlern umlagert. Allein der entschlossene Auftritt der beiden Söldner sicherte ihnen das Einreiten in den weitläufigen Mauerring. Was für ein Gegensatz zu Florenz! Zeigte die Blume Tusziens schon vor ihren Mauern ein blühendes Leben und innerhalb eine städtische Prachtentfaltung, die ihresgleichen suchte, beherbergte die Aurelianische Mauer ein Wirrwarr von Gebäuden und Wildnis. Zwischen hoch aufragenden Häusern und prunkenden Palazzi lagen öde Brache und undurchdringliches Gebüsch, das Ruinen überwucherte, ehe wieder ein ummauerter Klosterbezirk seine eigene kleine Welt markierte. In Richtung des Quirinals brach die Bebauung ab und machte Weinbergen Platz. Paolo staunte über dieses Durcheinander von Stadt und Land innerhalb einer Stadtmauer, und wenn er nicht gewußt hätte, daß er sich tatsächlich bereits in Rom befand, hätte er gewähnt, sich zwischen mehreren kleinen Städten zu bewegen. Am Fuße des Quirinals sahen sie aufgebrachtes Volk vor einem Palazzo. Die Menschen brüllten und fuchtelten mit den Armen, immer wieder kamen verwahrloste, grimmige Gestalten aus dem Prachtgebäude mit allerlei Beute heraus, die ihnen von den Wartenden aus den Händen gerissen wurde. Hier prügelten sich struppige Männer um eine Bronzefigur, dort zerrten sich einige Frauen an den Haaren, während sie um Stoffballen balgten. Paolo drehte sich im Weiterreiten um und betrachtete das seltsame Schauspiel, da versperrten ihnen plötzlich fünf Bewaffnete den Weg. Zwei Hellebardenspitzen zeigten gefährlich gegen die Hälse der Medicisöldner, als der Hauptmann der fünf fragte:

»Wer seid ihr, was ist euer Ziel?«

»Wir gehören zu den Medici in Florenz«, antwortete Francesco rasch, »und bringen diesen gläubigen Knaben zu seinem priesterlichen Onkel.«

Der Hauptmann strich sich durch den Bart. »Zu den Florentinern. Seid ihr Freunde von Sixtus?«

Francesco schüttelte den Kopf. Nach einer Weile des Nachdenkens nickte der Hauptmann: »Reitet weiter.«

Schließlich erreichten sie die Casa Venezia, den alten Handelshof der Serenissima, der in Zeiten wie diesen von stark bewaffneten Wachen umstellt war. Nach einem prüfenden Blick auf den Reisebrief von Lorenzo de' Medici wurde Paolo mit seinen Begleitern in den Hof eingelassen. Er war erleichtert, seinen Bestimmungsort und damit einen sicheren Platz erreicht zu haben. Die Handelsniederlassung Venedigs, die Giuseppe mit Absicht statt des Florentiner Handelshofes gewählt hatte, um nicht jeden seiner Schritte unter den Augen der Florentiner tun zu müssen, war ein großzügiges Gebäude schräg gegenüber dem Palast Papst Pauls II., an dem immer noch gebaut wurde, obwohl der Papst längst gestorben war. Aber im Gegensatz zu den Handelshöfen in Florenz quollen hier die Lagerräume keineswegs mit Waren aller Art über. Vielmehr waren zwei Räume mit Schwertern, Rüstungen und Lanzen vollgestellt und zwei weitere zu zusätzlichen Pferdeställen umgewidmet worden, alles Zeichen für die anhaltende Unruhe in der Ewigen Stadt.

»Da bist du ja, mein Guter«, rief Giuseppe Scalieri von einer Treppe herab, während sich Paolo noch im Innenhof umsah. »Gott sei Dank bist du wohlbehalten angekommen.«

Sie trafen sich am Fuße der Treppe, und als Paolo seinem Onkel den Ring küssen wollte, nahm ihn dieser einfach in die Arme.

»Komm mit mir, wir wollen uns gemeinsam stärken, und dann sollst du meine Pläne für die nächsten Tage wissen.«

Sie setzten sich in der Gaststube an einen kleinen Tisch, Giuseppe orderte Wasser und Wein sowie zwei ordentliche Stück Braten.

»Als aussichtsreichste Kandidaten für die Tiara«, erläuterte Giuseppe dann, »werden unter den Kardinälen gehandelt Rodrigo de' Borgia, Giuliano della Rovere und Giovanni Colonna, den Papst Sixtus erst vor wenigen Jahren zum Kardinal von Santa Maria in Aquiro ernannt hat. Letzterer wäre für unser Vorhaben der ideale Kandidat. Den Borgia dagegen gilt es unbedingt zu vermeiden, denn schon von den Zeiten des alten Borgia-Papstes Calixtus besteht eine tiefgehende Feindschaft zu den Medici.«

»Und was genau wollt Ihr bezwecken, *Messer Giuseppe*?« fragte Paolo.

»Wir wollen für Giovanni de' Medici die Anerkennung der Bischofswürde von Aix und langfristig auch den Kardinalshut. Da ist es wichtig, einen Papst wählen zu lassen, der den Medici gewogen ist. Wie du vorhin am Monte Quirinale selbst erlebt hast, besitzt der Name Medici bei den Colonna einen guten Klang. Noch haben sich einige der Kardinäle nicht in den Vatikan begeben, weil sie behaupten, Girolamo Riario, der Ziehsohn des alten Papstes, versperre ihnen in Castel Sant' Angelo den Weg, da können sie nicht einmal durch den Passetto schleichen. Gerade erst wurden die Exequien des toten Papstes durchgeführt. Wir haben mindestens noch eine Woche bis zum Beginn des Konklaves. Wenn es uns in dieser Zeit gelingt, bei den Kardinälen Stimmung für den Colonna zu machen oder zumindest den Borgia in Mißgunst zu bringen, haben wir einen wesentlichen Schritt nach vorne getan.«

»Hofft Ihr auf Erfolg, *Messere*?«

»Auch wenn es schwer wird, denn der Borgia ist so siegessicher, daß er bereits seinen Palast hat verbarrikadieren lassen …«

Paolo schaute verwundert.

»Wenn ein Kardinal zum Papst ausgerufen wird, ist es Sitte in Rom, seinen bisherigen Palast zu plündern.«

»Aber …«

Giuseppe Scalieri lachte.

»Den Reichtum des Kardinalspalastes benötigt ein Papst nicht mehr«, erklärte er. »Mit der Tiara auf dem Haupt bereichert man sich rasch und gründlich, da läßt sich ein geplünderter Kardinalspalast verschmerzen. Trotzdem, der Borgia schaut aufs Geld und sorgt vor. Doch auch wenn der Borgia siegessicher ist, denke ich, daß es noch Möglichkeiten gibt, seine Wahl zu verhindern. Soweit ich es bisher sehe, kann er sich höchstens auf dreizehn oder vierzehn der fünfundzwanzig Stimmen verlassen, darunter natürlich seine eigene. Gegen Rodrigo stehen die Venezianer, die Colonna und die Rovere, jeweils mit ihren Freunden und Gönnern, das sind allemal ihrer elf. Wir werden versuchen, die Kardinäle aus den italienischen Provinzen, die momentan eher dem Spanier zuneigen, an ihre Vaterlandsliebe zu erinnern. Weder ein Franzosenfreund noch ein Spanier können im Interesse unseres Volkes sein. Wir lieben unsere Freiheit. Und wenn dieser Grund nicht schwer genug wiegt, werden wir mit einigen *scudi* nachhelfen.«

»Will *Il Magnifico* wirklich mit Geld Einfluß auf die Papstwahl nehmen?« fragte Paolo.

»Sein halbes Vermögen würde er dafür einsetzen. Spätestens seit dem gemeinen Anschlag der Pazzi auf sein Leben sieht er den Fortbestand der Familie nur über die Kurie gesichert. – Doch alles Weitere morgen. Ich komme nach der Prim und hole dich ab, damit wir mit dem Genueser sprechen.«

Zum Abschied umarmte Giuseppe seinen Neffen. Paolo durchströmte bei dieser Umarmung ein seltsames Gefühl.

Es war ihm, als flösse Lebenskraft von seinem Onkel auf ihn über, doch achtete er nicht weiter darauf, sondern ließ sich gefangennehmen von den neuen Eindrücken in Rom.

All das neu Erlebte ging ihm durch den Kopf, während er sich den Schlaf aus den Augen rieb. In seine Kammer drang der erste Schein der Morgendämmerung. In einer knappen Stunde würde sein Onkel ihn abholen. Dann begann das Abenteuer, eine *Il Magnifico* günstige Papstwahl vorzubereiten. Paolo ahnte die damit verbundenen Gefahren und faßte sich unwillkürlich an den Hals. Die Haut war unversehrt, obwohl ihm eben noch ein dunkler Mann ein Messer gegen die Kehle gedrückt hatte. Er hatte den kalten Stahl in seinem Fleisch gespürt – da war er aufgewacht.

* 2 *

Michele verließ das Kontor am frühen Nachmittag und ging hinüber in die Werkstatt von Bertoldo, um sich abzulenken von seinen Gedanken, die den ganzen Tag zu Paolo abgeschweift waren, der Florenz vor wenigen Tagen Richtung Rom verlassen hatte. Üble Gerüchte schwirrten durch die Stadt über die wirre Lage in Rom nach dem Tod des Papstes, einem Tod, der von den Florentinern wie ein Geschenk Gottes aufgenommen worden war. Der gemeine Anschlag der Pazzi auf die Medici haftete noch fest in der Erinnerung der Menschen, und jeder war nach wie vor überzeugt von der Mitwisser-, wenn nicht gar Mittäterschaft des Rovere-Papstes. Vielleicht, so hofften die meisten, würde ein neuer Papst Florenz und den Medici gewogen sein und den mühsamen Frieden, den es zur Zeit gab, haltbarer machen. Und in dieser Zeit reiste Paolo nach Rom. Wie mochte es ihm unterwegs ergangen sein? War er trotz mancher Unruhen, von denen man hörte, bereits wohlbehalten in der Ewigen

Stadt angekommen, oder saß er noch auf dem Rücken seines Pferdes? Michele vermißte seinen Freund mehr, als er zugeben wollte, und er befürchtete, in der Fremde könne ihm Paolo ein weiteres Mal verlorengehen. Paolo war selbständig geworden in den zurückliegenden Monaten, hatte die Welt für sich erobert und beinahe schon aufgehört, ein Knabe zu sein. Wie oft hatte Michele an sich halten und seine Eifersucht verbergen müssen, wenn Paolo von seinen Begegnungen mit Lavinia berichtete, die sich über Wochen hin inniger und leidenschaftlicher gestaltet hatten, bis Paolo in den Armen der Heilerin zum Mann geworden war. Seitdem hatte Paolo mit ihm keine dieser prickelnden, gleichwohl noch unschuldigen Zärtlichkeiten mehr ausgetauscht, die ihm so viel bedeuteten. Ein allmähliches Abrücken vom Freund war es gewesen, das Michele in den zurückliegenden Monaten erlebt hatte, aber jetzt erst fühlte er sich allein.

Zum Glück gab es Bertoldo und seine Werkstatt. Seit seinem ersten Besuch vor über einem Jahr war Michele regelmäßiger Gast bei dem Meister, der versuchte, seine Kunst an seine Schüler weiterzugeben, und dabei verzweifelte, daß keiner mit herausragendem Talent begnadet war. Außer Michele. Dem gelang auf wundersame Weise alles, was er anfaßte, und Bertoldo lag ihm in den Ohren, er solle seine Lehre im Kontor gegen eine Ausbildung im Garten der Medici eintauschen. Diese Verlockung war zwar groß, aber Michele wußte einerseits genau, daß er für so einen Schritt niemals die Erlaubnis seines Vaters erhalten hätte. Außerdem fühlte er sich für das Handelshaus seiner Väter verantwortlich und wollte die Geschäfte fortführen. Doch wann immer er sich nach innerer Ruhe sehnte, fand er sie im Modellieren des Tons in Bertoldos Werkstatt, und nach und nach spürte er, daß in dieser besonderen Gabe sein Schicksal lag. Wenn er die Gabe nicht auslebte, würde er eines Tages unglücklich sein, wenn er sie aber auslebte, würde ihn seine Familie verstoßen. Und so lebte er all die Monate in einem immer stärker werdenden Zwiespalt, den er jetzt, da Paolo nicht mehr bei ihm war, besonders schmerzlich wahrnahm.

Nachdem er letzte Änderungen an seinem Faun vorgenommen hatte, mit dem er sich schon seit mehreren Wochen beschäftigte, trug er ihn hinaus in den Garten und setzte sich auf die Bank am Teich. Er stellte den Faun neben sich, und sein Blick wanderte von seiner Tonfigur zum bronzenen Dornauszieher auf dem Podest und zurück.

»Überaus gelungen«, hörte Michele eine bekannte Stimme. Er sah sich um und entdeckte Lavinia hinter einer halbhohen Hecke. Sie kam langsam näher.

»Verzeih die Störung. Du saßest so in die Skulpturen versunken da, keinen Ton wollte ich hören lassen. Aber die Begeisterung hat mich übermannt. Was ist das für ein Faun?«

»Nichts weiter«, wiegelte Michele ab und senkte seinen Blick. Je näher sie kam, desto verlegener machte sie ihn.

»Hast du den Faun geformt?«

Er hörte ihr Staunen und ihren Zweifel, und er spürte, wie ihm das Staunen wohltat und ihn der Zweifel ärgerte.

»Du hast es getan«, bemerkte sie, ohne seine Antwort abzuwarten. In ihrer Stimme lag kein Zweifel mehr.

Michele blickte auf. »Ja«, sagte er, »ich habe ihn geschaffen.«

Lavinia kniete vor der Tonskulptur nieder. Der Faun war wohlgeformt von der Art, wie man es kannte, dabei weise und frech in einem, mit einer keck zwischen einer breiten Zahnlücke hervorspitzenden Zunge. Mit seinem verschlagenen Lächeln wirkte er überaus lebendig. Als Lavinia wieder zu Michele aufblickte, spürte er die Bewunderung in ihren Augen. Er mußte schlucken.

»Du mußt mir davon erzählen, bitte«, flüsterte sie.

»Ein andermal«, erwiderte Michele, nahm den Faun vorsichtig hoch und ging in die Werkstatt zurück.

* 3 *

Das Leben in der Ewigen Stadt erhielt durch die Weitläufigkeit Roms einen besonderen Anstrich. Weil zwischen den einzelnen Bezirken der Stadt manches Brachland lag, gab es viel mehr Karren, Fuhrwerke und Reiter als in Florenz. Auf manchen Straßen, besonders jenen, die die lebhaften Plätze oder die verschiedenen Hügel miteinander verbanden, herrschte ein wirres Durcheinander, Geschiebe und Gedränge, und wer sich zu Fuß fortbewegte, mußte ständig auf der Hut sein, keinem Roß vor die Hufe zu laufen oder unter die Räder eines rücksichtslos durch die Menge gelenkten Karrens zu kommen. In all dem Gedränge bewegte sich Giuseppe Scalieri sicher und selbstverständlich durch die Straßen und Gassen. Nachdem sie die Casa Venezia verlassen hatten, überquerten sie bald den Campo de' Fiori, der erfüllt war von geschäftigem Markttreiben, und Paolo hatte Mühe, seinem Onkel in dem dichten Menschengewühl zu folgen.

»Dort steht das Haus von Vanozza Catanei«, bemerkte der Bischof und nickte mit dem Kopf in Richtung eines unscheinbaren Palazzos. »Vermutlich liegt er noch in ihren Kissen, der Schwerenöter.«

»Von wem sprecht Ihr, ehrwürdiger Vater?«

Paolo hatte nie von einer Vanozza Catanei gehört und konnte sich aus der Bemerkung keinen Reim machen.

»Von der Geliebten des Borgia«, erwiderte Giuseppe und lächelte über so viel Unwissenheit in sich hinein.

»Der Kardinal hat eine Geliebte?«

»Er ist nicht der einzige, aber er ist der Verruchteste. Allein deswegen sollte Gott die Kirche vor ihm schützen.«

»Wir erweisen der Kirche also einen guten Dienst, wenn wir die Kardinäle beeinflussen, den Borgia nicht zu wählen?«

Giuseppe Scalieri nickte und verschwand in der Seitengasse, die unmittelbar vor dem Palazzo vom Campo de' Fiori abzweigte. Hier war es ruhiger als auf dem belebten Markt.

»Wie kommt es, daß ein Kardinal eine Geliebte haben kann vor aller Augen und ihr sogar ein Haus baut?«

»Es geht den Kirchenfürsten kaum noch um den Glauben, mein Sohn, sondern um Macht und Ansehen. Längst haben die großen Häuser erkannt, was für Gelegenheiten sich bieten, wenn einer der Söhne seinen Weg im hohen Klerus geht. Sieh mich an! Weil dein Großvater unser Handelshaus absichern wollte, hat er mich in meinem Streben nach kirchlicher Würde unterstützt. Diesem Streben nach Macht und Einfluß verdanke ich auch meinen Hut.«

»Verzeiht, *Messere*. Lebt Ihr den Glauben oder nicht?«

»Was für eine Frage! Natürlich lebe ich für den Glauben, sonst wäre ich längst nach Hause gekommen und hätte unsere Geschäftsangelegenheiten in Ordnung gebracht. Wenn ich bete, bin ich Gott nah, und das erfüllt mich mit Frieden.«

»Warum sind wir dann unterwegs zu dem Genueser, um die Papstwahl im Sinne von *Il Magnifico* zu beeinflussen?«

»Weil ich über meinem Glauben die Welt nicht vergesse. Wir Scalieri benötigen gute Kontakte, um unser Handelshaus wieder zu alter Größe zu erheben, und es gibt keine besseren Beziehungen als jene zu den Medici. Ich bin nun auch für die Familie verantwortlich und darf meinen Bruder nicht im Stich lassen. Außerdem will ich meinem Glauben umfassend dienen. Das kann ich am besten in einem würdigen Amt mit einer einträglichen Pfründe.«

»Ihr wollt eines Tages belohnt werden von Giovanni?«

»Ich brauche ein richtiges Bistum.«

»Wo ist dann ...«, setzte Paolo zur nächsten Frage an, doch ein strenger Blick seines Onkels ließ ihn die kritischen Worte hinunterschlucken. Es war besser, wenn er den Onkel jetzt nicht mit Bemerkungen zu seiner Frömmigkeit gegen sich aufbrachte; offenbar waren Heuchelei und Streben nach Macht und Einfluß das tägliche Brot in der Kurie. – Zwei Winkelgassen durchschritten sie wortlos, dann klärte Giuseppe Scalieri seinen Neffen über den Genueser auf.

»Giovanni Battista Cibó ist Bischof von Molfetta und

Kardinal von Sixtus' Gnaden seit nunmehr elf Jahren. Durch seine Geburt in Genua ist er dieser Stadt bis heute verbunden, auch wenn er früh nach Rom kam, seines Vaters wegen, eines Vertrauten Calixts des Dritten.«

»Des Borgia-Papstes«, ergänzte Paolo und bewies, daß er gestern aufgepaßt hatte.

»Ja. Daher besteht die Gefahr, daß sich Cibó, den ich für wankelmütig halte, auf die Seite des Spaniers stellt, wenn es zum Schwur kommt. Wir sind gleich bei ihm. Achte darauf, daß du ihm mit tiefem Respekt begegnest. Er ist über die Maßen eitel, dabei von mäßigem Verstand. Er liebt es, anderen zu schmeicheln, besonders natürlich, wenn er sich von ihnen etwas erhoffen kann. Seine Erhebung durch Sixtus verdankt er dieser Kunst und dem Umstand, daß er, leutselig, wie er ist, die Menschen für sich einnehmen kann. Bedenke dies bei jeder Geste und jedem Wort.«

»Wie kommt Ihr auf den Gedanken, der Genueser könne sich auf die Seite der Colonna schlagen?«

»Giovanni Battista ist arm«, entgegnete Giuseppe, und Paolo überlegte, wie er das Zucken um die Mundwinkel seines Onkels deuten sollte. Fehlte es dem Kardinal Cibó wirklich an Mitteln, oder war er lediglich besonders geldgierig? Jedenfalls ist er bestechlich, und ehe Paolo diesen Gedanken zu Ende gedacht hatte, standen sie vor einem bescheidenen Palazzo und traten durch das einfache Tor in den Innenhof. Hier nahm sie ein Diener in Empfang und geleitete sie über eine breite Treppe in das nächste Stockwerk. Dort mußten sie sich in einer kleinen Halle gedulden, bis endlich eine hölzerne Doppeltür aufschwang.

»Willkommen, Bruder Scalieri«, grüßte eine warmherzig klingende Stimme. Paolo konnte nicht anders, als diesen hochgewachsenen Mann zu mögen. Trotz einer gewissen körperlichen Fülle des 52jährigen Kardinals war dieser immer noch ein schöner Mann, mit aufrechter Körperhaltung und einem edlen Gesicht, aus dem eine lange, gerade Nase hervorstach. »Es ist mir eine Freude, dich in meinem bescheidenen Haus zu sehen«, sprach Cibó und fuhr sich dabei mit der flachen Hand über seine glänzende Glatze, die von den Schläfen über die Ohren hinweg bis zum Nacken von einem schmalen silbernen Haarkranz gefaßt war.

»Eine viel größere Freude und hohe Ehre ist es mir, verehrter und hochwürdiger Bruder, dir einen Besuch abstatten zu dürfen«, erwiderte Bischof Scalieri. Paolo mußte an sich halten, wegen der übertriebenen Schmeichelei, die im Tonfall seines Onkels lag, nicht loszulachen. Zu allem Überfluß beugte sich sein Onkel jetzt auch noch theatralisch über die rechte Hand des Kardinals und berührte dessen Ring mit den Lippen. Doch die schmalen Lippen des Genuesers umspielte ein wohlwollendes Lächeln, das seinen Mund aufblühen ließ. Auch dieser Kardinal kann sinnlich sein, dachte Paolo, der nicht wußte, daß in Rom reichlich Epigramme umliefen, welche ihren bissigen Spott ausgossen über die zahlreiche Nachkommenschaft Giovanni Battista Cibós, die ihm in jüngeren Jahren eine heißblütige Neapolitanerin geschenkt hatte. Unterdessen betrachtete Cibó Paolo mit unverhohlener Neugier.

»Mein Neffe Paolo. Er hat zwei Jahre lang im Kontor von Lorenzo de' Medici alles gelernt, was einen guten Kaufmann ausmacht. Darüber hinaus aber«, und hier senkte er seine Stimme, »war es ihm erlaubt, an den Gelehrtengesprächen teilzunehmen, die im Hause der Medici seit vielen Jahren gehalten werden. Er ist mein Sekretär und mein Bote nach Florenz, sofern es eines Boten bedarf.«

»So sei willkommen, mein Sohn.«

»Ehrwürdiger Vater«, erwiderte Paolo den Gruß und ging, sich der Ermahnungen seines Onkels erinnernd, in die Knie, »ihr Gruß sei ein besonderer Segen auf mein junges Haupt.« Dabei versuchte er die rechte Hand des Kardinals zu fassen, doch dieser war schneller. Ehe Paolo den Ring küssen konnte, lag die beringte Hand segnend auf seinem Scheitel.

»Amen«, dankte Paolo und erhob sich. Dabei begegnete sein Blick den blauen Augen des Genuesers, und für einen winzigen Moment stand in ihnen ein geheimnisvolles Erkennen. Paolo dachte lange über diesen Blick nach und verpaßte einige Teile der Unterhaltung zwischen dem tatsächlich nicht sehr reichen Kardinal und dem Unterhändler der Medici, der sich nicht zu offensichtlich als solcher zu erkennen geben durfte.

»Meine Vaterstadt«, tastete sich Giuseppe langsam an den Kern des Besuches heran, »hat in mir die Liebe zu den italienischen Landen genährt. Meine Dienste in unserer heiligen Kirche haben diese Liebe gestärkt. In einer Zeit, die geprägt ist von vielen Unsicherheiten – und ich möchte jetzt gar nicht von den mysteriösen Umtrieben sprechen, die uns von überall her berichtet werden –, ist es wichtig, sich der Liebe zum Vaterland zu erinnern und sich zu dieser Liebe zu bekennen.«

»Du sprichst eine große Wahrheit aus, Bruder Scalieri«, entgegnete Cibó lächelnd. »Gerade ich, der ich in Neapel dem französischen König gedient habe, ehe ich meiner Berufung folgte, kann verstehen, was dich bewegt. Auch ich liebe mein Vaterland, glaube mir.«

»Dieses Vaterland nun«, wurde Giuseppe Scalieri deutlicher, »ist zugleich die Heimat unserer Mutter Kirche. Es nähren sich sozusagen die italienischen Gefilde am Busen der Kirche und sehen das kirchliche Land in seiner Mitte als Heimstatt aller Sehnsüchte.«

»Es ist schön, daß die Grafschaften und Fürstentümer rings um das päpstliche Land ihre Sehnsüchte so auf die Mutter Kirche ausrichten; schöner wäre es, sie kämen gleich unter die Fittiche des Vatikans.«

»Das mag, ehrwürdiger Bruder, eines Tages sogar geschehen; um so leichter wird es sich so ereignen, wenn das Land im Pontifex Maximus einen Bruder erkennt.«

Jetzt war das entscheidende Wort gesagt. Paolo hielt gespannt die Luft an, wie der Kardinal reagieren würde. Giovanni Cibó schmunzelte und bekam dabei wieder diesen sinnlichen Mund, der Paolo so gut gefiel.

»Der Heilige Geist mag sich, wenn er im Konklave zu wirken beginnt, deiner Worte erinnern«, sagte der Kardinal langsam. »Doch ich weiß nicht, wie er es vermag, seine Meinung zu ändern.«

»Wie meinst du das, ehrwürdiger Bruder? Spürst du bereits die Wirkkraft des *Spiritus Sanctus*?«

»Weniger in meinem Herzen als vielmehr an den Auswirkungen. Hat nicht unser lieber Bruder Rodrigo bereits den Text seiner Wahlkapitulation öffentlich bekanntgegeben und damit begonnen, seinen Palazzo zu verbarrikadieren? Nicht nur er ist der Meinung, die Zeit sei reif für ein zweites Borgia-Pontifikat.«

»Was für ein würdiger Papst wäre Kardinal Borgia«, bemerkte Giuseppe Scalieri und neigte seinen Kopf beflissen gegen die imposante Gestalt des Genuesers. »Doch wird der Heilige Geist diesen hervorragenden Spanier auserwählen, der keine Bedenken hegt wegen all der Hexenumtriebe, die sich in den katholischen Ländern regen? Ja, Bruder Rodrigo ist ein flammender Freund des Feldzugs gegen die Mauren und allzeit bereit, das Kreuz gegen die Muselmanen zu nehmen. Aber die Gefahr, die von den Hexen und Zauberern ausgeht, die einen Hexensabbat nach dem anderen feiern, erkennt er nicht. Das muß doch gerade dich bedrücken, verehrter Bruder.«

»O ja, das verführte Geschmeiß kenne ich gut aus meiner Zeit in deutschen Landen«, bekräftigte der Kardinal. »Man muß etwas dagegen unternehmen.«

»Einem Kardinal aus unserer Mitte«, fuhr Giuseppe ermutigt fort, »steht das Hexenunwesen näher als einem Spanier. Ein weiterer Grund, der den *Spiritus Sanctus* leiten sollte bei der Wahl des Pontifex Maximus.«

»Wen sollte denn, lieber Bruder, der Heilige Geist erwählen?«

»Das zu sagen«, antwortete Giuseppe und streckte beide Hände von sich, »bin ich ein viel zu geringer Diener des Herrn. Aber nicht erwählen sollte der Herr unseren Bruder

Rodrigo. Nicht jetzt zumindest, denn natürlich ist er ein glänzender Vertreter unserer heiligen Mutter Kirche, und als Vizekanzler hat er hervorragende Arbeit geleistet – aber wenn Gott dieses Land liebt, dann erwählt er einen der Unseren.«

»Manchmal ist es für die Mitglieder des heiligen Kollegiums nicht einfach, den Willen des *Spiritus Sanctus* richtig zu verstehen«, bemerkte Cibó verschmitzt, und Paolo vermeinte, der Kardinal habe ihm zugezwinkert. »Es ist eine Freude zu sehen, wie du versuchst, hier eine Hilfestellung anzubieten. Doch hast du schon bedacht, wie schwer es ist, gegen die Verlockungen anzukommen, die der obwaltende *Spiritus Sanctus* in die Welt gesetzt hat?«

»Verehrter Bruder, die Verlockungen sind nicht vom Heiligen Geist in die Welt gesetzt. Vielmehr sind es die Verführungen eines Spaniers, die helfen sollen, das heilige Wirken in die eine Richtung zu drängen. Bruder Rodrigo prahlt mit seinem Reichtum und blendet manche, indem er Geschenke bietet. Doch der Heilige Geist wirkt nicht durch Geschenke.«

»Wie recht du hast. Der Mildtätige gibt leise und schielt nicht auf den Beifall der anderen; dafür schickt Gott ihm zu gegebener Zeit den Bedürftigen.«

Unversehens geriet das Gespräch in eine Unterhaltung über die Ordnung der Welt, aus der sich ein unüberschaubares Wechselgefüge von Geben und Nehmen ergab, das alles erklärte und beschönigte. Paolo begriff angesichts der sich daraus ergebenden Käuflichkeit aller Dinge, warum immer wieder Bettelorden in die Welt kamen. Die Kirche sollte sich reinigen von jeder Käuflichkeit, und das ging nur in vollkommener Armut. Zugleich dämmerte ihm aber auch, daß es nie möglich sein würde, ohne Reichtum Macht auszuüben. Aber daß es gerade der heiligen katholischen Kirche um Macht ging auf dieser Welt, das war für Paolo eine noch ungewohnte Erkenntnis. Während er über das Schicksal der Bettelorden nachdachte, fand das Gespräch über den *Ordo*

Mundi zurück zu den Niederungen einer Papstwahl. Giovanni Battista Cibó ließ sich zum Ausgleich für das, was ihm Rodrigo de' Borgia als Gegenleistung für seine Wahlstimme versprochen hatte, eine hübsche Summe in Aussicht stellen; er mußte lediglich seine Stimme dem Spanier verweigern und einem italienischen Kardinal zukommen lassen. Jedem Versuch Giuseppes, ihn auf Kardinal Colonna als zu unterstützenden Kandidaten festzulegen, entzog sich der Genueser mit schelmischem Lächeln und dem Hinweis, der exakte Wille des Heiligen Geistes wirke erst im Konklave.

Zum Abschied reichte der Kardinal Paolo die Hand, und von seinem Händedruck ging eine so große Kraft aus, daß Paolo einen kurzen Moment lang fürchtete, Giovanni Battista Cibó werde ihm die Hand zerquetschen, bis er begriff: Hier spürte er eine unbändige Lebenskraft. Beeindruckt schaute Paolo den Kardinal an, und als sich ihre Blicke trafen, meinte er, ein tiefes Einverständnis in Cibós Augen zu lesen. Ohne nachzudenken, bemerkte Paolo mit fester Stimme und so, als bekräftige er lediglich eine bereits bekannte Tatsache:

»Ehrwürdiger Vater, Ihr werdet dafür sorgen, daß der *Spiritus Sanctus* nicht für Kardinal Borgia wirkt!«

Giuseppe Scalieri hielt sich vor Schreck über die Dreistigkeit seines Neffen die Hand vor den Mund. Giovanni Battista Cibó dagegen lächelte, legte kurz seine Hand auf Paolos Scheitel, ehe er sie ihm zum Abschied reichte, und meinte mit warmer Stimme:

»Wenn du einmal Hilfe brauchst, mein Sohn, so wende dich an mich.«

Paolo befiel eine leise Ahnung, und er küßte Cibó den Ring.

»Bist du des Teufels, so mit einem Kardinal zu sprechen«, fuhr ihn Giuseppe an, kaum standen sie wieder auf der schmalen Straße vor dem Palazzo. »Am Ende verdirbst du noch alles.«

»Nein, ehrwürdiger Vater«, erwiderte Paolo. »Ich habe es gespürt, daß Cibó nicht für den Borgia stimmt, und ich mußte es ihm sagen. – Doch verratet mir, warum habt Ihr Euch auf diesen Handel eingelassen?«

»Mit Cibó verliert Borgia einen wichtigen Verbündeten. Und wenn der Genueser nur für einen italienischen Kandidaten stimmt, dann wird entweder Giuliano della Rovere oder Giovanni Colonna die Tiara tragen; mit beiden kann sich Lorenzo de' Medici anfreunden, beide werden Giovanni in Purpur kleiden. – Doch nun ist Kardinal Ascanio Sforza an der Reihe. Mit ihm wird es ungleich schwerer als mit dem Genueser. Wenn wir ihn umstimmen, kann unser Plan gelingen. Doch wir müssen uns sputen, die Zeit bis zum Konklave wird knapp.«

* 4 *

Lavinia warf sich im Schlaf hin und her und schreckte aus einem wilden Traum auf. Der Engel der Lust, der häufig bei ihr zu Gast war und so schön über die Wollust sprechen konnte, hatte sie wieder besucht. Doch anders als bisher hatte er es diesmal nicht verstanden, ihren Körper mit Lust anzuzünden, sondern hatte ihr Angst eingejagt. Sie wischte sich den Schweiß von der Stirn und tastete nach Öllampe und Schwefelhölzern. Als der Docht brannte und die kleine Flamme ein gelbes Licht verbreitete, schlug ihr Herz langsamer. Sie versuchte, sich an den Traum zu erinnern, und sah den wollüstigen Engel in einer schamlosen Pose. Erstmals, seit sie sich den Einflüsterungen des Engels ergeben und ihre Begierden ausgelebt hatte, empfand sie Ekel und Scham.

Sie stand auf und warf einen Blick durch das schmale Fenster ihrer Kammer. In das Nachtdunkel schlich sich erstes Dämmergrau, bald würde die Stadt erwachen. Lavinia streifte sich ihr einfaches Leinenkleid über, versteckte ihr Haar unter einer grauen Haube, schlüpfte in die Schuhe und machte sich auf den Weg zum Gemüsemarkt an der Piazza San Marco. Auf der Straße traf sie die ersten Karren der Bauern aus dem Umland, die Gemüse und Obst in die Stadt hereinbrachten, damit die Mägde und Köchinnen der Patrizierfamilien genug zum Einkaufen hatten für die Festtafeln ihrer Herrschaften. Lavinia sog den Geruch der Ochsen und Esel in ihre Nase, erfreute sich an dem erdigen Duft, den ein Karren voller Rüben verströmte, und lächelte bei den derben Flüchen der Karrenlenker. Je näher sie dem Markt kam, um so mehr verblaßte das Bild des Engels und wich den Erinnerungen an ihre letzten Nächte mit Paolo. Noch nie in ihrem Leben hatte sie so ein wildes Verlangen gespürt, und obwohl er erst vor fünf Tagen aus Florenz abgereist war, vermißte sie ihn schon. Sie vermißte seinen durchdringenden Blick, mit dem er ihr das Kleid vom Leib zauberte, ehe sie noch den Stoff in die Hand nehmen konnte, sie vermißte seine zupackende Hand, die sich so zielstrebig zwischen ihre Schenkel schob, daß sie eine wilde Lust überkam, und sie vermißte seine rauhe Stimme, mit der er die Erfüllung seiner Wünsche einforderte.

Aber da war noch etwas, das in den zurückliegenden Monaten immer mehr Kontur angenommen und sie gefesselt hatte. Mit der Gabe, die Kräfte der Menschen zu erspüren und ihre tiefen Geheimnisse zu ergründen, ergänzte Paolo ihre eigene heilerische Kraft. Lavinia spürte, wie ihre Kräfte mit Paolo wuchsen, und sie ahnte, welche Kraft sie miteinander in diesem Leben entfalten könnten, würden sie im besten Sinn gemeinsam durchs Leben gehen. Aber sie fühlte auch ein zunehmendes Unbehagen wegen Paolos unersättlicher Gier, alles zu ergründen und sich untertan zu machen. Wenn er seine Gabe nicht in der rechten Weise nutzte, konnte daraus viel Leid entstehen. Spürte sie es nicht am eigenen Leib? Er hatte Macht über sie, und manchmal fragte sie sich, warum. Was war es, das sie seinen Wünschen nachgeben ließ, was löste diese beinahe unheimliche Begierde in ihr aus, mit der sie sich seinem Ungestüm hingab? Er konnte

Macht ausüben über andere Menschen, und er wollte Macht ausüben. Er genoß es nachgerade, andere in seinen Bann zu ziehen, und das machte ihr angst. Daher wohl rührte der Alptraum heute nacht.

Sie versuchte, die Erinnerung an den Traum zu verscheuchen, und schlenderte durch die Karrenreihen auf dem Markt. Bei einer verhärmt dreinblickenden Bäuerin blieb sie stehen und nahm eine erdige Rübe in die Hand. Plötzlich überkam sie ein Gefühl des Ekels. Sie ließ die Frucht fallen und ging rasch weiter. Ihr war, als hätte sie Paolo hämisch grinsend über sich knien gesehen, ein riesig aufragendes Geschlecht in der Hand, das er ihr mit einem barschen Befehl in den Mund schob. Sie blickte auf ihre Hand, an der nicht nur Erde, sondern auch Kot klebte. Die Bilder vermengten sich. Überfallartig kam der Brechreiz. Lavinia stürzte hinter einen Karren und übergab sich. Es war, als wäre der Alptraum Wirklichkeit geworden. Der Engel der Lust hatte Paolos Gesicht angenommen. Sie lief, so schnell sie konnte, in ihr Zimmer zurück und wusch sich in der Wasserschüssel ausgiebig die Hände. Dann trug sie die Schüssel die steile Treppe hinab, goß das braune Wasser in den Garten hinter Taddeas Haus und pumpte frisches Wasser aus dem Brunnen. Aufatmend wusch sie sich ihr Gesicht. Allmählich verblaßten die ekelerregenden Bilder, und über Paolos durchdringende Augen schob sich Micheles sanfter Blick. Wie er seinen Faun angesehen hat, dachte Lavinia, und spürte, wie ihr bei der Erinnerung an die Tonskulptur das Herz aufging. Was für ein tiefes Empfinden hatte Michele in diese Figur gelegt, welch ein Ausdrucksvermögen besaß dieser Junge, der bisher so im Schatten Paolos zu stehen schien. Lavinia bemerkte kaum, wie sie ins Schwärmen geriet über Paolos Freund. Und wie durch ein Wunder war der morgendliche Alptraum vergessen.

* 5 *

»Wir wünschen uns ein erfolgreiches Konklave«, flüsterte der Kardinal und blickte hinunter auf den geschäftigen Campo de' Fiori. Sein massiger Rücken verdunkelte das Fenster, vor dem er stand, als wollte er mit dem Aussperren des Lichts aus dem einfachen Arbeitsraum das bedrohliche Raunen unterstreichen, das in seiner Stimme lag. »Wir wollen uns nicht hineinpfuschen lassen von einem, der den Medici dient.«

Der Kardinal zupfte an seinem Hemd, das er lose über der Pluderhose trug. Selbst von hinten war zu erahnen, wo er sich bis vor wenigen Minuten aufgehalten hatte, ganz abgesehen von dem Geruch, den er verströmte, einer Mischung aus Schweiß und Wollust, weil er soeben dem Bett der Geliebten entstiegen und ohne Aufhebens in die Kleider geschlüpft war. Wer weiß, ob das leichte Zittern in seiner Stimme nachklingende Erregung war oder Aufregung über die Störung der ungefährdet geglaubten Pläne. Vielleicht beides, vielleicht sogar schon wieder Vorfreude auf den nächsten Tanz der Sinne zwei Räume weiter. Es ging die Rede, Vanozza sei ebenso unersättlich wie der Vizekanzler.

Nun drehte er sich um und fixierte seinen Besucher: »Ich will, daß dieser Unwürdige keinen weiteren Schaden anrichtet.«

Er machte eine kleine Pause, dann erhob er seine Stimme: »Todsicher!«

Mit einer nachlässigen Handbewegung entließ Rodrigo de' Borgia seinen Gast und rauschte durch die Seitentür aus dem Arbeitszimmer.

Raul Barca trat zu dem Fenster, an dem soeben noch der zukünftige Pontifex Maximus gestanden hatte, und blickte hinunter auf den Campo de' Fiori, der in der senkrecht stehenden Mittagssonne sein Gesicht veränderte. Die Marktweiber bauten ihre Stände ab und ließen von Eseln und

Knechten die Karren wegziehen. Zurück blieb ein von Obst- und Gemüseabfällen übersäter Platz, auf dem sich Krähen und Sperlinge tummelten, ehe einige Kehrer mit ihren Reisigbesen den Abfall zu Haufen zusammenschoben und auf flache Karren warfen. In wenigen Stunden würden die Schankwirte der kleinen Kaschemmen, die sich in den Häusern rund um den Platz verbargen, ihre Tische und Schemel nach draußen stellen und ihren Wein anbieten, ehe mit der Dämmerung die leichten Weiber auf Kundenfang gingen. Raul schnalzte mit der Zunge; er mochte die Huren vom Campo de' Fiori, sie waren ehrlicher und sauberer als die vom Pozzo Bianco, und wenn er an Violetta dachte, die zarte Rothaarige hinter dem Marcellustheater, dann durchfuhr ihn bereits am Mittag ein leichter Schauer. Doch jetzt war nicht der richtige Zeitpunkt, die Gedanken zu abendlichen Vergnügungen schweifen zu lassen. Er hatte einen Auftrag erhalten, den es gewissenhaft auszuführen galt. Endlich, dachte er, will ich auf dem Kutschbock von Macht und Einfluß ankommen. Der stümperhaft fehlgeschlagene Anschlag auf das Leben Lorenzo de' Medicis ärgerte ihn immer noch. Wäre es gelungen, *Il Magnifico* zu beseitigen, er würde heute nicht wieder im Weg stehen, dachte Raul grimmig. Nun gut, so will ich ihm jetzt einen Strich durch die Rechnung machen.

* 6 *

Auf dem Weg hinüber zum Palazzo der Sforza kehrten Giuseppe und Paolo im Haus der Florentiner nahe des Tiberknies ein, wo der Bischof mit einem Gewährsmann *Il Magnificos* die neuesten Nachrichten austauschte, ehe sie ein deftiges Mahl zu sich nahmen, dessen Genuß in Paolo eine sehnsüchtige Erinnerung an Florenz aufkommen ließ. Wehmütig vertraut fuhr ihm mit dem Geschmack des in Zitronensaft geschmorten Kapauns der Duft von Lavinias Haar in die Nase, frisch und leicht säuerlich, jene verführerische Mischung, der er nicht widerstehen konnte, wenn er die Nase darin vergrub. Immer hatte er damit angefangen, an ihrem Haar zu riechen.

»Ob du wohl zuhören kannst?« fragte der Onkel und riß ihn aus seinen Gedanken.

»Verzeiht, was meint Ihr, *Messere*?«

»Unser Freund Sforza pflegt auf seinen eigenen Vorteil bedacht zu sein«, erwiderte Giuseppe. Seine Stimme klang ein wenig ungehalten; er mochte es nicht, wenn seine Zuhörer mit ihrer Aufmerksamkeit abschweiften, während er sprach. »Ich wollte von dir wissen, ob du eine Möglichkeit siehst, ihn etwas zu unseren Gunsten zu beeinflussen. *Il Magnifico* hat mir verraten, daß du über geschliffene Überredungskünste verfügst und außerdem mit einer kundigen Heilerin die Köpfe zusammensteckst.«

Paolo spürte, wie ihm das Blut in den Kopf schoß. Er konnte es nicht verhindern, im Gegenteil: Während er versuchte, jede Regung zu unterdrücken, errötete er. Für einige Minuten ergriffen ihn die wollüstigen Erinnerungen an Lavinia, und er platzte fast vor Stolz, diese schöne Frau zu besitzen. Er sah sie vor sich knien und seinen *cazzo* liebkosen, und er fühlte sich mächtig und überlegen bei dieser Erinnerung.

»Ascanio«, bemerkte Giuseppe auf dem Weg hinüber zum Palazzo der Sforza unterhalb des Quirinals, »ist im Augenblick der jüngste aller fünfundzwanzig Kardinäle und erst vor drei Tagen nach Rom gekommen. Alle Parteien wissen: Es kommt auf jede Stimme an. Daher hat sich Ascanio abgehetzt und ist in vier Tagen von Mailand hierhergeritten.«

»Wenn er so jung ist, *Messere*, warum ist er dann ein zäher Brocken?«

»Er erhofft sich viel von einem geeigneten Fürsprecher in der Kurie, und seine Familie braucht Verbündete. In dem ganzen Hader, der unsere Lande durchzieht, ist ein Borgia für die Mailänder vermutlich ein vielversprechenderer Partner als ein Papst aus Italien.«

»Hat sich Florenz nicht schon oft mit Mailand verbündet?«

»Du hast recht. Zuletzt verbanden sich Mailand und Florenz mit den d'Este zu Ferrara gegen Venedig und Sixtus, als der Papst seinen Günstling Girolamo Riario zum Fürsten von Ferrara machen wollte.«

»Müßte Kardinal Sforza nicht eher auf der Seite der Medici stehen und Euren Wunsch unterstützen?«

»Zum einen«, erwiderte Giuseppe, den es sichtlich freute, daß sich sein Neffe solcherart Gedanken machte, »kann es durchaus sein, daß sich Ascanio für eine fernere Zukunft selbst Hoffnung auf den Stuhl Petri macht, und dann ist es von Vorteil, die Medici nicht zu mächtig werden zu lassen, zum anderen brauchen die Sforza jetzt einen starken Verbündeten, wo die Heere immer wieder durch ihr Gebiet ziehen. Außerdem fürchte ich, daß Borgia das bessere Angebot unterbreiten kann.«

»Haben wir dann überhaupt eine Möglichkeit, Kardinal Ascanio auf unsere Seite zu bringen?«

Giuseppe zuckte mit den Achseln und antwortete brummig: »Wir müssen es versuchen. – Hast du bei deiner Heilerin nichts gelernt?«

»Was sollte ich gelernt haben, *Messere*?«

»Die Zubereitung eines Trankes zum Beispiel, womit du demjenigen, der das Gebräu trinkt, deinen Willen aufzwingen kannst. Von den Hexen sagt man, daß sie so etwas könnten.«

»Glaubt Ihr, *Messere*, daß eine Heilerin, die bei *Il Magnifico* an der Tafelrunde sitzt, eine Hexe sein könnte?«

»Wer weiß.«

»Glaubt Ihr denn an Hexen?«

»Der Teufel bedient sich jeder List, um uns Menschen in seine Fänge zu bekommen. Zauberei und Hexerei gehören zu seinen schlimmsten Schlichen.«

»Trotzdem fragt Ihr mich nach Hexenzauber? Würdet Ihr den etwa anwenden?«

»Manchmal ist die Frage, wozu ein Zauber dient, entscheidend, ob es sich um ketzerische Hexerei oder erlaubte weiße Magie handelt. Aber nun genug davon, wir sind da.«

Giuseppe deutete auf einen kleinen Palast an der Ecke vor ihnen. Zwei Wachleute mit langen Lanzen und kurzen Schwertern an den Seiten kontrollierten das Tor zum Innenhof. Paolo wurde wieder einmal bewußt, was für eine unsichere Gegend die Stadt unterhalb des Quirinals war. Während er noch überlegte, ob es klug von seinem Onkel war, ohne bewaffnete Eskorte durch Rom zu marschieren, schlugen die Wachleute die Hacken zusammen und gaben den Weg in den Innenhof frei. Ein kleinwüchsiger Mohr erschien und führte sie über die Treppe zu den Gemächern des jungen Kardinals. Die Treppe war breit und großzügig geschwungen, auf Sockeln standen Marmorstatuen von bemerkenswerter Qualität. Anders als bei Kardinal Cibó, dessen Palazzo sie durch den Hintereingang betreten hatten, näherten sie sich dem Sforza-Kardinal über die Prunktreppe. Oben angelangt, führte sie der Mohr durch mehrere Gemächer, ehe sie in einen fensterlosen, dreieckigen Raum gelangten, der an jeder Wandseite eine Tür aufwies. An den Wänden waren schwere Kandelaber befestigt, in denen Kerzen brannten, die den Raum in ein dämmriges Zwielicht tauchten.

»Bitte warten hier, Herrschaften.« Der Mohr sprach in stockendem Latein und verschwand durch die Tür, durch die sie eingetreten waren.

»Was hat das zu bedeuten, *Messere*?«

»Vermutlich eine Vorsichtsmaßnahme. Kardinal Ascanio war kein Freund von Girolamo Riario, dem Nepoten des letzten Papstes. Er ist noch neu in Rom; möglicherweise fühlt er sein Leben bedroht.«

»Warum, *Messere*, sind wir bei Kardinal Giovanni durch den Hintereingang gekommen und hier nicht?«

»Cibó wohnt an der Piazza Navona, dem belebtesten Platz neben dem Campo de' Fiori. Ich wollte nicht, daß zu viele sehen, wie ich dem Genueser einen Besuch abstatte. In dieser abgelegenen Gasse ist es gleichgültig, ob man den Vorder- oder den Hintereingang wählt. Ich weiß gar nicht, ob man bei Kardinal Sforza hinten eingelassen wird.«

»Nein, wer lautere Absichten hat, nähert sich von vorn«, antwortete überraschend eine lebhafte Stimme. Erschrokken wirbelte Paolo herum und sah in der Tür, durch die der Mohr verschwunden war, einen jungen Mann in einem schlichten weißen Gewand stehen.

»Mit wem habe ich das Vergnügen? Es werden doch nicht falsche Freunde sein?«

Mit dieser nicht ohne Ironie gestellten Frage trat er zwei Schritte auf Giuseppe Scalieri zu und musterte den Bischof. Dabei wurde Paolo den Eindruck nicht los, als sei Ascanio Sforza auf ihren Besuch bereits vorbereitet.

»Ehrwürdiger Bruder«, begann Giuseppe und neigte den Kopf, ehe er auf den Kardinal zutrat und sich leicht beugte, um den Ring des Kardinals zu küssen. »Es ist mir eine besondere Ehre, Euch in Rom begrüßen zu dürfen. Vor Tagen schon hat die Bürgerschaft auf dem Kapitol die Kardinäle aufgerufen, zum Konklave zusammenzutreten, um dieser geplagten Stadt eine lange Sedisvakanz zu ersparen. Welch eine Freude ist es da, Euch so rasch aus Mailand hier zu sehen.«

»So bist du ein Abgesandter des römischen Senats?« fragte Ascanio Sforza, und um seinen weichen Mund spielte ein Lächeln. In diesem Moment, als hätte den Fünfzehn- und den Neunundzwanzigjährigen gleichzeitig derselbe Gedanken durchzuckt, trafen sich ihre Augen. Wie durch einen Nebelschleier hörte Paolo die Antwort seines Onkels, auch Ascanio schien kaum auf die Worte seines Gastes zu achten, so nahm ihn der Blickkontakt gefangen.

»Ein Beauftragter aus Tuszien bin ich«, wiederholte Giuseppe Scalieri geduldig, »und möchte mit Euch über die Last reden, die eine Entscheidung mit sich bringt, in der sich der Wille des Herrn manifestiert.«

»Wie klug du dich ausdrückst«, entgegnete Ascanio Sforza. »Und du verschwendest keine Zeit. Das gefällt mir.« Mit diesen Worten breitete er die Arme aus, schritt quer durch den Raum auf die entfernter gelegene Tür zu, riß beide Flügel auf und trat in einen lichtdurchfluteten Raum. »So kommt und laßt uns plaudern.«

In der Mitte des Saals stand eine lange Tafel mit dreizehn Stühlen. Der Kardinal wies darauf und bemerkte: »Sucht euch einen Platz aus.«

Giuseppe schlenderte auf die Mitte der Stuhlreihe zu, die den hohen Fenstern den Rücken zeigte, Paolo folgte seinem Onkel, wobei er näher an die Fenster herantrat und einen Blick hinauswarf auf den lichten Innenhof. Er war mit unterschiedlichen Steinen gepflastert, so daß sich auf dem Boden ein Muster abzeichnete, das Paolo entfernt an einen Löwenkopf erinnerte. Gerade als er das Mosaik näher betrachten wollte, huschte ein Benediktiner aus einer Tür quer über den Hof. Paolo zuckte zusammen, ihm war, als hätte er den Mönch schon einmal gesehen. In diesem Augenblick hörte er hinter sich ein ungeduldiges Räuspern; sein Onkel mahnte ihn, an der Tafel Platz zu nehmen.

»Gut gewählt.« Der Kardinal schmunzelte, als er sah, daß Giuseppe Scalieri den Stuhl neben der Mitte eingenommen hatte. »Ein Messias und zwölf Apostel.«

Dabei setzte er sich auf den Stuhl gegenüber von Giuseppe und nahm wieder Blickkontakt mit Paolo auf. Niemand sprach. Paolo erwiderte Sforzas Blick und sann dabei dem Benediktiner im Innenhof nach. Eine sich sehr aufrecht bewegende Gestalt. Ein weißer Haarkranz. Fremder Benediktiner! Haare wie ein Heiligenschein! Jetzt wußte er es! *Chiostro Verde*! Der Mönch war der Benediktiner aus Santa Maria Novella, der Würger aus dem kleinen Kreuzgang, der um ein Haar Bartolommeo ermordet hätte, und dieser Mordgeselle war soeben bei Ascanio Sforza gewesen, dessen war sich Paolo schlagartig bewußt. Er blickte auf und erkannte, wie genau ihn Ascanio Sforza beobachtete. Er mußte das kurze Erstaunen in seinem Gesicht bemerkt haben, doch mit keiner Regung verriet der Kardinal, was in ihm vorging. Auch Paolo unterdrückte jede Gefühlsregung, denn er wollte Sforza keinesfalls Anlaß geben, darüber nachzudenken, was er im Innenhof gesehen hatte, und außerdem: Selbst wenn er nun aufstand und in den Innenhof lief, den Benediktiner würde er nicht mehr finden. Doch die Frage, was den Mönch zu dem Mailänder Kardinal geführt hatte, beschäftigte Paolo noch eine ganze Weile.

Unterdessen gestaltete sich das Gespräch zwischen den beiden Kirchenmännern zäher als zunächst angenommen, und als Paolo sah, wie schwer sich sein Onkel tat, den gewitzten Mailänder für eine den Medici genehme Haltung im Konklave zu gewinnen, nahm er seinen ganzen Mut zusammen und mischte sich in das Gespräch ein.

»Ehrwürdiger Vater!«

Ascanio Sforza blickte ihn erstaunt an. Seine Augenbrauen hoben sich, halb belustigt, halb ermutigend. »Sprich«, sagte er schließlich.

»Ehrwürdiger Vater, es hängt sehr viel von Eurem Urteil ab. Ihr müßt es unvoreingenommen fällen!«

Kurz nur senkte der Kardinal den Blick, aber das genügte Paolo, um zu wissen, daß Sforza über ihren Besuch vorab unterrichtet war. Ob der geheimnisvolle Benediktiner damit zu tun hatte? Doch Paolo hatte jetzt keine Zeit zu grübeln, vielmehr schaute er Ascanio Sforza in die Augen und zwang den Älteren zum Blickkontakt, bis er in Sforzas Augen ein leises Ja zu erkennen glaubte.

»Ihr werdet die richtige Wahl treffen«, stellte Paolo nüchtern fest. Der Kardinal nickte und atmete hörbar auf.

* 7 *

Auf der Piazza vor Santa Maria Novella herrschte starkes Gedränge, Michele hatte Mühe, die Fassade der Kirche in ihrer Gesamtheit zu erfassen. Immer wieder blieb sein Blick an den geblähten Segeln des Giovanni Rucellai hängen, der den oberen Abschluß der Fassade vor rund dreißig Jahren finanziert hatte. Michele mochte diese ausgewogene Marmorwand. In den zurückliegenden Tagen war er schon dreimal hierhergekommen, um Albertis Kunstwerk zu bestaunen und dem Freund nachzusinnen, dem er in ihrer gemeinsamen Zeit im Dominikanerkloster so nah gewesen war. Er machte sich Sorgen, weil die Gerüchte über Unruhen in Rom zunahmen. Wie mochte es Paolo ergehen? Die Gerüchte besagten auch, daß der Vizekanzler Rodrigo de' Borgia *papabile* sei, ein Feind der Medici. Dies alles beunruhigte Michele sehr, denn er ahnte, daß Paolo in einer Mission zugunsten der Medici in die Ewige Stadt geschickt worden war. Lorenzo de' Medici hatte Paolo in den zurückliegenden Monaten aufgrund mehrerer Geschäfte, die Paolo mit einem schier unglaublichen Verhandlungsgeschick begleitet hatte, schätzengelernt. Seit Lavinia ständiger Gast an der Tafel *Il Magnificos* war, hatte Paolo sein Mittagsmahl auf Einladung *Il Magnificos* meist an der großen Tafel eingenommen und war immer öfter von Lorenzo um seine Meinung befragt worden. Die Scalieri gewannen auf diesem Weg wieder etwas von dem Einfluß zurück, den sie in ihrer Heimatstadt bereits an die Lungarotti, Zappi und Moratti verloren zu haben schienen. Michele gab es stets einen Stich, wenn er an die haßerfüllten Reden seines Vaters über die Scalieri dachte und sich vorstellte, bald zurückkehren zu müssen in die kleine Stadt, wo er zwangsläufig eingebunden würde in den tiefliegenden Zwist der großen Familien. Nein, dachte er und riß sich vom Anblick der Kirchenfassade los, ich werde mich nicht zum Feind meines Freundes machen lassen. Während er zurückschlenderte zum Palazzo Medici, stellte er sich vor, wie er eines Tages Seite an Seite mit Paolo ein erfolgreiches Bank- und Handelshaus führen würde, und spürte, wie ihn diese Vorstellung beglückte. Völlig in seine Träumereien versunken, wäre er beinahe kurz vor dem Baptisterium mit Lavinia zusammengestoßen.

»Sei gegrüßt, mein lieber Bildhauer«, sprach sie ihn mit weicher Stimme an.

Er spürte sein Blut in die Wangen schießen und wich ihrem Blick aus.

»Was hast du nur für ein anmutiges Gesicht«, flüsterte Lavinia. Michele hob den Kopf, sah ihr in die Augen und begann zu verstehen, was Paolo an dieser Frau jenseits der heilkundlichen Gespräche reizte, die sie an *Il Magnificos* Tafel und bisweilen im *studiolo* führten. Während er anfing, sich in dem beringten Hellbraun ihrer Augen beinahe so zu verlieren wie in Paolos Aquamarinen, richtete sich das erste Mal in seinem Leben sein Begehren auf eine Frau. Auch Lavinia, sprachlos gemacht von Micheles ebenmäßigem Antlitz, kämpfte gegen das hungrige Begehren an, das von ihr Besitz ergriff. Sie wollte die aufkeimende Lust dieses Jünglings kosten, der ihr schüchtern gegenüberstand und seine Scheu in dem Maße verlor, wie sich das Rot aus seinen Wangen verflüchtigte. Als könne die Knospe einer Blume binnen Augenblicken aufplatzen und sich die Blüte entblättern, schien der Jüngling zu einem jungen Mann zu reifen, der sich seiner selbst bewußt wurde. Da sagte Michele mit klarer Stimme: »Du hast wunderbare Augen.«

Ihre Hände zitterten bis in die Fingerspitzen. Sie mußte an sich halten, Michele nicht bei der Hand zu fassen und mit sich zu zerren. Michele seinerseits erschrak darüber, wie anziehend er Lavinia fand, und trat einen Schritt von ihr zurück.

»Wie es wohl Paolo ergehen mag«, fragte er und war froh, daß seine Gedanken mit dieser Frage eine andere Richtung nahmen.

»Das wüßte ich auch gern. Es soll zur Zeit gefährlich sein in Rom.«

»Hoffentlich geschieht ihm nichts.«

»Es wird dauern, bis wir von ihm hören.«

»Wenn du etwas hörst, gibst du mir Bescheid?«

»Ja«, erwiderte Lavinia. »Vielleicht magst du mich einmal besuchen, dann können wir über Paolo reden.«

»Vielleicht«, antwortete Michele.

»Heute abend?« fragte sie und berührte leicht seine Schulter.

Michele nickte.

Der Nachmittag im Kontor verging rascher, als Michele lieb war. Immer wieder sah er Lavinia vor sich, wie sie mit wiegenden Hüften davonschritt. Wie zum Hohn tauchte dann an ihrer Seite Paolo auf, bis sie Arm in Arm in der Menge auf der Piazza della Signoria verschwanden; jedesmal drehte sich Paolo im letzten Augenblick um und winkte ihm lachend zu.

Dieses Bild schmerzte Michele, als wäre es Wirklichkeit, und stürzte ihn in tiefe Zweifel, ob er wirklich Lavinia am Abend besuchen sollte, denn er spürte, wie die Eifersucht in ihm nagte, die Eifersucht auf diese Frau, die Paolo so nah gekommen war, wie er es niemals könnte. Und wieder vermißte er Paolos Nähe, sehnte sich nach den früheren Zärtlichkeiten und fragte sich, welche Richtung seine Sehnsucht eines Tages nehmen würde. Da sah er Lavinias Augen, erinnerte ihr aufrichtiges Interesse an seinem Faun, ahnte die Begeisterung, die er bei ihr mit der Kunstfertigkeit seiner Finger auslösen konnte, und entdeckte in sich eine wachsende Neugier auf die Frau, die seinen Freund zum Mann gemacht hatte. Irgendwo in seinem Hinterkopf regte sich auch der Gedanke, wie schön es wäre, mit Paolo dieselbe Frau zu teilen und nun diejenige zu erobern, die im Augenblick noch dem Freund gehörte. Und je länger er darüber nachsann, desto aufgeregter sah er dem Abend entgegen. Und als er sich schließlich auf den Weg machte, waren alle Zweifel von ihm abgefallen. Jetzt war er neugierig auf Lavinia und beinahe schon begierig darauf, sie in ihrem Zimmer zu besuchen. Doch kaum war er bei Taddeas Haus angelangt, kam ihm Lavinia entgegen.

»Laß uns einen Spaziergang machen«, sagte sie und nahm ihn ohne Umschweife bei der Hand.

* 8 *

Er war nicht überrascht, als er Bischof Scalieri durch die schmale Gasse heraufkommen sah, denn er hatte erwartet, daß die Medici versuchen würden, den Mailänder auf ihre Seite zu ziehen. Einzig der junge Mann an der Seite des Bischofs gab ihm ein Rätsel auf, vor allem deshalb, weil er kein Schwert trug. Doch die Sorglosigkeit der beiden kam ihm zupaß, und so verschwendete er nicht allzu viele Gedanken an die Frage, wer der Jüngling in Scalieris Begleitung sein könnte, zumal er, als sie sich dem Tor zum Palazzo der Sforza näherten, erkannte, wie jung der Fremde war: höchstens siebzehn, vermutlich sogar ein, zwei Jahre jünger. Als die beiden auf rund zweihundert Fuß heran waren, rannte Raul zur Rückseite des Palazzo und klopfte an der schmalen Pforte. Sofort wurde in Augenhöhe ein kleines Fenster geöffnet. Raul schlug seine Kapuze zurück. Der Wächter hinter der Tür nickte, die Tür schwang auf.

»Ich möchte zum Kardinal, und zwar vor den beiden seltsamen Gestalten, die da drüben am Tor stehen.«

Raul deutete zum Haupttor, wo soeben Bischof Scalieri mit der Torwache sprach. Der Wächter ging eiligen Schrittes über eine schmale Treppe in die Empfangsräume von Ascanio Sforza. Raul hatte Mühe, ihm zu folgen. Schon fand er sich in einem kleinen Zimmer wieder. Am Fenster stand ein hohes Schreibpult, wie es die Kopisten alter Folianten benutzen. Neugierig schlenderte er zu dem Pult und betrachtete die engbeschriebenen Pergamentblätter. Es waren zwei angefangene Briefe, der eine an Giuliano della Rovere, der andere an Orsino Orsini. Rasch versuchte Raul, sich den Inhalt der Briefe anzueignen, doch die Schrift war schwer leserlich, und ehe Ordnung in das wirre Durcheinander der Buchstaben zu bringen war, knarrte die Tür: Ascanio Sforza stand im Zimmer.

»Wen haben wir denn da, der so neugierig ist?«

»Ehrwürdiger Vater«, erwiderte Raul, trat auf Ascanio Sforza zu und beugte vor dem Kardinal das Knie, »mich sendet mit den herzlichsten Wünschen für Euer Wohlergehen, mit großer Ehrerbietung und unter dem Siegel der Verschwiegenheit Euer Bruder im heiligen Kollegium, der Herr Vizekanzler, welcher Euch bitten läßt, keine unüberlegten Freundschaften einzugehen. Es könnten die falschen sein.«

»Es ist mir eine Freude, vom Vizekanzler so viel Zuwendung zu erfahren.«

»Sie ist dem Umstand geschuldet«, erwiderte Raul und ging mit keiner Miene auf die Ironie ein, die in den Worten des Kardinals gelegen hatte, »daß Ihr als ein Mitglied einer hochangesehenen Familie den Kardinalspurpur erst seit wenigen Wochen tragt. Es wäre schade, wenn einer der Großen unserer Kirche in der Zeit, die notwendigerweise dem Einüben der neuen Pflichten gehören sollte, aus einer Laune heraus seine Stellung im Kardinalskollegium untergraben würde. Ganz unabhängig von den weiteren Entwicklungen nehmt die Fürsorge des Vizekanzlers als einen Beweis persönlicher Verbundenheit.«

»Wohl gesprochen«, antwortete Ascanio Sforza mit einem zweideutigen Lächeln. »Und vor welchen Freundschaften will mich mein älterer Bruder warnen?«

»Die falschen Freunde sind schon in Euren Räumen, ehrwürdiger Vater. Ihr werdet rasch feststellen, daß sie ihre Versprechen nicht erfüllen können. Spätestens wenn Ihr diese Erfahrung gemacht habt, denkt an mich und meine gute Botschaft.«

Raul verneigte sich und zog sich mit einem kleinen Rückwärtsschritt zu der Tür zurück, durch die er den Raum betreten hatte.

»Halt, mein Freund«, rief der Kardinal mit nun gebieterischer Stimme. »Ein wenig mehr hätte ich gern erfahren über das, wie ein guter Freund einen Freundschaftsdienst entlohnt.«

Raul richtete sich auf und erwiderte: »Über diese Frage bin ich sehr froh, denn der Vizekanzler hat mir gesagt, ich solle darauf achten, ob Ihr sie stellt. Dann, so Kardinal Borgia, wird er wissen, mit wem er sich verbünden soll.«

»Das beantwortet meine Frage nicht.«

»Da er so jung an Würde ist, hat der Vizekanzler gesagt, wird er ungestüm sein. Doch antwortet ihm ruhig: Alles hat seine Stunde. Mehr, ehrwürdiger Vater, bin ich nicht befugt auszurichten.«

Mit einer tiefen Verneigung wandte sich Raul ab. Als er die Türklinke gedrückt hielt, drehte er sich noch einmal um und sah, wie sich der Kardinal die Schläfe rieb.

* 9 *

Sie waren auf den Ponte Vecchio gegangen und hatten sich in der Mitte der Brücke auf die Balustrade gesetzt. Dort begann sie, zärtlich seine Finger zu streicheln. Sanft strich sie von den Nagelbetten aufwärts bis zu den Knöcheln, zunächst den kleinen Finger hinauf, und so weiter Finger für Finger bis hin zum Daumen, um dann wieder zum kleinen Finger zu huschen, wo sie von vorne anfing. Er ließ es geschehen, ja, Lavinia vermeinte, es gefalle ihm. Ihr tat diese Art von Berührung ebenso gut wie seine Passivität. So konnte sie allein den Gang der Dinge bestimmen. Sie schwiegen und schauten den Arno hinunter auf den allmählich in der Dämmerung versinkenden Ponte Santa Trinita. Rechts und links von ihnen verebbte das Stimmengewirr der Verkäufer aus den vielen Läden, die zum Wohl des Stadtsäckels auf der Brücke Waren aller Art feilboten. Ein Stadtknecht zündete die Fackeln an den Seitenwänden an, während die Gewürzhändler ihre Stände verschlossen. Längst waren die Fleischer und Getreidehändler zu Hause, nur noch die Gold- und Silberschmiede harrten aus, bis die Nacht vollends hereinbrach, was bloß eine Frage von Minuten war. Nach und nach wurde einer der lebhaftesten Orte von Florenz still. Die flaumigen Härchen auf Micheles Handrücken stellten sich auf, als Lavinias Fingerspitzen darüber tanzten.

»Was für zarte und doch kräftige Hände du hast«, flüsterte Lavinia und hob Micheles Hand an ihren Mund. Zart hauchte sie einen Kuß auf die Daumenkuppe. Sie fühlte das Zittern. Es drängte sie, über den Handrücken hinaufzustreichen, den Unterarm entlang, in die Armbeuge hinein, um dann aufsteigend den jugendlichen Muskel zu spüren und nach der Höhle unter der Achsel zu suchen. Doch noch widerstand sie und gab erst recht nicht dem Verlangen nach, ihre Hand auf seinen Schenkel zu legen, verharrte statt dessen bei seinen langgliedrigen Fingern und blickte den Arno hinab.

»Siehst du, auch am Ponte Santa Trinita stecken sie jetzt die Lichter auf«, sagte sie. Ihre Stimme nahm eine rauchige Färbung an, die ihre Erregung verriet. Sie drückte Micheles Hand eine Spur zu fest. Erschrocken zog er sie zurück. Das gefiel ihr. Sie mochte das Spiel, und sie mochte es, wenn der andere mitspielte, selbst wenn es ein fünfzehnjähriger Jüngling war. Sie blickte ihn an und nahm seine Gesichtszüge in sich auf. Und während sie sich satt sah an Micheles Wangenknochen, Nase und Kinn, sah sie wie in einem verschwommenen Spiegel die durchdringenden Augen Paolos. Für einen kurzen Moment spürte sie den drängenden Impuls innezuhalten. Doch dann gewann ihr Verlangen wieder die Oberhand. Mit einer vagen Handbewegung über Stirn und Augen wischte sie die Erinnerung an Paolo weg und konzentrierte sich auf den Jüngling an ihrer Seite. Wie Federflaum tastete ihre Hand seinen Unterarm entlang, und wo immer ihre Fingerspitzen hingelangten, bäumten sich die Härchen auf. Reglos ließ Michele alles mit sich geschehen. Lavinia spürte, wie sich sein Puls beschleunigte. Sein Brustkorb hob und senkte sich sichtbar, schon war sein Atmen zu hören. Nun war die Achselhöhle erreicht. Er kicherte, als sie ihn dort kraulte. Sein pluderndes Hemd erlaubte den Griff durch den Ärmel hinüber zum Nacken, wo ein zartes Streichelspiel seinen Anfang nahm. Er atmete durch halb geöffnete Lippen. Dann bog sie seinen Kopf dem ihren zu. Die Augen schlossen sich, weich lagen die Lippen aneinander. Als sie mit ihrer Zungenspitze seine Lippen berührte, war da kein Widerstand mehr. Weich und warm drang sie in seinen Mund ein. Nun erwiderte er ihren Kuß. Scheu begannen seine Hände ihren Rücken zu erkunden und sanft in ihrem Nacken zu spielen. Er strich über ihr Haar und zupfte an ihren Ohrläppchen. Als er immer leidenschaftlicher wurde, schob sie ihn von der Balustrade. Sie leitete ihn, ohne auf den schamlos grinsenden Goldschmied in der karg beleuchteten Bude zu achten, zwischen den meist verschlossenen Läden hindurch nach Altrarno und glitt mit ihm in die Kirche San Donato in Scopeto, wo sie mit Michele verstohlen hinter den Vorhang einer Seitenkapelle schlüpfte. In der Augustinerkirche war es totenstill. Wie um diese Stille zu schützen, verschloß Lavinia Micheles Mund mit einem innigen Kuß. Ein letztes Mal tauchte aus dem Dunkel der durchdringende Blick Paolos auf. Sie sah das tadelnde Blitzen, doch ein zupackender Griff um Micheles Hüfte versicherte sie der Gegenwart und lenkte ihr gesamtes Sinnen und Trachten auf diesen jugendlichen Körper. Zärtlich erwiderte Michele Lavinias Leidenschaft. Allmählich erkundeten seine Hände ihre ausgeprägten Formen, und in diesen Berührungen lag eine bezaubernde Magie. Beinahe fühlte sich Lavinia von seinen begnadeten Händen wie neu erschaffen. So haucht er auch dem Ton seine Seele ein, dachte sie und ergab sich seiner suchenden Zärtlichkeit.

* 10 *

Zum Abschied küßte zuerst Giuseppe Scalieri, dann Paolo den Ring des Kardinals. Als sich Paolo wieder aufrichtete, ergriff Ascanio Sforza seine Hand. Paolo hielt den Atem an. Dann sah er das Lächeln, das um die Mundwinkel des Kardinals spielte.

»Wenn das Konklave beendet ist, würde ich dich gern wiedersehen, mein Sohn. Einstweilen achte auf deine Wege in dieser unruhigen Stadt.«

Und wie ich auf meine Wege achten werde, dachte Paolo, während er nickte, und folgte seinem Onkel zur Tür hinaus. Wenig später standen sie auf der Gasse vor dem Palazzo und schauten sich an.

»Nun müssen wir die Vorabzahlung besorgen«, bemerkte Giuseppe, und sein Tonfall zeugte von tiefer Zufriedenheit. »Wenn ich ehrlich bin, hatte ich sehr viel einfachere Verhandlungen erwartet. Aber immerhin hast du mit deiner etwas vorlauten Art Bewegung in die ganze Sache gebracht. In Anbetracht seiner zunächst so störrischen Haltung könnte man Sforzas Forderungen nun beinahe für bescheiden halten.«

»So meint Ihr, *Messer Giuseppe*, daß die Wahl des Borgia verhindert werden kann?« fragte Paolo und überging dabei das Lob, welches sein Onkel ihm wie nebenbei ausgesprochen hatte.

»Mit Cibó haben wir einen Wankelmütigen gegen Borgia eingestimmt und mit Sforza vermutlich einen aus dem Lager des Spaniers auf unsere Seite gezogen; mit den Venezianern, Colonna und Rovere müßte die Seite der Borgiagegner mit nunmehr zwölf oder dreizehn Stimmen gewichtig genug sein, um den Vizekanzler auf dem Stuhl Petri zu verhindern. Gleichwohl werden wir heute abend dem Kardinal Savelli unsere Aufwartung machen, um Rodrigo noch eine Stimme abspenstig zu machen. Dann müßte unser Vorhaben gelingen.«

Mit diesen Worten beschleunigte Giuseppe Scalieri seine Schritte, um rasch zum Haus der Florentiner zu gelangen und den Faktor der Medici zu treffen. Paolo wandte sich, während sie durch einsame Gassen und belebte Straßen eilten, wiederholt um. Der Anblick des Mönchs mit dem silbernen Haarkranz ging ihm nicht aus dem Kopf. Je mehr er darüber nachdachte, desto sicherer schien ihm die Anwesenheit dieses Mannes kein Zufall zu sein. Angestrengt überlegte er, was ihm und Bartolommeo damals alles in den Sinn gekommen war. Er bedauerte sehr, daß er sich nicht mehr an jede Einzelheit erinnern konnte. Durfte er diesen Mann tatsächlich mit dem Anschlag der Pazzi in Verbindung bringen? Was sonst hätte ihn zu der Heimlichkeit bewogen, mit der er in Santa Maria Novella verkehrt war, und warum sonst hätte er den Prior niedergeschlagen und Bartolommeo bis zur Bewußtlosigkeit gewürgt? War er ein Benediktiner, oder verkleidete er sich nur? Fragen über Fragen, die Paolo nicht beantworten konnte. Nur zu gern hätte er, anstatt mit seinem Onkel durch die Stadt zu hetzen, dem Unbekannten nachgeforscht. Wenn er Gelegenheit erhielte, mit den Wächtern des Palazzo Sforza zu sprechen, müßte er Näheres über den Geheimnisvollen in Erfahrung bringen. In diesen Tagen gelangte niemand unbemerkt in den Palast eines Kardinals. Also mußte jemand von Sforzas Dienern den Benediktiner kennen. Bestimmt hat dieser Benediktiner Ascanio Sforza auf unseren Besuch vorbereitet, dachte Paolo, und mit Bartolommeos Würger war nicht zu spaßen. Immer wieder drehte sich Paolo daher um, und manchmal vermeinte er, in einer Tornische oder einem Gassenwinkel eine dunkle Gestalt zu erkennen. Aber in dem raschen Wechsel von gleißendem Sonnenlicht und schwarzen Schlagschatten waren Konturen schwer auszumachen. Dann redete er sich ein, er habe sich getäuscht. Darüber hinaus machte er sich Mut. Was für einen Grund konnte der Benediktiner denn haben, sie zu verfolgen? Auf diese Frage fand er keine befriedigende Antwort, denn wenn der Unbekannte im Sinn gehabt hätte, über sie herzufallen, hätte er dies gleich in unmittelbarer Umgebung des Sforzapalastes tun können.

Als sie auf den sonnenüberfluteten Platz vor dem Pantheon kamen, atmete Paolo merklich auf. Doch nachdem sein Blick auf die breite Säulenhalle, die den Eingang zu Sancta Maria ad Martyres beschattete, gefallen war, erschrak er. Überdeutlich zeichnete sich im Schatten der zweiten Säule ein weißer Haarkranz ab.

»*Messer Giuseppe*«, flüsterte Paolo, faßte seinen Onkel am Arm und deutete auf den Säulenvorbau.

»Ein Meisterwerk«, entgegnete der Bischof geistesabwesend, »wir haben aber keine Zeit, uns das Pantheon anzusehen.«

»Da steht jemand.«

»Da steht immer jemand«, entgegnete der Giuseppe Scalieri unwirsch und wandte sich der schräg gegenüber liegenden Seite des Platzes zu.

»Aber wir werden verfolgt«, rief Paolo halblaut und hielt den Arm des Onkels fest.

Ärgerlich wandte sich Giuseppe seinem Neffen zu.

»Wer sollte uns schon verfolgen?«

»Einer, der Interesse daran hat, Eure Mission zu verhindern, *Messere*.«

»Wer sollte das sein? Wer weiß schon von meinem Auftrag?«

»Glaubt Ihr, Euer Tun bleibt geheim? Ihr bietet einem wankelmütigen Verbündeten des Vizekanzlers Geld für seine Stimme im Konklave und seid überrascht, wie einfach sich der Kardinal auf Eure Seite schlägt. Könnte es nicht sein, daß Giovanni Battista Cibó Euer Angebot nur benutzt hat, um seinen Preis bei Borgia in die Höhe zu treiben?«

Giuseppe Scalieri blieb stehen und blickte seinen Neffen überrascht an. Paolo sah die Kiefer seines Onkels mahlen, als kaute dieser auf einem zähen Stück Fleisch.

»Und erst recht das Angebot an Ascanio Sforza, den Ihr heute morgen noch zu den festen Verbündeten des Spaniers gezählt habt«, führte Paolo weiter aus und blickte hinüber zum Pronaos des Pantheon: Nun schien die Vorhalle leer.

»Was hast du gesehen?«

»Im Innenhof der Sforza bemerkte ich einen Benediktiner, dem ich vor Jahren in Florenz begegnet bin und der uns verfolgt, seit wir Kardinal Ascanio verlassen haben. Soeben noch stand er hinter einer der Säulen dort drüben.«

»Was hat es mit dem Benediktiner auf sich?«

»Ich glaube, er war in den Anschlag auf *Il Magnifico* verwickelt.«

Giuseppe Scalieri riß die Augen auf.

»Warum sagst du mir das erst jetzt?«

»Bis eben war ich unsicher«, erwiderte Paolo, und erst in dem Augenblick, als er es sagte, wurde ihm die Lüge bewußt: Vom Augenblick des Erkennens an war ihm klar gewesen, daß der Mönch im Innenhof derjenige vom *Chiostro Verde* war. Und nun berichtete er seinem Onkel, was sich damals in Santa Maria Novella zugetragen hatte. Giuseppe Scalieri wurde blaß. Er packte Paolo am Arm und stürzte mit ihm über den Platz.

»Rasch«, stieß er hervor, »rasch. Wir müssen sofort zu Niccolo Antinori.«

Als sei der Teufel hinter ihnen her, rannte Giuseppe Scalieri zur Piazza Navona, achtete weder auf die Menschen noch auf Paolo an seiner Seite. Unweit von Cibós Palazzo liefen sie durch einen schmalen Durchschlupf zwischen zwei Häusern und gelangten in eine düstere Gasse, an deren Ende ein kleiner Platz sichtbar wurde. Mehrfach wandte sich Paolo um, ob ihnen jemand folgte, doch konnte er nichts Verdächtiges erkennen. Er fragte sich, was in seiner Erzählung den Onkel derart erschreckt haben könnte. Doch auf sein Rufen erhielt er keine Antwort. Erst als sie durch das tiefe Dunkel der Gasse hetzten, verlangsamte Giuseppe seinen Lauf, allerdings nicht, um mit Paolo zu sprechen, vielmehr mußte Giuseppe Scalieri dem ungewohnten Tempo Tribut zollen und stehenbleiben. Außer Atem lehnte er sich an die

Mauer eines abgewirtschafteten Hauses und schnappte verzweifelt nach Luft. Paolo versuchte, seinen Onkel zu stützen, und blickte ihm fragend ins Gesicht.

»Antinori«, rief der Bischof atemlos und hielt sich die Seite.

»Was ist mit Antinori«, fragte Paolo, aber Giuseppe war unfähig zu antworten. Vielmehr riß er die Augen auf und blickte wirr. Paolo erschrak. Giuseppes Augen schrien vor Angst. Panisch drehte sich Paolo um und hob den Kopf.

* 11 *

Beinahe andächtig wischte Raul das Messer an der Soutane des Bischofs ab, ehe er es zurück in die Lederscheide steckte, die er an seinem Oberschenkel festgebunden hatte. Armer Tropf, dachte er, als er auf das fahle Gesicht des Jünglings blickte. Aber er konnte sich keine falschen Gefühle leisten, und so hatte er ohne Zögern dem jungen Begleiter des Bischofs das Messer zwischen die Rippen gestoßen, ehe die scharfe Spitze ihr eigentliches Ziel fand: Scalieris Herz. Ungerührt wandte er sich ab. In einigen Minuten würde der Plebs der Stadt die Spuren der Tat verwischen, keiner der römischen Habenichtse ließ sich in der Zeit der Sedisvakanz ein gefundenes Fressen entgehen, wie es ein leblos in seinem Blut liegender Bischof war, den man ungestraft ausplündern konnte. Sollte wider Erwarten jemand dem Tod des Bischofs nachforschen, er würde es für einen Raubmord halten, wie er dieser Tage keine Seltenheit war. Der Bischof war selbst schuld, daß er sich ohne bewaffnete Eskorte in die düsteren Gassen der Stadt wagte. An der kleinen Piazza bog Raul nach links zum Tiber ab und ging am Ufer flußaufwärts. Auf Höhe der Engelsburg nahm er die Straße Richtung Pozzo Bianco, wo er sich auf den Schemel einer Weinspelunke setzte und darauf wartete, daß eine *puttana* auf ihn aufmerksam wurde. Nachmittags dauerte das eine gewisse Zeit, weshalb er Gelegenheit hatte, einen Becher Rotwein zu trinken, der ihm, obwohl schlechter als bei seiner Lieblingsschänke am Campo de' Fiori, nach getaner Arbeit schmeckte.

»Na, Bruder, hast du dich verlaufen?« fragte eine stämmige Dunkelhaarige, der ein dunkler Flaum auf der Oberlippe stand.

»Durchaus nicht, mein Kätzchen.« Raul musterte die Dirne. »Willst du ein Tänzchen mit mir wagen?«

»Mehr willst du nicht?« Sie gurrte bei dieser Frage wie eine hungrige Taube.

»Vielleicht auch zwei, aber nur, wenn du dich anstellig zeigst.«

»Du«, fauchte die *puttana* und zeigte Raul eine obszöne Handbewegung, »Ich verstehe mein Geschäft.«

»Gut. Vorher aber bringe meinem Herrn noch eine Nachricht«, befahl Raul barsch und legte einen *quattrino* auf den Tisch. »Geh zum Kardinal Sforza – du weißt, wo das ist?«

»Der aus Mailand, oder?«

»Geh dorthin, geh zum Kardinal selbst und laß dich nicht abwimmeln, sag, du hast eine wichtige Nachricht von einem besonderen Freund. Sei beharrlich. Wenn sie dich zu ihm bringen, dann sag: die falschen Freunde sind nicht mehr. Wenn du gefragt wirst, von wem du das hast, so antworte: von einem Benediktiner. Dann komm hierher zurück. Wenn du erfolgreich warst, will ich auf dir reiten wie auf einem Prachtschimmel der Orsini. Es soll dein Schaden nicht sein.«

Er zeigte ihr einen *scudo*, dann winkte er mit der Hand zum Zeichen, daß sie sich auf den Weg machen sollte. Einen Augenblick schaute ihn die Dirne ungläubig an, dann packte sie den *quattrino* und trollte sich. Als sie in einer der Gassen, die vom Pozzo Bianco abgingen, verschwunden war, zahlte Raul seinen Wein und eilte auf einem anderen Weg zum Palazzo Sforza. Kaum dort angekommen, sah er die *puttana* um eine Ecke biegen und auf das Tor zusteuern.

Schon war sie mit den Wachleuten in ein Gespräch verwikkelt, in dessen Verlauf sie ihre Stimme erhob und wild mit den Armen fuchtelte, bis ein Mohr erschien und sie nach einigem Hin und Her mit sich nahm. Raul schmunzelte und schritt rasch davon. Den Rest, dachte Raul vergnügt, erledigt die Zeit. Im Konklave wird Ascanio Sforza wissen, wem er seine Stimme schuldet.

Endlich einigten sich die verfeindeten Parteien, die bisher das Zusammentreten des Konklaves verhindert hatten. Mit Genugtuung erfuhr Raul, während er in der schlichten Kleidung eines Kaufmanns aus dem Umland bei einem Krug Rotwein auf dem Campo de' Fiori saß, von dem Waffenstillstand: Girolamo Riario übergab Castel Sant' Angelo gegen viertausend *scudi* an Giuliano della Rovere, worauf sich die Colonna nach Latium und die Orsini nach Viterbo zurückzogen, während der Zögling des verblichenen Papstes der Ewigen Stadt endgültig den Rücken kehrte. Die Engelsburg war nicht länger Unterpfand des eigensüchtigen Nepoten des bisherigen Pontifex Maximus. Endlich war der Weg zum Konklave frei. Binnen weniger Stunden versammelten sich alle fünfundzwanzig Kardinäle im Vatikan und feierten in der düsteren Sixtinischen Kapelle die heilige Messe, welche der Vizekanzler Rodrigo de' Borgia, sich seines Sieges sicher, zelebrierte. Anschließend verschloß der *camerlengo* alle Türen und verteilte die vorbereiteten Zettel für die Wahl. Draußen vor der Kapelle warteten viele Mitglieder der Kurie. Sie rechneten mit einem raschen Ende des Konklaves. Doch die Türen blieben verschlossen, das Fenster im vatikanischen Palast öffnete sich nicht. Rodrigo de' Borgia hatte noch keine Mehrheit hinter sich gebracht, und unter den Kardinälen begann das Feilschen um die Macht.

Währenddessen saß Raul am Campo de' Fiori und trank Wein. Er wußte, er hatte seine Aufgabe erledigt, er konnte jetzt nichts mehr tun. Im Konklave war der Borgia auf sich allein gestellt. Ehe sich die Purpurträger auf einen Pontifex Maximus geeinigt hatten, drang nichts aus den Mauern des Vatikans. Hatte aber erst der *camerlengo* das Kreuz aus dem Fenster gehalten, würde sich die Nachricht wie ein Lauffeuer durch die Stadt verbreiten. Da konnte er getrost abwarten. Er erhob seinen Becher und entbot der erstbesten Hure, die an dem Ausschank vorbeischlenderte, ein tiefempfundenes *salute*.

»Auf was trinkst du?«

»Auf deine Titten«, erwiderte Raul. Er schlug sich mit der flachen Hand auf den Schenkel. Die Rothaarige verstand die Einladung und setzte sich. Ohne viel Federlesens fuhr Rauls Rechte unter ihr dünnes Leinenwams und packte die Brust, die sich ihm fest und rund entgegenstreckte.

»Oho«, brummte er freudig überrascht. »Mit dir läßt sich der Ausgang der Papstwahl erwarten.«

»Kannst du so lange?« fragte sie schnippisch.

»Leider«, entgegnete er und trank seinen Becher leer, langsam genug, um sich an dem fragenden Gesichtsausdruck der *puttana* zu laben, deren Züge im übrigen hübsch anzusehen waren. »Leider«, sagte Raul und stellte seinen Becher mit einem Knall auf den Tisch zurück, »wird das Konklave rasch zu Ende sein.«

Raul Barca sollte recht behalten. Vier Tage nachdem sich die Kardinäle versammelt hatten, öffnete sich das entscheidende Fenster des Vatikans. Der *camerlengo* zeigte das Kreuz, und in Windeseile verbreitete sich die Botschaft: *Habemus Papam*.

Doch was für ein Schrei entrang sich Rauls Kehle, als er den Namen hörte! Elisabetta zuckte vor Schreck zusammen und kuschelte sich in die hinterste Ecke des kleinen Zimmers, in dem sie die letzten vier Tage verbracht hatte. Das Gesicht ihres Liebhabers war von einer Sekunde auf die andere wutverzerrt. Wie weggeblasen war der ausdauernde und einfühlsame Liebhaber, der all die Stunden auf eine glückliche Zukunft gehofft hatte. Vor ihr stand plötzlich ein in seinem Innersten erschütterter Mann. Rodrigo de' Borgia hatte verloren.

* 12 *

Hinter dem schmalen Fenster in der Dachgaube dämmerte der zweite Septembertag vor sich hin. Lavinia faßte Michele bei der Hand, zog ihn rasch in ihre winzige Kammer, schloß die Tür, legte den Riegel vor und nahm sein Gesicht zwischen ihre beiden Hände. Mit den Daumen fuhr sie die Bogen unter seinen Augen nach, verbarg in der Berührung das Verlangen, das sie spürte. Zärtlich zog sie seinen Kopf näher heran und hauchte ihre Lippen auf die samtene Haut seiner Wangen, so daß sich sein Bartflaum aufstellte. Sie hielt den Atem an und schloß die Augen, während er seine Arme um sie legte und sich an sie drängte. Beide spürten sie eine heftige Spannung, die sich mit einem brennenden Schlag entlud. Dann nahmen seine magischen Hände von ihr Besitz, und alle Hemmungen schwanden. Wie von Zauberhand lösten sich die Schnüre ihres Mieders, und als seine Fingerkuppen zart über ihre Haut glitten, ging ihr Atem bereits so heftig, daß ein verhaltenes Klopfen an der Tür ungehört blieb. Schon war die Pluderhose aufgeknotet und nach unten geschoben. Lavinia machte sich an der verschlungenen Stoffbahn zu schaffen, die das drängende Fleisch verdeckte, als das Pochen an der Tür lauter wurde. Michele stand stocksteif, Lavinia schreckte hoch.

»Lavinia!« rief es heiser.

Die sammelte sich endlich und fragte: »Was ist?«

»Du sollst sofort in den Palast der Medici. Mach schnell!«

Verstört richtete Lavinia ihr Kleid, schnürte das Wams vor der Brust, drehte die Haare zu einem Knoten und schob sie unter die Haube. Dabei suchte sie im düsteren Zwielicht Micheles Blick und flüsterte: »Bleib! Gewiß hat *Il Magnifico*

Schmerzen, ich muß ihm Linderung verschaffen. Warte auf mich. Ich bin rasch zurück.«

Hastig griff sie nach ihrem Leinenbeutel mit den Kräutern und Tinkturen und drückte die Klinke. Michele sprach kein Wort. Er preßte sich hinter der Tür in die Ecke und ordnete den Stoff um seine Lenden. Am Fuß der steilen Treppe wartete Taddea, und in ihren Augen lag ein Ausdruck von Angst und Ärger.

»Der Bote der Medici wartet vor der Haustür«, raunte sie. »Spute dich, es scheint äußerste Eile geboten!«

Lorenzo de' Medici stand in seinem *studiolo* an einem Schreibpult über ein Schriftstück gebeugt, als Lavinia eintrat. Er hob den Kopf und lächelte, als er sie sah.

»Ich danke dir für dein promptes Erscheinen«, begrüßte er sie und lud sie mit einer Handbewegung ein, auf einem der Stühle Platz zu nehmen.

»Wie könnte ich säumen, wenn Ihr mich ruft, *Magnifico Messere*«, erwiderte Lavinia und musterte den gichtgeplagten Mann besorgt. Waren die Schmerzen wieder ausgebrochen?

»Du mußt einem Freund helfen.«

Lorenzo de' Medici setzte sich neben sie. Er zögerte mit seinen nächsten Worten, schluckte zweimal und überwand sich dann.

»Paolo Scalieri ringt mit dem Tod.«

Lavinia wurde blaß.

»Ich weiß, du magst ihn sehr«, sagte Lorenzo leise. »Auch ich schätze ihn. Daher bitte ich dich: Reise nach Rom und versuche, ihm zu helfen!«

»Was ist geschehen?«

»Er war mit seinem Onkel in der Stadt unterwegs, da wurden sie überfallen und ausgeraubt. Als man sie fand, war der Bischof bereits tot. Paolo brachte man schwer verletzt ins Florentiner Haus.«

»Wenn Ihr es wünscht, mache ich mich morgen auf die Reise. Könnt Ihr mich entbehren?«

»Seit Monaten bin ich fast ohne Beschwerden. Du wirst in Rom dringender gebraucht. Wenn Paolo reiten kann, kommt ihr zurück.«

Lavinia fragte mechanisch: »Was gibt es außerdem für Neuigkeiten aus Rom?«

»Die Christenheit hat wieder einen Heiligen Vater, wenngleich die Wahl der Person für uns alle überraschend kommt«, erwiderte der Medici. »Es ist Papst Innozenz VIII. Wir kennen ihn noch als Giovanni Battista Cibó, den Bischof von Molfetta.«

»Wer ist denn das?«

»Tja, du fragst zu Recht. An diesen armen Schlucker hatte vor dem Konklave niemand gedacht. Aber so ist das, wenn sich zwei Lager streiten; dann kommt oft eine Verlegenheitslösung zustande.«

»Ist das gut für Florenz?«

»Ich glaube, es ist«, antwortete *Il Magnifico*, »gut für meinen geliebten Sohn Giovanni. So ist es auch gut für die Stadt. Paolo hat treue Dienste geleistet, denn er war vor dem Konklave bei Kardinal Cibó, um ihn gegen den Vizekanzler Borgia einzustimmen; und das ist ihm offenbar bestens geglückt. – Gehe du jetzt und rette Paolo; ich habe mit dem jungen Mann noch einiges vor. Morgen mit Sonnenaufgang reitet ihr los; du erhältst fünf Mann als Eskorte.«

Den Weg zurück durchschritt Lavinia wie im Traum. An ihrer Haustür ließ sie den Diener der Medici zurück, der nochmals bekräftigte, sie am nächsten Morgen abzuholen, dann stieg sie die Treppen hoch. Taddea stand mit einem fragenden Blick am Absatz, doch Lavinia schaute durch sie hindurch und erklomm die steilen Stufen zu ihrer Kammer. Als sie die Tür hinter sich schloß, ließ sie sich auf ihre schmale Pritsche fallen und erschrak heftig, als sie von zwei kräftigen Armen umschlungen wurde. Sie hatte Michele ganz vergessen.

Er drängte sich an sie und suchte mit seinen Lippen ihren

Mund. Sie spürte sein aufgestautes Begehren, aber sie vermochte es nicht zu erwidern. Steif ergab sie sich seinen Umarmungen, als er begann, ihr Wams zu öffnen, ließ sie es geschehen. Sie war dankbar für die Dunkelheit, denn sie wollte jetzt sein Gesicht nicht sehen, dieses Engelsantlitz, das sie dazu verführt hatte, Paolo zu verraten. Doch war es wirklich Verrat? Paolo hatte sie so unbedingt besitzen wollen und kaum nach ihren Gefühlen gefragt. Mußte sie sich da vorwerfen lassen, wenn sie tieferen Gefühlen nachgab? Ja, durchzuckte sie der Gedanke, für Michele konnte sie tiefer empfinden. Und doch erreichte diese Entschuldigung im Augenblick nicht ihr Herz. Vielmehr drang von außen eine ihr unbekannte Kälte in ihr Innerstes vor, bis sie meinte, erfrieren zu müssen. Fremde Bilder stürzten auf sie ein. Sie sah sich nackt auf einem körnigen Strand liegen. Kalte Wellen leckten über ihre Haut, die Brandung rauschte, und der Wind brauste. Sie machte sich klein, zog die Knie an den Leib und schlang ihre Arme um ihre Unterschenkel. Da lag sie, ein kleines Bündel von einem Menschen, verletzlich, wie neu geboren. Aus den schaumigen Wellen kroch eine Krabbe auf sie zu. Sie schrie.

»Was hast du denn?« fragte Michele erschrocken. Da schluchzte sie und brach in Tränen aus. Er hielt in seinen Bewegungen inne, legte sich auf sie, nahm ihr Gesicht zwischen seine warmen Handflächen und küßte ihr die Tränen von den Wangen. Zart streichelten seine Finger ihre Schläfen, liebevoll suchten seine Lippen ihren Mund. Langsam schob er seine Arme unter ihren Körper, drückte sie an sich und spendete zärtlich Trost.

Anderntags war sie früh unterwegs nach Rom, und bereits nach wenigen Stunden schmerzte der ganze Körper. Nie hätte sie gedacht, daß es so anstrengend war, auf einem Pferd zu reiten. Ihre Eskorte trieb ohne Unterlaß zur Eile an. Als sie in San Giovanni Valdarno zum ersten Mal die Pferde wechselten, wäre Lavinia am liebsten am Boden sitzen geblieben. Doch die Reiter kannten keine Gnade. Sie hatten den Auftrag, am ersten Tag bis Montepulciano zu kommen, da sie in der den Medici verbundenen Stadt sichere Bleibe bei der Familie Ambrogini erhalten konnten. Während es weiter den Arno hinauf ging, wurde ihr Körper allmählich stumpf gegen die Erschütterungen des raschen Trabs. Ungeachtet ihrer brennenden Schenkel ritt Lavinia zunehmend in sich selbst versunken zwischen ihren Begleitern und versuchte, in ihrer Gefühlswelt Ordnung zu schaffen. Sie war froh, daß Michele sie so zärtlich getröstet und ohne Fragen verlassen hatte, denn sie hätte mit ihm nicht über Paolo sprechen können. Sie sah sein Gesicht vor sich und spürte seine Berührungen, die so liebevoll gewesen waren, wie sie es noch nie zuvor von einem Mann erfahren hatte. Statt einer drängenden Forderung ausgeliefert zu sein, hatte sie sich bei aller Leidenschaft in seinen Umarmungen aufgehoben gefühlt. Michele hatte ihr ein Gefühl von Stärke vermittelt. Bei Paolo war das von Anfang an anders gewesen. Voll bedrängender Kraft, war sein Begehren wie ein wild dahinschießendes Wasser. Wie eine Urgewalt kam seine Lust über sie beide, und darin lag so viel Wille, sie zu beherrschen, daß sich Lavinia mehrfach gefragt hatte, um was es ihm eigentlich ging. Paolo zwang sie mit den Augen in seinen Bann. Ohne ein Wort rang er jeden Widerstand nieder und bemächtigte sich rücksichtslos ihrer Gefühle und ihres Körpers. Gerade erwacht, trieb ihn die Lust um, und sie machte ihn zum Tier. Aber während sie an Paolos ungezügelte Leidenschaft dachte, spürte sie eine tiefe Sehnsucht nach Geborgenheit, und als sie in Montepulciano einritt, wandten sich ihre Gedanken zurück nach Florenz, zu Michele.

Der nächste Tag geriet zur Tortur. Jeder Knochen und jeder Muskel schmerzte, jeder Hufschlag hämmerte auf ihren Körper ein, als wolle ein Schmiedehammer das Metall weichklopfen. Lavinia verwünschte den Tag, an dem sie als Frau und mit zarter Haut geboren worden war. Aber die Sorge um Paolo trieb sie voran, und auch wenn es restlos ungewiß war, in welchem Zustand sie Paolo vorfinden würde, machte sie sich Hoffnung, ihn heilen zu können. Paolo hatte einen unbändigen Willen, mit dem er sich auch gegen das Wundfieber stemmen konnte.

»Der Bischof war gräßlich zugerichtet«, schilderte Umberto, der Bote aus Rom, der in der Eskorte wieder zurückritt in die Ewige Stadt, die Umstände, unter denen die beiden Scalieri ins Haus der Florentiner gebracht worden waren. »Über und über voll Blut von einem Stich mitten ins Herz, hingen ihm die Kleider in Fetzen vom Leib, weil die Räuber noch in der hintersten Stoffalte nach etwas von Wert gesucht hatten. Den Jungen zerfledderten sie weniger, wohl, weil sich niemand erhoffte, bei ihm viel zu finden. Er war bewußtlos und grau im Gesicht, und eigentlich hat keiner von uns geglaubt, daß er noch lange leben wird. Das Messer hat ihn knapp unterhalb des Herzens erwischt, auch da ist viel Blut herausgeflossen. Aber nach drei Tagen hat er die Augen aufgemacht und immer etwas von einem schwarzen Mann gestammelt. Zwei Tage später hat ihn das Fieber gepackt und durchgeschüttelt. Als wir losritten, um *Il Magnifico* die Nachricht vom neuen Papst zu überbringen, schüttelte es Paolo im Fieberwahn.«

Das lag nun bereits vier Tage zurück. Selten überlebt einer ein gräßliches Wundfieber länger als fünf Tage, dachte Lavinia und spürte Trauer in sich aufsteigen, weil sie sich vorstellte, zu spät zu kommen. Was für ein Leben wäre dann vergeudet worden, dachte sie und kämpfte nicht gegen die Tränen an, die in ihre Augen drängten. Auch wenn er von dem Streben nach Macht getrieben war, hatte er viele gute Anlagen, die sich noch entwickeln könnten, gewährte ihm das Schicksal nur Zeit zum Leben. Sie wünschte es von ganzem Herzen und wagte doch nicht zu hoffen, ihn noch lebendig anzutreffen. So mußte sie ihn auf ihrem weiteren Weg nach Rom beweinen, um dort gefaßt zu sein, sollten ihre Befürchtungen sich bewahrheiten. Und so weinte sie

Stunde um Stunde, bis ihr ins Bewußtsein drang, wie kraftvoll sein letzter Händedruck gewesen war, als sie sich verabschiedet hatten. Konnte ihre Gabe trügen? Erspürte sie nicht ganz zuverlässig an vielen Körperpunkten die im Körper wirkenden Kräfte anderer Menschen? Bei Paolo hatte sie keine Schwäche gespürt. Da bestand kein Zweifel, und je länger Lavinia darüber nachdachte, desto zuversichtlicher wurde sie wieder, Paolo lebend anzutreffen.

* 13 *

Paolo hatte einen Traum, und der Traum begann bei *Alef*. *Alef* ist Eins. Doch was ist Eins? Wo in der Welt ist etwas Eins, umfaßt ein Teil und sein Gegenteil, umfaßt das Gute wie das Böse? Sind nicht in der Welt immer nur Teile des Ganzen zu sehen, entweder das Leben oder der Tod? *Alef* ist ein tiefes Geheimnis, *Alef* ist der Anfang vom Anfang. *Alef* ist mehr als das Alpha, das zum Omega führt. *Alef* ist der Stier, der am Thron Gottes steht und dann vom Himmel herabsteigt auf die Welt.

Paolo sah einen jungen Stier über einen karstigen Felshang direkt aus den Wolken herabsteigen. Er gelangte an einen felsigen Strand und trottete in eine kleine Bucht. Er schritt dem Meer entgegen und ließ sich die Hufe benetzen vom anrollenden Wasser. Da bäumte sich die Dünung auf und formte ein *Beth*. *Beth* ist die Zahl Zwei, und *Beth* ist das Haus. Eine sich aufbäumende Brandung formte ein Haus und hob es empor, bis es mit seinen Grundfesten trockenstand. Der Stier reckte den Kopf in die Höhe, sprang auf das Haus zu und bohrte seine Hörner in die hölzerne Tür. Die Tür sprang auf. Da verwirbelten sich die Wellen und verbanden das *Alef* mit dem *Beth*. Der Stier betrat das Haus. Dunkle Wolken schleuderten einen Blitz. Drohend schlug der Donner. Ein Schrei erklang. Die Sonne kehrte zurück und beschien ein goldgelbes Kamel. Nun war *Gimel* in der Welt, das ist mehr als nur die Zahl Drei. Das *Gimel* steht für die Gedanken und die Ideen. Aus dem Haus trat statt des Stieres ein Jüngling mit anmutigem Gesicht. Er fing an, das Kamel mit gurrenden Lauten zu locken. Es kam langsam näher und schnüffelte an seinen ausgestreckten Händen. Vorsichtig trat er einen Schritt vor. Das Kamel blieb stehen und verwandelte sich in eine bezaubernde Frau. Die beiden küßten sich, und der innige Kuß, den Michele Lavinia gab, ließ Paolo so erzittern, daß er erwachte.

Lavinia lächelte. Paolo versuchte, sich aufzurichten. Er traute seinen Augen nicht: Lavinia lächelte wirklich.

»Woher kommst du?« fragte er mit brüchiger Stimme.

»*Il Magnifico* schickt mich.«

»Was ist geschehen?«

»Du bist überfallen worden.«

»Ich habe geträumt«, erwiderte Paolo, sank auf sein Lager zurück und schlief ein. Noch einmal tastete Lavinia seinen Scheitel ab, nahm ihr Tintenfäßchen und den Pinsel und tuschte Striche und Halbkreise auf seine Haut, noch einmal sprach sie ein geheimes Gebet über Paolo, dann blieb sie an seinem Lager sitzen wie die letzten beiden Tage, seit sie in Rom angekommen war, und bewachte seinen Schlaf.

Zwei Tage später war Paolo fieberfrei. Selbst Lavinia war über den schnellen Erfolg ihrer Behandlung überrascht. War dies nur ihren Heilkünsten zuzuschreiben, oder wirkten in Paolo noch andere Kräfte? Jedenfalls saß Paolo nun mit Niccolo Antinori und Lavinia im Kontor und erzählte, was sich an dem Tag, ehe das Konklave begann, zugetragen hatte.

»Warum«, fragte er am Ende seines Berichts, »wollte mein Onkel unbedingt zu Euch, *Messer Antinori*?«

»Das wird sein Geheimnis bleiben«, erwiderte der Faktor der Medici.

»Kann es etwas damit zu tun haben, daß ich ihm von dem

Vorfall in Santa Maria Novella berichtete? Habt Ihr, *Messer Antinori*, eine besondere Beziehung zu jenen Vorfällen?«

»Ich war damals im *Duomo* und ebenso von den Vorgängen überrascht wie alle ehrenwerten Familien in Florenz.«

»War unter den Mördern ein Benediktiner?« ließ Paolo nicht locker.

Niccolo Antinori überlegte angestrengt und sog die Unterlippe in seinen Mund. Dann blickte er Paolo an und sagte: »Der Angreifer auf Lorenzo trug, wenn ich mich recht entsinne, das Habit der Benediktiner.«

»Würdet Ihr den Mann wiedererkennen?«

»Ich habe ihn nur von hinten gesehen, und wenn du mich nicht so hartnäckig gefragt hättest, hätte ich mich gar nicht mehr daran erinnert. Merkwürdig, daß damals niemand nach einem Benediktiner gefahndet hat.«

Er schüttelte den Kopf.

»Habt Ihr seine Haare gesehen?«

»Ich weiß es nicht.«

»Kann es sein, daß die Mönche von Santa Maria Novella mit dem Anschlag zu tun haben? Wieso fand der Benediktiner im Dominikanerkloster Unterschlupf? Welche Rolle spielte Prior Ippolito?«

»Du stellst Fragen, mein Junge, die ich beim besten Willen nicht beantworten kann.«

»Diese Fragen, *Messer Antinori*, sind vielleicht der Schlüssel zu dem Mordanschlag auf meinen Onkel und mich. Wir müssen den Auftraggeber herausfinden.«

»Sei froh, daß du am Leben bist. In diesem Rom findest du keinen Mörder, und selbst wenn: Innozenz hat schon die Befreiung von allen Strafen ausgesprochen.«

»Innozenz?« Paolo blickte Antinori fragend an. »Wer ist denn Papst geworden?«

»Keiner, mit dem man gerechnet hat. Die Wahl fiel auf Giovanni Battista Cibó, den bisherigen Bischof von Molfetta.«

»Also nicht der Borgia«, flüsterte Paolo und lächelte.

»Immerhin. Da haben wir wenigstens etwas erreicht. Und wie kam das?«

»Borgia besaß lange Zeit elf Stimmen. Sein stärkster Gegner war Giuliano della Rovere, der rasch neun Stimmen auf sich vereinigen konnte, während Colonna nicht über fünf Stimmen hinauskam. Soweit ich es gehört habe, wogten die Stimmen zwischen Rovere und Borgia hin und her, mal kam Borgia auf zwölf, mal auf zehn, nie wollte ihm die entscheidende Stimme zufallen. Als sich auch am dritten Tag die Waagschale nicht zugunsten des Rovere neigte, soll dieser am vierten Tag den Bischof von Molfetta vorgeschlagen haben, der dann auch die Stimmen des Colonna auf sich vereinigen konnte. Auch die Stimme von Ascanio Sforza soll Cibó letztlich zugefallen sein.«

»Cibó«, flüsterte Paolo. »Wer hätte das gedacht?« Doch während er diese Frage noch aussprach, erinnerte er sich daran, was für eine Kraft er gespürt hatte, als er die Hand des Kardinals gehalten hatte, und da wußte er, wie zuverlässig ihm seine geheime Gabe Auskunft über die Verfassung anderer Menschen gab. Beinahe war ihm das unheimlich. Doch er wischte diesen Gedanken beiseite und widmete sich wieder der Frage nach dem Mörder seines Onkels.

»Ihr meint doch nicht«, setzte er daher das unterbrochene Gespräch fort, »daß diese ruchlose Tat nur deshalb ungesühnt bleibt, weil sie in der Sedisvakanz begangen wurde?«

»Genau das will ich damit sagen«, erwiderte Antinori. »Und ich rate dir, den schlimmen Vorfall möglichst rasch zu vergessen.«

»Das darf nicht sein«, begehrte Paolo auf. »Dieser Mord darf nicht ungesühnt bleiben. *Il Magnifico* muß doch ein Interesse daran haben, einen Mörder zur Strecke zu bringen, der ihm nach dem Leben trachtete und seinen Freund tötete.«

»Lorenzo de' Medici kümmert sich nicht um solche Dinge. Viel wichtiger ist, daß wir einen Papst haben, der den Medici gewogen ist und der Giovanni in Purpur kleidet.«

»Aber *Messere* …«

»Reite zurück nach Florenz! *Il Magnifico* erwartet dich«, unterbrach Antinori Paolo mit einer Stimme, die keinen Widerspruch duldete. Dann stand er auf und verließ das Kontor.

»Wie kann er das von mir verlangen?«

»Dein Platz ist im Palazzo Medici«, erwiderte Lavinia ruhig. »Begleite mich dorthin zurück!«

»Wenn es darum geht, wo mein Platz ist, dann muß die Antwort lauten: im Haus der Scalieri. Und wie soll ich meinem Onkel unter die Augen treten, wenn ich nicht versucht habe, den Mord an seinem Bruder zu sühnen?«

»Es ist nicht deine Aufgabe, diesen Mord zu sühnen«, beharrte Lavinia. »Komm mit mir zurück nach Florenz.«

Paolo sah ihr fest in die Augen, dann sagte er: »Ehe ich aus dem Fieber erwachte, hatte ich einen seltsamen Traum. Ich träumte den Anfang vom Anfang, ich träumte, wie das Wort in die Welt trat, wie der Stier auf die Erde herabkam und ein Haus fand, und wie die Gedanken dazutraten. Ich träumte vom Schlüssel der Kabbala, ich träumte von *Alef* und *Beth* und *Gimel*. In einfachen Bildern erschloß sich mir ein tiefes Geheimnis, und ich ahne, daß ich eine weite Reise unternehmen muß, um die geheimen Zeichen zu erkennen. Vieles hält die Zauberei für mich bereit, und viele Rätsel wird die Kabbala mir entschlüsseln helfen. Wie soll ich da vor einem so einfachen Rätsel zurückschrecken, wie es die Frage nach dem Mörder meines Onkels ist?«

»Weil das eine nichts mit dem anderen zu tun hat«, entgegnete Lavinia.

»Alles hat mit allem zu tun«, antwortete Paolo, und sein Blick wurde durchdringend. »Der Stier hat die Gestalt von Michele angenommen, aus *Gimel*, dem Kamel, aber entstandst … du!«

Paolo bemerkte das Zucken an Lavinias Mundwinkeln, und er überlegte, ob er ihr das Ende des Traums erzählen sollte. Da entdeckte er in ihren Augen ein winziges Zeichen von Verunsicherung und entschied sich dagegen. Das hat Zeit, dachte er und trat ans Fenster. Er wollte allein sein. Was als nächstes zu tun war, das wollte er nur mit sich selbst ausmachen. Er spürte, wie ihn eine neue Kraft durchströmte.

Am nächsten Morgen verließ er bei Sonnenaufgang das Haus der Florentiner, ohne sich von Niccolo Antinori zu verabschieden, und kehrte in die Casa Venezia zurück, wo er wieder in jene Kammer geführt wurde, die er bei seiner Ankunft in Rom auf Vermittlung seines Onkels bezogen hatte. Einige Tage, so hoffte er, mochte er hier Unterschlupf finden, ehe Antinori ihn ausfindig machen und dem Wunsch der Medici Nachdruck verleihen würde, ihn nach Florenz zurückzubringen. Einzig Lavinia hatte er einen Hinweis auf seinen Aufenthalt gegeben, denn in ihr sah er bei allem Argwohn, den er seines Traumes wegen hegte, eine wichtige Verbündete.

Von der Casa Venezia ging er quer durch die Stadt hinüber zum Palast der Sforza unterhalb des Quirinals und ließ sich mit so viel Bestimmtheit anmelden, daß er unverzüglich von dem Mohren zu Kardinal Ascanio gebracht wurde. Als dieser Paolo erkannte, spielte ein vielsagendes Lächeln um seine Lippen.

»Was führt dich zu mir, jugendlicher Freund aus Florenz?«

»Die Hoffnung, daß Ihr mir über das Konklave hinaus gewogen geblieben seid, ehrwürdiger Vater.« Paolo verneigte sich und kniete nieder, um den Ring zu küssen.

»Ehrlich gesagt«, antwortete der Kardinal, »vermutete ich dich nicht mehr unter den Lebenden. Was ist geschehen?«

Paolo berichtete knapp alles Wesentliche. Ascanio Sforza nickte.

»Der Benediktiner war bei mir. Er hat mich auf euer Kommen vorbereitet und mich eindringlich gewarnt, mit dir und deinem Onkel einen Handel einzugehen. Wenige Stunden später ließ er mir durch eine Hure ausrichten, daß dein Onkel mir keinen Freundschaftsdienst mehr erweisen könne.«

»Wer hat den Mönch geschickt?«

»Mein Freund«, entgegnete Sforza, »selbst wenn du es wüßtest, es nützte dir nichts.«

»Was«, fragte Paolo und fixierte den Kardinal mit seinem Blick, »wenn es mir meinen Seelenfrieden zurückgäbe?«

»Mein Sohn, hat dir niemand gesagt, wie gefährlich es ist, in Rom überflüssige Fragen zu stellen?«

»Wie soll ich in einer Welt der Lüge und der Ungewißheit leben?«

»Du mußt immer wissen, was du willst.«

»Ich will den Mörder meines Onkels zur Strecke bringen.«

»Dann such in Spanien«, erwiderte Ascanio Sforza und verließ den Raum.

Sie saßen auf einem weißen Marmorblock in dem Trümmerfeld unterhalb des Kapitols und blickten hinüber zum Kolosseum. Ihre Oberschenkel berührten sich ebenso zart und leicht wie ihre Schultern; es war eine unschuldige Berührung, als seien sie sich noch fremd, und in ihren Worten lag etwas Tastendes und Scheues, als würden sie sich erst seit wenigen Tagen kennen. Paolo betrachtete Lavinia von der Seite. Ihr rechter Mundwinkel schien etwas nach unten zu hängen, aber das lag daran, daß die Unterlippe rechts fleischiger war als links, was ihren Mund schief und in Paolos Augen erst begehrenswert machte. Die Wangenknochen standen eine Spur zu hoch, und die Nase hätte etwas weniger schmal ausfallen können, dachte Paolo und überlegte, was er an diesem Gesicht so schön gefunden hatte. Dann heftete er seinen Blick an die Linie ihres Nackens, lang und schmal, und bedauerte, daß ihr goldgelbes Haar unter der Haube versteckt war. Während ihr Schenkel sanft gegen seinen drückte, wartete er darauf, daß ihn die Erregung ansprang wie in all den Monaten, bevor er nach Rom gerufen worden war, doch es fand sich kein Widerhall in seinem Körper. Im Gegenteil, je länger er neben ihr saß, desto stärker wurde das Bedürfnis, von ihr abzurücken, und wenn er anfangs, als sie sich auf den Marmorblock gesetzt hatten, noch den Impuls verspürt hatte, Lavinia über die Wangen zu streichen, so bewegte ihn nun eher der Wunsch, sie grob zu behandeln; ja, es drängte ihn danach, ihr über die Wangen zu kratzen oder sie ins Gesicht zu schlagen. Zugleich aber war er ihr dankbar für ihre Hilfe und ihr Mitgefühl. Sie schien als einzige Verständnis für seine Trauer um den Onkel und die Wut auf den Mörder zu haben. Sie war die einzige Verbündete auf der Suche nach dem geheimnisvollen Benediktiner. Weil er den Widerstreit der Empfindungen, der in ihm tobte, nicht länger aushielt, sprang er schließlich von dem Marmorblock. Ohne sich nach Lavinia umzusehen, lief er hinüber zu einer verfallenden Festung, deren Eingangstor aus reich verziertem weißem Marmor bestand, und bestaunte die lateinische Inschrift.

»Weißt du, was das heißt?« fragte Lavinia, die langsam herangekommen war.

»Es ist schwer zu entziffern. Zu Ehren von Kaiser Konstantin, hm, stammt wohl aus ganz alten Tagen«, antwortete er und sah Lavinia in die Augen. Diese Augen betörten ihn noch immer. Er trat einen Schritt auf sie zu, doch sie wich ihm aus.

»Du mußt den Mörder deines Onkels finden.«

»Sforza sagte: Dann such in Spanien! Was kann er damit gemeint haben?«

»Ihr wolltet verhindern, daß Rodrigo de' Borgia Papst wird. Der Benediktiner ist euch bei Kardinal Sforza zuvorgekommen. Für wen soll er gearbeitet haben, wenn nicht für Borgia?«

»Glaubst du, die morden um des Stuhles Petri willen?«

»Es ist schon wegen weniger gemordet worden.«

»Wie soll ich an den Benediktiner herankommen? Und wie ihn belangen?«

»Herankommen ist schwierig, belangen unmöglich. Du wirst kein Gericht finden, das einen Günstling der Borgia bestraft.«

»Dann ist die Sache aussichtslos«, bemerkte Paolo, und sie schlenderten hinüber zum Kolosseum, das prächtig vor ihnen aufragte. Kaum vorstellbar, daß dieses vielfach geplünderte Amphitheater seit rund eintausendvierhundert Jahren Zeugnis gab von der Größe der römischen Kaiser. Er staunte, wie feinsinnig gegliedert mit Säulen und Rundbögen sich das Bauwerk über zuerst dorische, dann ionische und schließlich korinthische Säulen erhob, ehe es oben den wuchtigen Kranz trug, der, einer zu schweren Eisenkrone gleichend, das Bauwerk daran hinderte, in den Himmel zu wachsen. Paolo fühlte sich klein in Anbetracht der Größe des Bauwerks, und er spürte, wie ihn auch hinsichtlich der Suche nach Giuseppes Mörder für den Augenblick die Zuversicht verließ.

* 14 *

Der wehrhafte Rücken der Stadt schälte sich allmählich aus der goldbraun dahinfließenden Landschaft heraus, und wie zur Mahnung streckten die Geschlechtertürme ihre Finger in den bewegten Himmel. Zwischen dunklem Blau segelten aufgetürmte Gewitterwolken mit tiefschwarzen Unterseiten und strahlend hellen Turmaufbauten in sonniger Höhe. Michele zügelte den Falben und schaute auf seine Heimatstadt, in der es wieder einmal gärte. Doch Lorenzo de' Medici wollte keine Unruhe dulden in einer seiner kleinen Städte, und da es an der Zeit war für Michele, sich im Handelshaus seines Vaters dienstbar zu machen, hatte ihn *Il Magnifico* mit einer Eskorte von sieben Waffenträgern nach Hause gesandt, um für Ordnung zu sorgen. Michele fühlte sich unwohl in seiner Haut. Zum einen wäre er gern in Florenz geblieben, wo die Arbeit im Kontor der Medici genügend Freiraum für seine zunehmende Leidenschaft ließ, in Bertoldos Werkstatt Ton zum Leben zu erwecken. Zum anderen mochte er nicht nach Hause kommen als einer, der von den Medici geschickt war, um für Ruhe zu sorgen. Zwangsläufig würden die einen ihn deswegen umschmeicheln und die anderen dafür anfeinden. Besonders im Magen lag Michele aber, daß sein Vater mehr noch als sein Onkel Alberto von ihm erwartete, gegen die Scalieri Stellung zu beziehen, ja, Michele befürchtete sogar, seinen Vater in einen handfesten Raufhändel mit Abramo Scalieri verwickelt zu finden. So war es alles in allem ein eher besorgter Blick, den Michele von der gegenüberliegenden Anhöhe auf seine Heimatstadt warf, ehe er seinen Begleitern zunickte, mit der Zunge schnalzte und sein Pferd antrieb.

»Gut, daß du wieder zu Hause bist«, empfing Jacopo Lungarotti seinen Sohn und nahm ihn unbeholfen in die Arme. Der Herr des Handels- und Bankhauses Lungarotti hatte keine Übung mehr in Zärtlichkeiten, seit seine Frau von dem üblen Fieber dahingerafft worden war. Seinen drei verbliebenen Töchtern – die jüngste hatte er der Masern wegen beerdigen müssen – begegnete er zurückhaltend und verständnislos, das einzige, was ihn manchmal beschäftigte, war die Frage, wann er sie mit wem aussichtsreich verheiraten konnte, um die Geschäftsbeziehungen der Familie auszuweiten. Die letzten Jahre hatten Jacopo, von jeher eine kämpferische Natur, verhärten lassen, und so empfand er auch nicht die große Freude über die Heimkehr des Sohnes, die er von sich selbst erwartet hätte. Obwohl er besten Gewissens behauptet hätte, Michele über alles zu lieben, war ihm der junge Mann, der nun vor ihm stand, fremd geworden.

»Es ist mir eine Freude, wieder bei Euch zu sein, *Messer Jacopo*.«

Auch in Micheles Stimme lag eine seltsame Unbeholfenheit.

»Wir brauchen dich dringend, denn es kommt zum Kampf mit dem alten Sturschädel Scalieri; ein für allemal müssen wir diesen Ratten den Garaus machen.«

»Ich denke, der alte Scalieri ist tot«, erwiderte Michele.

»Dieser Schuft von Abramo ist längst in Antonios Fußstapfen getreten«, schimpfte Jacopo Lungarotti, »und daher verdient er nichts anderes, als im Staub zertreten zu werden.«

Erstaunt betrachtete Michele die Ader, die an der Schläfe seines Vaters hervortrat. Zusammen mit der steilen Zornesfalte über der Nasenwurzel ergab sich das Gesicht eines Wüterichs, und Michele fragte sich, woher sein Vater diesen Haß nahm.

»Du schweigst. Bist du anderer Meinung? Hast du dich gar mit diesem Bastard von Paolo angefreundet?«

»Wollen wir uns nicht setzen«, fragte Michele und wich dem durchdringenden Blick seines Vaters aus. Wie um alles in der Welt sollte er es ihm erklären? Es gab keinen Weg zu einer friedlichen Verständigung, da war kein Platz für eine Freundschaft. Das hatte er befürchtet.

»Gut, mein Sohn«, erwiderte Jacopo, und in seiner Stimme klang ein versöhnlicher Ton an. Michele setzte sich überrascht und nahm den Becher entgegen, in den der Vater Vin Santo goß zur Feier des Tages. »Alberto wartet in Pisa auf eines unserer Schiffe. Unser Handel mit Spanien blüht.«

»Da wäre uns ein Spanier auf dem Stuhl Petri wohl günstig gewesen«, bemerkte Michele.

»Bei einem Spanier hätten wir die Scalieri endgültig ausgestochen, doch das hat dieser Fuchs von Giuseppe zu verhindern gewußt.«

»Wie das?«

»Ha, damit prahlt Abramo seit Wochen, daß sein Bruder die notwendigen Stimmen gegen den Borgia gekauft hat, um einen aus Italien zum Papst zu krönen. Damit macht er Stimmung für sein Haus, und die Leute sind dumm genug, das Geschwätz zu glauben. Seit Wochen laufen die Handwerker mit ihrem Geld zu den Scalieri, dabei bieten wir mehr Zins. Es wird Zeit, daß wir dem Spuk eine Ende setzen.«

Jacopo Lungarotti trank seinen Becher in einem Zug leer

und schenkte sich nach. Michele nippte an dem süßen Wein und versuchte, seinen Geschmack zu ergründen, während er überlegte, wie er seinem Vater die Botschaft von Lorenzo de' Medici übermitteln sollte.

»*Il Magnifico* wünscht Frieden in der Stadt«, sagte Michele schließlich leise. »Deshalb haben mich die sieben Waffenträger begleitet. Sie werden notfalls mit Gewalt für Ruhe sorgen.«

»Du bist in den letzten Jahren wohl ein kleiner Medici geworden«, entgegnete Jacopo mit Spott in der Stimme.

Michele schwieg, aber er betrauerte jetzt schon den Verlust der unbeschwerten Zeit in Florenz.

* 15 *

»Kommst du mit deinen Ermittlungen voran?« fragte Niccolo Antinori, als Paolo das Kontor betrat. So zeigte der Faktor der Medici seinen anhaltenden Unwillen darüber, daß Paolo entgegen seinem Ratschlag immer noch in Rom weilte; doch weil es eine ausdrückliche Anweisung von *Il Magnifico* gab, hielt sich Antinori mit weiterer Kritik zurück.

»Heute zum Mittagsmahl bin ich Gast des Heiligen Vaters«, erwiderte Paolo stolz, ohne auf die Frage Antinoris einzugehen, und kostete dessen Überraschung aus. Der Faktor hatte sich bisher vergeblich um eine Unterredung mit Papst Innozenz bemüht. Paolo dagegen war sie vom *camerlengo*, dem persönlichen Diener des Pontifex Maximus, bereits vor zwei Wochen in Aussicht gestellt worden. Der Papst hatte sich daran erinnert, daß er Paolo angeboten hatte, er könne sich, wenn er Hilfe brauche, an ihn wenden. Diesem Versprechen, von dem Paolo nach seiner Genesung *Il Magnifico* berichtet hatte, verdankte er letztlich auch den Auftrag Lorenzos, in Rom zu bleiben und sich beim Papst um die Anerkennung der erzbischöflichen Würde Giovannis zu bemühen,

»So wirst du deinen Auftrag für Lorenzo bald erfüllt haben«, stichelte Antinori.

»Das wäre zu wünschen«, erwiderte Paolo kühl. »Und wenn Ihr mir die Goldspange gebt, die wir bei Ettori haben anfertigen lassen, wird uns der Heilige Vater sicher gewogen sein.«

»Das Schmuckstück soll das Gegengeschenk sein, wenn wir die Bulle mit der päpstlichen Anerkennung der Berufung zum Erzbischof von Aix in Händen halten«, antwortete der Faktor abwehrend.

»Das Schmuckstück ist mein Gastgeschenk beim Mittagsmahl. Wahre Größe zeigt sich bei den kleinen Dingen. Seid nicht kleinlich, *Messer Antinori*, sondern verhaltet Euch wie der wahre Statthalter von Lorenzo dem Prächtigen!«

»Und wenn es dir verlorengeht?«

»Sehe ich aus wie einer, dem ein Schmuckstück verloren geht?« Paolo streckte die Brust vor und trat vor Antinori hin, den er um eine halbe Spanne überragte. »Außerdem lasse ich mich von Antonio und Francesco begleiten.«

Dies schien den Faktor zu beruhigen. Er nickte, trat an den Wandschrank und holte die goldene Spange heraus, die in kunstvoller Verzierung die Kugeln der Medici zeigte. Paolo nahm das Schmuckstück entgegen, schlug es in ein mit Safran goldgelb gefärbtes Seidentuch und machte sich auf den Weg zum Vatikan, begleitet von den beiden Söldnern der Medici. Die bewaffnete Begleitung tat not, denn noch war es Papst Innozenz nicht gelungen, Rom wirklich zu befrieden. Obwohl sich die zerstrittenen Familien an den ausgehandelten Waffenstillstand hielten, kam es immer wieder zu Raufereien und Überfällen. Überall strolchten herrenlose Söldner auf der Suche nach Beute durch die Stadt. Mit Antonio und Francesco, die auf Geheiß Lorenzos in Rom geblieben waren, hatte sich Paolo seit ihrem Eilritt von Florenz in die Ewige Stadt angefreundet; wann immer es die

Zeit erlaubte, streiften sie mit ihm auf der Suche nach dem geheimnisvollen Benediktiner durch Rom.

Neben der halb hingeduckten Basilika von Sankt Peter stieg Paolo über eine schmale Treppe in das zweite Stockwerk des Vatikanpalasts, wo Innozenz seine Gemächer hatte. Vorbei an mehreren bewachten Türen wurde er von einem Wachmann in einen Saal geführt, der doppelt so groß war wie Lorenzos Speisesaal in Florenz, doch weit weniger prächtig mit Kunstwerken ausgeschmückt. Hier war eine einzige lange Tafel aufgestellt, an der sich die Gäste des Heiligen Vaters gegenübersaßen. In der Mitte thronte auf einem erhöhten Stuhl mit kunstvoll geschnitzter Lehne Innozenz VIII. und schaute mit gewichtiger Miene in die Runde. Als er Paolo erkannte, huschte ein Lächeln über sein Gesicht, und er winkte seinen jugendlichen Gast auf einen freien Platz in seiner Nachbarschaft. Sofort richteten sich aller Augen auf Paolo, der zögerte, ob er sich gleich niedersetzen oder zuerst dem Papst die Hand küssen sollte. Er entschied sich dafür, gegen den Heiligen Vater eine tiefe Verneigung auszuführen und sich dann zu setzen. Dem wohlwollenden Lächeln seines Gastgebers entnahm er, richtig gehandelt zu haben. Nun saß er drei Stühle von Innozenz entfernt zwischen einem feisten Bischof und einem in aufwendige Seide gekleideten Kaufmann, der sich angeregt mit seinem anderen Nachbarn, einem alten Erzbischof, unterhielt.

»Was verschafft uns die Ehre eines so juvenilen Amicus«, fragte der Bischof in einem seltsam gestelzten *volgare* und betrachtete ihn dabei so offenkundig lüstern, daß Paolo errötete und nach Worten rang. Während er nach einer Antwort suchte, blickte er den Bischof fest an und erkannte in dessen von einem eitrigen Tränenfluß geröteten Augen eine Mischung aus Begierde und Verzweiflung. Mit einemmal fühlte sich Paolo stark und sicher, und zugleich überfiel ihn das Verlangen, sich mit diesem Mann zu messen.

»Einzig zu dem Zweck bin ich hier, ehrwürdiger Vater, um Euch dort zu erfreuen, wo es die Köstlichkeiten der Tafel nicht vermögen«, schmeichelte er und setzte dabei sein gewinnendstes Lächeln ein, peinlich darauf bedacht, diesem eine zweideutige Note zu geben. Dabei hielt er nicht nur den Blickkontakt aufrecht, sondern zwang den Bischof dazu, seinerseits die Augen niederzuschlagen.

»Welch eine Freude wird mir da zuteil«, schmachtete jener, und Paolo erkannte, daß sein Nachbar die Antwort für bare Münze genommen hatte.

»Doch helft mir in meinem Bemühen«, ritt Paolo sofort die nächste Attacke, »Euch Freude zu bereiten, und verratet mir, welches Geheimnis Euch an diese Tafel bringt und womit ich unsere Geselligkeit besonders kurzweilig gestalten kann.«

»Ich bin Baldassare Verucci, der Vizedatar der päpstlichen Kammer, und wenn du weiter so mit mir sprichst, junger Freund, dann ist mir deine Geselligkeit die kurzweiligste Unterhaltung, die ich kenne.«

»Verzeiht meine Unwissenheit: aber welche Aufgabe hat ein Vizedatar?«

»Meine Aufgabe ist es, Urkunden auszufertigen, oder eher, sie von meinen *plumbatores* ausfertigen zu lassen, um sie dann in ein Verzeichnis aufzunehmen, damit man in späteren Tempora feststellen kann, ob diese Urkunde wirklich aus der vatikanischen Kanzlei stammt. Und weil es dabei besonders auf das Datum ankommt, nennt man diesen Bereich der päpstlichen Kanzlei Datarie und ihren Vorsteher den Datar.«

»So kann man in Euren Verzeichnissen stets die Wahrheit ergründen?«

Der Vizedatar nahm sich eine Handvoll von den Nüssen, die soeben in weißen Schalen herumgereicht wurden, kaute geräuschvoll und nuschelte: »Was ist *ad terram* schon Wahrheit.« Dabei krümelte ein Teil der halb gekauten Nüsse zwischen seinen fleischigen Lippen hervor.

»Ihr unterscheidet also in der Datarie zwischen irdischer und göttlicher Wahrheit?«

Jetzt mußte der Bischof lachen, verschluckte sich und hustete lang und gequält, bis er sich endlich aller Krümel entledigt hatte. Paolo machte ein besorgtes Gesicht und bemerkte mit zartfühlender Stimme: »Ihr solltet keine Nüsse mehr essen.«

»Wie wahr«, erwiderte Verucci mit einem dankbaren Blick.

Während dieses Gespräch in munterer Zweideutigkeit dahinplätscherte, wurde ein köstlicher Salat von Steinpilzen gereicht, dann eine Platte zartesten Fischs und Gemüse aller Art. Als Lamm und Wildschwein aufgetragen wurden, war der Vizedatar Wachs in Paolos Händen.

Aufmerksam geworden durch die Munterkeit an seiner linken Seite, wandte sich nun der alte Erzbischof Maffeo Gherardo, über den Kaufmann hinwegsprechend, unmittelbar an Paolo: »Jüngling, erfreue mich mit deiner Stimme und verrate mir, was dich an diese Tafel führt?«

»Ehrwürdiger Vater, es ist die Suche nach Freundschaft und Wahrheit, die mich hier Platz nehmen ließ.«

»Du sprichst verrätselt«, tadelte Gherardo, der Patriarch von Venedig, und Paolo rückte näher an ihn heran. Nach einem langen Blick in die immer noch wachen Augen des alten Erzbischofs schöpfte Paolo Vertrauen und antwortete:

»Nun, in zwei Angelegenheiten bin ich hier, deren eine meinen Auftraggeber betrifft, Lorenzo de' Medici, welcher den Heiligen Vater bitten läßt, die Einsetzung seines Sohnes Giovanni de' Medici in das Bistum von Aix durch den König von Frankreich zu bestätigen. Die andere Angelegenheit geht mich selbst an, denn ich bin auf der Suche nach einem Mann, der einen Anschlag auf mein Leben verübt und meinen Onkel getötet hat.«

»Und dabei soll dir Seine Heiligkeit helfen?«

»So Gott will.«

»Und wer war dein Onkel?«

»Bischof Giuseppe Scalieri.«

»Bruder Giuseppe. Gott sei seiner Seele gnädig.«

»Ihr kanntet ihn?«

»Wie nicht? Jeder in der Kurie kannte ihn. Außerdem habe ich Safran bei ihm gekauft. Wie kam er ums Leben?«

»Wir wurden kurz vor dem Konklave überfallen.«

»Dann hat es keinen Sinn, den Mörder zu suchen. Seine Heiligkeit hat für die Zeit der Sedisvakanz die Straffreiheit ausgesprochen. Was die Angelegenheit des jungen Medici betrifft, so werde ich gern dein Fürsprecher sein beim Heiligen Vater, und wenn es dir an etwas mangelt, so wende dich jederzeit an mich.«

Bei diesen Worten blickte ihn der siebenundachtzigjährige Erzbischof beinahe zärtlich an.

»Gern nehme ich Euer Angebot an«, dankte Paolo und ahnte in diesem Augenblick nicht, wie wichtig ihm die Hilfe des greisen Patriarchen von Venedig einst werden würde. Gherardo nickte wohlwollend und wandte sich wieder seinem kaufmännischen Nachbarn zu, der soeben seine Unterhaltung mit Innozenz beendet hatte.

Kurze Zeit später, als allerlei Süßes aufgetragen wurde, schlug der *camerlengo* einen bronzenen Gong und verkündete in die eintretende Stille hinein ein Streitgespräch zwischen einem venezianischen Gaukler und einem deutschen Mönch über Hexen und Zauberer. Vier Diener trugen zwei Stehpulte in den Saal, die gegenüber dem Sitzplatz des Papstes aufgestellt wurden. Als Innozenz VIII. in die Hände klatschte, kamen die beiden Disputanten herein, verneigten sich gegen den Pontifex Maximus und nahmen ihre Plätze ein.

»Höret nun, was Magister Venezianus und Doktor Institoris über das Zauberei- und Hexenwesen zu sagen haben. Es beginnt Doktor Institoris mit der Frage, ob es recht katholisch sei, an Hexerei und Zauberei zu glauben.«

Der Dominikanermönch atmete tief ein, pumpte seinen schmächtigen Oberkörper auf, grüßte mit tiefer Verneigung gegen den Heiligen Vater und mit einer halben rechts und links gegen den Rest der Tafel und sprach eine langatmige Einführungsfloskel, ehe er zur Sache kam:

»Es ist von Anbeginn an zu fragen, ob die Behauptung, es gebe Hexen, so gut katholisch ist, daß die hartnäckige Verteidigung des Gegenteils für ketzerisch gelten müsse. In der Verleugnung des Hexenwesens, so wird bewiesen werden, sind gleich drei ketzerische Irrlehren zu bekämpfen. So haben laut der Heiligen Schrift die Dämonen Macht über die Körperwelt und über die Einbildung des Menschen, und da wir glauben, daß Engel aus dem Himmel gestoßen wurden und Dämonen geworden sind, deshalb gestehen wir auch, daß sie durch die größere Kraft ihrer Natur vieles vermögen, was wir nicht können. Wer aber die Existenz der Engel leugnet, muß für einen Ketzer gehalten werden. Die anderen beiden Irrlehren sind, daß die Hexe wirklich zur Erzielung einer Wirkung mittätig sei, aber nicht bei einer wahren, sondern nur einer eingebildeten, während die anderen im Gegenteil die Wirkung am Verletzten als tatsächlich zugeben, aber glauben, daß die Hexe nur in der Vorstellung mitwirkte.«

Als der gelehrte Mönch geendet hatte, ergriff der venezianische Gaukler das Wort: »Heiliger Vater, ehrwürdigste Gesellschaft, ein jeder weiß, wie allgegenwärtig Satan in der Welt ist, um die armen Menschenkinder gegen den Herrn zu versuchen. So ist es müßig, sich über die Frage zu unterhalten, ob es Hexerei und Zauberei gibt und ob dabei die Einbildung eine wesentliche Rolle spielt oder nicht. Aber das, was wir meistens für Hexerei und Zauberei halten, ist es in den wenigsten Fällen. Meist wird uns, wenn wir Zauberei im Spiel vermuten, etwas vorgegaukelt. Seht selbst!«

Dabei trat er hinter seinem Stehpult hervor, zog aus den weiten Ärmeln seines Gewandes vier Bälle und begann, sie vor sich im Kreis zu werfen. Rasch kam ein fünfter, ein sechster und sogar ein siebter Ball dazu, und aus dem Kreis wurde ein Ei, dann eine Acht und ein Kreuz, später formten die Bälle zwei aufsteigende Säulen und zwei kleinere Kreise. Paolo schaute dem Gaukler neugierig zu, denn seine eigene Kunstfertigkeit hatte er nur bis zur Beherrschung von sechs

Bällen weitergeführt, und er wollte zu gern wissen, welchen Trick dieser gebrauchte, um den siebten und den achten Ball ebenso unter Kontrolle zu halten. Doch ehe Paolo die Kniffe ergründen konnte, ließ der Gaukler einen Ball nach dem anderen verschwinden, bis er zur Verblüffung der Zuschauer nur noch zwei kleine bunte Lederbälle in seinen Händen hielt.

»Seht! Bis auf zwei habe ich alle weggezaubert! Wer hat gesehen, wo die Bälle hingelangt sind?«

Er erntete viele ratlose Blicke. Da ging er auf Doktor Institoris zu, griff ihm flink in die Kappa und holte dort zwei der bunten Bälle heraus.

»Wer hätte das gedacht«, sagte er unter dem Gelächter der Tafelgesellschaft, »daß unser deutscher Hexenjäger sich zwei angeeignet hat? Das geht zu weit, das ist nicht von der Art, wie *disputationes* zu führen sind. Aber auch Ihr, ehrwürdiger Vater«, und bei diesen Worten ging er auf einen Bischof zu, »solltet Euch keine Bälle unter den Talar zaubern lassen.« Und er zog mit einem geschickten Griff zwei weitere Bälle aus dem Gewand des Bischofs. Einige der anwesenden Kleriker schlugen sich vor Lachen bereits auf die Schenkel, und selbst Seine Heiligkeit Innozenz konnte nicht mehr an sich halten und prustete los. »Doch wo sind die restlichen zwei?« fragte der Gaukler und machte ein verzweifeltes Gesicht. Er deutete auf Paolo. »Dieser Jüngling wollte sich die Bälle für später aufheben, wahrscheinlich, weil er damit heimlich meine Hexerei üben will. Er hat die zwei in jener Amphore versteckt, die diesen wunderbaren Blumenschmuck beherbergt. – Sei so gut, und hole die Bälle aus ihrem nassen Versteck.« Wieder waren aller Augen auf Paolo gerichtet, und für einen kurzen Moment vermeinte er, von einem in Purpur gekleideten Mann mißtrauisch betrachtet zu werden. Doch konnte er sich nicht vergewissern, weil er das Spiel des Gauklers mitspielen und in die Vase fassen mußte. In der Tat fand er die zwei Bälle und holte sie hervor, und als er dann noch einmal in die Runde blickte, fiel ihm kein mißtrauisches oder besonders an ihm interessiertes Auge mehr auf. Vielmehr belohnte Klatschen von allen Seiten den Gaukler für seine Darbietung, und ehe der verärgert am Pult stehende Dominikaner ein Wort sagen konnte, hatte Venezianus schon das nächste Kunststück begonnen und zauberte aus einer leeren Holzkiste, die er hurtig aus dem Stehpult hervorgeholt hatte, drei prächtige Fasane.

»Eure Heiligkeit, laßt Euch diese Fasane aus den Eichenwäldern vom Monte Amiata, von wo ich sie soeben herbeigezaubert habe, vorzüglich zubereiten. Ihr werdet mehr Vergnügen daran haben als an den gebildeten Ausführungen des deutschen Doktors, und wenn Ihr einen Zauberer zu Eurer Tischunterhaltung benötigt: Severus Venezianus, stets zu Diensten.«

Dabei verneigte er sich tief und verließ unter anteilnehmendem Gelächter der Tafelrunde gemächlichen Schritts den Saal. Der Dominikaner am Stehpult schaute seinem Disputationsgegner betreten nach.

»Lieber Bruder Institoris«, unterbrach Innozenz die allgemeine Heiterkeit, »gräme dich nicht über die Unart der Venezianer« – dabei drehte er sich zu Erzbischof Maffeo Gherardo und hob beide Augenbrauen zu leichtem Tadel –, »sondern wisse, daß ich jetzt mehr denn zuvor geneigt bin, eine Bulle gegen das Zauberer- und Hexenunwesen zu erlassen. Finde dich morgen nach der Prim in meinen Gemächern ein.«

Mit dieser beiläufigen Ankündigung versetzte der Heilige Vater viele der Purpurträger an der Tafel in Erstaunen.

»Von den deutschen Landen ist mir«, erklärte er, als er die fragenden Blicke seiner Kardinäle bemerkte, »aus meiner Zeit als Nuntius über Hexensabbat und Teufelsbuhlschaft mehr bekannt geworden, als mir lieb ist. Wir werden uns darum bemühen, dieses Unwesen mit Stumpf und Stiel auszurotten. – Geh nun, braver Institoris.«

Damit war dieser Gegenstand, dem von der ersten Stunde seines Pontifikats Innozenz' besonderes Interesse galt, zunächst abgetan und der Dominikaner entlassen. Nun wandte sich der Papst zu Paolo und winkte ihn heran.

»Mein Sohn, du siehst, ich habe mein Versprechen gehalten. Es hat mich sehr betrübt, daß es deinem Onkel nicht möglich war, sein Versprechen ebenfalls einzulösen. – Du bringst mir Nachricht von Lorenzo?«

»Heiliger Vater, wie weise sind die Entscheidungen des *Spiritus Sanctus*, und welche Freude wäre es meinem Onkel gewesen, in Euch den Stellvertreter Christi auf Erden feiern zu dürfen«, pries Paolo den neuen Papst. Zu gut erinnerte er sich daran, daß Giuseppe ihm eingeschärft hatte, Giovanni Battista Cibó liebe Schmeicheleien, und die Tiara dürfte dies kaum geändert haben. »Allein, was gäbe ich, fände ich den Mörder meines Onkels.«

»Lasse dich nicht von Rachsucht leiten, mein Sohn. Der Übeltäter findet seine gerechte Strafe im Jenseits, die weltliche Strafe habe ich erlassen.«

»So wißt Ihr, wer den Frevel begangen hat?«

»O nein, mein Gnadenerlaß galt für alle, die sich während der Sedisvakanz zu unrechten Taten haben verleiten lassen. Doch sag, was bringst du für Neuigkeiten von Lorenzo?«

»Eine bescheidene Gabe überbringe ich Euch als Gastgeschenk für das wunderbare Mahl, und nur, wenn es Eure Zeit nicht über Gebühr beansprucht, will ich die Bitte tun, Euch wohlwollend um Giovanni de' Medici zu sorgen. Er benötigt Eure Anerkennung in seinem Bischofsamt zu Aix und ersehnt nichts mehr, als Euch zu huldigen.«

»Es gefällt mir, daß der Herr von Florenz dich sendet, mich um diese Anerkennung zu bitten. Es wird mir Vergnügen bereiten, mit dir darüber zu verhandeln. Finde dich morgen nach der Prim in meinen Gemächern ein.«

Der Papst entließ ihn mit einer nachlässigen Handbewegung.

Anstatt zum Haus der Florentiner zurückzukehren, strich Paolo quer durch die verwinkelten Gassen des Borgo hinüber zum Gianicolo, um zu Santa Maria in Trastevere zu gelangen. In deren Nachbarschaft hatte Lavinia ein winziges Haus bezogen, für das sie der Witwe eines römischen Kaufmanns Zins entrichtete. Lorenzo de' Medici hatte ihr nicht nur sein Einverständnis erteilt, daß sie länger in Rom verweilen konnte, sondern wies ihr überdies monatlich drei *scudi* für ihren Bedarf an, die Niccolo Antinori gewissenhaft auszahlte. Im Gegenzug hatte sich Lavinia verpflichtet, umgehend nach Florenz zu reisen, sollte *Il Magnifico* wieder von Gichtschmerzen geplagt werden. Auf diese Weise war sie nicht auf einen Erwerb als Heilerin angewiesen und konnte Paolo unterstützen, Giuseppes Mörder zu finden. Außerdem war sie auf der Suche nach dem Buch über den fünffachen Anfang, das auch Paolo brennend interessierte, weil er sich daraus weitere Erkenntnisse über das *Alef* der Kabbala erhoffte. Seit jenem Traum, seit sich der Stier in Michele verwandelt hatte und das Kamel in Lavinia, hatte sich Paolo Lavinia nicht mehr anders denn freundschaftlich genähert. Er hatte mit ihr weder näher über diesen Traum gesprochen, noch hatte er seitdem Michele erwähnt. Es war, als hätte es weder den Traum noch den Freund jemals gegeben. Manchmal, so auch jetzt, während Paolo unterhalb der Aurelianischen Mauer über den Gianicolo schlenderte, wunderte er sich, wo die Leidenschaft geblieben war, die er für Lavinia empfunden hatte. Im übrigen empfand er seit seiner Verwundung kaum körperliche Lust. Und wenn er an Michele dachte, tat er dies stets mit einer gewissen Wehmut. Für sie beide würde niemals Platz sein in ihrer Heimatstadt, denn der Haß, den die Familien aufeinander hegten, würde langsam auf sie beide übergehen.

Nun stieg er von den Wein- und Ölbergen hinab nach Trastevere und fand sich rasch neben Roms ältester Marienkirche vor Lavinias kleinem Haus. Er schlug den Klopfer dreimal und trat ein.

»Stell dir vor, wen ich heute an der Tafel des Papstes kennengelernt habe!«

»Nun?«

»Bischof Baldassare Verucci, den Vizedatar der päpstlichen Kammer. Er ist mir gewogen. Vielleicht gelangen wir mit seiner Hilfe an das geheime Buch.«

Lavinia lauschte seinem Bericht, und während Paolo seine Erzählung mit vielerlei Einzelheiten ausschmückte, betrachtete er sie zum wiederholten Mal schräg von der Seite, fand die Nackenlinie wie immer anmutig und ihr Haar bezaubernd. Mit einemmal spürte er Stolz: Stolz, daß ihm diese Frau so geduldig zuhörte, Stolz, daß sich ihm diese Frau voller Leidenschaft hingegeben hatte, Stolz, daß diese Frau bereit war, mit ihm ihre Geheimnisse zu teilen. Sie gehört mir, dachte er in diesem Augenblick.

* 16 *

Manchmal wachte sie nachts schweißgebadet auf und starrte in die Finsternis. Es war dunkel in der Kammer, denn aus Gründen der Sicherheit hielt sie die Holzläden vor den Fenstern streng geschlossen. Kein Stern blinkte herein, noch verirrte sich der Silberschein des Mondes hierher, nicht einmal bei Vollmond. Die Dunkelheit war beinahe vollkommen, und dieses dunkle Nichts jagte ihr stets aufs neue Angst ein, vor allem, wenn sie aus einem Alptraum aufwachte. Zumindest in der Zeitspanne, die vom Hochschrekken bis zum endgültigen Wachsein verstrich, fürchtete sie, dieses Nichts der Finsternis könnte der tiefste Kern der Welt sein, und dann wäre da kein Gott und kein Heiliger Geist, dann gäbe es da gar keine Engel, keine Dämonen und keine geheimen Wirkkräfte, und alles, was sie zu spüren und zu fühlen vermeinte, wenn sie wach und in ihrem Leben daheim war, wäre ein Trugbild. An diesen schrecklichen Minuten hätte sie sogar verzweifeln können, hätte sie beim Wachwerden nicht immer noch eine Spur von Licht in der Dunkelheit bemerkt, denn bei genauem Hinsehen war selbst die nächtliche Finsternis in ihrem verschlossenen Haus nicht ausschließlich. Sie konnte zwischen dunkel und sehr dunkel, zwischen schwarz und schwärzer als schwarz unterscheiden, und immer dann, wenn sie den Schattenriß der Fensterlaibung wahrnahm, schlug ihr Herz ruhiger. Es gab etwas in der Finsternis. Dafür dankte sie dem Herrn. Sie tat sich schwer mit vorgeformten Gebeten und zog es vor, mit Gott lieber so zu sprechen, wie sie oft mit ihrer Mutter gesprochen hatte. So suchte sie die Zwiesprache mit ihm, und sie war fest davon überzeugt, daß die Antworten, die sich manchmal wie aus dem Nichts in ihrem Kopf bildeten, seine Antworten waren. Ab und zu schickte er auch Engel vorbei, die ihr etwas einflüsterten. Nur wenn der Engel der Lust kam, wußte sie nicht, ob er von Gott oder vom Teufel geschickt worden war, wünschte sich aber, auch dieser Einflüsterer möge vom Herrn sein. Denn sie mochte den Engel der Lust. Doch seit sie Florenz verlassen hatte, waren seine Besuche ausgeblieben. Das machte sie traurig. Sie fragte sich, warum alles war, wie es war. Aber wie um Gottes willen konnte Paolo träumen, was geschehen war? Es mußte eine besondere Verbindung geben zwischen ihnen dreien, und wochenlang versuchte Lavinia, dies zu ergründen, ehe sie auf die Lösung stieß, als sei es das Einfachste der Welt: das Pentalpha! Paolo und Michele waren beide im Zeichen des Pentalpha geboren worden. Nun stand sie stellvertretend für die Hebamme der beiden und mußte eine magische Verbindung zwischen ihnen beleben. War es schicksalhafte Notwendigkeit oder Verhängnis, daß sie sich mit beiden eingelassen hatte? Je mehr sie darüber nachdachte, desto klarer sah sie, wie Michele und Paolo aufeinander bezogen waren, als würden sie sich ergänzen. Hier Paolo, dessen Trachten auf die Eroberung der Welt gerichtet war, dort Michele, der im Stillen formen und sich der Kunst hingeben wollte. Hier nach außen gerichtete Stärke, dort ein nach innen gerichtetes Streben, das allzu leicht als Schwäche erfahren werden mochte. Hier bedingungsloses Bestimmenwollen, dort einfühlsames Gewährenlassen. Das eine war ohne das andere nur die Hälfte wert, aber im Miteinander würden sie zu etwas Besonderem, würden sie vollkommen. Doch konnten diese beiden Menschen wirklich zueinanderfinden? Lavinia spürte die Zweifel, und sie fragte sich, was für eine Prüfung der Herr für diese beiden Männer noch bereithalte.

Ein neuer Tag war angebrochen, das Morgengrauen hatte endgültig ihre Angst vor dem Nichts vertrieben, und sie richtete also ihren Leinenbeutel her, um über die Tiberina hinüberzugehen, in das Viertel rund um das Marcellustheater und den Campo de' Fiori. Sie mußte ihre Art des Heilens immerwährend anwenden, weil sie befürchtete, sonst das Gespür für die feinen Kraftschwingungen zu verlieren. Deshalb sah sie seit Wochen bei den Frauen und Kindern der einfachen Leute nach dem Rechten und half, wo sie helfen konnte. Sie nahm kein Geld für ihre Behandlungen, nur ab und an ein paar *quattrini* für die Heilkräuter, die sie verwendete. Rasch erfreute sie sich großer Beliebtheit, und so stellte auch niemand Fragen, wenn sie sich hier und dort nach einem Benediktiner erkundigte. Bisher vergebens. Doch heute hatte sie Glück. In einer der düsteren Straßen hinter dem Campo de' Fiori wurde sie zu einer jungen *puttana* gerufen, die unter Fieber litt. Lavinia prüfte die Kraftzentren des geschwächten Körpers und fand genug Lebenskraft. Als sie nach dem Verlauf der Krankheit fragte, kam ein milchiger Ausfluß zur Sprache, für den sich Elisabetta schämte.

»Schäme dich nicht«, tröstete Lavinia, »für etwas, was bei deinem Gewerbe vorkommt. Du hast einem unreinen Mann beigewohnt und dir den Ausfluß eingefangen. Das Fieber dagegen stammt von einer Erkältung, die dich auszehrt. Wir werden beides kurieren. Überlege, welcher deiner Männer dich angesteckt haben könnte.«

»Ach, es sind so viele. Wie soll ich da wissen, von wem's kommt?«

»Es dauert eine Zeit, bis sich der Ausfluß zeigt, meist acht bis zwölf Wochen. Die Männer, die dich regelmäßig besuchen, kommen also nicht in Frage.«

Elisabetta überlegte eine Weile. »Der einzige, den ich in der Zeit neu bekommen habe, war ein seltsamer Spanier. Der hat mir nie gesagt, wie er heißt. Angezogen war er wie ein Kaufmann aus den Albaner Bergen. Aber mich täuscht man nicht. An seiner Sprache hab' ich erkannt, daß er ein Spanier ist. Er hatte etwas zu feiern und blieb vier Tage bei mir. Kraft hat der gehabt und Ausdauer, und zärtlich war er, ganz anders als die meisten Männer. Aber als er den Namen vom neuen Papst hörte, ist er zornig geworden wie eine Wespe, der man das Nest zerstört.«

»Hattest du diesen Spanier öfter?«

»Ja.«

»Wann zuletzt?«

»Hm; seit zwei Wochen hab' ich ihn nicht mehr gesehen.«

»Ist dir an ihm etwas aufgefallen?«

»Wie meinst du das?«

»Hatte er Ausfluß oder so eine Art Schorf an seinem *cazzo*? Oder war sonst irgend etwas Besonderes an ihm?«

»Sein *cazzo* war in Ordnung und außerordentlich standfest. Witzige Haare hat er gehabt. Ein kräftiger Silberkranz um eine glänzende Glatze. Er sah aus wie ein Mönch mit zu großer Tonsur. Aber letzthin war sein Kopf kahl geschoren.«

Lavinia mußte ihre Aufregung bezähmen. Denn daß sie eine Spur von Giuseppes Mörder gefunden hatte, dessen war sie sicher. Sie nahm ihr Tintenfäßchen und zeichnete Elisabetta einige Striche auf die Haut. Danach gab sie ihr einige wohldosierte Tropfen von einem Kräutersud.

»Das wichtigste in den nächsten Tagen ist«, schärfte sie ihr ein: »Keine Männer. Deine *potta* mußt du morgens und abends mit einem warmen Aufguß von Kamille, Salbei und Pfefferminze waschen. Ich komme morgen wieder.«

Rasch ging Lavinia zu ihrem Häuschen zurück. Paolo würde Augen machen, wenn sie ihm das erzählte. Außerdem war sie neugierig, wie es ihm heute mittag ergangen war, schließlich war er beim Papst eingeladen.

Endlich schlug der Klopfer dreimal, und Paolo trat ein. Er saß noch nicht richtig auf der Bank, da platzte er mit seinem Bericht heraus, den er mit vielerlei Einzelheiten ausschmückte, was er oft tat, wenn er besonders aufgeregt war. Lavinia unterdrückte ein nachsichtiges Lächeln. Sie mochte diese überschäumende Lebendigkeit. Als er seine Schilderungen beendet hatte, legte sich die Dämmerung über die Stadt, und vom Tiber her krochen die ersten Novembernebel auf die Häuser zu.

»Mein Gott«, stöhnte Paolo, stand auf und wandte sich der Tür zu, »wie der Tag verfliegt. Ich muß mich eilen, am Ende vermißt mich Antinori schon.«

»Das wollen wir nicht heraufbeschwören«, bestätigte ihn Lavinia scheinbar in seinem Entschluß aufzubrechen. »Sicher wirst du morgen früh zu mir kommen, um dir berichten zu lassen, was ich über den Benediktiner herausgefunden habe.«

»Du hast ... was?« Paolo drehte auf dem Absatz um und starrte Lavinia mit durchdringenden Augen an.

»Er hat nach dem Mordanschlag auf dich und deinen Onkel vier Tage lang mit einer Hure vom Campo de' Fiori gefeiert. Als der Name des neuen Papstes bekannt wurde, geriet er vor Zorn außer sich.«

»Woher weißt du das?«

»Er hat der *puttana* den Schleimfluß angehängt. Ich habe sie heute behandelt.«

»Wo wohnt er? Wie heißt er? Wann können wir ihn uns schnappen?« Paolos Stimme überschlug sich vor Hast.

»Seinen Namen hat er niemals erwähnt. Wo er wohnt, wissen wir nicht. Er hat sich das letzte Mal vor zwei Wochen blicken lassen. – Aber Elisabetta schwört, daß er ein Spanier ist.«

»Aus dem Umkreis der Borgia«, rief Paolo triumphierend. »Also war der Hinweis von Ascanio Sforza ernst gemeint.«

»Vielleicht. Jedenfalls kleidet sich Elisabettas feuriger Geliebter wie ein Kaufmann aus den Albaner Bergen, und: Er hat neuerdings eine Glatze.«

»Dann können wir allerdings lang nach dem Benediktiner Ausschau halten. Und jetzt?«

»Ich werde Elisabetta jeden Tag besuchen. Sie muß gesund werden, dann kann sie wieder Männer empfangen. Vielleicht taucht der Spanier noch einmal auf.«

»Besteht Hoffnung?«

»Elisabetta ist hübsch.«

»Und das alles teilst du mir erst jetzt mit, da ich schleunigst aufbrechen muß!«

»Du hast so begeistert erzählt«, besänftigte ihn Lavinia. »Ich wollte dich nicht unterbrechen.«

Nachdem Paolo gegangen war, schloß Lavinia alle Läden, verriegelte die Tür und setzte sich in der Stube an den Tisch, wo sie im Schein der Öllampe in dem Vademecum las, das ihr ihre Genueser Lehrerin zum Abschied geschenkt hatte. Zwischen die Beschreibungen der Heilkräuter eingestreut fanden sich kleine magische Texte, darunter einer, wie man es anstellen konnte, eine Person herbeizubeschwören. Das brauchte allerlei Kräuter und Elixiere, eine nach der rechten Ordnung ausgegrabene Mandragora und Weihwasser. Allerdings benötigte man auch, und hier verlor Lavinia den Mut, etwas von dem Menschen, den man herbeizaubern wollte. Während sie überlegte, ob vielleicht die *puttana* von dem Mörder etwas in Besitz hatte, wurde wild an ihre Tür geklopft. Rasch klappte sie das Vademecum zu und versteckte es. Dann ging sie zur Tür und fragte, wer da sei.

»Mach auf. Ich bin es, Paolo.«

Sie schob den Riegel zurück und öffnete die Tür. Schon kam er atemlos hereingestürzt.

»Schließ zu!«

»Was ist geschehen?«

»Da war ein Mann, ein schwarzer Schatten ist immer näher gekommen, bedrohlich – ich bekam Angst, die Gassen hier sind mir unheimlich und fremd, es ist weit bis hinüber zum Haus der Florentiner. Ich bin gerannt, der Schatten hinter mir her. Einmal dachte ich, ich hätte ihn abgeschüttelt, kurz vor der Tiberina, ich holte tief Luft und … da sah ich ihn aus einer Gasse direkt auf mich zukommen. Dann bin ich, so schnell ich konnte, zu dir zurückgelaufen.«

Schließlich wieder beruhigt, entschied Paolo, nicht mehr in die römische Nacht hinauszugehen. Er blieb bei Lavinia, und als sie sich in dem schmalen Bett aneinanderdrängten, erwachte in beiden noch einmal die Leidenschaft. Während Paolo ungestüm von Lavinia Besitz ergriff, fühlte er erneut jenen Stolz in sich. Ohne es sich einzugestehen, vermutlich sogar, ohne es wirklich zu verstehen, war es genau dieses Gefühl, das seine Leidenschaft besonders anstachelte. Lavinia, erfreut über den Besuch des Engels der Lust, gab sich diesem Ungestüm hin, ohne den Erinnerungen an Micheles Zärtlichkeiten Raum zu lassen, nur einmal, als dessen Engelsgesicht durch einen Nebelschleier grüßte, vermißte sie kurz seine magischen Hände, doch dann riß sie eine Welle der Erregung fort.

* 17 *

»Heute nacht ist mir im Traum eine Eule erschienen, doch nicht als Todesbotin, sondern als Zeichen für weise Voraussicht«, bemerkte der Kardinal statt einer Begrüßung, als er in den kleinen Saal trat. Er musterte Raul von oben bis unten. »Es war nicht deine Schuld. Mein Bruder Ascanio hat sich an meiner Seite tapfer geschlagen, bis er sah, wie aussichtslos mein Plan geworden war. Auch Giovanni Battista Cibó schien mir anfangs gewogen, bis Giuliano della Rovere diesen genialen Schachzug ausführte, statt seiner den braven Cibó selbst ins Rennen zu schicken. Wer hätte schon mit dem armen Genueser gerechnet? Kein Wunder, daß Seine Heiligkeit nun Giuliano aus der Hand frißt.«

Rodrigo de' Borgia schaute zum Fenster hinaus und kehrte Raul, wie meistens bei ihren Begegnungen, den Rücken zu.

»Was blieb Ascanio denn anderes übrig, als seine Stimme für Giovanni Battista zu verkaufen? Es hat Rovere eine Stange Geld gekostet, das schwächt ihn beim nächsten Wahlgang. Er soll mir nicht noch einmal im Weg stehen. Du trägst an allem keine Schuld. Trotzdem war es ein Kunstfehler, den jungen Scalieri nicht zu töten. Er ist rachsüchtig und hartnäckig, behelligt mit seinen Fragen sogar Innozenz, das stell dir mal vor! Fragt den Papst nach einem Mörder. Ha! Jung und ungestüm.« Mit einer vielsagenden Handbewegung drehte sich Borgia zu Raul um und fixierte ihn. »Fehler geschehen, einen Fehler kann man verzeihen. Sonst bist du zuverlässig. Ich schätze deine Arbeit. Aber ich will nicht, daß man dich eines Tages mit mir in Verbindung bringt. Du mußt Rom verlassen.«

Raul senkte den Kopf.

»Wohin?«

»Spanien. Wir brauchen gute Männer im Kampf gegen die Mauren. Die Reconquista muß zum Erfolg führen. Hilf mit. Steh meinem Sohn Don Pedro bei als sein Knappe. Halt ihm den Rücken frei, sorge dafür, daß er wohlbehalten durch die anstehenden Kämpfe kommt; ich habe Großes mit ihm vor. In wenigen Tagen läuft ein Schiff von Ostia aus, das dich nach Spanien bringt. Du reitest, so schnell du kannst, an den Hof König Ferdinands. Dort wirst du Don Pedro finden.«

Rodrigo de' Borgia drehte sich wieder zum Fenster. Schweigend blickte er hinunter auf den Campo de' Fiori. Raul blieb bewegungslos an seinem Platz und rief sich noch einmal den Angriff auf Scalieri und seinen Begleiter ins Gedächtnis. Der Stich in die Brust des Jünglings war von tödlicher Art gewesen. Vielleicht war das Messer nicht tief genug eingedrungen. Es war ein Fehler gewesen, nur einmal zuzustechen. Gestern hätte er die Gelegenheit gehabt, seinen Fehler gutzumachen, aber leider hatte ihn der junge Scalieri zu früh entdeckt, und einen Kampf auf offener Straße hatte Raul nicht riskieren wollen. Er ärgerte sich maßlos über die verpaßte Gelegenheit und fürchtete, der Kardinal könnte ihn endgültig verstoßen. Aber in diesem Moment sagte Rodrigo Borgia: »Die Eule hat mir zugerufen, die Vorsehung halte einen Thron für mich bereit. Wenn es so kommt, will ich dich unter meinen Dienern sehen. Jetzt geh!«

* 18 *

Seit jener Nacht bei Lavinia durchstreifte Paolo mit Antonio und Francesco wochenlang die Straßen und Gassen rund um den Campo de' Fiori auf der Suche nach dem glatzköpfigen Spanier. Ohne Erfolg. Ebensowenig erhielt Lavinia von der bald genesenen Elisabetta einen weiteren Hinweis. Ob als geheimnisvoller Benediktiner oder als Händler aus den Albaner Bergen, der Mörder von Giuseppe Scalieri war wie vom Erdboden verschwunden. Das einzig Erfreuliche in diesen Wochen war, daß Innozenz nach einigen Verhandlungen mit Paolo – der Papst hatte bis zum Schluß darauf bestanden, mit Paolo und nicht mit Niccolo Antinori die Verhandlungen für die Medici zu führen – die Bestätigungsurkunde für die Bischofsernennung Giovanni de' Medicis siegelte. Baldassare Verucci freute sich mit Paolo, als dieser in der Datarie erschien, um die Urkunde in das Verzeichnis eintragen und mit Datum und Kanzleisiegel versehen zu lassen. Einer der *plumbatores* befestigte mit einem großen Wachssiegel Seidenschnüre, an denen mehrere Bleikügelchen hingen, an der Urkunde. »Jetzt ist es eine echte vatikanische Urkunde«, erklärte Verucci und notierte in gestochen klaren Buchstaben den ersten Satz der Urkunde in seinem dicken Folianten. Paolo entrichtete die fällige Gebühr von zwanzig *scudi* und äußerte seinen Wunsch, ein geheimnisvolles Buch in der Bibliothek des Vatikans suchen zu wollen. Der Vizedatar zeigte sich aufgeschlossen und versprach, bei Gelegenheit mit dem Aufseher der Bibliothek über eine Besuchserlaubnis zu verhandeln.

Doch zu dem geplanten Besuch der Bibliothek kam es nicht mehr, weil *Il Magnifico* durch einen Boten übermitteln ließ, Paolo solle mit einer Eskorte nach Florenz reiten und die päpstliche Bestätigung persönlich an Giovanni de' Medici überbringen. Diesen Wunsch durfte Paolo seinem Förderer nicht abschlagen. Je näher er Florenz kam, desto mehr freute er sich auf die Gelehrtenrunde im Haus der Medici und darauf, die alten Freunde wiederzutreffen, Leo, Bartolommeo und – vor allem – Michele. So sehr Paolo hoffte, Michele möge seine Lehrzeit noch nicht beendet haben, damit sie sich im Palast der Medici treffen konnten, so sehr beschlich ihn zugleich ein leichtes Unbehagen, wenn er an seinen Freund dachte. Er konnte die Erinnerung an seinen Traum nicht wegwischen. Zu tief hatte sich beim Anblick von Lavinia an seinem Krankenlager das Gefühl eingegraben, nicht von ungefähr habe das *Gimel* ihre Züge angenommen. Ob er wollte oder nicht, es quälte ihn die Frage, ob zwischen ihr und Michele etwas vorgefallen war. Als er, in Florenz angekommen, erfuhr, daß Michele die Stadt verlassen hatte, wußte Paolo nicht, wovon die Enttäuschung herrührte: daher, den Freund nicht anzutreffen, oder daher, ihm nicht jene entscheidende Frage stellen zu können, die ihn beschäftigte. Schlimmer noch: Als die Enttäuschung verblaßte, wurde er zornig.

Dennoch stürzte er sich mit Begeisterung in die neuen Aufgaben, die Lorenzo de' Medici für ihn bereithielt. Während er mit Antonio und Francesco und einigen weiteren Söldnern von Stadt zu Stadt ritt, um Lorenzos Gesandten Niccolò Vettori zu begleiten, lehrten ihn seine beiden Freunde den Umgang mit dem Schwert. Dank seiner Körpergröße und Kraft erlangte er bald eine erstaunliche Fertigkeit. Von dem engen Vertrauten der Medici wiederum lernte er in Cortona, Arezzo und Volterra, auf welche Weise die Herren von Florenz versuchten, sich die im Schutz der Republik Florenz stehenden Städte besonders gewogen zu machen. Denn wo immer möglich, zeigte *Il Magnifico* ein liebenswürdiges Entgegenkommen, und die Familien, auf die er sich in seiner Herrschaft stützen konnte, durften sich vieler Geschenke und Vorteile erfreuen. Wo aber Freundlichkeiten nicht verfingen, ließ Lorenzo unverhohlen die Muskeln spielen, drohte und schüchterte ohne eine Spur von Entgegenkommen ein. Seine Politik gehorchte in jeder Aktion dem Pauluswort: »Deine Rede sei: Ja, ja; nein, nein.«

* 19 *

Zunächst nahm sie es als eine Laune der Natur und verschwendete keinen Gedanken daran, doch als ihre Monatsblutung über eine Woche ausblieb, fuhr ihr der Schreck in die Glieder. Sie wanderte die Hänge des Gianicolo entlang auf der Suche nach Tollkirsche, fand aber keine. Bei einer Kräuterfrau draußen vor der Cestius-Pyramide kaufte sie schließlich graues Tollkirschpulver und zweifelte bereits an dessen Wirksamkeit, während das Pulver noch in ein Tütchen gepackt wurde. Trotzdem goß sie sich einen Sud davon auf, gab Fenchel und Salbei dazu, um den Magen zu schonen, und trank über mehrere Stunden hinweg in kleinen Schlukken von dem bitteren Gebräu. Dann lag sie zwei Tage mit Schwindelanfällen und Herzrasen im Bett, durchlitt einen Fieberschub und eine Attacke mit Schüttelfrost, fühlte sich weitere drei Tage elend und wartete vergeblich auf ihre Blutung. Sie versteckte den Kopf unter ihrer Decke, weinte Tränen der Verzweiflung und gestand es sich ein: Sie war schwanger. Hatte sie nicht bereits angefangen, am Sinn ihres Lebens zu zweifeln? War ihr nicht immer wieder die vollkommene Dunkelheit der Nacht vorgekommen wie eine sinnlose Leere des Daseins und hatte sie nicht Angst gehabt, es könne sich letztlich die Welt in diesem schwarzen Nichts verlieren? Nun wuchs Leben in ihrem Leib heran. Während sie über all die Maßnahmen nachsann, die in Betracht kamen, um die Frucht des Leibes abzutreiben, kreisten ihre Gefühle um die Frage, ob sie das Kind aufziehen wolle. Hatte sich nicht auch ihre Mutter für sie entschieden? Was wäre sonst mit ihrer eigenen Seele geschehen? Alle Rätsel dieser Erde schienen ihr leichter als die Beantwortung der einen Frage: Soll ich Mutter werden oder nicht? Während ihr Herz sich bereits für das Kind erwärmte, suchte der Verstand noch nach einem Ausweg. Es würde keinen Vater haben. Und sie müßte fortan am Rande der Gesellschaft leben wie ihre eigene Mutter oder die Dirnen von Campo de' Fiori. Keinesfalls könnte sie in den Kreis der Denker von Lorenzo de' Medici zurückkehren, denn *Il Magnifico* würde sie verachten, erführe er jemals, wer den Bankert gezeugt hatte. So wollte sie dem Herrn von Florenz nicht mehr unter die Augen treten. Mehrmals war sie nahe daran, sich mit spitzen Nadeln ihrem Unterleib zu nähern, eine Technik, die sie noch nie selbst angewandt, aber mehrfach bei ihrer Mutter beobachtet hatte. Doch die Aussicht auf die Schmerzen, die dabei zu ertragen waren, verbunden mit der Unsicherheit über den zu erwartenden Erfolg, ließ sie zurückschrecken. Zudem wuchs aller Vernunft zum Trotz die Vorfreude auf das Kind.

»Elisabetta«, fragte sie die *puttana*, mit der sie sich in den letzten Wochen angefreundet hatte, »wie haltet ihr es, wenn ihr schwanger seid?«

»Die meisten versuchen zuerst, es wegzumachen. Das gelingt nicht immer. Außerdem tragen manche gern ein Bankert aus. Kommt auch drauf an, von wem man geschwängert wurde.«

»Wo laßt ihr denn dann die Kinder, und was geschieht in der Zeit, in der ihr keine Männer empfangen könnt?«

»In vielen unserer Häuser findet sich ein Haufen Bälger. Da passen die Mädchen gemeinsam auf die Kinder auf. Und ein paar *scudi* legt jede von uns zurück, für den Fall der Fälle. Warum fragst du? Bist etwa schwanger?«

Lavinia spürte, wie ihr das Blut in den Kopf schoß, und senkte die Augen. Da nahm Elisabetta sie in den Arm.

»Meine Base lebt ein paar Straßen von hier im Haus einer alten *cortigiana*, die ein gutes Dutzend Mädchen betreut; vielleicht kannst du da eine Kammer bekommen. Wenn du alle so gesund machst wie mich, wird's dir hier an nichts fehlen. Jede von uns tät' dir mehr geben als nur die paar *quattrini* für die Kräuter.«

»Du meinst, die würden mich aufnehmen?«

»Soll ich fragen?«

»Laß mich drüber schlafen.«

Elisabetta umarmte Lavinia noch einmal und zog sie scherzhaft am Ohrläppchen.

In dieser Nacht hatte Lavinia einen Traum, der sie aus dem Schlaf holte: Sie stand an einem Kieselstrand und schaute hinaus auf das Meer. Das Wasser wechselte jede Sekunde die Farbe. Einmal war es tiefblau, dann türkis und im nächsten Augenblick grün; mal war es hell, mal dunkel, einmal mit und einmal ohne weiße Schaumkronen auf den Wellen. Plötzlich entstieg dem bewegten Wasser ein Mädchen und trat vor Lavinia. »Nimmst du mich auf?« fragte sie. »Der Herr schickt mich. Nimmst du mich an?« Lavinia schlug das Mädchen in warme Tücher und führte sie in ihr Haus, das über der Bucht auf einem Felsen stand. Dann erwachte sie, starrte in das vollkommene Dunkel, in das sich nach und nach die feinen Unterschiede von dunkel und ganz dunkel schlichen, und ahnte, daß die Finsternis keineswegs das Nichts verkörperte.

Das Haus in der Via Sudario befand sich in unmittelbarer Nachbarschaft zu einem alten Turm und war vor wenigen

Jahren von keinem Geringeren als Papst Sixtus IV. eingerichtet worden, wie die *ruffiana* Tarquinia nicht ohne Stolz berichtete.

»Der Papst hat das einzig Richtige getan in dieser Stadt«, stellte Tarquinia fest, als sie mit Lavinia auf einem niedrigen Diwan saß und stark gesüßten Pfefferminztee trank. »Er hat den jungen Dirnen Unterkünfte gegeben, in denen sie ihrem Gewerbe nachgehen konnten. Jede davon steht unter dem Schutz eines päpstlichen Beauftragten und wird von einer erfahrenen Dame geleitet. Damit ist Ordnung im Geschäft. Letztes Jahr sollen unsere Häuser dem Heiligen Vater über fünfzigtausend *scudi* Taxe eingebracht haben.«

»Wie wird es der neue Papst halten?«

»Nicht anders. Was wäre Rom ohne seine Huren? Und dem Papst ist jede Einnahmequelle willkommen. *Pecunia non olet*!« Tarquinia lachte. »Da sind sie alle gleich.«

»Vermutlich ist es so«, pflichtete Lavinia bei. Die alte *cortigiana* gefiel ihr, das Haus war in Ordnung, die Kammern schlicht, aber sauber. »Und du meinst, ich könnte bei euch wohnen?«

»Die Kammer unter dem Dach kostet zwei *scudi* im Monat. Wenn eins meiner Mädchen krank wird, erhältst du das gleiche Geld wie der Bader, wenn du erfolgreich bist. Muß ich trotzdem nach dem Bader schicken, bekommst du nichts. Wenn dein Bankert da ist, teilst du dir mit Raffaela und Giulia die Kinderbetreuung, und zwar so, daß das Geschäft nicht darunter leidet.«

»Wann kann ich kommen?«

«Morgen. Du zahlst den vollen Monat.«

Lavinia griff in ihren Leinenbeutel, holte zwei *scudi* hervor und überreichte sie Tarquinia.

Ihre Habe hatte nach wie vor in einer Holzkiste von vier auf zwei Fuß Platz. Lavinia heuerte am Fischmarkt einen kräftigen Burschen an, der ihr die Kiste spielerisch von Trastevere zum Marsfeld hinübertrug und über drei *quattrini* hoch erfreut war. Zuvor hatte sie der Kaufmannswitwe den

Zins für den Monat Dezember entrichtet und angekündigt, das Haus ab Weihnachten nicht mehr zu benötigen. Niccolo Antinori ließ sie im unklaren über ihre weiteren Pläne, und auch wenn sie das schlechte Gewissen plagte, weil sie sich auf diese Weise von Lorenzo de' Medici lossagte, um dessen Gesundheit sie sich weiterhin sorgte, wollte sie auf jeden Fall vermeiden, vor *Il Magnifico* mit dem Makel einer unehelichen Geburt treten zu müssen. Jetzt wollte sie ihr Leben selbst in die Hand nehmen und herausfinden, was sie als Heilerin der Huren erwirtschaften konnte.

* 20 *

Seit Tagen hing ein schwerer grauer Himmel über Tuszien. Es regnete ohne Unterlaß, weichte die Straßen und Wege auf und zermürbte die Menschen, die sich am Ende eines langen Winters nach Sonne sehnten. Weil das Weiterreiten zu beschwerlich gewesen wäre und überdies die Gespräche mit einigen Ratsherren noch nicht abgeschlossen waren, hatte Niccolò Vettori beschlossen, das Ende des Regens in der neu errichteten Festung der Medici in Volterra abzuwarten.

Es war später Nachmittag, als Paolo gemeinsam mit seinen beiden Freunden Antonio und Francesco die Rocca Nuova verließ, um in einer Schänke, von der es hieß, sie habe guten Wein und schöne Dirnen, den Abend zu genießen. Kurz vor der Schänke mußten sie durch eine belebte Gasse, in der ihnen ein Eselskarren entgegenkam.

»Aus dem Weg«, schrie der Karrenlenker mit heiserer Stimme.

Antonio und Francesco traten murrend einen Schritt zur Seite. Paolo aber blieb mitten in der Gasse stehen und musterte den grobschlächtigen Kerl.

»Du auch, du Rotzlöffel«, herrschte ihn der Fuhrmann an.

»Zeig erst Benimm und grüße«, erwiderte Paolo streitsüchtig. Da riß der Karrenlenker eine kurzstielige Peitsche hoch, holte aus und schlug nach Paolo. Der parierte den Peitschenschlag mit seinem rechten Arm, faßte blitzschnell den Lederriemen und zog ruckartig an; schon hielt er die Peitsche in den Händen. Zornig brüllend sprang der Fuhrmann von seinem Bock und ging mit geballten Fäusten auf Paolo los. Jetzt erst bemerkte Paolo, was für eine massige Statur der Kerl hatte, und erschrak. Ohne weiter nachzudenken, warf er die Peitsche weg, zog sein Schwert und hieb mit aller Kraft nach dem heranstürzenden Fuhrmann. Sofort ergoß sich ein Schwall von Blut aus einer klaffenden Wunde am Hals. Der Karrenlenker drehte sich halb um sich selbst, während er einen in der Bewegung erschlaffenden Faustschlag gegen Paolo ausführte. Verkrümmt sackte er zu Boden, wo er rasch in einer ausgedehnten Blutlache lag und nach einigen lahmen Zuckungen starb. Ringsum standen wie angewurzelt sechs oder sieben Männer, die alle auf den am Boden liegenden Toten und dann auf Paolo blickten. In der Gasse war es gespenstisch still. Paolo wischte sein blutiges Schwert an dem groben Umhang des Toten ab, ehe er es zurück in die Scheide steckte. Der Reihe nach blickte er den Umstehenden in die Augen, die versteinert schienen und nicht begreifen wollten, was soeben geschehen war. Lediglich Antonio und Francesco schüttelten diese Starre von sich ab und traten langsam neben ihren Freund. In diesem Moment schrie der Esel markerschütternd. Die Männer ringsum ballten drohend die Fäuste, riefen: »Verschwindet, ihr Florentiner Schweine, bevor wir euch abschlachten« und traten einen Schritt auf Paolo zu. Der zog scheinbar ungerührt sein Schwert und richtete die Spitze gegen die Brust eines älteren Mannes.

»Geh heim«, befahl Paolo, »und kümmere dich nicht um fremde Angelegenheiten.« Dann machte er kehrt und ging mit Antonio und Francesco zur Rocca Nuova zurück.

»Das wird Scherereien geben«, jammerte Antonio.

»Warum hast du das getan?« wollte Francesco wissen.

»Ich weiß es nicht«, entgegnete Paolo und spürte eine seltsame Mischung aus Zerknirschung, Grimm, aber auch Zufriedenheit in sich aufkommen.

Am nächsten Morgen herrschte vor den Mauern der Fortezza Aufruhr, und eine Abordnung aufgebrachter Bürger forderte vor der Rocca Nuova Einlaß in die Burg der Stadtherren. Paolo stand auf der Spitze des *maschio*, des mittleren Rundturms der gewaltigen, vor dreizehn Jahren von Lorenzo de' Medici angelegten Festung, und blickte auf den Vorplatz hinunter. Hinter ihm beobachtete der Gesandte Lorenzos die Szene.

»Das hast du mit deinem unbedachten Handeln angerichtet«, bemerkte er zischend. »Es wird mich einige Mühe kosten, die Volterraner zu beruhigen. Am liebsten würde ich dich diesen Wölfen zum Fraß vorwerfen.«

»Es tut mir leid, aber was geschehen ist, ist geschehen«, erwiderte Paolo leise. »Bringt mich bitte von hier fort!«

»Das hättest du gern«, fauchte ihn Niccolò Vettori an. »Aber so einfach wird das nicht. Ich werde dich ziehen lassen, aber in aller Heimlichkeit – und allein. Du hast der Sache der Medici sehr geschadet.« Er schwieg eine Weile, ehe er mit kalter Stimme fortfuhr: »Ich werde dich wegen Mordes suchen lassen, und wer immer dich im Gebiet von Florenz antrifft, kann dich festnehmen und den Behörden übergeben, damit dir in Volterra der Prozeß gemacht werde. Du weißt, was das bedeutet?«

Bald darauf öffnete sich die schmale Pforte im Tor auf der Rückseite der Rocca Vecchia, und Paolo schlüpfte heimlich hinaus. Er trug eine grobe Pluderhose, derbes Schuhwerk, ein schlichtes Wams über dem Hemd, einen an den Ellenbogen löchrigen Fellmantel und auf dem Rücken einen abgestoßenen Lederranzen. In dieser Kleidung würde ihn jedermann für einen wandernden Gesellen und keinesfalls für ein Mitglied der Gesandtschaft der Medici halten. Trotzdem versuchte Paolo, möglichst unbemerkt die Straße nach Siena zu erreichen, weshalb er sich mehrfach hinter die Böschung duckte, wenn er eine Bewegung oben an der Stadtmauer wahrnahm. Erst nach einiger Zeit schritt er frei aus und versuchte, schnell Raum zu gewinnen, um noch vor dem Schließen der Tore in der nächsten Stadt anzulangen.

Als später am Tag der Hügel vor ihm auftauchte und sich die Türme der alten Familien in einen blassen Abendhimmel reckten, hielt er einen Moment inne und fragte sich, ob er es tatsächlich wagen sollte, in die Stadt seiner Väter zu gehen. Was, wenn einer der Reiter, die seit dem Morgen an ihm vorübergeprescht waren, ein Eilkurier mit der Nachricht gewesen war, daß Paolo Scalieri wegen der Tötung eines Bürgers von Volterra gesucht und ein jeder aufgefordert werde, dessen Aufenthalt anzuzeigen? Dann würden ihn die Stadtwachen, bei denen er sich mit den Reisepapieren ausweisen müßte, die er von der Kanzlei *Il Magnifico*s erhalten hatte, festnehmen und in den Kerker werfen, ehe er auch nur ein Wort mit seinem Onkel Abramo hatte wechseln können. Aber selbst wenn diese Befürchtung nicht eintrat: Wie würde Abramo auf sein Erscheinen reagieren? Die letzten Nachrichten des Onkels waren auf Geschäftliches bezogene Briefe gewesen. Und zwischen den Zeilen hatte Paolo gelesen, daß seine Abwesenheit im Haus Scalieri nicht bedauert wurde. Als nützliches Bindeglied zu den Medici war er zwar wohlgelitten, ansonsten aber stützten sich Abramos Hoffnungen nun auf seine beiden sechs und acht Jahre alten Söhne, und ein von den Amtsbütteln der Medici Gesuchter war dem Haus Scalieri nicht Hilfe, sondern Belastung. Paolo schüttelte den Kopf; er wußte, er hatte keine andere Wahl, als es zu versuchen. Zumindest benötigte er etwas Geld und für eine Flucht aus dem Herrschaftsgebiet von Florenz die Rückendeckung seiner Familie, wenn er nicht von nun an das Leben eines Rechtlosen führen wollte.

Da er sich aber keinesfalls von den Torwachen aufhalten

lassen wollte, wich er vom Weg ab und wanderte in das Tal unterhalb der Stadt, um am Bach entlang zur Stadtmauer emporzusteigen. Hatte er nicht schon einmal die wuchtige Mauer auf besondere Art überwunden? Diesmal würde er auf dem geheimen Weg in die Stadt eindringen. Er war froh, daß es die letzten Tage viel geregnet hatte, da war die Kloake vermutlich ordentlich durchgespült. Und da es heute den ganzen Tag trocken geblieben war, durfte er hoffen, einigermaßen sauber oben herauszugelangen. Vorsichtig blickte er sich um, prüfte den Mauerumgang, ob sich ein Wächter dort aufhalte, und schlüpfte in den Abwasserkanal hinein, der ihm viel weniger Furcht einflößte als vor knapp zehn Jahren. Trotzdem fühlte er sich unbehaglich, als er in die Schwärze hineintappte, und obwohl der Abwassertunnel wie erhofft freigespült war, hing ein ekelhafter Gestank in der Luft. Das Fiepen von Mäusen und Ratten war ebenso wieder zu hören wie ihre raschelnden Bewegungen. An manchen Stellen sanken seine Füße leicht in schmatzenden Morast, und schon befürchtete er, wieder dreckstarrend und stinkend am anderen Ende herauszukommen, aber der Tunnel war kürzer, als er ihn in Erinnerung hatte, und als er den Lichtschein des oberen Endes wahrnahm, stellte er erleichtert fest, daß lediglich seine Schuhe besudelt waren.

Zwei Stunden später saßen alle Mitglieder des Hauses Scalieri im Kaminsaal und hörten Paolos Bericht über den Überfall in Rom, den Tod von Giuseppe und seine eigene schwere Verwundung. Mehr und mehr genoß Paolo die Aufmerksamkeit von Abramo und seiner Frau sowie der engen Vertrauten des Onkels, die im Geld- und Handelskontor tätig waren, und über der aufwallenden Eitelkeit vergaß er rasch die Sorgen, die er sich noch kurz zuvor gemacht hatte. Der freundliche Empfang seines Onkels ließ ihn beinahe die Tatsache vergessen, daß er Volterra in aller Heimlichkeit hatte verlassen müssen. Er beschloß, darüber erst am nächsten Tag mit Abramo zu sprechen.

»Dieser Erfolg«, ergriff Abramo lobend das Wort, »wird

uns in Zukunft die Geschäfte mit Lorenzo de' Medici noch weiter erleichtern. Du hast unserer Familie einen unschätzbaren Dienst erwiesen.«

»Es freut mich«, entgegnete Paolo und bewies die gute Schulung, die er in Florenz erfahren hatte, »der Familie etwas zurückgeben zu können für die Aufwendungen zu meiner Ausbildung.«

»Hm.« Abramo wischte sich Fett von den Lippen, ehe er weitersprach. »Natürlich ist das erst der Anfang. Du sollst dich noch vielfach einbringen können in unser Geschäft.«

»Das will ich gern tun, *Messer Abramo*. Sagt mir, was Ihr von mir erwartet.«

»Darüber sollten wir uns in Ruhe unterhalten, sag mir erst, wie dir unser Kapaun schmeckt.«

Paolo verlieh seiner Begeisterung über das gelungene Festmahl in blumigen Worten Ausdruck. Alle am Tisch prosteten sich zu und ließen das Gespräch ins Anekdotische übergehen.

Am nächsten Morgen zeigte sich das Gesicht des Hausherrn besorgt, als ihm Paolo über Volterra berichtete, unruhig schritt Abramo in seinem Arbeitsraum auf und ab.

»Du hast meine Überlegungen über den Haufen geworfen«, sagte er schließlich, stellte sich unmittelbar vor Paolo, der ihn schon um einen halben Kopf überragte und schaute ihm durchdringend in die Augen. Paolo erwiderte den Blick unbeirrt. »Du hättest im neuen Kontor in Pisa mithelfen und im übrigen die Verbindung nach Florenz halten sollen. Jetzt, da wir im Frieden mit dem Papst leben und die Kriege auf italienischem Grund mehr als nur eine Atempause machen, wollten wir mit deiner Unterstützung unsere Handelsbeziehungen ausdehnen. Aber daraus ...«, Abramo stockte und wandte irritiert seinen Kopf ab, weil ihn Paolo immer noch fixierte. Mit dem Rücken zu seinem Neffen gewandt, vollendete er den Satz: »... wird jetzt nichts.« Er ging an das schmale Fenster und blickte hinunter auf die dunkle Straße.

Seine Stimme klang düster, als er weitersprach: »Wenn du wegen Mordes gesucht wirst, bist du nirgends in Tuszien sicher, und auch in den anderen Ländern könnte es schwierig für dich werden, unbehelligt zu bleiben. Ich schlage vor, daß du dich in die gnädigen Hände von Lorenzo de' Medici begibst; wenn er dich so schätzt, wie du gestern sagtest, wird er dir einen Prozeß ersparen. Danach kannst du in die Dienste unseres Handelshauses treten.«

Paolo starrte seinen Onkel ungläubig an.

»Ich werde dem Herrn von Florenz einen Brief schreiben und mit Eilkurier zustellen lassen. Du bist mit dieser Maßnahme hoffentlich einverstanden.«

Er will mich den Behörden ausliefern, dachte Paolo und spürte mit einemmal eine verzehrende Hitze. Aber vielleicht ist es die einzige Möglichkeit, einem unehrenhaften Leben auszuweichen, überlegte er, vielleicht ist die Entscheidung des Onkels weise und erfordert von mir nichts weiter als ein wenig Mut. Doch dann blockierte die Hitze alles Denken.

»Ich sehe«, hörte Paolo seinen Onkel von weiter Ferne sagen, »du widersprichst nicht. Das ist gut. Bleibe in deiner Kammer, bis wir Antwort aus Florenz haben.« Er schwenkte eine Tischglocke, die auf seinem Schreibpult stand. Die Tür zu seinem Kontor wurde aufgerissen, ein Diener trat ein. »Begleite meinen Neffen in seine Kammer und halte dich vor seiner Tür zu meiner Verfügung. Paolo wird den Raum nicht verlassen, du bürgst mir dafür mit deiner Gesundheit.«

Immer noch fassungslos stand Paolo kurz darauf an der Fensterscharte seiner Kammer und blickte in den grauen Himmel, der regenschwer über der Stadt hing. Mit allem hatte er gerechnet, jedoch nicht mit dieser Reaktion des Onkels. Jetzt erst kochte eine brennende Wut in ihm hoch, und er spürte, wie der Zorn auf seinen Onkel nach und nach seine Gliedmaßen erzittern ließ. Noch biß er sich auf die Zunge, um seine Wut nicht hinauszubrüllen, doch immer kräftiger wühlte der Zorn in seinem Unterleib, bis er es nicht mehr aushielt und mit den Fäusten gegen die Tür trommelte. Nichts geschah. Jetzt schrie und tobte Paolo, wie er es noch nie zuvor getan hatte, und er schlug mit den Fäusten auf die Tür ein, bis ihn alle Knöchel schmerzten. Ermattet setzte er sich auf das Bett. Allmählich legte sich die Wut und machte Platz für die Angst vor dem, was kommen würde. Die Angst saß tief, von den *sbirri* verhaftet und in einem kurzen Prozeß verurteilt zu werden. Auf Mord stand in Florenz der Galgen, und mit Schaudern erinnerte er sich an die Verschwörer rund um Bischof Salviati und Francesco Pazzi, die unter den Fenstern des Palazzo della Signoria gebaumelt hatten.

* 21 *

Die Anwesenheit von Paolo in der Stadt war trotz seiner heimlichen Ankunft nicht restlos verborgen geblieben. Schon am übernächsten Tag erfuhr Michele davon, und so schlenderte er in der Mittagszeit mehrfach am Turm der Scalieri vorbei in der vagen Hoffnung, zufällig auf den Freund zu treffen. Jedesmal wenn er die eisenbeschlagene Eichentür passierte, ärgerte er sich mehr über die Fehde zwischen den Familien, die aufgrund der Unnachgiebigkeit seines Vaters in den vergangenen Monaten an Schärfe zugenommen hatte, bis sich vor wenigen Wochen in der Versammlung der Safrangilde Abramo Scalieri und Jacopo Lungarotti mit Fäusten traktiert hatten und nur mit Mühe von den anderen Gildemitgliedern hatten getrennt werden können. Wie sollte da ihre Freundschaft weiterbestehen, fragte Michele sich besorgt. Dabei war seine Freude, den Freund aus glücklichen Florentiner Tagen wiederzusehen, schon durch die Erinnerung an die Stunden mit Lavinia getrübt. Ohne näher darüber nachzudenken, empfand Michele gegenüber Paolo eine Schuld, von der er nicht wußte, wie sie getilgt werden könnte. Andererseits spürte er nach wie vor jene tiefe Zuneigung, welche die Jahre in Florenz geprägt hatte.

Nachdem er die Tür der Scalieri zum dritten Mal passiert und fern grollender Donner ein Gewitter angekündigt hatte, ließ Michele die Hoffnung auf eine zufällige Begegnung fahren und wandte sich dem Marktplatz zu. In dem schmalen Haus an der Ecke füllte sich die Schankstube mit Gesellen und Knechten, die dem Regen ausweichen wollten. Das Dach über dem Kopf machte den Besuch bei Fausto noch lohnender, als es im übrigen der schmackhafte Wein tat. Und vielleicht konnte man einen Blick auf Lorena, die schöne Wirtstochter, erhaschen. Der Marktplatz war noch gar nicht ganz leergeräumt, da saßen bereits viele Männer an den Tischen oder standen an der langen Schankbank und ließen sich die irdenen Becher randvoll eingießen, um sie zunächst hastig, später mit mehr Bedacht auszutrinken. Auf Faustos Wein war Verlaß. Frucht und Erde mischten sich mit einem zarten Geschmack nach Harz, das Fausto zusetzte, um seinen Wein haltbarer zu machen, und einem Hauch von Zimt, welchen er aus Venedig bezog. Vor allem im Frühjahr gab es weit und breit keinen bekömmlicheren Wein, denn selbst wenn man sich fast bis zur Besinnungslosigkeit betrank, erwachte man am anderen Morgen mit einem Kopf, der es erlaubte zu arbeiten. Deshalb kamen die Männer hierher, aber nicht nur deshalb: Immer war es auch die Hoffnung, Lorena zu sehen, die dazu beitrug, die Schänke zur meistbesuchten Trinkstube der Stadt zu machen.

Auch Michele wußte die Reize der Wirtstochter zu schätzen, und er freute sich, als er sie gleich nach dem Eintreten in der Tür zur Küche stehen sah. In Wellen fiel das rotbraune Haar über ihre Schultern und umgab ihren Kopf wie ein riesiger Schleier. Leider verdeckten die Haare einen Teil ihres Gesichtes, das von einem ebenmäßigen Liebreiz war, wie Michele noch kein anderes gesehen hatte. Während er sie, solange sie in der Küchentür stand, betrachtete, befiel ihn Schwermut. Gewiß würde Paolo rasch von Lorenas Schönheit erfahren, und so, wie er seinen Freund kannte, würde dieser nichts unversucht lassen, sich ihr zu nähern. Andererseits war genau dies der Grund, warum er hoffte, Paolo vielleicht in Faustos Schänke zu treffen. Doch weder fand er ihn an der Schankbank noch an einem der Tische, und er erschien auch im Laufe des frühen Nachmittags nicht. Enttäuscht und ohne einen weiteren Blick auf Lorena erhaschen zu können, ging Michele nach zwei Bechern Rotwein schließlich zurück in das Handelskontor der Lungarotti.

Sie trafen sich erst vier Tage später am Stadttor. Michele fertigte auf dem Vorplatz des Tores ein Fuhrwerk ab, das sich mit Seidenstoffen und Safran auf den Weg nach Pisa machte, als Paolo zwischen zwei Reitern, welche das Mediciwappen auf ihren Röcken trugen, aus der Stadt ritt. Beim Anblick des Freundes erschrak Michele. Aus Paolos Augen war jedes Strahlen verschwunden. Zaghaft hob er die Hand zum Gruß, als er Michele erkannte, doch einer seiner Begleiter herrschte ihn an, ohne Verzögerung weiterzureiten. Der andere musterte Michele finster und ritt dicht neben Paolos Rappen. Michele sprang auf die Reitergruppe zu und rief: »Paolo, was ist mit dir?« Statt einer Antwort schüttelte der finster blikkende Reiter den Kopf. Langsam entfernten sich die drei. Verwirrt blickte Michele den drei Reitern nach, ehe er sich entschloß, ihnen zu folgen. Er ging hinauf zu den Stallungen der Lungarotti, schwang sich auf den Apfelschimmel seines Onkels und ritt zum Stadttor hinaus. Kaum war er außer Sichtweite der Mauern, trieb er das Pferd an. Doch vom Regen der letzten Wochen war die Straße aufgeweicht, und er mußte bald die Zügel aufnehmen, wollte er nicht Kopf und Kragen riskieren. Allmählich sammelte er seine Gedanken und überlegte, was er tun sollte, wenn er die drei eingeholt hatte. Die beiden Medicisöldner waren gut bewaffnet und vermutlich im Kämpfen geübt, es war unmöglich, Paolo gewaltsam zu befreien. Was für eine List könnte helfen? Aber war es überhaupt klug, den Freund den Medici-Häschern zu entreißen? Michele vermied es, auf diese Frage eine Antwort zu suchen, und flüchtete statt dessen in die angenehme Vorstellung, mit Paolo quer durch die italienischen Lande zu reiten. Während er sich in solchen Träumereien verlor, traf er nach einer langen Kurve auf die drei Reiter.

»Paolo«, rief Michele.

»Michele«, erwiderte Paolo.

»Was ist geschehen«, fragte Michele.

»Keine Unterhaltung«, meldete sich der ältere der beiden Reiter. »Wir müssen *Messer Scalieri* ungesäumt zu *Il Magnifico* bringen. Er soll mit niemandem reden. Richte dich danach!«

Um seinen Worten Nachdruck zu verleihen, legte er seine rechte Hand an den Schwertknauf an seiner linken Hüfte.

»Er ist mein bester Freund«, beharrte Michele. »Wir haben drei Jahre lang gemeinsam im Kontor von Lorenzo de' Medici gearbeitet und oft miteinander den *disputationes* in *Il Magnifico*s *studiolo* gelauscht. Laßt mich mit ihm sprechen!«

Der Ältere knurrte: »Dann reite neben uns her.«

Michele tat, wie ihm geheißen, und fragte Paolo noch einmal: »Was ist geschehen?«

»Ich habe die Beherrschung verloren, weil mich ein Fuhrmann beleidigt hat«, gab Paolo zu. »Im Streit habe ich ihn getötet. – Laß uns nicht darüber reden. Erzähle mir lieber, wie es dir in den letzten Monaten ergangen ist!«

»Anfangs habe ich dich vermißt. Das Zimmer war leer ohne dich. Später habe ich mir Sorgen gemacht, und als wir die Nachricht erhielten von dem Überfall auf dich und deinen Onkel, da bin ich fast gestorben vor Angst. Keiner hat geglaubt, dich lebend wiederzusehen. Außer vielleicht Lavinia. Sie reiste Hals über Kopf ab, ich habe sie nicht mehr gesprochen. Hat sie dich gepflegt?«

»Das hat sie.«

»Gott sei Dank«, flüsterte Michele und forschte in Paolos Pupillen nach einer Regung. Der Freund erwiderte den Blick und schwieg. »Am liebsten wäre ich Lavinia nachgereist nach Rom. Da erreichte mich der Brief meines Vaters, der mich heim berief. Unsere Geschäfte haben sich in den letzten Jahren ausgeweitet, Alberto hat unseren Spanienhandel ausgebaut. Immer noch verdienen wir viel Geld mit Safran, und ich verhandle mit den Gesandten spanischer Fürsten und Städte. Mein Tag ist vielfältig ausgefüllt, und wäre da nicht der ständige Kampf mit deiner Familie, ich fände Gefallen am Kaufmannsleben.«

Paolo schwieg.

»Nach einiger Zeit erhielt ich einen Brief von *Il Magnifico* wegen eines Safrangeschäfts und darin auch die Nachricht, du seiest wohlauf. Ich wäre sofort nach Florenz aufgebrochen, um dich zu sehen, doch Alberto nahm mich mit nach Spanien. Wir segelten die Küste entlang bis hinab nach Valencia. Erst vor einem Monat bin ich zurückgekehrt. Ach, so viel könnte ich dir erzählen, wenn wir nur genug Zeit hätten.«

»Wie meinst du das?«

»Ich kann dich nicht begleiten. Vermutlich werde ich zu Hause vermißt. Was soll ich meinem Vater sagen? Er haßt die Scalieri, er wird nie dulden, daß wir befreundet sind.«

»Warum bist du mir dann nachgeritten?«

»Ich wollte mit dir sprechen …« Michele stockte. »Was geschieht mit dir?«

»*Il Magnifico* wird über mich Gericht sitzen«, antwortete Paolo. »Ich hoffe auf seine Gnade. Kehr zu deiner Familie zurück, und wenn ich wiederkomme, bekenne dich zu unserer Freundschaft!«

Die letzten Worte sprach er mit so viel Nachdruck, daß es Michele einen Schauder auf den Rücken zauberte. Er blieb stehen. Als die drei in einer Senke verschwanden, wendete er und ritt mit verhaltenem Zügel zurück.

* 22 *

Lorenzo de' Medici ließ Paolo im *studiolo* warten. Die Zeit zog sich in die Länge, und je länger er ausharren mußte, desto unbehaglicher fühlte er sich. Was würde ihm der Herr von Florenz sagen, welche Buße ihm auferlegen? Zu unverbindlich war der Brief gewesen, den ihm sein Onkel vor zwei Tagen überreichte hatte. »Deine Tat«, hatte der Medici geschrieben, »hat viel Schaden angerichtet und verlangt nach Sühne, doch dein Einsatz in Rom verdient dir meine Gnade. Füge dich in dein Schicksal, ich werde gerecht richten!« So war er in die Hände der beiden Medici-Söldner befohlen worden. Im Palazzo hatte ihn ein Diener *Il Magnifico*s empfangen und in den Keller in eine Kammer geführt. Durch eine winzige Luke an der Decke war schwacher Lichtschein hereingedrungen, gerade genug, um die Pritsche und den Eimer in der Ecke zu erkennen, der für die Notdurft bestimmt war. Weder Essen noch Trinken hatte er erhalten, und die ganze Nacht hatte er in Ungewißheit verbracht, ehe er vor wenig mehr als einer Stunde in das *studiolo* geführt worden war.

»Du hast mir geschadet«, stellte Lorenzo mit leicht schnarrender Stimme fest. Doch nicht darüber erschrak Paolo am meisten, sondern über die gekrümmte Haltung *Il Magnificos*. Die Gicht hatte den Herrn von Florenz nun fest im Griff. »Das verlangt nach Buße. Was, mein Freund, gedenkst du mir anzubieten?«

»Was sollte ich Euch anbieten können, *Magnifico Messere*? Wer bin ich außer ein unbedeutender Diener in der Schar Eurer Getreuen?«

»Bereust du die Tat?«

»Meine Tat war dumm und unbeherrscht«, antwortete Paolo, »und die bessere Einsicht gebietet es, sie ungeschehen zu wünschen. Reue aber spüre ich nicht wegen der Tat, sondern wegen der Enttäuschung, die ich Euch bereitet habe.«

»Was?« Lorenzo hob die Augenbrauen und riß die Augen auf. Noch niemals war Paolo *Il Magnificos* Gesicht so häßlich erschienen wie mit diesen geweiteten Augen, die endgültig das Gefüge des Antlitzes zerstörten und die Aufmerksamkeit auf die zu kurze Nase mit den viel zu großen Nasenlöchern lenkten. Lorenzo schwieg eine Weile und sah Paolo ernst an. Schließlich nahm er wieder einen gleichmütigen Gesichtsausdruck an und bemerkte:

»Du hast bei meinen Gelehrten viel gelernt, fast scheint mir, du reichst schon an Polizianos Spitzfindigkeit heran. Wenn du diese Fähigkeit stets zu meinen Gunsten einsetzt, will ich sie dir durchgehen lassen. Doch nun zu deiner Buße: Du wirst unser Land verlassen und mindestens ein Jahr nicht mehr betreten. Danach wirst du dich zu meiner Verfügung halten, denn ich werde dich noch einmal mit einer Aufgabe betrauen, die vertrauensvollen Zugang zum Heiligen Vater erfordert. Vorausgesetzt, der Herr beruft Innozenz nicht vorher zu sich.«

Paolo, der bisher in respektvollem Abstand vor dem Medici gestanden hatte, trat einen Schritt auf ihn zu und beugte das Knie.

»Habt Dank, *Magnifico Messere*.«

»Nicht doch. Zu viel Demut steht dir nicht. Und ob du dich für das Exil bedanken sollst, mag dahinstehen.«

»Wo muß ich es verbringen?«

»Auf Sizilien. Du sollst mir Einsichten verschaffen über die dortigen Zustände und herausfinden, was für Pläne der spanische Vizekönig hegt. Deine Mutter stammte aus Palermo, ihre Familie wird dich aufnehmen. So kannst du unauffällig für mich Nachrichten sammeln. Zugleich bist du weit genug weg von unseren Landen, und die Gemüter in Volterra können sich beruhigen. Ein jeder soll wissen, daß es Strafe nach sich zieht, das Friedensgebot eines Medici zu brechen.«

Sizilien! Paolo hielt die Luft an vor Überraschung, und es fiel ihm schwer, sich seine Freude nicht anmerken zu lassen.

»Ich habe bereits Vorkehrungen treffen lassen für deine Reise. Du wirst in einigen Tagen nach Pisa reiten und von dort mit einem leichten Segler die Küste hinunterfahren. Bis dahin bleibst du in meinem Haus unter Arrest.«

Lorenzo beobachtete genau. Als er das Erschrecken in Paolos Gesicht sah, verzog er seinen Mund zu einem schiefen Lächeln.

»Du wirst eine andere Kammer erhalten.«

»Ich werde Euer Vertrauen nie wieder enttäuschen«, versprach Paolo und trat einen weiteren Schritt vor. Er wollte sich zu Lorenzos Hand hinabbeugen, um sie zu küssen, doch dieser winkte ab.

»Hast du Nachricht von Lavinia?«

»Nein, wie sollte ich?«

»Ich dachte … Niccolo Antinori kann sie nicht finden. Sie scheint vom Erdboden verschluckt zu sein.«

In *Il Magnificos* Gesicht spiegelten sich Sorge und Ratlosigkeit.

»Euch plagen wieder Schmerzen, *Magnifico Messere*? Es tut mir …«

»Geh jetzt!« befahl Lorenzo barsch und wandte sich ab.

* 23 *

»Du sollst zu Portia kommen«, überbrachte Elisabetta aufgeregt, »sie will dich unbedingt sehen. Dein Ruf hat sich nicht nur unter uns *puttane* verbreitet. Längst hat er die eine oder andere *cortigiana* erreicht. Doch Portia, das ist die Krönung. Wenn du Portias Heilerin wirst, dann mußt du dir keine Sorgen mehr machen.«

»Wann?«

»Am besten noch heute.«

»Es wird mir allmählich beschwerlich«, erwiderte Lavinia und legte ihre Hände auf die Rundung ihres Bauches.

»Ich begleite und stütze dich. Du darfst Portia nicht warten lassen.«

»Hat sie dir gesagt, was sie plagt?«

»Wo denkst du hin? Eine *cortigiana*, die auch nur ein Sterbenswörtchen über ein Leiden verliert, ruiniert ihr Geschäft.«

»Wieso sagt sie dir dann, daß sie Besuch von einer Heilerin wünscht?«

»Sie will deine Fähigkeiten kennenlernen.«

Lavinia erhob sich von ihrem bequemen Lager. Sofort spürte sie das Ziehen im Unterleib, das sie gemahnte, sich behutsam zu bewegen. Seit einigen Tagen hatte sich ihr Bauch etwas abgesenkt, und sie wußte, daß die letzten Wochen vor der Niederkunft angebrochen waren. Eine ungeschickte Bewegung konnte nun die Wehen auslösen. Das Kind sollte nicht zu früh auf die Welt kommen, jeder Tag, den es im Mutterleib verblieb, brachte ihm zusätzliche Kraft für die ersten Lebensmonate. Da Lavinia das wußte, hatte sie seit dieser Senkung ihre Besuche bei den kranken Dirnen im Stadtviertel eingestellt. Wer ihre Hilfe benötigte, mußte sie in Tarquinias Haus aufsuchen und bei der *ruffiana* zwei *quattrini* abgeben. Tarquinia nahm diese Zahlungen als zusätzliche Einnahme gern hin und zeigte sich insgesamt mit der Verabredung, die sie mit Lavinia wegen der Unterkunft getroffen hatte, sehr zufrieden. Lavinia ihrerseits fühlte sich in dem Hurenhaus wohl und freute sich, daß sie neben ihrer Schlafkammer seit einiger Zeit über einen zweiten Raum verfügen konnte, um dort die Frauen aus dem Viertel zu versorgen. Seitdem mußte sie nur noch jene besuchen, die sich schwer damit taten, die vier Stockwerke zu Lavinia nach oben zu steigen. Doch für Roms berühmte *cortigiana* mußte Lavinia eine Ausnahme machen.

Portia saß auf einem dieser niedrigen Diwane, die seit einiger Zeit bei den Reichen Roms beliebt waren. Sie trug ihr hellblondes Haar hochgesteckt und blickte Lavinia aus blauen Augen entgegen. Ihre Haut war blaß, an den Schläfen schimmerten blauviolett die Adern. Die vollen Lippen zitterten ein wenig. Lavinia neigte leicht den Kopf, als sie durch die Tür trat, und blieb stehen.

»Komm zu mir«, bat die *cortigiana* und deutete neben sich. Langsam ging Lavinia auf den Diwan zu, setzte sich und musterte ihre Gastgeberin. In deren Augen fand sie einen Schleier, der von einer Störung der Körperströme herrühren mußte. Lavinia spürte auch ohne ausgestreckte linke Hand die Verwirbelungen im Kraftfluß. Portia befand sich ganz und gar nicht im Gleichgewicht, und als ihr Blick an der aufgeblähten Rundung von Lavinias Bauch hängenblieb, entschlüsselte Lavinia das erste Geheimnis der *cortigiana*: Sie war schwanger. Doch das allein erklärte die vielen durcheinanderfließenden Kraftströme nicht. Lavinia fühlte sich getrieben, eine Frage zu stellen, doch sie wußte, daß sie nicht fragen durfte. Sollte Portia Vertrauen in die ihr unbekannte Heilerin gewinnen, mußte sie den Gang des Gesprächs bestimmen dürfen. Lavinia saß ruhig da und wartete. Nach einiger Zeit ergriff Portia ihre Hand. Finger nach Finger umschloß Portias Rechte Lavinias Linke, und als die eine Hand die andere ganz in sich barg, atmete die *cortigiana* hörbar auf. »Gut« sagte sie, »daß du bei mir bist.«

Statt einer Antwort legte Lavinia ihre rechte Hand auf Portias Linke.

»Weißt du, was mit mir geschieht?« fragte Portia leise.

»Du hast einen gesegneten Leib.«

»Ja.« Die *cortigiana* lachte. »Es ist in der Tat ein gesegneter Leib, angefüllt mit fruchtbarem Bischofssamen. Jetzt hat es mich erwischt. Jahrelang ist es mir gelungen, die Säfte der Herren in die Bettfalten zu lenken. Ausgerechnet der halb vertrocknete Hirtenstab eines Anbeters der Knabenliebe erwies sich gewitzter als alle anderen. Ach mein Purpurtäubchen! Gott liebt Baldassare Verucci, sonst würde er ihm keine Nachkommen schenken.«

Bei der Erwähnung des Namens horchte Lavinia auf und

überlegte, woher sie ihn kannte. Es war eine vage Erinnerung, der sie hinterherforschte, und sie fand kein Gesicht zu dem Namen.

»Doch mein gesegneter Leib ist es nicht allein, der mir Kummer macht. Um die Leibesfrucht wirst du dich«, sprach Portia gelassen weiter, »kümmern. Ich möchte mich in deine Obhut begeben, es wird uns allen helfen. Aber zuerst mußt du meinen Körper erforschen, ob er bereit ist, das Kind auszutragen, oder ob ich schon zu viel von dem herrlichen Kraut geraucht habe, das uns die böse Welt verschleiert.«

Vorsichtig legte Lavinia ihre linke Hand auf Portias Scheitel und spürte die hervorbrechende Kraft. Im Wechsel von Heiß und Kalt blies es aus einem Körper, der an seine Grenzen gelangt war.

»Du hast eine Verkrampfung im Unterleib, die nicht von der Schwangerschaft herrührt. Weißt du noch, was du in den letzten zwei Tagen alles gegessen hast?«

Während Lavinia auf die Antwort wartete, hob sie ihre Hand über die Scheitelpunkte und erfühlte eine Störung der Kraftströme nach der anderen. Zugleich sann sie dem Namen des Bischofs nach.

»Wir haben geschlemmt, mein Purpurtäubchen und ich«, gab die *cortigiana* zu, »und aus lauter Lust am Essen weitergespeist – beinahe, daß ich die Pfauenfeder gebraucht hätte. Jede erdenkliche Art von Kohl war auch dabei.«

Eine Übergasung des Bauchs, stellte Lavinia fest, und Verucci, das fiel ihr jetzt ein, ist jener Vizedatar, der Paolo in die Bibliothek hätte begleiten sollen auf der Suche nach dem Buch über das Pentalpha. Sie fuhr fort, Portias Kraftlinien zu erspüren. Sehr gut, dachte sie, über Portia werde ich an Verucci herankommen. Das lohnt jede Mühe.

* 24 *

Nachdem er mit dem Schatzmeister des Kardinals die Einzelheiten eines Geschäfts besprochen hatte, schlenderte Michele zum Handelshof der Florentiner und sprach bei Niccolo Antinori vor.

»Ein Safranhändler«, begrüßte der Faktor der Medici seinen Gast, und seine Stimme triefte vor Herablassung, als er fortfuhr: »Möchtest du meine Tücher färben oder meine Speisen?«

»Weder noch, verehrter Meister«, erwiderte Michele und trat an das Fenster. Diese selbstbewußte Unhöflichkeit stimmte Antinori nachdenklich. Anstatt mit einer weiteren ironischen Bemerkung die Stimmung zu gefährden, trat er neben seinen Gast, legte ihm die Hand auf die Schulter und fragte mit einem nun sehr ernsthaften Ton: »Was kann ich dann für dich tun, mein Freund?«

»Ich suche die Heilerin, Lavinia, *Messere*. Ihr wißt sicher, wo ich sie finde.«

Antinori blickte Michele überrascht an und schrägte den Kopf zur Verneinung.

»Wie kommst du auf Lavinia?«

»Sie war die beste Heilerin am Hofe von *Il Magnifico*. Ich benötige ihre Hilfe.«

»Da muß ich dich enttäuschen. Ich weiß selbst nicht, wo sie sich aufhält. Seit sieben Monaten kann ich ihr den Ehrensold, den *Il Magnifico* ausgelobt hat, nicht mehr überreichen. Sie ist wie vom Erdboden verschluckt.«

Enttäuscht machte sich Michele auf den Weg zu seiner Herberge in der Nähe des Pantheons und überlegte, wie er Lavinias Aufenthalt in Erfahrung bringen könnte. Doch rasch ließ er mutlos den Kopf sinken, denn was nicht einmal dem Faktor der Medici gelang, würde ihm, der er lediglich zu Besuch in Rom weilte und kaum jemand kannte, erst recht nicht gelingen. Weil aber der Nachmittag noch jung war und die Stadt sicher genug schien für weitere Erkundungen auch ohne Eskorte, ging Michele an seiner Herberge vorbei und gelangte zum Campo de' Fiori. Dort hatten einige der Kellerschänken Tische und Hocker auf den Marktplatz gestellt. Verlockt von der Aussicht auf einen guten Schluck, setzte sich Michele im Halbschatten an einen Tisch und trank einen süffigen Rotwein. Es dauerte nicht lange, bis er Gesellschaft erhielt. Eine hübsche *puttana* fragte ihn dreist, ob er ihr einen Becher ausgeben wolle. Ihr Lächeln gefiel ihm ebenso wie ihre schmalen Hüften, und so bedeutete er ihr, Platz zu nehmen.

»Du suchst einen vollen Beutel?« Michele legte einen Hauch von Spott in seine Stimme, so wenig, um die Dirne nicht zu vertreiben, genug aber, um ihren Witz zu testen.

»Zwei Nüsse sollten drin sein«, erwiderte sie schnippisch. »Und für den *rosso* sollte es auch noch reichen.«

»Bei hübschen Nüssen scheinst du sehr genügsam.«

Michele winkte dem Schankwirt und senkte seinen Blick in ihre Augen.

»Die Nüsse sieht man nicht, und manch pralle Schamkapsel stammt bloß von einem guten Ledermeister.«

Michele rückte ihrem Gesicht ein Stück näher. Nun konnte er ihren Atem riechen. Etwas Harz und etwas Pfefferminze.

»Wenn die Augen passen«, lockte sie ihn, »geht was beim Preis.«

Der Wirt stellte einen Becher vor die *puttana* und zwinkerte Michele zu. Der goß in beide Becher Wein bis an den Rand und trank seinen auf einen Zug aus.

»Gehst du stets so sorglos mit deinen Kräften um?«

»Ich habe genügend.«

Während sie noch an ihrem ersten Schluck nippte, schenkte sich Michele nach.

»Wie heißt du?«

»Caritas«, antwortete sie. »Das heißt Nächstenliebe.«

»Dann solltest du keinen *scudo* dafür nehmen«, konterte Michele und trank seinen Becher erneut in einem Zug aus. Er lehnte sich zurück und ließ seinen Blick über den Platz schweifen. An einigen Ecken begann sich allmählich das Leben zu regen, zu den weintrinkenden Männern gesellten sich einige kecke Dirnen, und andere schlenderten mit betontem Hüftschwung an den Tischen vorbei, um die Blicke der Männer auf sich zu ziehen. Aber keine konnte es an Schönheit mit Caritas aufnehmen, die mit eindeutigen Augenaufschlägen versuchte, Michele für sich einzunehmen. Er nahm es gelassen wahr und tat so, als interessiere ihn eine langsam näher kommende Füllige mehr als das knabenhafte Mädchen an seinem Tisch.

»Ich nehme auch keinen«, platzte sie in das sich dehnende Schweigen hinein. »Laß uns austrinken und komm mit! Gib mir zwei *quattrini* für den Wein, den ich dir ausschenke, dann sind wir quitt.«

Michele nahm statt einer Antwort den Krug in die Hand und leerte den Rest zu gleichen Teilen in ihre Becher. Mit einem verschwörerischen Augenzwinkern stieß Caritas ihren Becher gegen seinen, dann tranken sie aus. Michele legte zwei *quattrini* auf den Tisch und folgte der *puttana* quer über den Campo de' Fiori. Ihr knabenhafter Po war eine einzige Verlockung. Sie ging in eine düstere Seitengasse und drehte sich auffordernd nach Michele um.

»Keine Bange, ich komme dir nicht abhanden.«

Da hakte sie sich bei ihm unter und führte ihn zu einem mehrstöckigen Haus. Ehe sie ihn in den düsteren Hauseingang schob, legte sie einen Finger auf seine Lippen und wies ihm den Weg die Treppe hinauf. Rasch schlich Michele an einer offenen Tür neben dem Eingang vorbei.

»Mir ist nicht gut«, brummte Caritas in den Raum hinein. »Ich lege mich nieder und gehe später auf den Platz.«

Michele verstand die unwirsche Antwort nicht, aber er begriff, daß die *puttana* der Kupplerin ihren Anteil vorenthielt.

Als er zwei Stunden später aus dem Hurenhaus schlich, wußte er, daß er wiederkommen würde.

* 25 *

»Nur ruhig«, raunte Ephraim, »du bist für die nächste Lektion bereit.« Seine ausgefransten Lippen berührten Paolos Ohrmuschel, und feiner Nebel stäubte beim rollenden »R« seine Haut. Ein kalter Schauer jagte über Paolos Rücken, und in seinem Nacken stellten sich die Haare auf. Im Dämmerschein weniger Kerzen waren die Konturen des alten Juden kaum zu erkennen. Ein verschwommener Schatten bewegte sich in die Tiefe des Gewölbes hinein und erzitterte im aufflammenden Licht eines Schwefelhölzchens. Rasch verschwand die gelbe Flamme in einer roten Kugel, die drohend in der Dunkelheit glühte, als brenne die untergehende Sonne vor einem schwarzen Horizont.

»So, wie diese Sonne in der Finsternis untertaucht, so wird mein Volk in Sizilien untergehen«, weissagte der Alte, und seine dunkle Stimme hallte in dem Gewölbe nach. »Doch ehe dies geschieht, wird ein schreckliches Gericht über die Insel kommen und viel Leid bringen über die Menschen. Ich sage dir dies, damit du dereinst ermessen kannst, was für eine Wahrheit in meinen Worten steckt. Denn obwohl du treu an meinen Lippen hängst, steckt noch Zweifel in deinem Herzen. Reiße ihn heraus und folge deiner inneren Stimme, die dich zu mir gebracht hat. Sei bereit für die nächste Lektion. Komm mit mir in das Reich der Magie!«

Nebel umhüllte die dunkelrote Kugel, und das Licht wurde dämmriger.

»Hefte deinen Blick fest auf die verglühende Sonne und reinige deinen Geist von allen Gedanken, die mit der Welt verbunden sind. Sieh dieses Rot und denke rot«, raunte Ephraim und rollte das »R«. »Alles um dich ist rot. Dunkelrot. Begib dich hinein in dieses Rot. Dir wird warm. Spüre die Wärme. Heiß wird dir, unendlich heiß. Rot und heiß.«

Unablässig tropfte diese Litanei in Paolos Ohr. Er sah ringsum Rot. Ihm wurde heiß. Er ging in Ephraims Stimme auf und verlor die Welt um sich her.

Später wußte er nicht mehr, wieviel Zeit vergangen war. Der alte Jude strich ihm mit seiner knochigen Hand über die Augen, als er aus einem tiefen Schlaf erwachte. Er hatte den Anfang der Welt geträumt. Aus einem winzigen Lichtpunkt war ein rotglühender Drache entstanden mit vielen Armen und Beinen und mehr als nur einem Kopf, ein furchteinflößendes Wesen von verwirrender Lebendigkeit. Klar und deutlich hatte er den Drachen dabei beobachtet, wie er Hell und Dunkel voneinander schied und ein gläsernes Gewölbe errichtete, das Wasser und Luft trennte. Trockenes erhob sich aus dem Wasser und begrünte sich. Als der Lindwurm in den Himmel spie, entzündeten sich seine Speicheltropfen und wurden zu Sternen. Dann riß der Bauch des Drachen auf, und ein Schwall von Blut spülte einen kräftigen Stier auf eine graue Felsenplatte, der von dort hinabstieg zu einer Felsenküste. Er gelangte in eine kleine Bucht und ließ sich die Hufe vom Wasser benetzen. Eine sich aufbäumende Brandung formte ein Haus und schleuderte es auf einen Felsen. Da verdüsterte sich der Himmel, ein Blitz zuckte herab, und plötzlich stand vor dem Haus ein goldgelbes Kamel. Dann flog krachend der Himmel auseinander, und Paolo erwachte. Knochig strichen Ephraims Finger über seine Augen.

»Wo bin ich? Was ist mit mir geschehen?«

»Du hast ein Geheimnis des Anfangs gesehen.«

»Der Traum – ich hatte einen Traum von einem Drachen und einem Stier, einem Traum ganz ähnlich, wie ich ihn bereits früher einmal geträumt habe.«

»Du bist unter dem Zeichen des Pentalpha geboren, dir wird immer wieder ein Anfang vom Anfang entdeckt. Du bist vor etwas mehr als einem Jahr schwer verwundet worden. Du lagst auf der Grenze zum Tod, aber es war dir nicht bestimmt zu sterben. Du hast von *Alef* geträumt und von *Beth*. Ist es das, woran du dich erinnerst?«

»Woher weißt du …?«

Ephraim entblößte seine gelben Zähne. »Ich weiß, weil

ich weiß. Es wird Zeit, daß du glaubst. Die Geheimnisse der Magie wollen nicht erklärt werden.«

Ephraim ergriff Paolos rechte Hand und führte ihn durch einen dunklen Gang in ein kleines Gewölbe. Die Luft war stickig. In einer Nische stand ein Lesepult, eine Öllampe brannte. Auf dem Pult lag ein schwerer Foliant, eingebunden in speckiges Leder. In der Mitte des Einbands prangte ein schwarzes Pentagramm. Paolo erkannte das Symbol sofort und konnte seinen Blick nicht mehr von dem Buch wenden. War es das Buch über den fünffachen Anfang? Gab es mehr als ein Exemplar? Ja, das muß es sein, dachte Paolo aufgeregt und wollte weitergehen, doch Ephraim bedeutete ihm stehenzubleiben. Er schritt seinerseits auf das Pult zu, drehte den Docht der Öllampe höher und wischte mit einer andächtigen Bewegung über den Einband des Buches.

»Der Anfang vom Anfang.«

Seine Stimme klang andächtig. Die Flamme der Öllampe flackerte in seiner Atemluft und warf Schatten an die Wände, die nah zusammenrückten. Paolo fühlte sich beengt, sein Puls ging rascher, sein Atmen wurde flach, als hätte er Angst, gleich keine Luft mehr zu bekommen. Es war totenstill, nicht einmal das leise Pfeifen war zu hören, das Ephraims Atemzüge meist begleitete. Es war, als bliebe die Zeit stehen, und Paolo fiel in die rote Sonne von eben zurück, sah aber keinen roten Drachen, sondern erinnerte sich an die zähfließende Lava, die den Abhang des Ätna heruntergekrochen war. Giovanni Gagliardi, sein Großvater, war mit ihm kurz nach seiner Ankunft in Sizilien für einige Wochen zu dem alten Landgut der Gagliardi in Bronte geritten. Von dort aus hatten sie die brennende Flanke des rumorenden Vulkans besucht, wo sich der Feuerfluß seinen Weg zum Meer bahnte und alles fraß, was sich ihm in den Weg stellte. Einen großen Gutshof und ein kleines Dorf hatte er schon verschlungen, eine Marienkapelle aber, die mitten in seinem Laufweg lag, wie durch ein Wunder verschont: Kurz vor der Kapelle hatte sich der Glutstrom geteilt und war rechts und links an der Andachtsstelle vorbeigekrochen. Heilige Mutter Gottes, schütze uns, hatte Giovanni Gagliardi gemurmelt und dreimal hintereinander das Kreuz vor der Brust geschlagen.

Ephraim räusperte sich und riß Paolo aus der Erinnerung. Er winkte ihn zu sich heran und öffnete den Folianten. Staunend las Paolo die ersten Sätze über die vielfache Bedeutung des Pentagramms und seine mannigfaltige Wirkung, je nachdem, wer es wie und wo aufzeichnete. Und als Ephraim nach einigen Vorsprüchen die nächste Seite aufschlug, begann Paolos Herz vor Erregung zu springen. Unglaublich, was da in gestochen scharfer Schrift geschrieben stand. Leichtfüßig trug ein sehr altes Latein eine unfaßbare Wahrheit vor: Am Anfang war das Licht, und das Licht ist Gott. In all seiner gewaltigen Unendlichkeit war Gott so klein wie ein Sandkorn voller Licht. Als Er beschloß, seine Größe zu zeigen, blähte Er sich auf. Mit der Kraft von tausend Furien durchraste der Feuerball des Lichts eine unendliche Weite, und Er wurde größer und größer. Das Licht gebar sich selbst und steckte sich Kerzen auf, die als Sterne am Firmament leuchten. Und Er füllte sich an mit Erde, Feuer, Wasser und Luft. Er schrieb das *Alef* in den Himmel und schuf den Geist. So entstand die Welt aus Ihm: aus einem Sandkorn voller Feuer.

»Wie soll ich das verstehen?« fragte Paolo.

»Gar nicht«, antwortete Ephraim. »Du mußt es glauben.«

Die Kraft der Welt steckt im Feuer, stand auf der folgenden Seite geschrieben, und viele Beispiele folgten, die dies bekräftigten. Schließlich kam das Buch auf die unterschiedlichen Kräfte zu sprechen, die den Menschen gegeben waren, die Herren über das Feuer waren: all jene, welche im Zeichen des Pentalpha geboren wurden. Paolos Herz raste, als er dies las, und begierig streckte er die Hand aus, um auf die nächste Seite zu blättern.

»Halt ein«, gebot Ephraim.

»Warum?«

»Auf den nächsten Seiten kannst du alles zu den Geheimnissen dieser Welt lesen, und aus diesem Wissen kann die beste und die schlimmste Macht entstehen, die nur ein im Zeichen des Pentagramms Geborener erringen kann. Noch stehen dir einige Prüfungen bevor. Erst wenn du diese bestanden hast, darf ich dir nach und nach die Geheimnisse entdecken, die auf den nächsten Seiten geschrieben stehen.«

Drei Tage später stand eine schwarze Rauchsäule über dem Felsen, an dessen Fuß der alte Jude wohnte. Paolo rannte, so schnell er konnte, hinüber, aber das Haus brannte bereits lichterloh. Aus Fenstern und Türen schlugen die Flammen ebenso wie aus dem Dach, und durch das Flammenmeer war kein Hineinkommen in die Räume, in denen neben Ephraims Waren auch Bücher von unschätzbarem Wert lagerten. Aufgeregt liefen einige Juden hin und her, andere bildeten eine Kette und reichten sich wassergefüllte Eimer, welche die vorderen gegen das Haus schütteten, um das Feuer zu löschen. Doch das bewirkte nicht mehr als ein Tropfen auf den heißen Stein, und in kaum einer halben Stunde brannte das Anwesen bis auf die Grundmauern ab. Sehr zum Erstaunen der meisten fand man in den Tiefen des Felsens mehrere Gewölbe. Im hintersten Gewölbe lag Ephraim mit seiner Frau und einigen Kindern auf dem Boden unversehrt wie im Schlaf.

Ohne nachzudenken und ohne sich um die Umstehenden zu kümmern, hatte Paolo die Juden in die Tiefe der Gewölbe begleitet und stand fassungslos vor den Leichen. Ephraim hielt seine Frau in den Armen, von den Kindern hatten sich zwei Mädchen an ihre Großmutter und ein Junge an den Großvater geschmiegt. Ihre Gesichter wirkten so friedlich, als wären sie in ihrer Todesminute glücklich gewesen.

»Was tust du hier?«

Die geflüsterte Frage riß Paolo aus seiner Betrachtung. Er wandte sich dem Fragesteller zu und erkannte den Rabbi. Ephraim hatte stets mit größter Hochachtung von Rabbi Chaim als dem besten Kenner der Kabbala auf ganz Sizilien gesprochen, wenn sie in Ephraims Studierzimmer um den runden Tisch gesessen und sich über das Geheimnis der verschlüsselten Botschaften des alten Testaments ausgetauscht hatten. Vor einigen Wochen hatte Ephraim anläßlich eines Festessens, das er für einige Handelspartner aus Italien und Arabien gab, Paolo dem Rabbi mit der Bemerkung vorgestellt, Paolo habe wirklich Verständnis für die Heilige Schrift. Rabbi Chaim hatte Paolo daraufhin mit einem durchbohrenden Blick gemustert. Die ganze Zeit hatte Paolo nicht mit der Wimper gezuckt und den Blick so ungerührt erwidert, als sähe er einfach ins Leere.

»Du darfst nicht hiersein«, sprach der Rabbi leise weiter. »Geh unauffällig hinaus, bedecke dein Gesicht mit einem Tuch und gib vor zu weinen. Wenn die Späher des Vizekönigs dich sehen, bist du verloren.«

Paolo schaute zu den Toten und versuchte, sich das Bild einzuprägen. Es war, als spielte ein Lächeln um Ephraims Lippen. Wer weiß, dachte Paolo, welche Offenbarung ihm in seinen letzten Minuten zuteil wurde, und wie im Blitzlicht des nächtlichen Gewitters Gegenstände kurz aus der Finsternis herausgerissen und von übernatürlicher Helle bestrahlt werden, hörte Paolo noch einmal die Weissagungen, welche der alte Jude in den zurückliegenden Monaten gemacht hatte. Dann zog er ein dunkelrotes Seidentuch aus seiner Hosentasche, bedeckte damit sein Gesicht und verließ schluchzend das Gewölbe. Als er im Freien über die verglimmenden Trümmer stieg, ließen ihn die Wachleute des spanischen Vizekönigs ungehindert passieren.

Langsam wie ein Trauernder lief Paolo die Gasse in die Stadt hinunter, und erst an einer weit entfernten Ecke außerhalb des Judenviertels nahm er das Tuch vom Gesicht. Wenn die Späher des Vizekönigs dich sehen, wiederholte er im stillen Rabbi Chaims Worte, bist du verloren. Er ging nicht den unmittelbaren Weg zum Haus seiner Großeltern, sondern nahm einen Umweg über den Hafen und die Straße der Handelshöfe.

Paolo setzte sich auf einen Schemel und erinnerte sich seiner Reise nach Sizilien vor knapp einem Jahr. Sie hatten in Pisa einige Tage auf günstiges Wetter warten müssen, ehe es die Winde gut mit ihnen meinten und sie über ein ruhiges Meer mit stetem Blickkontakt zur Küste nach Süden segelten. Neben ihm hatten sich noch die beiden Pisaner Kaufleute Roberto Pulci und Vincenzo Bandini an Bord befunden, die in Palermo ihr Florentiner Tuch gegen arabische Gewürze und Früchte tauschen wollten, und Paolo vertrieb sich und den beiden manche Stunde mit Jonglieren. Immer wieder war einer der Matrosen bei ihm stehengeblieben und hatte die Kunstfertigkeit, mit der die fünf bunten Lederbälle durch die Luft wirbelten, bewundert. Binnen weniger Reisetage war er bei allen an Bord beliebt gewesen, und als er sich im Hafen von Palermo von den Seeleuten verabschiedete, bemerkte der Kapitän rauh, aber herzlich, mit ihm würde er jederzeit gern untergehen. An Land hatte Paolo Vincenzo und Roberto begleitet, einen Laufburschen zu den Gagliardi, der Familie seiner Mutter, geschickt und sich die Zeit, bis er abgeholt wurde, vertrieben, indem er die Pisaner bei ihren Verladetätigkeiten unterstützte und damit eine Freundschaft besiegelte, die über Monate hinweg ertragreich war. So zuverlässig, wie die beiden nach Palermo gekommen waren, um ihre Handelsgeschäfte zu betreiben, so zuverlässig hatten sie Paolos Nachrichten nach Norden gebracht und waren seine unauffällige Verbindung zu *Il Magnifico*, der an allem, was in Sizilien vorging, größtes Interesse hatte.

Auf diesem Hof hatte Paolo drei Monate nach seiner Ankunft Ephraim kennengelernt, als dieser Florentiner Tuche gegen arabische Gewürze und Früchte tauschte und mitten in einer schwierigen Preisverhandlung seinen Blick nicht mehr von Paolo wenden konnte, der plaudernd neben einem Gewürzhändler aus Siena stand. Ephraim ließ seinen Geschäftspartner stehen, legte die rechte Hand auf seine Brust, deutete eine leichte Verneigung an und bat Paolo, mit ihm zu kommen. In ihrer Begegnung hatte etwas Zwingendes gelegen, so daß Paolo keine Sekunde überlegt hatte, ob er Ephraim begleiten solle oder nicht. Er war dem alten Juden willig gefolgt. Sie waren in das Judenviertel gegangen und hatten sich auf die Bank vor einer Schänke gesetzt, langsam von dem süßen Wein getrunken, welchen ihnen der Wirt gebracht hatte, und geschwiegen.

»Ich kenne deine Mutter«, hatte Ephraim schließlich gesagt, und Paolo hatte den Kopf herumgerissen und ihn angestarrt. Über den gefurchten Lippen prangte eine übergroße Knollennase, die Augen verschwanden unter buschigen Brauen, über die Ohren hingen Korkenzieherlocken. Was redete der Fremde?

»Julietta war heiter und schwermütig zugleich, eine Perle unter den Mädchen Palermos.«

Woher kannte er ihren Namen, fragte sich Paolo und spürte, wie ihm ein kalter Schauer über den Rücken jagte.

»Sie trug schwer an ihrer Gabe«, fuhr Ephraim fort. »Sie wollte am Schluß keinem Menschen mehr die Hand geben. O ja, wie gut konnte ich sie verstehen.«

Er schwieg wieder eine Weile. Paolo überlegte unterdessen fieberhaft, was der alte Jude meinte, doch er konnte sich auf die Andeutung keinen Reim machen.

»Hast du diese Gabe auch?«

Der Alte schien so gierig auf die Antwort, als wäre sie die Entdeckung eines Goldschatzes, doch andererseits klang die Stimme trostlos, als fürchtete sich Ephraim vor einem Ja.

»Ich weiß nicht, welche Gabe Ihr meint.«

Ephraim schloß die Augen und ließ sein Gesicht von der Nachmittagssonne bescheinen. Paolo versuchte unterdessen, sich an seine Mutter zu erinnern. Wie durch dichten Novembernebel erkannte er die Schemen ihres Gesichts und hörte gedämpft ihre Stimme, die ihm mit fremdem Klang ein Lied sang. Dann legte sich die Erinnerung an den Trauerzug über das Bild, und er sah das Chaos wieder, das die Panik der Menschen angerichtet hatte, sah sich gemeinsam mit Michele auf den Friedhof zugehen und der Grablegung seines Vaters beiwohnen. Das Antlitz der Mutter verschwand im flirrenden Staub eines Friedhofs.

»Wenn du Menschen die Hand reichst«, sagte der Alte, und seine Stimme stockte wie bei einem Stotterer, »spürst du dann manchmal etwas Seltsames? Bei dem einen oder anderen vielleicht das Fehlen von Kraft?«

Eigenartig, dachte Paolo, daß er mich das fragt. Die Frage machte ihm angst, und er überlegte noch, ob und was er dem alten Juden antworten sollte, als ihn dieser anlächelte.

»Du mußt nichts sagen. Ich weiß es bereits.«

Paolo stand auf und ging weiter zum Hafen. Dort schaute er teilnahmslos auf eine spanische Caravelle, die soeben einlief. Er konnte immer noch nicht glauben, daß Ephraim tot war. In dem alten Juden hatte er einen zweiten Vater gefunden, einen, der ihm in einem halben Jahr mehr verbotenes Wissen vermittelt hatte als Ficino und alle geheimen Bücher des Palazzo Medici zusammen. Immer wieder hatte der alte Jude das Verbotene seines Handelns betont. Nicht nur das Wissen, das er Paolo vermittelte, war verboten, sondern auch der Umstand, daß er als Jude einem Christen etwas lehrte. Denn das untersagten sowohl die jüdischen Regeln als auch die spanischen Gesetze. Stets waren sie daher in der Gefahr gewesen, entdeckt zu werden. Von der Caravelle schallten aufgeregte Kommandos, während das Schiff längsseits an einer Hafenmauer festmachte. Paolo hob den Blick und betrachtete die sehnigen Männer, die dicke Taue um die Dollen schlangen. Ein schmächtiger Bursche schob die Laufplanken vom Schiff auf den Kai, an dem eine Truppe glanzvoll herausgeputzter Soldaten des Vizekönigs Aufstellung nahm. Von Bord der Caravelle ging ein beleibter Edelmann, umringt von einigen Schwertträgern, an Land. Mit einer tiefen Verneigung wurde er von dem Hauptmann der Truppe empfangen und zu einem zwanzig Schritt abseits stehenden Roß geleitet, dessen Zaumzeug in der Sonne blinkte. Zwei

Soldaten halfen ihm in den Sattel. Kaum saß er oben, reckte er seine Brust, so daß sich einige der Hemdrüschen durch das silberglänzende Wams drückten. Sein Gesicht umspielte ein herrischer Zug, und Paolo vermeinte, das Schnalzen der Zunge zu hören, mit dem der Spanier sein Pferd antrieb. Irgend etwas an der Art dieses Herrn mißfiel ihm gründlich, und er spürte, wie Unmut gegen diesen spanischen Granden in ihm anschwoll. Einer mehr, der sich anschickt, das Volk meiner Mutter zu unterdrücken, dachte er und wandte sich ab. Er spürte den Haß auf die Spanier, den Ephraim in den letzten Monaten mit allerlei Erzählungen und Prophezeiungen in ihm genährt hatte, und unversehens sah er den falschen Benediktiner vor sich. Er sah dieses kaltblütige Lächeln, während die mattglänzende Stahlklinge auf seinen Brustkorb zuraste, und war wieder durchdrungen von dem Wunsch, eines Tages den Mörder seines Onkels zur Strecke zu bringen. Ich räche sie alle, dachte er grimmig und meinte damit nicht nur Giuseppe Scalieri und Giuliano de' Medici, sondern auch Bartolommeo und Antonio Scalieri, den Großvater, den er nicht gekannt, von dem er aber in den letzten Monaten durch Giovanni Gagliardi viel gehört hatte. Auch die Mutter war durch Ephraims Erzählungen in Palermo sehr lebendig geworden. Wenn die Magd im Hause Gagliardi ihre Lieder sang, schloß Paolo die Augen und hörte die Stimme seiner Mutter. Und wenn er mit dem Großvater hinüberritt zum Anwesen bei Bronte, wiegten sich die Ölbäume leicht im Wind und holten jene Stunden ins Leben zurück, die Paolos Vater mit seinen Gedichten an Julietta gefüllt hatte. Wenig, viel zu wenig hatte die Mutter damals dem siebenjährigen Knaben erzählt, und auch die Erinnerungen des Großvaters waren bruchstückhaft, weshalb sich Paolo viel zusammenreimen mußte aus den Erzählungen. Wie schade, daß Ephraim nicht noch mehr von damals erzählen konnte, Ephraim, der offensichtlich der einzige war, dem Julietta je von ihrer Gabe erzählt hatte. Bei diesem Gedanken packte Paolo noch einmal der Schmerz über den

Verlust. Er lehnte sich gegen die Hauswand eines kleinen Palazzo, hob den Blick in den Himmel und sah nichts außer der gleißenden Sonne.

* 26 *

Mehrere Monate lang überdeckten abwechselnd unbeschreiblicher Kummer und unnennbare Freude alle anderen Regungen. Sie erbrachte ihre Dienste nur dort, wo es unausweichlich war, um ihr augenblickliches Leben zu bestreiten oder das Pfand auf die Zukunft nicht zu verlieren. Erst allmählich erwachte Lavinia aus dem schmerzensreichen Traumzustand ihres jungen Mutterseins und nahm die Welt um sich herum wieder wahr. Doch immer noch fiel sie in ein Meer voller Glück, wenn die zerbrechliche Amata an ihrer Brust saugte und sich auf dem Säuglingsgesicht die wissende Zufriedenheit Tausender Generationen auszubreiten schien, daß das Leben nie wieder so glücklich sein würde wie in diesen Augenblicken. Mit ihrer Tochter wurde sie selbst wieder zum Kind und durchlebte die ersten Monate ein weiteres Mal. Sie erinnerte sich an die Mühsal, die später über ihre Mutter gekommen war, die erste und die zweite Flucht, die Ruhelosigkeit in einem halb unehrenhaften Leben vor den Toren der Städte als Heilkundige und Hebamme. Nicht anders wird es dir ergehen, dachte sie oft, wenn sie Amata über den spärlich behaarten Kopf streichelte, und egal, wie ich mich anstrenge und was ich mir einfallen lasse, um unser Leben besser zu gestalten, letztlich werden wir zwei das bleiben, was auch meine Mutter und ich zeitlebens waren, schutzlose Wesen am Rande der Städte, immer auf der Hut und niemals in Sicherheit.

Doch weil sie den Zeichen des Schicksals zum Trotz an einer besseren Zukunft für sich und ihr unschuldiges Kind bauen wollte, kümmerte sie sich auch in den Tagen der größten Aufgewühltheit direkt nach der Geburt um Roms berühmte *cortigiana*. Portia war keine einfache Frau. Jeden Tag wurde sie von einer anderen Angst befallen. Was immer die Welt an Krankheiten aufzubieten hatte, Portia wähnte das Übel in ihrem Körper. Schlimmer noch war ihre ins Unerträgliche gesteigerte Angst vor der unaufhaltsam näherrückenden Niederkunft, und als Lavinia ihr gestand, daß sie selbst bei Amatas Geburt unbeschreibliche Schmerzen erlitten habe, wollte Portia lieber aus dem Leben scheiden, als eine wehengeplagte Niederkunft am eigenen Leib erfahren. Doch Lavinia wußte nicht nur, wie gesund die *cortigiana* war, sondern sie wußte auch, daß Portia der Schlüssel zu ihrer eigenen Vergangenheit werden konnte. Seit der Geburt wuchs in ihr wieder der Wunsch, jenes geheimnisvolle Buch lesen zu dürfen, über das die Mutter immer berichtet und das ihr Großvater studiert hatte. Auch sie mußte dieses Buch kennenlernen. Das war sie nicht nur ihrer Mutter und vielleicht dem Großvater schuldig, um die Linie des Wissens in einer Heilerfamilie aufrechtzuerhalten. Das war sie zuallererst Amata schuldig. Ihre Tochter hatte einen Vater, der im Zeichen des Pentagramms geboren worden war. Über ihr hing das Schwert des Damokles. War sie das Endziel allen Schicksals rund um Paolo Scalieri und Michele Lungarotti? Würde Amata einmal verkörpern, was die bösen Geister eingeleitet hatten mit ihren Zeichen? Zwei Pentagramme. In unmittelbarer Nachbarschaft, um dreizehn Tage in der Zeit gegeneinander versetzt. Wieviel Zeit hatte Lavinia benötigt, um die Verstrickung zu erkennen, in die das Schicksal die Leben von Paolo und Michele gezwungen hatte. Allzu lange hatte sie die Zeichen nicht wahrhaben wollen, hatte die Augen vor den Hinweisen verschlossen und sich sogar selbst schuldig gemacht, indem sie sich beiden Jünglingen hingegeben hatte. Doch darin, so dachte sie zu ihrer Entschuldigung, mußte sich ein größerer als nur ihr eigener Lebenskreis verwirklichen. Um verstehen zu können, was das Schicksal damit sagen wollte, mußte sie das geheime Buch lesen. Den Schlüssel dazu hatte Portia in der Hand. Sie trug das Kind eines Mannes unter dem Herzen, der ihr Zutritt zur geheimen Bibliothek des Vatikans verschaffen konnte.

»Wie wirst du es in Zukunft mit dem Vater deines Kindes halten?« fragte Lavinia wenige Wochen vor Portias Niederkunft und wußte, daß sie damit in eine Wunde stach, denn letztlich wünschte sich jede Geliebte eines hohen Klerikers, dieser möge sein Kind anerkennen und ihm ein Leben in Freiheit und Sicherheit ermöglichen. Doch Baldassare Verucci tat sich mit dem Bekenntnis zu eigener Nachkommenschaft in mehr als einer Hinsicht schwer. Zum einen war er ein stadtbekannter Geizkragen, zum anderen ein leidenschaftlicher Knabenliebhaber und darüber hinaus einer jener purpurnen Geldsäcke, die besonders darauf bedacht waren, den schönen Schein zu wahren. Trotzdem machte er Portia jede Woche seine Aufwartung und ließ es auch nicht an Gunstbeweisen mangeln.

»Ach, mein Purpurtäubchen wird das Geschöpf nicht legitimieren«, erwiderte Portia und winkte müde ab. »Aber ich werde ihm das Kind nicht vorenthalten. Soll er sich ruhig daran erfreuen, daß sein Federkiel mit lebendiger Tinte geschrieben hat.«

»Zu gern würde ich deinen ritterlichen Priester kennenlernen.«

»Sollst du, meine Kräuterkönigin. Wenn das Kind auf der Welt ist und ich dann noch lebe.«

Bald riß der Schmerz an Portias Leib. Über Stunden geißelten die Wehen die *cortigiana* ohne sichtbaren Erfolg. Der Muttermund blieb verschlossen. Waschungen mit warmem Kräutersud halfen zu kaum mehr als einer Daumenlänge, viel zu wenig für den andrängenden Kinderschädel. Schon ging der Atem flach und fehlte die Kraft für das Pressen, das nötig sein würde, um den Bankert des Bischofs auszutreiben. Lavinia befahl den Mägden, Portia auf einen hohen Stuhl zu setzen und zu stützen, kniete sich vor die Wimmernde und rieb das geschundene Fleisch mit Tollkirschpulver ein. Dann gab sie Portia eine Knoblauchzehe zu kauen und begann, Fenchel- und Gundelrebenpulver in Öl einzurühren und damit die verhärteten Muskeln rings um die Scham zu massieren. Kostbare Zeit verging, doch die Öffnung wollte sich nicht ausreichend weiten. Portia verließen endgültig die Kräfte. Dann muß es wohl sein, dachte Lavinia und griff nach dem scharfen Messer, welches sie für die äußersten Notfälle bei sich trug. Vorsichtig setzte sie am unteren Rand der Vulva die Klinge gegen den After an. Mit einem scharfen Ruck war der Damm durchtrennt. Eine Wehe jagte die nächste. Ein schwarzes Köpfchen bahnte sich seinen Weg, und blauglänzend rutschte der Säugling heraus. Lavinia fing das Kind auf und reichte es weiter an eine der Mägde.

»Gib ihm 'nen Klaps und wasch es. Sieh nach, ob alles dran ist«, rief sie, dann wandte sie ihre ganze Aufmerksamkeit der Mutter zu. Nun blutete der Schnitt, Portia spürte den Wundschmerz und schrie. Mit einem frischen Tuch, in heißes Wasser getränkt, tupfte Lavinia Blut und Schleim von der Wunde, dann tropfte sie vorsichtig lauwarmen Salbeisud auf den klaffenden Schnitt. Endlich preßte die beinahe Ohnmächtige den Mutterkuchen heraus. In einem Schwall von Blut klatschte er auf den Boden. Erneut säuberte Lavinia das wunde Fleisch, dann hieß sie die Mägde, Portia ins Bett zu legen.

Ein zartes Stimmchen schrie seinen Unmut in die Welt hinaus.

»Sie hat alles, was sie braucht, und etwas sogar im Übermaß«, bemerkte die Magd, die das Kind gewaschen hatte, mit verwunderter Stimme.

Lavinia ging zu ihr und betrachtete das Menschlein.

»Da, schau«, sagte die Magd und zeigte auf die Scham der Neugeborenen. »Riesengroß!«

Lavinia lachte. »Wenn sie auf die Welt kommen, ist's immer so groß. Das gibt sich rasch und ist kein Grund, sich zu beunruhigen. Gebt Portia etwas von dem Salbeisud zu trinken.«

Sie wandte sich wieder der jungen Mutter zu, säuberte ein weiteres Mal die Wunde am Damm und nahm Nadel und Faden zur Hand.

»Um Gottes willen, was tust du?« fragte die älteste Magd.

»Ich nähe die Wunde zu«, antwortete Lavinia. »Kennst du das nicht?«

Die Magd schüttelte den Kopf und schlug das Kreuzzeichen. Lavinia ließ sich weder von der mißtrauischen Magd noch vom Wimmern Portias beirren. Stich nach Stich setzte sie in das offene Fleisch und zog die Wundränder vorsichtig zusammen, bis der weite Schnitt geschlossen war.

Portia überlebte die Tortur der Geburt und blühte von Tag zu Tag mehr auf. Wie kaum eine zweite genoß sie die weichen Lippen ihrer Tochter an der Brust und pries den Tag einen glücklichen, an dem sich Veruccis Samen fruchtbringend in ihren Leib ergossen hatte. Schließlich sandte sie nach dem Vizedatar und ließ ihn in ihre Gemächer. Da stand der feiste Bischof etwas unbeholfen, und in den immer noch von einem eitrigen Tränenfluß geröteten Augen ließ sich die Rührung ablesen, die ihn beim Anblick des Säuglings und der Wöchnerin ergriff.

»Tritt näher, mein Stier«, gurrte Portia und warf Baldassare einen Kußmund zu. Der Bischof kam heran und kniete am Bett nieder. Portia nahm seine etwas hängenden Wangen zwischen ihre Hände, zog seinen Kopf zu sich heran und küßte ihn lange auf seine wulstigen Lippen. »Nun bist du Vater, mein Lieber. Wirst du mir drei Wünsche erfüllen?«

»Das kommt darauf an.«

»Mein Haus gehört immer noch zur knappen Hälfte meinem Bankherrn Chigi. Sorge dafür, daß meine Schulden getilgt werden. Dies ist mein erster Wunsch.«

Verucci schluckte und schwieg eine Weile. »Wieviel?« fragte er dann.

»Ungefähr fünftausend *scudi*. Du mußt nur deine Preise ein wenig anheben.«

Der Bischof nickte.

»Für die Mutter deiner Tochter ziemt es sich nicht, weiter als *cortigiana* zu leben. Verschaffe mir den Titel einer ehrenwerten Frau. Das ist mein zweiter Wunsch.«

Im Gesicht des Vizedatars arbeitete es. Was Portia verlangte, war nicht einfach zu gewähren, nur die herausragendsten Kurtisanen der Stadt hatten es in den zurückliegenden Jahren erreicht, zu einer *curialis romanam curiam sequens* ernannt zu werden, und in der Regel brauchte es dafür eine hohe Summe an Bestechungsgeldern. Andererseits hatte er Zugang zu den wichtigsten Urkundenbüchern des Heiligen Stuhls, und wenn Portia in Zukunft ihr Gewerbe nicht mehr ausübte, konnte er stolz auf die Mutter seiner Tochter sein. Der Gedanke, daß er als ein der Knabenliebe zugewandter Mann Rom die edelste Hure entziehen würde, gefiel ihm so sehr, daß er auch diesen Wunsch gewährte.

»Ohne meine Hebamme wäre ich tot«, fuhr Portia fort. »Sie hat meinen dritten Wunsch frei.«

»Was kann das für ein Wunsch sein?« fragte der Bischof verunsichert.

»Keine Sorge, sie wird weder Geld von dir verlangen noch eine unerlaubte Handlung.«

Verucci zog ein besorgtes Gesicht, doch als er in Portias Augen blickte, gewährte er auch diese Bitte.

* 27 *

Das Feuer im Judenviertel hatte wochenlang für Gesprächsstoff in Palermo gesorgt. Mehr und mehr zeigte es sich, daß ein übler Brandstifter sein Unwesen getrieben hatte, wobei manche unter den Menschen nach dem Täter suchten, während andere höhere Mächte ins Spiel brachten. Seit man erfahren hatte, wie Ephraim mit seiner Familie aufgefunden worden war, verbreitete sich die Kunde, er sei ein Zauberer gewesen, und so blieb es nicht aus, daß sich die Schergen des Vizekönigs für den Fall interessierten. Wahllos wurden Nachbarn Ephraims in die Verliese des Vizekönigs geschleppt und verhört, und wer keine Zeugen dafür finden konnte, daß er bei Ausbruch des Feuers nicht in der Nähe von Ephraims Haus gewesen war, wurde ebenso der Folter unterzogen wie diejenigen, die unvorsichtigerweise Ephraims Beschäftigung mit der Kabbala bestätigten. Binnen zweier Wochen befanden sich siebzehn Juden wegen des Verdachts von Brandstiftung und Zauberei im Kerker des spanischen Vizekönigs. Erstmals machten Befürchtungen die Runde, der Vizekönig könne es darauf anlegen, die Juden aus Palermo oder gar ganz Sizilien zu vertreiben.

Doch nicht dies beunruhigte Paolo, der die Vorgänge in der Stadt aufmerksam beobachtete, sondern das Gerücht, man habe in Ephraims Gewölben verbotene Bücher gefunden. Was, wenn der schwere Foliant über das Pentalpha kein Opfer der Flammen geworden war? Von den Spaniern wußte man, daß sie ihre Ermittlungsverfahren in die Hände blinder Glaubenseiferer gelegt hatten, die vor keiner Tortur zurückschreckten, um herauszubekommen, was sie wissen wollten. Das geheime Wissen durfte nicht in die Hände dieser Hexenjäger fallen, und Paolo sann nach Mitteln und Wegen, wie er in Erfahrung bringen konnte, ob der Foliant das Feuer überstanden hatte. Er brauchte einen Verbündeten, auf den er sich verlassen konnte. Da kam nur Michele in Betracht, von dem Paolo dank seiner Pisaner Freunde wußte, daß er seinen Onkel im Geschäft mit den Spaniern unterstützte, und als Vincenzo wieder in Palermo war, bat er ihn, den Lungarotti auszurichten, der Vizekönig wünsche mit Michele über ein neues Geschäft zu verhandeln.

Vincenzo strahlte, als sie sich acht Wochen später wieder trafen. »Dein Freund wird die nächste Lieferung der Lungarotti an den Hof des Vizekönigs begleiten.«

Paolo klopfte dem Händler auf die Schulter und bestellte beim Wirt des Handelshofes einen Krug Rotwein.

»Wie war die Fahrt?« fragte er und gab seiner Stimme einen möglichst teilnahmslosen Klang. Er wollte nicht den Anschein erwecken, die Angelegenheit bedeute ihm viel.

»Auf Höhe von Rom hatten wir einen halben Tag rauhe See«, antwortete Vincenzo und trank einen kräftigen Schluck, »sonst blies ein mäßiger Wind. Noch hat uns keiner der gefürchteten Winterstürme geplagt.«

»Das ist gut fürs Geschäft.« Paolo hob seinen Becher. »Was gibt es Neues aus der Heimat?«

»Alles geht seinen Gang«, erwiderte Vincenzo. »Laß uns ins Badhaus gehen, da kann ich dir jede Menge erzählen.«

Paolo schmunzelte. Roberto Pulci und Vincenzo Bandini kamen keineswegs nur wegen ihrer Geschäfte nach Palermo, dazu übte das hiesige Badhaus eine viel zu starke Anziehung auf die beiden aus.

An der Pforte wurden sie von einem Hünen empfangen und in einen ruhigen Raum geleitet, wo sie sich ihrer Kleider entledigten. An zwei Wandhaken hingen schlichte Leinenmäntel. Sie schlüpften hinein und klopften gegen die Tür. Sofort schwang diese auf. Ein zartgliedriger Knabe in einer locker fallenden weißen Toga stand bereit, um sie in den Baderaum zu führen. Sie folgten ihm durch einen schmalen Gang, der sich in eine weite Halle öffnete, die vollkommen mit Marmor ausgekleidet war und in der sich ein halbes Dutzend in den Boden eingelassene Wannen unterschiedlicher Größe fanden. Schon schlug ihnen wohlduftender Wasserdampf entgegen. Der Knabe führte sie in die hinterste Ecke zu einem Becken von fünf Schritt im Geviert, angefüllt mit heißem Wasser und einer dicken Schicht Seifenschaum. Paolo und Vincenzo schälten sich aus ihren

Mänteln, welche der Knabe bereitwillig in Empfang nahm, und stiegen langsam in das Becken. Nachdem sie sich einige Minuten wohlig darin gerekelt hatten, trat ein zweiter Knabe mit zwei schweren Bürsten heran, reichte eine weiter, kniete sich neben Paolo und schrubbte ihm den Rücken. Paolo schloß die Augen und genoß die Reinigungsprozedur, wobei ihm in Vorfreude auf das kommende Vergnügen bereits wohlige Schauer über den Rücken liefen. Ein Blick zwischen blinzelnden Augenlidern genügte, um ihm zu zeigen, mit wieviel Zufriedenheit sich sein Pisaner Freund der Reinigung hingab. Für Brust und Bauch verwendete der Knabe statt der harten Bürste einen weichen Schwamm, der eigens aus Arabien eingekauft wurde, um die Leiber der vornehmen Männer zu verwöhnen. Mit kreisenden Bewegungen strich der Schwamm über die Haut und näherte sich langsam tieferen Regionen. Paolo unterdrückte einen Seufzer, als der Knabe mit Daumen und Zeigefinger einen Ring bildete, den er kräftig um sein aufgerichtetes Glied schloß und die Haut straff nach unten zog, ehe der Schwamm mit vorsichtigen Bewegungen die pralle Kappe reinigte. Wie lustvoll diese gründliche Waschung war, bestätigte auch Vincenzo auf der anderen Seite der Wanne mit eindeutigem Keuchen.

Nach dem Bad führte sie der Knabe in einen stark geheizten Raum, in dem sich zwei Pritschen befanden. Dort wurden ihre Körper von oben bis unten mit wohlriechenden Ölen eingerieben und alle Muskeln geknetet und gewalkt, bis sie sich locker anfühlten.

»Zu Florenz«, berichtete Vincenzo, ganz der Entspannung hingegeben, »nimmt die Vergnügungssucht immer größere Ausmaße an. Die Gelage der Patrizier kennen kaum noch Scham und Anstand, und selbst von Lorenzo de' Medici hört man vereinzelt, daß er in seinem Landhaus in Careggi Orgien feiert und seinen Hunger an Knaben und Mädchen gleichermaßen stillt. Aber ein Badhaus wie dieses findet man in ganz Tuszien nicht.«

»Wie gehen die Geschäfte, seit es Frieden gibt mit dem

Patrimonium Petri?« fragte Paolo und drehte sich genüßlich vom Bauch auf den Rücken.

»In der Tat hat das allen Handelshäusern sehr geholfen«, antwortete der Pisaner Tuchhändler, wendete seinen etwas fülligen Körper ebenfalls und sah gebannt auf die Tür, durch die in diesem Augenblick zwei wohlgeformte Schönheiten eintraten.

»Wähle du«, bemerkte Paolo zu Vincenzo und hoffte, der Freund werde sich für die schlanke Blondine entscheiden, denn die Dunkelhaarige mit schweren Brüsten und drallem Po gefiel ihm wesentlich besser. Außerdem wollte er, wenn er sich eine Frau nahm, nicht an Lavinia erinnert werden. Sie fehlte ihm. Nicht, weil er noch ein besonderes Gefühl für sie empfand, nein. Das nicht. Er vermißte sie, wie man einen liebgewordenen Besitz vermißt. In seinem Innersten hatte er das Gefühl, sie gehöre ihm, und zwar ausschließlich ihm. Allein der Gedanke, daß ein anderer Mann sie in den Armen hielt, machte ihn zornig, und wenn ihm sein Argwohn gegen Michele in den Sinn kam, war er stundenlang mißmutig. Seit er von Rom nach Florenz zurückberufen worden war, hatte er kein Lebenszeichen mehr von Lavinia erhalten, und manchmal hatte er Angst, es könnte ihr etwas zugestoßen sein. Das aber, beruhigte er sich stets, wäre ihm auf jeden Fall zu Ohren gekommen. Daß allerdings nicht einmal *Il Magnifico* sagen konnte, wo sich seine Heilerin aufhielt, war und blieb beunruhigend. Wenn ich, dachte Paolo, die Verbannung überstanden habe, werde ich nach Rom gehen und Lavinia suchen. Er hielt es nicht aus, ohne Wissen über sie zu sein. Zum Glück entschied sich Vincenzo für die Blonde.

* 28 *

»Du also bist die Amica der göttlichen Portia«, empfing Baldassare Verucci Lavinia in seinem kleinen Palazzo unweit des

Pozzo Bianco und lud sie ein, auf dem Diwan neben dem Kamin Platz zu nehmen. »Sicher wirst du meine Neugierde verstehen und meine Ungeduld entschuldigen. Was für eine Bitte soll ich dir gewähren?«

»Ehrwürdiger Vater, ich neige mein Haupt vor dem Priester und lege mein Geschick in Eure gesalbten Hände. Welch ein Segen Gottes, Euch in der kleinen Laurentia weiterleben zu wissen.«

Verucci zog ein geschmeicheltes Gesicht und reichte seinem Gast die Hand.

»Erhebe dich, meine Tochter, und setz dich bequem. Sprich, was liegt dir am Herzen?«

»Meine Vergangenheit, ehrwürdiger Vater.«

»Wie soll ich das verstehen? Du sprichst in Rätseln.«

»Das ist nicht meine Absicht. Aber ich weiß nicht, wo ich beginnen soll.«

»Nur frei heraus, zier dich nicht.«

»Mein Großvater war ein weiser Mann, gebildet und belesen, und er hat mir ein Vermächtnis hinterlassen, das in einem Buch steht, welches sich in der Bibliothek des Heiligen Vaters befindet.«

Veruccis Mundwinkel wanderten nach unten.

»Ihr blickt so bekümmert, ehrwürdiger Vater. Ist es so verwegen, wenn ich darum bitte, dieses Buch lesen zu dürfen?«

»Keiner Frau wird es jemals gestattet sein, Bücher der vatikanischen Bücherei zu lesen; alles kann ich dir erfüllen, außer dieser Bitte. Tut mir leid.«

»Ihr habt die Bitte gewährt. Tut sie nicht so rasch ab, sondern sucht nach einem Weg«, beharrte Lavinia mutig.

»Wer bist du«, fragte Verucci aufbrausend, »mir mit so viel Nachdruck zu begegnen? Wäre ich nicht im Wort, ich ließe dich aus meinem Haus werfen.«

»Ein Niemand bin ich unter Euren Augen, ehrwürdiger Vater, aber ich halte Euer Versprechen in den Händen, das Ihr der Mutter Eurer Tochter gegeben habt. Was wäre, wenn

Ihr das Buch besorgtet und eine Abschrift fertigen ließet? Unterläge die Abschrift demselben Verbot wie das Original?«

»Du bist gewitzt«, antwortete der Bischof überrascht. »Ich werde diese Frage klären. Doch nun verrate mir, um welches Buch es sich handelt.«

»Das weiß ich nicht, denn niemals hat mein Großvater den Titel erwähnt. Allerdings hat er mehrfach betont, daß es ein geheimes Buch sei, in dessen Mittelpunkt der fünffache Anfang stehe und das nach dem Tod von Martin V. weggeschlossen worden sei.«

»Ein geheimes Buch über den fünffachen Anfang«, murmelte Verucci und schüttelte mißmutig den Kopf. »Sicher ist es ein verbotenes Buch, von dem sich niemals eine Abschrift wird anfertigen lassen. – Schlage dir diese Bitte aus dem Kopf, meine Tochter. Sie läßt sich nicht erfüllen.«

»Ihr brecht also Euer Versprechen?«

»Nein. Portia beteuerte mir, du würdest nichts verlangen, das teuer oder verboten ist.«

»Für die Kosten der Abschrift komme ich auf, ehrwürdiger Vater. Und was das Verbotensein betrifft – gibt es Dinge, die für den einen verboten sind und für den anderen nicht?«

»Natürlich. Es kommt immer auf die Person an, das ist doch jedem einsichtig.«

»Wenn Ihr einem Knaben bereits einmal versprochen habt, ihm bei der Suche nach diesem Buch behilflich zu sein, heißt das dann, der Knabe war etwas Besonderes?«

»Ich erinnere mich nicht, jemals einem Knaben so ein Versprechen gegeben zu haben.«

»Nehmt an, ehrwürdiger Vater, Ihr hättet – wäre es dann verboten, mir eine Abschrift zu zeigen?«

»Wenn dem so wäre, könnte ich dir vielleicht … Aber ich habe niemals, niemals, hörst du, solch ein Versprechen abgegeben!«

»Ihr habt – gegenüber Paolo Scalieri, dem Neffen des ermordeten Bischofs, den Ihr an der Tafel des Heiligen Vaters kennengelernt habt.«

»Mein Purpurtäubchen läßt dir ausrichten«, empfing Portia drei Wochen später Lavinia mit verschwörerischem Flüstern, »er werde sein Versprechen halten, wenn du deines halten kannst. Was meint er damit? Hast du ihm etwa ...?«

»Gar nichts habe ich«, erwiderte Lavinia eine Spur rascher als notwendig. »Da du ihm versprochen hast, meine Bitte werde nichts kosten, habe ich mich bereit erklärt, seine Auslagen zu ersetzen.«

»Ach so.« Portias Stimme klang nun gelangweilt. »Jedenfalls sollst du ihn demnächst in meinen Räumen treffen. Die Zeit werde ich dich noch wissen lassen.«

»Er will wohl nicht mit Frauen gesehen werden«, spottete Lavinia. »Dabei hat er jetzt auch noch eine Tochter.«

»Gott sei Dank«, fiel Portia in Lavinias Lachen ein. »Einen Knaben würde er mir viel zu rasch verführen.«

»Dann laß mich mal einen Blick auf deinen Sonnenschein werfen.«

Portia klatschte in die Hände. Die Tür öffnete sich, und eine hochgewachsene Amme trat mit der kleinen Laurentia auf dem Arm herein. Rosig das Gesicht, groß und dunkel die Augen, war sie ein wirklich schöner Säugling geworden. Wenn du so weitermachst, dachte Lavinia, wirst du eines Tages deiner Mutter in nichts nachstehen. Sie fühlte am Scheitel die sieben Hauptkraftpunkte im Gleichgewicht und war zufrieden.

»Deine Laurentia wächst und gedeiht. Da können wir ohne Sorge sein.«

»Ich bin froh, daß der Kleinen die Umstellung auf die Amme bekommen ist«, antwortete Portia und fing zu jammern an. »Was für ein Unglück, daß meine Milch versiegt ist. Du glaubst gar nicht, welche Wonne mir das Stillen bereitet hat, und nun bin ich ein ausgetrockneter Brunnen.«

»Gräme dich nicht allzu sehr. Die meisten Damen gewähren ihren Säuglingen nicht einmal die Vormilch, weil sie Sorge um ihre Schönheit tragen. Du hast den Genuß kennengelernt und wirst jetzt unversehrte Brüste behalten.«

»Wozu brauche ich noch schöne Brüste, wenn ich dem Dasein der *cortigiana* entsagt habe?«

»Wenn du erst eine *curialis romanam curiam sequens* bist, wirst du einen ehrenwerten Ehemann finden.«

»Um Gottes willen«, wehrte Portia erschrocken ab. »Wenn ich die Freiheit in Ehren habe, werde ich sie nie wieder aufgeben. Jetzt sage mir lieber, was mir fehlt, daß ich so früh ausgetrocknet bin.«

Die Angst vor jeder Art von Krankheit brach sich in Portia schon wieder Bahn, und Lavinia konnte sich ein Lächeln nicht verkneifen. Mehr zum Spaß hielt sie ihre linke Hand über Portias Scheitel und ertastete die Kraftlinien, als es erneut an der Tür klopfte.

»Bischof Baldassare Verucci«, meldete eine Magd, und schon trat der Genannte ein.

»Wen treffen wir denn da?« sagte er mit gespielter Überraschung und deutete ein Kopfnicken gegen Lavinia an, ehe er auf Portia zuschritt und vor ihrem Sessel stehenblieb. »Wie geht es deiner Laurentia?«

Portia wies mit dem Kopf in die hintere Ecke des Raums.

»Da ist sie ja«, strahlte der Bischof und winkte der Amme zu, die sofort herbeieilte und Verucci den Säugling entgegenstreckte. »Gemach, gemach«, wehrte dieser gutgelaunt ab, »ein Bischof taugt nicht zum Kinderwiegen. Nur ansehen möchte ich die Kleine. Hübsch, sehr hübsch. Übrigens«, wandte er sich nun Lavinia zu, »wird dich der Auftrag einiges kosten.«

»Ehrwürdiger Vater?«

»Komm, laß uns in Ruhe darüber reden.« Verucci nahm Lavinia am Arm und führte sie in einen Nebenraum. Erst nachdem er die Tür geschlossen hatte, sprach er weiter. »Wenn ich das Buch gefunden habe, das du meinst, so handelt es sich um ein äußerst seltenes Traktat über allen Anfang, vielleicht sogar das einzige Exemplar dieses Werkes. Wer weiß das schon? Jedenfalls steht in dieser erlesenen Handschrift nicht nur der Anfang der Welt beschrieben, sondern auch der Beginn von Glauben und Unglauben, von weißer und schwarzer Magie. Die Entstehung der Engel und der Teufel ist dort ebenso nachzulesen wie die Frage nach der Macht all jener, die im Zeichen des Pentagramms geboren wurden. Und noch mehr und Geheimnisvolleres soll hier verzeichnet sein, fast scheint es, in dieser Schrift verstecke sich das Geheimnis der Welt. Es ist auf jeden Fall ein verbotenes Buch voll ketzerischen Inhalts. Und wenn es stimmt, was unser Bibliothekar über dies Traktat weiß, dann handelt es sich um ein Exemplar aus einer sehr frühen Zeit. Das Buch ist so geheim, daß ich beim besten Willen nicht weiß, wem ich es zum Kopieren geben kann.«

»Euch wird schon der rechte Vertraute begegnen. An mir wird es sein, die Kosten zu übernehmen. Spart nicht am falschen Fleck, ehrwürdiger Vater, spart weder an Geld noch an Zeit. Je rascher ich die Abschrift habe, desto besser ist es für uns alle.«

»Wann gedenkst du den ersten Teil des Lohnes zu bezahlen?«

»Wann immer Ihr wollt. Könnt Ihr mir die Summe nennen?«

»Eintausend *Goldscudi*.«

Lavinia wurde blaß. Dieser Betrag überstieg ihre Vorstellungen bei weitem, diesen Betrag würde sie niemals bezahlen können. Schon war sie im Begriff, den Kopf zu schütteln, als sie sich eines Besseren besann.

»Das ist zuviel«, wehrte sie ab und gab ihrer Stimme einen gleichgültigen Klang. »An sich ist die Abschrift des Traktats, auch wenn es geheim und selten ist, keine fünfhundert *scudi* wert. Nur weil es mich zu den Wurzeln meines Lebens führt und so die Verbindung herstellt zu meinem Großvater, bin ich bereit, eine gewisse Summe draufzulegen. Nehmt sechshundert *scudi* für die Abschrift, dreihundert davon im voraus. Das ist mein letztes Angebot.«

Verucci riß die Augen auf und fing an zu lachen.

»Eintausend für die erste Hälfte, meine Liebe. Wenn du das nicht zahlen willst, wirst du keine Abschrift erhalten. Überleg es dir. In drei Tagen will ich Bescheid. Teile Portia deinen Entschluß mit einem schlichten Ja oder Nein mit. Aber überleg es dir gut. Hast du erst nein gesagt, gibt es kein Zurück.«

Verucci verließ den Raum ohne ein weiteres Wort und schloß hinter sich die Tür. Lavinia blieb wie angewurzelt stehen und blickte ihm nach. Als sie schließlich in Portias Wohnraum zurückkehrte, war der Bischof bereits gegangen.

»Du bist so blaß. Was hast du mit meinem Purpurtäubchen besprochen?«

»Mein Wunsch«, antwortete Lavinia auf Portias Frage, »ist zu teuer. Ich werde auf seine Erfüllung verzichten müssen.«

»Das wollen wir mal sehen«, erwiderte Portia.

Als Lavinia eine Stunde später in ihr Zuhause zurückkehrte, sah sie einen jungen Mann aus der Tür treten und in Richtung Campo de' Fiori weggehen. Verwundert blickte sie ihm nach und überlegte, an wen sie diese Bewegungen erinnerten. Unwillkürlich ging sie ihm nach. Ihr gefiel sein geschmeidiger Gang, seine schmalen Hüften schwangen tänzerisch, innige Leidenschaft versprechend. Während sie ihre Schritte beschleunigte, spürte sie ein vergessen geglaubtes Verlangen. In diesem Augenblick erreichte der Fremde den Campo de' Fiori und verschwand in der Menge. Es war später Vormittag und der Markt gut besucht. Lavinia rannte, doch als sie den Platz erreichte, fehlte von dem Fremden jede Spur. Enttäuscht und immer noch grübelnd kehrte sie um und stieg langsam die vier Stockwerke zu ihrem Zimmer hinauf. Als sie die Klinke ihrer Zimmertür herunterdrückte wußte sie mit einemmal, wem sie da gefolgt war: Michele!

* 29 *

Paolo konnte die Ankunft Micheles kaum erwarten, und die Ungeduld trieb ihn hinüber auf das Landgut der Gagliardi in Bronte. Ruhe und Einsamkeit taten ihm gut, und so wanderte er stundenlang die Hänge des Ätna hinauf bis zu den zähfließenden Lavaströmen, die an einer Flanke des Berges austraten und sich im Schneckentempo den Abhang hinabwälzten. Er setzte sich auf einen Felsen und betrachtete den rotglühenden Fluß, sog die Luft in sich ein und freute sich an den vereinzelten Rauchschwaden, die ein lauer Wind herübertrieb. Er versuchte sich auf die Farbe der Lava zu konzentrieren und damit die Flut seiner Gedanken und Erinnerungen zu ordnen, und allmählich schälte sich das verschwommene Bild seiner Mutter aus den Nebeln der Vergangenheit. Hatte sie ihm nicht manchmal davon erzählt, wie sie ihr Vater mit hinauf zum Gipfel genommen hatte? Über Jahre hinweg hatte der Vulkan friedlich geschlafen, so daß Julietta an der Hand ihres Vaters erleben konnte, wie es sich anfühlte, in die Wolken hineinzugehen. Nun aber ergoß der Berg wieder seinen Zorn über die Menschen, und viele prophezeiten, der nächste Ausbruch werde die todbringende Lava bis Taormina hinunterschicken. Paolo faszinierte der Gedanke. Vielleicht würde der glühende Strom dereinst die Spanier verbrennen und Sizilien befreien von der immer drückenderen Last fremder Herren, welche die Insel auszupressen suchten wie eine reife Limone. Ein schiefes Lächeln flog über seine dünner gewordenen Lippen, als er an die Bewunderung dachte, die sein Limonenessen damals in der Klosterschule hervorgerufen hatte. Längst hatte er den Schlüssel zur Macht erkannt, der in Fertigkeiten lag, welche die meisten Menschen nicht besaßen, und er spürte in sich immer deutlicher das Verlangen, diese Macht auszuüben. Viele Gaben hatte ihm die Mutter mitgegeben, er würde alles daransetzen, sie zu vervollkommnen, besonders jene, die ihn die Kraft erfühlen ließ, die anderen Menschen innewohnte. Wie gut, daß Ephraim ihm gezeigt hatte, diese Gabe einzusetzen, denn ohne den alten Juden hätte er weder den Weg zu Ariella gefunden, noch hätte ihn die Wahrsagerin gelehrt, wie man Vergangenes und Zukünftiges aus den Händen der Menschen herauslesen kann.

Wie er so in den zäh dahinfließenden roten Lavastrom blickte, schälte sich die Hütte der alten Wahrsagerin aus den wabernden Rauchschwaden, und Paolo erinnerte sich an seine Aufregung, als er den gewundenen Pfad hinaufgestiegen war. Das letzte Stück mußte er steile Treppen erklimmen, und er blickte sich noch einmal um; weit unten stand Ephraim und winkte. Paolo verstand nun, warum ihm der Weg zu beschwerlich war, denn auch er kam, als er endlich die Treppe überwunden hatte, schwer atmend auf der Erdterrasse an, auf der Ariellas Hütte stand. Hierher kommt niemand, der nicht wirklich an die Fähigkeiten der Wahrsagerin glaubt, dachte Paolo, atmete kräftig durch und pochte an die Tür. »Herein«, rief ein dünnes Stimmchen, das gar nicht nach einer allwissenden Prophetin klang. Das beruhigte ihn, und er trat mit entschlossenem Schritt ein. Kaum unter der Tür, packte ihn Erstaunen. Es war so anders, als er sich die Hütte vorgestellt hatte. Einen düsteren kleinen Raum hatte er erwartet, mit einer Feuerstelle an der Wand, auf der die Reste eines Holzfeuers glühten, überall Flaschen und Gefäße, ein Tisch vielleicht mit einer schwarzen Decke, eine Kristallkugel darauf, auf einem mit Decken verhüllten Lager eine sich rekelnde Katze, ein Rabe gar auf einer Stange – nichts von alledem. Der Raum, in dem Ariella auf einem türkischen Teppich am Boden saß, war hell und groß und leer. Sie winkte ihn zu sich heran, ihre Augen bedeuteten ihm, sich zu ihr auf den Teppich zu setzen. Ihr Gesicht war schmal, aber beinahe faltenlos, ihre hellen Augen blickten klar, nur den Händen, über und über voller brauner Altersflecken, sah man ihr wahres Alter an. Älter als alt, hatte Ephraim angemerkt. Sie fixierte ihn wortlos, und während sie ihm in die Augen schaute, verlor er jedes Gefühl für die

Zeit. Als sie endlich das Wort an ihn richtete, spürte er, daß seine Beine eingeschlafen waren. Er gab ihr wie erbeten beide Hände. Sie vertiefte sich darin, die linke mit der rechten Hand zu vergleichen. Manchmal murmelte sie etwas. Sie hatte alle Zeit der Welt. »Die Linke«, sagte sie unvermittelt, »zeigt die Anlagen. Die Rechte, was du daraus gemacht hast.« Dann musterte sie wieder Kopf-, Lebens- und Schicksalslinien rechts und links, hustete, rieb sich die Augen und flüsterte: »Wie kurz und schwach deine Herzlinie ist, kerzengerade und nur abfallende Ästchen.« Was das zu bedeuten habe, fragte er. »Du bist ein kluger Kopf, dein Verstand führt dich durch allerlei Unbill in einem langen, aufregenden Leben, in dem du dich sehr auf dich beziehst. Du willst alles selbst beherrschen, dich und die anderen.« Sie blickte ihm scharf in die Augen. »Das alles seht Ihr?« Sie nickte. »Warum hat dich Ephraim geschickt?« fragte sie. »Weil er glaubt, daß Ihr mich wichtige Dinge lehren könnt.« Sie schüttelte den Kopf und flüsterte: »Er will, daß du gegen die Spanier kämpfst, er schickt dich in den Krieg. Du bist kein guter Mensch, du wirst deine Kraft stets gegen andere richten.« Paolo schwieg. »Ich hasse die Spanier auch«, stellte sie schneidend fest und fing an, ihn in die Kunst der Chiromantie einzuweihen. – Die Lektionen dauerten lang genug, daß er von sich behaupten konnte, ein ordentlicher Handleser zu sein, dann verabschiedete ihn Ariella und bat ihn, nie mehr zurückzukommen. Er versprach es. Einige Wochen später war sie gestorben.

Paolo blickte von der Glut auf und wischte die Erinnerung beiseite. Von seiner Gabe hatte Ariella nie erfahren. Doch dank ihrer Einweisung in das Handlesen und gemeinsam mit seinem Wissen über weiße und schwarze Magie und über die Kabbala verfügte er über das hinlängliche Rüstzeug, um Kaufleute und Herren, ja sogar Fürsten beraten zu können. Aber noch fehlte ihm ein letzter Stein, um das Mosaik seines Wissens zu vervollkommnen, noch kannte er nicht alle geheimen Kräfte, welche den Menschen gegeben waren, die im Zeichen des Pentagramms geboren waren. Er mußte dieses Buch lesen, und wenn es die Spanier aus Ephraims Gewölben mitgenommen hatten, dann mußte Michele es in seinen Besitz bringen.

Paolo stellte sich Micheles Gesicht vor. Zuerst erschienen die hellbraunen Augen, dann die glatte Stirn mit den hereinfallenden dunklen Locken, die edel geschwungene Nase, die Wangen und die sinnlichen Lippen, das runde Kinn und der schlanke Hals mit dem ein wenig vorspitzenden Adamsapfel. Du gehörst mir, mehr noch als Lavinia, dachte Paolo. Es wird Zeit, daß du kommst.

* 30 *

Seit er von Vincenzo Bandini die Nachricht erhalten hatte, er solle die nächste Safran-Lieferung nach Palermo persönlich begleiten, da der spanische Vizekönig von Sizilien mit ihm ein Geschäft verhandeln wolle, fieberte Michele der Abfahrt des nächsten Seglers entgegen. Da er Vincenzo Bandini nicht kannte und sich die Lungarotti für den Kontakt mit ihren Handelspartnern nur bekannter Boten bedienten, wußte Michele, daß er endlich das ersehnte Lebenszeichen von Paolo erhalten hatte, und freute sich, den Freund bald wiederzusehen.

Der Zufall wollte es, daß die Galeone, mit der Michele nach Sizilien segelte, einen Aufenthalt in Ostia einlegte, um Waren für die Kurie auszuladen und Güter aus Rom aufzunehmen. Diese Unterbrechung nutzte Michele dazu, Caritas zu besuchen, derentwegen er in den letzten Monaten mehrfach nach Rom gereist war. Während die Seeleute die leichte Barke, mit der sie den Tiber hinaufgetreidelt waren, unterhalb der Tiberina vertäuten, ging Michele an Land und raschen Schrittes in die düstere Gasse hinter dem Campo de' Fiori. Kurz grüßte er in den Raum neben dem Hauseingang, und als die *ruffiana* nickte, warf er ihr einen *scudo* zu und stieg die enge Treppe hoch in den dritten Stock. Es war früher Vormittag und noch sehr ruhig in dem Hurenhaus. Michele klopfte leise an die Tür, hinter der Caritas schlief. Als er nichts hörte, schlüpfte er hinein und schlich auf Zehenspitzen ans Bett. Sie lag halb auf der Seite. Ihr Gesicht sah aus wie die reine Unschuld. Michele ging in die Knie und küßte sie auf die Wange. Verwirrt schlug sie die Augen auf. Sie erkannte ihn, schlang die Arme um seinen Nacken und zog ihn zu sich herab ins Bett. Mit wild aufbrausender Leidenschaft erwiderte er ihre Küsse und ließ es atemlos geschehen, daß sie ihm die Kleider vom Körper riß. Sobald sie beide nackt auf den Kissen lagen, trieb es sie von Zärtlichkeit zu Zärtlichkeit. Immer inniger liebkosten sie sich. Da drehte er sie auf den Bauch, hob ihren Po an und nahm sie wie einen Knaben. Als es ihn der Erlösung entgegentrieb, schloß er die Augen und sah nur noch einen vor sich: Paolo.

Sanft nahm sie ihn in die Arme. Er gab sich diesen Berührungen hin, die angefüllt waren von einer Zärtlichkeit, die er bisher nur mit Lavinia erlebt hatte. Während er dies dachte, erschienen Paolo und Lavinia vor seinem inneren Auge. Für einen kurzen Moment fürchtete Michele, in Palermo beiden gegenübertreten zu müssen.

»Was betrübt dich, mein Freund?«

»Ich gehe auf eine weite Reise und weiß nicht, was mich erwartet«, antwortete Michele und öffnete die Augen. Wenn er Caritas anblickte, war ihm, als sähe er in einen Spiegel, so ähnlich schien ihm ihr Gesicht, nur zarter. Seit er sie im letzten Sommer kennengelernt hatte, hatte er keiner anderen Frau mehr beigewohnt. Sie stillte alle seine Begierden. Nur bei ihr, so schien es ihm, konnte er seine verborgene Sehnsucht nach dem Freund vergessen.

»Du wirst zurückkommen«, flüsterte sie in sein Ohr und begann, an der Außenseite seiner Ohrmuschel zu knabbern. Er mochte diese Berührung und genoß die wohligen Schauer, die ihm über den Rücken liefen, als ihre feuchte Zungenspitze allmählich in sein Ohr hineinglitt.

»Du wirst zu mir zurückkommen«, wisperte sie und schob ihren knabenhaft schlanken Körper über seinen, hob die Hüften leicht an und umfing ihn mit ihrer Wärme.

»Denn ich bin deine Heimat, mein Lieber, dein Hafen und deine Zuflucht.«

Wie Honig träufelte sie diese Worte in sein Ohr, und er glaubte an ihren Sinn. Ihre Lenden nahmen einen schwingenden Takt auf, der sie beide in das Land der Erlösung entführte.

Später, als die Galeone in der Nachmittagssonne Segel setzte, verlor Michele das Gefühl der Geborgenheit wieder, und ein banges Sehnen ergriff von ihm Besitz. Würde der Freund ihn zärtlich empfangen und seine Sehnsucht stillen? Oder erwartete ihn in Palermo Ungemach? Inständig wünschte sich Michele günstigen Wind, denn er konnte es nicht mehr erwarten, Paolo gegenüberzutreten.

* 31 *

»Was ist denn mit dir los?« fragte Elisabetta, als Lavinia ins Zimmer trat. »Du schaust aus, als sei dir soeben der Leibhaftige über den Weg gelaufen.«

»Vielleicht ist er das. Kannst du noch eine Weile auf Amata aufpassen, ich will rasch hinunter zu Tarquinia.«

»Ist schon gut. Unser Schätzchen schläft, und ich mag vor dem Nachmittag nicht nach Männern ausschauen.«

Lavinia lächelte, während sie die Treppen hinabstieg. Auf Elisabetta war Verlaß. Sie war ihr in den zurückliegenden eineinhalb Jahren eine wunderbare Freundin geworden, und Lavinia konnte sich ein Leben außerhalb des Hurenhauses kaum noch vorstellen. Fast alle Dirnen waren ihr freundschaftlich zugetan und entlohnten sie bestens für ihre Dienste, denn nicht nur blieben sie dank Lavinias Fürsorge von schlimmen Krankheiten verschont, sondern sie erhielten wegen ihrer Gesundheit auch mehr und bessere Kunden als früher und wußten dies ebenso zu schätzen wie Tarquinia, die freudig aufblickte, als Lavinia ihren Raum betrat.

»Weißt du, wer heute morgen schon Besuch hatte?« fragte Lavinia die *ruffiana*.

»Außer Caritas keines der Mädchen. Wieso fragst du?«

»Als ich von Portia kam, verließ ein Jüngling unser Haus, der mir bekannt vorkam. Ich würde gern sichergehen, ob es ein Bekannter ist.«

»Wäre es schlimm?«

»Das weiß ich noch nicht. Ich werde, wenn du erlaubst, mit Caritas sprechen.«

»Nur zu, mein Kindchen, nur zu.«

Wenig später hatte sie Gewißheit und überlegte, wie sie sich in Zukunft verhalten sollte. Es fiel ihr schwer, sich einzugestehen, daß es sie schmerzte, in Michele einen Verehrer der hübschen *puttana* zu sehen, der eigens wegen der Schäferstündchen mit der knabenhaften Dirne die weite Reise von Pisa nach Rom auf sich nahm. Michele war neben Paolo der einzige Mann, an den sie immer noch lebhafte und leidenschaftliche Erinnerung hatte, und während sie an Paolo in einer seltsamen Mischung aus Widerwillen und Bewunderung dachte, trug die Erinnerung an Michele sie auf einer Woge von Zärtlichkeit. Einerseits, das spürte sie ganz deutlich, würde sie gern wieder in seinen Armen liegen, und sie beneidete Caritas um jede mit ihm verbrachte Minute. Andererseits fürchtete sie sich vor der Begegnung mit ihm, denn er war der Sendbote der Vergangenheit und über das blutige Pentagramm schicksalhaft mit Paolo verwoben. Sie ahnte, daß Michele die Ergänzung zu Paolo war, der zweite Zacken, auf dem das Pentagramm stand, wenn es mit der Spitze nach oben zeigte. Wo Paolo hart und unnachgiebig war, da zeigte sich Michele weich und einfühlsam, wo Paolo nach Macht strebte, suchte Michele harmonische Vereinigung. Daher würde sich Michele nie von Paolo lossagen können. Auf eine geheimnisvolle Weise war er seinem Jugendfreund verfallen. Solange ich keine Gewißheit über die Vergangenheit habe und solange ich das geheime Buch nicht gelesen habe, solange möchte ich Michele nicht begegnen, sagte sie sich und war froh, daß ihr Portia versprochen hatte, die Kosten der Abschrift des geheimen Buches mit zu tragen.

Nachdem sie diesen Entschluß gefaßt hatte, kam sie langsam wieder zur Ruhe, ging die Treppe hinauf, nahm aus Elisabettas Armen ihre Tochter in Empfang und verlor sich in deren hellblauen Augen.

* 32 *

Vor zwei Stunden hatte der Wind aufgefrischt und die Galeone rasch gegen die große Insel und deren felsige Küste getrieben. Aufgeregt gab der Kapitän einige Anweisungen, zwei Matrosen zurrten mit aller Kraft an den Segeln, der Steuermann legte sich mit seinem ganzen Gewicht ins Ruder, und schon pflügte das Schiff auf den Hafen zu. Michele stand neben dem Kapitän, betrachtete aufmerksam das Ufer und die Hafenmauern in der Hoffnung, Paolo zu entdekken. Doch er konnte den Freund nirgends sehen. Nachdem sie angelegt hatten, verließ er die Galeone und wandte sich zu dem Handelshof, den ihm Vincenzo Bandini beschrieben hatte und der einfach zu finden war. Er lud seine Sachen in der kleinen Kammer ab und bestellte in der Schänke einen Krug Wein. Ehe er den letzten Becher getrunken hatte, trat Paolo durch die Tür.

Michele sprang auf und starrte den Freund an. Seine Aquamarine blitzten über einem dichten Vollbart, und seine Haare fielen in Wellen bis auf die breiten Schultern.

»Paolo«, rief er entgeistert, »du siehst verändert aus!«

Paolo streckte seine Arme aus. Wie er mich ansieht, dachte

Michele und spürte sein Herz bis zum Hals schlagen. Langsam stand er auf und trat dem Freund einen Schritt entgegen. Paolo war viel älter geworden, als es dieses Jahr, das seit ihrem letzten Zusammentreffen vor den Toren ihrer Heimatstadt vergangen war, hätte erwarten lassen. Keine Frage, aus Paolo war in dieser Zeit ein stattlicher Mann geworden, und während Michele dies dachte, spürte er wieder die Bewunderung, die er schon als kleiner Junge für den Helden vom Abwassertunnel empfunden hatte. In diesem Moment umarmte ihn Paolo, und in dieser Umarmung lag alles, was sich Michele je von seinem Freund erträumt hatte. Freundschaft, Treue und sogar Liebe spürte Michele darin und suchte mit geschlossenen Augen die Lippen des Freundes, doch ehe er sie zu einem heißersehnten Kuß treffen konnte, hatte sich Paolo wieder von ihm gelöst.

»Laß dich ansehen, alter Freund«, polterte er und gab Michele einen leichten Stoß auf die linke Schulter, so daß er sich einmal um sich selbst drehte. »Du bist ein Mann geworden, und was für ein hübscher. Die Frauen werden dir zu Füßen liegen. Oder ...?«

Er sprach die Frage nicht aus, aber sein Blick drang derart tief in Micheles Innerstes, daß er vermeinte, der Freund habe ihm im Nu sämtliche Geheimnisse entlockt.

»Laß uns das Wiedersehen im Badhaus feiern«, fuhr Paolo fort und ergriff Micheles Hand. »Du wirst dich wundern, was es in Palermo alles zu entdecken gibt. Nur Mut, es soll dir an Spaß nicht mangeln.«

Zwei Stunden später lagen sie entspannt auf zwei Liegen in einem ruhigen Nebenraum des Badhauses und schlürften an einem süßsauren Getränk, das aufregend im Gaumen prikkelte. Michele konnte sich nicht satt sehen an dem Körper seines Freundes. Ihm war, als seien seine kühnsten Träume wahr geworden.

»Salute«, flüsterte er und hob seinen Becher.

»Salute, mein Freund«, erwiderte Paolo und zeigte sein

gewinnendstes Lächeln. »Wirst du mir einen Dienst erweisen?«

»Jeden, den ich dir tun kann.«

»Es wird nicht einfach«, fuhr Paolo fort. »Du mußt beim Vizekönig ein Geheimnis ergründen. Willst du das für mich tun?«

»Für dich ergründe ich jedes Geheimnis«, versprach Michele, und es war ihm bitterer Ernst.

»Du mußt es sehr geschickt anstellen, sonst ist alles verdorben«, flüsterte Paolo verschwörerisch. »Die Spanier sind dabei, sich Sizilien mit Haut und Haar unterzuordnen, und wenn sie irgendwo Verrat wittern, kennen sie keine Gnade.«

»Du machst es spannend, mein Freund. Ich kenne die spanische Inquisition, habe in Valencia auf Einladung eines Freiherrn einem Verhör beigewohnt. Ich werde mich hüten, in ihre Fänge zu geraten.«

»Du wirst ihnen ein teures Geheimnis entreißen müssen.«

»Jedes, das du willst.«

»Gut. Dann höre mir genau zu …«

Am folgenden Tag wurde Michele vom Hausverwalter des Vizekönigs empfangen, der sich lobend über die Qualität des Safrans äußerte, eine Bestellung über die doppelte Menge abgab und sich bereit erklärte, Michele eine Einladung zum nächsten allgemeinen Mittagessen des Herrschers zu verschaffen. Dann hieß es Geduld aufbringen, denn der Vizekönig war ein sprunghafter Mann, dem heute dies und morgen das einfiel und der alles daransetzte, die Erwartungen zu enttäuschen, die an ihn herangetragen wurden. So hielt er sich, anstatt hofzuhalten, für mehr als zwei Wochen in seinen sizilianischen Jagdgebieten auf und erfreute sich an der Kunst der königlichen Falkner, obwohl er selbst, eher ungeschickt im Umgang mit edlem Getier, die Jagd mit den majestätischen Vögeln nicht beherrschte. Was für eine Schande für einen Herrscher über Sizilien. Michele kam der berühmte Stauferkaiser in den Sinn, dessen Blut seiner Phantasie zufolge auch in Paolos Adern floß. Federico secundo hatte sogar ein die Jahrhunderte überdauerndes Buch über die Kunst der Falknerei geschrieben, während sein Nachnachfolger einen Gerfalken nicht von einem Mäusebussard unterscheiden konnte. Die Wartezeit wurde Michele jedoch durch die regelmäßigen Treffen mit Paolo versüßt, und so beunruhigte es ihn keineswegs, daß seine Galeone längst Kurs zurück auf Pisa genommen hatte, während er untätig in Palermo saß.

Schließlich war es soweit, und Michele wurde in den Empfangssaal des Vizekönigs gebeten. An einer gut zwanzig Schritt langen Tafel saßen sich Mitglieder des Hofes, Günstlinge des Vizekönigs und Gäste aus Klerus und Handel gegenüber. Hinter dem Kopfende der Tafel stand ein Dominikaner an einem Stehpult und las mit monotoner Stimme:

»Lauter Güte ist Gott für Israel, für alle Menschen mit reinem Herzen.«

Auf leisen Sohlen wurde von den Dienern eine Suppe aus Gemüse und Schalentieren aufgetragen.

»Ich aber – fast wären meine Füße gestrauchelt, beinahe wäre ich gefallen. Denn ich habe mich über die Prahler ereifert ...«

Die Suppe schmeckte köstlich, und leises Schlürfen untermalte die Lesung des Mönchs.

»... als ich sah, daß es diesen Frevlern so gut ging. Sie leiden ja keine Qualen, ihr Leib ist gesund und wohlgenährt.«

Kurz hielt Michele mit dem Essen inne und beobachtete seine Nachbarn. Doch niemand schien sich von den Worten der Psalmen in seinem Appetit stören zu lassen.

»Sie kennen nicht die Mühsal der Sterblichen, sind nicht geplagt wie andere Menschen. Darum ist Hochmut ihr Halsschmuck ...«

Was für ein Unterschied zu Lorenzos unterhaltsamer Tafel, dachte Michele und überhörte nun auch die warnenden Töne der verlesenen Psalmen. Zum Glück hielt das aufgetischte Essen nicht, was die dürren Worte des Mönches versprachen, und so nahm im Verlauf des Mahles eine gewisse Heiterkeit Besitz von der Tafelrunde. Sogar der Vizekönig wirkte gelöst. Während die Diener die süßen Nachspeisen auftrugen, lieh er Michele sein Ohr und schien jedem Ansinnen gewogen.

»Von keinem Geringeren als dem Vizekanzler des Papstes«, steuerte Michele nach den üblichen höflichen Floskeln auf den Gegenstand seiner Begierde zu, »haben wir Kunde erhalten, daß sich in Eurem Besitz ein seltenes Buch befinde, das einem Liebhaber absonderlicher Texte ein Vermögen wert sein könnte. Wir Lungarotti können behilflich sein, den Suchenden und den Finder so zueinander zu bringen, daß es beiden Seiten zum allerhöchstem Vorteil gereicht.«

»Denk daran«, erhob der Vorleser seine Stimme, »der Feind schmäht den Herrn, ein Volk ohne Einsicht lästert deinen Namen ...«

»Du sprichst in Rätseln, mein Sohn«, erwiderte der Herrscher. »Um was für ein Buch handelt es sich?«

»Den Gerüchten zufolge, welche dem ehrwürdigsten aller Kardinäle, Rodrigo de' Borgia, zu Ohren gekommen sind, soll es sich um ein Traktat über das Pentalpha handeln, ein im Grunde gut katholisches Werk, das vor vielen Jahren in die falschen Hände gelangt ist.«

»In wessen Hände ist es denn gelangt?«

»Vergiß nicht das Geschrei deiner Gegner, das Toben deiner Widersacher ...«

»Soweit man hört, in die Hände eines Juden, den inzwischen seine gerechte Strafe ereilt hat, nämlich das Feuer.«

»Du meinst am Ende jenen Zauberer, den man erstickt in seinen Gewölben gefunden hat, nachdem sein Haus niedergebrannt war?« fragte der Vizekönig nun schon aufmerksamer.

»... in der Hand des Herrn ist ein Becher, herben, gärenden Wein reicht er ...«

»Von einem Zauberer, mein Herr, hat der ehrwürdige Kardinal Borgia nichts berichtet. Allerdings soll der Jude Ephraim geheißen haben.«

»... ihn müssen alle Frevler der Erde trinken, müssen ihn samt der Hefe schlürfen ...«

»Ephraim, der Zauberer.« Der Vizekönig strich sich nachdenklich über das Kinn. »Die Kunde von diesem üblen Aufrührer gegen unsere Herrschaft ist also schon bis zu Kardinal Borgia gelangt. Das hören Wir nicht gern. Wir sind bemüht, unsere Herrschaft mit ruhiger Hand im Sinne der Krone auszuüben. Wir dulden keinen Aufruhr und keine Unruhe. Wir haben bereits Maßnahmen getroffen, um das strenge Gericht nach Sizilien zu holen. Überbringe dem Vizekanzler Unsere Grüße, er möge unbesorgt sein, Wir werden Sizilien streng katholisch bewahren und alles Übel ausrotten.«

»... schlage die ganze Macht der Frevler nieder ...«

»So ist es wahr, daß Ihr dieses Buch bei dem Juden gefunden habt?«

»... doch das Haupt des Gerechten ist hoch erhoben ...«

»Es wurden in der Tat viele Bücher bei dem Aufrührer entdeckt, die alle von einem gestrengen Untersuchungsrichter überprüft werden. Wir sind nicht im Bilde, um welche Traktate es sich im einzelnen handelt.«

»Wäre es Euch genehm, wenn ich den Richter selbst nach diesem Buch befragte?«

»Wir werden Uns beraten und dir Unsere Entscheidung mitteilen lassen«, erwiderte der Vizekönig, wandte sich seinem Nachbarn zu und zeigte damit unmißverständlich, daß ihre Unterredung beendet war.

»... Vom Himmel her machst du das Urteil bekannt; Furcht packt die Erde, und sie verstummt.« Mit einem eifernden Blick musterte der Dominikaner die Tafelrunde, sah, daß die Teller leer waren, schloß die Vorlesebibel und ging.

Paolo reagierte so ungehalten auf den Bericht, daß Michele einen Augenblick lang fürchtete, der Freund werde ihm den Rücken kehren.

»Wir werden Uns beraten und dir Unsere Entscheidung mitteilen«, äffte Paolo den Vizekönig nach. »Das nennst du geschicktes Verhandeln«, herrschte er Michele an. »Für so eine nichtssagende Antwort haben wir jetzt zwei Wochen gewartet. Das darf doch nicht wahr sein!«

»Vielleicht bekommen wir in einigen Tagen die gewünschte Auskunft«, versuchte Michele zu beschwichtigen. »Wir konnten doch nicht erwarten, daß der Vizekönig weiß, welche Bücher bei dem Juden gefunden wurden.«

»Aber wir konnten erwarten, daß der Spanier den Köder schluckt und Interesse hat an einem guten Geschäft. Doch man muß das richtig an den Mann bringen. Jetzt ist es, fürchte ich, verdorben.«

»Ich werde es in den nächsten Tagen noch einmal beim Hausverwalter versuchen. Er schätzt unser Handelshaus und ist mir gewogen.«

»Versuch's nur. Aber unabhängig davon, was kommt, sage ich dir eins: niemandem ein Sterbenswörtchen, daß ich dir etwas von dem Buch erzählt habe. Mich gibt es nicht in diesem Zusammenhang. Mein Name darf auf keinen Fall genannt werden. Verstehst du?«

Die Aufforderung, sich am Gerichtshof einzufinden, ließ nur drei Tage auf sich warten. Der überbringende Bote bestand darauf, Michele sofort zum Untersuchungsrichter zu begleiten. Während Michele in seinen Rock schlüpfte, beschlich ihn ein flaues Gefühl im Magen. Hatte Paolo nicht erzählt, daß die Spanier nach dem Brand bei Ephraim knapp zwanzig Juden in die Verliese des Vizekönigs geschleppt und peinlich verhört hatten? Vielleicht bewahrheitete sich die Weissagung des alten Juden schneller als erwartet, und aufgrund dieses Vorfalls wurde nun die Inquisition in Sizilien eingeführt. Der zwischenzeitlich aus Spanien eingetroffene Untersuchungsrichter war möglicherweise bereits ein Inquisitor und verstand sich auf nichts besser als auf die Anwendung der Tortur. Alles keine heiteren Aussichten, dachte

Michele und spürte, wie es ihm den Hals zuschnürte, während er dem Boten zum Gerichtsgebäude folgte.

Und er sollte sich nicht täuschen. Kaum angelangt, wurde er in eine dunkle Kammer geführt, an deren Wänden Fakkeln brannten. An einem langen Holztisch saß der Untersuchungsrichter in einem schwarzen Talar, neben ihm ein Gerichtsschreiber und ein Gerichtsdiener. Michele wurde aufgefordert, auf einem dreibeinigen Schemel vor der Richterbank Platz zu nehmen. Der Untersuchungsrichter musterte Michele durchdringend und schwieg. Nach einigen Minuten betrat der Scharfrichter die Kammer. Michele zuckte bei seinem Anblick zusammen, ließ sich aber nicht dazu hinreißen, etwas zu sagen. Er wußte, in dieser Lage durfte er nur sprechen, wenn er dazu aufgefordert wurde. Ein böses Lächeln huschte über das schwammige Gesicht des dicklichen Untersuchungsrichters.

»Du suchst ein Buch.« Sein *volgare* klang hart und ungeübt. »Wer sagt dir, daß du es bei uns finden könntest?«

»In der Ewigen Stadt geht das Gerücht um, das dem ehrwürdigen Kardinal Rodrigo de' Borgia zu Ohren gekommen ist. Von diesem ...«

»Was heißt hier ehrwürdig?« schnappte der Untersuchungsrichter. »Der Borgia lebt nicht gottgefälliger als die meisten römischen Bischöfe. Was uns da zu Ohren gekommen ist, geht über ein Gerücht deutlich hinaus.«

Michele schwieg.

»Du sagst ja gar nichts!«

»Rodrigo de' Borgia ist ein ehrwürdiger Kardinal«, erwiderte Michele trotzig.

»Der dich beauftragt, geheime Bücher aufzuspüren, he?« schnaubte der Richter. »Das glaubst du doch selbst nicht. Wer schickt dich?«

»Niemand. Ich habe das Gerücht von dem Vizekanzler des Papstes vernommen und ...«

»Schweig«, unterbrach ihn der Richter. »Keine Lügen. Lügen hasse ich ebenso wie Ketzer. Wer schickt dich?«

»Niemand. Ich habe das Gerücht von dem …«

»Schweig!«

Das Gesicht des Untersuchungsrichters lief rot an, als er brüllte. Mit ausgestrecktem Zeigefinger deutete er auf den Scharfrichter.

»Zeig's ihm!«

Der Scharfrichter trat zwei Schritte vor und holte aus seinem dunklen Umhang eine Zange, die vorne leicht abgerundet war.

»Damit«, erklärte der Untersuchungsrichter mit teilnahmsloser Stimme, »wird er den Nagel deines kleinen Fingers packen und anziehen, bis der Nagel abgezogen ist. Dann wirst du nicht mehr lügen. Falls doch, kommt der Ringfinger an die Reihe, und so weiter bis zum Daumen. Wenn du danach verstockt bleibst, werden wir die Nagelbetten mit einem glimmenden Kienspan bearbeiten. Das macht Spaß, das kann ich dir sagen. Wir haben schon viel gelacht, wenn die Lügner danach ehrlich geworden sind. Hätten sie sich alles ersparen können.«

Michele hielt dem Blick des Untersuchungsrichters stand, obwohl er innerlich zitterte. Er hatte keine Ahnung, wieviel Schmerz er würde aushalten können, doch er wußte, daß die wenigsten Menschen über alle Schritte einer peinlichen Befragung hinweg schweigen oder etwas anderes als das sagen konnten, was der Foltermeister von ihnen hören wollte.

Schon die erste Stufe der Torquierung konnte einen feigen Menschen in die Knie zwingen, denn auf die Androhung der Tortur wurden die Folterwerkzeuge beschrieben und gezeigt, ehe zum Höhepunkt der *territio verbalis* die Anwendung der Instrumente mit vielen Ausschmückungen geschildert wurde.

Und so wie es manche schauderte, wenn sie an Kirchenportalen die Qualen der Hölle in Stein gemeißelt sahen, so gestanden manche bereits alles, was der Henker hören wollte, wenn ihnen die Qualen der peinlichen Befragung anschaulich dargelegt wurden.

»Schreiber, notiere: Das erste Folterinstrument gezeigt, wie es die *territio verbalis* verlangt.«

Der Untersuchungsrichter lächelte mit seinen dicken Lippen ein böses Lächeln. Michele versuchte, ihn ungerührt anzusehen. Es kostete ihn einige Mühe.

»Wer schickt dich?« fragte der Untersuchungsrichter erneut.

»Ehe Ihr mir Euren Fragenkanon vorlegt«, antwortete Michele nun mutig, »müßt Ihr alles Wissenswerte über meine Person aufnehmen, wer ich bin, woher ich komme und was ich tue, all dies muß in einem ordentlichen Verfahren zuallererst festgehalten werden.«

»Klugscheißer«, zischte der Untersuchungsrichter. »Sprich!«

»Mein Name ist Michele Lungarotti. Ich bin Kaufmann und komme wegen einer Lieferung für den Vizekönig von Pisa nach Palermo. Der Hausverwalter des Vizekönigs kennt mich gut und kann für mich sprechen, er wird, wenn es sein muß, mein Eidhelfer sein.«

»Du brauchst keinen Eidhelfer. Sprich die Wahrheit, das ist genug. – Wer schickt dich?«

»Niemand. Ich habe das ...«

»Still«, befahl der Untersuchungsrichter und gab dem Scharfrichter ein Zeichen. Dieser trat vor und packte Micheles linke Hand. Schon faßte die Zange den Nagel des kleinen Fingers. Michele fing an zu schwitzen. Sein Unterleib krampfte sich zusammen. »Wer schickt dich?«

»Niemand.«

Der Untersuchungsrichter nickte. Mit einem scharfen Ruck riß der Folterknecht den Nagel heraus. Sofort begann der Finger zu bluten. Der Scharfrichter griff nach einem bereitliegenden Kienspan, zündete ihn an einer Fackel an, blies, bis dieser richtig glühte, und drückte die Glut auf die Wunde. Der Span erlosch. Michele schrie.

»Wer schickt dich?« fragte der Untersuchungsrichter. Doch Michele schwieg. Er schwieg, bis der Folterknecht die Zange am Zeigefinger ansetzte, dann erst übermannten ihn die Schmerzen, und unter gräßlicher Pein preßte er den Namen heraus, den der Richter hören wollte: »Paolo Scalieri.«

* 33 *

Paolo hatte Felipe, den alten Diener der Gagliardi, gebeten, den Handelshof, in welchem Michele untergekommen war, unauffällig im Auge zu behalten. Als Felipe berichtete, daß Michele von einem Schergen des Vizekönigs zum Gerichtshof geführt worden war, schnürte Paolo seinen Ranzen und bereitete sich darauf vor, Sizilien fluchtartig zu verlassen. Mit Giovanni Gagliardi, dem er lediglich erzählte, ein guter Freund von ihm sei gefangengenommen worden, beriet er, wie Michele geholfen werden könnte. Sie kamen zu keinem positiven Ergebnis. Es gab keine Möglichkeit für einen Beistand im Untersuchungsverfahren. Wer sich als Eidhelfer anbot, machte sich verdächtig und setzte sich selbst der Gefahr der Verfolgung aus. Auch an einen Ausbruch war nicht zu denken, zu gut bewachten die Spanier ihre Verliese. Zu seiner eigenen Sicherheit ließ Paolo das Gerichtsgebäude abwechselnd von Felipe und zwei weiteren Knechten der Gagliardi beobachten. Als sich Michele zwei Tage nach seiner Festnahme immer noch in Gewahrsam befand, verließ Paolo das Haus seines Großvaters und versteckte sich bei einem Fischer, dessen Familie seit Generationen für die Gagliardi arbeitete. Sein Boot lag im Hafen, jederzeit bereit zur Ausfahrt. Hier war Paolo vor einem raschen Zugriff der spanischen Schergen sicher. Obwohl er sich zunehmend Sorgen um Michele machte, konnte er nichts tun als die weitere Entwicklung abwarten. Wenige Tage später erlangte er Gewißheit, daß Michele gefoltert worden war und seinen Namen preisgegeben hatte. Drei *sbirri* begleiteten einen Gerichtsdiener zum Anwesen der Gagliardi und forderten, Paolo möge herauskommen und sie zum Gerichtshof begleiten.

Als ihnen Giovanni Gagliardi beschied, Paolo habe Palermo bereits vor Wochen verlassen, schauten sich die *sbirri* und der Gerichtsdiener ratlos an und kehrten zum Untersuchungsrichter zurück. Bald darauf erschienen sie wieder mit der Aufforderung an Giovanni Gagliardi, sie zum Gericht zu begleiten.

Nachdem Paolo die Nachrichten erhalten hatte, daß sein Großvater in den Fängen der Spanier war, schüttelten ihn Angst und Zorn. Würde der alte Mann einer Folter lange widerstehen können? Die Angst vor der Entdeckung trieb ihn zur Flucht, doch die Sorge um den Großvater und die Wut auf die Unnachgiebigkeit der Spanier ließen ihn in seinem Versteck verharren. Dabei wußte er nur zu gut, daß er für seinen Großvater nichts tun konnte. Bange Stunden des Wartens verstrichen, mit jedem Menschen, der sich der Fischerhütte näherte, schnürte es Paolo vor Angst, es könnte ein Häscher des Vizekönigs sein, die Kehle zu. Nachdem er eineinhalb Tage keine weitere Nachricht als die vernommen hatte, Giovanni Gagliardi befinde sich immer noch im Gerichtsgebäude, schlich er sich im Schutz der Dämmerung an Bord des Fischerbootes. Keine Stunde zu früh, wie sich zeigte. Denn kaum war die Nacht hereingebrochen, erschienen vier Wachleute mit Fackeln und Hellebarden an der Hütte und verlangten lautstark nach Paolo. Es war höchste Zeit, Sizilien zu verlassen. Zum Glück war der Fischer bereits an Bord und den Gagliardi so ergeben, daß er, ohne zu zögern, den Anker lichtete und auf das Meer hinaussteuerte. Als sie vom Kai aus angerufen wurden, blähte der Wind bereits das Segel und trieb sie aufs Meer hinaus. Sie segelten die Nacht hindurch bis nach Messina und gelangten mit günstiger Strömung zum Festland hinüber, wo Paolo in der Morgendämmerung bei Scilla an Land sprang.

* 34 *

»Ich finde es heraus«, erklärte der Untersuchungsrichter selbstsicher und trat bis auf einen Schritt auf Michele zu. »Du hast doch schon die Erfahrung gemacht, daß du vor mir nichts verbergen kannst. Warum bist du jetzt so verstockt?«

»Herr«, antwortete Michele matt, »ich bin nicht verstockt, sondern unwissend. Das wenige aber, das ich über dieses Buch weiß, habe ich Euch längst gesagt. Tötet mich, wenn Ihr mir nicht glaubt, aber haltet ein mit dieser Tortur.«

Der Untersuchungsrichter streckte den Arm aus und ergriff Micheles linke Hand. Am kleinen Finger, am Ring- und am Mittelfinger fehlten die Nägel. Alle drei Finger waren aufgedunsen von den Entzündungen, welche sich nach den Verbrennungen auf den Wunden der Nagelbetten gebildet hatten. Schwarz, blau und grün leuchteten die drei Finger in ungesunden Farben, dazwischen lugte an manchen Stellen das rohe Fleisch heraus, und die Wunden näßten und eiterten.

»Man wird dir diesen Finger abnehmen müssen«, bemerkte der Richter und legte in seine Stimme einen Ton des Bedauerns, der so echt klang, daß es Michele besonders schmerzte, denn er wußte nur zu genau, wie wenig Mitleid dieser Untersuchungsrichter mit seinen Opfern hatte. »Was weißt du über das geheime Buch?« fragte der Spanier erneut und quetschte die Spitze von Micheles Mittelfinger zwischen seinen Daumen und seinen Zeigefinger. Michele schrie und verdrehte die Augen, bis nur noch das Weiße sichtbar war. Dann verlor er das Bewußtsein.

Er erwachte in einer hellen Zelle. An seiner Seite saß ein Mönch, der nach einem Wasserkrug griff, als Michele die Augen aufschlug, etwas von dem kühlen Naß in einen Becher goß und Michele diesen an die Lippen führte. Gierig trank der Gefolterte Becher nach Becher wie ein Verdurstender. Geduldig füllte der Mönch das Wasser nach, bis Micheles Durst gestillt war.

»Wo bin ich?«

»Bei uns Franziskanern. Wir pflegen diejenigen, welche die Folter durch den Untersuchungsrichter überstehen.«

»Bin ich eingesperrt?«

»Nein. Dir wurde die Freiheit zurückgegeben. Wir sind dafür da, dich gesund zu pflegen, damit du diese auch genießen kannst. Danke dem Herrn, unserem Gott, für deine Errettung aus den finsteren Verliesen und führe in Zukunft ein gottgefälliges Leben.«

»Das werde ich tun«, antwortete Michele und spürte dabei eine Ahnung von Freude, daß er noch am Leben war.

»Du bist glimpflich davongekommen«, fuhr der Mönch fort. »Nur der mittlere Finger mußte dir abgenommen werden.«

»Mir fehlt ein Finger?«

»Der Wundbrand ist dir hineingeschossen. Hätten wir dir den Finger nicht abgetrennt, der Wundbrand hätte die ganze Hand gepackt und womöglich den Arm. Wenn der Brand zu nah zum Herzen kommt, ist's um einen geschehen.« Der Mönch zuckte bedauernd mit den Achseln. »Wir mußten dir den Finger abschneiden.«

Michele hob vorsichtig den Kopf und blickte an sich hinunter. Seine Arme waren rechts und links des Körpers angebunden, die linke Hand steckte in dicken Bandagen. Er zögerte, ehe er versuchte, die Finger der rechten Hand zu bewegen, was mühelos gelang. Mit Freude beobachtete er jeden Finger, der sich hob. Dann wandte er seine Aufmerksamkeit der linken Hand zu und befahl jedem einzelnen der Finger nacheinander, sich ebenfalls etwas anzuheben. Der Daumen zuckte, der Zeigefinger ruckte, und auch der Mittelfinger schien sich zu heben, wenngleich unter Schmerzen. Die beiden letzten Finger dagegen blieben reglos, begannen aber, kaum hatte Michele sie bewegen wollen, höllisch zu brennen. Michele schossen Tränen in die Augen, und zum Trost strich ihm der Mönch mit der Hand über den Kopf. Eigenartig, dachte Michele, wie sich das anfühlt. Ich wünschte, ich könnte die linke Hand sehen.

Als ihm einige Tage später der Verband abgenommen wurde, fand er die Hand so, wie sie ihm der Mönch beschrieben hatte, und obwohl Michele bei geschlossenen Augen stets vermeinte, er könne seinen Mittelfinger bewegen, fand sich an Stelle des Fingers nur ein winziger Stumpf. Da habe ich für dich einen Finger geopfert, weinte Michele, und dich trotzdem verraten, mein Freund. Wie mag es dir jetzt ergehen? Zu gern hätte er eine Antwort auf diese Frage erhalten, doch er wagte es nicht, einen der Mönche nach Paolo Scalieri oder Giovanni Gagliardi zu befragen. Er war mißtrauisch geworden. Wer konnte wissen, wo überall der spanische Vizekönig seine Zuträger hatte.

* 35 *

Portia zupfte an ihrem Brusttuch und winkte Lavinia gutgelaunt zu sich auf den Diwan, vor dem auf einem niedrigen Holzgestell ein großes rundes Kupfertablett mit allerlei Köstlichkeiten stand. In der hinteren Ecke des kleinen Saales saß die Amme mit Laurentia am Boden und spielte ihr mit buntgeschmückten Handpuppen lustige Szenen vor. Ab und zu war ein seliges Glucksen zu hören, und immer wieder ahmte der Kindermund die Worte der Amme nach.

»Ist sie nicht ein Goldstück?«

»Das ist sie«, bestärkte Lavinia die glückliche Mutter in ihrem Stolz und setzte sich neben die *curialis romanam curiam sequens*.

»Nimm von diesen leckeren Köstlichkeiten«, forderte Portia ihren Gast auf. »Mein Purpurtäubchen verwöhnt mich nach wie vor.«

»Was hört man denn sonst von dem Herrn Bischof?«

»Das ist es ja, weshalb ich dich rufen ließ. Du sollst Baldassare morgen nach der Messe in seinem Palazzo besuchen, die Abschrift werde heute abgeliefert. Wir haben vereinbart, daß er die ausstehende Zahlung von mir bekommt, sobald du das Traktat in den Händen hältst.«

Lavinia umarmte die ehemalige *cortigiana* und dankte ihr für die Hilfe, die sie geleistet hatte.

»Ohne dich wäre es mir nie gelungen, an das Buch zu gelangen.«

»Wenn du genug gelesen hast, mußt du mir erzählen, was du alles über deinen Großvater herausgefunden hast.«

Ein kräftiger Regenschauer fegte die Straßen und Gassen leer, als Lavinia zu dem kleinen Palazzo unweit des Pozzo Bianco lief, um die Abschrift des ersehnten Buches bei Bischof Verucci abzuholen. Sie zog sich ihr Tuch fest über den Kopf und heftete ihre Augen auf den Boden, um den rasch entstehenden Pfützen in den Löchern der Straße auszuweichen. Als sie in die Straße einbog, an deren Kopfende der Eingang zu Veruccis Palazzo lag, sah sie einen Schatten aus der Einfahrt huschen und um die Ecke verschwinden. Wenig später stand sie vor dem Holztor und wunderte sich, daß die ins Tor eingebaute schmale Tür nur angelehnt war. Die Angeln quietschten leise, als Lavinia eintrat. Sie räusperte sich und rief nach dem Diener, doch es blieb still. Sie ging auf die seitliche Treppe zu und stieg in das erste Stockwerk, in dem der Empfangsraum des Bischofs lag. Die Flügeltür stand halb offen.

»Ehrwürdiger Vater?«

Keine Antwort. Lavinia verharrte einen Augenblick und überlegte, ob sie umkehren sollte. Vielleicht bin ich zu früh, dachte sie, oder die Messe hat länger gedauert.

»Hier ist Besuch für Bischof Verucci«, rief sie halblaut in der Hoffnung, der Diener werde herbeieilen und sie in ein Zimmer führen. Doch alles blieb ruhig. Unschlüssig drehte sie sich einmal um sich selbst und suchte den Flur nach anderen Türen ab, doch die waren alle geschlossen. Zögernd näherte sie sich der Flügeltür und trat in Veruccis Empfangsraum.

Lavinia schrie auf.

Auf dem Diwan vor dem Kamin lag der Bischof in unnatürlicher Verrenkung. Der Kopf war nach hinten gekippt, am Hals klaffte eine tiefe Wunde. Hemd und Wams waren über und über voll Blut. Die Beine hatte der Vizedatar von sich gestreckt, dabei das rechte Bein seltsam eingeknickt. In dem bleichen Gesicht waren die Augen weit aufgerissen, der Mund stand offen.

Lavinia wandte sich ab, da erblickte sie neben dem Fenster den zusammengekrümmten Leichnam des Dieners. Sie trat näher heran und erkannte an den blauen Malen, daß dieser mit einem Seil erwürgt worden war.

Rasch streifte ihr Blick durch den Raum, doch das Buch, dessentwegen sie hier war, entdeckte sie nirgends. An der Tür schlug sie das Kreuzzeichen, hastete die Treppe hinunter und verließ den Palazzo.

* 36 *

Der Fußmarsch war beschwerlich, und da er kein Handwerk beherrschte und mit seinen Fertigkeiten kein Geld verdienen konnte, ohne sich verdächtig zu machen, mußte er sich mit einfachsten Unterkünften und Mahlzeiten bescheiden. So schnell wie möglich wollte er aus dem Machtbereich des Vizekönigs von Spanien gelangen und hoffte, in höchstens zwei Wochen Neapel zu erreichen, um von dort aus einen Weg zu finden, ungefährdet nach Florenz weiterreisen zu können. Wenn er *Il Magnifico* von den Umständen seiner Flucht berichtete, würde er ihm seinen Eigensinn verzeihen und ihn, so hoffte Paolo, wieder an seinem Hof aufnehmen. Beschwingt von der Aussicht, mit seinem neuen Wissen ein besonderer Ratgeber Lorenzos zu werden, legte er anfangs täglich eine Strecke von ungefähr zwanzig Meilen zurück. Aber es war noch keine Woche vergangen, da schmerzten ihn die Fußsohlen von den vielen Steinen, die sich durch sein Schuhwerk drückten, und er mußte seine Tagesmärsche verkürzen. Zu allem Überfluß schlug nach einer Woche das Wetter um. Es regnete ohne Unterlaß, und der Regen verwandelte die Straßen in Morastgräben. Ein eisiger Wind blies von den Bergen herab, und wenn die Wolken einmal kurz aufrissen, sah Paolo schneebestäubte Gipfel. Alle Herbergen am Weg nach Neapel nutzten die Gunst der Stunde und verlangten das bis zu Dreifache des üblichen Preises für Schlafplätze und Mahlzeiten, so daß Paolos Geldbörse immer leerer wurde. Wenn er nicht bald zu etwas Geld kam, würde er im Freien übernachten oder hungern müssen. Und wem hatte er das alles zu verdanken? Michele! Mit zunehmendem Groll dachte Paolo an den Freund und vergaß dabei, daß er es gewesen war, der Michele in die Höhle des Löwen geschickt hatte, um herauszufinden, ob den Spaniern der Foliant in die Hände gefallen war. Wegen Michele mußte er vor den Spaniern fliehen, wegen Michele mußte er diese Entbehrungen ertragen. Der Traum! Michele war der Stier, der das Kamel verführt hatte. Plötzlich wollte Paolo wissen, was vor knapp zwei Jahren in Florenz zwischen Lavinia und Michele vorgefallen war. Und während er durch den strömenden Regen und den peitschenden Wind weiter Richtung Norden ging, nagte der Zweifel immer stärker an ihm, ob ihm Michele wirklich ein ergebener Freund war. So, wie sich ihre Familien seit Generationen beharrlich befehdeten, konnte es eigentlich keine Freundschaft zwischen ihnen geben, und beinahe zwangsläufig müßte Michele ihn eines Tages verraten. Vermutlich hatte es der Tortur gar nicht bedurft, vermutlich hatte Michele seinen Namen dem Untersuchungsrichter freiwillig preisgegeben. Ich finde es heraus, schrie Paolo in der Einsamkeit Kalabriens gegen den Wind, ich finde es heraus!

Mit Wut im Bauch gelangte Paolo bis Salerno, wo er, durchnäßt und entkräftet, in einem Handelshof einkehrte. Die Wirtsstube war übervoll mit Fuhrleuten und Händlern, die Schutz vor dem schlechten Wetter suchten, und mit Müh und Not erhielt Paolo noch einen Platz an einem Tisch in der hintersten Ecke bei zwei finsteren Gesellen, die ihn mürrisch nach dem Woher und Wohin fragten. Paolo antwortete ausweichend, ließ sich einen Krug Wein und eine Schale wäßrige Suppe bringen und schlang, ohne weiter auf seine Tischgesellen zu achten, die lauwarme Suppe in sich hinein. Nachdem er seinen Wein ausgetrunken und dem Wirt zwei *quattrini* gegeben hatte, machte er sich auf den Weg in den Schlafraum, der sich neben dem Pferdestall befand. Der Hof war voller Fuhrwerke, aber menschenleer. Müde bog Paolo um die Ecke, ging auf den Stall zu und sah schon die Tür zum Schlafraum vor sich, als er einen Schlag auf den Hinterkopf erhielt und vornüberstürzte.

Als er zu sich kam, fand er sich auf einem schaukelnden Karren zwischen erdig riechenden Rüben, an Händen und Füßen gebunden unter einer stinkenden Decke. Ab und zu hörte er ein Pferd schnauben, die Karrenräder schmatzten im Dreck der Straße, der Fuhrmann fluchte. Paolos Kopf schmerzte. Er versuchte sich zu bewegen, doch die Fesseln waren zu eng geschnürt. Allmählich schnitt ihm die Angst die Luft ab, fieberhaft fragte er sich, wer ihn gefangengenommen habe und nun verschleppe, zumal er für Räuber ein denkbar ungeeignetes Opfer darstellte. Da er es aber für ziemlich unwahrscheinlich hielt, in Salerno von Häschern des spanischen Vizekönigs gesucht zu werden, beruhigte er sich und schlief nach einiger Zeit sogar ein. Wie erschrak er, als die Geräusche, die er wahrnahm, plötzlich von ganz anderer Art waren: ein Knarzen und Ächzen von Holz, Knattern von Segelleinwand, regelmäßige dumpfe Schläge wie von einer Trommel und Plätschern von Wasser. Er rieb sich die Augen und entdeckte einen Lichtschimmer zu seinen Füßen. Wütend strampelte er sich frei. Er hörte ein Lachen, dann wurde die Decke weggezogen, und Paolo blickte in das Gesicht eines bärtigen Mannes.

»Wach?«

»Wo bin ich?«

»Steh auf!«

Wacklig kam er auf die Beine. Sein Hinterkopf schmerzte noch immer.

»Kannst du rudern?«

Paolo schaute den Bärtigen verständnislos an.

»Rudern«, knurrte er, »kann jeder. Komm mit.«

Der Bärtige packte Paolo an der Schulter, drehte ihn um und schob ihn nach vorne. Da sah er die Männer auf ihren Bänken sitzen und an den Riemen ziehen. Er war auf einer Galeere gelandet.

* 37 *

Obwohl es in Rom in diesen Wochen beinahe so gewalttätig zuging wie während der letzten Sedisvakanz, hatte der Mord an Bischof Baldassare Verucci und seinem Diener für Aufsehen gesorgt. Zu ungewöhnlich waren die Umstände, unter denen man die Opfer gefunden hatte, und so nahm es nicht wunder, daß der Vertraute des Papstes, Giuliano della Rovere, sich selbst in die Nachforschungen nach dem Täter einschaltete. Viel wurde gemunkelt in der Stadt über furchtbare Intrigen in der Kurie, in die auch der Vizedatar verwikkelt gewesen sein sollte, aber nähere Anhaltspunkte für den Mörder gab es nicht. Lavinia erfuhr die Gerüchte von den Dirnen, die über allen Klatsch der Stadt bestens im Bilde waren, und blieb die ganze Zeit beunruhigt. Solange der Mörder Veruccis nicht gefunden war, solange war sie in Gefahr. Der Täter hatte es nach Lavinias Meinung ohne Zweifel auf das geheime Buch abgesehen gehabt, und es war nicht auszuschließen, daß er sich eines Tages für die Auftraggeberin der verbotenen Abschrift interessieren würde. Sie fühlte sich nicht mehr sicher in der Stadt, und seit sie auch noch regelmäßig von Alpträumen geplagt wurde, in welchen ihr der Mörder bei den Leichen von Verucci und seinem Diener auflauerte, suchte sie nach einem Weg, die Stadt zu verlassen. Daneben mußte sie immer wieder an Lorenzo de' Medici denken. Sie fragte sich, wie es ihm mit seinen Gichtanfällen ginge, und spürte ein schlechtes Gewissen, weil sie ihn im Stich gelassen hatte. Wiederholt nahm sie sich vor, *Il Magnificos* römischen Statthalter Antinori zu besuchen, schreckte aber immer wieder davor zurück, weil sie sich nach wie vor schämte, einen Bankert von Paolo ausgetragen zu haben. Schließlich kam ihr Niccolo Antinori zuvor. Eines Tages stand er in ihrem Zimmer und schaute sie lange an.

»Es war nicht leicht, dich zu finden«, bemerkte er anstatt eines Grußes und setzte sich auf den Schemel neben dem Fenster. Spätestens da wußte Lavinia, daß sie sich in Rom nicht verstecken konnte.

»Wie fühlt sich *Il Magnifico*?« fragte sie.

»Du sollst ihm helfen. Die Krankheit beißt sich in seine Knochen.«

»Aber ich ...«, erwiderte Lavinia hilflos. Sie wußte nicht, was sie zu ihrer Entschuldigung vorbringen sollte.

»Du bist am Medici-Hof erwünscht. Lorenzo ist dir gnädig gestimmt, obwohl du ihn so lange über deinen Verbleib im unklaren gelassen hast.«

Lavinia strich Amata über die Stirn und antwortete: »Gern nehme ich die Einladung *Il Magnificos* an; aber ich bin nicht allein.«

»Das sehe ich. Sei unbesorgt, du bist mit Kind willkommen.«

Nur drei Tage später machte sie sich in einem Handelszug der Medici mit einer bewaffneten Eskorte von zehn Mann auf die Reise nach Florenz, wo sie acht Tage später von einem schmerzgeplagten, aber lächelnden Lorenzo empfangen wurde. Nachdem er ihr die Hand gereicht hatte, stellte er sich ans Fenster und schaute in den Innenhof. Sein Blick blieb an Donatellos Judith hängen.

»Was Frauen für eine Macht haben können«, bemerkte er mehr für sich als für Lavinias Ohren. »Ich bin sehr froh, daß du zurückgekommen bist. Hast du wirklich gedacht, ich würde dich verachten, weil du ein Kind von einem Mann bekommen hast, der im geheimen bleiben soll?«

»Ja, das habe ich befürchtet. Außerdem wollte ich unabhängig und frei sein. Ist das so schwer für Euch zu verstehen, *Magnifico Messere*?«

»Hättest du doch öfter meine Freunde im *studiolo* besucht und ihre Reden ernst genommen, dann würdest du das nicht fragen. Oder hältst du mich für einen Tyrannen?«

»Nein, das tue ich nicht. Verzeiht!«

»Dir ist längst verziehen«, antwortete er, ging auf sie zu und nahm erneut ihre Hand in seine. »Lindere meine Schmerzen!«

Nun lebte sie mit Amata in einem geräumigen Zimmer im hinteren Teil des Medici-Palastes an der Via Larga mit allen erdenklichen Annehmlichkeiten, zu denen auch gehörte, daß sie ihre Tochter manche Stunde dem Kindermädchen der Medici überlassen durfte. Diese Stunden nutzte sie nicht nur für die Teilnahme an den gelehrten Gesprächen in der Plato-Akademie, sondern auch für Spaziergänge in den Medicigarten, wo sie den Bildhauergesellen bei ihren Arbeiten zusah. Als sie eines Nachmittags wieder einer ihrer Spaziergänge in den Garten bei San Marco führte, betrat sie die Werkstatt Bertoldos und blieb erstaunt stehen: An einer Werkbank am hinteren Fenster stand, über eine drei Fuß große Figur gebeugt, Michele. Lavinia spürte ihren Atem heftiger gehen. Sofort erinnerte sie sich daran, wie sie ihn vor mehr als zwei Jahren im Garten bei dem Dornauszieher mit seinem Faun überrascht hatte, und eine Welle von warmer Zuneigung durchströmte sie, während sie ihn nun bei seiner Arbeit an einer Tonskulptur beobachtete. Vorsichtig näherte sie sich dem in sein Werk Versunkenen. Als sie entdeckte, daß seiner linken Hand der Mittelfinger fehlte, mußte sie einen Aufschrei unterdrücken, was nicht restlos gelang. Michele jedenfalls schien etwas gehört zu haben, denn er drehte sich um und sah sie mit fragenden Augen an.

»Du? – Stehst du schon lange hinter mir?«

»Hm«, erwiderte Lavinia etwas verlegen und lächelte. »Du bist wieder da.«

»Du auch.«

Sie nickte.

»Wo warst du? Wir haben dich gesucht, selbst Antinori wußte nicht, wo du steckst.«

«Das ist eine lange Geschichte«, erwiderte Lavinia.

»Ich mag lange Geschichten«, antwortete Michele. »Laß uns auf die Piazza Santa Croce gehen und ein *panino picante* essen.«

»Gern. Du hast magische Hände, weißt du das?«

»Es ist ein Wunder, Lavinia. Meine Hände wissen den Weg von alleine, den sie zu nehmen haben auf dem Ton oder im Stein.«

»Du behaust auch Stein?«

»Mir ist, als müßte ich aus dem Stein eine vorgegebene Form befreien. Dabei nimmt der Meißel fast von allein seinen Weg. Es drängt aus mir heraus, beinahe ohne mein Zutun, und doch erfüllt es mich mit einem tiefen inneren Frieden. – Seit Sizilien weiß ich, daß der Herr sich meiner als Werkzeug bedient; er hat mich mit dieser Gabe beschenkt.«

»Du warst in Sizilien?«

Michele nickte und erzählte, was sich seit ihrer letzten Begegnung ereignet hatte. Das war einiges, und so erzählte er noch auf der Piazza Santa Croce, als sie längst ihre Brote mit *trippa* in Händen hielten, und zwischen ihnen entstand eine so vertraute Stimmung, als wären sie nur wenige Wochen getrennt gewesen.

* 38 *

Michele saß auf der steinernen Bank im Garten der Medici und betrachtete den Dornauszieher. An der Skulptur kannte er zwar inzwischen jede Kleinigkeit, aber trotzdem konnte er sich nicht satt sehen an den gelungenen Kleinigkeiten, wie der Wölbung des Fußrückens oder der Haltung der Hand, die den Dorn gepackt hielt. Einmal nur in seinem Leben so eine ausgewogene Figur zu erschaffen, wünschte er sich und freute sich bereits auf die Hilfe, die ihm Bertoldo zugesagt hatte. Morgen würden sie sich gemeinsam daranmachen, die Form herzustellen für den Johannes, welchen Michele in Bronze gießen wollte. Soeben hatte er die Arbeiten an seinem Wachsmodell beendet. In der Betrachtung des Dornausziehers fand er nun den notwendigen Abstand zur Arbeit der letzten Stunden, die ihn mit einem besonderen Glücksgefühl erfüllte. Wenn die Form gelang und sich die Bronze gut gießen ließ, dann würde ein bemerkenswerter Johannes entstehen. Das Wachs jedenfalls, Schicht für Schicht auf den aus Ton gebrannten Kern aufgetragen, hatte seinen Händen auf eine Art und Weise gehorcht, die Michele wahrhaft wundersam schien. In der leicht gebückten Haltung des bärtigen Täufers zeigte sich genau jene Lebensspannung, die Michele bei dem Gedanken an die Wassertaufe empfand. Das Bild dieses Johannes hatte ihm bereits vorgeschwebt, als er die Franziskaner in Palermo verlassen hatte. Im Rückblick erschien ihm sein Aufwachen im Kloster wie eine zweite Geburt, und er sah es als ein der neuerlichen Taufe wertes Geschenk, daß außer dem Mittelfinger der linken Hand nichts an ihm zu Schaden gekommen war. Das Wissen um die Zerbrechlichkeit des Lebens sollte sich unbedingt in seinem Johannes spiegeln, aber auch die Freude am Dasein wollte Michele ausdrücken. Schon an Bord der Handelsgaleere, die ihn zurück nach Pisa brachte, nahm er sich vor, so schnell wie möglich nach Florenz zu reiten, um bei Bertoldo in der Werkstatt die Übungen in Ton wiederaufzunehmen. Mehr als je zuvor bedauerte er, sich nicht ganz der Kunst widmen zu können, aber er wollte nicht mit seinem Geschick hadern. Gott hatte ihn durch Geburt für den Kaufmannsstand bestimmt, dem wollte Michele treu bleiben. Da er ihn aber auch mit einer besonderen Gabe gesegnet hatte, mußte er diesem Teil seines Seins ebenfalls Raum gewähren. So hatte er sich unbeirrt gezeigt, als sein Vater ihn von der Weiterreise nach Florenz hatte abhalten wollen, und darauf bestanden, einige Wochen bei Bertoldo zu verbringen. Michele stand auf, warf dem Dornauszieher einen beinahe liebevollen Blick zu und schlenderte zurück in die Werkstatt. Wieviel war seit seiner Rückkehr aus Sizilien geschehen. Er hatte gelernt, mit neun Fingern den Ton so zu formen wie vordem mit zehn, hatte Erfahrung mit Hammer und Meißel gesammelt und seinen ersten Marmorblock behauen. Aber, und bei dieser Erinnerung lächelte Michele verträumt, das Wichtigste war die erneute Begegnung mit Lavinia. Seit sie in Bertoldos Werkstatt plötzlich hinter ihm gestanden hatte, sahen sie sich jeden Tag, oft auch als Gäste an *Il Magnifico*s Mittagstafel, und in ihre Vertrautheit hinein wuchs eine Zärtlichkeit, die jene ihrer ersten Begegnung weit übertraf. Woche um Woche verschob Michele seine Abreise aus Florenz, weil er sich nicht von Lavinia trennen wollte, doch nun, das wußte er, rückte die Abreise endgültig näher. Wenn sein Johannes vollendet war, mußte er zurück zu seiner Familie und im Handelshaus helfen. Liebevoll strich er über das Wachsmodell und verglich jede Linie mit der Tonskulptur, die er als erstes geschaffen hatte.

»Wir werden es morgen mit unserem Gußsand ummanteln«, bemerkte Bertoldo, der neben Michele getreten war, »und übermorgen die beiden Teile der Form brennen. Dann können wir in drei Tagen gießen, und in einer Woche stehst du vor deinem fertigen Johannes.«

Das war mehr als jedes Lob, und so beflügelt verließ Michele die Werkstatt, um Lavinia im Palazzo zu besuchen.

Sie saß am Boden und spielte mit ihrer kleinen Tochter, die vor Vergnügen über die Späße der Mutter gluckste und quietschte. Michele gesellte sich dazu und ließ Amata auf seinem Rücken sitzen. Er wieherte und kroch auf allen vieren durch den Raum, während ihm die Kinderhände zart ins Gesicht patschten, damit er schneller laufe. Er bemerkte Lavinias Blicke sehr wohl, tat aber so, als ginge er restlos in dem Spiel mit der knapp Eineinhalbjährigen auf. Noch wollte er sich seine tiefe Ergriffenheit nicht anmerken lassen, wollte seine Erregung im Zaum halten, die ihn von Mal zu Mal leidenschaftlicher packte, wenn er mit Lavinia zusammen war. Noch hatten sie die lustvolle Begegnung von früher, die in der Seitenkapelle von San Donato in Scopeto ihren Anfang genommen hatte, nicht wieder aufgenommen. Als ob das Wissen um ihre Leidenschaft sie besonders hemmte, waren sie bisher, wenn die zärtliche Stimmung zwischen ihnen zu knistern begonnen hatte, befangen vor dem nächsten Schritt zurückgeschreckt. Aber Michele wußte genau, daß er diese Zurückhaltung nicht mehr lange aushalten konnte. Seit dem letzten Badhausbesuch in Palermo hatte er keiner Frau mehr beigewohnt, und er wußte auch, daß er das Feuer, das Lavinia in ihm entfachte, keinesfalls bei einer Dirne löschen konnte.

»Nun darf mein Schatz zu Serafina«, holte Lavinia Michele aus seinen Gedanken zurück. Amata juchzte bei der Erwähnung des Kindermädchens, drückte Michele noch rasch einen Schmatz auf die Backe und lief zu ihrer Mutter. Winkend blieb Michele zurück, und als die beiden die Tür hinter sich geschlossen hatten, trat er ans Fenster und blickte hinunter. Auf der Via Larga herrschte geschäftiges Treiben.

* 39 *

Vier Mann nebeneinander auf einer Bank, jeweils der rechte Fuß angekettet an die Schiffsplanken, zogen sie im Rhythmus der Trommel an ihrem langen Riemen und schoben die Piratengaleere gegen die windgepeitschten Wellen auf den Hafen zu. Paolo war dankbar für den Wind, denn er vertrieb den Gestank von Fäkalien und Erbrochenem. Auf der Flucht vor mehreren türkischen Kriegsgaleeren waren sie die letzten eineinhalb Tage ohne Pause gerudert. An jedem Riemen war es jeweils einem Mann für drei Stunden erlaubt worden auszuruhen. Doch keiner wurde während dieser Ruhephase von seinen Fesseln befreit, weil die Wachmannschaft ständig auf der Hut und in Kampfbereitschaft war, solange sie den Türken nicht entkommen waren. Jede Notdurft war daher am Platz zu verrichten, und seit in den letzten Stunden die See kabbelig geworden war, hatten sich etliche der neuen, den Seegang noch nicht gewohnten Rudersklaven erbrochen. Nachdem aber die Flucht endlich geglückt war, zogen es die Wachen vor, sich selbst auszuruhen, anstatt auf losgekettete Ruderer aufzupassen. Eine Stunde Flaute hatte in der schwülen Luft ausgereicht, um das Schiff in einen Gestank voller Pestilenz zu hüllen, und es hätte nicht mehr viel gefehlt, dann hätte sich Paolo ebenfalls auf die Planken übergeben. Der Wind hatte also zur rechten Zeit aufgefrischt, und jetzt, da sich die Galeere in den Hafen schob, war wieder eine aufreibende Raubfahrt beendet. Man hatte in Korfu gute Beute gemacht. Der Kommandant war nach dem gelungenen Überfall auf die ungeschützt vor Anker liegende flämische Karracke bester Laune gewesen, bis sie um ein Haar den Türken in die Falle gegangen waren, die sich mehr und mehr gegen das Piratenunwesen an den Adriaküsten zur Wehr setzten und dabei sogar gemeinsame Sache mit Venedig zu machen schienen, denn einmal, es lag ungefähr vier Monate zurück, wären sie beinahe von zwei venezianischen und drei türkischen Kriegsschiffen aufgebracht worden, denen sie nur deswegen entkamen, weil sie rascher gegen den schwachen Wind rudern konnten als die anderen segeln. Anfangs hatte sich Paolo gefragt, warum die Ruderer sich so ins Zeug legten, wenn es galt, vor den Kriegsschiffen zu fliehen. Das Aufbringen der Piratengaleere durch Türken oder Venezianer hätte doch für die Rudersklaven die Freiheit bedeuten können. Aber dann bekam er Praxiteles als Nachbarn, der vor Jahren den Untergang einer Piratengaleere miterlebt hatte und erzählte, wie jämmerlich die Ruderer ertrunken waren; keiner der »Befreier« hatte sich nur einen Augenblick um das Schicksal der Angeketteten gekümmert, allen war es nur darum gegangen, möglichst viel von der Piratenbeute für sich zu erobern. Wer also an seinem Leben hing, der ruderte im wahrsten Sinne des Wortes vor allem dann um sein Leben, wenn die Gefahr drohte, vom Joch des Piratensklaven befreit zu werden. Aber nicht nur wegen dieser Erkenntnis war die Nachbarschaft mit Praxiteles für Paolo ein Gewinn. Der bärenstarke Grieche, den Piraten bei einem Raubzug im Hafen von Skiathos in die Hände gefallen, war nicht nur ein äußerst geschickter Ruderer, von dem man lernen konnte, wie man sich die Kräfte einzuteilen hatte, sondern auch ein unterhaltsamer Geschichtenerzähler, mit dem man besser über die langen Stunden des Tages hinwegkam. Dieses Geschick verschaffte ihm Zugang zum Kommandanten, der sich manchmal die Zeit mit Geschichten vertreiben ließ, und trug ihm die Vergünstigung im Hafen ein, sich beinahe ungehindert zu bewegen und an Steinblöcken mit Hammer und Meißel auszutoben, denn eigentlich war er – daher sein Spitzname Praxiteles – ein Steinmetz. Praxiteles verdankte Paolo, daß er vor einigen Wochen ein erstes Gespräch mit dem Kommandanten hatte führen und ihm von seinen Fertigkeiten hatte berichten können.

»Ein Chiromant«, hatte der Pirat gelacht, Paolo aber trotzdem seine rechte Hand hingestreckt, von der geballte Lebenskraft ausging.

»Ihr werdet mit dem nächsten Raubzug einen besonderen Gewinn einbringen«, hatte Paolo prophezeit, »und ich sehe in naher Zukunft nichts, was Euch mißlingen könnte.«

»Oho«, hatte der Kommandant geantwortet, »mal sehen, ob du recht behältst. Dann sprechen wir uns.«

Jetzt, hoffte Paolo, während sie die Galeere im Hafen festmachten, könnte die Zeit gekommen sein für ein längeres Gespräch mit dem Kommandanten. Darin sah er die einzige Möglichkeit, sein Los zu verbessern, denn an Flucht war nicht zu denken. Die Wachleute waren grausam, wenn einer einen Ausbruch wagte und erwischt wurde. Paolo hatte zwei Fluchtversuche miterlebt, und beide Male waren die Flüchtlinge vor aller Augen zu Tode gequält worden. Deswegen war er nicht aus Sizilien geflüchtet, um an einer Folter zu sterben, welche die Grausamkeit der spanischen Inquisitoren übertraf, dachte Paolo, und ertrug lieber weiterhin die Fron des Ruderns. Eine Fron war es, weiß Gott, dieses andauernde Riemen nach vorne schieben, eintauchen, anziehen, anheben, und wieder nach vorne schieben, eintauchen, anziehen und anheben im monotonen Rhythmus der Trommel, Stunde für Stunde, Tag für Tag, Woche für Woche, unterbrochen von kurzen Pausen alle halbe Stunde, von längeren Pausen zu den oft dürftigen Mahlzeiten und von vielfach zu kurzen Schlafpausen nachts. Nein, auch dafür war er nicht aus Sizilien geflüchtet, und an manchen Tagen kochte seine Wut auf Michele stundenlang in ihm, besonders wenn der Rudertakt bei Angriffen oder auf der Flucht vor Kriegsgaleeren erhöht wurde und die Pausen entfielen. Michele hatte ihn verraten, Michele war schuld an seinem Elend als Rudersklave. Eines Tages würde er es ihm heimzahlen. Oftmals in den vergangenen sechs Monaten hatte ihn nur dieser Zorn aufrechterhalten, obwohl er Glück gehabt hatte, denn er war bisher nicht krank geworden, hatte am Riemen die von ihm erwartete Leistung erbracht und war von jeder Art Bestrafung verschont geblieben, die bei manchen der Anfang vom Ende war. Denn wer krank war und nicht rudern konnte, wurde geschlagen, bis er entweder alle Kräfte aufbot, um im Takt zu bleiben, oder völlig zusammenbrach, wovon sich die wenigsten wieder erholten. Doch es war nur eine Frage der Zeit, bis auch er einmal krank werden würde, dachte sich Paolo und hoffte, sein Los günstiger gestalten zu können, wenn es ihm gelang, den manchmal aufbrausenden Kommandanten für seine Fertigkeiten zu interessieren.

Paolo hoffte nicht vergeblich. Bereits am folgenden Tag wurde er zum Kapitän gerufen.

»Ein Chiromant also, der für dieses Mal recht behalten hat«, bemerkte er von seinem Stuhl aus und musterte den vor ihm stehenden Paolo von Kopf bis Fuß. Was er sah, schien ihm zu gefallen. Die Fron am Riemen hatte Paolos Muskeln gestählt. »Was kannst du noch?«

Paolo blickte auf seine Hände, die er mit den Handflächen nach oben halb von sich streckte in der Hoffnung, der Kommandant sehe dies als eine demütige Geste, denn gleich darauf zwang Paolo dem erprobten Kämpfer seinen Blick auf. Der Pirat zuckte kurz, dann nahm er die Herausforderung an, wobei Paolo nicht entging, daß sich die steile Falte über der Nasenwurzel stetig vertiefte. Jeden Augenblick war mit einem der gefürchteten Wutausbrüche des Kommandanten zu rechnen, doch Paolo hatte sich vorgenommen, das Duell der Blicke keinesfalls zu verlieren. Schon packte den Piraten sichtbar die Ungeduld, schon öffnete sich sein Mund, da löste er kurz den Blickkontakt auf, und in diesem Moment antwortete Paolo: »Ich kann die Zukunft sehen und Menschen zum Handeln zwingen.«

Mit offenem Mund fixierte der Kommandant seinen Rudersklaven wieder, dann zeigte er die Andeutung eines Nickens.

»Setz dich«, sagte er schließlich und wies mit der Hand auf einen Schemel. »Was bringt die Zukunft?«

»Blut und Schmerz. Sieg und Niederlage. Viele Kriege, große und kleine. Aber auch neuen Reichtum, neue Mächte.«

Die Augen des Kommandanten wurden gefährlich dunkel.

»Euch wird noch manches gelingen«, fuhr Paolo fort, »doch solltet Ihr bedenken, daß sich die Serenissima schon einmal des Piratenwesens in der Adria angenommen und danach zu großer Macht aufgeschwungen hat. Venedig wird Euer Treiben nicht mehr allzu lange hinnehmen.«

»Früher wurden die Überbringer schlechter Nachrichten geköpft.«

»Es ist keine Nachricht, *Il Commandante*!« antwortete Paolo unerschrocken. Er war entschlossen, diese einmalige Gelegenheit zu nutzen, den Piraten davon zu überzeugen, daß es eine bessere Verwendung für ihn gab als die Ruderbank. »Wenn Ihr Euch darauf einrichtet, könnt Ihr mit viel Gewinn in die Zukunft gehen. – Reicht mir Eure linke Hand.«

Sofort spürte Paolo die starke Lebenskraft in der spatelförmigen Hand, die allein schon Ausdruck für einen ehrgeizigen, tatkräftigen und freiheitsliebenden Menschen war. An dem ausgeprägten Marsberg war unschwer die Anlage zum Kämpfer zu erkennen, das Streben nach Macht zeigte sich auch am kräftigen Zeigefingerberg. An einer geraden, nur einmal kurz unterbrochenen Schicksalslinie konnte Paolo die Anlage zu einem erfolgreichen Leben erkennen, das, so wollte es eine gut geschwungene Lebenslinie, vor Gesundheit und Kraft strotzte, was eine bemerkenswerte Marslinie noch unterstützte.

»In Eurer Schicksalslinie kündigt sich eine Veränderung an«, erklärte Paolo nach einer Weile, »was darauf hindeuten könnte, daß Ihr meinen Ratschlag befolgen werdet, Eure Raubzüge bald einzustellen. Trotzdem wird Euer Leben von Krieg und Kampf geprägt. Langeweile bleibt Euch erspart, der Erfolg steht auf Eurer Seite.«

»Du sprichst sehr allgemein bis auf den einen Punkt, der mein ...«, er zögerte kurz, dann sagte er grinsend: »... Handwerk betrifft.«

»In Eurer linken Hand finden sich alle Anlagen, die Euch geschenkt sind; außerdem spüre ich die Kraft, die in Euch steckt. Nutzt sie! – Wenn Ihr Pläne habt, so könnt Ihr die mit mir besprechen, dann werde ich versuchen, Euch dazu Rat zu geben. Aber bedenkt, was ich gesagt habe: Gebt die Raubzüge beizeiten auf!«

Sie maßen sich erneut mit Blicken. Paolo wich nicht.

Als sie das nächstemal ausliefen, erhielten Paolo und Praxiteles einen Platz in der vordersten Ruderbank zugewiesen. Nun saßen sie an dem Riemen, der, mit Einwilligung des Kommandanten, ohne Beeinträchtigung des Taktes mit seinen Schlägen aussetzen konnte und daher seinen Ruderern nicht so viel abverlangte. Diesmal ging der Raubzug hinüber nach Apulien. Nachdem Paolo noch einmal die Kraft des Kommandanten und seiner beiden Mitanführer geprüft und für gut befunden hatte, versprachen sich die Piraten bei Otranto reiche Beute und machten sie auch.

Der Kommandant fand Gefallen daran, Paolo zu seinen Plänen zu befragen, und so mußte sich Paolo in den folgenden Monaten immer weniger an den Riemen plagen. Er erhielt bessere Kost, einen angenehmeren Schlafplatz und schließlich die Vergünstigung, während der Angriffe auf die Handelsschiffe unangekettet zu bleiben. Bis zu dem Überfall auf eine venezianische Galeone bei Termoli hielt das Glück der Piraten an. Die Enterung des schwerfälligen, aber besonders großen Schiffs schlug fehl, weil die Venezianer wehrhafter waren als gedacht. Mit Mühen und unter herben Verlusten entkam die Galeere, konnte sich aber wegen etlicher Beschädigungen nicht über das offene Meer wagen und mußte Unterschlupf auf den Isole Tremiti suchen, wo die Schäden notdürftig behoben wurden.

»Der Zeitpunkt ist nah, *Il Commandante*«, mahnte Paolo, »an dem sich Euer Glück wendet. Vor dem Raubzug gegen die Galeone habe ich Euch gewarnt. Ihr könnt von Glück sagen, daß wir nicht untergegangen sind.«

»Du hast auch gesagt, mein Leben werde nicht bedroht sein.«

»Noch ist viel Kraft in Euch«, erwiderte Paolo. »Aber Ihr müßt die Raubzüge aufgeben.«

»Was soll ich tun?«

»Stellt Euch in die Dienste der Serenissima. Venedig kann jede Kriegsgaleere brauchen und wird Euch nicht richten, wenn Ihr Gewähr dafür bietet, daß Ihr in Zukunft venezianische Galeonen schützt, anstatt sie zu plündern.«

»Das ist verrückt«, lachte der Kommandant und schickte Paolo fort.

Dritter Teil

* 1 *

»Seid unbesorgt. Ihr werdet noch einige Jahre die Sonne scheinen sehen und dabei besondere Ehren erfahren«, bekräftigte Paolo zum Abschluß und gab die Hand des Patriarchen frei. Maffeo Gherardo zog seinen Arm zurück.

»Das alles kannst du aus dieser welken Hand lesen?«

»Der Herr wirkt durch Gleichnisse und Zeichen, ehrwürdiger Vater, und wer die Zeichen erkennen kann, dem offenbart sich der Wille des Herrn.«

»Was du sagst, ist gefährlich nahe an der Ketzerei.«

»Wie sollte ich Euch belügen? Um eines Dogmas willen, wonach sich der Wille Gottes nur dem geweihten Priester offenbart? Ihr hört nichts als die Wahrheit aus meinem Munde, mag sie auch der strengen Kirchenlehre widersprechen. Einem Dritten würde ich verschweigen, was ich Euch zu sagen verpflichtet bin.«

»Du tust gut daran, mit mir offen zu sprechen und gegenüber den anderen zu schweigen. Ich bin froh, daß dich ein so merkwürdiges Geschick zu mir geführt hat, und ich wünsche, daß du mich weiterhin begleitest.«

Als Paolo den bischöflichen Palast verließ, pfiff ein Gondoliere und winkte ihm aufgeregt zu.

»Was hast du denn?«

»Ihr möchtet sofort mit mir zu Madonna Carla kommen. Sie hat eine wichtige Botschaft für Euch, *Messere*.«

»Ich bin am Ponte Rialto verabredet. Duldet es keinen Aufschub?«

»Nein, *Messere*. Gewiß kann ich Euch anschließend zum Rialto bringen.«

»Gut«, erwiderte Paolo, ergriff die Hand und setzte sich

auf die schwarze Bank. Lautlos glitt die schlanke Gondel auf den großen Kanal hinaus, nur ein leises Knarren des Ruders in seiner hölzernen Führung war zu hören. Dabei fühlte er sich wieder zurückversetzt auf die Galeere, durchlebte noch einmal die vielen Tage, Wochen und Monate der Fron, diese Aneinanderreihung nicht enden wollender Stunden auf der Ruderbank im ewiggleichen Vor und Zurück, Riemen eintauchen, Riemen durchziehen, Riemen nach vorne schieben und Riemen anheben in unbeschreibbarer Monotonie. Wie froh war er gewesen, als diese Plackerei ein Ende hatte, und er mußte lächeln, als er den Kommandanten vor sich sah in jenem Augenblick, da er ihm geraten hatte, sich und seine Galeere der Serenissima zur Verfügung zu stellen. Selten hatte er so ein abweisendes Gesicht gesehen. Niemals, hatte der Kommandant vermutlich in jenem Augenblick gedacht, verkaufe er sich an Venedig. Wenige Tage später hatte er es doch getan. Hatte sich eine Einladung zum Dogen besorgt, hatte mit Paolos Beistand sein Angebot unterbreitet und gerade genug Sold eingefordert, daß der Doge nicht vor Wut platzte. Dann hatten sie drei Tage auf die Antwort der Serenissima gewartet. Der Sold wurde geringfügig gekürzt, und für die Schiffsverpflegung wurde weniger angesetzt, als der Kommandant verlangt hatte, doch im Übrigen fanden die Vorstellungen des Piraten Gehör, und binnen zweier weiterer Tage war alles in die notwendige urkundliche Form gebracht. Aus dem Piraten war ein Kapitän der Serenissima geworden. Kaum waren die Urkunden ausgehändigt, hatte der Kommandant Paolo und Praxiteles jeweils drei *Goldscudi* in die Hand gedrückt und sie in die Freiheit entlassen. Während sich Praxiteles nach einer Herberge umgesehen hatte, in der er zunächst wohnen konnte, hatte sich Paolo auf den Weg zum Patriarchen von Venedig gemacht. Maffeo Gherardo hatte keinen Augenblick gezögert, sein vor Jahren gegebenes Versprechen, ihm jederzeit zu helfen, einzulösen. Es hatte Paolo an allem gemangelt, was einen Mann von Stand auszeichnete, aber Maffeo Gherardo hatte es behoben. Und nun ließ er sich in feinem Tuch von einem Gondoliere durch die Kanäle rudern. Paolo lächelte in sich hinein.

Nach einigen Minuten auf dem Canale Grande schwang die Gondel in einen Seitenkanal ein, schaukelte kurz und glitt ruhig weiter durch eine immer enger werdende Häuserschlucht. Unter einer Brücke mußte sich der Gondoliere bücken, dann weitete sich der Kanal und schlug einen Bogen um einen hinter hohen Mauern verborgenen Prachtgarten, den Paolo gut kannte. Nun kam er aus der Erinnerung zurück in eine prickelnde Gegenwart. Schon wurde die Gondel langsamer und legte sich an die Holzbohlen des Landungsstegs, von dem aus man unmittelbar in den Garten gelangen konnte. Paolo stützte sich an einem Holzpfosten ab und trat vor das schmiedeeiserne Tor. Sofort wurde dieses von innen geöffnet, und ein grau gewandeter Diener führte Paolo zu einem zierlichen Gartenhaus. Er klopfte leise und trat zur Seite. Hinter der aufschwingenden Tür stand Carla Bigotti mit ausgebreiteten Armen.

»Engelchen«, schnurrte sie. »Ich mußte dich sehen.«

Ihr kastanienbraunes Haar floß über ein edles Kleid aus golddurchwirkter Seide, das an der Hüfte geschnürt war wie ein Wespenkörper und eine Freizügigkeit zeigte, die jeden Sittenwächter alarmiert hätte. Prall lugten die hochgeschnürten Brüste aus ihrem Seidengefängnis und bildeten ein verheißungsvolles Tal aus zarter Haut, obwohl man an den Augen, aller aufgelegten Schminke zum Trotz, bereits die Lebenserfahrung der Dame ablesen konnte. Carla Bigotti war trotz ihres Alters von beinahe vierzig Jahren eine Schönheit, und Paolo fühlte, wie ihn bei ihrem Anblick Stolz durchflutete, daß sie ihn zu ihrem *cicisbeo* erkoren hatte. Er schloß die Tür hinter sich und umarmte sie. Aufseufzend schmiegte sie ihren Kopf an seine Brust, während er seine Nase in ihrem dichten Haar vergrub, das zart nach Wildrosen duftete. Der Geruch besänftigte ihn und ließ die Verärgerung vergessen, die kurz aufgewallt war, weil sie ihn nur aus einer Laune heraus gerufen hatte. Jetzt mußte er Baldassare Verdiccio ohne Nachricht warten lassen und hoffen, daß der Tuchhändler nachsichtig war, wenn er den Grund hörte. In Venedig ließ kein *cicisbeo* seine Madonna warten.

»Küß mich, Engelchen«, raunte Carla und hob ihren Kopf. In ihren grünen Augen lag ein Schimmer, den Paolo kannte. Mindestens für zwei Stunden würde sie ihn in dem Gartenhaus festhalten. Sie fuhr sich mit der Zunge über ihre rot geschminkten Lippen. Paolo neigte sich sachte ihrem Mund zu und verharrte kurz, bevor sich ihre Lippen trafen.

»Bist du hungrig, mein Kätzchen?«

»Hungrig bin ich, und wie!«

»Möchtest du ein Leckerchen?«

»Ein Leckerchen!«

Sachte legte er nun seine Lippen auf ihren Mund und schob seine Zunge vor. Sie bog sich in den Kuß hinein. Er mußte ihren Kopf stützen und sie mit der anderen Hand um die Hüfte fassen, daß sie nicht hintenüberfiel. Ihr leises Stöhnen stachelte ihn an, mehr Leidenschaft in den Kuß zu legen. Er ließ seine Zunge um ihre kreisen, spielte und neckte. Er gab seinem Atem Tempo, preßte sein Knie gegen ihren Schoß, fuhr vom Hinterkopf mit der Hand hinab in den Nacken, kraulte, tastete und streichelte die Schulter entlang. Mit jeder seiner wohlüberlegten Bewegungen stachelte er ihre Lust weiter an. Ihre Hüften vibrierten, ihre Hände an seinem Rücken zitterten. Ihr Atmen wurde heftiger und ihr Küssen verlangender. Paolo fühlte sich stark und mächtig, daß er etwas vermochte, was Carlas Gatte nicht bewirken konnte. Warum sonst hätte sie sich ihm an den Hals geworfen und ihn zu ihrem *cicisbeo* erkoren? Und kein Wunsch, den sie erfüllen konnte, blieb unerfüllt, wenn er ihn in diesen Minuten der sich aufbäumenden Lust äußerte. Immer näher hatte sie ihn in diesem langen Kuß an das von einer Zofe bereits einladend aufgeschlagene Bett geschoben, neben dem auf einem runden Tisch allerlei Köstlichkeiten standen. Jetzt nestelte Carla sein Wams auf und warf ihn lachend in die Kissen. Im Fallen zog er sie mit sich, wobei sich die Miederbänder lösten. Zärtlich umfing er mit beiden Händen eine der Brüste, wälzte die vor Lust Bebende herum und schob die golddurchwirkte Seide über den Bauch hinab.

* 2 *

Die Vorbereitungen des Zuges nach Rom setzten den ganzen Palazzo Medici in helle Aufregung. Niemand war vor den herrischen Anweisungen der Madonna Clarice sicher, die im Triumph zurückkehren wollte nach Rom, nicht nur wegen der im Mittelpunkt stehenden Hochzeit ihrer Tochter mit dem Sohn des Heiligen Vaters, sondern auch, weil ihr Sohn Piero erst vor einem halben Jahr mit ihrer Halbnichte Alfonsina Orsini vermählt worden war.

»Auch wenn ich selbst den Zug nicht begleiten kann, weil mich die Geschäfte der Stadt in der Via Larga festhalten«, überraschte Lorenzo de' Medici Lavinia eines Morgens, »wünsche ich, daß er das Prächtigste wird, was unser Land bisher gesehen hat. Damit es meiner Gemahlin und meinen Kindern nicht an guter Betreuung mangelt, bitte ich dich, mit ihnen zu reisen.

Mir liegt viel an dieser Ehe mit Franceschetto, sie wird den Heiligen Vater zu meinem Freund machen. – Aber diesmal kommst du nach getaner Arbeit aus Rom zurück!«

Lavinia besuchte in den letzten Tagen vor der Abreise Lorenzo de' Medici, so oft sie konnte, um den Erfolg ihrer Behandlung durch die zu erwartende mehrwöchige Unterbrechung nicht zu gefährden, und überließ ihre Tochter, welche die Reise nach Rom nicht mitmachen konnte, mit etwas Wehmut im Herzen Serafina, dem Kindermädchen. Am Tag, bevor sich der mehrere hundert Menschen umfassende Zug nach Rom in Bewegung setzte, klopfte es mittags an ihre Kammer. Freudig sprang sie zur Tür, öffnete und lag ihrem

Besucher in den Armen. Er hatte Wort gehalten und war gekommen. Sie wühlte mit ihren Händen in seinem lockigen Haar und näherte ihre Lippen seinem Mund.

»Tritt ein«, flüsterte sie und zog die Tür hinter ihm zu.

»In all dem Trubel hast du Zeit, mich zu empfangen?«

»Mein Reisesack ist seit einer Woche gepackt.«

»Was ist es für ein Gefühl, nach Rom zurückzukehren?«

Statt einer Antwort zog Lavinia ihren Gast auf die Pritsche, beugte sich über ihn mit einem Kuß. Ihr Atem vermengte sich, ihre Körper drängten nach Vereinigung. Seine rechte Hand streichelte ihren Nacken und löste die Haube, daß ihr Gold frei zum Fließen kam. Mit Freude spielte er in ihrem Haar, während sie Schleife um Schleife an seinem Wams aufknotete und ihren Kopf auf das Rüschenhemd legte.

»Du bist gekleidet nach der neuesten Art, das gefällt mir.«

»Das habe ich gehofft«, entgegnete er und löste den ersten Knoten an ihrem Mieder. »Obwohl mir die spanische Art nicht nur gute Erinnerungen schenkt.«

»Laß dich trösten«, flüsterte sie in sein Ohr und zog ihm das Hemd über den Kopf.

»Bei dir bin ich getröstet«, antwortete Michele, streifte das Mieder von ihrem Körper und rollte sie gegen die Wand, um sich atemlos von hinten gegen sie zu drängen und in der Vereinigung mit ihr die Welt zu vergessen.

»Es ist ein seltsames Gefühl«, antwortete Lavinia auf die vor einer Stunde gestellte Frage, als sie entspannt nebeneinanderlagen. »Einerseits Freude, weil ich mich gern in Rom aufgehalten habe und ich meine Freundinnen bei Tarquinia wiedersehe. Andererseits Angst. Veruccis Mörder hat man bis heute nicht entdeckt, und keine der Fragen rund um das geheime Buch ist beantwortet. Wer steckt hinter dem Mord? Warum hat das Traktat so eine Bedeutung, daß es im Vatikan zu den verbotenen Büchern zählt und andere für seine Abschrift töten? Warum ließ der spanische Untersuchungsrichter wegen dieses Buches so viele Menschen foltern? Und warum wollte Paolo dieses Traktat unbedingt in seine Hände bringen?«

»Wie mag es Paolo wohl ergehen?«

»Sorge dich nicht um ihn!« Lavinias Stimme bekam einen härteren Klang. »Er hat keine Sekunde an dein Wohlergehen gedacht. Du warst ihm nur ein willkommenes Werkzeug.«

»Du sprichst so unversöhnlich von ihm«, bemerkte Michele bekümmert. »Er ist mein bester Freund und – ich liebe ihn noch immer.«

»Verzeih. Wer liebt, kennt den Schmerz besser als die Wahrheit.«

* 3 *

Als er drei Stunden später die Gondel bestieg, sich zum Rialto rudern ließ und dabei den goldgefüllten Seidenbeutel befühlte, den sie ihm gerade geschenkt hatte, sonnte er sich in dem Bewußtsein, daß ihm Carla Bigotti aus der Hand fraß. Diesen Zustand, so fand er, konnte er noch einige Zeit aufrechterhalten und daraus den größtmöglichen Gewinn ziehen. Wie er überhaupt plante, in Venedig ein Vermögen zu erwerben, das ihn später in den Stand versetzen sollte, unabhängig von Familienbanden ein Leben im Kreis der großen Familien zu führen. Er war dem Schicksal dankbar, das ihn nun in den sicheren Hafen Venedigs verschlagen hatte. Hier war er gefeit gegen die Nachforschungen der Spanier wie gegen diejenigen der Medici. Vor Lorenzos Zorn zitterte Paolo heute noch, weil er ohne dessen Erlaubnis sein Exil in Palermo verlassen hatte. Als er schließlich die Möglichkeit gehabt hätte, nach Florenz zu reisen, dachte Paolo, Lorenzo de' Medici würde bereits viel zu verärgert über sein Verschwinden sein, und zog es vor, in der Serenissima zu bleiben, anstatt sich *Il Magnificos* Zorn auszusetzen. – Auch für die Zukunft dachte er nicht zuerst an Florenz. Aber noch war er unschlüssig, wohin ihn sein Leben führen sollte. Allerdings wußte er bereits, wohin es ihn nicht zurückzog: in seine Heimatstadt. Nie wieder wollte er sich eingezwängt fühlen von der Enge der trutzigen Stadt am Berg und ihren burgartigen Turmhäusern, nie wieder wollte er sich mit dem gewöhnlichen Safranhandel und den kleinen Betrügereien, dem Strecken und Fälschen der rotgelben Fäden, zufriedengeben müssen. Er wollte mehr erreichen, und dazu mußte er in eine der großen Städte, am besten nach Rom. Es gab kein lohnenderes Ziel als die Ewige Stadt, zumal er wußte, daß in der Bibliothek des Vatikans jenes Buch lagerte, das ihm in Palermo beinahe zum Verhängnis geworden wäre und das zu lesen ihn drängte wie nichts anderes.

»Du kommst reichlich spät, mein Freund.«

»Verzeiht, *Messer Verdiccio*, aber ich habe mich in den außergewöhnlichsten Fallstricken verfangen, die Venedig zu bieten hat.«

»Du bist ...« Verdiccio stutzte. »Du bist ein *cicisbeo*?«

»Ja.«

Zunächst runzelte Verdiccio die Stirn, doch dann lachte er lauthals. »Und bist befohlen worden, deinen Pflichten zu genügen! Du bist entschuldigt.«

Wieder einmal bewunderte Paolo die Venezianer für ihre Offenheit, mit der sie einen Umstand behandelten, der bei näherem Hinsehen ungehörig und ehrenrührig war und in einer Florentiner Familie zu Streit und Verbannung geführt hätte. Doch die Männer der Serenissima bewiesen mit ihrer Haltung einmal mehr, wie geschickt sie die Dinge, die das Leben mit sich brachte, so regeln konnten, daß Streit weitgehend vermieden und ungestört Handel betrieben wurde. Selbst den Ehebruch der eigenen Frau regelten sie in ihren Eheverträgen und räumten unter allerlei Klauseln der Gemahlin das Recht auf einen Liebhaber ein, wobei genau festgelegt war, welche Pflichten der *cicisbeo* zu befolgen hatte.

»Ich habe dich zu mir gebeten«, unterbrach Verdiccio

Paolos Gedanken, »weil ich ein großes Geschäft plane und von dir hören wollte, ob es unter einem günstigen Stern steht.«

»Ihr wißt, ich bin kein Astrologe. Mein Ratschlag kann den Stand der Gestirne zwar berücksichtigen, viel wichtiger aber sind die Zeichen einer kräftigen Hand.«

»Wir am Rialto haben mit großer Neugier beobachtet, wie erfolgreich sich die Geschäfte unseres Patriarchen entwikkeln, seit du Gherardos Berater bist. Trotz seiner Größe ist Venedig ein Dorf, wenn es um den Austausch von Neuigkeiten geht. Zier dich nicht, und nenne mir den Preis für deine Beratung.«

Verdiccio hatte sich bei der Verabredung ihrer Zusammenkunft so geheimnisvoll gegeben, daß das Ansinnen Paolo nicht erstaunte. Im Grunde war er auf solch eine Anfrage längst vorbereitet. Die geschäftlichen Erfolge des greisen Patriarchen kamen ja gerade deshalb überraschend, weil der Bischof bis vor einem Jahr niemals in den Handel jenes Kontors eingegriffen hatte, das ihm das Vermächtnis einer gläubigen Kaufmannswitwe eingetragen hatte, und die Kaufleute Venedigs wachten mit Argusaugen über ihre Pfründen, in die Maffeo Gherardo dank eines zweifelhaften Erbes einbrach. Da aber der große Rat der Serenissima das Testament der Witwe für Rechtens erklärt hatte und somit der Bischof das Handelsgeschäft führen durfte, versuchten viele Kaufleute, hinter das Geheimnis seines Erfolgs zu kommen. In der Stadt sprach man seit Wochen von Paolos glücklicher Hand, es war also, dachte Paolo, an der Zeit, daß sich die ersten Kaufleute ratsuchend an ihn wandten.

»Den siebten Teil deines Gewinns«, nannte Paolo, ohne eine Miene zu verziehen, seinen Preis. »Wenn das Geschäft mißlingt, war mein Ratschlag nichts wert.«

»Oho!«

Ungerührt beobachtete Paolo, wie es in Verdiccios Gesicht arbeitete. Er hatte lange überlegt, was er auf eine derartige Anfrage erwidern würde, und egal, wie er sich die

Angelegenheit besah, es gab keine bessere Lösung, als sich am Gewinn beteiligen zu lassen und im Mißerfolgsfall auf jedes Honorar zu verzichten. Nur so würden sie in Scharen zu ihm kommen, wenn sich der Erfolg einstellte, und nur so würde er wirklich an ihrem Gewinn teilhaben können.

»Die Kirche, mein Freund, nimmt nur den Zehnten.«

»Sie nimmt ihn ohne Ratschlag, *Messere*.«

»Woher weißt du, daß ich dich nicht betrüge?«

»Eure Lüge würde ich erkennen, und es würde mich ein Lächeln kosten, Eure nächste Unternehmung in den Untergang zu schicken«, erwiderte Paolo und fixierte die Augen des Tuchhändlers. Es dauerte nicht lange, dann wurde Verdiccio blaß. Kurz zögerte der Tuchhändler noch, dann lag eine kräftige Hand in Paolos, eine Hand voller Energie und Tatendrang, der gar nichts mißglücken konnte. Wir werden reichlich Gewinn miteinander machen, dachte Paolo und legte seine Stirn in Sorgenfalten.

»Ihr wollt ein Schiff aussenden«, murmelte er, »und es soll in die Höhle des Löwen fahren. Was für ein tollkühnes Unternehmen.«

Wider besseres Wissen wiegte Paolo besorgt den Kopf und weidete sich insgeheim an Verdiccios Erstaunen. Dabei war es in der Stadt ein offenes Geheimnis, daß einige wagemutige Händler überlegten, trotz der kriegerischen Auseinandersetzungen mit dem Sultan Schiffe nach Konstantinopel zu schicken, um dort Handel zu treiben. Wer es wagte, dem winkte reicher Gewinn.

»Du mußt den Vollmond zur Ausfahrt nutzen und deinem Kapitän Geschenke mitgeben für die Zöllner und Steuereintreiber. Sei wachsam und mutig zugleich und hüte dich davor, dich mit mehreren zusammenzuschließen. Laß dein Schiff alleine segeln und vertraue auf Gott, dann wird es gelingen.«

Paolo ließ Verdiccios Hand los, erhob sich vom Tisch, grüßte und verließ das Handelskontor. In seinem Nacken spürte er den nachdenklichen Blick, der ihn bis zur Tür verfolgte.

* 4 *

Nun saß sie also wieder auf einem Roß und ritt nach Rom, nur diesmal nicht in besorgter Eile, sondern in betonter Langsamkeit. Es wurde ein Triumphzug der besonderen Art mit mehreren hundert Reitern, welche die beiden Sänften begleiteten, in denen Madonna Clarice, die Orsini-Tochter und Gemahlin *Il Magnificos*, und Maddalena de' Medici in die Ewige Stadt getragen wurden. Stolz und herrisch führte Piero de' Medici, Lorenzos ältester Sohn, den Prunkzug an, und wer immer es vermochte, hielt sich von dem launischen Jüngling fern, dessen Stimmung von einer Minute auf die andere von Frohsinn in Zorn, von Trübsal in Übermut wechseln konnte. Wie jungenhaft er im Vergleich zu Michele und Paolo ist, dachte Lavinia, als sie ihm eines Nachmittags ein Kräuterelixier reichte und er sich an einem derben Scherz versuchte, der gründlich mißlang. Da sie nicht lachte, wurde er wütend und herrschte sie an, sie solle sich davonmachen und ihm nicht mehr unter die Augen kommen. Er besaß nicht einen Funken jener Höflichkeit und Feinfühligkeit, die seinen Vater auszeichnete, und obwohl er mit seinen sechzehn Jahren und als Ehemann einer Orsini deutlich reifer hätte sein müssen als sein Bruder Giovanni, wirkte er ungebildeter und jünger als der zwölfjährige Medici-Bischof.

Der Einzug in die Ewige Stadt wurde von vielen tausend Schaulustigen begleitet, welche die Straßen von der Porta Pia herab bis zum Marcellustheater säumten und Fahnen mit den Wappen der Orsini und der Medici schwenkten. Dazwischen ließen die Anhänger des Papstes den Heiligen Vater und seine Familie hochleben, und rund um das Marcellustheater hatten die Orsini kleine Weinschenken aufstellen lassen, damit die Bürger Roms teilhaben konnten an der Freude der großen Familien.

Da für die vielen Begleiter des Brautzuges nicht genug Platz in den Häusern der Orsini und Cibó war, wohnte Lavinia im Haus von Tarquinia. Viele Stunden saß sie mit Elisabetta in der Wintersonne am Campo de' Fiori und unterhielt sich mit ihr über die Geschicke der Dirnen in Tarquinias Haus.

»Seit Caritas die Nachfolgerin Portias geworden ist und unter ihrem neuen Namen Caterina ein eigenes Haus führt, können wir uns über mangelnde Männer nicht beklagen. Sie schickt uns viele, die ihren Ruhm vernommen haben und vergeblich um sie werben«, erzählte Elisabetta. »Wir haben schon immer gewußt, daß sie das Zeug zu einer großen *cortigiana* hat. Wenn man den Gerüchten glauben darf, dann geht bei ihr nicht nur Kardinal Giuliano della Rovere ein und aus, sondern auch Franceschetto, der Sohn des Papstes.«

»Aber«, warf Lavinia ein, »der soll doch demnächst Maddalena de' Medici heiraten.«

»Die Ehe hat noch keinen der hohen Herren daran gehindert, sich mit einer *cortigiana* zu vergnügen. Das eine dient der Politik, das andere der Lust. Uns jedenfalls tut es gut, daß Caritas eine Berühmtheit geworden ist.«

»Warum hat sie ihren Namen geändert?«

»Man sagt, dem Kardinal zuliebe. Dem soll es nicht gefallen haben, daß sie sich nach einer der drei christlichen Tugenden benannt hatte.«

»Auf den Bildern in unseren Kirchen ist Caritas als schöne Frau inmitten von Kindern zu sehen. Gibt es einen passenderen Namen für eine *puttana*?«

»Caterina gefällt dem Kardinal besser – mir übrigens auch.«

Lavinia wechselte das Thema. »Wie geht es Portia?«

»Sie hat Rom bald nach dir verlassen, niemand weiß, wohin. Der gewaltsame Tod ihres Gönners hat sie stärker aufgewühlt, als wir gedacht hätten.«

»Hat man den Mörder Veruccis inzwischen gefaßt?«

Elisabetta schüttelte den Kopf.

Je länger Lavinia in Rom weilte, desto stärker wurde ihr Wunsch, die Vorkommnisse vor eineinhalb Jahren aufzuhellen und etwas über den Verbleib des Traktates und der geheimnisvollen Abschrift in Erfahrung zu bringen. Eines Abends kam ihr der kühne Einfall, den Sohn des Papstes zu fragen, ob er ihr ein Gespräch mit einem Bibliothekar der vatikanischen Bibliothek vermitteln könnte. Immerhin war sie eine von Lorenzo de' Medici zu den Hochzeitsfeierlichkeiten mitgesandte Heilerin, die ein berechtigtes Interesse daran haben mochte, sich über heilkundliche Schriften zu unterrichten. Mehr als ablehnen konnte der Sohn des Papstes nicht.

Die Gelegenheit ergab sich vier Tage vor der Hochzeit, als Madonna Clarice bei den letzten Beratungen über den Ablauf des Trauungsfestes einen Schwächeanfall erlitt und nach Lavinia schickte. Mit einem leichten Kräuteröl, das Lavinia der Medici unter die Nase strich, war die unmittelbare Beeinträchtigung rasch behoben.

»Wenn Ihr, *Magnifica Madonna*, für den Sonntag sichergehen wollt, dann würde ich Euch später gern eingehender behandeln.«

»Wie meinst du das?«

»Ihr habt viele Anstrengungen auf Euch genommen, Madonna Clarice. Das hat an Euren Kräften gezehrt. Gern würde ich Euch helfen, frisch gestärkt in die Zeremonie zu gehen.«

»Gut«, erwiderte Clarice de' Medici herablassend. »Besuche mich heute abend in meinen Gemächern. Was dem Herrn von Florenz geholfen hat, kann mir nicht schaden.«

Mit diesen Worten war Lavinia entlassen. Im Hinausgehen traf sie der Blick eines Unterhändlers von Franceschetto Cibó, und dieser Blick war so durchdringend, daß Lavinia ihren Schritt verlangsamte. Er machte ein Zeichen, das sie nicht verstand, aber sie beschloß, vor der Tür des Verhandlungsraumes zu warten. In der Tat erschien der Unterhändler wenig später.

»Du bist eine Heilerin?«

Lavinia bejahte.

»Bist du jene, von der man im Palazzo Medici erzählt, sie habe die Gicht von Lorenzo dem Prächtigen gelindert?«

»Die bin ich.«

»Verzeih, wenn ich so unvermittelt mit dir spreche. Würdest du mich später zu meinem Herrn begleiten? Er hat von seinem letzten Strauß, den er nahe Castel Sant' Angelo gefochten hat, eine Fleischwunde im linken Schenkel, die eitert.«

»Wie alt ist die Wunde?«

»Sechs oder sieben Tage, wieso fragst du?«

»Weil es sehr auf das Alter ankommt. Wenn die Wunde jung ist, kann ich helfen, und Euer Herr wird in wenigen Tagen genesen sein. Doch sagt, wer genau ist Euer Herr?«

»Der prächtige Franceschetto Cibó, weißt du das nicht?«

Der Sohn des Papstes empfing Lavinia in einem kleinen Raum im vatikanischen Palast. Unter einer pechschwarzen Haartolle lugten seine Augen verschlagen hervor, und um seinen Mundwinkel lag ein spöttischer Zug, der nicht recht zu dem weichen, leicht fliehenden Kinn passen wollte.

»Die erste Mitgift meines Schwiegervaters ist also seine Heilerin«, grüßte Franceschetto und winkte sie heran. »Bist du sicher, daß du mein Bein betrachten darfst?«

Im Ton seiner Stimme lag unverhohlen etwas Anzügliches, das Lavinia geflissentlich überhörte. Arme Maddalena, dachte sie, was haben sie dir nur für einen Gemahl ausgesucht?

»Verehrter Fürst, mein einziges Anliegen ist es, Euch zu helfen. Zeigt mir die Wunde, ich werde alles tun, Euch bis Sonntag die Beschwerden zu nehmen.«

»Wenn dir das gelingt, hast du einen Wunsch frei.«

Der Papstsohn stieg, sich an der Schulter seines Dieners festhaltend, mit dem linken Fuß aus seiner Pluderhose. Ohne es zu wollen, streifte ihr Blick seine mit rotem Samt überzogene Schamkapsel, ehe sie sich der notdürftig verbundenen Wunde zuwandte.

»Eindrucksvoll, nicht wahr?«

»Wir brauchen«, überging Lavinia seine Bemerkung, »eine Schüssel heißes Wasser und ein Beißholz. Ich werde die Wunde reinigen müssen.«

Der Diener eilte zur Tür hinaus, um das Gewünschte zu besorgen.

»Wofür das Beißholz?« fragte Franceschetto.

»Damit Ihr Euch nicht vor Schmerzen die Zunge abbeißt. Wie ist das geschehen und wann?«

»Da ist mir vor einer Woche ein Kurzschwert hineingefahren. Der Kerl hat seinen Hieb rasch bedauert.«

Vier Tage später schritt Franceschetto Cibó an der Seite von Maddalena de' Medici in Sankt Peter vor den Altar und wurde von seinem Vater empfangen, der darauf bestanden hatte, die Trauung selbst vorzunehmen. So viel Volk drängte sich ringsum, die Hochzeit des Papstsohns mit der Tochter des Herrn von Florenz zu sehen, daß allen augenfällig wurde, warum bereits Papst Nikolaus V. vor mehr als dreißig Jahren gefordert hatte, Sankt Peter neu zu bauen, und neben der Bewunderung, welche Braut und Bräutigam erfuhren, machten Bemerkungen die Runde, es sei an der Zeit, den Neubau endlich anzugehen. Lavinia, die im hinteren Teil der Kirche nahe dem Mittelgang ihren Stehplatz gefunden hatte, achtete weniger auf die Enge der Kirche als auf den kraftvollen Gang des Bräutigams. Die Behandlung hatte gewirkt, und zum Dank schlug Lavinia dreimal das Kreuz. Bei der Entzündung, welche die Wunde bereits gezeigt hatte, war ihr bang geworden, und Franceschetto hatte das Beißholz vor Schmerz in zwei Teile gespalten, als sie die Wunde mit heißem Wasser gewaschen hatte. Nun aber wirkte der Papstsohn, als hätte ihn nicht einmal eine Biene gestochen.

»Du hast einen Wunsch frei. Sprich.« Franceschetto stand an seinem Schreibpult und wandte sich ihr nur halb zu. Er schien in Eile zu sein und ihren Besuch als lästige Pflicht zu empfinden. »Was kann ich für dich tun?«

»Ist Euer Bein, mein Fürst, frei von allen Schmerzen?«

»Das ist es. Deshalb ja hast du einen Wunsch frei. Ein Cibó hält seine Versprechen.«

»Es war eine schlimme Wunde, und am liebsten würde ich sie mir noch einmal ansehen«, erwiderte Lavinia und ignorierte Franceschettos Ungeduld. »Keinesfalls möchte ich, daß sich eines Tages schlechte Nachwirkungen zeigen. Euer Wohl liegt mir am Herzen, weil es *Il Magnifico* am Herzen liegt.«

»Mich drängen wichtige Geschäfte. Nimm dir nicht zu viel Zeit.«

»Nein, mein Herr. Entblößt das Bein.«

»Sagst du immer so genau, was du willst?«

»Meistens.«

»Dann bin ich auf deinen Wunsch gespannt.« Während er dies sagte, zog er das linke Bein seiner Pluderhose herunter und schlüpfte rasch aus dem Stoff. »Los, verrate ihn mir!«

Die Wunde hatte sich geschlossen, und die rotbraune Blutkruste auf dem Schnitt zeigte sich fest.

»Besser kann es nicht verheilen«, bemerkte Lavinia. »Ihr dürft den Schorf nicht abkratzen, er fällt in zwei oder drei Tagen von alleine ab.«

»Dein Wunsch?«

»Ich möchte ein Buch lesen, das in der Bibliothek Eures Vaters steht und von dem man sagt, es sei verboten.«

Der Sohn des Papstes holte tief Luft und antwortete: »Deine Bitte sei dir gewährt.«

* 5 *

Dichter Nebel hing zäh zwischen den Häusern. Gedämpft waren alle Geräusche in den Gassen und Kanälen, und wenn die Gondoliere in enge Kanäle einfuhren oder um Ecken bogen, stießen sie einen langgezogenen Ruf aus. Hörte man die Rufe aus einiger Entfernung, klangen sie hohl und drangen durch Mark und Bein wie der Todesruf einer Eule. Paolo ging vom Bischofspalast langsam Richtung Rialto, um sich nicht zu verlaufen. Im Nebel ähnelten die Gassen einander zum Verwechseln, und an mancher Gabelung oder Kreuzung blieb Paolo stehen und besah sich jedes Hauseck, ehe er sich für die weitere Richtung entschied. Schon ärgerte er sich, nicht in eine der Gondeln gestiegen zu sein, die vor dem bischöflichen Palast bereitlagen und nur darauf warteten, von einem der venezianischen Patrizier gemietet zu werden. Aber Paolo wollte allein und ohne Zeugen zu Baldassare Verdiccio, um sich seinen Anteil am Gewinn abzuholen. Gestern war die schwere Galeone von Konstantinopel eingelaufen, und die Nachricht davon hatte sich wie ein Lauffeuer in der Stadt verbreitet. Genau einen Tag wollte Paolo dem Tuchhändler Zeit geben, mehr nicht, denn mit jedem weiteren Tag wären Verdiccios Möglichkeiten gestiegen, einen Teil seines Gewinns zu verschleiern.

»Du hier«, gab sich der Tuchhändler überrascht, als Paolo ins Kontor trat.

»Seid gegrüßt, *Messere*. Zuallererst überbringe ich Euch meine Glückwünsche zur erfolgreichen Unternehmung, obwohl ich zu keinem Zeitpunkt daran gezweifelt habe, wie Ihr wißt.«

»Mein Kapitän hat mir von den zahlreichen haarsträubenden Abenteuern berichtet, die es in Konstantinopel zu bestehen galt. Und von den vielen Geschenken, die sie den Zöllnern, Steuereintreibern und Hafenaufsehern überreichen mußten! In keinem Hafen gibt es auch nur annähernd so dankbare Bedienstete wie in der Hauptstadt des Sultans«, jammerte Verdiccio.

»Nun, Ihr habt meinen Ratschlag befolgt, dem Kapitän genug für diese Geschenke mitzugeben«, erwiderte Paolo ungerührt. »Seid versichert, *Messere*, wenn Ihr mich bei Euren Unternehmungen immer rechtzeitig um Rat fragt, werdet Ihr zu den ersten Männern der Serenissima aufsteigen. Das sollte Euch etwas wert sein.«

»Zuerst muß ich die Ware verkaufen, ehe ich deinen Gewinnanteil bestimmen kann«, wehrte Verdiccio ab.

»Aber, aber«, tadelte Paolo und schüttelte den Kopf. »Ihr wißt doch, wo ich gelernt habe, *Messere*. Beziffert Euren Gewinn und greift in die Schatulle, wenn Ihr Euren Berater und Euren Erfolg behalten wollt.«

»Du drohst mir?«

»Wieso sollte ich Euch drohen? Meine Voraussagen werden stets zutreffen, *Messere*, das solltet Ihr bedenken. Entscheidet Euch, wieviel Ihr mir in die Hand geben wollt.«

»Willst du wirklich fünfhundert Goldflorin durch Venedigs Gassen tragen?«

»Soviel Ihr mir gebt, soviel trage ich.«

Verdiccio seufzte, trat an den mit schweren Eisenbeschlägen gesicherten Geldschrank und entnahm ihm einen Lederbeutel.

»Nimm, und komm bald wieder, um mir zu meinem nächsten Vorhaben zu raten.«

Binnen einer Woche konnte sich Paolo vor Anfragen nicht mehr retten. Doch er zeigte sich sehr wählerisch bei der Auswahl der Kaufleute, denen er das Handelsglück aus den Händen las. Auf jeden Fall wollte er sichergehen, daß seine Geschäftspartner ihm seinen zutreffenden Gewinnanteil ohne Murren auszahlten. Außerdem war er darauf bedacht, das Risiko einer falschen Voraussage klein zu halten. Deshalb gab er keinem Kaufmann Rat, der für tollkühn gehalten wurde, und riet von Vorhaben ab, die ihm zu waghalsig erschienen.

Wenige Tage später, als ihm der in die Jahre gekommene Bankherr Ridolfi seine Linke reichte, spürte er, wie den Patrizier das Leben floh.

»Hochverehrter Herr«, flüsterte Paolo und zog seine Hände zurück, »zu Eurem Geschäft kann ich Euch nur sagen, daß Ihr keinesfalls einen Erfolg erleben werdet. Geht in die Kirche und betet zum Herrn, wenn Euch Euer Seelenheil wichtig ist.«

»Du bist so blaß. Was hast du aus meiner Hand gelesen?«

»Wenn Ihr einen Glauben habt, geht in die Kirche«, erwiderte Paolo. »Mehr habe ich Euch nicht zu sagen.«

Als der Bankherr drei Tage später in den Morgenstunden starb, wußte am Nachmittag die ganze Stadt, daß Paolo seinen Tod vorhergesagt hatte.

»Du mußt dich zurückhalten, mein Sohn«, mahnte Maffeo Gherardo. »Wenn du zu viel Aufsehen erregst, kann ich dich nicht mehr schützen.«

»Es tut mir leid, ehrwürdiger Vater. Aber ich habe das Zeichen erkannt und hielt es für meine Pflicht, *Messer Ridolfi* in die Kirche zu schicken. Ein guter Christenmensch soll sich vorbereiten auf den Tod, und wenn er unerwartet kommt, ist es oft ein Sieg des Teufels über die arme Seele. Wie hätte ich da schweigen sollen?«

»Deine Beweggründe sind edel, mein Sohn, und ich spreche dich für dieses Mal frei von Schuld. Doch die Art und Weise, wie du die Zeichen erkennst, die der Herr offensichtlich dem Kundigen zeigt, erschreckt die meisten Menschen. Schon habe ich sagen hören, das gehe nicht mit rechten Dingen zu, wie sicher deine Vorhersagen ins Schwarze treffen. Du hast viele Neider, und damit, daß du nicht jeden mit deinen Ratschlägen beglückst, machst du dir mehr Feinde, als dir lieb sein kann.«

»Ehrwürdiger Vater, es ist doch so, daß ein jeder, der Vermögen hat und eine gewichtige Unternehmung plant, sich Rat holt von einem Priester und von einem Astrologen, und kein Bauwerk von Bedeutung wurde in den letzten Jahren begonnen, ohne den geeigneten Zeitpunkt abzuwarten, den das Horoskop bestimmt hat.«

»Von dir holen zu viele teuer Rat, mein Sohn. Es wird

bemerkt, wie rasch dein Vermögen wächst. Besinne dich und übe dich in Bescheidenheit!«

»Ich verstehe, ehrwürdiger Vater«, murmelte Paolo und schlug die Augen nieder.

»Und jetzt begleite mich in mein Schlafgemach, mich dürstet nach deiner Zärtlichkeit.«

Als er später den bischöflichen Palast verließ, fühlte er sich hilflos und allein. Noch nie hatte er so viel Ekel empfunden wie in der zurückliegenden Stunde, nicht einmal damals, als er mit sieben Jahren durch die Kloake seiner Heimatstadt gekrochen war. Erstmals, seit er Carla kannte, sehnte er sich nach ihrer Nähe und wünschte, vom Kanal her möge der Gondoliere pfeifen. Paolo ging in die Kathedrale, aber diesmal bewirkte die angesammelte Pracht kein Staunen, sondern führte ihn zu einer tiefen Frage, die er sich seit langem nicht mehr gestellt hatte. Wo bist du, Gott, fragte er lautlos und erschrak. War diese Frage nicht anmaßend und ungehörig? Aber ein tiefsitzender Groll zwang ihn, unmittelbar mit Gott zu hadern – so es ihn gab. Zeig dich mir, forderte Paolo, und weise mir den Weg. Oder gibt es dich nicht? Mit dieser bohrenden Frage schritt er auf den Altar zu und blickte das Kreuz herausfordernd an. Seine Schritte hallten in der großen Kirche. Da sprach keine Stimme von oben, da brannte kein Kugelblitz auf dem Altar, da trat kein Blut aus den Wundmalen Jesu. Kein Zeichen, kein Hinweis. Nichts. Du bist kein Gott, wenn du dich jetzt nicht zeigst, dachte Paolo, und sein ganzer Kopf schrie: Wo bist du?

* 6 *

Unruhig ging Lavinia in ihrem Zimmer auf und ab und wünschte nichts sehnlicher als Michele an ihrer Seite, dem sie vertrauen und auf den sie sich verlassen konnte. Einmal mehr bedauerte sie es heute, daß es ihm nicht möglich gewesen war, seinen ursprünglichen Plan, sich der Ehreneskorte Maddalena de' Medicis anzuschließen, in die Tat umzusetzen. Aber dringende Geschäfte seines Onkels hatten ihn in seine Heimatstadt zurückberufen, und so mußte sie sich heute allein auf den Weg zum Vatikan machen. Wieder und wieder schaute sie auf den Brief mit dem päpstlichen Siegel, der ihr gestattete, in der Bibliothek ein Buch zu lesen, das seit Nikolaus V. unter Verschluß gehalten worden war. Dann las sie erneut die wenigen Zeilen Franceschettos, wonach sie sich heute nach der Terz mit dem päpstlichen Breve beim Bibliothekar einfinden sollte. Die Siegel waren unverletzt gewesen, als der Bote die Briefe überbracht hatte, zu Argwohn bestand kein Anlaß. Lavinia gab sich einen Ruck, wischte ihre Zweifel und Ängste beiseite und machte sich auf den Weg.

Neben dem hoch aufragenden vatikanischen Palast führte ein Durchlaß zur Bibliothek, an deren großer Halle die Bauarbeiten noch nicht vollendet waren, weshalb Lavinia seitlich über eine schmale Pforte eintreten und in den Keller steigen mußte. Hier befand sich der Eingang zu den Schätzen, die Nikolaus V. angehäuft hatte. Vor der kupferbeschlagenen Tür zu den Gewölben, welche derzeit die Folianten und Inkunabeln beherbergten, stand ein breiter Tisch, hinter dem ein streng blickender Dominikaner saß.

»Was willst du hier?« herrschte er Lavinia an. »Frauen haben keinen Zutritt zur päpstlichen Bibliothek.«

»Verzeiht die Störung, Vater«, erwiderte Lavinia und reichte dem Mönch das päpstliche Breve. Als er das Siegel erkannte, hellte sich seine Miene ein wenig auf, doch gleich darauf wurde er wieder ernst.

»Dem Wunsch des Heiligen Vaters kann ich nicht entsprechen. Ich muß den Leiter der Bibliothek bitten, sich um dich und das Ansinnen Seiner Heiligkeit zu kümmern.«

Ehe Lavinia etwas erwidern konnte, hatte der Dominikaner mit einer Tischglocke einen schmächtigen Novizen herbeigerufen, dem er aufgeregt etwas ins Ohr flüsterte, auf das päpstliche Siegel deutete und mit unmißverständlicher Geste seinen Wunsch unterstrich, der Knabe möge eilen.

»Luigi wird den ehrwürdigen Vater unterrichten. Hab einen Moment Geduld.«

Das Warten zog sich in die Länge. Lavinia bemühte sich, an nichts zu denken, und schloß die Augen, fühlte sich aber derart von den Blicken des Mönchs durchbohrt, daß sie sich nicht entspannen konnte. Was würde als nächstes geschehen? War sie zu leichtgläubig gewesen, als sie dachte, mit dem päpstlichen Schreiben käme sie ohne weiteres an die geheimen Bücher des Vatikans? Machte sie sich der Ketzerei verdächtig, weil sie ein verbotenes Buch lesen wollte? Mit jeder Frage wuchs ihre Besorgnis, und als plötzlich ein Kardinal in vollem Ornat durch die Tür trat, wich sie verängstigt an die Wand zurück.

»Du also bist im Besitz dieses Breve«, sagte der Kardinal und musterte Lavinia. »Was für eine Leistung mußtest du wohl Franceschetto erbringen, damit er dir dieses Schreiben besorgte?«

»Ehrwürdiger Vater, ich ...«

»Ich will es gar nicht wissen«, unterbrach sie der Kardinal. »Du kannst keinen der Folianten sehen, die wir hier aufbewahren. Über den Büchern dieser Bibliothek liegt ein Siegel der Verschwiegenheit, kein Außenstehender darf es erbrechen, erst recht keine Frau.«

»Aber ...«

»Kein Aber, meine Tochter. Es gibt eherne Gesetze, die selbst ein Pontifex Maximus nur schwer außer Kraft zu setzen vermag. Außerdem – was hättest du mit dem Traktat im Sinn, erlaubten wir dir, es zu lesen?«

»Mein Großvater hat mir darin ein Vermächtnis hinterlassen.«

»So?«

Der Kardinal dehnte das »O« gefährlich in die Länge, und Lavinia spürte unter ihren Fußsohlen eine zunehmende

Hitze, für sie ein untrügliches Zeichen, daß sie sich auf gefährlichem Boden befand. Sie kannte zwar den Kardinal nicht, der mit ihr sprach, aber sie erkannte, daß er über eine besondere Macht hier im Vatikan verfügte. Sie verneigte sich vor ihm und griff nach seiner Hand, die er ihr willig überließ. Sie führte den Ring an ihre Lippen und versuchte, sich jede Einzelheit des Ringes einzuprägen, in dessen Zentrum ein Stier mit hochgereckten Hörnern stand.

»Ich beuge mich Eurem weisen Ratschluß«, flüsterte Lavinia.

»Du hoffst, keine weiteren Fragen mehr beantworten zu müssen, und angesichts deiner Demut bin ich geneigt, deine Hoffnung zu erfüllen. Doch sprich: Wer bist du und wer hat dich geschickt?«

»Ich bin Lavinia und gehöre zum Haus von Lorenzo de' Medici, dem ich das Leiden zu lindern suche, welches ihm die Gicht bereitet. Mich schickt niemand, sondern es leitet mich in der Tat ein Vermächtnis meines Großvaters, der zu Lebzeiten von Papst Nikolaus V. dieses Traktat studieren durfte.«

Der Kardinal spitzte die vollen Lippen und murmelte: »Medici.«

»Gut«, knurrte er schließlich, »geh!«

* 7 *

»Es gibt zu viele, die sich für dieses Buch interessieren. Ich wüßte gern, was sich die Heilerin von dem Traktat erwartet hat, daß sie sich in die Gefahr begab, für eine Ketzerin oder gar Hexe gehalten zu werden. Sie weiß, daß es sich um eine verbotene Schrift handelt.«

Der Kardinal saß breitbeinig auf einem Holzstuhl und richtete seinen Blick über den Kopf seines auf einem Schemel sitzenden Besuchers hinweg auf das Kruzifix an der

Wand. Raul schwieg. Bei der Erwähnung des Buches über den Anfang vom Anfang sah er noch einmal das überraschte Gesicht des Vizedatars vor sich, der damals offensichtlich Besuch erwartet hatte. Rasch hatte sich die Fassungslosigkeit in Veruccis Antlitz gesteigert, als Raul eine Schnur aus seiner Soutane gezogen hatte, zum am Fenster stehenden Diener hinübergegangen war, in einer blitzartigen Bewegung die Schnur um dessen Hals geschlungen und zugezogen hatte. Ein kurzes Zappeln, dann hatte der Diener schlaff in Rauls Armen gehangen. Mit übergroßen Augen hatte Baldassare Verucci auf den Vollstrecker gestarrt und war unbeweglich auf seinem Diwan sitzen geblieben. Raul hatte keinerlei Gegenwehr zu überwinden gehabt. Das scharfe Messer war durch die Kehle des Datars gegangen wie durch Butter. Raul hatte die Abschrift genommen und den kleinen Palazzo verlassen. Vielleicht, hatte er noch gedacht, war es ein Fehler gewesen, nicht auch noch auf den rechtmäßigen Empfänger der Abschrift zu warten.

»Ich möchte, daß du herausfindest, warum sie wirklich an dem Traktat interessiert ist. Sei vorsichtig, sie soll keinen Verdacht schöpfen. Und sei behutsam, sie ist die Heilerin von Lorenzo de' Medici, ihr darf nichts geschehen. Womöglich brauchen wir den Florentiner noch als Verbündeten.«

»Ihr meint, er wäre zu gewinnen?«

»Die Zeiten ändern sich. Feinde von gestern können die Freunde von morgen sein, wer weiß? Außerdem würde ich nach wie vor gern wissen, wohin das Original verschwunden ist. Es beunruhigt mich, daß wir den Folianten nicht in der Bibliothek gefunden haben.«

»Es sind viel zu viele Bücher in dem unübersichtlichen Magazin. Wir müssen warten, bis die Bibliothekshalle fertiggestellt ist. Wenn alle Folianten an ihre neuen Plätze geräumt werden, wird auch das gesuchte Traktat auftauchen.«

»Gebe Gott, daß du recht behältst, denn wenn das Buch in die falschen Händen gerät, kann es viel Schaden anrichten«, bemerkte der Kardinal und verließ den Raum. Raul war entlassen.

Während Raul die Treppe hinabstieg, dachte er über seine zurückliegenden Aufträge nach, die er in Italien für die Borgia oder deren Freunde ausgeführt hatte. Keiner war zu einem erfolgreichen Ende gebracht worden. Raul ärgerte sich darüber, vor allem, weil er spürte, daß der Kardinal allmählich ungehalten wurde. Ja, ich hätte nicht einfach die Abschrift an mich nehmen und Veruccis Haus verlassen dürfen, schalt er sich im nachhinein. Ich hätte auf den Besteller der Abschrift warten müssen. Ein Fehler. Und jetzt zeigt er sich in seiner ganzen Tragweite. Weit mehr Menschen als gedacht jagen dem Traktat nach, und die Angelegenheit wird gerade zu einem Zeitpunkt unübersichtlich, an dem sich der Borgia auf die nächste Papstwahl vorbereitet. Wären wir doch, haderte Raul, in Spanien geblieben. Aber nein, Don Pedro mußte die Vermählung mit Donna Maria Enriquez, der Base des Königs, platzen lassen und nach den siegreichen Schlachten um Ronda zu früh nach Rom zurückkehren. Jetzt sitzen wir hier im Chaos der Ewigen Stadt und kämpfen listenreich um Macht und Einfluß, anstatt uns in Spanien in den offenen Schlachten der Reconquista auszuzeichnen. Ein wehmütiges Lächeln huschte über Rauls Gesicht, als er daran dachte, wie stark früher sein Traum von einem Leben in Rom gewesen und wie wenig davon übriggeblieben war. Dann schüttelte er die falsche Wehmut ab und nahm seinen neuesten Auftrag in Angriff. Er würde hinter das Geheimnis der Heilerin kommen, und damit würde der Erfolg zurückkehren, der ihn früher ausgezeichnet hatte. Mit dieser neugewonnenen Zuversicht machte er sich auf den Weg zum Marcellustheater, um in den Häusern der Orsini nach der Heilerin zu forschen.

Während er zurückging zum Palazzo des Borgia, konnte er ein Lachen kaum unterdrücken. Die Heilerin lebte in einem

Hurenhaus, das er kannte. War das nicht die Kleine, fragte er sich, mit der ich mir die Zeit bis zum Ende des letzten Konklave vertrieb? Als Benediktiner sollte ich dort nicht erscheinen. Vielleicht auch nicht als Kaufmann aus den Sabiner Bergen, überlegte er und entschied sich für die Kleidung eines spanischen Edelmanns. Er erreichte ohne Eile den Palazzo des Kardinals, wo er seit seiner Rückkehr aus Spanien einen Raum unter dem Dach bewohnte, kleidete sich um und ging gutgelaunt zu Tarquinias Haus. Die Aussicht, vielleicht nicht nur die Heilerin, sondern auch eine hübsche *puttana* zu treffen und sich auf angenehme Weise die Zeit zu vertreiben, gefiel ihm.

Am Eingang des Hauses benahm er sich so linkisch, als wäre er das erste Mal Gast in einem Hurenhaus.

»Wer bist du?« fragte eine alte Frau aus dem kleinen Raum neben dem Eingang. »Komm herein und laß dich ansehen. Was möchtest du?«

Raul lächelte Tarquinia schüchtern an und zückte seinen Lederbeutel.

»Wieviel möchtest du ausgeben?«

»Wieviel muß ich?«

»Wenn du etwas Zeit mitbringst und einen kleinen Engel möchtest, sollte es dir einen *scudo* wert sein, Spanier.«

»Einen ganzen *scudo*?«

»Für weniger geht's einfacher und schneller«, antwortete die *ruffiana* ungerührt.

»Gut«, flüsterte Raul. Er fingerte aus seiner Börse einen *scudo* hervor und reichte ihn der *ruffiana*.

»Ich werde nach Elisabetta schicken, sie ist das beste Pferdchen im Stall«, flötete die Kupplerin und schwang eine unscheinbare Glocke. Kaum war der helle Ton verklungen, stand ein junges Mädchen in der Tür und führte Raul nach oben. Er betrat einen einfachen Raum und traf auf die *puttana*. Sie betrachtete Raul mit einem Blick, wie der Pferdehändler auf dem Markt die Rosse betrachtet. Plötzlich zog sich ihr hübscher Mund in die Breite.

»Ist wieder Konklave? So einen Liebhaber vergißt man nicht«, umschmeichelte sie ihn. Sie war hübsch und verstand ihr Geschäft, außerdem wußte Raul nicht, wie er ihre Zärtlichkeiten glaubhaft abwehren sollte, und da er einen beträchtlichen Dirnenlohn gezahlt hatte, ließ er sich auf Elisabettas Bemühungen ein und vergaß in der anflutenden Lust seine Aufgabe. Erst als er entspannt neben ihr lag, legte er sich die Worte zurecht, die ihn zum Ziel führen sollten.

»Wie macht ihr es hier, wenn ihr Krankheiten habt?«

»Wir sind gesund und sauber, sei unbesorgt.«

»Habt ihr einen Bader in der Nähe, oder stimmt gar, was ich dieser Tage reden hörte von einer Heilerin unter euch?«

»Du meinst Lavinia. Sie hat einige Zeit bei uns gewohnt, aber sie mußte zurück nach Florenz, um dem Medici die Gichtschmerzen zu lindern.«

»Lavinia, ein schöner Name«, murmelte Raul und zeichnete mit den Fingerkuppen drei Kreise auf Elisabettas Bauch. »Wo ist sie jetzt?«

»Warum stellst du solche Fragen?«

»Ich habe von der Heilerin gehört«, versuchte Raul den aufkeimenden Argwohn Elisabettas zu beschwichtigen. »Sie könnte mir sicher helfen. Meinst du, ich kann mit ihr sprechen?«

»Ich weiß nicht. Aber wenn du möchtest, kann ich sie fragen.«

»Würdest du das für mich tun?«

Sie schlüpfte in ihr Kleid und verließ das Zimmer. Kaum war er allein, befielen Raul Zweifel, ob er einen Fehler begangen hatte, und er spürte, wie er ärgerlich wurde, weil er sich hatte ablenken lassen. Früher wäre mir das nicht passiert, dachte er und begann einen Augenblick darüber nachzudenken, daß er nicht mehr der Jüngste war. Schon in Spanien war ihm seine nachlassende Spannkraft aufgefallen, und in der Schlacht bei Ronda hatte ihn einmal nur ein beherzter Schlag seines Herrn Don Pedro gerettet, sonst hätte ihn ein feindlicher Schwertstreich niedergestreckt. Vom Alter des Kardinals trennten ihn wenige Jahre. Er mußte sich eingestehen, daß er den Zenit seines Lebens überschritten und dabei immer noch nicht den erhofften Höhepunkt erreicht hatte. Was, wenn Innozenz viele weitere Jahre lebte? Würde Rodrigo de' Borgia noch Pontifex Maximus werden, oder waren alle Bemühungen umsonst? Hatte er sich in eine fixe Idee verrannt, dem Kardinal mit allen Mitteln zu helfen, den Heiligen Stuhl zu erklimmen? Weil er der Vertraute des mächtigsten Kirchenmannes der Welt werden, weil er sein eigenes Leben krönen wollte?

Raul lachte bitter. »Im Bett einer Dirne mache ich mir Gedanken über mein Leben«, flüsterte er, stand auf und zog sich an. Keinen Augenblick zu früh, wie sich gleich zeigte, denn, ohne anzuklopfen, trat Elisabetta mit der Heilerin ein, die ihn aus hellbraunen Augen, deren Iris von einem schmalen blaugrünen Ring begrenzt wurde, aufmerksam musterte.

»Du hast gesagt, du brauchst Hilfe.«

Ihre Stimme überwältigte Raul sofort. Hell und mit einem rauchigen Beiklang, weiblich und voll selbstbewußter Reife, verriet sie eine tiefliegende Sinnlichkeit und erinnerte Raul nicht nur an seine Amme, die er geliebt hatte, bis er das Haus von Don Leon verlassen mußte, sondern auch an seine erste Geliebte, Rogatha, die sanfte Karmeliterin, mit der er ein anderer Mensch geworden wäre. Allerdings hatte Rogatha schwarzes Haar, während unter Lavinias Haube eine blonde Strähne hervorlugte. Nein, sie sahen sich nicht ähnlich, oder zumindest nicht sehr, aber diese Stimme raubte ihm den Atem und kehrte Unterstes zuoberst.

»Gern will ich dich untersuchen«, fuhr Rogathas Stimme fort. »Ich werde es ohne Entgelt tun, weil mir Elisabetta Gutes von dir berichtete.«

Raul zwang sich, dieses Gesicht zu betrachten, das von dem plötzlich so intensiv erinnerten Gesicht der Karmeliterin so verschieden war. Ihre hoch und weit auseinanderstehenden Wangenknochen und das eine Spur zu kantige Kinn verliehen der Heilerin einen herben Reiz, der durch den schiefen Mund noch betont wurde. Rogatha dagegen hatte ein ebenmäßiges Antlitz gehabt. Raul versuchte sich einen Ruck zu geben, doch kein einziger Ton entrang sich seiner Kehle. Kraftlos nickte er mit dem Kopf.

»Setz dich. Ich werde meine Hand über deinen Scheitel legen. Vielleicht spürst du ein Kribbeln. Das soll dich nicht beunruhigen.«

Er schloß die Augen und spürte, wie ihn jeder Wille verließ.

* 8 *

»Du wirst es mir nicht glauben«, haspelte Elisabetta atemlos, kaum war sie ins Zimmer gestürzt, »aber unten in meinem Bett liegt der Spanier, den du vor Jahren gesucht hast. Er ist zurückgekommen.«

Lavinia sprang auf. »Was will er?«

»Was er immer wollte. Aber danach fragte er nach einer Heilerin. Er schien von dir gehört zu haben.«

Er kommt von diesem spanischen Kardinal, überlegte Lavinia. Er ist der Mörder von Giuseppe Scalieri und vermutlich einer der Männer, die den Anschlag auf die Medici-Brüder durchgeführt hatten. Warum suchte er sie? Lavinia befürchtete, sie könne in Gefahr kommen, aber sie sah keinen anderen Weg, als in Elisabettas Zimmer hinunterzugehen und dem Mörder gegenüberzutreten.

Hager wirkte er mit seinem kantigen Schädel. Die blanke Tonsur schien größer als bei den meisten Mönchen, der kurzgeschorene Haarkranz war schlohweiß. Seine Augen brannten in ihren, aber sie wich ihm nicht aus, denn sie erkannte in dem milchigen Blaugrau eine leichte Verunsicherung, die endgültig zutage trat, als sie das Wort an ihn richtete.

Er zuckte zusammen, senkte die Augen und schwieg. Beinahe schien es Lavinia, als könnte sie ein leichtes Zittern erkennen, jedenfalls war dieser Mann im Moment keine Gefahr. Vielleicht war er wirklich krank und brauchte eine Heilerin, und es war purer Zufall, daß er sich mit seiner Frage an Elisabetta gewandt hatte. Er schaute sie an. Eine Weile ließ sie seine Musterung über sich ergehen, dann bat sie ihn, sich zu setzen, und suchte mit ihrer linken Hand seine Scheitelpunkte auf. Aus seinem Scheitel lösten sich heiße und kalte Verwirbelungen in einem unruhigen Hin und Her, wie es Lavinia noch niemals gefühlt hatte. Wieder und wieder tastete sie die Kraftpunkte ab, aber außer dem Umstand, daß dieser Mensch im Innersten zerrissen war, konnte sie nichts erkennen. Sie atmete fest durch. Es hatte sie Kraft gekostet, diesen Verwirbelungen nachzufühlen, und sie überlegte, was sie machen sollte. Jetzt wünschte sie sich, erstmals seit er sie verlassen hatte, Paolo herbei. Wenn es Rache zu nehmen galt an diesem Mann, dann war es Paolos Aufgabe, nicht ihre. Sie wünschte, er könnte entscheiden, was geschehen sollte, sie selbst fühlte sich dazu nicht in der Lage. Vor ihr, das spürte sie, saß ein in sich zerrissener Mann, und sie wußte, sie wollte an diesem Mann keine Rache üben. Doch was wollte er von ihr?

»Deine Kräfte sind erschöpft, und das rührt nicht nur von der letzten Stunde her. Was beraubt dich deiner Kraft?«

Es schien, als bekomme das harte Gesicht einen weichen Zug, während er die Augen aufschlug.

»Ich weiß es nicht«, antwortete er, und seine Stimme klang heiser.

»Du hast nach mir gefragt. Warum?«

»Ich habe von dir gehört, von deiner Fähigkeit, die Gichtschmerzen von Lorenzo de' Medici zu lindern.«

»Deswegen bist du nicht hier. Warum bist du wirklich da?«

»Du wolltest das geheime Buch haben.« Er starrte sie an. Im Graublau seiner Augen lag eine geheimnisvolle Traurigkeit.

»Wer schickt dich? Der Kardinal?«

»Ja. Sag mir, warum du dieses Buch lesen willst.«

»Es enthält ein Vermächtnis meines Großvaters. Nicht mehr und nicht weniger.«

»Wenn ich dir das Buch besorgen würde und du es gelesen hättest, würdest du mir verraten, was du gesucht und was du gefunden hast?«

»Könntest du das Buch besorgen?«

»Ich weiß nicht.«

»Vielleicht ist es für alle besser, das Buch zu vergessen. Zu viele Menschen sind seinetwegen gequält und getötet worden.«

»Ich muß wissen, was in dem Buch steht und warum es für dich so wichtig ist, es zu lesen«, beharrte Raul.

»Wenn ich es wüßte, ich würde es dir sagen. Jetzt geh und denk nicht mehr darüber nach. Du brauchst Ruhe.«

»Darf ich wiederkommen?«

»In wenigen Tagen verlasse ich Rom und kehre in die Via Larga zurück. Ich weiß nicht, ob du ein gerngesehener Gast im Palazzo Medici wärst.«

Er senkte die Augen und verließ das Zimmer. Als er die Tür schon halb hinter sich geschlossen hatte, drehte er sich um und blickte Lavinia lange an.

»Wir werden uns wiedersehen«, sagte er.

Die letzten Tage in Rom vergingen wie in einem Traum. Immer wieder schreckte Lavinia aus dem Schlaf hoch oder aus einer Tätigkeit heraus, weil sie den Spanier plötzlich vor sich sah. Er ging ihr nicht mehr aus dem Kopf. Wieder und wieder überlegte sie, was die Verwirbelungen seiner Kraftlinien zu sagen hatten, und kam doch nie zu einem Ergebnis. Sie rätselte über seine Augen und die darin versteckte Traurigkeit. Wie konnte dieser Mann herzlos mindestens einen Mord begehen und andererseits so viel Weichheit zeigen? Was hatte er mit seinen Fragen nach dem geheimen Traktat bezweckt, welches Interesse hatte der Kardinal an dieser Frage? Wie ernst war es ihm damit, ihr das Buch zu besorgen, und warum wollte er sie wiedersehen? Manchmal zweifelte Lavinia bereits, ob der Spanier wirklich der Mörder von Giuseppe Scalieri war, und nach und nach wuchs in ihr die Überzeugung, daß es einzig und allein Paolos Aufgabe wäre, sich über eine mögliche Rache Gedanken zu machen. Aber Paolo war verschollen, und Lavinia war darüber nicht unglücklich. Sie spürte, es wäre am besten für sie und Amata, wenn sie Paolo nie mehr begegnete. Und als sie Florenz verließ, schaute sie an der Porta Pia nicht zurück.

Wenige Wochen nach ihrer Rückkehr aus Rom fesselte ein heftiger Gichtanfall Lorenzo de' Medici für mehrere Tage ans Bett, und als Lavinia ihre Hand über seine Kraftpunkte wandern ließ, sank erstmals, seit sie von *Il Magnifico* gerufen worden war, ihr Mut. Die Störung des Gleichgewichts der Kräfte war so stark, daß keines ihrer heilenden Zeichen zu einem Ausgleich verhalf, und ihre rechte Hand zitterte bei jedem Scheitelpunkt stärker.

»Mein Herr, ich fürchte, die Zeit des Aufhaltens ist zu Ende. Zukünftig werde ich nur noch ein wenig lindern können.«

»So schlimm?«

»Die Körpersäfte stehen in einem argen Mißverhältnis. Laßt den *medicus* an Euch heran, meine Heilkunst stößt an ihre Grenzen.«

»Wie lange noch?«

»Zeit genug, *Magnifico Messere*, aber nicht im Überfluß. Und immer mehr Schmerzen.«

»Kannst du die Schmerzen lindern?«

»Zunehmend weniger.«

»Das genügt mir. Ich werde die Zeit nutzen und das Ende bedenken.«

Lavinia verließ ihn und ging hinüber in den Garten der Medici bei San Marco, den sie so gern mochte. Sie wandelte auf leisen Sohlen und kam zu einer der Mauernischen, in der ein junger Bildhauer arbeitete. Der Jüngling war von fester, kräftiger Statur und schien von einem starken inneren Eifer besessen, so selbstversunken führte er Meißel und Schlegel, um einem kleinen Marmorblock Form zu geben, und die Art, wie er es tat, erinnerte sie heftig an Michele. Dieser Jüngling verfügte augenscheinlich über die gleiche Gabe, dem Stein die innewohnende Skulptur anzusehen, und so, wie er den Marmorblock bearbeitete, würde sicher etwas Großes daraus entstehen. Gefangen von der schöpferischen Begeisterung verharrte Lavinia, bis der junge Künstler den Kopf hob und sie anstarrte. Sein breites Gesicht mit einer platten Nase erschreckte Lavinia, und als der Jüngling errötete, drehte sie sich wortlos um und schritt auf den *Dornauszieher* zu. Je näher sie kam, desto näher fühlte sie sich Michele. Ihre Sehnsucht, ihn wiederzusehen, wuchs. Sie hatte ihm direkt nach ihrer Rückkehr eine Nachricht geschickt und hoffte seitdem, daß ihn seine Geschäfte nach Florenz führten. Sie setzte sich auf die marmorne Bank neben dem Springbrunnen, beobachtete das Spiel des Brunnens und erinnerte sich an die zärtlichen Stunden, die sie mit Michele im zurückliegenden Jahr verbracht hatte. Ach wenn du jetzt neben mir säßest, seufzte Lavinia und spähte zu dem häßlichen Bildhauer hinüber. Doch der hatte seinen Platz in der Mauernische verlassen.

Weitere lange Wochen mußte sich Lavinia gedulden, ehe ihre Sehnsucht gestillt wurde und sie Michele in die Arme schließen konnte.

»Wenn du wüßtest, wie sehr ich mich auf diesen Augenblick gefreut habe«, empfing sie ihn, als er müde von seinem Rappen stieg. »Du würdest aus dem Sattel springen.«

Er streifte in einer zärtlichen Geste ihre Wange und legte die Zügel in die hingestreckte Hand des Stallknechts.

»Die Geschäfte gehen schwerer als vor Jahresfrist, und mein Vater lag krank danieder.«

»Und?« fragte Lavinia gedehnt.

»Er hat sich erholt, aber ich fürchte, die nächste Verkühlung rafft ihn dahin. Es sei denn ...« Michele faßte nach ihrer Hand. »Es sei denn, du kümmerst dich um ihn.«

»Noch lassen mich«, erwiderte Lavinia zurückhaltend, »meine Pflichten nicht von hier fort.«

Mit dem heiß über Florenz ziehenden Sommer schien Lorenzo de' Medici das Glück zu verlassen. Erst schlug ihn das Schicksal mit dem Tod seiner jüngsten Tochter, dann kam die Nachricht aus der Ewigen Stadt, daß seine Gemahlin, die nach der Hochzeit Maddalenas bei ihrer Familie in Rom geblieben war, der *mal aria* erlegen war, und zu allem Verdruß gebärdeten sich die Attacken der Gicht auf seinen Körper immer heftiger. Sein neuer Leibarzt Pierleone verordnete ihm strenge Zurückhaltung bei Essen und Trinken, legte jede Woche Blutegel für den Aderlaß an und war so besorgt um den Zustand des Medici-Fürsten, daß kein Platz mehr blieb für eine Heilerin.

»Du hast mich gebeten, dir Freiheit zu gewähren, falls ich deiner nicht mehr bedarf«, begann Lorenzo eines Nachmittags ein nachdenkliches Gespräch und setzte lange Ausführungen über die Freiheit hinter diesen ersten Satz. Ruhig folgte Lavinia seiner Rede und wartete geduldig auf den für sie entscheidenden Satz. »Ich gebe dich«, wandte *Il Magnifico* seine Gedanken Lavinias Umständen zu, »frei und gewähre dir, zu gehen, wohin du willst. Doch laß mich wissen, wo du dich aufhältst. Nicht wegen eines Ehrensoldes, den ich dir zahlen möchte, sondern um dich rufen zu können, wenn es keine Hoffnung mehr gibt außer deinen Händen.«

»*Magnifico Messere*, stets werde ich für Euch dasein. Bloß – Eurem Leiden kann ich keinen Einhalt mehr gebieten.«

»Laß mir die Hoffnung, meine Heilerin«, bat der Medici, dann gab er ihr das Zeichen zu gehen.

* 9 *

Das Buch war wie vom Erdboden verschwunden. Wochenlang wühlte sich Raul durch die Regale der vatikanischen Bibliothek auf der Suche nach dem Original jener Abschrift, die er bei Verucci mitgenommen hatte. Vergeblich. Das war um so schlimmer, als sich auch die Kopie nicht mehr auffinden ließ, die der Kardinal vor zwei Jahren in seiner Bibliothek verwahrt hatte. Rodrigo de' Borgia war außer sich, als er den Verlust bemerkte, und beauftragte Raul mit Nachdruck, das Traktat aufzuspüren. Seitdem suchte Raul mit doppeltem Eifer, denn einerseits wollte er dem Kardinal das Buch vorlegen, und andererseits konnte er Lavinia nicht vergessen. Er mußte sie wiedersehen, und der Schlüssel dazu war jene geheimnisvolle Schrift. Doch sosehr er auch suchte, das Buch blieb unauffindbar. Raul beschloß, die Fertigstellung der neuen Bibliothekshalle abzuwarten und bis dahin den Kopisten aufzuspüren, der die Abschrift gefertigt hatte.

»Wenn ich, lieber Bruder«, fragte er einen Benediktiner, der in der Bibliothek seinen Dienst versah, »von einer Handschrift eine Kopie anfertigen lassen möchte, an wen müßte ich mich wenden?«

»Zuerst bräuchtest du die Genehmigung des Vizekanzlers. Danach würden wir einen Kopisten bestimmen und diesem das Werk übergeben oder ihm eines unserer Schreibpulte anweisen.«

»Wenn ich aber selbst einen Schreiber bestimmt hätte?«

Der Mönch hob abwehrend die Hände. »Niemals, Bruder, niemals würden wir einem fremden Schreiber eines unserer Bücher anvertrauen.«

»Ist das gewiß?«

»Das ist so sicher wie das Amen nach jeder Messe.«

»Wenn ich nun«, fragte Raul weiter, »herausfinden möchte, wer vor einiger Zeit ein Traktat kopiert hat?«

»Da mußt du den Bibliothekar befragen. Er führt eine Liste, auf der verzeichnet ist, welche Bücher abgeschrieben oder aus der Bibliothek entnommen werden.«

Wenige Tage später las Raul Zeile für Zeile in dem Folianten, der jede Veränderung im Bestand der Bibliothek in den zurückliegenden zehn Jahren anzeigte, fand aber keinerlei brauchbaren Hinweis.

»Was hat das zu bedeuten«, fragte Raul den Bibliothekar, »wenn eine Eintragung, die vorhanden sein müßte, fehlt? Kann vergessen worden sein, die Kopie eines Werkes zu vermerken?«

»Nein. Sieh selbst, es wird sogar vermerkt, wenn ein Buch in die Gemächer des Heiligen Vaters hinaufgetragen wird. Der Bibliothek darf nichts verlorengehen, dafür dieses Verzeichnis.«

»Wenn es keinen Vorgang gibt, der hier nicht aufgezeichnet wird, bedeutet das Fehlen einer solchen Aufzeichnung also entweder, daß mit dem Buch, nach dem ich suche, in den letzten Jahren nichts geschehen ist oder daß es gestohlen wurde.«

»Gott bewahre«, rief der Bibliothekar erschrocken, »aus der Biblioteca Apostolica Vaticana ist seit ihrer Gründung vor vierzig Jahren durch Papst Nikolaus, den fünften seines Namens, kein einziges Exemplar abhanden gekommen.«

»Irgendwo liegt hier ein Fehler«, beharrte Raul. »Gib mir die Liste eurer Kopisten!«

Während er Name für Name durchsah, ob ihm einer bekannt vorkäme, lief noch einmal der Mord an Bischof Verucci und seinem Diener vor seinem inneren Auge ab, und er fragte sich, ob dieses geheime Buch, das die Borgia unbedingt haben wollten, wirklich die zwei Menschenleben wert war. Der Kardinal war damals, dachte Raul, wie besessen gewesen von der Idee, diese Handschrift in seinen Besitz zu bekommen. Er war durch einen Boten des spanischen Vizekönigs auf das Traktat, von dem es in Sizilien eine Abschrift gab, aufmerksam geworden und hatte, kaum war der Bote entlassen, Raul beauftragt, das geheime Buch zu suchen. Rasch schien es, als wäre dies einer jener unerfüllbaren Aufträge, die Rodrigo de' Borgia manchmal erteilte, denn das Traktat war in der Bibliothek damals so wenig auffindbar wie heute, und wenn der Zufall Raul nicht in die Hände gespielt hätte, wäre er erfolglos geblieben. Doch bei einem Pferderennen am Circus Maximus hatte er, während er darauf wartete, bei Agostino Chigi seinen Wetteinsatz auf den bekannten Rappen Romulus einzahlen zu können, einen ihm unbekannten Bischof belauscht, der sich gegenüber Chigi damit brüstete, mit der Abschrift eines geheimen Buches Roms berühmtester *cortigiana* einen Gefallen zu tun. Raul hatte dem Herrn für seine Fürsorge gedankt, sich kurze Zeit später auch noch über einen erklecklichen Wettgewinn freuen können und war nach dem Pferderennen dem Bischof Richtung Pozzo Bianco gefolgt. Nachdem er wußte, daß es sich um Baldassare Verucci handelte, war es ihm ein leichtes, von dem allzu vertrauensseligen Diener des Vizedatars Näheres über die geplante Abschrift für Portia zu erfahren, und so war es Raul gelungen, wenigstens die Abschrift für Rodrigo de' Borgia zu besorgen. Ich hätte, schalt er sich ein weiteres Mal, gründlicher vorgehen und auf den Abholer der Abschrift warten sollen, vielleicht hätte ich dann etwas über den Verbleib des Originals erfahren. Wenn es überhaupt ein Original gibt, dachte er und hatte erstmals einen dringenden Verdacht. Er würde mit allen Kopisten sprechen müssen, um das Geheimnis der Abschrift zu lüften, und zu diesem Zweck notierte er sich alle ihre Namen.

* 10 *

Es gab ihn nicht. Er hatte sich nicht gezeigt. Er hatte sich niemals gezeigt, keinem einzigen Menschen. Er war eine Erfindung sehnsüchtiger Seelen. Man mußte sich nur diese

Sehnsucht aus der Seele reißen, schon konnte man ohne ihn leben. Was einen nicht daran hindern sollte, Geschäfte mit ihm zu machen oder sich gar als sein Mittler auszugeben. Wie gut ließen sich mit ihm die Menschen ausbeuten, besser als mit jedem anderen Mittel. Mit Gott konnte man Ehrfurcht und Angst erzeugen, vor Gott konnte man die Menschen in Demut niederknien und für ihre Vergehen bezahlen lassen. Gott war eine wunderbare Erfindung für all jene, die mit ihm Macht ausüben und die von ihm leben konnten.

Doch sein Wissen um den von Menschen erdachten Gott wollte er für sich nutzen, und der erste Gewinn, den er daraus zog, war der Verzicht auf jegliches schlechte Gewissen. Seit er wußte, daß es Gott nicht gab, kannte er keine Skrupel mehr. Zu seinem eigenen Vorteil unternahm er alles, was ihm geraten schien, und wenn sich vage Zweifel heranschlichen, ob seine Taten eines Tages beurteilt werden würden, wischte er sie vom Tisch. Die Menschen mochten ihn zur Rechenschaft ziehen, denen konnte er durch besondere Schläue zuvorkommen. Eine andere Instanz gab es nicht, denn wenn es sie gäbe, dann dürfte der bald dreiundneunzigjährige Maffeo Gherardo nicht mehr angefüllt mit körperlicher Begierde leben, die alle drei Wochen zur Befriedigung drängte. Wie könnte Gott diese Lust zulassen bei einem seiner ersten Diener. Gäbe es Gott, der lüsterne Patriarch von Venedig wäre längst seines Amtes enthoben worden. Gäbe es Gott, wären die Reichen nicht reich und die Armen nicht arm, die Starken nicht stark und die Schwachen nicht schwach. Nein, es gab keinen Gott. Seit Paolo vor zwei Jahren in San Marco Gott vergeblich gebeten hatte, sich zu zeigen, wußte er, daß es diesen Vater aller Väter nicht gab. Es war kein Gott weit und breit.

Außerdem war er nun reich genug, um sich unabhängig zu machen von den Launen der anderen. Er wollte dem Patriarchen nicht mehr die Lust befriedigen, hatte genug von den Schäferstündchen mit Madonna Carla, war der Wahrsagerei für die Pfeffersäcke vom Rialto überdrüssig und mochte sich nicht länger vertiefen in die kleinlichen Händel, welche der Patriarch mit den Herren der Serenissima austrug. Paolo wollte nicht mehr im Hintergrund wirken. Sein Name sollte anfangen zu glänzen, er wollte seinen Stern aufgehen sehen. Es war an der Zeit, Venedig zu verlassen.

»Du willst von mir weggehen?« fragte der Patriarch ungläubig. »Obwohl du bei mir das beste und sicherste Leben hattest, das du dir wünschen konntest? Erkläre es mir, mein Sohn, damit ich es verstehe!«

»Ehrwürdiger Vater, mich dürstet nach Freiheit. Als Sohn einer großen Familie geboren, will ich – nein muß ich – meinen eigenen Weg gehen, will ich der Familie keine Schande machen.«

»Aber du hast dich in den letzten Jahren kein einziges Mal mit deiner Familie in Verbindung gesetzt, oder?«

»Nein. Nicht aus der Verbannung wollte ich mich melden, sondern als freier Mann.«

»Du hättest Lorenzo de' Medici immer noch zu fürchten, solltest du ihn je zu fürchten gehabt haben«, erwiderte Maffeo Gherardo mit einem dünnlippigen Lächeln. »Und die Art, wie du lebst und zu deinem Vermögen kommst, ist stets in Gefahr, für Ketzerei oder gar Zauberei erachtet zu werden. Unser Heiliger Vater ist mehr denn je überzeugt, daß man Hexen und Zauberer ausrotten muß.«

»Der Heilige Vater ist mir kaum weniger gewogen als Ihr, mein geliebter Beschützer«, entgegnete Paolo voller Spott.

»Du scheinst entschlossen.«

»Ja, ehrwürdiger Vater, und ich weiß, daß Ihr mich ziehen laßt, wie es jeder Vater mit seinem Sohn geschehen läßt«, schmeichelte Paolo nun dem greisen Patriarchen. »Außerdem ...« Er zögerte und ergriff Gherardos Hand. »Wenn ich in der Ewigen Stadt bin, werde ich Euch nützlich sein können. In Eurer Hand ist noch etwas Wesentliches verzeichnet.«

»Etwas Wesentliches? Was könnte das sein, mein Sohn?«

Der Erzbischof platzte schier vor Neugierde. »Siehst du noch mehr? Genaueres?«

»Großes sehe ich, ehrwürdiger Vater. Es wird sich in Rom ereignen, und Ihr werdet dabeisein.«

Gherardo schien angestrengt nachzudenken. Vielleicht war er verstiegen genug, sich noch Hoffnungen auf den Kardinalspurpur oder gar den Stuhl Petri zu machen.

»Du hast bisher stets die Zeichen erkannt, welche Gott in meine Hände geschrieben hat. Du verdienst mein Vertrauen.«

»Danke, ehrwürdiger Va…«

»Halt ein«, unterbrach ihn der Patriarch. »Du sollst mir verbunden bleiben. Ich statte dich mit allen Vollmachten in geschäftlichen Dingen aus und bitte dich, in Rom eine Niederlassung für mich zu gründen und zu betreuen. Das wird dich in die Lage versetzen, deine eigenen Geschäfte gründlicher zu besorgen.«

Was du nur für ein schlauer Fuchs bist, dachte Paolo und küßte dem Erzbischof die Hand.

* 11 *

Es dauerte Wochen, bis Raul mit allen Kopisten, die sich auf der Liste der Bibliothek befanden, gesprochen hatte. Keiner wollte etwas von jenem Traktat gewußt haben. Mit Ausnahme der beiden spitzfindigen Dominikaner Ippolito und Stefano schienen Raul alle Schreiber glaubwürdig, so daß er ins Zweifeln geriet, wie er weiter vorgehen sollte. Auf keinen Fall durfte er dem Kardinal mit einem endgültigen Mißerfolg unter die Augen treten. Außerdem war da noch Lavinia. Jede Nacht träumte er von ihr oder von Rogatha, der Karmeliterin. Meist mischten sich die Bilder der Frauen zu einem unentwirrbaren Ganzen, und dann träumte er die Einheit von Zärtlichkeit und Lust und versank in einer umfassenden Geborgenheit, derentwegen er auf alles in dieser Welt verzichtet hätte. Wenn er mitten in der Nacht aus einer beglückenden Umarmung erwachte, fragte er sich, ob er sein Leben zurückdrehen oder wenigstens derart ändern könne, daß diese Geborgenheit möglich wäre, und schalt sich gleich darauf einen Narren, der Hirngespinsten nachlaufe, die jeder heranwachsende Jüngling bereits aus seinen Vorstellungen verbannt hatte. Aber warum, fragte er sich, rührte ihn Lavinia so tief in seinem Gemüt an und verwirrte seine Gedanken?

Pater Ippolito war der gutmütigere der beiden Dominikaner und ließ sich ohne Argwohn von Raul zu einem Spaziergang in die Weinberge des Gianicolo überreden, um über die Kunst des Kopierens und Illustrierens von alten Handschriften zu plaudern. Gemächlich gelangten sie in der sommerlichen Hitze den Hang hinauf bis zur Aurelianischen Mauer und von dort zu einem in den Hang hineingetriebenen Stollen, der einmal als Weinlager gedient hatte, aber seit Jahren verlassen lag. Raul kannte den Ort, und als sie den Strauch erreicht hatten, der den Eingang in den Stollen verdeckte, schlang Raul einen Strick um Ippolitos Hals und zerrte den verdutzten Dominikaner hinter das Gebüsch ins Halbdunkel.

»Genug geplaudert«, knurrte Raul. »Jetzt will ich wissen, was mit dem Traktat über das Pentagramm geschehen ist, dessen Abschrift der Vizedatar Baldassare Verucci vor zwei Jahren in Auftrag gegeben hat.«

Ippolito würgte, als Raul den Strick lockerer ließ.

»Los, gib Antwort!«

»Ich weiß von nichts«, keuchte der Überfallene. »Das habe ich dir doch schon gesagt, Bruder. Was tust du mir an?«

»Du hast dich spitzfindig herausgeredet«, erwiderte Raul ärgerlich. »Du weißt genau, wovon ich spreche. Erzähle mir, was du mit dem Traktat gemacht hast.«

»In meinem ganzen Leben habe ich kein solches Traktat gesehen.«

»Es geht um eine Schrift, die sich mit dem Pentagramm befaßt! Erinnere dich und verheimliche mir nichts!«

»Nein«, wimmerte Ippolito, während Raul die Schlinge um seinen Hals zuzog, »Ich weiß von nichts.«

»Dann werde ich deinem Gedächtnis auf die Sprünge helfen!«

Raul band dem Dominikaner die Hände auf den Rücken, schlang das Ende des Seils um einen in die Wand gemauerten Haken, holte aus der Innentasche seiner Kappa ein Stück Stoff und schob es seinem Opfer in den Mund. Dann zog er ein kleines Messer aus seinem Stiefel und ritzte damit die Wange des Mönchs. Entlang eines hauchdünnen Schnitts zeigten sich winzige Blutperlen. Ippolito stöhnte.

»Du hast es gespürt, dieses Messer ist scharf. Um deine Erinnerung zu unterstützen, werde ich dir nun ein Ohrläppchen abschneiden. Solltest du dann immer noch nicht wissen, was es mit der Kopie jenes Traktates auf sich hatte, verlierst du die ganze Ohrmuschel.«

Er beugte sich mit dem gezückten Messer vor und ergriff das linke Ohr. Ippolito stöhnte, schüttelte wie wild den Kopf und rollte mit den Augen.

»Sprich«, brummte Raul und entfernte den Knebel aus dem Mund des Mönches.

Da brüllte Ippolito wie ein verwundeter Eber. Raul schlug mit dem Messer in der Faust zu. Sein Schlag zerschmetterte Ippolitos Nase, die scharfe Klinge fuhr in die rechte Backe und schlitzte das Fleisch auf. Der Geschlagene würgte an seinem eigenen Blut. Mit einem beherzten Handgriff stopfte Raul seinem Opfer den Mund. Ein leises Röcheln, dann Stille.

Ippolito war ohnmächtig geworden. Als er wieder zu sich kam, fragte ihn Raul mit betont freundlicher Stimme, ob er ihm etwas zu sagen habe. Doch der Dominikaner schüttelte den Kopf.

»Du sollst Gelegenheit haben, in dich zu gehen«, bemerkte Raul mit nüchterner Stimme. »Ich lasse dich bis morgen nachmittag allein. Überlege dir gut, ob du mir dann etwas zu erzählen hast.«

Aus den Augenwinkeln heraus nahm Raul Barca das Erschrecken wahr, das seine Worte in das geschundene Gesicht des Dominikaners geschrieben hatten. Kurz zweifelte er an seinem Tun, doch dann wandte er sich ab. Ippolito weiß, wo das Traktat steckt, dachte er und ballte die Fäuste. Sollte der störrische Mönch doch Todesangst leiden, wenn er mit der Wahrheit nicht herausrücken wollte. Raul nickte entschlossen und stieg hinunter nach Santa Maria in Trastevere.

Anderntags war das Unfaßbare geschehen: Ein scheinbar harmloses Fieber raffte Don Pedro dahin. Groß war das Wehklagen im Palazzo Borgia. Kardinal Rodrigo schrie seinen Schmerz in die Welt hinaus und verlangte in der einen Minute alle Getreuen um sich, um sie in der nächsten wieder aus dem Raum zu jagen. Niemand konnte den Palazzo verlassen. Freunde, Diener und Gehilfen, alle mußten jederzeit für den Kardinal zu sprechen sein. Mal verlangte er diesen, dann jenen bei sich zu haben, um seinen Zorn auf das ungerechte Schicksal auszutoben. Sogar Vanozza, die der Kardinal vor zwei Jahren zugunsten der umwerfenden Schönheit Giulia Farneses verlassen hatte, hatte rund um die Uhr in der Nähe zu sein, um den untröstlichen Kardinal zu beruhigen.

»Warum hast du unfähiger Narr ihn nicht in Spanien festgehalten«, brüllte der Kardinal, als Raul mit gesenktem Kopf vor ihm stand. »Da hätte er die Ehe vollziehen können mit Donna Maria und wäre nun ein glücklicher Schwiegersohn von Don Enrique Enriquez, könnte auf brüderlichem Fuß mit König Ferdinand verkehren und die Familie der Borgia zu wundervoller Größe führen. Doch nun ...« Der Kardinal schluchzte. »Hat mich dafür der Herr vor Korsika aus höchster Seenot gerettet, daß ich mitansehen muß, wie meine Kinder sterben?«

Trauer und Zorn wechselten im Gesicht des Kardinals wie Sonne und Regen an der tuszischen Küste im April.

»Du hättest ihm verbieten müssen, nach Italien zu kommen«, schrie Rodrigo de' Borgia. »Geh mir aus den Augen!«

Als Raul drei Tage später den Palazzo verlassen konnte, eilte er in die Weinberge zur Aurelianischen Mauer und hastete zu dem verlassenen Stollen. Der Dominikaner war tot.

Unterdessen hatte Pater Stefano Rom mit einem Predigtauftrag Richtung Neapel verlassen, und Rauls Nachforschungen nach dem geheimnisvollen Folianten gerieten endgültig ins Stocken, wenngleich er als immer wahrscheinlicher annahm, daß niemals eine Abschrift des Buches gefertigt worden war. Vermutlich hatte ein Komplize von Baldassare Verucci die Originalhandschrift aus der Bibliothek gestohlen und, ohne daß es dieser wußte, dem Kardinal das Original übergeben. Blieb die Frage, wer das Buch aus der Bibliothek von Rodrigo de' Borgia entwendet hatte. Dieses Rätsel mußte er lösen, ehe er sich auf den Weg zu Lavinia machen konnte. Er beschloß, weiterhin alles daranzusetzen, das Buch zu finden.

* 12 *

Vom Dach eines einfachen Hauses am Hafen von Pisa, das die Lungarotti seit einigen Jahren im Sommer als Handelskontor nutzten, um der stickigen Stadt zu entkommen, blickten Michele und Lavinia hinaus aufs Meer, das weiße Kronen trug und in langer Dünung gegen die Küste rollte. In einem wilden Himmel bäumten sich grauschwarze Wolken auf, glatt wie mit dem Messer geschnitten die Unterseiten, zerklüftet die nach oben sich verjüngenden Türme, deren Spitzen vom Wind zerfleddert wurden. Dazwischen zeigte sich ein hellblauer Abendhimmel. Durch die Lücken schossen die Sonnenstrahlen und tauchten Teile der Gewitterwolken in ein goldenes Licht. Draußen am Horizont schoben sich in einem dramatischen Ringen der Elemente Himmel und Wasser ineinander.

»Von dort sollte bald unser Schiff kommen«, bemerkte Michele und legte seinen Arm um Lavinias Hüfte. »Wenn der herannahende Sturm uns noch ein Schiff frißt, grämt sich mein Vater zu Tode.«

Lavinia schmiegte sich an Michele und genoß den auffrischenden Wind im Gesicht. Sie wollte nicht über Jacopo Lungarotti sprechen, um dessen Leben sie fürchtete. Zwar hatte sich Micheles Vater zum wiederholten Male von einer schweren Verkühlung, welche die Lunge zum Rasseln gebracht hatte, erholt, aber in seine Wangen schoß diesmal keine Farbe mehr, und sein Händedruck blieb schlaff. Selbst sein beißender Spott verlor sich in müden Scherzen, über die keiner lachte, und wenn da nicht der tiefsitzender Haß gegen die Scalieri gewesen wäre, Jacopo Lungarotti hätte vermutlich längst sein Leben ausgehaucht. Aber so hielt ihn die Hoffnung aufrecht, mit der nächsten Galeone einen herausragenden Gewinn im Hafen zu erzielen und damit den Scalieri ein für allemal zu zeigen, wer das Sagen hatte. Die Zeichen jedenfalls, welche Lavinia mit ihrer Tinte auf seine welke Haut auftrug, bewirkten keinen Ausgleich der Körperströme mehr, und ohne es sich eingestehen zu wollen, spürte sie, daß es ihr nicht leid tat. Sie mochte Jacopo Lungarotti nicht, er war ihr vom ersten Augenblick an zuwider gewesen. Allein die abfällige Art der Begrüßung, als Michele sie nach ihrer Ankunft aus Florenz vorgestellt hatte, hatte jede aufkeimende Sympathie erstickt. Dann waren da noch die üblen Reden, die er über Abramo Scalieri schwang, eine bornierte Rechthaberei, die Lavinia in ihrer ablehnenden Haltung bestärkte, und die herrische Art, mit der Jacopo seinen Sohn behandelte. Lavinia wußte, mit Jacopo würde sie auf Dauer nicht unter einem Dach wohnen können.

»Wie schön, daß du bei mir bist«, flüsterte Michele. »Manchmal glaube ich, noch immer zu träumen.«

»Gut, daß deine Liebe zu mir gefunden hat.«

Michele errötete ein wenig. »Ja, in der Tat habe ich lange Zeit geglaubt, meine Liebe gehöre Paolo.« Er küßte sie, dann beobachtete er wieder das Meer, doch anstelle eines Segels sah er immer bewegteres Wasser. Am Horizont färbten sich die Wolkenunterseiten purpurn. Ein Zittern erfaßte seine Waden. Er zog Lavinia fest an sich und wurde ruhig. Die Galeone würde heute nicht mehr einlaufen, aber das mußte nichts bedeuten. Das Schiff war erst vier Tage überfällig, solange keine schlechte Nachricht kam, durfte man auf ein glückliches Ende hoffen. Allmählich wuchs der Wind zum Sturm, der die Schwüle des Tages vertrieb. Hinter den dunklen Wolken fiel ein blutroter Schein dem Horizont entgegen, für einen kurzen Moment erhaschten sie einen Blick auf den Glutkreis der Sonne, dann schlossen die nachtschwarzen Wolken die Lücke, und die Trennlinie von Wasser und Himmel verschwand im rasch aufziehenden Gewitter. Mit dem ersten Donnerschlag stiegen die beiden hinunter in den angenehm kühlen Wohnraum.

»Ist die verdammte Galeone in Sicht?« In Jacopos Augen lag ein zweideutiger Schimmer von Angriffslust und Angst.

»Im aufkommenden Sturm hat der Kapitän gewiß längst Anker gelegt. Er wartet auf ruhige See, warum sich in Gefahr begeben? Morgen, *Messer Jacopo*, so Gott will, wird unser Schiff den Hafen erreichen.«

»Morgen, morgen, morgen, dein Gerede macht mich ganz krank. Der Kahn soll jetzt kommen, verdammt, hast du gehört!«

Michele setzte sich an den Tisch, ohne seinem Vater zu antworten, der wieder einmal Streit suchte, obwohl er entkräftet auf seiner Pritsche lag. Zwischen seinen Augenbrauen verstärkte sich die tiefe Zornesfurche, und seine Lippen erblaßten zu dünnen Strichen. Nur zu gut kannte Michele diesen Gesichtsausdruck, er wußte, daß jedes vernünftige Wort vergeblich war. Der Wutausbruch Jacopo Lungarottis ließ sich so wenig verhindern wie der Platzregen draußen, den das Gewitter brachte. Beide prasselten gleichzeitig los. Der Sturm schlug den Regen gegen das Fenster, Donner folgte auf Donner, und Jacopo schrie seinen Zorn in die Welt. Waren seine Lippen gerade noch weiße Striche in einem blassen Gesicht, blühten sie nun auf in einer sich rötenden Fratze, an deren Schläfen rotblaue Adern hervortraten. Die Augen quollen hervor, als wollten sie jede Sekunde aus ihren Höhlen springen, der kräftige Kehlkopf hüpfte an dem hageren Hals auf und ab, unter dem Kinn zeigten sich die Sehnen. Michele wollte diesen haßerfüllten Mann nicht ansehen und drehte sich um. Plötzlich erstarb das wütende Gezeter.

»Michele!«

Jacopo röchelte. Michele sprang zu ihm und blickte in Augen, aus denen ihn das blanke Entsetzen anstarrte. Er beugte sich zum Mund des Vaters.

»Du mußt die Brut ausrotten, du mußt vollenden, was ich begann.« Jacopo atmete seufzend aus. Seine Brust fiel ein. Seine Augen wurden starr.

»Lavinia – er stirbt.«

Ein Blick genügte. Lavinia umarmte Michele und strich mit einer Hand über seinen Hinterkopf.

Nach der Beisetzung Jacopos in der Familiengruft kehrte Michele mit Lavinia in die Stadt zurück. Sie bezogen das Stadthaus der Lungarotti zwischen dem Palazzo Toscanelli und dem Palazzo de' Medici, und das nicht nur, weil der Herbst nahte, sondern auch, weil Michele das kleine Haus draußen am Hafen verkaufen und sich in einem der Lagerräume eine Bildhauerwerkstatt einrichten wollte. Lavinia gefiel die Nachbarschaft zu den Medici. Sollte *Il Magnifico* ihrer Hilfe bedürfen, könnte er sie auf diese Weise am schnellsten benachrichtigen. Trotz allen Glücks, das sie im Zusammenleben mit Michele tagtäglich verspürte, besuchten ihre Gedanken fast jeden Tag den Herrn von Florenz, und sie fragte sich, wie es ihm wohl ergehe. Zwangsläufig streiften die Erinnerungen manchmal ihre erste Begegnung mit Michele und Paolo und machten ihr bewußt, wieviel inzwischen geschehen war. Am augenfälligsten wurde das an Amata, die mit ihren knapp fünf Jahren oft wie ein Wirbelwind durchs Haus fegte. Du kennst deinen wahren Vater nicht, dachte Lavinia ab und zu, und es wäre am besten, du würdest ihn nie kennenlernen. Michele hat dich als seine Tochter angenommen, einen besseren kannst du dir nicht wünschen. Lavinia erinnerte sich ihrer letzten Begegnung mit Paolo und fürchtete sich vor einem erneuten Zusammentreffen. Was würde er dazu sagen, daß sie bei Michele lebte? Er war stolz darauf, Macht über sie auszuüben, und trotzdem hatte sie nicht verhindern können, daß sie sich zu ihm hingezogen fühlte. Stets war seine Leidenschaft gepaart mit Kraft und Gewalt, nie hatte er auch nur einen Hauch jener Zärtlichkeit gezeigt, mit der Michele ihren Körper liebkoste. Er wird außer sich sein vor Zorn, dachte Lavinia, wenn er von Michele und mir erfährt. Doch sie ahnte, daß die Begegnung mit Paolo nicht zu verhindern war.

* 13 *

Die kleine Villa lag in einem weitläufigen Garten am Rande des Gianicolo oberhalb von Santa Maria in Trastevere und wurde von dem Neffen eines kürzlich ermordeten Gewürzhändlers zu einem Spottpreis angeboten. Nicht nur der Weg von der Stadt herüber drückte den Preis, sondern auch der Umstand, daß die Gewalttat im großzügigen Wohnraum geschehen war. Paolo fackelte nicht lange. Er nutzte die Gunst der Stunde, drückte den Kaufpreis um weitere zweihundert *scudi* und erwarb die Villa für zweitausend venezianische Goldflorin. Dank der Verbindungen Gherardos verfügte er in der Ewigen Stadt bei acht unterschiedlichen Bankhäusern über beträchtliche Geldsummen und konnte im übrigen auf die Geschäftsverbindung zurückgreifen, die der Patriarch mit der venezianischen Niederlassung in Rom unterhielt. So ausgestattet, ging Paolo daran, das Handelskontor für den Erzbischof aufzubauen und sich selbst nach geeigneten Betätigungsfeldern umzusehen. Die Villa am Gianicolo bot ihm einen idealen Platz für seine Unternehmungen, denn einerseits lag sie einsam genug, um Besucher verschwiegen empfangen zu können, und andererseits in einem Bereich der Stadt, den die reichen Patrizier zunehmend für ihre Land- und Lusthäuser entdeckten; immerhin baute die Familie Chigi nicht weit entfernt unten am Tiberufer einen Palazzo. Außerdem war es nicht weit zum Vatikan, denn das war es, was Paolo suchte: die Nähe zum Papst, dem für Schmeicheleien empfänglichen Innozenz. Und dank des Empfehlungsschreibens von Maffeo Gherardo erhielt Paolo innerhalb weniger Tage eine Einladung an die päpstliche Mittagstafel.

»Das also ist aus jenem Knaben geworden, der mir mit Giuseppe Scalieri einen Besuch abstattete, um mich einzustimmen auf das Konklave nach dem seligen Sixtus«, begrüßte ihn der Pontifex Maximus. Beinahe alles war wie damals, als Paolo dem Streitgespräch zwischen dem deutschen Hexenjäger und dem venezianischen Taschenspieler beigewohnt hatte, nur sah der Papst müde und aufgedunsen aus. Die ehemals edle Nase zerteilte das Gesicht scharf in zwei fleischige Hälften, die von einem schweren Doppelkinn zusammengehalten wurden. Gebeugt saß der Heilige Vater am Tisch, dahin war der prächtige Mann, der alle mit seinen Schmeicheleien für sich eingenommen hatte. Allein die warmherzig klingende Stimme hatte er sich erhalten.

»Sein Onkel wollte erreichen, daß ein italienischer Mann den Stuhl Petri erklimmt, und seht, wie er es geschafft hat!«

Rings um den Papst sah man schiefes Grinsen. »Reich mir die Hand, junger Freund, und setz dich zur Rechten meines Vizekanzlers.« Innozenz streckte Paolo den Ring zum Kuß entgegen. »Du bist ein Mann geworden«, murmelte der Papst anerkennend. »Wir sprechen später miteinander.«

Verfolgt von vielen neugierigen Blicken begab sich Paolo auf den ihm zugewiesenen Platz neben dem Vizekanzler, der ihn aus wachen Augen musterte. Unter den Augen hingen Tränensäcke über Hamsterbacken, die dem Kardinal ein seltsames Aussehen verliehen. Gekleidet in einfache Gewänder, hätte Paolo ihn für einen harmlosen Krämer aus der Romagna gehalten, so aber wußte er den gefährlichsten Kardinal Roms neben sich: Rodrigo de' Borgia.

»Du also bist der Neffe unseres bedauernswerten Bruders Giuseppe«, raunte der Kardinal, »den der Mob in der letzten Sedisvakanz niedergestochen und beraubt hat. Keiner unter uns, der Giuseppes Schicksal nicht betrauert hätte.«

»Ja, ehrwürdiger Vater, ich bin immer noch untröstlich wegen des Überfalls, an den ich keinerlei Erinnerung habe. Der Herr selbst hat seine schützende Hand über mich gehalten, sonst wäre ich nicht von meinen Wunden genesen.«

»Du bist verletzt worden?«

»Tief drang der Stahl eines Räubers in meine Brust, heute noch spüre ich manchmal ein Stechen neben meinem Herzen«, erwiderte Paolo und blickte so treuherzig, wie er es nur eben vermochte. Rasch hatte er sich eine Vorgehensweise überlegt, wie er dem Spanier begegnen wollte, den er in Verdacht hatte, den Mord an seinem Onkel in Auftrag gegeben zu haben. Vielleicht, so dachte Paolo, konnte er das Vertrauen des Borgia erlangen und auf diese Weise zum Mörder seines Onkels gelangen, denn jäh lebte in ihm der Gedanke wieder auf, diese Schandtat zu rächen. Aber er wußte, bei diesem Gegner mußte er vorsichtig sein.

»Und du kannst dich an nichts erinnern?«

»Alles liegt im dunkeln.« Paolo sprach zögernd, als müßte er sich sehr anstrengen, überhaupt Worte zu finden. »Wir gingen in einer Gasse, mein Onkel und ich, es war düster und eng, dann kamen uns Menschen entgegen in schwarzen Mänteln, hinter uns hörten wir Schritte, ich bekam Angst, drehte mich um und spürte einen heftigen Schmerz. Um mich her wurde es dunkel, das ist alles, was ich weiß. Viel später erwachte ich auf einer Pritsche. Ein Wunder, ehrwürdiger Vater, ein Wunder. Jeden Tag danke ich Gott dem Herrn für meine Errettung.«

»In der Tat«, murmelte der Kardinal, »scheint dich der Herr zu lieben. Und wie hast du seit dieser Tat dein Leben verbracht?«

»Zunächst arbeitete ich im Kontor von Lorenzo de' Medici, die letzten Jahre ging ich als Gehilfe dem ehrwürdigen Patriarchen von Venedig zur Hand.«

»Maffeo Gherardo, geht es ihm gut?«

»Er ist wohlauf, ehrwürdiger Vater, und hat mich beauftragt, sein Handelskontor in der Ewigen Stadt zu betreuen.«

»Ich wußte gar nicht, daß er eines hat.«

»Ich baue es gerade auf.«

»Da sollten wir uns einmal unterhalten«, brummte der Borgia.

Nach einer langatmigen *disputatio* zwischen einem blassen Dominikaner und einem langweiligen Astrologen über den Einfluß der Gestirne auf das Gelingen kirchlicher Bauwerke hob der *camerlengo* auf einen Wink des Heiligen Vaters die Mittagstafel auf und gab Paolo ein Zeichen, ihm zu folgen. Wenig später kniete Paolo vor Innozenz und wartete mit gesenkten Augen darauf, daß der Herr der Christenheit das Wort an ihn richten würde.

»Unsere Ohren hören vieles. Auch solches, was nicht für sie bestimmt ist. Solches sogar am liebsten.«

Die Stimme des Papstes war noch immer einschmeichelnd, und es schien, als klinge diese Stimme lange nach. Paolo jedenfalls nahm die Stille kaum wahr, die entstand, nachdem Innozenz seine drei kleinen Sätze beendet hatte, und auch für die beginnende Unannehmlichkeit des Kniens hatte er keine Wahrnehmung, weil er über die Bedeutung der Papstworte grübelte. Sein Körper in Demut, hob er den Blick zum Pontifex Maximus und war überrascht, in was für kraftvolle Augen er blickte. Trotz der Müdigkeit, die aus seinem ganzen Körper sprach, fand dieser Papst Gefallen an der Macht, welche ihm sein Amt verlieh.

»Heiliger Vater«, flüsterte Paolo und fixierte Innozenz' Augen, »was immer Ihr über mich gehört habt, es ist nur wahr, wenn es gut katholisch klingt. Seit dem Wunder meiner Errettung fühle ich mich in der Nähe des Herrn und wohlbehütet. Ihm will ich dienen und seinen Dienern auf Erden.«

»Du betreibst Chiromantie, sagt man, und weissagst auf eine Art und Weise die Zukunft, daß einem angst und bange wird.«

»Ich bin kein Prophet, Heiliger Vater, und gehöre nicht in die Riege derer, die den Niedergang der Kirche oder gar den Weltuntergang vorhersagen. Lediglich die Zeichen, die der Herr uns in die Hand schreibt, versuche ich zu lesen und gebe jenen, die es wert sind, verständigen Rat.«

»Erhebe dich und wirf einen Blick auf meine Linke!«

Zögerlich stand Paolo auf und näherte sich dem Päpstlichen Stuhl.

»Komm schon«, raunte Innozenz ungeduldig.

Paolo ergriff die hingestreckte Hand, studierte die Berge und Linien und erspürte die Kraft, die aus der fleischigen Linken strömte.

»Was siehst du?«

»Krankheit sehe ich, Heiliger Vater«, antwortete Paolo gepreßt. »Und einen Anschlag auf Euer Hab und Gut.«

»Was sagst du da, mein Sohn? Naht mein Ende?«

Paolo schüttelte den Kopf.

»Gott ist mit Euch. Ihr werdet gesunden und Euch Eurer Feinde erwehren, Heiliger Vater.«

»Das alles erkennst du an meiner Hand?«

»Ja.«

»Und du behauptest, da ist keine Magie dabei?«

»Keineswegs. Die Chiromantie, so man sie richtig betreibt, ist eine gut katholische Wissenschaft.«

»Du sollst in Venedig nicht nur dem Patriarchen, sondern

auch etlichen Geschäftsleuten mit großem Erfolg die Zukunft vorhergesagt haben. Dabei sollst du zu Ruhm und Reichtum gelangt sein?«

»Manchem habe ich zu dem einen oder anderen Geschäft geraten, das ist richtig. Aber es war stets bezogen auf ein bald bevorstehendes Geschäft, so daß neben dem Erkennen der Zeichen in der Hand auch der Verstand seine Beurteilung einbringen konnte, ob ein Geschäft erfolgversprechend oder gefahrbehaftet war. Und ich habe mich in keinem Fall auf Kosten der Menschen bereichert, sondern mich nur am Gewinn beteiligen lassen, wenn der Erfolg eintrat.«

»Hast dich dabei ebenso zu einem reichen Mann gemacht wie den Patriarchen von Venedig, oder?«

»Maffeo Gherardo hat wie ein Vater für mich gesorgt, ich wollte ihm auf meine Weise Dank sagen.«

»Du wirst deinen Rat für mich und die Meinen zur Verfügung stellen ohne Aussicht auf Gewinn, dann werde ich dafür sorgen, daß du unbehelligt bleibst von Nachforschungen, ob deine Kunst gut katholisch ist.«

»Mit großer Freude werde ich Euch dienen, Heiliger Vater.«

»Geh und suche Franceschetto auf, er benötigt deinen Rat in weltlichen Dingen. Im übrigen halte dich bereit, wenn ich dich rufe!«

Keine zwei Wochen später streckte ein geheimnisvolles Fieber den Papst nieder, und binnen weniger Tage ging das Gerücht, Innozenz werde sterben. Die gesamte Stadt geriet in Aufruhr, Rom bewaffnete sich. Die großen Familien stellten Söldner ein. Der Sohn des Papstes eilte in den Vatikan, um möglichst viele der dort lagernden Kostbarkeiten an sich zu reißen. In Windeseile ließ Franceschetto wertvolle Vasen und Kelche aus den päpstlichen Räumen tragen und machte sich daran, die Schatzkammer zu plündern, als sich ihm der Vizekanzler mit einigen weiteren Kardinälen in den Weg stellte. Innozenz unterdessen warf sich im Fieberwahn auf seinem Bett hin und her und verzweifelte an seinem Leben. In einem der wenigen lichten Augenblicke ließ er Paolo zu sich rufen und streckte ihm zornig die Hände entgegen.

»Du hast gesagt, ich werde gesunden«, röchelte er.

Paolo kniete nieder, küßte den Ring und ergriff die Hand. Trotz der Schwäche des Körpers und der Hoffnungslosigkeit des Geistes fühlte sich die Hand lebenstüchtig an, und der Verlauf der Lebens- und Schicksalslinie zeigte, daß sich das Leben des Papstes noch nicht erschöpft hatte.

»Heilige Maria, Mutter Gottes«, flüsterte Paolo, »steh mir bei!«

Der Papst wurde kreidebleich.

»Steh mir bei, du Schmerzensreiche, daß ich nicht irre.«

Innozenz stöhnte.

»Ihr habt nichts zu befürchten, Heiliger Vater, außer der Raffsucht Eures Sohnes, der sich anschickt, Eure Räume zu plündern. Lediglich einige Kardinäle wachen über Euer Vermögen und den Sultansbruder, welchen Franceschetto allzu gern in seine Gewalt bekäme.«

Innozenz gurgelte einen Zorneslaut in die Welt hinaus, dann fiel er ermattet in die Kissen zurück. Paolo konnte sich denken, daß den Pontifex Maximus die Aussicht äußerst aufregte, sein Sohn könnte sich des wertvollsten Gefangenen bemächtigen, den der Vatikan je beherbergt hatte. Schließlich erinnerte sich noch alle Welt an den eigenartigen Prunkzug, mit dem Prinz Djem in die Engelsburg eingezogen war, wo er einerseits ein teures Unterpfand dafür war, daß die Türken mit dem Papst Frieden hielten und andererseits der Sultan sicher war, daß ihm sein Bruder nicht nachstellen konnte. Angesichts der horrenden Summe, welche der Sultan Jahr für Jahr an den Papst für die Gefangenhaltung Djems zahlte, war auch jedem klar, welcher Zweck bei dieser besonderen Kerkerhaft überwog. Paolo grinste bei diesen Gedanken in sich hinein und beruhigte den Kranken: »Schlaft, Heiliger Vater, und gönnt Euch die Ruhe, die Ihr benötigt. In zwei Tagen werdet Ihr genesen sein.«

Just als Paolo diese Weissagung wagte, jagte wie ein Lauffeuer die Nachricht durch die Stadt, der Papst sei tot. Sofort machten sich die ersten Horden auf die Suche nach Häusern, die zu plündern sich lohnte, und ebenso rasch umringten Söldner die Palazzi der großen Familien, die Handelskontore und Patrizierhäuser, um sie vor dem Pöbel zu schützen. Viele liefen zum Vatikan, um die neuesten Nachrichten aufzuschnappen, und so verwandelte sich die Stadt innerhalb weniger Stunden in einen aufgeregten Hexenkessel. Unterdessen riegelte der Vizekanzler mit ergebenen Söldnern die Gemächer des Pontifex Maximus ab und sorgte gemeinsam mit Giuliano della Rovere und Raffael Riario für die Sicherheit Prinz Djems. Nachdem Vatikan und Engelsburg gegen Übergriffe gewappnet schienen, betrat Rodrigo de' Borgia die Gemächer des Papstes und war erstaunt, als er Innozenz mit einem friedlichen Lächeln in den Kissen liegen sah, Paolo an seiner Seite.

»Du hier?«

»Ehrwürdiger Vater, Seine Heiligkeit hat mich rufen lassen. Seid unbesorgt, dem Heiligen Vater geht es besser, als Ihr denkt.«

»Du übst dich in Prophetie?«

»Ich habe die Zeichen erkannt, die der Herr gegeben hat, ehrwürdiger Vater.«

»Also stimmt, was ich über dich sagen hörte – du bist ein Magier und Chiromant. Weißt du, was die Kirche mit solchen wie dir anstellt?«

»Ehrwürdiger Vater, ich bin so gut katholisch, wie man es nur sein kann. Würde sonst der Heilige Vater nach mir rufen?«

»Seine Heiligkeit ist bekannt für manche Grille«, erwiderte der Vizekanzler in einem abfälligen Ton. »Doch sag, meinst du es ernst damit, es gehe ihm besser, als wir denken?«

Paolo schaute den Kardinal fest an und nickte.

»Geh jetzt, aber halte dich bereit für eine Unterredung mit mir.«

Der Papst erholte sich, legte die tägliche Arbeit in die Hände seines *camerlengo* und reiste nach Ostia. Kaum hatte er Rom verlassen, forderte der Vizekanzler Paolo auf, vor ihm zu erscheinen. Paolo zögerte nicht, diesem Befehl zu folgen.

»Als niemand an seine Genesung glaubte, hast du es gewagt, sie vorherzusagen. Der *medicus* des Heiligen Vaters hat mir versichert, daß die Wahrscheinlichkeit zu sterben ein Vielfaches höher gewesen sei als die Wahrscheinlichkeit zu gesunden. Woher nahmst du die Gewißheit, mit der du mir am Krankenbett Auskunft gabst?«

»Ich habe die Zeichen erkannt, die der Herr gegeben hat«, gebrauchte Paolo dieselben Worte wie vor wenigen Tagen.

»Gut«, knirschte Rodrigo de' Borgia, »dann sieh dir die Zeichen an, die der Herr für mich bereithält!«

Er streckte Paolo beide Hände entgegen.

»Nur die Linke, ehrwürdiger Vater«, bat Paolo und schlug die Augen nieder. Dann ergriff er die kräftige Hand mit den erstaunlich langen Fingern und spürte sofort die unbändige Kraft, die diesem Mann innewohnte. Fasziniert betrachtete er den hochaufgewölbten Venushügel, der von einem lebhaften Trieb kündete, und die zielstrebige Schicksalslinie, die fast ohne Abweichung zum Marsfinger zog. Lediglich einmal fand sich eine Krümmung und Verästelung, die Paolo an der rechten Hand überprüfte. Wenn diese Abweichung vom geraden Weg für das Konklave nach Sixtus IV. stand, dann zeigte sich das Ziel des Spaniers unverhohlen: Rodrigo de' Borgia würde den Stuhl Petri erklimmen, und zwar bald. Paolo erschrak. Der Mann, den er für den Tod seines Onkels verantwortlich machte, würde in wenigen Jahren der mächtigste Mann der Christenheit und auf immer seiner Rache entzogen sein. Im Gegenteil, er mußte die Rache des Spaniers wegen der vor sechs Jahren vereitelten Papstwahl fürchten. Paolo ließ die Hand des Vizekanzlers los und starrte auf den Boden.

»Was ist? Was siehst du?«

»Ehrwürdiger Vater, erspart mir die Antwort, ich flehe Euch an!«

»Mein Gott«, entfuhr es dem Borgia, und er erblaßte. »Ist es etwas Schreckliches, das du siehst?«

»Es ist Gotteslästerung, ehrwürdiger Vater. Erspart mir die Antwort.«

»Du wärst der erste, der einem Borgia eine Antwort schuldig bleiben dürfte. Egal, welche Zeichen du siehst, erkläre sie mir!«

Paolo kniete nieder, legte seine rechte Hand auf sein Herz und blickte den Spanier unverwandt an.

»Was ist? Worauf wartest du noch?«

»Ehrwürdiger Vater, der Herr wird Euch auserwählen! Verzeiht meine Worte!«

Rodrigo de' Borgia öffnete den Mund und brachte keinen einzigen Ton hervor. Sein Gesicht wurde fahl wie der Morgenmond. Seine Hände begannen zu zittern, als er sie vor sein Gesicht schlug. Seine Schultern zuckten. Der stattliche Mann schluchzte und schwieg. Paolo kniete wie versteinert vor dem Kardinal und überlegte fieberhaft, ob es ein Fehler gewesen war, dem Borgia die Wahrheit zu sagen. Was, wenn er sich irrte? Aber nein, er irrte nicht. Gäbe es einen Gott, der Irrtum wäre gewiß. Aber so? Da war kein Gott, die Schande zu verhindern, daß dieser Mann zum Oberhirten der Christenheit aufstieg. Rodrigo de' Borgia würde den Stuhl Petri besteigen, daran gab es keinen Zweifel. Und er, Paolo, mußte versuchen, daraus das Beste zu machen.

»Vor wenigen Tagen erst habe ich wieder von der Eule geträumt, wieder hat sie mir einen Thron vorhergesagt«, flüsterte der Vizekanzler und nahm langsam die Hände von seinem Gesicht. In die fleischigen Hamsterbacken kehrte Blut zurück, die Lippen füllten sich mit Rot, die Augen erhielten einen seidigen Glanz. »Wenn deine Vorhersage eintrifft, Scalieri, wirst du in Rom ein gutes Leben haben. Doch bis dahin zu niemandem ein Wort, verstanden?«

In den nächsten Wochen verbreiteten sich die schlimmsten Prophezeiungen, die jemals in der Ewigen Stadt gehört worden waren. Aus allen Löchern krochen selbsternannte Propheten des Weltuntergangs, stellten sich vor die Pilgerkirchen und verkündeten den Umsturz alles Bestehenden. In weniger als drei Jahren werde die Macht der Priester gebrochen, höhnte ein wirrer Prediger vor Sancta Maria ad Martyres. »Die Kinder dieses Papstes und aller früheren Päpste werden auf dem Scheiterhaufen verglühen«, schrie er Fäuste schüttelnd in die Menge der gaffenden Römer, »wenn sie nicht schon vorher der kalte Stahl eines Rächers trifft, wie den hundsföttischen Girolamo, der die Welt geschändet hat mit seinen Untaten. Tod und Verderben wird über sie alle kommen, die sich jetzt suhlen in der Mißwirtschaft des Heiligen Stuhls wie Säue im Schlamm«, zeterte der hohläugige Prophet und spuckte den Söldnern des Papstes ins Gesicht, die ihn vor aller Augen gefangennahmen. Ein Endzeitprediger nach dem anderen verschwand in den Verliesen der Engelsburg, aber wie bei einer Rattenplage folgten auf jeden Verhafteten zwei neue Unheilverkünder, die auf jedem der sieben Hügel der Stadt aus der Offenbarung des Johannes predigten. Monatelang war das Leben in Rom aus den Fugen, ehe ein wiedererstarkter Innozenz mit Hilfe einiger Kardinäle die Stadt von den Geiferern säubern ließ.

Paolo lebte in diesen Monaten zurückgezogen in seiner Villa und diente abwechselnd dem Papst und dem spanischen Kardinal als Ratgeber, stets darauf bedacht, keinen der beiden in ihren Erwartungen zu enttäuschen. Innozenz schien seit seiner schweren Krankheit stärker zu sein denn je und suchte eine Entscheidung in dem jahrelang schwelenden Streit mit dem König von Neapel. Um Verbündete zu gewinnen, wollte er weitere Kardinäle ernennen und befragte Paolo um seinen Rat.

»Wen soll ich in Purpur kleiden, mein Sohn, zu aller Frommen und meinem Nutzen?«

»An wen habt Ihr gedacht, Heiliger Vater?«

»Da ist zum einen Federigo Sanseverino, dessen Vater für mich schon in manche Schlacht gezogen ist. Dann denke ich an Giovanni de' Medici, für dessen Anerkennung im Bischofsamt du dich vor einigen Jahren selbst eingesetzt hast. Und weil es mich viel Geld kostet, mein Amt zum Wohle aller zu bekleiden, würde ich gern einen wohlhabenden Mann zum Freund haben. Was meinst du?«

»Federigo Sanseverino ist eine kluge Wahl«, erwiderte Paolo, der den Fürstensohn weder kannte noch bisher von ihm gehört hatte. »Giovanni de' Medici aber wäre ein Glücksgriff der besonderen Art, Eure Heiligkeit, Ihr würdet Florenz für alle Zeiten gewinnen.«

Dabei schauderte Paolo vor dem Gedanken, eines Tages dem Sohn *Il Magnificos* bei der Feier der Amtseinführung gegenüberzutreten, ohne vorher seine eigene Angelegenheit mit Lorenzo de' Medici ins reine gebracht zu haben. Immer noch fürchtete er den Zorn des Herrn von Florenz, und er überlegte fieberhaft, wie er die Gunst der Stunde nutzen könnte, um die Freundschaft Lorenzos zurückzugewinnen.

»Nun?« fragte der Papst, als Paolo zu lange schwieg.

»Würdet Ihr, Heiliger Vater, mir die Freude bereiten, mich zu Lorenzo dem Prächtigen zu schicken, um ihm die frohe Botschaft zu überbringen?«

»Du willst deinen Frieden mit den Medici machen, stimmt's?« Der Papst lächelte verschmitzt. »Ich weiß von deinem Mißgeschick in Volterra!«

Paolo atmete hörbar ein.

»Du mußt nicht erschrecken. Ich mache dich zum Überbringer der guten Kunde, dann wird dir der Medici verzeihen. Doch nun sprich, wen du mir als besonderen Freund empfiehlst.«

»Maffeo Gherardo, Eure Heiligkeit.«

Der Papst nickte, und von leichter Hand war eine weitere von Paolos Prophezeiungen eingetreten.

* 14 *

Pater Stefano war aus Neapel zurückgekommen, und er war viel weniger verstockt, als Raul Barca befürchtet hatte. Die Schlinge um den Hals genügte, um dem Dominikaner die Zunge zu lösen und Rauls Verdacht zu bestätigen. Das Traktat über den Anfang vom Anfang war nie kopiert worden. Vielmehr hatte Stefano, als er über die Heimlichkeit, mit der die Abschrift gefertigt werden sollte, im Bilde war, beschlossen, seine Belohnung einfacher zu verdienen und dabei auch noch die Gefahr zu verringern, ertappt zu werden. Da das Traktat sowieso aus der Bibliothek geschmuggelt werden mußte, weil der Auftrag nicht im Verzeichnis erscheinen durfte, war es viel gefährlicher, beim Kopieren beobachtet zu werden, als später einfach die Handschrift als Abschrift auszugeben. Raul ermahnte den geständigen Mönch, das Geheimnis zu wahren, und ließ ihn laufen. Dann setzte er seine Nachforschungen innerhalb des Palazzo Borgia fort und kam zu einem hinlänglich begründeten Verdacht, über den er den Kardinal informieren mußte.

Raul war überrascht, wie heiter Rodrigo de' Borgia an diesem Vormittag wirkte, obwohl seine Geliebte nicht in der Stadt weilte und der Kardinal fast immer übellaunig war, wenn er die bezaubernde Giulia Farnese nicht in seiner Nähe wußte.

»Was führt dich zu mir, mein Sohn?«

»Das Traktat über das Pentagramm, ehrwürdiger Vater.«

»Was ist damit? Hast du das Buch endlich gefunden?«

»Sicherheit gibt es nicht« antwortete Raul zögernd. »Aber ich habe einen Verdacht.«

»Sprich!«

»Von dem Traktat wurde nie eine Abschrift gefertigt.«

»Was war es dann, das du mir vor Jahren brachtest?«

»Es war der Foliant von Papst Nikolaus, gestohlen aus der Biblioteca Apostolica Vaticana. Ich habe Euch, ohne es zu wissen, das Original gebracht.«

»Dann ist das wertvolle Traktat aus meiner Bibliothek verschwunden? Schande!« Aufgebracht schüttelte der Kardinal die Faust. »Wer war das? Ich will das Buch haben und den Dieb.«

»Ich habe eine Vermutung.«

»Heraus mit der Sprache! Den Kerl werde ich abstechen lassen.«

»Gemach, ehrwürdiger Vater«, beschwichtigte Raul. »Es könnte sein, daß Ihr dem Täter verzeiht.«

»Dem Täter verzeihen?«

Raul drehte die Handflächen nach oben und blickte den Kardinal mit einem Gesichtsausdruck an, als wolle er für einen Todgeweihten um Gnade bitten.

»Wer ist es?« knurrte Rodrigo de' Borgia.

»Es ist nur eine Vermutung …«

»Den Namen!«

»Cesare«, flüsterte Raul.

Der Kardinal riß die Augen auf. Er schwankte ein wenig, und Raul befürchtete für einen kurzen Augenblick, von einem Bannstrahl des Zorns getroffen zu werden. Doch wider alle Erwartung huschte ein Lächeln über die fleischigen Lippen Rodrigo de' Borgias.

»Er hat das Zeug zu einem echten Borgia!« Es war Stolz, der aus diesen Worten klang. »Was gedenkst du zu tun?«

»Mit Eurer Erlaubnis würde ich mich in Cesares Gemächer schleichen und nach dem Buch suchen. Wenn es sich bei Eurem Sohn befindet, werde ich es Euch übergeben, und Ihr könnt entscheiden, wie Ihr den Täter tadelt. Finde ich das Traktat nicht, ging mein Verdacht fehl, und Ihr entscheidet, ob Ihr meine Dienste noch in Anspruch nehmen wollt.«

»Du bist mir sehr ergeben, Raul Barca«, entgegnete Rodrigo de' Borgia, »und hast mir manchen guten Dienst geleistet. Wir werden noch viele Aufgaben zu bewältigen haben. Jetzt geh und besorge mir das Buch!«

Erleichtert kehrte Raul in seine Kammer zurück und

überlegte, wann er mit der Durchsuchung von Cesares Räumen beginnen sollte. Der junge Protonotar, vom Vater bereits zum künftigen Bischof von Pamplona ausersehen, studierte zur Zeit an der Universität Pisa, wo er im Palazzo eines Borgiafreundes über mehrere Räume verfügte, in die einzubrechen nicht einfach werden würde. Vielleicht aber hatte er das Traktat in seinen römischen Gemächern liegen. Hier jedenfalls würde Raul zuerst suchen, und da er nun die Erlaubnis des *pater familias* hatte, mußte er sich nicht allzusehr vor Entdeckung fürchten. Andererseits war ihm außerordentlich an Heimlichkeit gelegen, denn insgeheim plante Raul, mit dem Traktat nach Florenz zu reisen, um Lavinia darin lesen zu lassen. Wenn ich ihr das Buch bringe, dachte er hoffnungsvoll, wird sie sich mir zuwenden. Dazu mußte er das Traktat heimlich in seinen Besitz bringen und etwas Zeit gewinnen, ehe er das Buch Rodrigo de' Borgia aushändigen konnte. Im übrigen fürchtete er Cesare Borgia mehr als jeden anderen Gegner. Vanozzas zweitgeborener Sohn blickte mit Neid auf das glanzvolle Leben, das sein älterer Bruder Don Juan seit kurzem führte, der zum Herzog von Gandiá ernannt worden war und eine Vermählung mit Don Pedros ehemaliger Verlobten in Aussicht hatte. Cesare dagegen war von seinem Vater früh für die geistliche Laufbahn bestimmt worden, die seinem aufbrausenden Gemüt keineswegs zupaß kam, und nur mit Mühe und wegen der inständigen Bitten seiner Mutter gehorchte er den väterlichen Anweisungen. Wenn ihn dieser Feuerkopf dabei ertappte, wie er seine Gemächer durchsuchte, dann war schwerlich mit Nachsicht zu rechnen, allein das Wort des Vaters konnte Raul dann noch retten.

* 15 *

Stärker als in Rom spürte Paolo in Florenz die düstere Stimmung. Mehr noch als die verarmten Straßenprediger der Ewigen Stadt bewirkte ein Dominikaner mit seinen Strafpredigten in Santa Croce eine tiefe Verunsicherung der Menschen, die sich nach ihrem kleinen Glück auf Erden sowie dem Paradies im Jenseits sehnten. Doch was war schon dieses kleine Glück? Auf seinem Ritt von Rom hatte er die Ohren offengehalten und den Fuhrleuten in den Gasthäusern ebenso wie den Krämern und vagabundierenden Söldnern gelauscht, die gern einen Wildschweinbraten aßen und süffigen Wein dazu tranken, beim Würfeln gewinnen und im Badhaus ein dralles Weib abgreifen wollten. Sie wünschten sich bessere Straßen und ehrlichere Zolleintreiber, eine brave Frau zu Hause und gesunde Kinder. Aber Wildschweine gab es in erster Linie für Adlige und Patrizier, vom harzigen Wein brummte einem anderntags der Schädel, die Würfel fielen meist auf die falsche Seite, die Straßen waren übersät mit wagengroßen Löchern und morastigen Rinnen, die Zolleintreiber waren gierig und bestechlich, die Frau zu Hause übellaunig, die Kinder krank, und die drallen Weiber im Badhaus kannten ihren Wert, da blieb für den einfachen Mann nur das häßliche Waschweib, das sich mit geübten Handgriffen im trüben Waschwasser einen zusätzlichen *quattrino* verdiente. Was hatten die Männer schon außer der Aussicht auf das Paradies? Wenn die Hurensöhne in Purpur das auch noch in Gefahr brachten, dann geriet die Welt aus den Fugen. Solche Männer waren ein gefundenes Fressen für die Verführer vom Schlag eines Girolamo Savonarola. Alle, dachte Paolo, während er sein Pferd in die Via Larga lenkte, machen ihr Geschäft mit diesem Gott, und hoffte dabei, daß auch sein Handel mit dem Heiligen Vater gewinnbringend ausging und er mit Lorenzo de' Medici zu einem neuen Einvernehmen gelangen würde.

»Du trittst mir also wieder unter die Augen«, empfing ihn *Il Magnifico*, und in seiner gepreßten Stimme lag ein spöttischer Ton. Doch nicht darüber erschrak Paolo, sondern über die schmerzverzerrte Körperhaltung des Medici, dessen Erscheinung inzwischen weit davon entfernt war, noch für prächtig gehalten zu werden. Die Gicht hielt den Herrn von Florenz im Würgegriff. Paolo kniete vor dem Kranken nieder, faßte in die Innentasche seiner Jacke und holte das päpstliche Breve hervor.

»Erlaubt mir, Euch dies zu überreichen, *Magnifico Messere*«, sprach Paolo mit ernster Stimme. »Euren Auftrag habe ich damit endgültig erfüllt und erbitte im Gegenzug die Freisprechung von Pflichten und Fehlern.«

»Welchen Auftrag?« fragte Lorenzo de' Medici neugierig und streckte die Hand nach dem prunkvoll versiegelten Schreiben aus. Seine Augenbrauen hoben sich leicht, als er das Siegel erkannte. Lächelnd erbrach er es und faltete das Schreiben auf. Jäh sprang Glanz in die müden Augen. »Ja, du bist der Überbringer einer sehr guten Nachricht. Nichts habe ich in den letzten Jahren mehr ersehnt als diesen Brief. Giovanni ist Kardinal, und bald schon kann er im Triumph nach Rom ziehen. Scalieri, ich spreche dich frei!«

Paolo dankte und erhob sich langsam.

»Nun vergiß deine Zerknirschung und setz dich an meine Seite«, forderte ein jetzt beinahe übermütiger Medici ihn auf. »Erzähl mir von deinen Eskapaden, nachdem du aus Palermo geflohen bist. Verrate mir vor allem, wie du es geschafft hast, der engste Berater Maffeo Gherardos zu werden. Seit ich das weiß, bewundere ich dein Geschick. Nun kann ich die Geschichte endlich aus deinem Mund hören.«

Er hat also all die Jahre über mich Bescheid gewußt, dachte Paolo, setzte sich aufatmend auf den Stuhl schräg gegenüber und erzählte von seiner Flucht aus Palermo, seinen langen Monaten auf der Piratengaleere und der Zeit in Venedig. Als er seinen Bericht beendet hatte, streckte Lorenzo seine linke Hand aus.

»Lies«, bat er leise.

Als Paolo die abbrechende Lebenslinie sah und zugleich die abfließende Lebenskraft spürte, hielt er den Atem an und überlegte fieberhaft, was er dem Herrscher von Florenz sagen sollte. Um Zeit zu gewinnen, vertiefte er sich intensiv in das Studium der Handlinien. Was für eine kräftige Schicksalslinie, und was für ein Jammer, daß diese Kraft so rasch verlorenging. Paolo haderte mit der Antwort. Tief im Innern hatte er sich die Zuneigung zu Lorenzo de' Medici bewahrt, und er spürte Trauer über den bevorstehenden Verlust.

»Vor einer endgültigen Antwort, *Magnifico Messere*, muß ich die Zahlen zu Rate ziehen und Euer Lebensquadrat berechnen. Gebt mir ein paar Tage Zeit.«

»Wenn du meinst«, entgegnete Lorenzo und bemühte sich erst gar nicht, seine Enttäuschung zu verbergen. »Du willst mir nicht die ganze Wahrheit sagen?«

»Die Zeichen in Eurer Hand machen wenig Mut, aber ich sehe das Ende nicht. Mit Eurem Lebensquadrat werde ich die Zeichen besser deuten können.«

»Was ist ein Lebensquadrat?«

»Man setzt die wichtigen Lebensdaten eines Mannes in ein magisches Quadrat, und zwar dergestalt, daß die Harmonie des magischen Quadrats erhalten bleibt. Je nach Fragestellung sucht man dann die das Quadrat ergänzende Zahl, also zum Beispiel das Jahr des größten Erfolges oder der vernichtendsten Niederlage.«

»Du verwirrst mich. Wie muß ich mir ein magisches Quadrat vorstellen?« fragte Lorenzo de' Medici verwundert.

»Ein magisches Quadrat besteht aus Zahlen, die sich in der Senkrechten, in der Waagerechten und in der Diagonale jeweils zur gleichen Summe ergänzen«, antwortete Paolo, holte ein Stück Kreide aus seiner Jackentasche und schrieb damit die Zahlen von eins bis neun in Form eines Quadrates auf den Boden. Links oben stand die Vier, daneben die Neun und die Zwei, darunter schrieb er von links nach rechts die Drei, die Fünf und die Sieben, und wieder darunter die Acht, die Eins und rechts unten die Sechs.

»Seht Ihr, jede Reihe und jede Spalte ergibt die Summe fünfzehn, ebenso die Diagonale von links oben nach rechts unten.«

»Die andere Diagonale ergibt ebenfalls fünfzehn«, bekräftigte der Medici. »Sonderbar. Geht das mit größeren Quadraten auch?«

»Magische Quadrate gibt es in jeder Größe«, erwiderte Paolo und zeichnete mit seiner Kreide ein Quadrat mit jeweils fünf Zahlen auf, das bereits sehr verwirrend aussah. Lorenzo legte seine Stirn in Falten und rechnete rasch die einzelnen Reihen und Spalten nach. Verblüfft teilte er das Ergebnis mit: »Jede Zeile ergibt fünfundsechzig. Sonderbar.«

»Das sind die magischen Quadrate, *Magnifico Messere*. Wenn Ihr wollt, werde ich ihr Prinzip einmal in Eurer Gelehrtenrunde vorstellen.«

»Ficino wird staunen. Nun gut, fertige von meinen Lebensdaten ein magisches Quadrat an und beantworte mir die Frage, wie lange ich noch zu leben habe.«

»Mit einer guten Heilerin länger als ohne sie.« Paolo war nicht minder von diesem Satz überrascht als Lorenzo de' Medici, denn zwar hatte er schon eine Weile daran gedacht, den Herrn von Florenz nach Lavinia zu fragen, doch wollte er sich diese Frage für ihr nächstes Treffen aufsparen, um nicht den Eindruck zu erwecken, an Lavinia ein besonderes Interesse zu haben.

»Pierleone ist mein neuer *medicus*. Die Heilerin hat die Via Larga verlassen.«

»Ihr habt Lavinia ziehen lassen?«

»Sie sagte, sie könne mir nicht mehr helfen, und gab mich deshalb in die Hände eines gelehrten Arztes, damit nichts versäumt werde.«

Sie hat seine abnehmenden Kraftströme gespürt, dachte Paolo, und sich davongemacht, ehe später jemand auf den

Gedanken verfällt, sie für den Tod des Prächtigen verantwortlich zu machen. Sie war schon immer eine schlaue Person.

»Wißt Ihr, wo sie sich jetzt aufhält?«

»Warum?«

»Ich habe sie … gemocht und … geschätzt.«

Lorenzo de' Medici lachte. Paolo blickte ihn fragend an.

»Wann hast du sie zuletzt gesehen?«

»Als ich Rom verließ, um Euch die Nachricht vom Heiligen Vater zu überbringen, daß er Euren Sohn im Bischofsamt bestätigt.«

»Seither nicht mehr?«

»Nein.«

»So weißt du nicht, daß sie eine Tochter hat?«

»Eine Tochter?«

»Ja, eine Tochter. Ich glaubte schon, du wärst der Vater, aber so …«

»Wie alt ist das Kind?« unterbrach Paolo den Medici.

»Ungefähr fünf.«

»Wo ist sie?«

»In deiner Heimatstadt, ganz in der Nähe meines kleinen Palazzo.«

»Mit wem?«

»Mit deinem Freund Michele.«

Er nahm die Einladung an, im Palazzo Medici zu wohnen, und unterdrückte seinen jähen Zorn auf Michele ebenso wie die Regung, unverzüglich dorthin aufzubrechen. Er mußte zuerst seine Pflichten in Florenz erfüllen. Das hieß, ein Lebensquadrat für Lorenzo de' Medici zu entwerfen, das Raum ließ für ein wenig Hoffnung, zumal Paolo glaubte, noch kein dringendes Fliehen der Lebenskraft ertastet zu haben; mehr als ein Jahr würde er dem schwer Gichtgeplagten allerdings nicht mehr zumessen können. Darüber hinaus mußte er versuchen, mit Giovanni de' Medici über mögliche Feierlichkeiten anläßlich der Erhebung in den Kardinalsrang zu sprechen, denn wenn Paolo seine zukünftige Stellung in Rom festigen wollte, war es dringend notwendig, in den Kreis des frischgebackenen Medicikirchenfürsten aufgenommen zu werden. Erst danach und mit ausdrücklicher Billigung der Reise durch den Herrn von Florenz konnte er sich auf den Weg machen, um Michele zur Rede zu stellen. Wie konnte sich der Freund nehmen, was ihm gehörte? Wie die springenden Bäche der Schneeschmelze das eine oder andere zu Tage bringen, deckte diese Nachricht die Erinnerung an den Traum vom *Alef* wieder auf und damit zugleich die Zweifel, die Paolo gegen die Verläßlichkeit seines Freundes nach seiner Flucht aus Palermo gehegt hatte. Mindestens genauso schmerzte ihn dessen Untreue, denn auch Michele, so sah es Paolo wie selbstverständlich, gehörte ihm. Er durfte sich keinem anderen Menschen zuwenden, und natürlich auf keinen Fall Lavinia.

Mit den Pflichten, die in Florenz zu erfüllen waren, gingen viele Wochen ins Land, und bis es Paolo endlich gelungen war, sich einen Platz im Gefolge Giovanni de' Medicis zu sichern, hatte ein heißer Sommer Tuszien fest im Griff. Paolo war unschlüssig, ob er zunächst in seine Heimatstadt reiten und dort einige Dinge mit seinem Onkel Abramo besprechen sollte, immerhin konnte es jetzt, da er sein Leben in die Bahnen gelenkt zu haben schien, die er für angemessen hielt, nicht schaden, die Familienbande ein wenig enger zu knüpfen. Andererseits brannte er darauf, Lavinia und Michele wiederzusehen und mit Michele wegen dessen Verrat abzurechnen. Und gleichzeitig fürchtete er, den Freund aus den Kinder- und Jugendtagen endgültig zu verlieren. Da sich sein Groll in den zurückliegenden Wochen etwas gelegt hatte, waren Zorn- und Rachegedanken weniger bestimmend als in dem Moment, da er von Lorenzo erfahren hatte, daß Lavinia und Michele zusammenlebten. Vielleicht war es das Beste, was geschehen konnte, dachte Paolo in den Augenblicken, die ihn milde gestimmt fanden;

aber es gab genügend Momente, da die Wut immer noch groß war.

Schließlich brach er auf, und als er zum Stadttor hinausritt, nahm er die Straße nach Pisa.

* 16 *

Gemeinsam mit dem Käufer, einem zu etwas Vermögen gekommenen Kleinhändler, standen Michele und Lavinia ein letztes Mal auf dem Dach des Hauses am Hafen und blickten aufs Meer hinaus.

»Dieser Blick wird mir fehlen. Er erinnert mich an den Blick vom Dach meines Elternhauses und macht die Träume lebendig, die ich als kleiner Junge hatte.«

Lavinia legte ihren Arm um Micheles Hüfte und schaute ihn fragend an.

»Eigenartig – manche sind in Erfüllung gegangen, manches hat sich ganz anders entwickelt. Ich stehe einem Handelskontor vor, das weitverzweigte Beziehungen unterhält, und habe an meiner Seite eine wunderbare Frau. Unversehens ist mir die Gabe der Bildhauerei zugefallen, und in Zukunft kann ich in meiner eigenen Werkstatt den Marmor nach meinen Vorstellungen gestalten. Aber der bewunderte Freund aus Kindheit und Jugend ist mir abhanden gekommen.«

»Michele ...« Lavinia zögerte.

»Ja?«

»Ehe wir heiraten ...«

»Im Oktober, das ist versprochen?«

Der Kleinhändler hatte das Dach schon verlassen, und Lavinia drehte sich zu Michele und umarmte ihn.

»Vorher mußt du mir eine wichtige Frage beantworten.«

»Gern. Was möchtest du wissen?«

»Wer hat Antonio Scalieri ermordet?«

»Paolos Großvater?« Michele schaute Lavinia mit großen Augen an. »Das war unmittelbar nach meiner Geburt. Wie soll ich das wissen?«

»Die Stadt hat immer wieder darüber gesprochen, an keiner der großen Familien ist diese Frage vorbeigegangen.«

»Es hieß, eine Hexe sei es gewesen, eine Hebamme, die vor der Stadt gehaust habe. Man hat sie nie gefunden.«

»Warum sollte eine Hebamme Paolos Großvater ermorden?«

»Das weiß ich auch nicht«, gab Michele zu und schaute Lavinia immer noch verständnislos an.

»Antonio Scalieri hatte die Hebamme für ihre Dienste bezahlt, welchen Gewinn hätte sie von seinem Tod erhoffen können?«

»Vielleicht ist sie für die Tat von einem anderen bezahlt worden.«

»Das könnte sein. Dann müßten wir herausfinden, wer für die Tat bezahlt hat, denn der wäre der wahre Täter, findest du nicht?«

»Ich weiß nicht …«, entgegnete Michele matt.

»Warum hat dein Vater zu dir gesagt: ›Du mußt die Brut ausrotten, du mußt vollenden, was ich begann‹?«

»Mein Vater haßte die Scalieri, er wollte, daß unser Haus unter meiner Leitung endgültig das der Scalieri in den Schatten stellt.«

»Hältst du es für möglich, daß dein Vater den Mord an Antonio Scalieri in Auftrag gegeben hat?«

»Hm. Ich weiß es nicht. Warum ist dir das so wichtig? Wir haben darüber doch noch nie gesprochen.«

»Ehe wir heiraten, muß ich die Antwort wissen.«

»Warum?«

»Jene Hebamme – war meine Mutter.«

Michele trat einen Schritt zurück.

»Und ich bin sicher«, fuhr Lavinia fort, »daß sie Antonio Scalieri nicht vergiftet hat, weder aus eigenem Antrieb noch im Auftrag eines anderen. Sie war eine gute Frau – und: Sie hat auch dich zur Welt gebracht.«

Michele nahm Lavinia in seine Arme, legte ihren Kopf gegen seine Schulter und flüsterte: »Ich glaube dir. Wenn es dir wichtig ist, werde ich meinen Onkel fragen.«

Auf dem Weg zurück in die Stadt bat Lavinia, am *Duomo* Santa Maria Assunta vorbeizugehen, und als sie neben dem Baptisterium standen und auf den hinter dem Dom hervorragenden Campanile blickten, traten ihr Tränen in die Augen.

»Was ist mit dir?«

»Die Welt ist voller Wunder. Schau dir den schiefen Turm an, wie er sich gekrümmt zum Himmel reckt und seit über hundert Jahren dagegen sträubt, in sich zusammenzufallen.«

»Noch während sie ihn bauten, neigte er sich, und die Baumeister führten ihn mit einem spitzfindigen Ausgleich gekonnt in die Höhe. Ich wußte nicht, daß du dich für Architektur interessierst.«

»Er ist verwunderlich anzusehen, der Campanile. Aber ich interessiere mich nicht für Architektur, sondern für Wunder. Das ganze Leben ist ein Wunder.«

»Ja, das wird es sein.«

»Auch in meinem Bauch«, flüsterte Lavinia.

* 17 *

Raul hatte bei den Benediktinern von San Zeno Unterschlupf gefunden. Während er aus seinem schmalen Zellenfenster über die Stadtmauer auf das freie Feld vor der Stadt blickte, überlegte er, wie er unbemerkt in die Gemächer von Cesare Borgia eindringen könnte. Was er befürchtet hatte, war eingetreten: das Buch hatte sich in Rom nicht finden lassen. Raul mußte das Wagnis eingehen, in Pisa nach dem Folianten zu suchen. Die Entscheidung war ihm, wie er zu seiner Überraschung und Freude erfahren hatte, dadurch erleichtert worden, daß Lavinia in derselben Stadt im Haus eines mit den Borgia befreundeten Händlers lebte, und so hatte sich Raul, während die römischen Patrizier die sommerheiße Stadt verließen, um den August auf ihren Landgütern zu verbringen, auf einer Handelsgaleere nach Norden eingeschifft. Bereits an seinem ersten Tag in der alten Hafenstadt Pisa hatte er den Palazzo Agostini in Augenschein genommen, einen mit Terrakotta-Ornamenten verzierten Backsteinbau unweit der Universität, den man über das Haupttor oder über den Hintereingang betreten konnte. Aber selbstverständlich waren beide Eingänge gut bewacht, und weder konnte sich ein einfacher Benediktiner eine Einladung bei den Agostini erhoffen, noch durfte es der ehemalige Knappe von Don Pedro de' Borgia wagen, bei der Patrizierfamilie vorstellig zu werden, ohne Cesares Argwohn zu wecken. Ich muß mehr über die Familie der Agostini in Erfahrung bringen, dachte er, verließ seine Zelle und schlenderte in die Stadt. Wie von ungefähr führten ihn seine Schritte zum Palazzo de' Medici, und wenig später stand er vor dem Handelshaus der Lungarotti. Er schlug den bronzenen Klopfer gegen das Tor und wartete.

»Was willst du von mir?«

»Du suchst das Traktat über das Pentalpha. Ich habe dir das Buch versprochen.«

»Du besitzt das Buch?«

Raul drehte die Handflächen nach oben.

»Ich weiß, wo es sich befindet, und ich brauche deine Hilfe, es zu bekommen.«

»Was muß ich tun?«

»Erzähle mir etwas über die Familie Agostini.«

»Was willst du wissen und warum?«

»Alles möchte ich wissen. Frage nicht nach dem ›Warum‹. Ich bringe dir dafür das Traktat.«

»Was bist du für ein Mensch?«

»Ich verstehe die Frage nicht.«

»Gib mir Bedenkzeit«, bat sie und lächelte.

Was für ein Lächeln, dachte Raul und kehrte zu den Benediktinern von San Zeno zurück.

Jeden Morgen ging die Köchin der Agostini, begleitet von einer Magd, auf den Markt und belud vier Körbe mit frischen Waren aller Art. Mit Kennerblick schritt sie von Stand zu Stand, prüfte hier die Pilze, dort das Fleisch, roch am Käse und drehte die Eier in der Hand, um sicherzugehen, nur beste Ware zu erhalten. Sie war eine kräftige Frau mit einem breiten Kinn unter einem flachen Gesicht, die Wangen gerötet, die Stirn glatt, und die knubbelige Nase trug ebensowenig zu ihrer Schönheit bei wie die abstehenden Ohren, die aus der Haube ragten. Ihre Augen waren flink und neugierig, und sie hatte zwar große, aber wohlgeformte Hände mit sauber geschnittenen Fingernägeln. Vielleicht, dachte Raul, komme ich über die Köchin in den Palazzo. Er hatte schon einmal gute Erfahrungen mit einer Köchin in Tuszien gemacht, wieso sollte er es nicht wieder versuchen? Mit Hilfe der Köchin war es damals ein Kinderspiel gewesen, die Herbstzeitlosenfäden unter den Safran zu mischen. Bei diesem Gedanken spürte er einen verhaltenen Zorn auf Lavinia, die ihm vor drei Tagen mitgeteilt hatte, das geheime Traktat nicht lesen zu wollen, weshalb sie ihm auch nichts über die Familie Agostini sagen werde. Raul glaubte Lavinia nicht, und er ärgerte sich, daß sie erwartete, das Buch ohne Gegenleistung zu erhalten. Mehr noch ärgerte er sich aber über sich selbst, weil er wußte, er würde ihr das Traktat auf jeden Fall geben. Zunächst aber mußte er das Buch bekommen, und das konnte schwieriger werden als erwartet. Deshalb beobachtete er seit drei Tagen den Palazzo und begleitete die Köchin unbemerkt Tag für Tag auf den Markt.

Heute trug er eine einfarbige Pluderhose und ein schmuckloses Wams. Als einfacher Händler fiel er ebensowenig auf wie die Tage zuvor als Karrenlenker. Er stand schräg hinter der Köchin, als sie die Rippenstücke eines Lamms beim Fleischer prüfte.

»Das war eher ein Hammel, he?«

»Wo denkst du hin, Claudia! Ein zartes Lämmlein war's, wie es Jakob seinem Gott geopfert hat.«

»Bist wohl seit zehn Jahren nicht mehr in der Kirche gewesen, Pazzo, sonst wüßtest du, daß der einen Bock geschlachtet hat.«

»Aber einen jungen Bock, und zart ist der, sage ich dir.«

»Was soll dein Opferbock kosten? Ich nehm' alle Rippenstücke.«

»Was hast du vor?«

»Soll ein Festmahl geben. Die Herrschaft zieht's in die Berge, den jungen Borgia nach Rom, da will man vorher ordentlich schmausen. Gib mir die Rippen für 'nen Florin.«

»Claudia, Claudia! Wo bleibt mein Geschäft, wenn deine Herrschaft weg ist? Zwei Florin ist das mindeste, was du für so ein Lämmchen aus dem Beutel schütteln mußt.«

»Dann nehm' ich den Kopf und zwei Keulen dazu.«

»Nimm doch gleich das ganze Schaf für drei und bring mich in den Schuldturm mit deinem Geiz.«

»Zweieinhalb ist mein letztes Wort«, erwiderte die Köchin, und Raul sah ihre Augen funkeln. Er hatte genug gehört. In zwei Tagen war der Palazzo fast unbewohnt, dann hätte er leichtes Spiel.

Drei Tage später schritt ein Benediktiner auf die Wache am Tor des Palazzo Agostino zu. Kurz vor dem Tor schlug er die Kapuze seines schwarzen Skapuliers zurück. Der Wachmann starrte seinen kantigen Schädel an. Der kurzgeschorene Haarkranz, schlohweiß und strahlend, verlangte Respekt.

»Gott mit dir, mein Sohn. Führe mich zu Signore Cesare, Kardinal Rodrigo schickt mich.«

»Verzeiht, Pater, aber der junge Herr ist vor zwei Tagen weggeritten.«

»Um Gottes willen! Er sollte doch warten, bis ich ihm die

Botschaft des Kardinals überbracht habe. Was mache ich denn jetzt? Ist jemand von der Familie Agostini im Haus, mit dem ich sprechen kann?«

»Die Herrschaften sind ebenfalls abgereist.«

Raul bekreuzigte sich. Sein ratloser Gesichtsausdruck verunsicherte den Wachmann.

»Kann ich irgendwie helfen, Pater?«

»Ich glaube nicht. Was mach ich nur, was mach' ich nur? Vielleicht doch.«

»Ja?«

»Signore Borgia hat zu Studienzwecken ein Buch aus der Bibliothek des Kardinals entliehen, das der Kardinal dringend zurückhaben muß. Sicher befindet sich der Foliant noch in den Räumen des jungen Herrn. Er konnte schließlich nicht wissen, daß sein Vater die Handschrift benötigt.«

»Hm.« Der Wachmann überlegte.

»Ich kenne das Buch, habe es schon mehrfach in der Hand gehabt. Wenn ich in den Gemächern des jungen Herrn nachsehen könnte, es wäre eine Angelegenheit von wenigen Minuten.«

»Kommt, Pater, wir werden den Hausverwalter fragen. Paß mal alleine auf, Nello, ich begleite den Pater zu Nottini.«

Wenig später stand Raul mit Erlaubnis des Hausverwalters in den Räumen Cesare Borgias. Der Foliant stand zwischen mehreren anderen Büchern, derart unbekümmert hingestellt, als handle es sich um ein vollkommen unbedeutendes Buch. Raul nahm die Schrift an sich, dankte und segnete den Wachmann beim Hinausgehen.

Er unterdrückte das dringende Verlangen, das Buch aufzuschlagen und darin zu lesen, zugunsten des noch drängenderen Wunsches, Lavinia mit seiner Beute gegenüberzustehen, und wandte sich vom Palazzo Agostini Arno aufwärts zum Palazzo de' Medici, um wenig später den Bronzeklopfer gegen das Tor der Lungarotti zu schlagen.

Der Diener führte ihn hinauf in den Wohnraum, wo ihn Lavinia kühl empfing.

»Ich sagte, daß ich das Buch nicht mehr lesen will. Ich will mit dir nichts zu tun haben, ich ...«

Raul hielt den Folianten mit beiden Händen vor sich wie eine Opfergabe. Lavinia wurde blaß.

»Nimm dieses Buch und lies das Vermächtnis deines Großvaters!«

»Wer bist du?«

»Vielleicht kommt der Tag zu antworten. Nimm und lies! In drei Tagen hole ich das Buch wieder ab.«

Langsam und wie im Traum verließ er das Handelshaus der Lungarotti, schaute weder rechts noch links, schlenderte versunken am Ufer des Arno entlang und memorierte Schritt für Schritt die wenigen Worte, die Lavinia zu ihm gesprochen hatte. Was für eine Stimme!

* 18 *

Michele stand über dem schwarzen Schlund, in dem der Abwasserkanal der Stadt verschwand, und hielt sich die Nase zu. So mußte es vor vielen Jahren auch gestunken haben, dachte er, als Paolo sich zum Helden aufgeschwungen hatte, weil er durch die Kloake unter der doppelten Stadtmauer hindurchgekrochen war. Vom ersten Augenblick an hatte Michele ihn bewundert, und als sie gemeinsam in der Gruft der Scalieri gestanden hatten, einsame Zeugen der Beisetzung seines Vaters, hatte er sich Paolo so nah gefühlt, daß er gewußt hatte, er war ihm vom Schicksal zugeführt worden. Und wie hatte er später in Florenz die Nähe zu seinem Freund genossen. Immer hatte er in sich große Zärtlichkeit und tiefes Begehren gespürt und gehofft, auch Paolo möge angefüllt sein von dieser Zuneigung. Manchmal hatte er die Wahrheit erkannt, oder das, was er für die Wahrheit hielt, nämlich Paolos Drang, allen Dingen seinen Willen aufzuzwingen und sogar den Lauf der Welt bestimmen zu wollen. Während Michele einer fetten Ratte hinterherblickte, die in den schwarzen Schlund flitzte, erinnerte er sich an die Auseinandersetzung mit Leo um das Bett in der Kammer im Palazzo Medici, erinnerte sich an Paolos unnachgiebige Unerschrockenheit, mit der er den wesentlich Älteren in die Knie gezwungen und später zu seinem Freund gewonnen hatte. Noch einmal spürte Michele die Eifersucht auf Leo, weil er so viele Stunden mit Paolo hatte zusammensein dürfen, um das Jonglieren zu üben.

Dann stellte sich Michele vor, wie es Paolo mit seinen sieben Jahren in dem Schlund ergangen war. Hatte er Angst gehabt vor den Kobolden und Gnomen im Tunnel? Ob es solche Geister überhaupt gab? Oder waren die einzigen Gespenster auf dieser Welt die Sendboten aus der Vergangenheit, die einem irgendwann schmerzliche Wahrheiten überbrachten? So wie heute vormittag sein Onkel Alberto?

»Der alte Antonio mußte verschwinden«, hatte Alberto auf Micheles drängende Nachfrage zugegeben. »Von einem spanischen Geschäftsfreund erfuhren wir den Namen eines Mannes, der besondere Aufträge ausführte. Wir nannten ihm das Ziel und zahlten die vereinbarte Summe. Um mehr mußten wir uns nicht kümmern. Der Zufall wollte es, daß vor den Toren der Stadt eine Hebamme hauste, der man die Schuld in die Schuhe schob.«

Die Familien der Stadt würden keinen Frieden finden. Die Schuld übertrug sich von einer Generation auf die nächste. Wenn ich die Familien befrieden könnte, dachte Michele, ich würde sofort durch diese stinkende Kloake kriechen. Nie mehr würde er Paolo unbefangen und in wahrer Freundschaft gegenübertreten können. Und Lavinia? Wegen seiner Familie war Lavinias Mutter in Verruf geraten, der Hexerei und des Giftmordes bezichtigt worden, ein Makel, der stets auch der Tochter anhaften würde. Wie sollte er da Lavinia als seine Gattin nach Hause führen? Es war ohne diese Vorkommnisse schon schwer genug, eine Heilerin zu heiraten. Die großen Familien achteten auf die Herkunft von Braut und Bräutigam. Aber Michele hätte es gewagt, sich gegen die Meinung seines Onkels aufzulehnen. Wenn jedoch Lavinias Abstammung von einer als Mörderin bezichtigten Hebamme bekannt würde, stieße man sie aus der Gesellschaft aus. Selbst in Pisa könnte sie ihres Daseins dann nicht mehr sicher sein. Als seine Gattin stand sie gerade wegen des Erfolges, den die Lungarotti in den letzten Jahren vorzuweisen hatten, zu sehr im Mittelpunkt der Aufmerksamkeit. Bei dem Haß, der das Verhältnis der großen Familien prägte, wäre es lediglich eine Frage der Zeit, bis einer – und sei es Paolo selbst – an Lavinias Abstammung rührte.

Mutlos starrte Michele in das stinkende Loch. Ihm war, als zerrte der schwarze Abgrund seine Zuversicht in sich hinein wie ein Wasserstrudel, der alles hinabsaugt in eine unbekannte Tiefe. Michele spürte ein unheimliches Verlangen, hinunter in die Düsternis zu steigen, um die Welt ringsum zu vergessen. Unsere Liebe hat keine Zukunft, dachte er und fühlte eine zunehmende Beklemmung in seiner Brust. Das Atmen fiel ihm schwer. Der Boden unter seinen Füßen wankte. Dabei trägt sie ein Kind von mir. Er hatte sich so gefreut, als sie es ihm eröffnet hatte. Wie gern hätte er mit Lavinia eine Familie gegründet und sein Leben in ruhige Bahnen gelenkt, im Einklang mit seinem Onkel, in Eintracht mit den anderen Familien der Stadt, befreit von dem Haß der vergangenen Jahrhunderte. Alberto hatte alles zerstört.

* 19 *

Ungläubig blickte der Faktor der Scalieri auf, als Paolo ihn mit dem Hinweis, er sei der Enkel von Antonio und Sohn von Enea Scalieri, um einen Platz zum Schlafen in der kleinen Handelsniederlassung bat.

»Verzeiht, mein Herr, aber wenn Ihr ein Neffe meines Herrn wärt, müßte ich Euch kennen. Wir …«

»Dieses Kontor hier in Pisa wurde vor rund sechs Jahren eröffnet«, unterbrach Paolo den Faktor barsch. »Zu der Zeit war ich im Auftrag von Lorenzo de' Medici in Palermo und bin erst vor wenigen Monaten nach Florenz zurückgekehrt. Du kannst mich ebensowenig kennen wie ich dich. Du darfst mich morgen gern zu deinem Patron begleiten, er wird dich lehren, mich zu kennen. Heute aber möchte ich in diesem Haus ein bequemes Lager und ein ordentliches Essen, sonst …«

Er dehnte die letzte Silbe und ließ den Satz unvollendet, während er den Faktor streng fixierte. Der war blaß geworden. Schließlich senkte er die Augen.

»Seid willkommen, *Messere*. Der Diener wird Euch zu Eurer Kammer führen.«

Paolo legte seinen Reisesack ab und machte sich auf den vom Faktor beschriebenen Weg zum Kontor der Lungarotti. Als er das prunkvolle Haus sah, pfiff er durch die Zähne. So also habt ihr euch herausgemacht, dachte er. In diesem Augenblick trat ein Benediktiner aus dem Tor, ein hagerer Mann mit einem kantigen Schädel, der kurzgeschorene Haarkranz schlohweiß und strahlend. Paolo hielt den Atem an. Das ist doch, dachte er, das darf nicht wahr sein … Er wischte sich über die Augen und blickte dem Mönch nach, der am Ufer des Arno entlang in die innere Stadt schlenderte. Als sich die erste Verblüffung legte, spürte Paolo den Zorn in sich aufkommen. Der Mörder seines Onkels ging im Kontor der Lungarotti ein und aus. Hin und her gerissen, ob er seinen Weg fortsetzen oder dem falschen Benediktiner nachlaufen sollte, blickte er dem Mönch hinterher. Noch einmal sah er den Fremden im *Chiostro Verde* um die Ecke biegen, erneut erinnerte er sich an den Blick hinunter in den Innenhof bei Ascanio Sforza, nahm den Schatten hinter der Säule des Pantheon wahr und sah das Messer auf sich zufahren, über dem zustechenden Arm dasselbe entschlossene

Gesicht, das ihm eben wieder begegnet war. Niemals würde er diese dunklen Augen vergessen.

Ich brauche Gewißheit, dachte Paolo dann und folgte dem Mönch, der soeben das Arnoufer verlassen hatte und in eine Gasse eingebogen war. Paolo beschleunigte seine Schritte und rannte die Straße hinunter, doch als er die Gasse erreichte, war der Benediktiner verschwunden. Wütend kehrte er um, und als er den Palazzo der Lungarotti erreicht hatte, schlug er den Bronzeklopfer mit zorniger Kraft gegen das Tor.

Lavinia war schmaler geworden, bemerkte Paolo, als er ihr schließlich gegenüberstand. Ihre Augen lagen tiefer in den Höhlen, um ihren Mund spielten winzige Fältchen. In ihren Augen, die immer noch betören konnten, lag ein seltsames Glimmen. Ihre Hände bewegten sich unstet. Paolo spürte ihre Befangenheit, ja ihre Angst. Das gefiel ihm. Er sah sie fest an und schwieg. Sie wies mit den Händen auf eine Bank neben dem Feuerplatz, doch er übersah diese Geste, blieb vor ihr stehen und verzog den Mund zur Andeutung eines Lächelns. Sie blickte zu Boden. Du hast mir gefallen, dachte er, damals, als du über die Piazza Santa Croce geschwebt bist mit deinem wiegenden Schritt. Dein honiggelbes Haar, wie flüssiges Gold floß es über deine Schultern. Dann, als du dich umdrehtest und ich dieses Gesicht sah, deinen Mund mit dem vieldeutigen Lächeln, das war ein bemerkenswerter Augenblick. Später, in deiner Kammer hinter Santa Croce, als du mir meine Körperkräfte offenbartest und wir über meine Gabe sprachen, da war ich mir sicher, dich eines Tages zu besitzen. Du hast immer mir gehört. Hast du das vergessen?

* 20 *

Kaum war der unheimliche Benediktiner gegangen, setzte Lavinia sich mit dem Folianten in der Hand auf die Bank vor der Feuerstelle und las die erste Seite:

»Am Anfang war das Licht, und das Licht ist Gott. In all seiner gewaltigen Unendlichkeit war Gott so klein wie ein Sandkorn voller Licht. Als Er beschloß, seine Größe zu zeigen, blähte Er sich auf. Mit der Kraft von tausend Furien durchraste der Feuerball des Lichts eine unendliche Weite, und Er wurde größer und größer. Das Licht gebar sich selbst und steckte sich Kerzen auf, die als Sterne am Firmament leuchten. Und Er füllte sich an mit Erde, Feuer, Wasser und Luft. Er schrieb das *Alef* in den Himmel und schuf den Geist. So entstand die Welt aus Ihm: aus einem Sandkorn voller Feuer.«

Unglaublich, dachte sie und versuchte zu begreifen, was sie soeben gelesen hatte, doch das Bild eines sich aus dem Nichts aufblähenden Feuerballs überstieg ihre Vorstellungskraft. Mein Gott, wie unermeßlich groß bist Du!

Es klopfte, und die Zofe streckte ihren Kopf durch den Türspalt: »Besuch. Ein fremder Mann, der sagt, er müsse Euch unbedingt sprechen. Er sagt, er heiße Paolo. Ihr wüßtet, wer er sei.«

Lavinia sprang auf und faßte sich an den Mund. Ihr wurde schwindlig, für einen Moment dachte sie, sie verliere den Boden unter den Füßen. Die Zofe schlüpfte ins Zimmer und schloß die Tür hinter sich.

»Was ist mit Euch?«

Lavinia hielt sich an der Rückenlehne der Bank fest und rang nach Atem. Viel früher als erwartet war das Befürchtete eingetreten. Was sollte sie tun? Konnte sie Paolo die Tür weisen? Er würde sich nicht wegschicken lassen. Sie mußte ihn empfangen.

»Bitte ihn um etwas Geduld.«

Die Zofe verharrte unschlüssig.

»Geh! Laß ihn nicht warten. Gleich bin ich bereit, ihn zu empfangen. Es ist in Ordnung. Geh!«

Während die Zofe den Raum verließ, nahm Lavinia den Folianten und versteckte ihn unter einer Decke, die auf einem Stuhl am Fenster lag. Dann atmete sie tief durch und ging zur Tür. Augenblicke später stand sie Paolo gegenüber.

Er sah sie fest an und schwieg. Er schwieg auch noch, als sie ihn fragte, warum er gekommen sei, dann lachte er böse und fragte mit zorniger Stimme:

»Wer ist der Vater deines Kindes?«

Lavinia konnte ihm nicht die Wahrheit sagen. Sie wollte nicht, daß er Amata als seine Tochter erkannte. Er hatte kein Recht auf ihre Tochter, er nicht, der er stets nur an sich selbst dachte.

»Michele.«

»Wo ist Michele?«

Glaubt er mir, fragte sich Lavinia voller Hoffnung. Geh, geh so weit weg wie nur irgend möglich, aber geh. Sein Anblick löste Widerwillen in ihr aus.

»Bei seinem Onkel. Zu Hause«, antwortete sie und hoffte, er würde gehen.

»Ich will meine Tochter sehen«, forderte er. Seine Stimme klang unnachgiebig. Lavinia schnürte es die Kehle zu. Mein Gott, er muß Amata in Ruhe lassen. Sie gehört ihm nicht, ich muß sie vor ihm schützen.

»Amata ist nicht deine Tochter, schlag dir das aus dem Kopf, Paolo Scalieri!«

Ihre Stimme überschlug sich. Sie versuchte, ruhig zu atmen. Doch er kam näher. Seine Augen waren starr auf sie gerichtet, sie wußte, sie würde diesem Blick nicht standhalten. Mit winzigen Schritten kam er näher, bis er eine Handbreit vor ihr stand. Sie roch seinen sauren Atem und wich einen Schritt zurück. Er stellte den alten Abstand wieder her. Schritt für Schritt näherten sie sich dem Fenster. Auf dem Stuhl, dachte sie, liegt die Handschrift. Er darf sie keinesfalls entdecken. Sie blieb stehen, auch dann noch, als sich sein Kopf ganz langsam ihrem Kopf näherte. Er spitzte die Lippen.

»Du bist meine Frau, und du weißt es«, flüsterte er. In diesem Moment trafen seinen Lippen ihren Mund. Da war kein Knistern und Begehren, sondern Ekel. Lavinia kniff die Lippen zusammen. Seine Zunge suchte sich einen Weg in ihren Mund. Schon spürte sie sein Gemächt an ihrem Unterleib. Er trug keine Schamkapsel. Sein Atmen wurde heftiger. Er umfaßte ihre Hüften und preßte sich an sie. Seine Zunge hatte ihre Zähne erreicht und bohrte weiter. Lavinia versteifte sich. Sie schloß die Augen und wünschte sich weit weg.

Dann ging alles blitzschnell und ohne jede Überlegung. Sie öffnete den Mund und biß mit aller Kraft zu. Der Geschmack von Blut breitete sich in ihrem Mund aus. Paolo schlug ihr mit der Faust ins Gesicht. Sie stürzte hintenüber und verlor das Bewußtsein. Als sie wieder zu sich kam, blickte sie in die besorgten Augen ihrer Zofe.

* 21 *

Er wußte nicht, wie er ins Handelskontor zurückgekommen war. Der Schmerz zerriß ihm den Mund, unablässig schluckte er Blut. Der Faktor schickte geistesgegenwärtig nach einem Bader, der Feuer verlangte, als er die Wunde sah, und einen Metallöffel über der Flamme einer Öllampe erhitzte. Dann packte er Paolos Zunge mit einer Zange und preßte sie gegen das heiße Metall. Mit einem irren Schrei biß Paolo auf den Löffel, dann sackte er bewußtlos zusammen. Der Bader schlug das Kreuzzeichen und verließ das Kontor mit dem Hinweis, die Wunde werde von alleine heilen.

Paolo schlief einen unruhigen, fiebrigen Schlaf, und kurz bevor er erwachte, plagte ihn ein grausamer Traum. Nackt auf eine Holzplanke gefesselt, trieb er hilflos im Meer. Wellen mit weißen Schaumkronen spülten über ihn hinweg und kühlten seinen Körper aus, bis er heftig zu frieren begann. Ein Kribbeln lief durch Arme und Beine, dann fühlte sich sein Körper taub an. Grelle Blitze zuckten. Donnerschläge krachten in seine Ohren wie glühendheiße Nadeln. Plötzlich loderte Feuer vor ihm auf, und eine riesige Welle warf ihn an Land. Da erschien ein verwachsener Zwerg vor ihm, spreizte ihm mit einer Zange die Kiefer auseinander, hielt einen Krug über ihn, in dem gelbrot flüssiges Metall brodelte, und fragte: »Glaubst du an mich?« Als Paolo den Kopf schüttelte, kippte der Zwerg den Krug, ein Tropfen löste sich und fiel auf Paolos Zunge. Er krümmte sich und wollte schreien, doch seine Stimme versagte. Der Zwerg lachte. »Du wirst schon noch an mich glauben!« Dann fiel der nächste Tropfen auf seine Zunge herab. »Du gehörst jetzt mir«, höhnte der Zwerg. Schreiend fuhr Paolo in die Höhe. Kaum wach, stieß er mit der Zungenspitze gegen seine Zähne. Jäh brannte der Schmerz. Lavinias Biß habe ich also nicht geträumt. Aber dich, mein lieber Gott, gibt es ebensowenig wie den Teufel. Es gibt nur uns Menschen, und es kommt allein auf den Willen an, ob man sich die Welt untertan machen kann oder nicht. Und ich will!

Der Ritt war eine Qual gewesen, doch Abramos überraschtes Gesicht entschädigte Paolo für die Anstrengung.

»Du lebst?« fragte der Onkel, als Paolo das Kontor betrat, in dem früher sein Vater die Geschicke des Handelshauses geleitet hatte.

»Was für eine dumme Frage!«

Angesichts dieser Respektlosigkeit lief Abramos Gesicht rot an, doch als Paolo dicht vor ihn hintrat, zitterten seine Mundwinkel.

»Hältst du mich für einen Geist?«

»Paolo, ich …«

»Das hast du dir damals fein ausgedacht, als du mich den Schergen *Il Magnificos* übergabst. Einerseits konntest du dich beim Herrn von Florenz lieb Kind machen, andererseits wurdest du damit einen unliebsamen Erben los …«

»Paolo, laß dir erklären …«

»Ich schlage vor, daß du dich in die gnädigen Hände von Lorenzo de' Medici begibst; wenn er dich so schätzt, wie du gestern sagtest, wird er dir einen Prozeß ersparen«, äffte Paolo seinen Onkel nach. Diese Sätze hatte er sich wortwörtlich eingeprägt.

»Paolo, ich bitte dich, was hätte ich tun sollen. Es war eine Entscheidung zu unser aller Bestem.«

»Was wäre gewesen, wenn mich Lorenzo de' Medici nicht begnadigt hätte? Du hättest mich ohne jedes Bedauern dem Henker überlassen.«

»Aber nein, ich …«

»Schweig, Onkel. – *Il Magnifico* hat mich nach Sizilien geschickt, von wo ich der Spanier wegen fliehen mußte. Ich habe dir viel zu erzählen, wenn du die Güte besitzt, mir dein Ohr zu leihen.«

»Nichts lieber als das, mein lieber Neffe …«

»Kein Süßholz«, unterbrach ihn Paolo barsch. »Ich möchte, daß du mir einen Gefallen erweist.«

»Was kann ich für dich tun?«

»Schicke einen Boten zu den Lungarotti. Ich möchte so schnell wie möglich mit Michele sprechen. Er soll zu uns kommen, ich erwarte ihn oben auf dem Dach.«

»Michele Lungarotti?«

»Du hast richtig gehört.«

»Was willst du von dem?«

»Vielleicht will ich wissen, wie es die Lungarotti geschafft haben, in Pisa ein Handelskontor, groß wie ein Palast, aufzubauen, während mein Onkel dort gerade einmal einen Krämerladen aufgezogen hat.«

»Paolo, ich bitte dich …«

»*Ich* habe dich um etwas gebeten, werter Onkel. Das genügt fürs erste, findest du nicht?«

Paolo ließ seinen Onkel stehen und stieg hinauf aufs

Dach. Wie früher seine Mutter saß nun Abramos Frau im Halbschatten eines aufgespannten Zelttuches und genoß die frische Brise des Nachmittagswinds. Sie schrak hoch, als sie Paolo sah.

»Wenn du dich vor Gespenstern fürchtest, geh hinunter zu deinem Mann. Aber …« Paolo hielt inne und ließ seinen Blick schweifen. Er mochte diese Weite. Hinten am Horizont zeigten sich einige Quellwolken, möglich, daß am Abend ein Gewitter aufzog. »Vielleicht ist es besser, du gehst in die Küche, liebe Tante, um ein Festmahl vorzubereiten. Der verlorene Sohn ist heimgekehrt.«

Er lachte sie an, und jetzt erst fiel ihm auf, wie schön sie war. Langsam trat er auf sie zu, beugte das Knie und legte seine rechte Hand aufs Herz.

»Nichts bereitete mir mehr Vergnügen, als mit Euch zu tafeln, Signora Scalieri. Es freut mich, Euer Gast zu sein.«

»Du also bist Paolo.«

»Verzeiht, daß ich so heraufgepoltert bin. Es ist der Überschwang meiner Jugend.«

»Ich werde dafür sorgen, daß uns die Küche heute abend etwas Wunderbares zaubert.«

Sie stand auf und schritt mit wiegenden Hüften zur Treppe. Paolo blickte ihr nach und war für den Augenblick besänftigt. Er setzte sich auf einen Stuhl unter das Zelttuch, blickte über die hitzeflimmernden Hügel und wartete auf Michele.

Endlich stand Michele an der Treppe und blinzelte in die Sonne. Er war groß und schlank geworden, ein stattlicher Mann mit einem anmutigen Gesicht, dessen Wangen von kräftigem Bartwuchs geschattet waren. Die dunkelbraunen, gewellten Haare trug er halblang. Die seidenbestickte Hose und das grüne Wams aus Samt über einem vor der Brust gerafftem Hemd kleideten ihn ausgezeichnet. Ach mein Freund, was bist du für ein begehrenswerter Mann geworden, dachte Paolo und winkte ihn heran. Michele zögerte kurz, ehe er langsam näher kam. Paolo blieb auf seinem Stuhl sitzen, musterte ihn und schwieg.

»Vor einigen Tagen habe ich in den Schlund hineingeschaut.« Michele hielt weder die Wortlosigkeit aus noch Paolos durchdringenden Blick, und so deutete er mit einer unbeholfenen Handbewegung auf die Dächer der Stadt. »Es ist wirklich so, daß ich dich für diese Tat heute noch bewundere. Du warst mein Held, Paolo!«

Paolo kniff die Augen zusammen.

»Ich habe dich geliebt wie keinen Menschen zuvor, ich wäre für dich durchs Feuer gegangen ...«

»Das hat man in Palermo gesehen!«

Michele streckte seine linke Hand aus, an der der Mittelfinger fehlte.

»Den habe ich für dich drangegeben. Du machst dir keinen Begriff von der Folter, wenn sie dich packen und quälen und sich an deinen Schmerzen weiden. Sie lächeln, während sie dich torquieren. Irgendwann kommt der Zeitpunkt, da gestehst du alles, was sie hören wollen.«

Paolo betrachtete die verkrüppelte Hand und stieß unachtsam mit der Zungenspitze gegen seine Zähne. Der Schmerz fuhr ihm wie der Blitz in den Mund. Hatte er einen Augenblick vorher noch Mitleid mit Michele, so hatte er es jetzt nur noch für sich selbst.

»Die Schmerzen waren so groß«, jammerte Michele, »da habe ich – ja, ich habe dich verraten. Verzeih!«

» Ja, ich habe meine Finger behalten und bin am Leben geblieben, aber was für ein Leben? Als Rudersklave auf einer Piratengaleere an die Planken angekettet, war ich monatelang übelsten Gefahren ausgesetzt. Du machst dir keinen Begriff von den Anstrengungen auf der Ruderbank, kennst die Fron nicht, Woche für Woche an den Riemen zu reißen, getrieben vom Schlag des Trommlers und der Peitsche des Wächters. Dein Verrat hat mir eine besondere Art der Folter eingetragen und beinahe mein Leben vernichtet.«

»Das tut mir leid. Aber bedenke, daß du es warst, der mich

mit dem gefährlichen Auftrag betraute. Wenn du dieses Buch nicht gesucht hättest, wäre nichts geschehen.«

»Du hast mich verraten, darum allein geht es hier, und du hast dich an deinem Verrat bereichert.«

»Paolo! Keinen *scudo* habe ich für meine Aussage erhalten, niemals hätte ich …«

»Lüge nicht so schamlos! Lebst du nicht mit Lavinia und meiner Tochter in einem reichen Haus in Pisa?«

Michele blickte zu Boden.

»Und in diesem Palazzo verkehrt der Mörder eines Scalieri. Kannst du mir das erklären?«

Micheles Gesicht wurde weiß.

»Macht ihr Lungarotti euch mit einem Meuchelmörder gemein? Was hat das zu bedeuten? Steckt deine Familie auch hinter anderen Schandtaten? Habt ihr etwa auch beim Tod meines Großvaters die Finger im Spiel?«

Michele ließ sich auf einen Stuhl fallen. »Bis vor wenigen Tagen habe ich es selbst nicht gewußt.« Er sprach leise und stockend. »Mein Vater und mein Onkel, sie wollten endlich besser sein als die Scalieri. Schon mein Großvater hatte davon geträumt. Von einem spanischen Geschäftsfreund erhielten sie den Namen des Magiers – so wurde er genannt –, der solche Aufgaben übernahm. Sie bestellten den Magier zu sich. Er tötete deinen Großvater. Der Zufall wollte es, daß eine Hebamme vor den Toren der Stadt in den Verdacht der Täterschaft geriet. Mein Vater hat das Geheimnis mit ins Grab genommen, doch meinem Onkel habe ich es vor wenigen Tagen entlockt. Ihr Haß war so groß. Es tut mir leid.«

Dieses Geständnis hatte Paolo nicht erwartet. Er lehnte sich zurück und schloß die Augen. Er spürte den Zorn in sich aufsteigen. Mühsam beherrschte er sich und zwang sich, Michele anzusehen.

»Die Hebamme aber, die des Mordes bezichtigt wurde, hat nicht nur uns beide zur Welt gebracht, sondern sie war auch Lavinias Mutter.«

Paolo stand auf und trat an die Dachkante vor, von der er

hinunterblicken konnte auf die Hauptstraße. Michele folgte ihm. Minutenlang standen sie schweigend nebeneinander.

»Wie ist meine Tochter?«

»Ein lebendiges Mädchen, frech, mutig, klug. Manchmal sehe ich dich als Knaben, wenn ich Amata beobachte.«

»Was denkst du dir dabei, meine Tochter zu stehlen?«

»Paolo, ich ...«

»Schweig!«

Paolo trat von der Dachkante zurück. Er mußte gegen die Regung ankämpfen, Michele einen kräftigen Stoß zu geben. Bis zur Mitte des Dachs ging er zurück, weit genug von jeder Kante entfernt. Nein, er wollte den Freund nicht hinunterstoßen. Er wollte seinen Zorn im Zaum halten und studierte Micheles Gesichtszüge. Dabei überlegte er, was er daran so anziehend gefunden hatte. Er spürte keinen Widerhall mehr in sich, keine Erwartung beim Betrachten des Freundes. Für eine kurze Zeit bedauerte er dies, doch dann stellte er sich vor, wie Michele von Lavinia Besitz ergriff.

»Paolo«, unterbrach Michele das Schweigen, »ich habe dich geliebt. Es klingt verrückt, aber ich hätte dich damals, als du mit den beiden Medici-Schergen nach Florenz geritten bist, am liebsten befreit und wäre mit dir in eine andere Welt geritten, in der unsere Freundschaft eine Möglichkeit gehabt hätte.«

Du Träumer, dachte Paolo. Als ob ich das jemals gewollt hätte.

»Inzwischen ist mir Lavinia ans Herz gewachsen. Sie ist eine wunderbare Frau. Du wirst es nicht glauben, aber ich fühle mich nur noch zu ihr hingezogen. Sie ist ...«

»Sei still! Sie gehört mir, du weißt das ganz genau. Ich will nicht, daß du so über sie redest. Ich ... will ... es ... nicht! Verstanden?«

Michele stand starr für viele Minuten, dann senkte er allmählich den Kopf.

»Und Amata ist meine Tochter. Sie hat in deinem Haus nichts zu suchen. Ihr Haus ist hier!«

Michele erwiderte nichts.

Sie standen und blickten über die Dächer der Stadt zum Horizont. Der Wind schob große Haufenwolken hin und her. Allmählich brach der Abend an. Sie hatten einander nichts mehr zu sagen. Doch anstatt zu gehen, blieb Michele und betrachtete den Horizont. Es schien, als würde die Zeit stillstehen. Die Sonne verlor ihr stechendes Gelb, färbte sich dunkler und dunkler. Gemeinsam blickten sie in den untergehenden Feuerball. Ein leuchtendes Rot tönte nun den Horizont, es schien, als segelten die Wolken tief über ein Meer von Lava. Wie damals am Ätna, dachte Paolo. Das Farbenspiel über den Hügeln faszinierte ihn. Jetzt nahm er die ersten Blitze wahr. Das Gewitter rückte näher, die Sonne sank. Paolo spürte Micheles Blicke, die von dem Naturschauspiel zu ihm und wieder zurück wanderten, aber schließlich an seinem Körper hängenblieben. Er versuchte einen Blick von ihm zu erhaschen. Paolo wußte, daß der Freund um Vergebung flehte, aber er war nicht bereit, sie zu gewähren. Erst als die Farben am Horizont verblaßten, erwiderte er gelassen Micheles Blick. Dem stockte der Atem, so nah fühlte er sich mit einemmal dem Freund. Paolos Blick senkte sich in Micheles hellbraune Augen. Tief ging dieser Blick, und das Schweigen, das zwischen ihnen lag, fühlte sich an wie ein beseelter Körper. Michele trat einen Schritt zurück. Nun stand er am Rand des Daches, spürte die Kante der gemauerten Brüstung in seinen Kniekehlen. Es war eine niedrige Brüstung. Paolo kam näher.

»Spring«, sagte er.

Die Stimme wirkte düster, zugleich aber eindringlich und geheimnisvoll. Paolos Blick blieb fest. Michele versank in diesen klarglasigen Augen. Paolo kam bis auf zwei Armlängen heran. Seine Lippen formten stumm ein Wort. Michele verstand es jetzt: »Spring«, sagte der Freund noch einmal. Ein Donner krachte. Michele ließ sich nach hinten fallen. Eine Sekunde später zerschellte er auf dem Steinboden der Gasse.

Paolo trat vorsichtig an die Brüstung und blickte hinunter. Der Geschlechterturm der Scalieri gehörte zu den höheren der Stadt. Er maß knapp dreißig Fuß, aber noch nie hatte Paolo die Höhe so stark empfunden wie in diesem Moment, als er Micheles hingestreckten Körper sah. Eigenartigerweise verspürte er keinerlei Genugtuung, im Gegenteil: Für einen Moment packte ihn der Gedanke, ebenfalls zu springen. Er setzte seinen rechten Fuß auf die schmale Brüstung. Aus der Nachbarschaft kamen die ersten Frauen und Kinder gelaufen. Zwei Gassenjungen deuteten zu ihm hinauf. Da nahm er den Fuß von der Brüstung, ging zur Treppe und stieg langsam die schmalen Stufen hinab. Immer noch fühlte er keine Genugtuung über Micheles Tod, aber er spürte auch keine Trauer. Allerdings war ihm, als hätte ihn selbst ein bemerkenswerter Verlust getroffen. Etwas, das auf geheimnisvolle Weise zu ihm gehörte, war für immer verschwunden.

Unten angekommen, stürmte Luigi Nola, der Freund aus Kindertagen, auf ihn zu.

»Was ist geschehen?«

»Er ist gestolpert. Einfach gestolpert … hintenübergestürzt … gefallen … Ist er …?«

»Tot, er ist tot.« Luigi nickte. Es sah grimmig aus, aber an Luigis Gesicht sah alles grimmig aus, weil sein Kinn zu kantig und seine Stirn zu steil war; außerdem lagen seine Augen tief in ihren Höhlen, das gab Luigi den feindseligen Blick.

»Es tut mir leid.« Von Wort zu Wort wurde seine Stimme leiser.

Er glaubt also an einen Unfall, dachte Paolo und nahm Luigi in den Arm. Luigi faßte ihn um die Schultern und führte ihn zurück in das Haus der Scalieri.

Inzwischen war ein *sbirro* eingetroffen, der die Umstehenden fragte, was geschehen sei, und Wachgehilfen herbeiwinkte, welche den Leichnam aufnahmen und auf einen eilends herbeigeschafften Handkarren hoben. Die Dämmerung fiel ein und legte die Straße in Dunkel. Der *sbirro* trat ins Haus der Scalieri, um mit Paolo zu sprechen. Paolo saß auf der Bank vor der Feuerstelle. Er hatte die Knie angewinkelt und hielt mit den Armen seine Beine fest. Er reagierte weder auf Worte noch auf Anstoßen. Ganz in sich eingekapselt schien er zu sein, wie die Raupe in ihren Kokon. Selbst der *sbirro*, sonst kein Freund nachgiebigen Handelns, begnügte sich mit dem, was ihm Luigi zum Hergang des Sturzes sagte. Später schrieb er sein Protokoll in dürren Worten: »Zum Haus der Scalieri gerufen, wo Michele Lungarotti tot auf dem Pflaster lag, herabgestürzt vom Dach aus Unachtsamkeit, bezeugt von Luigi Nola und Paolo Scalieri. Leichnam den Wachleuten übergeben; zur Kirche gekarrt, damit die Aussegnung stattfinde.« Abramo Scalieri schenkte dem Polizisten einen Becher mit Wein voll und dankte ihm für die Mühe. Dann verabschiedete er den *sbirro* und wandte sich seinem Neffen zu.

»Paolo, wie konnte das geschehen?«

»Ich weiß es nicht.«

Draußen auf der Straße zerstreuten sich Frauen und Kinder. Ercolo, der Hausknecht, schüttete einen Eimer Wasser über die Blutlache. Als mit einem ohrenbetäubenden Knall das Gewitter losbrach, zeugte auf dem Pflaster keine Spur mehr von dem Todessturz. Fauchende Böen jagten zwischen den Geschlechtertürmen hindurch, wie um ein neues Unheil zu verkünden, das durch Micheles Tod über die Stadt hereinbrechen würde. Krachend fuhr ein Blitz in den Turm der Scalieri, als wollte der Himmel mit dem Finger auf den Frevel zeigen, der hier geschehen war. Doch niemand draußen im prasselnden Regen sah die zuckende Himmelspeitsche. Der Turm schüttelte sich nur unmerklich, dann war der Zorn Gottes in die Erde gerast.

Es gibt keinen Gott, dachte Paolo, als er auf seinem Bett lag und sich den vergangenen Tag noch einmal ins Gedächtnis rief. Gäbe es ihn, er hätte nicht zugelassen, daß Michele springt. Er ist aus freien Stücken gesprungen. Ich habe ihn weder gezwungen noch bedroht. Aber er hatte allen Grund.

Er hat mich verraten. Trotzdem: Niemand wäre an seiner Stelle gesprungen. Warum bist du gesprungen? Weil ich's dir befahl? Nein, das kann nicht sein. Du wolltest springen, du allein wolltest springen. Und niemand hat etwas dagegen getan. Ein Gott hätte es verhindert, und einer, der nicht hindern kann, ist kein Gott. Allein ich hätte dich aufhalten können, aber ich wollte nicht. Du hast mich verraten. Nein, es tut mir nicht leid! Paolo lachte und stieß dabei mit der Zungenspitze an seine Zähne. Der Schmerz machte ihn rasend.

* 22 *

Nach der Lektüre des Traktats über das Pentalpha wußte Lavinia: Dieses Buch durfte Paolo niemals in die Hand bekommen. Am besten wäre es, wenn diese Handschrift niemand zu lesen bekäme. Selbst Lavinia tat sich schwer, ihre Gedanken von diesem Schriftstück loszureißen, das so viel Gutes und so viel Böses beinhaltete. Doch wer nicht in sich und einem tiefen Frieden mit der Schöpfung ruhte, den berührte die Schattenwelt des Pentagramms und in dessen Seele träufelten die Worte ein gefährliches Gift. Seite für Seite wirkten diese Worte des Teufels nach, bis alle christliche Nächstenliebe aufgefressen und durch Boshaftigkeit und Haß ersetzt war. Dabei sind es nicht die zauberischen Mixturen, dachte Lavinia, welche die Seele vergiften, auch wenn sie sicher war, daß ein gemeiner Mensch vor allem damit Böses im Schilde führen konnte. Doch morden ließ sich auch mit alltäglichen Mitteln, dazu bedurfte es nicht der Hexerei. Von ihrer Mutter hatte sie genug über die Giftigkeit von Herbstzeitlose, Schierling und Tollkirsche gelernt, und sie kannte die Gefährlichkeit verschiedener Pilze, da hätte es des Wissens um *cantarella* nicht bedurft; mit diesem Teufelspulver aus Arsenik starb niemand heimlicher als an einem Pilzgericht, in das man einen Knollenblätterpilz schnitt. Viel gefährlicher waren da schon die Beschreibungen über die Herkunft des geheimen Wissens und die Heimat der stillen Helfer, an die man sich mittels wohlgesprochener Formeln wenden konnte. Für die weiße Magie standen etliche Engel und gute Feen bereit, für die schwarze Magie aber viele Dämonen und am Ende der Herr der Finsternis selbst: Luzifer. Und es stand in bewegenden Worten geschrieben vom Anfang der Welt und vom Abfall des Gottverleumders von Gott, so daß der, welcher die Welt in ihrem Kern verstehen wollte, mit diesem Buch den Schlüssel dazu in seinen Händen hielt. Nun wußte Lavinia, warum das Buch ihren Großvater so beeindruckt hatte. Wie war er mit diesem Wissen umgegangen? War er so stark in seinem Glauben gewesen, daß das Gute in ihm wirken konnte ohne die Schatten des Bösen? Oder hatte er seine heilenden Kräfte einsetzen wollen gegen das Böse? Oder war er am Schluß selbst dem Bösen verfallen? Lavinia spürte, wie das Buch ihre Gefühle vergiftete und die Abneigung, die sie seit ihrem Zusammentreffen mit Paolo diesem gegenüber empfand, steigerte. Zugleich hatte sie Angst vor ihm, denn nun wußte sie, daß er zu allem fähig war und seine Gabe allein weltlichen Antrieben unterstellte. Anstatt den Weg des Guten zu gehen, dürstete es Paolo nach Macht und Einfluß. Er setzte seine Gabe ein, um Menschen zu beherrschen. Wenn er erst das Traktat über das Pentalpha gelesen hätte, würde das Böse hemmungslos in ihm aufblühen, denn vermutlich könnte er die Rätsel lösen, welche das Traktat zum Schutz des letzten Geheimnisses aufstellte. Nur einem Menschen, der im Zeichen des Pentagramms geboren war, war es gegeben, die letzten Rätsel zu entschlüsseln, die den Weg frei machten zur allermächtigsten Beschwörungsformel. Niemals durfte Paolo dieses Buch in die Hände bekommen. Am liebsten hätte Lavinia den Folianten ins Feuer geworfen, denn sie spürte am eigenen Leib die zerstörerische Kraft, die von ihm ausging. Wer immer die Lehren anwandte, die auf diesen Seiten mit sorgfältiger Schrift festgehalten waren, der konnte eine Macht über andere Menschen ausüben, die keinem Fürsten gegeben war. Lavinia wehrte sich gegen das Gift, das allein schon deshalb zerstörerisch war, weil sie nun sowohl über den Anfang vom Anfang als auch über das Ziel des Lebens gelesen hatte. Zerstörerischer noch für ein christliches Herz wurden die Einflüsterungen dieses Buches durch die genauen Beschwörungsformeln, die es enthielt, um sich einen Dämon gefügig zu machen, der nicht davor zurückschrecken würde, einen Menschen bis aufs Blut zu peinigen. Ich muß dieses zerstörerische Machwerk vernichten, dachte Lavinia, aber sie fürchtete den Spanier. Er mußte die Handschrift zurückbringen nach Rom, und sie wußte, der Spanier wäre zu allem fähig, würde sie ihm den Folianten nicht mehr aushändigen. Sie konnte nur hoffen, daß die geheime Schrift endgültig in den Tiefen der Vatikanischen Bibliothek verschwand, je schneller, desto besser. Also sandte Lavinia einen Handelsgehilfen zu den Benediktinern nach San Zeno, Raul herbeizurufen. Dann setzte sie sich in die Ecke ihres Zimmers und grübelte über die Rätsel, die sie in dem Buch gelesen hatte. Gerade jene, welche die guten Geister beschworen, waren kaum von einem allein zu lösen. Hieß es nicht an einer Stelle: »Wohlan ihr zwei im gleichen Zeichen, reicht euch die Hände, gedenket des Herrn und fügt eure Gaben zueinander, damit ihr erkennt.« Da überkam Lavinia eine tiefe Traurigkeit, denn sie erkannte, daß nur Michele und Paolo zusammen in der Lage wären, die Rätsel zu lösen, deren Lösungen zu den Engeln führten, und sie wußte, daß Paolo den Weg zum Guten längst verlassen hatte. Niemals würde er Michele die Hände reichen und seine Gaben mit ihm teilen. Lavinia spürte den Haß, der Paolo umtrieb, und sie wurde jetzt von einer unsagbaren Angst gepackt.

»Du hast mich gerufen. Hier bin ich«, riß Raul, der unbemerkt eingetreten war, Lavinia aus ihren Gedanken. Er neigte den Kopf und faltete die Hände, es sah aus, als erwarte er demütig ein Urteil. Lavinia spürte wieder, wie ihr kühl ums Herz wurde. War Raul ein Helfer des Bösen? Was war er für eine Mensch? Sie mußte es wissen.

»Wer bist du?« fragte sie ihn.

»Ein Kind Gottes, aber nicht in der Liebe des Herrn. Hast du das Vermächtnis deines Großvaters gefunden?«

»Ja, aber ich habe es nicht verstanden. So Gott will, wird es auf ewig verschlossen bleiben. Ich wünschte, dieses Buch würde brennen. Nimm es zurück und verwahre es gut. Doch ehe du gehst, sag mir, wer du bist.«

»Es würde dich erschrecken.«

»Nachdem ich diese Handschrift gelesen habe, erschreckt mich nichts mehr.«

»Ich bin ein Sünder. Wenn du es genau wüßtest, würdest du mich verachten.«

»Woher weißt du, daß ich es nicht bereits tue? Du bist der Mörder von Bischof Giuseppe Scalieri. Genügt das nicht, dich zu verachten?«

Rauls Hände zitterten.

»Woher weißt du das?«

»Es stimmt also.«

Raul blickte zu Boden und schwieg. Lavinia nahm die Schrift vom Tisch und reichte sie ihm.

»Bring es dahin, wo es hingehört, und gib es niemandem! Wenn du dich selbst schützen willst, widerstehe der Versuchung, es zu lesen. Es fällt mir schwer, dir zu danken, doch will ich es tun, weil du mir die Möglichkeit gegeben hast, von dem Vermächtnis meines Großvaters Kenntnis zu nehmen. Ich beurteile dich nicht. Daher kann ich dich weder verachten noch verurteilen. Mehr darfst du von mir nicht erwarten. Geh!«

Lavinia ging zur Tür. Als sie die Klinke in die Hand nahm, räusperte sich ihr Besucher.

»Vom ersten Augenblick an hast du mein Herz angerührt. Was gäbe ich, in deiner Nähe bleiben zu dürfen. Wenn du je Hilfe brauchst: Ich werde sie dir leisten.«

»Wo finde ich dich?«

»Im Palazzo von Kardinal Rodrigo de' Borgia.«

Am Nachmittag desselben Tages traf der Unglücksbote ein und zerstörte Lavinias Welt.

Das Gift wirkte. In Lavinia wuchs der Haß. Am Abend sandte sie den Handelsgehilfen erneut nach San Zeno. Raul war noch in der Stadt. Umgehend erschien er im Kontor der Lungarotti.

»Kannst du mich und meine Tochter nach Rom bringen? Gleich morgen?«

»Könnt ihr reiten?«

»Amata ist jetzt sechs Jahre alt ...«

»Gut, ich nehme sie zu mir. – Ihr dürft nicht viel Gepäck haben. Hast du ein Pferd?«

»Auch zwei, wenn es sein muß.«

»Dann haben wir ein Packpferd. Das ist gut. Morgen mit Sonnenaufgang bin ich hier.«

Raul verabschiedete sich ohne weitere Fragen. Lavinia packte, besprach sich mit dem Stallmeister, der ihr zwei kräftige Braune gab, und legte sich mit ihrer Tochter ins Bett. Sie träumte von Feuer und Blut und davon, daß sie von einem hohen Baum stürzte. Jedesmal schreckte sie, kurz bevor sie auf die Erde schlug, hoch und sah Paolo grinsen. Jedesmal schlug sie ihm mit dem Handrücken ins Gesicht. Jedesmal härter. Zum Schluß platzte seine Wange auf und blutete. Doch als sie das letzte Mal aus dem Schlaf schreckte, sah sie kein verschwommenes Traumbild grinsen sondern die Schwärze der Nacht, und eine wahnsinnige Angst packte sie, in dieser bodenlosen Finsternis zu versinken. Ihr wurde kalt. Aus den tiefsten Winkeln ihrer Seele sprang sie die Trauer an. Michele. Tränen schossen ihr in die Augen, das Schlucken tat weh, ihr Brustkorb bebte. Ein nicht enden wollender Weinkrampf schüttelte sie. Als nach langer Zeit ihre Tränen versiegten und sich ihr Schluchzen legte, sah sie weit weg, als sei es auf dem gegenüberliegenden Ufer eines breiten Flusses, Michele winken. Begleitet von einem Engel ging er in die weißglühende Sonne hinein, aufgenommen von Gott in einen neuen Anfang. Lavinia seufzte und schlief ein.

* 23 *

Zurück in Rom, mußte sich Paolo entscheiden, welchem der hohen Herren er zuerst mit seinen Ratschlägen dienen sollte. Alle wollten sie ihn zum Berater, Papst Innozenz ebenso wie Kardinal Borgia und der frischgekürte Purpurträger Giovanni de' Medici, daneben aber auch Ascanio Sforza und Maffeo Gherardo, und jeder wollte ihn ausschließlich für sich. Eine Stunde beim Heiligen Vater genügte, um Paolo das nahende Ende dieses Pontifikats vor Augen zu führen, zu angegriffen war Innozenz' Gesundheit inzwischen. Ebenso war von dem greisen Patriarchen aus Venedig wenig zu erwarten, obwohl er nach wie vor Einfluß hatte und Paolo fest davon überzeugt war, daß Gherardo noch ein wichtiges Ereignis bevorstand. Vielleicht würde er ein Übergangspapst für wenige Wochen oder Monate? Den beiden jungen Kardinälen Ascanio Sforza und Giovanni de' Medici gehörte die Zukunft, daran hegte Paolo keinen Zweifel. Aber wann würde diese Zukunft beginnen? Und welcher von beiden würde am Ende zu höchsten Ehren aufsteigen? Blieb der spanische Kardinal, der bereits im letzten Konklave zum Sprung auf den Stuhl Petri angesetzt und dem Paolo die Erhebung prophezeit hatte. Der einzige ernsthafte Gegner schien Giuliano della Rovere zu sein, und der war jung genug, auch später noch nach der Tiara greifen zu können.

Paolo entschied sich zugunsten Rodrigo de' Borgias und ging in dessen Palazzo ab Herbst ein und aus. Innerhalb weniger Wochen lernte er den Vatikan von seiner geschäftlichen Seite kennen und fühlte sich in seinem Urteil über Gottes Nichtexistenz bestätigt. Um seine und seiner Kinder immerwährende Geldgier zu befriedigen, hatte der Pontifex Maximus unter tatkräftiger Mithilfe seines Vizekanzlers die Zölle an die Stadt Rom vergeben und erfand jede Woche irgendein Amt, um es an einen anderen Habgierigen zu verkaufen. In den Gerichten saßen mit Billigung des Papstes und des *Governatore* Richter, die gegen die entsprechenden Bestechungen selbst Mörder freiließen, und in den päpstlichen Kanzleien waren gefälschte Urkunden unter Aufsicht des Vizekanzlers wohlfeil. Der Papst und seine Nepoten lebten ebenso in Saus und Braus wie die meisten der Bischöfe und Kardinäle, und man bekam den Eindruck, als sei das Messelesen in den Hauptkirchen Roms für die Purpurträger lediglich eine Abwechslung von ihren Ausschweifungen. Hatte Paolo in den ersten Tagen nach Micheles Sturz noch manchmal Gewissensbisse gehabt, verlor sich spätestens jetzt jedes Schuldbewußtsein. In dieser Kirche gab es keine Moral, weil es keinen Gott gab. Und wenn es keinen Gott gibt, dachte Paolo, dann ist jedes Mittel erlaubt, sich selbst vorwärtszubringen, solange man eine Strafe durch welche menschliche Macht auch immer vermeiden kann. Außerdem waren die Richter käuflich. Selbst in seiner Heimatstadt hatte sich der Untersuchungsrichter, der auf Drängen von Alberto Lungarotti den Bericht des *sbirro* überprüfte, gegen eine eher bescheidene Anerkennung seiner Tätigkeit dem Urteil angeschlossen, es handle sich um einen Unfall. Micheles Onkel hatte getobt und Paolo ewige Rache geschworen, und Abramo hatte ihn gebeten, zu seiner eigenen Sicherheit die Stadt zu verlassen. Trotz der Gefahr, die ein weiterer Kontakt mit den Lungarotti barg, war Paolo nach Pisa geritten und hatte dort erfahren, daß Lavinia mit ihrer Tochter abgereist sei, niemand wisse, wohin. Eines Tages werde ich sie finden, war Paolo überzeugt und ritt, ohne weitere Nachforschungen anzustellen, nach Rom.

Leider lebte Baldassare Verucci, der Vizedatar der päpstlichen Kammer, nicht mehr, der Paolo vor sieben Jahren in Aussicht gestellt hatte, ihm bei der Beschaffung des geheimen Buches zu helfen, so daß sich Paolo einen neuen Verbündeten suchen mußte, um in den Besitz des Traktats zu gelangen. Bei seinen vorsichtigen Nachforschungen in der Biblioteca Apostolica Vaticana traf er auf einen Kopisten, der bei der Frage nach einer Handschrift über den Anfang vom Anfang vor Schreck einen Folianten fallen ließ.

»Verzeiht, ehrwürdiger Bruder, ich wollte Euch nicht erschrecken. Sollte es sich bei dem Traktat um eine ketzerische Schrift handeln, so will ich sie auf keinen Fall lesen. Vergeßt meine Nachfrage und glaubt mir, daß ich durch und durch gut katholisch bin.«

Der Mönch schaute ihn verständnislos an und verschwand in einem Nebenraum der vor kurzem fertiggestellten Bibliothekshalle. Paolo ahnte, daß er auf der richtigen Fährte war, und folgte dem Mönch, der an einem Schreibpult stand und fahrig Pergamentblätter sortierte. Als er Paolo sah, schien er mitten in der Bewegung zu erstarren. Schritt für Schritt kam Paolo näher.

»Ich weiß nicht, wo die Schrift ist«, stotterte der Kopist.

Paolo fixierte den Mönch und legte einen Finger auf seine Lippen.

»Ich weiß es wirklich nicht.«

»Nicht lügen«, flüsterte Paolo und stand nun dicht vor dem Dominikaner. Er roch seinen Atem. »Was weißt du über dieses Buch?«

»Vor vielen Jahren habe ich es für Bischof Verucci aus der Bibliothek gestohlen und nie wieder etwas davon gehört.« Der Mönch spie diesen Satz förmlich aus, dann wich er gegen das Fenster zurück. Doch Paolo rückte nach und näherte sein Gesicht dem des Mönchs, bis ihre Nasenspitzen aneinanderstießen.

»Was wollte der Vizedatar mit dem Traktat?«

»Verkaufen«, keuchte der Dominikaner. »Ursprünglich wollte er eine heimliche Kopie anfertigen lassen. Aber das war zu gefährlich. Da habe ich ihm lieber das Original überlassen.«

»Wem wollte Verucci das Buch verkaufen?«

»Seine Geliebte hatte ihre Finger im Spiel, mehr weiß ich nicht.«

Dem Mönch stand der Schweiß auf der Stirn, seine Augen flackerten. Paolo verließ die Vatikanische Bibliothek in dem sicheren Gefühl, alles zu wissen, was ihm der Kopist hatte sagen können.

* 24 *

Sie ritten sieben Tage, und in den ersten sechs Tagen erzählte Raul Barca Lavinia aus seinem Leben. Voll Wehmut sprach er von Don Leon und den Findelkindern und davon, wie ihn der Pfarrer in der Taufkapelle belogen hatte in der besten Absicht, ihn zu trösten. Aber genau diese Lüge hatte das zärtliche Band zwischen ihnen beschädigt, weil Raul die Lüge als solche erkannt und damit die Möglichkeit verloren hatte, sich Don Leon weiterhin als seinen Vater vorzustellen. Später war er ins Benediktinerkloster in Madrid eingetreten. Kurz vor seiner Priesterweihe hatte er Rogatha im benachbarten Karmelitenkloster kennen- und liebengelernt. Wie süß konnte die Liebe schmecken. Er schob die Weihe hinaus und kämpfte mit seinen Zweifeln, begehrte die Nonne mit verzehrender Leidenschaft und verzweifelte an Gott und der Welt, als sie nach einer Abtreibung jämmerlich starb. Warum hatte sie sich nicht für das Kind und damit für ihn und gegen den Orden entscheiden können? Der Kummer saß tief, doch er wollte ihn nicht wahrhaben, verhärtete sich gegen die Trauer und den Schmerz, verließ den Orden und wurde von einem andalusischen Granden aufgenommen, der ihn das Waffenhandwerk lehrte. Noch herrschten die Mauren über Granada, doch die Christen kämpften erbittert um jedes Stück Land, mit offenen und versteckten Mitteln. Don Miguel brachte Raul das Töten bei, mit Schwert, Messer und Schnur. Von einer alten Hexe lernte er die Gifte kennen.

Nachdem er den ersten Mauren in seinem eigenen Garten erdrosselt hatte, fand er Gefallen am Töten. Bald sprach es sich herum, daß er es besser konnte als die meisten, vor allem lautlos und unentdeckt. Er lehnte selten einen Auftrag ab, und er beging keine Fehler. Sie nannten ihn Magier deswegen. Dabei behielt er sein Ziel stets im Auge. Das Schicksal wollte es, daß er ein Mitglied der Familie Borgia kennenlernte. Die Borgia waren unbedeutende Adlige aus der Stadt Borja unweit Huecha in der Provinz Saragossa, aber Stammfamilie eines Papstes. Alfonso Borgia, der Geheimsekretär des Königs Alfonso von Neapel, hatte als Calixtus III. den Stuhl Petri bestiegen, und ein spanischer Pontifex Maximus kümmerte sich um seine Familie. Bald waren die Borgia zahlreich in Rom, und Rodrigo de' Borgia wurde Kardinal. Zu diesem empfahl ihn ein spanischer Borgia und eröffnete Raul so die Möglichkeit, nach Italien zu gelangen. Zuvor sollte er noch einem tuszischen Safranhändler aus einer Verlegenheit helfen. Raul wußte, was gemeint war, und erledigte auch diesen Auftrag zur Zufriedenheit. Mit einer Silberdose voll besten Safrans als Lohn erreichte er die Ewige Stadt und meldete sich beim Vizekanzler des Papstes, der ihn in seine Dienste aufnahm. Raul gestand Lavinia das mißglückte Attentat auf Lorenzo de' Medici, den Anschlag auf Giuseppe Scalieri und Paolo und zuletzt die Qualen, welche er dem Dominikaner zugefügt hatte. Nichts verschwieg er, schilderte die Grausamkeiten des Kampfes gegen die Mauren ebenso wie die Strapazen, welchen er als Knappe Don Pedro de' Borgias ausgesetzt war. Am siebten Tag schwieg der Spanier und schien auf Lavinias Reaktion zu warten.

»Es ist nicht an mir, dir zu verzeihen oder Gnade für deine Taten in Aussicht zu stellen. Doch du sollst wissen: Ich verachte dich nicht.«

Mit einem langen Blick nahmen sie vor Tarquinias Haus Abschied.

Obwohl Lavinia an das Bild glaubte, das sie an jenem Abend, als sie die Nachricht von Micheles Tod erhalten hatte, gesehen hatte, wirkte das Gift des Buches weiter. Lavinia träumte Nacht für Nacht von Feuer und Blut und Paolos Grinsen. Am Tage vermißte sie Michele, und sosehr sie sich auch bemühte, in ihrer Arbeit für die Gesundheit der Dirnen die Vergangenheit zu vergessen, es gelang ihr nicht. Sieben Wochen nach ihrem Eintreffen in Rom schickte sie eine *puttana* zu Raul Barca.

»Was kann ich für dich tun?«

»Finde Paolo Scalieri!«

Raul lachte.

»Warum lachst du?«

»Er geht im Palazzo Borgia ein und aus. Was willst du von ihm?«

»Rache.«

»Soll ich …?«

»Nein. Das muß ich selbst tun.«

Tag für Tag dachte Lavinia an Paolo und ließ sich jede Woche von Raul Neuigkeiten berichten. Sie zögerte jedoch, den entscheidenden Schritt zu tun, um ihre Rachegefühle zu verwirklichen. Während die Wochen vergingen und der Winter mit Kälte und anhaltenden Regenfällen die Stadt in seinen Griff nahm, rundete sich ihr Bauch. Sie spürte nicht nur das neue Leben unter ihrem Herzen, sondern auch ihre Verpflichtung, Micheles Frucht zu bewahren, während sie Paolos Tochter mit Liebe und Geduld großzog. Amata konnte dickköpfig sein und bedurfte mütterlicher Strenge, gerade weil Lavinia in ihren Augen den Vater erkannte. Würde das Kind von Michele auch einmal dem Vater ähneln? Sie mußte alles tun, um beiden Kindern Leben und Entfaltung zu ermöglichen, und mehr und mehr sah sie auch in dem Umstand, von jedem dieser beiden Männer ein Kind großzuziehen, eine Ausgestaltung des Pentagramms: fünf in ihren Anfängen verwobene Leben. Sie stand am Beginn, hatte sich mit den beiden Männern verbunden und mit ihnen zwei neue Leben erzeugt, für die sie sich jetzt verantwortlich fühlte. Hatten nicht beide Männer versagt, die Gaben des Anfangs im Leben zu entfalten, und hatte sie mit den beiden Kindern nicht die Möglichkeit, die neuen Flammen zu hüten und so den Kreis doch noch zu schließen? Pentalpha, fünffach wiederkehrender Beginn. War Paolo das Feuer, das sich zum wütenden Brand entwickelt hatte, war Michele das weiche, erfrischende Wasser, das einfach versickerte – welches Element würden die Kinder verkörpern? Sie mußte Micheles Frucht behüten und heil auf die Welt bringen, sie durfte sich auf kein gefährliches Wagnis einlassen. So verlor das Gift allmählich etwas von seiner Wirkung. Doch dann erhielt sie Nachricht von Caterina, ein Wahrsager wünsche sie wegen Portia zu sprechen. Sie wußte sofort, um wen es sich handelte und warum. Hatte ihr nicht Raul bereits mitgeteilt, daß Paolo die Suche nach dem Traktat weiter betrieb? Ob sie wollte oder nicht, Paolo würde diese Suche nie aufgeben und damit zwangsläufig eines Tages auf ihre Spur treffen. Sie konnte ihm nicht ausweichen. Dann wollte wenigstens sie die Regeln bestimmen, nach denen ihr Treffen ablief.

* 25 *

»Nein, Portia lebt hier schon lange nicht mehr«, entgegnete eine fein herausgeputzte Magd auf Paolos Frage nach der *cortigiana*. »Madonna Caterina hat dieses Haus gekauft und lebt hier auf eine ruhigere Art, als es Portia tat.«

»Wie soll ich das verstehen?«

»Madonna Caterina empfängt keine Herrenbesuche.«

»Oh«, rief Paolo überrascht, »du mißverstehst mich. Mein Besuch dient ...« Paolo lächelte die Magd an und überlegte, was er sagen wollte. Dann beugte er sich zum Ohr der Magd hinab und flüsterte: »Vor einigen Jahren habe ich der Signora Portia die Zukunft vorausgesagt und wollte mich erkundigen, ob alles eingetroffen ist.«

»Und was habt Ihr geweissagt, *Messere*?«

»Den Tod ihres größten Gönners Baldassare Verucci.«

Die Magd schnappte nach Luft und hielt sich die Hand vor den Mund.

»Meinst du, ich könnte einmal mit Madonna Caterina sprechen? Es muß nicht heute sein. Vielleicht interessiert es sie, was der Berater eines Borgia und eines Medici zu sagen hat.«

»Wenn Ihr wartet, will ich die Herrin fragen«, entgegnete die Magd und lief eine Treppe hinauf.

Als er kurz darauf in einem mit Seidentapeten ausgekleideten Raum der *cortigiana* gegenüberstand, verschlug es ihm die Sprache. Noch nie hatte er ein derart anmutiges Gesicht gesehen, in dem Augen von reinstem Blau strahlten. Ihr weizenblondes Haar trug sie von der Linie des Kinns nach hinten geschnitten kürzer als mancher Knappe. Ihr schlanker Körper versteckte sich in einer Pluderhose und einem Hemd aus weißer Seide, darüber trug sie einen weiten, buntbestickten Mantel, der gerade so viel von dem Körper darunter zeigte, daß die Neugier aufs höchste angestachelt wurde. Ihre Füße steckten in zierlichen Schnabelschuhen, die wie die türkischen Pantoffeln gearbeitet waren, die man von dem Sultansbruder Prinz Djem kannte, der immer noch als teuerster Gefangener des Vatikans in Castel Sant' Angelo lebte. Paolo neigte den Kopf zum Gruß und setzte sich auf den Diwan, den Caterina ihm mit einer zurückhaltenden Geste anbot. Von einem Augenblick auf den anderen schien Paolo den Grund seines Besuchs zu vergessen, einzig die Frage, wie er dieser *cortigiana* näherkommen könnte, bewegte ihn noch.

»Du kannst die Zukunft vorhersehen?«

»Manchmal.«

»Wie machst du das?«

»Gott sendet den Menschen Zeichen, und ich versuche, sie zu erkennen.«

»Bist wohl ein Priester?« Ihr Lachen prickelte ihm eine Gänsehaut auf den Rücken. Es war ihm unmöglich zu antworten, mochte sie noch so viel über ihn spotten. »Oder gar ein richtiger Heiliger? Ein Scheinheiliger?«

Paolo stand langsam auf, ging die drei Schritte auf sie zu, die sie trennten, kniete vor ihr nieder und bat sie um ihre linke Hand. Belustigt streckte sie die Hand vor, die er behutsam in seine Rechte nahm und aufmerksam betrachtete. Die Haut war seidenweich und hell, die Fingernägel halblang und sauber gefeilt, die Haut über den Monden sorgfältig entfernt. Es war eine Hand, deren Pflege viel Zeit in Anspruch nahm und die zumindest seit einigen Jahren keine gewöhnliche Arbeit mehr zu verrichten hatte. Er fand eine weit hinaufreichende Lebenslinie, die Schicksalslinie ungebrochen und eine lebhaft strömende Kraft.

»Dein Leben wird lange erfolgreich bleiben, du brauchst keinen Wahrsager wie mich.«

Sie hob ihren Kopf.

»Was? Du willst dich mir nicht als notwendigen Ratgeber andienen?«

»Nein. Es ist überflüssig, die Zeichen in deiner Hand sprechen eine deutliche Sprache.«

»Warum bist du dann gekommen?«

»Weil ich wissen wollte, was mit Portia geschehen ist.«

Jetzt war es an Caterina, für einen Moment sprachlos zu sein. Sie schaute ihren Besucher mit fragenden Augen an.

»Wenn ich aber gewußt hätte«, nutzte Paolo die Gelegenheit, »auf was für eine bezaubernde Madonna ich hier treffe, ich wäre ohne jeden Anlaß gekommen, und ich gäbe viel dafür, dich öfter zu sehen.«

»Du bist ein seltsamer Heiliger«, erwiderte Caterina, kaum hatte sie ihre Sprache zurückgewonnen. »Portia hat die Stadt vor Jahren verlassen und mir dieses Haus verkauft. Mehrere Jahre habe ich über ein Bankhaus meine Kaufschulden abgetragen, doch seit zwei Jahren bin ich aller Zinspflichten ledig. Niemand weiß, wohin Portia gegangen ist.«

»Hast du sie näher gekannt?«

»Nein. Eine Freundin von mir war mit Portia befreundet, und so ergab es sich, daß wir uns kennenlernten, als Portia dieses Haus und ihr bisheriges Leben aufgeben wollte.«

»Kann ich mit deiner Freundin sprechen?«

»Ich weiß nicht«, wich Caterina aus. »Aber ich könnte sie fragen.«

»Würdest du das tun?«

»Komm in einer Woche wieder.«

Er sehnte den Tag herbei, an dem er erneut vor ihr stehen konnte, und nutzte die Zeit, um alles Wissenswerte über Caterina in Erfahrung zu bringen. Als er hörte, daß sie nach wie vor die Lieblingsgeliebte von Franceschetto war, sank seine Zuversicht, sie je zu erobern, denn dem Papstsohn sagte man eine überschäumende Eifersucht nach. Andererseits erfreute sich nach wie vor nicht nur Giuliano della Rovere, sondern noch manch anderer hohe Würdenträger der Kirche der Dienste der knabenhaften *cortigiana*. Vielleicht konnte er sie also doch für sich gewinnen, immerhin, so schien es Paolo, hatte er sie mit seiner Offenheit beeindruckt. Seine Zuversicht wuchs, als er erfuhr, aus welch einfachen Verhältnissen sie als *puttana* vom Campo de' Fiori stammte.

Dann war es soweit. Caterinas Magd ließ ihn eintreten und führte ihn durch einen winterdüsteren Innenhof zu einer Wendeltreppe, die steil in den Keller hinabführte.

»Wo bringst du mich hin?«

»Die Signora, die Ihr hier treffen wollt, *Messere*, ist auf strenge Geheimhaltung bedacht. Madonna Caterina, die heute morgen unerwartet Besuch bekommen hat, bat mich, Euch in den geschützten Keller zu begleiten.«

Drei Stockwerke schraubte sich die Treppe in die Tiefe. Die Fackeln in den Wandhalterungen flackerten und verbreiteten ein gespenstisches Licht. Die Luft roch modrig. Alle Geräusche klangen seltsam dumpf. Am Fuße der Treppe angekommen, gingen sie durch einen schmalen Tunnel, der in ein hallenartiges Gewölbe mündete, in dessen Mitte eine Reihe von fünf Säulen die Rundgewölbe stützte.

»Wartet hier«, flüsterte die Magd, drehte sich um und huschte zur Treppe zurück.

Paolo drang neugierig in die Halle vor. Bei jeder Säule spähte er vorsichtig in den dahinterliegenden Schatten und war erleichtert, nichts zu entdecken. Irgendwo in der Tiefe des Gewölbes hörte er Wasser auf den Boden tropfen. Das Gewölbe erinnerte ihn an dasjenige von Ephraim und vergegenwärtigte ihm den eigentlichen Grund seines Hierseins. Bei dem Geheimnis, das Caterinas Freundin um die Sache machte, mußte er seinem Ziel nahe sein. Er hörte Schritte und drehte sich um.

Da raste ein Feuerball auf ihn zu, und ehe er begriff, was geschah, brannte ein heftiger Schlag in seinem Gesicht. Alles um ihn her wurde dunkel.

* 26 *

Sie wollte aufschreien, doch es war zu spät. Mit Wucht hatte Raul die Fackel in Paolos Gesicht geschlagen. Dumpf schlug Paolo auf den Boden. Lavinia hastete zu Raul und faßte ihn am erhobenen Arm.

»Genug«, flüsterte sie. »Binde ihn auf den Stuhl und überlasse ihn mir!«

Raul hob den Bewußtlosen hoch, trug ihn zur hinteren Mauer des Gewölbes und fesselte ihn auf einen Holzstuhl. Einen Moment blieb er nachdenklich vor Paolo stehen, dann steckte er eine Fackel in die Wandhalterung neben dem Stuhl und zog sich in die Dunkelheit des Gewölbes zurück. Lavinia nahm einen Hocker, stellte ihn Paolo gegenüber, setzte sich und betrachtete sein Gesicht. Da war nichts Knabenhaftes mehr. Die dunklen Schatten des sorgsam rasierten Bartes gaben Paolo ebenso ein erwachsenes Aussehen wie das kantiger gewordene Kinn und die schmaleren Wangen. Mit diesem männlichen Kopf und deinen zwingenden Augen wirst du dir die Frauen nach Belieben untertan machen, dachte Lavinia und ärgerte sich darüber. Es schmerzte sie, selbst seiner beherrschenden Art erlegen gewesen und von ihm leidenschaftlich angerührt worden zu sein, mehr noch aber tat ihr die Entwicklung weh, welche er seinem Leben gegeben hatte. Du hättest alle Anlagen gehabt zu einem großen Menschen, dachte sie und kämpfte gegen das Verlangen an, Paolo ins Gesicht zu schlagen. In diesem Moment öffnete er die Augen. Sie erschrak. Durchdringend fixierten sie seine Aquamarine.

»Lavinia.« In seiner Stimme schwang ungläubiges Staunen.

Er löste seine Augen nicht von ihr und unterließ jeden Versuch, sich zu bewegen. Ganz allmählich glaubte Lavinia, in seinen Augen Verunsicherung zu erkennen. Nun fühlte sie sich stark und gegen seinen Blick gewappnet. Ungewohnte Hitze durchflutete ihren Körper. Sie wurde sich der Möglichkeit bewußt, diesen vor ihr an einen Stuhl gefesselten Mann gefahrlos zu quälen und zu töten. Es verlangte sie danach, ihm den Schmerz zurückzugeben, den er ihr zugefügt hatte. Sie wollte ihn quälen. Langsam erhob sie sich von ihrem Hocker, griff nach der Fackel und trat auf ihn zu.

»Was tust du?«

Auf seiner Stirn bildeten sich erste Schweißperlen. Ihre Hand zitterte, als sie die Fackel seinem Bauch näherte. Die Flammen züngelten unter seinem Kinn. Paolo stöhnte und starrte sie an. Wie er schauen kann, wie einer, der bezwingen will, nicht wie einer, der bittet. Du hast Michele getötet, mich bezwingst du nicht, dachte sie und spürte Freude darüber, daß sie Gewalt über ihn hatte. Sie hob die Hand mit der Fackel einen Fingerbreit an. Nun kamen die Flammen Paolos Kinn bedenklich nahe. Seine Lippen zuckten, Schweiß lief seine Schläfen herunter. Einen weiteren Fingerbreit hob Lavinia die Fackel an. Nun berührten die obersten Flammenspitzen sein Kinn. Paolo schrie.

* 27 *

Allmählich ließ der Schmerz nach. Das Feuer brannte in einiger Entfernung, Lavinia hatte ihre Hand zurückgezogen und war einen Schritt nach hinten getreten. Wie sie mich ansieht, als ob sie nur kurz innehalten will, um mir dann den entscheidenden Stoß zu versetzen. Sie weiß alles, natürlich weiß sie alles. Ist das Haß in ihren Augen? Mein Gott, ich habe ihr Michele genommen, sie wird es mir nie verzeihen.

Mein Gott? Paolo zuckte zusammen bei dieser Frage. Er spürte eine schmerzhafte Sehnsucht nach jemand, dem er sich anvertrauen konnte. Während er in den nachlassenden Schmerz hinein Lavinias Augen fixierte, sehnte er sich danach, Hoffnung haben zu dürfen, Hoffnung auf ein Geborgensein, das er nur aus dunkelster Erinnerung kannte. Weit, allzu weit war die Mutter entfernt, und Ephraim, an den er als nächstes dachte, hatte die Vaterrolle zu sehr mit seinem glänzenden Verstand als mit Gefühlen ausgefüllt. Außerdem war er zu früh gestorben. Nein, gestand sich Paolo ein, Geborgenheit kannte er schon lange nicht mehr, und er glaubte nicht mehr daran, diese jemals im Leben finden zu können. Auch wenn es ihm in diesem Augenblick die Kehle zuschnürte vor Angst, glaubte er nur noch an die schiere Ausübung von Macht auf Erden sowie an die Kraft des Bösen. Ja, den Teufel mochte es geben, Gott dagegen nicht, denn gäbe es Gott, er hätte verhindert, daß Michele in den Tod sprang. Aber Michele war gesprungen. Aus freien Stücken. Und die einzige Gerechtigkeit, die es gab, war nun Lavinias Rache. Die Angst davor schnürte Paolo die Kehle zu.

»Was hast du getan, Paolo Scalieri?«

Seine Knie zitterten. Wenn er jetzt nicht antwortete, befürchtete er, würde die Fackel wieder näher kommen, würden die Flammen seine Haut versengen, würde seine Nase verbranntes Fleisch riechen müssen, würde ihm der Schmerz den Verstand rauben. Ja, er hatte Angst vor Schmerzen, panische Angst. Beinahe alles würde er tun, um die höllischen Schmerzen zu vermeiden, die ihm Lavinia gleich bereiten würde. Er rang nach Atem und wollte Worte formen, doch seinem Hals entfuhr kaum ein schwaches Röcheln. Mit den Händen wollte er Lavinia ein Zeichen machen, aber die Arme waren hinter dem Stuhl festgebunden. Er rollte die Augen und spitzte den Mund, tat, als würde er flüstern und versuchte dabei erneut, einen vernünftigen Ton auszustoßen. Vergeblich. Sie beachtete seine Bemühungen nicht und wich seinem Blick aus. Wie sollte er ihr seinen Willen aufzwingen, wenn nicht mit seinen Augen?

»Was hast du getan?«

Jetzt hob sie ihren Arm an. Es geschah so langsam, wie ein Wurm über eine staubige Straße kriecht. Den Wurm könnte ich zertreten, fuhr es Paolo durch den Kopf, und ich wollte, ich könnte dich zertreten. Scharf packte ihn eine Zornesattacke. Michele ist freiwillig gesprungen, dich aber würde ich stoßen, dachte Paolo wütend. Paolo wollte seine Wut hinausschreien und konnte es nicht. Sein Herz schlug wild vor Groll und Ohnmacht. Die Fackel näherte sich unaufhaltsam seinem Gesicht. Schon sah er den rotglühenden Punkt an der Stelle, an der die Flammen am stärksten von dem pechgetränkten Holzstab wegflackerten, und dieser Glutpunkt strebte auf sein linkes Auge zu. Die Hitze wurde unerträglich. Das Auge schloß sich, doch Paolo zwang das Lid nach oben. Er wollte standhalten, und er wollte sich die Gelegenheit bewahren, seiner Peinigerin ins Auge zu sehen. »Sieh dieses Rot und denke rot«, hatte Ephraim geraunt und das »R« gerollt. Mit aller Anstrengung seiner Willenskraft könnte er vielleicht dem Schmerz widerstehen. Auch das ist

Machtausübung, dachte Paolo trotzig und starrte ins Rot der glühenden Fackelspitze. »Alles um dich ist rot. Dir wird warm. Heiß wird dir, unendlich heiß. Rot und heiß.« Er erinnerte sich an Ephraims Stimme und verlor die Welt um sich her. Aber Lavinia holte ihn in das Kellergewölbe zurück mit ihrer erneuten Frage: »Was, Paolo Scalieri, hast du getan?«

Der Glutpunkt verharrte drohend vor seinem linken Auge. Nun mußte er es schließen.

»Ich werde dich blenden!«

»Nein!«

Endlich. Er hatte wieder Stimme. Die Hitze vor seinem Gesicht nahm ab.

»So sprich! Was hast du getan?«

»Ich habe ihn nicht gestoßen. Er ist gestolpert und gefallen.«

»Du lügst! Er ist nicht gestolpert.«

»Doch. Er ist ...«

Die Fackel stieß nach vorne und berührte sein Augenlid. Scharf stieß der Schmerz mitten in seinen Kopf. Es wurde dunkel, und für einen Augenblick meinte er, das große Dunkel vor dem Aufblitzen des Anfangs zu schauen. Dann dachte er, das linke Auge sei verbrannt, doch bei weichender Hitze konnte er es wieder öffnen. Er kniff das rechte Auge zu und sah Lavinia, die drohend vor ihm stand.

»Entweder du sagst die Wahrheit, oder ich brenne dein Auge aus.«

»Spring – ich habe ›Spring!‹ gesagt. Mehr nicht.«

Lavinia ließ die Fackel sinken. Von einer Sekunde auf die andere wirkten ihre Augen tot. Paolo spürte, die Gefahr war fürs erste vorüber.

Ihr wurde schwarz vor Augen. Mein Gott, dachte sie, er sagt die Wahrheit. Es hatte nur eines einfachen Befehls bedurft, schon war Michele bereit gewesen, sein Leben zu opfern. Paolo hatte nur seine Schwäche ausgenutzt, mehr nicht. Wie sollte sie da Rache üben? Ich kann es nicht, dachte sie, ich darf es nicht. Niemals hätte ich es gedurft, wenn ich meiner Sache treu bleiben will, niemals werde ich es dürfen. Sie blickte ihn an und doch durch ihn hindurch. Gerade noch rechtzeitig hatte sie innegehalten in ihrem Wüten, denn viel hatte sie nicht mehr davon abgehalten, mit der Fackel den letzten Schritt zu tun und ihn zu blenden, damit seine innere Blindheit endlich ihre Entsprechung finde in der äußeren Welt. Wie blind er war! Blind gegen seine Gabe, blind gegen seine Mitmenschen, blind gegen Gott. Aber um ein Haar wäre sie genauso blind geworden. Mit einemmal wußte sie, daß sie nicht zur Rache berufen war. Ihre Aufgabe in diesem Leben lag nicht im Vernichten, sondern im Heilen, nicht im Zerstören, sondern im Aufbauen. Und den Teufel, der in Paolo steckte und der nichts anderes im Sinn hatte als Macht, diesen Teufel galt es zu bannen.

Sie trat einen Schritt zurück und begann mit der brennenden Fackel ein Pentagramm, mit der Spitze gegen Paolo gerichtet, auf den Boden zu malen. Mit seinem ureigenen Zeichen wollte sie ihn schlagen. Er sollte nachdenken über sich selbst, und wenn er dies konnte, öffnete sich ihm vielleicht ein Ausweg von seinem Pfad ins Verderben. Ansonsten mochte er weiter auf den Abgrund zuschreiten und sich dem Teufel verschreiben. Sie trug dafür keine Verantwortung.

»Du hast seine Schwäche ausgenutzt und deine eigene Stärke mißbraucht. Du hast in ihm getötet, was dir fehlte. Wußtest du, daß ihr beide im Zeichen des Pentalpha geboren wurdet?« Paolo schüttelte den Kopf. »Ihr wart füreinander geschaffen, er war der Schlüssel zu deinem Schloß. Du hast deine zweite Hälfte in den Tod geschickt. Alles, was du ihm angetan hast, hast du dir selbst angetan.«

Sie steckte die Fackel in die Wandhalterung, setzte sich auf den Hocker und sah ihn an. Ob er verstand, was sie ihm sagen wollte? Seine Augen irrlichterten. Sie sah es mit Genugtuung, stand auf und nahm die Fackel wieder in die Hand. Nun konnte sie ihn sich selbst überlassen. Wenn er noch einen Funken Anstand in sich hatte, würde er sie nicht mehr behelligen. Aber sie spürte immer noch Lust, sich an ihm zu rächen, ihm wenigstens Schmerz zuzufügen, und sie wußte, sie würde es sich später nicht verzeihen, die Gelegenheit ausgelassen zu haben. Aber es durfte kein körperlicher Schmerz sein, davon hatte er genug erfahren. Sie atmete auf, als ihr die Lösung in den Sinn kam. Wenn sie ihn wirklich treffen wollte, mußte sie ihm seine Hoffnung zerstören.

»Gib deine Suche auf! Ich habe das Buch verbrannt.«

Selten war ihr eine Lüge geläufiger über die Lippen gekommen. Sie hob die Fackel gegen sein Gesicht und leuchtete ihn an. Er kniff seine Augen zusammen und erwiderte ihren Blick. Aber in seinen Aquamarinen lag keine Kraft mehr. Sie wußte, sie hatte gewonnen. Sie ließ die Fackel sinken und ging langsam durch das Gewölbe zu dem Gang, der zur Wendeltreppe führte. An der letzten Säule traf sie auf Raul, der sie aus seiner schwarzen Kapuze fragend anblickte.

»Laß ihn in einer Stunde frei und paß auf ihn auf. Ich möchte nicht, daß er mir noch einmal zu nahe kommt.«

»Du kannst dich auf mich verlassen«, antwortete Raul und begleitete Lavinia bis zur Wendeltreppe. Dann ging er in das Gewölbe zurück, steckte seine Fackel in die Wandhalterung und setzte sich auf den Hocker vor Paolo. Langsam schlug er seine Kapuze zurück. Durch Paolos Körper ging ein Ruck.

»Du bist ...?« Paolos Stimme versagte.

Raul fletschte die Zähne. Die Flamme an der Wand flakkerte und warf zuckende Schatten. An Paolos Schläfe trat eine Ader hervor. Seine Augen vergrößerten sich, sein Blick wurde durchdringend und drohend.

»... ein Vertrauter von Kardinal Borgia.« Raul ergänzte Paolos Satz leise. »Ich werde auf dich aufpassen. Du suchst eine Handschrift, die unserem Kardinal sehr am Herzen liegt und die zu lesen du keine Befugnis hast. Was willst du mit dem Traktat?«

»Ich denke, das Buch ist verbrannt?«

»Nicht, was du denkst, will ich hören, sondern was du mit dem Buch willst«, erwiderte Raul und überlegte, was Paolo mit seiner Behauptung bezwecken könnte. Hatte Lavinia sich zu dem Traktat geäußert? Er kannte ihren Wunsch, niemand solle die Handschrift je wieder zur Hand nehmen können, und er hatte versucht, diesen Wunsch zu erfüllen, ohne den Folianten zu zerstören. Paolo will herausfinden, ob die Handschrift noch existiert, folgerte Raul und beschloß, ihn in dem Glauben zu bestärken, daß das Buch vernichtet war.

»Du hast mit Pater Stefano gesprochen? Wegen der Abschrift?«

»Es gibt keine Abschrift.«

»Der Kardinal ist sehr ungehalten über diesen Umstand. Nur die Abschrift hätte uns den Inhalt des Traktats erhalten. Was wolltest du mit dem Buch? Warum hast du in der Bibliothek geforscht?«

»Das Traktat hat Wahrheiten enthalten, die mir dabei hätten helfen können, den Kardinal besser zu beraten.«

»Du rätst jedem nur zu deinem eigenen Vorteil. Ich kenne dich. Dein Spiel ist aus.« Raul stand auf. »Du wirst keine Geheimnisse mehr ausforschen, verstehst du mich?«

Er trat auf Paolo zu und legte seine rechte Hand um Paolos Hals. Er spürte den Kehlkopf hüpfen, und er sah den Schrecken in Paolos Augen. Es wäre jetzt so einfach, dachte er, diese gefährliche Laus zu zerdrücken. Aber Lavinia hatte gesagt, er solle Paolo nach einer Stunde freilassen. Sie würde nicht wollen, daß er ihn tötete. Noch nicht. Aber, mahnte sich Raul, der Kerl ist gefährlich. Er drückte zu. Paolo keuchte und rang nach Luft.

»Du wirst die Heilerin in Ruhe lassen!«

Paolo versuchte zu nicken. Raul verstand die Geste, hielt aber weiter Paolos Hals umklammert.

»Du wirst dich mit Ratschlägen für unseren Kardinal zurückhalten!«

Paolo schloß und öffnete die Lider zum Zeichen seines Einverständnisses.

»Anderen wirst du gar keine Ratschläge mehr erteilen!«

Paolo regte sich nicht.

»Gar keine Ratschläge!« Raul betonte die einzelnen Silben und preßte mit jeder Silbe seine Hand fester zusammen. Paolo wand sich unter dem Griff und versuchte eilig zu nikken. Endlich ließ Raul los. Paolo japste nach Luft.

»Jeden Tag werde ich dein Schatten sein. Du wirst keinen Schritt machen können, ohne daß ich weiß, was du tust. Wenn du dich nicht an unsere Abmachung hältst ...«

* 29 *

Eine sonderbare Lähmung ergriff Paolo. Immer wieder durchlebte er in Gedanken die Begegnung mit Lavinia, und in seinen Träumen spielte sich die Szene auf dem Dach der Scalieri ab, allerdings in teilweise wundersamen Abwandlungen. Oft war er es dann selbst, der in die Tiefe sprang. Ob er wollte oder nicht, Micheles letzte Minuten gewannen eine außergewöhnliche Bedeutung für Paolos tägliches Leben. Manchmal verzweifelte er an Lavinias Worten, weil er fühlte, daß sie recht hatte. Außerstande, Micheles Tod zu betrauern oder wenigstens zu bedauern, gab er sich dieser Lähmung hin und zog sich vom lebhaften Treiben der Stadt zurück. Manchmal erfaßte ihn ein tiefes Selbstmitleid, dann war er sogar in Versuchung, jenen Gott anzurufen, von dem er eigentlich doch überzeugt war, daß es ihn nicht gab. Aber mit der Zeit nahm dieses Selbstmitleid ab und machte einem dumpfen Zorn Platz, für den er noch kein Ziel hatte. So überlegte er wochenlang, wie er Caterinas Handeln einschätzen sollte; hatte sie ihn wissentlich in die Falle tappen lassen, oder war sie nur ein schuldloses Werkzeug Lavinias gewesen? Unschlüssig pendelte seine Einschätzung hin und her, und einmal überwog in seinem Herzen die Wut, wenn er an die *cortigiana* dachte, dann wieder das Begehren. Da er aber derzeit beiden Gefühlen keinen Raum geben durfte – zu gefährlich wäre es gewesen, sich den Papstsohn Franceschetto zum Feind zu machen –, blieb er auch bezüglich Caterinas letztlich in seinen Gefühlen gehemmt und in seinem Tun gelähmt. Und über Lavinia, die ihm einerseits Angst einflößte und ihn andererseits zornig machte, holte er zwar vorsichtig Erkundigungen ein und fand heraus, wo und wie sie lebte, aber Folgen hatte dies nicht. Er blieb in seiner sonderbaren Lähmung gefangen und lebte lange Zeit fast wie ein Eremit. Er verließ das Haus nur für dringende Besorgungen oder wenn ihn Rodrigo de' Borgia zu sich bat. Nach wie vor legte der Kardinal Wert auf seinen Rat, aber Paolo hatte den Eindruck, daß der Ton, in dem der Spanier mit ihm sprach, zurückhaltender geworden war. Das verwirrte ihn. Aber noch mehr verunsicherte ihn die Beschattung durch den falschen Benediktiner, der seine Ankündigung wahr gemacht hatte und ihm mal offen, mal verdeckt folgte, wenn er sein Haus verließ. Nie konnte Paolo sicher sein, daß er unbeobachtet war. Daher mied er alle engen und dunklen Gassen und war peinlich darauf bedacht, sich stets in der Nähe von Menschen aufzuhalten, wenn er durch die Stadt ging. An einsamen Plätzen erwartete er jederzeit einen Angriff seines unheimlichen Beschatters, und dann peinigten ihn immer wieder die Erinnerungen an Giuseppe und den tödlichen Überfall. Selbst als mehrere Monate ohne Zwischenfall vergangen waren, zwang sich Paolo zu höchster Aufmerksamkeit, weil er insgeheim befürchtete, Raul würde ihn nur in Sicherheit wiegen wollen, um dann seine Arglosigkeit mit einem heimtückischen Anschlag auszunutzen.

So lebte Paolo wochenlang voller Anspannung und Angst, und erst mit der feierlichen Einführung Giovanni de' Medicis in sein Kardinalsamt erwachte er aus seiner Lähmung. Alt genug, nun den vor über zwei Jahren verliehenen Kardinalspurpur öffentlich zu tragen, ritt der jüngere der beiden Söhne Lorenzos mit prächtigem Gefolge in Rom ein und wurde von Papst Innozenz feierlich auf der Engelsburg empfangen. Wie früher schon wurden auf dem Dach des alten Hadrianeums Dutzende Zeltplanen aufgebaut und viele Diwane aufgereiht, um es den Gästen in luftiger Höhe bequem zu machen. Von morgens bis abends trieb Franceschetto Cibó die Diener und Helfer an, denn er wollte seinem Schwager ein rauschendes Fest bereiten, dessen er sich sein Leben lang erinnern sollte, und am besten, so dachte der Papstsohn, wäre es, wenn dieses Fest die Pracht von Maddalenas Einzug in Rom noch übertreffen würde. Am ersten Abend erschienen all jene Kardinäle, die dem Herrscher von Florenz wohlgesinnt waren, und kein Geringerer als Giuliano della Rovere hielt Giovanni de' Medici den Steigbügel, als er vor Castel Sant' Angelo von seinem Rappen stieg. Bescheiden reihte sich Paolo, der von einem Boten der Medici eine Einladung erhalten hatte, in die Riege der Medicigetreuen ein, um Giovanni mit Hochrufen zu begrüßen, als er die Engelsburg betrat, und er staunte, als er die Selbstsicherheit bemerkte, die der siebzehn Jahre alte Kardinal ausstrahlte. Später, als ihm Giovanni die Hand reichte zum Ringkuß, spürte Paolo die unbändige Lebenskraft des Medici und grübelte während der folgenden Nacht, ob es wirklich klug war, sich dem Borgia allzusehr als Ratgeber zu verbinden, denn Giovanni de' Medici würde eine glänzende Zukunft bevorstehen.

Nur wenige Wochen nach seiner Amtseinführung schien sich jedoch das Schicksal gegen den jungen Kardinal zu wenden, als die Welt von der Nachricht erschüttert wurde, daß Lorenzo de' Medici gestorben war. Giovanni las in Sankt Peter ebenso eine Messe für seinen Vater wie in San Giovanni in Laterano und trug von Woche zu Woche schwerer an seiner Trauer, weil die Nachrichten aus seiner Heimatstadt immer trüber wurden. Piero de' Medici, so hieß es, herrsche auf eine Art über die Stadt, die jede Vornehmheit vermissen lasse, und der Prediger vom Weltenende und große Feind der Medici, Girolamo de' Savonarola erhalte täglich mehr Zulauf. Schließlich sah sich der Papst gezwungen, den Medici beizuspringen. Er ernannte den jungen Kardinal zum Legaten für Tuszien und schickte ihn nach Florenz, um die Macht der Medici zu sichern.

Nun näherte sich der Einfluß des Vizekanzlers Rodrigo de' Borgia seinem Höhepunkt, und Paolo wurde sich zunehmend seiner schwierigen Lage bewußt. Er wollte als Berater des mächtigsten Kardinals in Rom an dessen zukünftiger Macht teilhaben und sich nicht von einem unheimlichen Benediktiner verängstigen lassen. Paolo spürte, wie in ihm die Wut auf Raul zunahm, und er begann zu überlegen, wie er sich dessen Überwachung entledigen konnte. Außerdem holte ihn mit zunehmendem Zorn auch der Gedanke an Rache wieder ein, immerhin war Raul auch der Mörder seines Onkels Giuseppe, und Paolo hatte aufgrund des überraschenden Geständnisses von Michele auch den dringenden Verdacht, daß Raul am Tod seines Großvaters Antonio Scalieri Schuld trug. Schließlich sehnte er einen Überfall durch den falschen Benediktiner herbei, um ihn im offenen Kampf zu besiegen. Zu diesem Zweck übte er jeden Tag mit dem Kurzschwert und suchte nun, wenn er durch die Stadt ging, mit Absicht die stillen Gassen und Plätze auf in der Hoffnung, Raul werde ihn angreifen. Aber der Spanier schien ihn zu durchschauen, denn manchmal zeigte er sich absichtsvoll hinter einem Mauervorsprung und grinste verschlagen, ohne sich ihm jemals weiter zu nähern.

Paolo wußte, daß er vorsichtig sein mußte, solange Raul die Gunst Rodrigo de' Borgias genoß, und beschloß schließlich, ihm eine Falle zu stellen. Da sie sich beide häufig im Palazzo des spanischen Kardinals aufhielten, war es Paolo ein leichtes, Raul, über den er nach und nach die eine oder andere bemerkenswerte Einzelheit von den Bediensteten im Palazzo erfahren hatte, einen Brief zuzuspielen. Es müßte ihm nur gelingen, den Spanier mit einem guten Vorwand an einen einsamen Ort zu locken. Mit dem Überraschungsmoment auf seiner Seite wäre Raul ihm ausgeliefert.

* 30 *

Der Vizekanzler stand an seinem Schreibpult und tropfte rotes Wachs auf ein Stück Pergament. Liebevoll drückte er seinen Siegelring in das Wachs und betrachtete nachdenklich den Stier mit den hochgereckten Hörnern. Er schien seinen Besucher nicht weiter zu beachten, sondern faltete das Pergament sorgsam und steckte die Urkunde in eine Ledertasche. Dann erst blickte er auf und fragte: »Nun?«

»Es ist an der Zeit, ehrwürdiger Vater, Vorbereitungen zu treffen.«

»Du meinst, für ein Konklave?«

»In wenigen Tagen wird der Herr den Heiligen Vater zu sich rufen.«

»Das Volk von Rom rechnet seit Wochen mit dem Tod des Papstes, und er liegt immer noch mit gierigen Augen auf seinem Lager, säuft täglich drei Becher Frauenmilch und verschachert die Ämter, über die sein Nachfolger gebieten sollte. Wer sagt mir, daß du dich nicht irrst?«

»Neuerdings geht sogar das Gerücht, sein Leibarzt flöße ihm Knabenblut ein«, bemerkte Paolo.

»Das ist Unsinn. Nun sag, wie lange dauert dieses Sterben noch?«

»Weniger als fünf Tage, ehrwürdiger Vater. Bereitet Euch vor, damit sich die Vorhersage der Eule erfüllt.«

»Du bist dir sicher?«

»Vollkommen.«

»Nun – bisher sind deine Vorhersagen eingetroffen. Ich werde mich vorbereiten.«

»Kann ich Euch behilflich sein?«

»Was könntest du tun?«

»Mit dem einen oder anderen Kardinal sprechen, wenn Ihr das wünscht. Ein wenig habe ich mir in Rom bereits den Ruf eines guten Ratgebers erworben, meint Ihr nicht?«

»Was willst du mir damit sagen?«

»Der eine oder andere der Kardinäle wird vielleicht unentschlossen sein, wem er seine Stimme geben soll. Wenn einer, der für seine zutreffenden Vorhersagen bekannt ist, so einem Wankelmütigen voraussagt, wen der *Spiritus Sanctus* erwählen wird, dann könnte das dem Unentschlossenen doch ein Fingerzeig sein, wem er bereits im Konklave seine Freundschaft bezeigen sollte.«

»Der Vorschlag gefällt mir. Ich werde bei meinen Vorbereitungen auf die Wankelmütigen achten.« Er trat hinter seinem Schreibpult vor und streckte Paolo die Hand entgegen. Der beugte leicht das Knie und küßte den Ring. »Halte dich bereit, Scalieri. Du sollst diesmal auf meiner Seite stehen.«

Paolo ging, und Rodrigo de' Borgia schrieb einen Brief an seinen Sohn Cesare, in welchem er ihn bat, Pisa zu verlassen und schnellstmöglich nach Rom zu kommen. Der junge Protonotar wäre ein geeigneter Helfer im Auskundschaften derjenigen Kardinäle, die weder seine offensichtlichen Freunde noch seine Gegner waren. Dann mochte sich Scalieri an der Umsetzung seines Planes versuchen. Und wenn die List bei einem der Purpurträger nicht verfing, konnte man immer noch in die Schatztruhe greifen oder auf andere Möglichkeiten sinnen. Ein Lächeln huschte über Rodrigos

Gesicht. Und jetzt, dachte er, stärke ich mich mit meinem Vögelein. Er rief seinen Diener.

»Diesen Brief hier bringe zu den Eilboten. In zwei Tagen muß die Nachricht meinen Sohn in Pisa erreichen. Sorge dafür, daß die besten Boten mit der Aufgabe betraut werden. Danach eile zum Palazzo Orsini und grüße Madonna Giulia von mir. Wenn sie es einrichten kann, wirst du sie zu mir begleiten.«

Fröhlichen Sinnes dankte der Kardinal dem Schicksal, das Orsino Orsini zum Einäugigen gemacht hatte. Wer weiß, dachte Rodrigo, ob Orsino mit zwei Augen genauso weggesehen würde, und er spürte, wie die Vorfreude auf seine bald achtzehnjährige Geliebte wuchs. Wenn ich erst Papst bin, werde ich Giulias Bruder Alessandro angemessen dafür belohnen, daß er mir dieses Vögelchen zugeführt hat.

Drei Tage später verkündeten die Glocken Roms den Tod des Papstes Innozenz, und der Vizekanzler befahl Paolo zu sich in den Palazzo.

»Du hast eine gute Vorhersage gemacht. Ich hoffe, auch deine große Weissagung trifft ein. Wir haben nun neun Tage, um Innozenz zu betrauern. Danach beginnt das Konklave. Du wirst mir helfen, die Wankelmütigen für mich zu gewinnen. Einen weiß ich schon, um den du dich kümmern kannst.«

»An wen denkt Ihr, ehrwürdiger Vater?«

»An Maffeo Gherardo.«

»Ich werde einen Weg finden, ihn Euch gewogen zu stimmen.«

»Du mußt mir seine Stimme sichern, da darf kein Zweifel bleiben. Die anderen Wankelmütigen werde ich in den nächsten Tagen benennen und dir sagen, welcher deiner Weissagung bedarf. Warten wir, bis alle Kardinäle eingetroffen sind. Geh und besorge mir Gherardos Stimme! Mich ruft die Pflicht. Die Sedisvakanz ist eine schwere Zeit.«

Als Paolo die breite Treppe im Palazzo Borgia hinunterschritt, begegnete ihm eine junge Frau, beinahe noch ein Mädchen, in einem reich bestickten Kleid. Den langen Hals zierte eine Perlenkette, unter dem eng geschnürten Brusttuch deutete sich die Schwellung ihres Busens an. In ihr Kinn war ein neckisches Grübchen gekerbt. Ihr Schritt war so anmutig, daß Paolo ihr bezaubert in die Augen blickte. Ihre Augen strahlten, und sie schenkte ihm ein hinreißendes Lächeln. Paolo legte seine rechte Hand aufs Herz und verneigte sich. Sie deutete im Vorübergehen ein Nicken an und entschwebte die Treppe hinauf. Das also ist Lucretia, die heute schon Roms Männern die Köpfe verwirrt und bereits mit dem zweiten Mann verlobt ist. Wahrhaft eine Schönheit. Während Paolo ihr gebannt hinterherblickte, glaubte er alle Geschichten, die er im zurückliegenden Jahr über die Tochter des Kardinals gehört hatte. Ganz Rom sprach von Lucretias Schönheit, und halb Rom, dachte er, munkelt über ihre Verderbtheit. Plötzlich hatte er einen Einfall, wie er seinem lästigen Schattenmann eine Falle stellen konnte. Der falsche Benediktiner war immer noch ein Liebhaber junger Dirnen, und mit der Aussicht auf ein besonderes Mädchen mochte man ihn durchaus ködern können. Und während Paolo noch darüber nachdachte, Raul Barca mit Lucretia in eine Falle zu locken, erkannte er die Möglichkeiten dieses Gedankens. Was einmal gut war, mochte ein zweites und gar drittes Mal zum Erfolg verhelfen, und er dankte dem Borgia dafür, daß er eine so verführerische wie verruchte Tochter gezeugt hatte.

»Was muß ich diesem störrischen Alten versprechen, damit er mir seine Stimme gibt?« fragte Rodrigo de' Borgia neun Tage später, nachdem Paolo berichtet hatte, daß Maffeo Gherardo in den letzten Tagen wiederholt hatte durchblikken lassen, seine Stimme sei nicht für himmlischen Lohn zu haben. Nun mußte gehandelt werden. Die Trauertage waren vorüber. In zwei Tagen würden sich alle fünfundzwanzig Kardinäle in der Sixtinischen Kapelle einschließen, um einen neuen Pontifex Maximus zu wählen. Nur noch zwei Tage, um die Wankelmütigen auf die Seite des Vizekanzlers zu ziehen und eine Mehrheit zu sichern, auf die man bei der Wahl bauen konnte. Erst wenn deutlich wurde, daß es im Konklave keine Mehrheit gegen Rodrigo de' Borgia gab, würden seine Gegner ihren Kampf aufgeben und für ihn stimmen. Noch konnten sich Giuliano della Rovere, Ascanio Sforza und Raffael Riario Hoffnungen auf die Tiara machen, noch fehlten dem Borgia zwei Stimmen zur Mehrheit. Eine davon führte Maffeo Gherardo, die andere Ascanio Sforza.

»Bei Gherardo«, antwortete Paolo nach längerem Nachdenken, »wird meine Vorhersage nicht verfangen, wohl aber bei Kardinal Sforza.«

»Gut. Versuche es noch heute bei Ascanio. Trotzdem brauche ich eine Lösung für den Venezianer, damit wir sicher sein können. Ein zweites Mal will ich nicht scheitern.«

»Ihr werdet verstehen, ehrwürdiger Vater, daß Maffeo Gherardo nicht allzusehr nach irdischem Reichtum trachtet.«

»Ihm ein Bistum zu versprechen, halte ich in der Tat für töricht.«

»Ihr müßt ihm etwas Einzigartiges gewähren.«

»Aber was?«

»Versprecht ihm eine Nacht mit Eurer Tochter.«

Rodrigo de' Borgia riß die Augen auf. Dann lachte er schallend.

»Du meinst, das hilft?«

»Ja. Und vermählen solltet Ihr Eure Tochter mit einem Mitglied aus dem Hause Sforza.«

Diesmal klatschte der Kardinal vor Begeisterung in die Hände.

»Du hast recht. Von ihrem jetzigen Verlobten Gasparo de' Procida habe ich in Zukunft nichts mehr zu erwarten. Du bist ein gewitzter Kopf, verwendest meine Tochter gleich doppelt.«

Sogar dreifach, aber das brauchst du nicht zu wissen, dachte Paolo zufrieden, während Rodrigo de' Borgia noch in sich hineinkicherte.

»Nun geh und gewinne mir die Stimmen«, befahl der gutgelaunte Vizekanzler und wandte sich von Paolo ab.

Im Hinausgehen überreichte Paolo dem alten Diener einen kunstvoll gesiegelten Brief, den dieser ohne Nachfrage entgegennahm und ohne Nennung der Herkunft an Raul auszuhändigen versprach. Nun nehmen drei Schicksale ihren Lauf, dachte Paolo zufrieden, verließ den Palazzo Borgia und machte sich auf den Weg zum Palazzo der Sforza unterhalb des Quirinals.

Kaum hatte Paolo das Arbeitszimmer des Vizekanzlers verlassen, als ein vornehm gekleideter junger Mann durch eine Seitentür eintrat und vom Kardinal liebevoll begrüßt wurde.

»Ich freue mich, mein Sohn, daß du so rasch von Pisa geritten kommst, denn ich bedarf deiner Unterstützung in diesen schweren Tagen.«

»Mein Vater, Ihr wißt, wie sehr es mich drängt, mich um Euch verdient zu machen«, erwiderte Cesare Borgia mit sanfter Stimme. Mit allem Für und Wider legte der Kardinal seinem Sohn, dem zweiten, den ihm Vanozza geboren hatte, die Ausgangslage für das Konklave dar, wen er für einen natürlichen Verbündeten und wen für einen unverrückbaren Gegner hielt.

»Soll ich, *Messer Rodrigo*, Kardinal Rovere unschädlich machen?« fragte der Sohn, als ihm die Unmöglichkeit bewußt geworden war, mit Giuliano della Rovere zu einer freundschaftlichen Verabredung zu gelangen.

»Nein, Cesare. Auch wenn er mein härtester Widersacher ist, ich will mich gegen lebende Feinde durchsetzen. Außerdem sollst du deine Hände nicht mit Blut beflecken.«

»Verzeiht, Vater, ich hätte andere Mittel.«

»So?«

»*Cantarella* – das beste Gift gegen unliebsame Mitmenschen.«

»Woher hast du das?«

Cesare zögerte mit der Antwort. »Aus jenem Traktat. Wer hat Euch übrigens die Handschrift zurückgebracht?«

»Du hättest mich vorher fragen müssen, mein Sohn, ehe du das Werk an dich nahmst. Solche Eigenmächtigkeiten kann ich nicht dulden. Doch ich verzeihe dir.«

»Woher wußtet Ihr, daß ich das Traktat besitze?«

Rodrigo de' Borgia blickte seinen Sohn nachdenklich an und schwieg.

»Wer hat Euch die Handschrift zurückgebracht?« fragte Cesare beharrlich.

»Warum willst du das wissen?«

»Wer Kenntnis hat von diesem Buch, kann uns gefährlich werden.«

Der Vizekanzler nickte. »Hast du die Handschrift gelesen?« fragte er besorgt.

Cesare wiegte den Kopf. »Nur einige ausgewählte Teile. Manches scheint mir sehr verwirrend, gerade die Ausführungen zum Anfang aller Dinge, aber auch jene Abschnitte, die sich damit befassen, wie es einem Menschen möglich sein kann, den Teufel selbst zu beschwören. Hier habe ich vieles beiseite gelassen, doch über die verschiedenen Gifte und manche einfachere Zauberformel habe ich mich kundig gemacht und dabei herausgefunden, wie wirkungsvoll *cantarella* einzusetzen ist.«

»In dem Buch gibt es Hinweise, wie Luzifer zu beschwören ist?« fragte der Vizekanzler ungläubig. Cesare nickte.

»Dann ist es wirklich ein gefährliches Buch. Gut, daß wir es wieder in unserem Besitz haben.«

»Wer hat es dir zurückgebracht?«

»Raul Barca.«

»Don Pedros Knappe?«

»Ja«, antwortete der Kardinal. »Raul Barca weiß viel.« Und nach einer kleinen Pause ergänzte er: »Viel zuviel.«

Cesare Borgia grinste verständnisvoll und fragte: »Wo befindet sich das Traktat jetzt?«

»An einem sicheren Ort. Du mußt Barca danach fragen.«

»Ich hätte das Buch gern wieder.«

»Alles zu seiner Zeit«, beschied der Vater. »Jetzt müssen wir uns überlegen, wie wir den jungen Cibó auf unsere Seite ziehen.«

Wie vor acht Jahren stieg Paolo die Prunktreppe hinauf und wurde von einem Diener in jenen dreieckigen Raum geführt, der an jeder Wandseite eine Tür aufwies. In den Kandelabern an den Wänden brannten Kerzen, die den Raum in ein dämmriges Zwielicht tauchten. Diesmal dauerte es keine fünf Minuten, bis Kardinal Ascanio Sforza die Tür öffnete und seinen Gast bat, in den lichtdurchfluteten Raum einzutreten. In der Mitte stand immer noch die lange Tafel mit den dreizehn Stühlen.

»Willst du mich erneut bewegen, einen italienischen Papst zu wählen?«

»Alles ändert sich, mein Herr, und viel habe ich gesehen in den letzten Jahren, die ich bei Maffeo Gherardo verbrachte als sein Ratgeber.«

»Davon habe ich gehört, und auch, was für erstaunliche Erfolge er seitdem in geschäftlichen Dingen aufzuweisen hat.«

»Der Herr hat mich mit einer seltenen Gabe gesegnet. Ich kann die Zeichen entschlüsseln, die er uns gibt, um seinen Willen anzukündigen.«

»Aus deinen Worten spricht Ketzerei.«

»Es ist keine Ketzerei, sondern im besten Glauben empfundene Wahrheit.«

»Und was für Zeichen hast du für das anstehende Konklave erkannt?«

»Der Herr salbt Rodrigo de' Borgia.«

Ascanio Sforza trat ans Fenster und blickte in den Innenhof hinab, wie damals Paolo, doch es huschte kein Benediktiner über die Pflastersteine. Schließlich bemerkte der Mailänder Kardinal: »Sollte er die Tiara im zweiten Anlauf erreichen? Was hast du noch für Zeichen gesehen?«

»Wenn Kardinal Borgia den Heiligen Stuhl bestiegen hat, wird er seine Tochter Lucretia mit einem Sproß Eurer Familie vermählen.«

Ascanio Sforza pfiff durch die Zähne.

»Nun denn«, flüsterte er, »ich werde es nicht verhindern.«

In dem sicheren Gefühl, den Mailänder Kardinal für Borgias Sache gewonnen zu haben, lief Paolo durch die Gassen hinter dem Pozzo Bianco hinüber zum Borgo und suchte den Patriarchen von Venedig in dessen Gemächern auf.

»Habe ich Euch nicht gesagt, es werde noch Großes geschehen in Rom und Ihr werdet dabeisein?«

Maffeo Gherardo legte seine Hand auf Paolos Kopf.

»Hast du, mein Sohn. Und wie gut die Geschäfte gehen, es ist eine Freude. Doch sprich, was wird das Konklave bringen?«

»Alle Zeichen sprechen für Rodrigo de' Borgia. Und dann, ehrwürdiger Vater, werdet Ihr eine große Freude erleben, denn Rodrigo de' Borgia wird Euch, wenn Ihr ihm Eure Stimme gebt, seine Tochter zuführen.«

»Lucretia?«

»Ja, Lucretia«, bekräftigte Paolo.

»Das wird mir in der Tat eine Freude sein. Ich danke dir, mein Sohn. Geh hin und sage dem Spanier, daß er auf meine Stimme zählen kann.«

* 31 *

»Habemus Papam!« Rom stürzte in einen Freudentaumel, als am Morgen des 11. August 1492 das Konklavefenster aufgestoßen und das Kreuz herausgehalten wurde. Überall in der Stadt wurden Zettel verteilt mit der Aufschrift: Unser neuer Papst ist Alexander VI., Rodrigo Borgia von Valencia.

Während die Römer feierten und ihrer Vorfreude auf ein glänzendes Krönungsfest freien Lauf ließen, führte Paolo den greisen Patriarchen von Venedig durch die winkligen Gassen des Borgo, über die Tiberbrücke hinein in die alte Stadt zum Hintereingang des Palazzo Borgia, der ebenso wie das vordere Tor von zwei Reihen bewaffneter Söldner geschützt war, um den Pöbel von der Plünderung des Kardinalspalastes abzuhalten. Rodrigo de' Borgia schützte auch diesmal seinen Besitz. Ehrfürchtig bildeten die Söldner eine schmale Gasse, um Maffeo Gherardo durchzulassen. Langsam durchschritten sie die Tür und erklommen die Treppen in das obere Stockwerk, geleitet von einer Dienerin, die sie in ein abgedunkeltes Schlafgemach führte. Mit glühendem Gesicht setzte sich der Kardinal auf das ausladende Bett.

»Du kannst nun gehen, mein Sohn.«

Paolo küßte dem Patriarchen den Ring und verließ den Raum. Draußen im Flur begegnete er Lucretia. Sie trug ein weißes Kleid, das ihre Körperlinien in weitem Faltenwurf umschmeichelte, und keinerlei Schmuck. Sie erkannte Paolo, und ein Lächeln huschte über ihr Gesicht. Als sie in dem Schlafgemach verschwand, loderte in Paolo das Begehren auf. Wie schön sie war, wie verführerisch und aufreizend. Die Lust sprang ihn an wie eine Katze, die sich blitzschnell auf die arglose Maus stürzt, und zugleich spürte er die Eifersucht in sich aufsteigen, daß der alte Lüstling Gherardo erhielt, was er begehrte. Er setzte sich am Ende des Flurs auf einen Hocker und wartete, bis er gerufen wurde, um Maffeo Gherardo wieder zurückzubegleiten in sein Zimmer im Vatikan, und kämpfte gegen das immer drängendere Verlangen an, diesen makellosen Körper zu besitzen, der sich nun einem alten, verdorrten Mann hingab. Hätte ich nicht auch diesen Lohn verdient, dachte Paolo voller Neid. Wer weiß, ob der Borgia ohne meine Mithilfe zum Papst gewählt worden wäre. Er fühlte sich auf einmal mächtig und hoffte auf eine große Zukunft als Berater des Heiligen Vaters, den er seines besseren Wissens wegen für alles andere als heilig hielt. Aber er wußte ja auch, daß es keinen Gott gab, denn Gott hätte die Wahl des Borgia verhindert. Wenn jemand die Welt regiert, dann der Teufel, dachte Paolo grimmig und fühlte dabei eine seltsame Art von Befriedigung. In diesem Augenblick öffnete sich die Tür des Schlafgemachs, und die junge Borgia winkte ihn heran. Rasch lief er zu ihr, und sie zog ihn ins Zimmer. Nackt stand sie vor ihm. Ihre Brüste waren köstliche Knospen, ihr Körper rein und voller Unschuld.

»Tu du es für ihn«, flüsterte sie und führte ihn zum Bett. Geschickt öffnete sie seine Hose, legte sich auf das Bett und zog ihn auf sich. Während Paolo noch erstaunt in die offenen Augen des schwer atmenden Patriarchen blickte, umfing ihn ihre Wärme. So unerwartet seine Lust ihr Ziel gefunden hatte, so berauscht von ihrem Körper und ihren kundigen Zärtlichkeiten gab er sich nun hin. Er schloß die Augen und verlor sich in ihr.

Er hatte jedes Gefühl für die Zeit verloren, fühlte sich so entspannt wie noch nie in seinem Leben und auf eine Art und Weise befriedigt, die er von nun an immer wieder erlangen wollte. Und er wußte auch schon, wie er dies erreichen konnte. Nicht bei der Tochter des Papstes, darüber war er sich im klaren, aber bei einer, die nun keinem Papstsohn mehr zu Willen sein mußte: Caterina. Nun, da er einem ersten Höhepunkt an Macht entgegenstrebte, würde die *cortigiana*, die ihn in die Falle im Keller gelockt hatte, ihm zu Willen sein. Von ihr würde er die Wiederholung des Genusses erhalten, den ihm Lucretia verschafft hatte. Tief erfüllt war er von diesem Wissen um sein künftiges Verlangen, als Lucretia sich langsam bewegte und ihn von sich schob. Sie hauchte ihm einen Kuß auf die Wange und entwand sich seiner Umarmung.

»Niemandem ein Wort«, flüsterte sie und zog ihr Kleid wieder an. Niemandem ein Wort, wiederholte er für sich, freute sich schon auf die Wiederholung mit Caterina und tastete benommen von seinen erregenden Gedanken nach seiner Hose. Da sah er den Kardinal neben sich mit offenem Mund liegen und erschrak. Gherardos Augen waren gebrochen. Der Patriarch von Venedig war gestorben, während Paolo sich mit Lucretia Borgia vereinigt hatte. Was für ein Zeichen wird dies sein, fragte sich Paolo bang, denn er hatte, als er Maffeo Gherardo zum Palazzo Borgia geleitet hatte, keinerlei Anzeichen einer schwindenden Lebenskraft gespürt. Doch dann wischte er jeden Zweifel an seinen Fähigkeiten beiseite. Hat dich jetzt endlich der Teufel geholt, du alter Lustmolch, dachte er und spürte späte Genugtuung.

Als Paolo wenig später über die Freitreppe des Palazzo hinabschritt zum vorderen Tor, kam ihm Raul entgegen. Paolo zwang sich, ruhig weiterzugehen, und musterte den falschen Benediktiner, der seinen Blick mit einem verschlagenen Lächeln und einem knappen Kopfnicken erwiderte. Dann gingen sie wortlos aneinander vorbei.

* 32 *

Vor dem lichtdurchfluteten Fenster stand der festlich gedeckte Tisch, an dem Raul vor allem die funkelnden Kristallkelche auffielen. Das Licht spiegelte sich in dem geschliffenen Kristall und zauberte ein Farbenspiel, als hielte man einen Diamanten gegen die Sonne. Mit wenigen Schritten kam ihm sein Gastgeber entgegen, ein junger Mann im festlichen und doch schlichten Gewand. Sein hageres Gesicht mit der langen, aber wohlgeformten Nase, geheimnisvoll dunklen Augen unter buschigen Brauen und einem sich spitz verjüngendem Kinn strahlte eine heitere Freundlichkeit aus. Mit einer formvollendeten Geste zog er den Seidenhandschuh von seiner rechten Hand, ehe er sie zum Gruß erhob und dann an seine Brust führte. Am Ringfinger trug er einen schweren Ring mit einem fein gearbeiteten goldenen Stier, dessen Leib sich bauchig wölbte und dessen Hörner spitz wie Nadeln gearbeitet waren.

»Sei mir willkommen, Knappe meines geliebten Bruders!« Er wies auf einen Stuhl an der linken Seite des Tischs und setzte sich Raul gegenüber.

»Es ist mir eine Ehre, *Messer Cesare*, mit Euch zu tafeln«, erwiderte Raul und ergötzte sich an dem feinen Geschirr und dem wohlgeformten Silberbesteck.

»Seine Heiligkeit hält große Stücke auf dich und hat mich gebeten, an seiner Statt der Dankbarkeit Ausdruck zu verleihen, die du dir durch das Ausführen einer Vielzahl von Aufträgen redlich verdient hast.«

»Alles, was ich tat, tat ich um der Liebe zum Hause Borgia willen«, gab sich Raul bescheiden, »mit dem mich ein Schicksalsband verbindet. Ich erwarte keine Bezeigung der Dankbarkeit, da allein das Vertrauen, das ich genieße, ein über alle Maßen großzügiges Geschenk ist.«

»Du sprichst in solch wohlgesetzten Worten, wie deine Taten gut überlegt sind, die meinem Vater vielfach geholfen haben. An deiner Zukunft werden wir noch viel Freude haben. Laß uns auf dein Wohl trinken!«

Cesare Borgia stand auf und schenkte aus einer Glasamphore mit schlankem Hals goldgelben Vin Santo in die funkelnden Kristallkelche. Um keinen Tropfen zu verschütten, setzte er die Amphore stets nah am Rand des Kelchs an und goß vorsichtig ein. Dann zelebrierte er jeden Schluck. Der Wein schmeckte stark nach gelben Früchten und frisch geschlagenem Holz, ergänzt um eine Spur von brackigem Meerwasser und einen Anklang von Artischocke, letzterer ein Hauch zu bitter.

»Ein köstlicher Tropfen«, lobte Raul den Wein.

»Wenn du erst von den Schalentieren kostest, die uns die Köchin aufträgt«, schwärmte der Sohn des Papstes, »wirst du feststellen, wie wunderbar der Wein und die Aromen der Meeresfrüchte einander ergänzen.«

Keine Frage, Cesare Borgia behielt recht. Was Raul wesentlich mehr beeindruckte als das mit Bedacht zubereitete Mahl, waren die Liebenswürdigkeit des jungen Protonotars und seine Leichtigkeit, über dies und jenes zu plaudern, wobei er ganz unverblümt einräumte, die geistliche Laufbahn nur seines Vaters wegen eingeschlagen zu haben.

»Und nun«, schloß er, »ist es sogar der Wunsch des Heiligen Vaters, den ich mit meinen Studien in Pisa erfülle. Wie sollte ich das ausschlagen?«

»Was wäre denn«, fragte Raul nach dem ersten Schluck von einem vollmundigen Rotwein, der zum nächsten Gang des prächtigen Mahls aufgetischt worden war, »Euer eigener Wunsch an dieses Leben?«

»Feldherr und Fürst möchte ich sein wie mein Bruder Juan, der Herzog von Gandiá. Meine Kräfte will ich messen und die Welt erobern. Statt dessen muß ich mich in die Theologie vertiefen und katholische Traktate studieren.« Cesare machte eine kurze Pause und musterte Raul. »Mundet der Vino Nobile?«

»Glaubt mir, junger Herr, so etwas habe ich noch nie getrunken, nicht einmal in Spanien mit Don Pedro. Fruchtig und ledrig in einem, allerdings im Nachgeschmack ein wenig bitter.«

»Das kommt von der Art, wie unser Weinbauer ihn haltbar macht. Ich ziehe den bitteren Ton jeder harzigen Note vor.«

Zwischenzeitlich hatte die Köchin gebratenen Hammel aufgetragen, dazu dicke, fingerlange *pici* und eine reichhaltige Gemüseplatte.

»Deftig, findest du nicht?«

Raul leckte sich zustimmend die Lippen.

»Da verträgt man ordentlich vom schweren Wein.«

Cesare erhob seinen Kelch, prostete Raul zu und trank. Raul erwiderte den Gruß und ließ sich willig nachschenken. Die Stimmung zwischen den beiden wurde immer ausgelassener. Raul konnte sich nicht erinnern, wann er das letzte

Mal in Gesellschaft derart fröhlich gezecht hatte. Zu einem süßen, mit Früchten vermengten Getreidebrei schenkte Cesare einen besonders dunklen und kräftigen Rotwein ein, von dem Raul zwei Kelche trank, ohne sich weiter an dem bitteren Nachgeschmack und einem leicht brackigen Geruch zu stören. Als der junge Borgia einen ernsten Ton anschlug, spürte Raul die Wirkung des Weines.

»Nun, da wir uns so gut angefreundet haben, kannst du mir sicher verraten, wo du das Traktat versteckt hast.«

Schlagartig war die Heiterkeit verflogen. Raul spürte ein Brennen im Magen, sein Herz pochte. Er zwang sich, klar zu denken, aber sein Kopf war vernebelt. Was wußte Cesare und von wem? Cesare blickte ihn lauernd an, alle Freundlichkeit war aus seinem Gesicht verschwunden.

»Ein Borgia wartet nicht gern zu lange auf Antworten. Sprich, wo ist das Buch?« fragte er ungehalten.

»Was meint Ihr für ein Buch?«

»Du hast es aus Pisa geholt und meinem Vater gebracht. Weiche mir nicht aus!«

»Der Kardinal hat mich beauftragt«, antwortete Raul mit leicht verwaschener Stimme. »Das dürft Ihr mir nicht ankreiden, jetzt erst recht, wo es der Wunsch des Heiligen Vaters ist.«

»Sorge dich nicht, einzig, wo sich das Buch jetzt befindet, will ich wissen. Selbstverständlich achte ich die Wünsche meines Vaters.«

»Er hat sich auch gewünscht«, erwiderte Raul, und seine Stimme wurde klarer, »daß das Buch an einen geheimen Ort kommt, an dem es nicht ohne weiteres entdeckt wird.«

»Er hat mir die Erlaubnis erteilt, es zu lesen. Sag schon, wo es sich befindet.«

Raul zwang sich, seine Antwort abzuwägen, und er wollte ein wenig Zeit gewinnen. »Wie kam es überhaupt«, fragte er daher, »daß der Kardinal von dem Buch erfuhr?«

»Vom Vizekönig von Sizilien«, antwortete Cesare, ohne nachzudenken.

»Vom …?«

»Wir Borgia haben unsere Beziehungen. Jetzt zier dich nicht länger!«

»Gern werde ich dem Heiligen Vater den Platz benennen, an dem sich das Traktat findet. Ihm allein habe ich versprochen, die Handschrift sicher zu verwahren und vor dem Zugriff Fremder zu schützen.«

»Ich bin kein Fremder!«

»Bringt mir ein gesiegeltes Schreiben, und ich bin Euer Diener.«

Cesare verlor alle Liebenswürdigkeit. Er stand auf und trat auf Raul zu. Dieser erhob sich ebenfalls. Cesare ballte die Fäuste.

»Entweder du verrätst mir nun, wo das Buch ist, oder …«

Raul erkannte, daß er sich körperlich gegen Cesare weder wehren konnte noch durfte.

»Im Keller des Palazzo Farnese«, log er.

»Wieso denn da?«

»Wegen Bella Giulia!«

»Verdammt. Wo genau?«

»Das ist schwierig zu erklären. Am besten wäre es, wenn wir mit dem Heiligen Vater …«

»Nein! Erklär's mir!«

»Also«, zögerte Raul, dem allmählich bewußt wurde, was für ein gefährliches Spiel er spielte, »Ihr geht in den hinteren Keller hinab, eine Wendeltreppe bis hinunter auf den Grund, durch einen langen Flur zu einer Säulenhalle, in der sich Regal an Regal reiht. Nehmt die dritte Reihe, geht an ihr entlang bis zum Ende, zählt drei mal fünf Bücher nach links ab, dann habt Ihr, was Ihr sucht.«

»Gnade dir Gott, wenn du nicht die Wahrheit sprichst!«

Das glaube ich auch, dachte Raul. Ihm wurde schwindlig. Es ist nicht gut, zu viel Wein zu trinken, schalt er sich und hoffte, bald in seine Schlafkammer gehen zu können.

»Du bist eine große Stütze des Hauses Borgia«, lobte ihn Cesare unversehens in seinem liebenswürdigsten Tonfall und legte ihm den Arm um die Schulter. Während er mit sanfter Gewalt Rauls Kopf zu sich her bog, spitzte er die schmalen Lippen zu einem Kuß. Cesare hielt inne, ehe seine Lippen Rauls Mund trafen, und gab ihm mit der flachen Hand einen Klaps auf den Hinterkopf.

»Ich werde immer an dich denken, Raul Barca.«

Lächelnd verließ er den Raum.

In seiner Kammer warf sich Raul auf seine Pritsche. Der Boden schien zu schwanken, die Wände drehten sich im Kreis. Übelkeit machte sich breit. Raul würgte, und im letzten Moment drehte er sich seitlich über den Rand seiner Pritsche, dann schoß ein Schwall von Wein und Speisebrei aus seinem Mund. In mehreren Schüben erbrach er das meiste, was er in den letzten Stunden zu sich genommen hatte. Angewidert betrachtete er den besudelten Boden, legte sich auf den Rücken und schloß die Augen. Sein Hals schmerzte von der Schärfe des Erbrochenen. In den Fingerspitzen fühlte er ein leichtes Zittern. Das machte ihm angst. Er krallte seine Finger in das Laken und atmete tief. Allmählich hörte die Welt auf, sich um ihn herum zu drehen. Seine Gedanken wurden klarer. Wie unter einem riesigen Vergrößerungsglas sah er Cesare beim Einschenken des Weines zu. Er hielt die Glasamphore mit seiner rechten Hand ganz oben am schlanken Hals, setzte das Ausgießloch nah an den Kelchrand und schüttete vorsichtig, aber mit einer etwas verkrampft wirkenden Bewegung den Wein ein. Der Ring! Immer deuteten die nadelspitzen Hörner des Stiers von Cesares Ring in den Kelch hinein, wenn Cesare den Wein in Rauls Kelch eingoß. Schenkte er sich selbst Wein nach, faßte seine linke Hand um den Glashals und führte dann dieselben Bewegungen aus, nur daß die Linke keinen Ring trug. Raul rieb sich die Augen und versuchte, sich ganz genau an das gemeinsame Mahl und die Art und Weise zu erinnern, wie Cesare Borgia den Wein nachgeschenkt hatte. Wieder und wieder das gleiche Bild. Einmal benutzte Cesare die rechte

Hand, dann die linke, und letztere immer für sich selbst. Schlagartig fühlte Raul sich nüchtern. Er setzte sich auf, suchte den Boden nach seinen Sandalen ab und schlüpfte hinein. Dann trat er an die Tür, drehte sich um, steckte zwei Finger in seinen Rachen und würgte einige letzte Tropfen hervor, bis nur noch Galle kam.

Wenig später quälte er sich die vier Stockwerke in Tarquinias Haus hinauf, um zu Lavinia zu gelangen. Er litt unter Atemnot. Sein Hals brannte, der Magen schmerzte. Auf sein Klopfen öffnete Lavinia.

»Was ist mit dir?«

»Ich habe Gift getrunken.«

»Was für ein Gift? Wie hast du es zu dir genommen?«

»Vermengt mit Wein«, antwortete Raul und berichtete kurz von seinem Essen mit Cesare Borgia.

»Hatte der Wein einen besonderen Geruch oder Geschmack?«

»Alle drei rochen ein wenig wie Brackwasser in einer Lagune, und jeder Wein schmeckte etwas bitter.«

»Hast du erbrochen?«

»Ja.«

»Hast du danach getrunken?«

»Nein.«

Lavinia holte aus einer Mauernische einen Krug mit Wasser.

»Hier, trink aus! Rasch!«

In großen Schlucken leerte Raul den Krug. Das Wasser tat seinem Hals gut und war Labsal für seinen Magen.

»Was für Beschwerden plagen dich?«

»Übelkeit, Zittern der Finger, Hals- und Magenschmerzen.«

»Was für Halsschmerzen? Wie bei einem Schnupfen?«

»Nein, es ist ein übles Brennen, als hätte ich viel zuviel scharfen Schnaps getrunken.«

»Das kommt vom Erbrechen. So Gott will, hast du genug von dem Gift erbrochen. Alle Anzeichen sprechen für *cantarella*. Cesare kennt das Traktat über den Anfang vom Anfang, er hat sicher über das Gift darin gelesen. Es gibt kaum ein Kraut, das dir jetzt helfen kann«, flüsterte sie.

»Mein Arm fühlt sich taub an«, jammerte Raul. Er hatte Lavinias letzte Worte nicht begriffen.

»Rasch hinlegen«, befahl sie, ging zur Tür und rief einen Namen, den Raul nicht verstand. Bald darauf kam eine junge Dirne und brachte einen Krug herein. Lavinia schüttete etwas in eine flache Schüssel, tunkte ein Tuch in das Wasser und wickelte es um Rauls Beine. Die Kühle war wohltuend. Kurze Zeit später war Raul eingeschlafen.

Als er erwachte, plagte ihn ein heftiger Würgreiz. Sein linker Arm war nahezu gefühllos geworden, seine rechte Hand zitterte ununterbrochen, und der Hals brannte. Alles sah er verschwommen, in seinem Kopf pochte ein stechender Schmerz. Er schwitzte so sehr, als säße er in der prallen Sonne. Lavinia tupfte ihm fortwährend die Stirn. Ab und zu flößte sie ihm ein Glas Wasser ein. Sein Magen krampfte. Die Schmerzen nahmen zu. Lavinia versuchte es mit einigen Kräutern, doch Raul behielt nichts bei sich. Stunde um Stunde verschlimmerte sich sein Zustand. Die ganze Nacht verbrachte er auf Lavinias Bett in der Hoffnung auf Besserung, aber die Lähmungen nahmen ebenso zu wie Übelkeit und Schwindelgefühl. Alle Muskeln an seinem Körper fingen an zu zucken und zu zittern. Raul spürte, wie ihm die Angst in die Kehle kroch. Verschwommen nahm er Lavinias besorgten Blick wahr. Ihre Stimme kam aus weiter Ferne. Sein Körper schüttelte sich, seine Haut verfärbte sich blau.

»Was geschieht mit mir?« Seine Sprache war verwaschen, Lavinia hatte Mühe, Raul zu verstehen. Er fing an zu weinen. Bald ging sein Schluchzen in Stöhnen und Schreien über. Er warf sich auf dem Bett hin und her, bäumte sich auf, zitterte und zuckte, schrie, jammerte und fluchte. Dann übermannte ihn ein unsagbarer Gliederschmerz. Seine Haut wurde dunkelblau.

»Verzeih mir, verzeih mir«, schrie er verzweifelt.

Lavinia legte ihm die Hand auf die Stirn und sagte mit fester Stimme: »Ich verzeihe dir.«

Das Zittern ließ nach, seine Augen belebten sich ein wenig.

»Danke«, röchelte er. »Ich habe das Buch gut versteckt. Niemand wird es finden, auch der Bastard nicht.«

Sein Atem ging heftig.

»Sei auf der Hut vor …« Er rang nun um jeden Atemzug. »Sei auf der Hut vor Cesare Borgia!«

* 33 *

»Wo ist das Buch?« fragte Lavinia und schob eine Hand unter Rauls Kopf. Doch er antwortete nicht mehr. Schwer hob und senkte sich sein Brustkorb. Er kämpfte um jeden Atemzug. Der hagere Körper schüttelte sich ein letztes Mal. Pfeifend entwich die Luft aus seinen Lungen. Dann streckte sich der geschundene Körper. Raul war tot.

Eine Weile saß Lavinia bewegungslos vor dem Leichnam und schaute ihm ins Gesicht. Der Tod hatte ihm alle Anspannung genommen, und wäre die dunkelblaue Hautfärbung nicht gewesen, man hätte Raul für einen unschuldigen, beinahe kindlichen Mann halten können. Als wäre es vor einer Stunde gewesen, hörte Lavinia noch einmal seine Erzählung über sein Leben und sah neben seinen blutigen Taten auch die Stationen des Leids und der Einsamkeit. Mit dem Daumen ihrer rechten Hand zeichnete sie ihm auf Stirn, Mund und Brust jeweils ein Kreuz und bat Gott, diese verirrte Seele aufzunehmen. Sie hegte keinen Groll gegen diesen schwer zu durchschauenden Mann.

Allmählich begriff sie, daß sie und ihre Kinder, die sechsjährige Amata und der vier Monate alte Matteo, in Gefahr waren. Wenn Cesare Borgia das Traktat finden wollte, würde er früher oder später herausfinden, wo Raul gestorben war. Rauls Leiche mußte aus dem Haus gebracht werden. Danach konnte sie entscheiden, was weiter geschehen sollte. Sie ließ den Leichnam auf dem Bett liegen und eilte die Treppen hinunter zu Tarquinia. Rasch berichtete sie der alten *ruffiana*, was geschehen war.

»Masso wird das heute abend erledigen«, entschied Tarquinia nach kurzem Überlegen. »Mehr Sorgen bereitet mir in der Tat, daß es der Borgiabankert auf dich abgesehen haben könnte, wenn er herausbekommt, wie du zu diesem Spanier standst.« Sie biß sich auf die Unterlippe. »Du hast mit Lorenzo deinen Gönner und mit Raul deinen Beschützer verloren. Paolo wird wissen, wo du lebst. Er geht im Palazzo Borgia ein und aus.« Tarquinia ließ kurz ihren Kopf sinken, dann sah sie Lavinia mit feuchten Augen an. »Du kannst hier nicht länger bleiben.«

Ehe Tarquinia ihren Satz zu Ende gesprochen hatte, sah Lavinia den Bettler Cicero vor der Hütte ihrer Mutter stehen und hörte seine Worte: »Ihr müßt gehen.« Alles im Leben wiederholt sich, dachte sie. Wir müssen gehen, jedes Zögern wäre gefährlich, sagte sie sich und nickte. Sie war ihres Schutzes beraubt, wenn der neue Papst erst gekrönt war, würden nur noch wenige Tage vergehen, ehe Cesare Borgia oder Paolo oder gar beide vor ihrer Tür stünden und sie bedrängten. Das durfte nicht geschehen. Sie mußte ihre Kinder schützen. Nur wenn Amata und Matteo am Leben blieben, konnte sich in ihnen erfüllen, was in ihren Vätern angelegt und durch sie verknüpft war. Es waren fünf in ihren Anfängen verwobene Leben, der fünffach wiederkehrende Anfang mochte wie das Pentalpha der weißen Magie auf Amata und Matteo gründen. So Gott will, dachte Lavinia, wird sich das Geheimnis des Pentagramms in meinen Kindern enthüllen, in ihnen könnten die Gaben zur Entfaltung kommen, mit ihnen könnte sich ein großer Lebenskreis schließen. Ich muß sie vor allen Gefahren schützen, ich muß Rom verlassen.

»Sei ohne Sorge, wir werden einen guten Weg finden, dich mit deinen Kindern aus der Stadt zu bringen«, unterbrach Tarquinia Lavinias Gedanken.

* 34 *

Paolo saß in einer Mauernische und wartete. Vor ihm lag ein verwilderter Garten unterhalb des Pincio, ein von den puttane des Pozzo Bianco und manchem römischen Liebespaar geschätzter Ort für heimliche Zärtlichkeiten, von dem Paolo mit großer Sicherheit annahm, daß Raul ihn ebenso kannte wie Lucretia. Paolo schätzte den Stand der Sonne ab. Eine halbe Stunde mochte noch bis zur in dem Brief verabredeten Zeit vergehen. Sicher würde Raul etwas früher erscheinen, um vor Lucretia einzutreffen. Ein letztes Mal zog Paolo sein Kurzschwert aus der Scheide und prüfte den Schliff der Klinge. Sie war messerscharf. Wenn Raul in diese Falle tappte, würde er nicht entkommen. Paolo war fest entschlossen, sich von seinem unheimlichen Schatten zu befreien, obwohl er in den zurückliegenden Wochen immer weniger von ihm verfolgt worden war. Aber Paolos Entschluß, Raul zu töten, gründete auch darauf, daß er ihn ohne jeden Zweifel für den Mörder seines Onkels hielt. Er fand es daher nicht angemessen, Nachsicht zu üben. Allerdings wollte er Raul, ehe er ihm mit dem Kurzschwert den Todesstoß versetzte, noch einmal ausgiebig zu der Handschrift befragen. Er war sich nach wie vor unsicher, ob Lavinia mit ihrer Äußerung, das Traktat sei verbrannt, gelogen hatte. Ihm schien, als wüßte Raul die Wahrheit.

Jetzt hoffte Paolo, daß Raul nicht durch irgendeinen dummen Zufall Lucretia über den Weg lief. Eine falsche Andeutung könnte den Plan zerstören. Doch hatte nicht Lucretia nach dem Zusammentreffen mit Maffeo Gherardo den Palazzo Borgia durch den Hintereingang verlassen? Und lebte sie nicht gewöhnlich in dem kleinen Palazzo ihrer Mutter Vanozza am Campo de' Fiori? Die Gefahr, daß sich Raul und die Borgia in den letzten sechsundzwanzig Stunden zufällig begegnet waren, hielt Paolo daher für gering. Und bei dem, was er gestern erlebt hatte, erschien ihm ein Brief Lucretias, wie er ihn Raul zugespielt hatte, durchaus wahrscheinlich. Paolo war überzeugt: Raul würde in wenigen Minuten in diesem verwilderten Garten auftauchen.

Aber er kam nicht. Fassungslos blieb Paolo bis in die Abenddämmerung hinein in seinem Versteck sitzen, ehe er den Mißerfolg seines Plans akzeptierte. Als es dunkel wurde, ging er in dem Glauben, Raul habe seinen Plan durchschaut, hinüber nach Trastevere und blickte sich an jeder düsteren Kreuzung und in jeder einsamen Gasse um, ob sich der falsche Benediktiner irgendwo zeigte. Das Gefühl der Stärke, das er im Hinterhalt empfunden hatte, war verschwunden.

* 35 *

»Dieser Hurensohn«, schimpfte Cesare in den Gemächern des Papstes, »hat mich auf eine falsche Fährte gesetzt. Es gibt im Palazzo Farnese gar keinen Keller, in den man über drei Stockwerke hinabsteigen könnte, geschweige denn eine heimliche Bibliothek. Soll er in der Hölle verrotten, der Hurensohn!«

»Beruhige dich, mein Sohn«, mahnte Alexander VI. »Das Traktat wird wieder auftauchen, da bin ich ganz sicher. Kraft meines Amtes werde ich es nach meinem Krönungsfest suchen lassen. Doch laß es dir eine Lehre sein, daß Ungeduld und vorschnelles Handeln nicht zum Ziel führen.«

»Auf jeden Fall kann Raul nun nichts mehr ausplaudern.«

»Der Heilige Vater weiß von nichts, mein Sohn.«

»Aber ... Ihr habt doch selbst gesagt, Raul Barca wisse zu viel.«

»Nein. Rodrigo de' Borgia hat das gesagt, nicht Alexander. Wo ist die Leiche?«

»Verschwunden.«

»Du mußt Gewißheit haben. Dann kann dir der Heilige Vater die Sünden vergeben.«

Vier Tage ließ Cesare von Gehilfen die Stadt nach Raul durchforschen, ehe sie in Ostia fündig wurden, wo zwei Tage zuvor eine nackte, aufgedunsene und dunkelblau verfärbte Männerleiche gefunden und außerhalb des Friedhofs verscharrt worden war. Heimlich ließ Cesare die Leiche in der Nacht ausgraben und im Schein der Fackeln untersuchen. Wenig war noch von dem ehemals markanten Gesicht zu erkennen, aber die große Tonsur und die schlohweißen Haare gaben dem jungen Borgia ebenso Gewißheit wie die Färbung der Haut. Rasch legten die Männer die Leiche in die Grube zurück, schaufelten die Erde darüber und traten den Hügel fest.

Die Frage, wie Raul nackt in den Tiber gelangt war, beschäftigte Cesare bis zum Krönungsfest seines Vaters, doch eine befriedigende Antwort fand er nicht. Keiner der Diener hatte gesehen, wie der Spanier den Palast verlassen hatte. Es schien so, als verlöre sich Rauls Lebensspur in seiner Kammer im Palazzo Borgia, der er offensichtlich während seines Todeskampfes entflohen war. Am Morgen des 26. August beschloß Cesare, die Angelegenheit zunächst auf sich beruhen zu lassen. Er wollte unbelastet am Krönungsfest seines Vaters teilnehmen und sich die Freude nicht von einem kleinen Handlanger der Macht verderben lassen.

* 36 *

»Lies mir die Zukunft vor«, befahl der Pontifex Maximus und streckte Paolo seine linke Hand hin. »Was bringen mir die nächsten Jahre?«

Paolo, der vor dem Papst niederkniete, ergriff die Hand und legte sie auf sein gebeugtes Knie, um in ihr zu lesen, was er schon zu wissen glaubte.

»Heiliger Vater«, begann er, »in Euch steckt die Kraft des Stiers, den Ihr im Wappen führt. Seid ohne Sorge um Eure Zukunft, denn der Herr hält seine Hand über Euch. Gesalbt seid Ihr und gesegnet, voller Kraft und Tatendrang, begleitet von Schlachtenglück und Geschäftserfolg.«

»Das klingt vielversprechend«, erwiderte Papst Alexander. »Doch was wird mit jenem Weltuntergangsprediger in Florenz, diesem Geiferer Savonarola?«

Paolo erschrak für einen Augenblick. Was sollte er auf diese Frage antworten? Zunächst, so schien es ihm, war das Schicksal dieses Predigers mit demjenigen der Medici verbunden, da fand sich kein Hinweis in den Linien der päpstlichen Hand. Aber mochte nicht das Schicksal der Medici und der Borgia auch weiterhin auf geheimnisvolle Weise miteinander verknüpft sein?

»Nun?« drängte der Papst.

Konnte es nicht sein, überlegte Paolo fieberhaft, daß Savonarola die Medici an die Seite des Borgia brachte? Ein gemeinsamer Feind, der ehemalige Feinde eint? Gut genug kannte Paolo solche Entwicklungen aus seiner Heimatstadt. Und war es nicht notwendig, daß sich der Borgia-Papst und der Medici-Kardinal einander annäherten, um jener unbändigen Kraft Rechnung zu tragen, die Paolo sowohl in den Händen des derzeitigen Papstes wie auch in jenen des jungen Kardinals erfühlte? Wenn sie Feinde würden, dachte Paolo, müßte einer von ihnen dies mit dem Leben bezahlen.

»Savonarola«, antwortete Paolo deshalb, »wird in Florenz an Macht gewinnen und Euch zu einem schlimmen Kampf herausfordern. Aber Eure Heiligkeit muß diesen Kampf nicht fürchten. Der Sieg ist Euer, Savonarola wird brennen.«

Ein Lächeln umspielte Borgias Lippen. Er nickte.

»Gut«, sagte er. »Du warst mein bester Gehilfe in den letzten Wochen. Sei es weiterhin, es wird dein Schaden nicht sein.«

* 37 *

Was für ein Tag. Blauer Himmel über Rom, die Sonne strahlte, kein Lüftchen regte sich. In einer feierlichen Andacht in der viel zu kleinen Peterskirche huldigten die vierundzwanzig Kardinäle dem neuen Stellvertreter Christi auf Erden, ehe der frischerwählte Papst auf seinen Thronsessel stieg, den vier Männer wie eine Sänfte auf ihre Schultern luden. Unter den Beifallsrufen der Bischöfe, Priester und Mönche der Kurie wurde der Pontifex Maximus durch die engen Gassen des Borgo getragen. An der Tiberbrücke gab es den ersten Aufenthalt, weil eine Abordnung der vornehmen römischen Familien vor der Brücke einen Triumphbogen nach altem Vorbild errichtet hatte. Aus jeder Familie trat ein Vertreter vor und versprach mit einer demütigen Verbeugung dem Heiligen Vater Gehorsam. Rechts und links des Bogens standen lange Tische mit Bechern, in die aus großen Fässern Wein für das Volk geschenkt wurde. Auch dem Pontifex Maximus wurde ein Becher gereicht, den dieser allerdings aus Vorsicht und als zweifelhafte Ehrenbezeigung an seinen Sekretär weiterreichte. Unter dem Jubel der versammelten Menge wurde der Heilige Vater über die Tiberbrücke getragen und erreichte nach einer Viertelstunde die Piazza Navona. Im langen Oval des alten Stadions von Kaiser Domitian hatte sich viel Volk versammelt. Zu Ehren dieses Tages und um die Bürger der Stadt für sich zu begeistern, hatte der spanische Papst in die Piazza eine hölzerne Arena einbauen lassen, um getreu seinem Wappen Stiere im Kampf vorzuführen. Dicht an dicht standen die Menschen, um das Schauspiel verfolgen zu können. Kaum war der päpstliche Thronsessel auf einem Podest abgestellt worden, nahmen die Kardinäle auf schlichten Holzbänken rechts und links des Heiligen Vaters Platz. Vier Reiter trieben einen prächtigen Stier in die enge Arena. Das Volk klatschte und johlte und geriet schier aus dem Häuschen, als ein ganz in Rot gekleideter Matador in die Arena sprang und anfing, den Stier mit einem roten Tuch zu reizen. Anfangs schien sich der massige Bulle nicht aus der Ruhe bringen zu lassen, doch als zwei bunte Picadores ihn mit ihren Spießen stachen, geriet das Wappentier der Borgia allmählich in jene schnaubende Wut, die aus einem leidlichen Spaß ein tödliches Spiel werden ließ. Nun konnte der Matador seine Künste zeigen, und mehr als einmal hielten die Zuschauer im weiten Oval den Atem an, weil sie dachten, der Stier habe den Kämpfer mit seinen spitzen Hörnern getroffen. Ein weiteres Mal eilten die Picadores dem Matador zu Hilfe mit ihren Spießen, bis der Bulle bereit war für den letzten Tanz. Wie ein Blitz aus heiterem Himmel stieß das Schwert in seine Brust und brachte den Bullen zum Stehen. Da erhob sich der Papst und schritt mehrere Treppen hinab in die Arena, nahm das Schwert und hieb dem schnaubenden, zitternden Tier in den Nacken, so daß dieses stürzte. Seht her, so siegt ein Borgia! Alexander, der sechste dieses Namens, wollte ein Großer sein. Er lachte, als er dem Matador seine Waffe zurückreichte. Die Piazza Navona tobte. Es war fast kein Durchkommen mehr für die Träger des Thronsessels, als es hinüberging zum Pantheon, wo der Heilige Vater zu einem kurzen Gebet niederkniete. Was für ein Triumph lag in seinem Blick, als er durch das Auge von Sancta Maria ad Martyres hinauf in den Himmel blickte. Dann zog der neue Papst weiter durch die Stadt und konnte auf seinem Weg den Campo de' Fiori nicht auslassen, um unter den Fenstern von Vanozzas Palazzo die Huldigung seiner früheren Geliebten entgegenzunehmen. Rechts und links vor den Häusern standen die Dirnen der Stadt in ihren aufreizenden Kleidern, ihre Hochrufe auf den Mann im päpstlichen Ornat gellten so spitz und lüstern, als hätten sie den spanischen Stier in ihrem eigenen Bett. Im Gefolge des Papstzuges, der sich seinen Weg in Richtung Kapitol bahnte, verloren sich manche der einfacheren Würdenträger in den wollüstigen Umarmungen der *puttane* vom Campo de' Fiori, während der Heilige Vater allein und in Demut die Himmelsleiter hinaufstieg zu Santa Maria in Aracoeli, um seinem Gott nahe zu sein. Die Stadt brodelte von den aufgewühlten Menschen, die sich in dem neuen Papst einen starken Nachfolger Petri erhofften, welcher Rom Frieden und Wohlstand und durchaus manche Unterhaltung bringen sollte. Als er mit ausgebreiteten Armen die einhundertvierundzwanzig Stufen herabschritt, immer wieder das Volk zu seinen Füßen segnend, mochte man in der Tat an einen von Gott inspirierten Pontifex Maximus glauben. Vom Kapitol über das verlassene Feld der alten Kaiserforen hinüber zur Ruine des Kolosseums wurde der Zug des Heiligen Vaters zum vollendeten Prachtumzug, denn aus allen Teilen der Stadt wurden kunstvoll verzierte Statuen herbeigeschafft und vor dem Thron des Papstes hergetragen. Keine der großen Familien Roms ließ es sich nehmen, ein huldigendes Bild wie ein Banner mitzuführen, und bis zur Mauer von San Clemente hatten die Orsini, Colonna, Farnese, Buffalini, Cancellieri, Valerani, Paparoni und einige andere einen hölzernen Triumphbogen nach dem anderen errichtet. Von einigen Bögen streuten Mädchen in Brautgewändern Rosenblätter und Lilienblüten auf den darunter hindurchgetragenen Alexander. Wann hatte die Stadt Vergleichbares gesehen? Was für eine Freude, was für eine Anstrengung aber auch für den neuen Papst. Als der Umzug endlich den Lateran erreichte, verlor er die Besinnung, und die vielen Würdenträger in der alten Basilika der Bischöfe von Rom mußten sich gedulden, ehe der Heilige Vater, gestützt von zwei Kardinälen, die Kirche betrat. Kaum saß er auf dem Päpstlichen Stuhl, sank sein Haupt auf die Schulter von Kardinal Riario. Das Bewußtsein verließ ihn erneut, und man mußte ihn mit Wasser bespritzen, damit er wieder zu sich kam. Was folgte, war eine lange und feierliche Krönungsmesse, in welcher er gewandet wurde mit den Zeichen seiner priesterlichen und weltlichen Macht. Das Pallium mit drei Kreuzen, welche von Nägeln durchstochen waren, schmückte seine Schultern zum Zeichen, daß er unter dem Joch des Glaubens stand und der Hirte aller Gläubigen war. Der Fischerring wurde ihm statt des Siegelrings mit dem Stier angesteckt zum Zeichen, daß er ein Menschenfischer im Auftrag Jesu Christi geworden war. Zuletzt bekrönte die Tiara sein Haupt, damit er für alle sichtbar werde als der König der Könige. Unter ehrerbietiger Anteilnahme aller Großen Roms legte Gott die Welt in die Hände von Rodrigo de' Borgia, damit er als Alexander VI. niemals vergessen werde.

In all diesem überschäumenden Trubel blieb gänzlich unbemerkt, wie eine Frau mittleren Alters in Begleitung eines Dieners gemeinsam mit einem Säugling und einem munteren Mädchen die Stadt durch die Porta San Paolo Richtung Ostia verließ. Ebensowenig wurde von den Teilnehmern an der Krönungsmesse wahrgenommen, wie sich aus dem Gebälk über dem Altar von San Giovanni in Laterano lautlos eine Eule erhob und durch ein vom letzten Sturm zerstörtes Seitenfenster aus der Kirche schwebte. Nur einer sah den davongleitenden Schatten und blickte der Eule nach: Paolo.

Halb von einer Säule verdeckt, hatte er den Verlauf der Krönungsmesse beobachtet und verließ nun, kurz vor dem abschließenden Vaterunser, durch eine rückwärtige Pforte die Basilika. Draußen sah er auf dem Ast einer Kastanie groß und unnahbar die Eule sitzen, und er ahnte, daß dieser Vogel eines Tages zurückkehren würde, um den Tod des Papstes anzukündigen. Doch bis dahin würden noch Jahre vergehen, denn der Borgia steckte voller Kraft und Tatendrang, und er würde vor nichts zurückschrecken, um seine Ziele zu erreichen. Paolo schauderte. Erst vor drei Tagen hatte ihm ein Diener von dem Mahl erzählt, das Cesare mit Raul gehalten hatte. Dann hatte er die Gerüchte einordnen können, die sich um die Kammer Raul Barcas rankten, und schließlich einen der Knechte gesprochen, der die nächtliche Untersuchung in Ostia begleitet hatte. Nun wußte Paolo, wie Cesare unliebsame Mitmenschen behandelte, und er wußte auch, daß sein Leben als Berater des Heiligen Vaters in Zukunft an einem seidenen Faden hing. Hier gab es einen Willen, der noch stärker war als sein eigener. Noch, dachte Paolo und blickte zur Kastanie auf. Der Ast war leer.

Glossar

Bella Giulia – Giulia Farnese, die Schwester von Alessandro Farnese und Geliebte Alexanders VI., verheiratet mit dem einäugigen Orsino Orsini; ihr verdankt Alessandro Farnese die Kardinalswürde.

Borgo – Stadtviertel rund um den Vatikan.

Canes domini – »Hunde des Herrn« – verächtliche Bezeichnung für die Dominikaner, welche die Herren der Inquisition waren.

cantarella – Arsenhaltiges Gift, das bevorzugt von Cesare Borgia verwendet und durch diesen in Rom berühmt-berüchtigt wurde; verursacht einen grausamen Tod.

caput mundi – Kopf der Welt – häufige Bezeichnung für Rom.

cauda mundi – Schwanz der Welt – vielfache Bezeichnung für Rom in der Hochzeit der Kurtisanen von Papst Alexander VI. bis zum Sacco di Roma.

cazzo – Zeitgenössische römische Bezeichnung für den Phallus.

cicisbeo – Ein Liebhaber, den sich die Ehefrau aufgrund eines im Ehevertrag ausbedungenen Rechts nimmt, wobei genaue Regeln für den Umgang mit diesem Liebhaber aufgestellt werden; Besonderheit venezianischer Eheverträge der Renaissance.

Corte Savella – Das Untersuchungsgefängnis des Stadtrichters von Rom.

cortigiana – Kurtisane.

curialis romanam curiam sequens – Ehrenbezeichnung für eine Frau, die der Kurie verbunden war; meist an Kurtisanen hoher kirchlicher Würdenträger verliehen.

datar – Hohe Verwaltungsposition in der Kurie; zunächst nur für das Datieren der Urkunden zuständig, war der

Datar rasch immer mächtiger; die Kanzleiarbeit übernahm mehr und mehr der Vizedatar.

disputationes – »Seminare« an der Universität, hier wurde der Austausch von Argumenten geübt.

galantdonna – Bezeichnung für eine Kurtisane.

Gianicolo – Hügel oberhalb von Trastevere.

governatore – Ziviler Verwaltungschef und Richter der Stadt Rom.

Habemus Papam – »Wir haben einen Papst« – Verkündungsspruch zum Ende des Konklaves in der Sixtinischen Kapelle.

habito romana – Bezeichnung für die Kleidung der edlen Römerinnen.

Hexenhammer – Das 1487 verfaßte Buch der Dominikanermönche Sprenger und Institoris wurde zum Standardwerk bei der Hexenverfolgung in Deutschland und prägte die Vorstellung von Hexen über Jahrhunderte.

libelli famosi – Bezeichnung für die Schmähschriften, welche die Kurtisanen oft ihren Konkurrentinnen an die Türen hefteten.

mezzani – Schmeichler, elegante Vermittler für Kurtisanen in den gehobenen Schichten Roms, oftmals auch Unterhalter und Musiker.

notarius cancellariae – Bezeichnung für den Kanzleinotar, ein wichtiges Verwaltungsamt in der Kurie.

palle – Bezeichnung der Wappenkugeln der Medici.

panno listato – Schleier der edlen Römerinnen.

passetto – Der überdachte Gang, welcher die Engelsburg mit dem vatikanischen Palast verbindet.

potta – Zeitgenössische römische Bezeichnung für die Vagina.

puttana – Einfache Hure in Rom.

quattrini – Kleinste römische Währungseinheit; vierhundert »quattrini« ergaben einen »scudo«.

ruffiana – Kupplerin, oftmals auch Beraterin der Dirnen in Mode- und Gesundheitsangelegenheiten.

sbirro (sbirri) – Wachmann, Polizist der Stadtverwaltung.
scudi – Dukaten, größte römische Währungseinheit.
Signora onesta – Ehrenwerte Frau, Angehörige der besseren Schichten, oftmals auch Bezeichnung für die Kurtisanen Roms.
Spiritus Sanctus – Heiliger Geist.
summis desiderantes – Die Hexenbulle von Papst Innozenz VIII. war der Auftakt zu den großen Hexenverfolgungen der Frühen Neuzeit in Mitteleuropa.
territio verbalis – Androhung der Folter und Schilderung der Folterwerkzeuge.
territio realis – Vollzug der Folter.
tribunale criminale del governatore – Kriminalgericht des »Governatore«.
(lingua) volgare – Die Sprache des Volkes, das junge Italienisch

Zeittafel

1469 Lorenzo de' Medici, *Il Magnifico*, wird nach dem Tod seines Vaters Piero de' Medici erster Mann von Florenz, ohne ein offizielles Amt zu bekleiden.

1471 Nach dem Tod von Papst Paul II. wird Francesco della Rovere Papst Sixtus IV.

1473 Baubeginn der Sixtinischen Kapelle.

1475 Giovanni de' Medici wird als zweiter Sohn Lorenzo de' Medicis geboren. Geburt von Michelangelo Buonarroti.

1478 Attentat der Pazzi auf die Brüder Giovanni und Lorenzo de' Medici; die Verschwörung wird vereitelt, aber Lorenzos Bruder Giovanni de' Medici erliegt seinen Verletzungen. Sixtus IV. belegt Florenz mit dem Kirchenbann; Bündnis des Papstes mit König Ferrante von Neapel und Siena gegen Florenz. Venedig, Mailand und Ferrara verbünden sich mit Florenz.

1479 Lorenzo de' Medici geht nach Neapel und schließt mit König Ferrante Frieden.

1480 Ludovico Sforza übernimmt die Herrschaft in Mailand. Angelo Poliziano stellt die »Favola d'Orfeo« fertig.

1482 Marsilio Ficino beendet die »Theologia Platonica«. Leonardo da Vinci verläßt Florenz.

1483 Karl VIII. wird König von Frankreich. Papst Sixtus IV. ernennt den Dominikaner Thomas de' Torquemada zum spanischen Großinquisitor. Lorenzos Sohn, Giovanni de' Medici, wird von

Karl VIII. zum Bischof von Aix ernannt; eine Bestätigung durch den Papst bleibt aus.

1484 Sixtus IV. stirbt. Rodrigo de' Borgia ist Favorit für das Konklave, doch Giovanni Battista Cibó wird Papst Innozenz VIII. Er erläßt die Hexenbulle »Summis desiderantes«. Giuliano della Rovere wird Innozenz' VIII. wichtigster Berater. Ausbruch des Krieges zwischen dem Kirchenstaat und Neapel.

1485 Aufstand der Colonna in Rom gegen die Orsini.

1486 Der Papst schließt Frieden mit Neapel.

1487 Das Kap der Guten Hoffnung wird erstmals umrundet.

1488 Michelangelo Buonarroti geht als Lehrling in die Werkstatt von Domenico Ghirlandaio in Florenz.

1489 Innozenz VIII. exkommuniziert König Ferrante von Neapel und ernennt Giovanni de' Medici zum Kardinal, wobei die Amtseinführung wegen zu jungen Alters unterbleibt.

1490 Girolamo Savonarola hält seine erste Predigt in Florenz.

1492 Anfang Januar erobern die Spanier Granada. Im März wird Giovanni de' Medici in Rom in sein Kardinalsamt eingeführt. Im April stirbt Lorenzo de' Medici. Nach dem Tod von Innozenz VIII. im Juli wird Rodrigo de' Borgia im August Papst Alexander VI.

1493 Alexander VI. teilt die Neue Welt auf: Alles, was mehr als 100 km westlich der Azoren liegt, wird spanisch.

1494 Verbannung der Medici aus Florenz.

1503 Alexander VI. stirbt. Auf das kurze Pontifikat von Pius III. folgt mit Giuliano della Rovere der kunstbeflissene Papst Julius II.